"十四五"国家重点出版物出版规划项目

中华民族音乐传承出版工程
中华民族音乐传承出版工程精品出版入选项目
苏州艺术基金项目

主　编　韩启超
副主编　韩莉薇
编　委　郑　捷
　　　　钟文君
　　　　王梓均
　　　　王　珂

全宋诗乐舞史料辑录与研究

全宋诗乐舞史料辑录

乐舞、乐人、乐事、乐律卷

苏州大学出版社
Soochow University Press

图书在版编目(CIP)数据

全宋诗乐舞史料辑录. 乐舞、乐人、乐事、乐律卷 / 韩启超主编. --苏州：苏州大学出版社，2025.1.
ISBN 978-7-5672-4689-8

Ⅰ．I207.227

中国国家版本馆 CIP 数据核字第 2024YG1322 号

书　　名：	全宋诗乐舞史料辑录·乐舞、乐人、乐事、乐律卷
	QUANSONGSHI YUEWUSHILIAO JILU·YUEWU、YUEREN、YUESHI、YUELÜ JUAN
主　　编：	韩启超
主　　审：	秦　序
责任编辑：	严瑶婷　刘　俊
助理编辑：	朱雪斐
出版发行：	苏州大学出版社（Soochow University Press）
社　　址：	苏州市十梓街1号　邮编：215006
印　　装：	苏州工业园区美柯乐制版印务有限责任公司
网　　址：	www.sudapress.com
邮购热线：	0512-67480030
销售热线：	0512-67481020
开　　本：	890 mm×1 270 mm　1/32　印张：17　字数：506 千
版　　次：	2025 年 1 月第 1 版
印　　次：	2025 年 1 月第 1 次印刷
书　　号：	ISBN 978-7-5672-4689-8
定　　价：	88.00 元

凡购本社图书发现印装错误，请与本社联系调换。服务热线：0512-67481020

序

河北师范大学音乐学院院长韩启超带领多届研究生组成的研究团队，历时八年多，对留传至今的两宋诗歌，仔细阅读、爬梳、比较，再将其中涉及乐舞艺术的内容及相关研究成果一一捡录并加以研究，终于编辑成厚厚的六卷本《全宋诗乐舞史料辑录与研究》并正式出版。对于中国古代尤其是两宋时期乐舞史料库的建设来说，这是一项全面而坚实的重要基础工作。该项成果的出版面世将大大有利于中国古代音乐史研究的深入和拓展，有利于我们更好地、创造性地认识和发展传统文化。

在这之前，已经有学者搜集、编辑了全唐诗中的乐舞资料，以及全宋词中的乐舞资料，但相比较而言，对整个宋代诗歌中的乐舞史料进行考察、辑录，难度更大。

谈到中国文学史，谈到中国历史上"一代有一代之文学"，唐诗、宋词、元曲是大家耳熟能详的对不同时代代表性文学样式的总结。其实，正如唐代不只有诗，也有词（曲子词），宋代最有代表性的、艺术成就最高的韵文样式固然是词，但宋诗的数量和艺术质量，以及相关的史料价值，也是不可忽视的。有关宋诗艺术成就的评价，我们不妨参看钱锺书先生的代表作之一——《宋诗选注》。

据统计，《全唐诗》共900余卷，收录多达2200余人的诗歌作品，共

48900余首,300余万字,这已经让人兴奋咋舌!然而,20世纪80年代由北京大学古文献研究所牵头,傅璇琮、倪其心、孙钦善、陈新、许逸民几位先生担任主编,集众多学者之力,历经八年之功才系统整理出版的《全宋诗》,可以说篇幅更为宏大,更令人惊叹!

已经出版的《全宋诗》共有72册之多,录入了目前传世的诗集(包括现存宋人别集600多种和历代选集)中的诗,现存宋元诗话、笔记及其他史籍中辑佚的分散宋诗,宋元类书、总集以及《永乐大典》和《诗渊》残存本中可见的宋诗,宋元方志以及近年来集中印行的若干重要方志中所刊载的宋诗。另外,还有《宋诗纪事》《宋诗纪事补遗》已引用到的群书、敦煌遗书中的零散宋代史料中的宋诗等。

因此,整套《全宋诗》,共辑录两宋9000多名诗人的多达24万余首诗作,近4000万字,涵盖了两宋300余年间有迹可循的几乎所有诗作。这是宋诗研究里程碑式的成果,是宋代诗文研究、历史研究的重要资料库。由此可见《全宋诗》不仅在作者人数、诗篇数量上远超《全唐诗》,其体量也是《全宋词》无法比拟的。

现在呈现在读者面前的是获得2023年度国家出版基金支持,并先后入选"十四五"国家重点出版物出版规划项目、中华民族音乐传承出版工程,由苏州大学出版社出版的《全宋诗乐舞史料辑录与研究》(以下简称《辑录与研究》),其字数多达400余万字!《辑录与研究》中所收录的诗歌就是从海量的全宋诗中,经过仔细比较,精心筛选出来的宝贵的相关乐舞史料。

《辑录与研究》将全宋诗中的乐舞史料分门别类地编录为五卷,再加上相关研究成果的汇总介绍一卷,共六卷,分别为《全宋诗乐舞史料辑录·弹拨乐器卷》《全宋诗乐舞史料辑录·吹管乐器卷》《全宋诗乐

序

舞史料辑录·打击乐器卷》《全宋诗乐舞史料辑录·乐曲、乐器组合卷》《全宋诗乐舞史料辑录·乐舞、乐人、乐事、乐律卷》《全宋诗乐舞史料研究》。这样编排,将给读者阅读和查找感兴趣的相关乐舞史料提供极大的方便。

　　有了这部《辑录与研究》,有心了解或研究宋代乐舞艺术的后来者,不必再一页一页、一首一首地去翻检汗牛充栋的近4000万字的《全宋诗》,或再苦心孤诣地一点一滴搜集、摘录相关史料。我们可以凭借《辑录与研究》,以之为向导、为概要,方便、高效地加以参考和利用,再结合前人的相关研究,结合其他相关文献及考古发现的实物、图像材料等,探寻、把握宋代乐舞艺术的真相和奥秘。当然,也可以在《辑录与研究》的基础上,进一步查阅了解诗歌作者及其所处时代的其他相关信息,以加深对《辑录与研究》材料的深层认知。

　　据韩启超教授介绍,他是在2016年指导硕士研究生王珂选择毕业论文的题目时,不经意间关注到了《全宋诗》,认为其中的乐舞史料值得搜集研究。但考虑到《全宋诗》的体量,决定退而求其次,先让其选择《宋诗钞》(清代选编刊刻,内收宋诗12000余首)作为自己论文的研究对象,聚焦于《宋诗钞》中的乐舞史料研究。

　　这一抉择是合理的。由此,也就拉开了韩启超教授和他的研究生团队持续八年之久收集研究全宋诗乐舞史料工作的序幕。他们以《全宋诗》为基础,又得到国家出版基金、"十四五"国家重点出版物出版规划项目、中华民族音乐传承出版工程的支持,以及苏州大学出版社的大力帮助。今天,韩启超教授和他的团队终于完成这一重要工程,并将成果提供于社会。

　　当初看好像是无意间的抉择和取向,其实,回头看,是天时、地利、

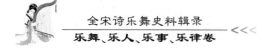

人和诸因素的亲密契合。同学们不仅在导师亲力亲为的带领指导下,在实战、实践过程中,学习如何进行学术研究,顺利完成论文取得学位,更重要的是,通过共同的努力,完成了一项很有社会意义和学术价值的、嘉惠学界并可以传世的集体大项目,一项文化艺术工程!

所以,我看到他们的辑录和研究成果能够顺利出版,并提供给学界和广大社会人士运用,可以说是喜出望外,同时又非常振奋、非常感动!

谨向他们团队和出版社表示崇高的敬意和衷心的祝贺!

这里,还想谈谈"以诗证史",谈谈《辑录与研究》中来自宋代诗歌的乐舞史料的重要性。

历史研究一刻也离不开史料。所以,曾有历史学家强调"史学就是史料学"。从某种意义上讲,这一看法是有道理的。因为,没有史料就无从认识历史、建构历史;而没有可靠的、扎实的史料,便大谈历史,或高谈各种史学理论,也只能是向壁虚构、主观臆造,结论也只能是无源之水,必然掉进历史虚无主义的陷阱。

古人很早就认识到要了解、研究历史,就不能局限于经、史、子、集的简单分类。很早就有学者明确提出"六经皆史",近代大学问家梁启超更强调"举凡人类智识之记录,无不丛纳之于史"。马克思也说我们所知道的唯一一门科学,就是历史科学。近代科学史学还进一步强调,研究历史,不仅要依靠文献史料,还要结合大量的实物史料、图像史料(包括考古学发掘的相关地下文物史料)。此外,还有"活"的史料,即遗存至今的种种传统文化,来自民族学、人类学、民俗学等各个方面的物质与非物质史料,来以今证古,由此产生了必须结合"二重"乃至"多重"史料来进行研究的多重证据历史研究法。

诗歌是重要的人类文化创造,也是历史、文化和传统的产物,所以

序

"以诗证史",是运用文献史料来研究历史的重要角度。诗歌等文学作品来源于生活,也反映生活,所以,研究古代历史,特别是研究古代乐舞,诗歌当然也是一种不可或缺的史料来源,"以诗证史"也成为一种自觉的历史研究方法。近代著名史学家陈寅恪先生,就有不少通过"以诗证史"取得重要研究突破的成果,他的相关研究被视为"以诗证史"的成功范例,值得关注和学习。

很多学者指出,"以诗证史"是历史研究的基本方法之一,认为这种方法通过分析古代诗歌的内容,来探讨和解读历史现象和社会状况,从而为历史研究提供新的视角和证据。还有学者指出,"以诗证史"这种方法的应用,不应局限于对古代社会的理解上,还应扩展到对历史气候等的研究上。例如,通过分析唐宋时期的诗歌,研究者可以了解当时的农业生产、气候变化、社会生活等多方面的信息。相关诗歌不仅反映了当时的社会生活,还蕴含了丰富的气候和自然环境知识,为历史研究提供了宝贵的资料。比如,具体到唐代的研究,通过分析白居易、丁仙芝、杜荀鹤等诗人的作品,可以发现唐代农村经济商品化发展的情况。这些诗歌中提到的农业生产和商业活动,如蚕桑养殖、农产品交易等,揭示了唐代农村经济活动的多样性和活跃性。这些发现不仅丰富了我们对唐代社会经济的认识,也为我们理解唐代社会经济结构提供了新的视角。又如,通过对唐宋诗歌中关于梅雨、节气、物候等现象的描述进行分析,可以更深入地理解古代人们对自然环境的感知和适应方式,以及这些自然环境因素如何影响当时的社会生活和农业生产。其中,对物候知识和气候变迁的描述,为我们研究古代气候变化提供了直观而生动的资料。

这里我想强调的是,古代的诗歌等韵文,与音乐、舞蹈艺术的关系本来就极其密切。中国以礼乐文明著称,号称"礼乐之邦"。"礼乐"之"乐"不仅非常重要("礼非乐不行,乐非礼不举"),而且在古代,"乐"的内涵与外延是非常广义的,包含文学(尤其诗歌)、音乐、舞蹈、戏剧、戏曲等,这些充分说明文学与乐舞的关系非同寻常,不少学者用"孪生姐妹"来形容它们之间的关系。一部中国文学史和一部中国音乐史,借用王小盾先生的话来说,它们的十分之八九原是重叠在一起的,也就是"一部中国音乐文学史"。换言之,打开中国文学史,从源头《诗经》开始,《楚辞》也好,汉魏南北朝的"乐府"(乐府诗歌)也好,唐诗宋词元曲也好,等等,一言以蔽之,都是配合唱歌、奏乐、舞蹈的歌词。

如唐代刘禹锡的《纥那曲》中"踏曲兴无穷,调同词不同"所描述的那样,文学歌词和歌唱舞蹈本来就是密不可分的,文学最开始也是口头文学,后来人们逐渐发明了文字,使用文字来记载歌词,才逐渐有了歌唱和文学的分离。所以,这种亲密的关系,也是我们通过诗歌来研究乐舞所具有的天然优势。

比如,被誉为中国文学源头的《诗经》,里面就有大量对音乐、乐舞、乐器演奏的刻画与描写。《诗经》"风""雅""颂"的分类(据上海博物馆藏战国楚竹书,分类原是"颂""夏""风",其中"夏"就是"雅"),就是当时音乐的分类,"十五国风"指的就是十五国的民歌。今本《诗经》第一篇《关雎》,里面就有当时乐舞活动和乐舞社会功能的生动展现,例如"窈窕淑女,琴瑟友之""窈窕淑女,钟鼓乐之"等。前辈学者很早就知道运用"诗"(《诗经》)来证史、写史,比如杨荫浏先生在《中国古代音乐史稿》中,就认为《诗经》中提到的乐器有近30种之多。笔者也曾对《诗经》中多次提到的"簧"进行考证,比如《王风·君子阳阳》中的"君子阳阳,左执簧,右招我由房",《小雅·鹿鸣》中的"我有嘉宾,鼓瑟吹笙,吹笙鼓簧,承筐是将",还有《秦风·车邻》中的"既见君子,并坐鼓簧"等,再结合其他历史文献,判断"簧"就是今天仍在部分地区流行的"口弦"(或"口簧")。现在还有考古报告说距今4000多年的石峁遗址出土了骨质的"口簧"。所以,用"以诗证史"的方法来研究考证古代乐舞历史,是不能忽视的方法和途径。

古代的类书,包括今天还能见到的年代最早的唐代的《艺文类聚》《初学记》,以及宋代的《太平御览》《玉海》等,都运用了包括前代和当代的诗歌史料来记述和研究乐舞史问题。清代体量极其巨大的《古今图书集成》,其《经济汇编·乐律典》,除征引经部、史部古籍记载外,还大量引用有关乐舞、乐律活动的历代诗文史料。这些都可以看作是"以诗证史"的史例。

用宋诗来证宋代乐舞史,在已有的中国古代音乐史研究中,也非常有效。比如研究宋代的古琴艺术,就有许多学者采纳、运用了宋代诗歌中的材料。例如,北宋大诗人苏东坡出身于热爱古琴的世家,自己还收藏、研究过唐代名琴——雷琴(雷氏琴)。其一生咏琴的诗很多,如《听杭僧惟贤琴》《九月十五日观月听琴西湖一首示坐客》《听武道士弹贺若》《次韵子由弹琴》《破琴诗》《听贤师琴》等。他写的《琴诗》——"若言琴上有琴声,放在匣中何不鸣?若言声在指头上,何不于君指上听",一直很受关注。为纪念欧阳修,苏东坡还为琴曲《醉翁操》(系沈遵根据欧阳修《醉翁亭记》的意境创作)专门创作了琴歌……这里就不多罗列了。这些都是研究宋代音乐舞蹈非常重要的史料。

当然,诗歌作为文学体裁的一种,也具有反映刻画现实的某些特殊性,比如也运用夸张、虚构等手法,还有习惯性的用典,所以诗歌的描写不完全等同于现实摹写和精确再现。这些都是在"以诗证史"时应该注意的。

  应该说,宋诗(以及其他各种宋代文献)中还有大量的乐舞史料,有待我们进一步去了解、研究。河北师范大学音乐学院韩启超教授和他的团队所进行的相关辑录工作,非常有价值,为我们开启了深入掌握运用这些宝贵史料的大门。我们也期待他们在此基础上继续前行,更好地运用这些宝贵史料,为我们揭开宋代乐舞史上的更多奥秘,传达出更多的珍贵信息,力争取得更多更新的研究成果!

秦 序

2024 年 9 月初草于昆明

凡 例

一、底本选择。本书以北京大学古文献研究所编写的《全宋诗》（共72册）为底本，结合北京大学推出的全宋诗分析系统，收录其中涉及乐舞的诗歌。

二、收录原则。本书尽可能全面地收录涉及乐舞的诗歌，但以下情况不予收录：（一）标题或诗句中出现乐器名但与乐器无关的诗歌。（二）对标题中只作与乐舞相关的交代，而诗句中与乐舞无关的诗歌。（三）内容完全相同（或只有少数字眼不同），但作者不同或诗名不同的诗歌。（四）个别无法确定与乐舞直接相关的诗歌。另联句诗，只做标注说明，不重复收录。

三、体例次序。本书除研究卷外，每卷内容以乐舞元素分列，各名目下呈现作者及诗歌内容，并按照作者姓氏拼音进行排序，姓氏拼音相同者及同姓名者则以生年先后为序，其他涉及无名氏者、僧道以及帝王等，具体情况具体处理。

四、用字原则。本书采用简体横排，文字原则上遵循《古籍字体转换释例》，保留通假字、同义字等。异体字在适当范围内审慎稳妥地改为正体字；特殊情况下则保留原字，如人名等专名的用字不作转换。旧字形不作保留。

五、校勘原则。本书原则上遵照底本以及全宋诗分析系统中的内容,但针对编校过程中发现的个别错误,参校权威版本直接改正,不出校记。如:(一)"朱碧烂干夜明灭"句,据四部丛刊景清爱汝堂本《石湖诗集》,将"烂"改作"栏";(二)"奇花异奔相迎开"句,据影印文渊阁四库全书本《乐轩集》,将"奔"改作"卉";(三)"晓钟梦裹苦相呼"句,据四部丛刊景宋写本《诚斋集》,将"裹"改作"里";等等。

目 录

乐 舞

霓 裳

艾性夫(？—？)
　　杂兴五首(其二) /1
白玉蟾(1194—？)
　　曲肱诗(其六) /1
　　题浯溪 /1
　　飞仙吟送张道士 /2
　　玉真瑞世颂 /2
曹　勋(1098—1174)
　　春风引 /2
柴随亨(1220—1277)
　　和赵元鼎钱塘怀古韵 /3
晁冲之(1073—1126)
　　都下追感往昔因成二首(其一) /3
晁公遡(1116—？)
　　今秋久雨至八月望夕始晴月色尤清澈可爱置酒月下作 /3
陈梦庚(1190—1267)
　　唐刻石 /4
陈　宓(1171—1230)
　　丹桂 /4
　　放生池产双莲(其一) /4
陈　襄(1017—1080)
　　谒真祠 /4
　　楼上曲 /4
陈　造(1133—1203)
　　梁教授次柘枝诗韵再和 /4
　　题六么后 /4
谌　祐(1213—1298)
　　句(其———九) /5
程公许(1182—？)
　　登伏龙观看雪和张权父韵 /5
　　和南风歌 /5
　　涪州荔子园行和友人韵 /5
崔敦诗(1139—1182)
　　淳熙八年端午帖子词·太上皇后阁六首(其一) /6
　　淳熙七年端午帖子词·皇后阁六首(其五) /6
邓　林(？—？)
　　效晋乐志拂舞歌淮南王二篇(其二) /6

邓 牧(1247—1306)
　汉阳郎官湖 /6
邓 深(?—?)
　次韵赋十月桃为罗司理生朝 /7
范仲淹(989—1052)
　苏州十咏·木兰堂 /7
　和葛闳寺丞接花歌 /7
方 回(1227—1307)
　赠范君用笔工五首(其五) /8
方 岳(1199—1262)
　次韵双头牡丹 /8
　饮茶蘼花下招蔡公庆 /8
　催雪 /8
　花谢 /8
冯伯规(?—?)
　次韵仲秉木犀 /8
葛起耕(?—?)
　橄雪 /8
韩 淲(1159—1224)
　次韵五叔梅花(其七) /9
　冬日玉色木芍药 /9
　放步 /9
韩 琦(1008—1075)
　又寄二阕(其一) /9
　初会醉白堂 /9
　灵泉览古 /9
韩元吉(1118—?)
　红梅 /9
何梦桂(1229—?)
　吊维扬琼花 /10

胡 寅(1098—1156)
　中秋寄贾阁老 /10
　酬诸同官见和三首(其二) /10
　陪叔夏游法轮 /10
胡仲参(?—?)
　丑妇吟 /10
华 岳(?—1221)
　呈王君庸 /11
　记梦 /11
黄 裳(1043—1129)
　简元舆祠部(其二) /11
黄 升(?—?)
　游金精山 /11
黄顺之(?—?)
　题九曲尼院 /12
黄庭坚(1045—1105)
　酴醾 /12
金君卿(1020—?)
　戚郎中红黄拒霜花 /12
康孝基(?—?)
　春游 /12
孔武仲(1041—1097)
　黄州夜泊听水声因为绝句以广欧阳
　　公诗话 /12
李 复(1052—?)
　温泉行 /12
　女几山女仙庙 /13
李 纲(1083—1140)
　荔枝词集句 /13
李 舜(1194—?)
　杨妃看牡丹图 /13

目 录

李 洪(1129—1183)
　　隆兴改元初余为永嘉监仓时登忠义堂睹颜鲁公像知其裔家是邦今阅一纪沿檄莆中遇军事判官邵即其人也因请观常山平原二像并大历颢会昌嗣二诰为赋长句　/ 13

李九龄(?—?)
　　上清辞五首(其一)　/ 14

李 新(1062—?)
　　飞练歌呈宋幽州宏父　/ 14
　　催李祖申赏莲会　/ 14

李曾伯(1198—1268)
　　和刘舍人咏雪　/ 14

李 廌(1059—1109)
　　荼蘼洞　/ 14
　　骊山歌　/ 14

刘才邵(1086—1157)
　　次韵梅花十绝句(其二)　/ 15

刘 敞(1019—1068)
　　月夜　/ 15

刘辰翁(1232—1297)
　　月　/ 15
　　夏景·梦回莲叶雨　/ 15
　　秋景·月色醉远客(其一)　/ 15

刘克庄(1187—1269)
　　三叠(其五)　/ 15
　　池上对月五首(其四)　/ 16

楼 钥(1137—1213)
　　桃源图　/ 16

陆蒙老(?—?)
　　嘉禾八咏·苏小小墓　/ 16

陆文圭(1250—1334)
　　王祈伊中秋不见月四首(其四)　/ 16

陆 游(1125—1210)
　　观花　/ 16
　　初春怀成都　/ 17
　　忆唐安　/ 17
　　游大智寺　/ 17

潘良贵(1094—1150)
　　和季成弟中秋不见月　/ 17

钱 时(1175—1244)
　　步月庭下(其一)　/ 17

仇 远(1247—?)
　　永逈观赏桂刘君佐黄景岩治酒　/ 18
　　海上图澄江仙刻　/ 18

裘万顷(?—1219)
　　再用韵三首(其一)　/ 18

任希夷(1156—?)
　　牡丹　/ 18

邵 雍(1011—1077)
　　芍药四首(其一)　/ 18
　　女几祠　/ 18

施 枢(?—?)
　　对雪　/ 18
　　小琼花　/ 19

史 浩(1106—1194)
　　次韵冯圆中酴醾(其一)　/ 19

释德洪(1071—1128)
　　谒蔡州颜鲁公祠堂　/ 19

释居简(1164—1246)
　　酬寒泉牡丹　/ 19

3

释智圆(976—1022)
　　松风 /19
宋　白(936—1012)
　　宫词(其三五) /20
　　宫词(其五九) /20
宋　肇(?—?)
　　中秋对月用昌黎先生赠张功曹韵 /20
苏　轼(1037—1101)
　　至真州再和二首(其二) /20
孙　觌(1081—1169)
　　臞庵 /21
唐士耻(?—?)
　　凤山逸士周遇仙谣 /21
滕宗谅(991—1047)
　　月 /22
田　锡(940—1004)
　　乾明节祝圣寿(其九) /22
　　紫云曲 /22
汪元量(1241—1317)
　　马嵬坡 /22
汪　真(1196—1264)
　　及时行乐歌 /22
王十朋(1112—1171)
　　黄池对月 /23
王　炎(1138—1218)
　　吕待制所居八咏·月台 /23
　　南斋中秋小酌 /23
　　又题月台 /23
王　洋(1089—1154)
　　和郑丈戏赠欻父 /23

王义山(1214—1287)
　　王母祝语·芍药花诗 /23
王禹偁(954—1001)
　　商山海棠 /23
王之道(1093—1169)
　　天宝歌和魏定公文次韵 /24
　　梅花十绝追和张文潜韵(其八) /24
　　和李似矩马图歌次韵 /24
王　灼(?—?)
　　张元举惠江南李王帐中香 /25
王　镃(?—?)
　　马嵬 /25
魏　野(960—1020)
　　寇相公生辰因有寄献 /25
闻人祥正(?—?)
　　集句(其一九) /25
吴　芾(1104—1183)
　　邦人献芍药四种曰御爱红曰霓裳红曰缀珠冠子曰红都胜因同朝宗夜饮赏之遂成二绝以记一时之胜(其一) /25
吴　浚(?—1277)
　　中秋联句 /25
吴　镒(1140—1197)
　　崇仙观(其一) /26
吴　雍(?—1087)
　　登骊山阁留诗 /26
夏　竦(985—1051)
　　仙姬怨 /26

项安世(1129—1208)
　闰月二十一日作落梅花(其二) /27
谢　逸(1068—1112)
　中秋与二三子赏月分韵得中字 /27
熊　瑞(?—?)
　西湖歌饯杨泽之回杭 /27
徐　积(1028—1103)
　舞 /27
徐介轩(?—?)
　红梅(其一) /27
徐　钧(?—?)
　颜杲卿 /28
徐鹿卿(1189—1251)
　即席次府判韵 /28
徐　铉(917—992)
　题紫阳观 /28
许及之(1141—1209)
　信笔戒子种花木(其五) /28
薛季宣(1134—1173)
　残花 /28
　香棠 /28
　睡香 /28
杨公远(1227—?)
　月下看白莲 /29
　癸未中秋 /29
杨冠卿(1138—?)
　美人在空谷 /29
杨万里(1127—1206)
　晴后再雪四首(其三) /29

姚　勉(1216—1262)
　海棠一夜为风吹尽三首(其三) /29
　题杨妃出浴图 /29
　闻莺 /29
于　石(1247—?)
　次韵中秋对月 /30
俞德邻(1232—1293)
　八月十五夜 /30
虞　俦(?—?)
　偶见梅一株开花特大标格庄重尤可爱可赏世人誉梅必以清瘦斯岂不易之论耶(其一) /30
喻良能(1120—?)
　中秋望月偶诵唐欧阳詹玩月诗追和一首 /30
岳　珂(1183—?)
　舞鹤四绝(其一) /30
　宫词一百首(其八九) /30
曾　巩(1019—1083)
　寄齐州同官 /31
　芙蓉台 /31
张明中(?—?)
　和景夔梅四首(其三) /31
张　嵲(1096—1148)
　咏雪得光字 /31
张舜民(?—?)
　句(其二〇) /31
　温泉 /31
张玉娘(1250—1276)
　香闺十咏·桃花扇 /32

咏竹·月 /32

赵崇璠(？—？)
丛桂轩·老翠 /32

赵处澹(？—？)
长门怨 /32

赵佶(1082—1135)
宫词(其九三) /32

赵孟坚(1200—？)
安吉州赋牡丹 /32

赵汝鐩(1172—1246)
广寒游 /33

赵师䂮(1148—1217)
元夕 /33

赵文(1239—1315)
扬州后土庙琼花香如莲花落不著地丙子一夕大雷雨失花所在相传以为上天云 /33

郑清之(1176—1251)
家园即事十三首(其一三) /33

郑獬(1022—1072)
挽程中书令三首(其二) /33
次韵程丞相重九日示席客 /33

周必大(1126—1204)
范致能以诗求二色桃再次韵二首(其一) /34
次韵史院洪景卢检详馆中红梅 /34
端午帖子·皇后阁(其五) /34

周紫芝(1082—？)
得宝子 /34
次韵庭藻天申节锡燕书事 /34
秦少保生日诗三首(其三) /35

朱长文(1039—1098)
奉陪太守及诸公游虎丘 /35

朱光庭(1037—1094)
华清偶成 /35

祖无择(1010—1085)
琵琶亭 /35

剑　舞

白玉蟾(1194—？)
别李仁甫 /36
见懒翁(其二) /36
劣隐 /36
题清虚堂 /36
题清胜轩 /36

柴望(1212—1280)
塞下行赠韦士颖归鄂渚上江陵谒阃相 /36

晁补之(1053—1110)
酬李唐臣赠山水短轴 /37

晁冲之(1073—1126)
送一上人还滁州琅琊山 /38

方回(1227—1307)
赠綦大将军(其二) /38

冯山(？—1094)
和刘漕明复观吴生画 /38

郭祥正(1035—1113)
谢钟离中散惠草书 /39

韩琦(1008—1075)
次韵和崔公孺国博观新模正献杜公草书 /39

贺　铸(1052—1125)
　　黄楼歌　/ 39
黄力敔(?—?)
　　送陈随隐归江西　/ 39
姜　夔(1155?—1208)
　　以长歌意无极好为老夫听为韵奉别沔鄂亲友(其五)　/ 40
李　新(1062—?)
　　送张少卿赴召十首(其九)　/ 40
李　廌(1059—1109)
　　鼎足桧　/ 40
刘　敞(1019—1068)
　　观南戍士卒作乐　/ 40
　　寄吕侍郎　/ 40
刘克庄(1187—1269)
　　竹溪直院盛称起予草堂诗之善暇日览之多有可恨者因效颦作十首亦前人广骚反骚之意内二十九首用旧题惟岁寒知松柏被褐怀珠玉三首效山谷余十八首别命题或追录少作并存于卷以训童蒙之意·闻鸡起舞　/ 41
吕颐浩(1071—1139)
　　次韵崔强恕坠马见贻　/ 41
梅尧臣(1002—1060)
　　观王氏书　/ 41
仇　远(1247—?)
　　葛雄女子舞剑歌　/ 41
施宜生(?—1160)
　　句(其三)　/ 42
宋伯仁(1199—?)
　　梅花喜神谱·欲开八枝(其八)　/ 42

苏　轼(1037—1101)
　　自清平镇游楼观五郡大秦延生仙游往返四日得十一诗寄子由同作·授经台　/ 42
谢　翱(1249—1295)
　　呈王尚书应麟　/ 42
徐　玑(1162—1214)
　　送单丙文先生归沅州　/ 42
于　石(1247—?)
　　杜少陵赠卫八处士韵别秉国　/ 42
俞德邻(1232—1293)
　　跋韩仲文所藏史共山草书　/ 43
张　侃(1189—?)
　　次韵竹林玉老三首(其一)　/ 43
张　咏(946—1015)
　　淮西有答　/ 43
　　赠刘吉　/ 43
张　征(?—?)
　　书故三司副使陈公亚之诗轴后　/ 44
郑思肖(1241—1318)
　　咏怀三首(其三)　/ 44
周紫芝(1082—?)
　　沈元用太守和具茨诗张元明两用其韵见邀同赋　/ 44
　　观大阅　/ 44

柘枝舞

陈　造(1133—1203)
　　试柘枝溪上　/ 44
胡　寅(1098—1156)
　　留别王元治师中谭纯益三首(其二)　/ 45

李　纲(1083—1140)
　　谒寇忠愍祠堂六首(其四) /45
刘次庄(?—?)
　　尘土黄·笺 /45
刘　兼(?—?)
　　宴游池馆 /45
陆　游(1125—1210)
　　闻韩无咎下世 /45
梅尧臣(1002—1060)
　　和永叔柘枝歌 /46
潘兴嗣(1021—?)
　　滕王阁春日晚眺 /46
秦　观(1049—1100)
　　灼灼 /46
释怀深(1077—1132)
　　颂古三十首(其一〇) /46
释慧远(1103—1176)
　　偈颂一百零二首(其三六) /46
　　偈颂一百零二首(其四七) /46
释行海(1224—?)
　　暮春词 /47
释宗印(1148—1214)
　　偈颂八首(其二) /47
宋　白(936—1012)
　　宫词(其四) /47
苏舜元(1006—1054)
　　题海昌安国寺 /47
陶梦桂(1180—1253)
　　柘 /47
汪元量(1241—1317)
　　竹枝歌(其四) /47

淮安水驿 /47
魏　野(960—1020)
　　陪乔职方泛舟之三门谒禹祠 /48
文　同(1018—1079)
　　山堂前庭有奇石数种其状皆与物形相类在此久矣自余始名而诗之·柘枝石 /48
许及之(1141—1209)
　　客有自成都来者传制帅华学尚书年丈巫山诗辄次韵奉寄 /48
薛道光(1078—1191)
　　桔橰颂 /48
张伯玉(?—?)
　　次韵王治臣九日使君席上二章(其一) /49
郑清之(1176—1251)
　　追记觉际偶成 /49

六　幺

范成大(1126—1193)
　　真定舞 /49
　　酒边二绝(其二) /49
陆　佃(1042—1102)
　　依韵和赵令畤三首(其一) /49
梅尧臣(1002—1060)
　　送杜挺之郎中知虔州 /49
张　枢(1292—1348)
　　宫词十首(其八) /50
朱继芳(?—?)
　　用前韵谢野水郎君招饮 /50

朱汝贤(？—？)
  题秩巴寨 / 50

龟兹舞

陆　游(1125—1210)
  感旧 / 50

沈　辽(1032—1085)
  龟兹舞 / 51

薛季宣(1134—1173)
  读近时乐府(其一) / 51

胡旋舞

艾可翁(？—？)
  元宵 / 51

敖陶孙(1154—1227)
  飘风荆溪 / 51

孔平仲(1044—1102)
  观牛渡江 / 51

刘子翚(1101—1147)
  四不忍(其四) / 52

王义山(1214—1287)
  王母祝语·宫柳花诗 / 52

赵汝鐩(1172—1246)
  缠头曲 / 52

郑清之(1176—1251)
  谢茸芷和韵 / 52

梁　州

陈舜俞(？—1075)
  双溪行 / 53

陈　造(1133—1203)
  赠赵丞四首(其二) / 53

  十绝句寄赵帅(其六) / 53
  次韵朱万卿五首(其一) / 53

范成大(1126—1193)
  续长恨歌七首(其七) / 54
  次韵温伯雨凉感怀 / 54

何　郯(1105—1173)
  存目 / 54

胡仲弓(？—？)
  宫词(其一〇) / 54

黄　庚(？—？)
  修竹宴客东园 / 54

黄庭坚(1045—1105)
  和陈君仪读太真外传五首(其三) / 55

李　壁(1159—1222)
  又口占小诗五首(其四) / 55

李　龏(1194—？)
  梅花集句(其四五) / 55

李之仪(1048—1127)
  绝句七首(其二) / 55

廖　融(？—？)
  退宫妓 / 55

梅尧臣(1002—1060)
  莫登楼 / 55

秦　观(1049—1100)
  送蒋颖叔帅熙河二首(其二) / 56

释慧远(1103—1176)
  偈颂一百零二首(其四〇) / 56

苏　轼(1037—1101)
  读开元天宝遗事三首(其三) / 56

王仲修(？—？)
  宫词(其九二) / 56

吴　儆(1125—1183)
　　说谜三绝(其一) ／56
岳　珂(1183—?)
　　与高紫微雪溪饯客虽已预盟然坐次
　　予每居上为之跙踖寄此见意 ／56
张伯玉(?—?)
　　新定望湖楼 ／56
周彦质(?—?)
　　宫词(其八三) ／57

凉　州

陈　襄(1017—1080)
　　骊宫悼往 ／57
崔敦礼(?—1181)
　　再次韵一首 ／57
范成大(1126—1193)
　　元夕后连阴 ／57
葛立方(?—1164)
　　天宝三绝(其二) ／57
黄庭坚(1045—1105)
　　次韵清虚喜子瞻得常州 ／57
李　堪(965—?)
　　玉田八景·玉滩夜月 ／58
李曾伯(1198—1268)
　　太府寺梅花盛开和曾玉堂韵(其二)
　　／58
李之仪(1048—1127)
　　堤上闲步二首(其二) ／58
　　春日同梁十四宴李公昭朝霞阁侍儿
　　舞梁州曲彻客有以润罗为赠公昭
　　命玉杯满酌酬之又以金钟邀儿相

　　属既醀出乌丝栏索诗 ／58
林宗放(?—?)
　　北楼次韵 ／58
刘　跂(1053—?)
　　又泛西溪诗十首(其五) ／59
陆　游(1125—1210)
　　过茱萸铺青松朱户前临大道绝似西
　　陲亭驿怅然有作 ／59
　　湖上今岁游人颇盛戏作四首(其二)
　　／59
释居慧(1077—1151)
　　偈二首(其一) ／59
释昙贲(?—?)
　　偈四首(其四) ／59
释行海(1224—?)
　　偶作 ／59
宋　无(1260—?)
　　宫词(其一) ／59
苏　轼(1037—1101)
　　东阳水乐亭 ／59
　　惜花 ／60
许应龙(1169—1249)
　　拜赐宫花纪恩诗(其二) ／60
曾由基(?—?)
　　赠贵官家小姬 ／60
赵　文(1239—1315)
　　次韵欧阳良有高山仰止四首(其一)
　　／60
真德秀(1178—1235)
　　春贴子·皇帝阁六首(其五) ／61

目 录

周 密(1232—1298)
 梦游紫霞寤而感怆 / 61
 嘲少年 / 61
周紫芝(1082—?)
 雨中湖上晚归书所见三绝句(其二) / 61

伊 州

白玉蟾(1194—?)
 晚酌翛然阁 / 61
陈 造(1133—1203)
 同高叔不愚如晦饮再次韵二首(其一) / 61
范成大(1126—1193)
 闻石湖海棠盛开亟携家过之三绝(其二) / 61
洪 炎(1067?—1133)
 绝句 / 62
李清臣(1032—1102)
 句(其一) / 62
梅尧臣(1002—1060)
 叙两会事戏寄刁景纯学士 / 62
强 至(1022—1076)
 坐客宋周士忽垂光和复用元韵答之三首(其二) / 62
王仲修(?—?)
 宫词(其八八) / 62
周彦质(?—?)
 宫词(其四八) / 62
朱淑真(?—?)
 会魏夫人席上命小鬟妙舞曲终求诗于予以飞雪满群山为韵作五绝(其三) / 62

舞 雩

白玉蟾(1194—?)
 与赵将军(其二) / 63
包 恢(1182—1268)
 病中答客 / 63
晁补之(1053—1110)
 送陈逸之筠州 / 64
 澶守谏议韩璹祷雨有应 / 64
陈 宓(1171—1230)
 上巳日游延平修禊洞 / 64
陈 邕(?—?)
 泮林释奠偶缘摄事遂获充员窃观礼文乐奏之盛不胜欣叹辄成小诗奉呈僚友 / 64
陈 造(1133—1203)
 题龚养正孩儿枕屏二首(其二) / 65
 送严上舍并寄诸公十首·寄张次夔县丞(其二) / 65
 楚辞三章送郭教授趋朝(其二) / 65
程 洵(1135—1196)
 用韵送蔡季通还建安 / 65
 次韵刘寺簿临蒸精舍落成 / 65
戴 蒙(?—?)
 南溪暮春 / 65
邓 肃(1091—1132)
 和谢吏部铁字韵三十四首·呈几叟

11

仪曹四首(其一) / 66
范祖禹(1041—1098)
　答孙莘老病中寄谢诸同舍 / 66
方　回(1227—1307)
　美许孝子 / 66
　寄题云屋赵资敬启蒙亭风雩亭二首
　　(其二) / 66
方蒙仲(1214—1261)
　采芹亭(其六) / 66
方　岳(1199—1262)
　次韵方教采芹亭(其九) / 67
龚　敦(？—？)
　和苏唐卿 / 67
韩　驹(1080—1135)
　次韵馆中诸公游慈云寺 / 67
何　基(1188—1268)
　题徐伯光真 / 67
何梦桂(1229—？)
　感兴(其一) / 67
洪咨夔(1176—1236)
　偶成 / 68
　白鹿书院 / 68
胡　宏(1105—1161)
　简彪汉明 / 68
胡　寅(1098—1156)
　和仁仲春日十绝(其一〇) / 68
　和奇父竹斋小池及游春五绝(其五)
　　/ 68
　郭伟求鄙文 / 68
　和杨秀才二首(其二) / 69
　和陈生三首(其三) / 69

姜特立(1125—1203)
　赴饮席家人供新衣 / 69
金履祥(1232—1303)
　华之高寿鲁斋先生七十(其三)
　　/ 69
李　复(1052—？)
　芸叟召杜城晚饮遂宿于东轩欲同游
　　五台寺有诗因和其韵 / 69
李　纲(1083—1140)
　余筑室梁溪之上三年而后成手植花
　　木甚众遭值世故未尝得安居其间
　　岁暮羁旅慨然念之因和渊明时运
　　诗以见意 / 69
　谒告迎奉闻亲闱有醴泉之除不胜庆
　　抃作诗寄叔易季言二弟 / 70
李　堪(965—？)
　舞雩台 / 70
李弥逊(1089—1153)
　方池独步 / 70
　与德洪明甫伯与暮春六日同登乌石
　　饮于浴鸦池琴侍以石上坐忘归分
　　韵得石字 / 70
李　石(1108—1181)
　谢浩然以梦告且赋诗见赠次韵复之
　　二首(其二) / 71
　次韵孙翊尉(其三) / 71
李　新(1062—？)
　卢舍那僧舍留别(其一) / 71
　送李能 / 71
　刘小漕(其一) / 71
李之仪(1048—1127)
　次韵参寥杜孝锡 / 71

廖　刚(1071—1143)
　　题张延之觉寺亭　/ 72
　　贺知府毛检讨生辰　/ 72
林光朝(1114—1178)
　　冬至　/ 72
刘　攽(1023—1089)
　　凿井　/ 72
　　五龙井祷雨　/ 72
　　登东山小鲁　/ 73
刘　敞(1019—1068)
　　次韵和春卿城西同步　/ 73
　　因季点同幕中诸君过车辋湖步行野间　/ 73
　　闵雨　/ 73
刘　黻(1217—1276)
　　偕剡中诸友游明心寺　/ 73
刘克庄(1187—1269)
　　竹溪直院盛称予草堂诗之善暇日览之多有可恨者因效颦作十首亦前人广骚反骚之意内二十九首用旧题惟岁寒知松柏被褐怀珠玉三首效山谷余十八首别命题或追录少作并存于卷以训童蒙之意·杏坛　/ 73
　　神君歌十首(其八)　/ 74
　　丁酉重九日宿顺昌步云阁绝句七首呈味道明府(其三)　/ 74
　　怀旧二首(其二)　/ 74
　　次韵黄景文投赠三首(其二)　/ 74
　　寄题南康胡氏春风堂　/ 74
　　三和　/ 74

刘　筠(971—1031)
　　赴郡之初寻属愆亢有议举旧典取湫水征巫觋以祷而涉旬靡应农事方急遣罢去越翊日渐获优洽　/ 75
楼　钥(1137—1213)
　　寄题吴绍古县尉经德堂　/ 76
　　臧温叟挽词　/ 76
陆　佃(1042—1102)
　　送致政邢定国通判　/ 76
陆　游(1125—1210)
　　圣门　/ 76
罗　愿(1136—1184)
　　福州赵侍郎开城西古湖以溉田既成冀得致政丞相福公一临于是有唱和之篇二首(其一)　/ 76
毛　珝(？—？)
　　中年　/ 76
毛友诚(？—？)
　　谢李宏斋先生　/ 77
梅尧臣(1002—1060)
　　次道约食后同敏叔中道平叔如晦诣景德浴以风埃遂止　/ 77
钱　时(1175—1244)
　　喜见家山答守之二首(其二)　/ 77
　　用守之盟七友歌韵示诸子　/ 77
丘　葵(1244—1333)
　　李吾董教同安为作长编　/ 77
邵　棠(？—？)
　　上巳散步汇东　/ 78
史尧弼(1119—？)
　　送谯允蹈解青神赴永康学官二首(其

二) /78

释绍昙(?—1297)
偈颂一百一十七首(其一一一) /78
偈颂一百零四首(其四五) /78

司马光(1019—1086)
伏蒙留守相公赐示陪太师潞公东田宴集诗辄敢属和 /78
上巳日与太学诸同舍饮王都尉园 /78
还陈殿丞原人论 /78

宋　祁(998—1061)
送李芝还旧隐 /79
初除直讲献内阁冯学士孙侍郎 /79
大酺纪事十四韵 /79

宋　庠(996—1066)
春霁汉南登楼望怀仲氏子京 /79

苏　轼(1037—1101)
被酒独行遍至子云威徽先觉四黎之舍三首(其二) /79
宿州次韵刘泾 /80
次韵乐著作野步 /80

苏　辙(1039—1112)
送家安国赴成都教授三绝(其一) /80
次韵邦直见答二首(其一) /80
次韵讲律李司理宪见赠 /80
次韵王适游陈氏园 /80
生日 /80

苏　籀(1091—?)
祝舜俞少卿示曩岁葺蒙园陪游风什一编不度枵疏上尘二首(其一) /80

孙　觌(1081—1169)
运使直阁郎中张公同年挽词三首(其三) /81

孙应时(1154—1206)
遂安县兴学和詹本仁见赠诗 /81
答杨霖用前韵见赠 /81

唐　弼(?—?)
和经略直阁寺丞赠刘升之蛰龙岩二首(其一) /82

唐　庚(1071—1121)
春日杂兴七首(其四) /82

汪应辰(1118—1176)
再用前韵 /82

王安国(1028—1074)
得雨 /82

王安石(1021—1086)
次韵酬龚深甫二首(其一) /82

王　珪(1019—1085)
挽贡南漪三首(其二) /82

王　溥(922—982)
诗一首 /82

王　阮(?—1208)
访晦翁不遇一首 /83

王十朋(1112—1171)
寄孙永之 /83
和韩县斋有怀四十韵 /83
次韵濮十太尉喜雨 /84

王　质(1135—1189)
赠戴渔 /84

14

文彦博(1006—1097)
　　春日偶作　/84

翁　森(?—?)
　　四时读书乐(其一)　/84

项安世(1129—1208)
　　酬答复州叶教授(其一)　/85
　　用韵送任以道入四川总领幕府二首
　　　(其一)　/85
　　四伯父生朝三首(其一)　/85
　　为建昌南城包显道题光风霁月之阁
　　　/85

谢　翱(1249—1295)
　　鲁国图诗　/85

徐元杰(1194?—1245)
　　和金兄　/85

许景衡(1072—1128)
　　次韵戴禹功游净梵退居　/86

薛仲庚(?—?)
　　春日　/86

阳　枋(1187—1267)
　　宝祐三年上巳风雨连日成短歌寄谊
　　　儒侄　/86

杨冠卿(1138—?)
　　又用韵(其三)　/86

杨　时(1053—1135)
　　送陈几叟南归(其三)　/86
　　寄题赵贯道后乐亭　/87

杨万里(1127—1206)
　　张丞相咏归亭词二首(其一)　/87
　　题峡江谭温父咏斋　/87

杨　亿(974—1020?)
　　上巳玉津园赐宴　/88

叶　适(1150—1223)
　　送戴汉老　/88

游　酢(1053—1123)
　　春日山行有感　/88

于　石(1247—?)
　　次韵赵九翁　/88

虞　俦(?—?)
　　和巩使君释奠韵　/89

员兴宗(?—1170)
　　秋中再至西湖荷花半残凄然有后时
　　　之叹纵步投夜归城中(其二)
　　　/89
　　游湖　/89

袁　甫(?—?)
　　衢学讲堂更名时习和贰车韵五首(其
　　　二)　/89
　　和惠宰修县学韵　/89

袁　燮(1144—1224)
　　峡水　/89
　　含清亭　/90

张九成(1092—1159)
　　论语绝句(其五二)　/90
　　夏日即事　/90

张　栻(1133—1180)
　　风雩亭词　/90

赵　蕃(1143—1229)
　　闰七月二十日侍知府寺簿先生为石
　　　鼓山向园之游　/91

15

赵 构(1107—1187)
　　文宣王及其弟子赞(其二三) /91
　　文宣王及其弟子赞(其三六) /92

赵 戣(?—?)
　　北窗伊吾(其六) /92

赵汝腾(?—1261)
　　答徐直方问无极歌 /92

赵 寅(?—?)
　　兴庆池禊宴 /92

郑清之(1176—1251)
　　客有诵袁蒙斋得雨酬倡之什辄赓元韵志喜也呈虚斋使君(其三) /92

仲 并(?—?)
　　官满趋朝留滞吴门即事书怀十首(其六) /93
　　翌日早起再用昨夕韵呈二丈 /93
　　怀沈文伯 /93

周 密(1232—1298)
　　游法华阜蠡洞以糁径杨花铺白毡点溪荷叶叠青钱分韵余既有作复各赋古诗一以纪游事(其八) /93

周紫芝(1082—?)
　　次韵黄文若寄灯夕不出之作 /93
　　三月二十二日春雨终日 /94

朱 松(1097—1143)
　　次韵邓天启游南国 /94

朱 熹(1130—1200)
　　宿石岊馆二首(其二) /94
　　奉同张敬夫城南二十咏·咏归桥 /94
　　题西林院壁二首(其一) /94
　　有怀南轩老兄呈伯崇择之二友二首(其二) /94
　　择之寄示深卿唱和乌石南湖佳句辄次元韵三首(其三) /95

社 舞

白玉蟾(1194—?)
　　农歌 /95

郭 印(?—?)
　　夔州元宵和曾端伯韵四首(其一) /95

李 新(1062—?)
　　即席次必强六绝句(其四) /95

释怀深(1077—1132)
　　资福遣土地出院(其二) /95

释慧初(?—?)
　　偈二首(其二) /95

释明辩(1085—1157)
　　颂古十六首(其二) /95

释师体(1108—1179)
　　偈颂十八首(其三) /96

释咸杰(1118—1186)
　　偈颂六十五首(其五四) /96

释正觉(1091—1157)
　　颂古一百则(其八) /96
　　禅人并化主写真求赞(其三四八) /96
　　小师智临禅客写真求赞 /96

释宗杲(1089—1163)
　　五祖演和尚赞二首(其二) /96

卫宗武(?—1289)
　　喜晴(其二) /97

薛季宣(1134—1173)
　　寒溪寺拈香时国丧罢宴锡已三岁二
　　首(其一) / 97
杨万里(1127—1206)
　　宿新市徐公店二首(其二) / 97
于　石(1247—?)
　　次韵徐月卿秋兴 / 97
喻良能(1120—?)
　　观田家宴集 / 97
张　守(1084—1145)
　　族叔祖示四绝句次韵(其三) / 98

白 纻

晁说之(1059—1129)
　　园中戏作白纻 / 98
范成大(1126—1193)
　　次韵知府王仲行尚书鹿鸣燕古风
　　/ 98
李昭玘(?—1126)
　　次膺哀辞三首(其二) / 98
刘　敞(1019—1068)
　　某往岁侍大人守丹阳粗知此郡之盛
　　复戏成小诗呈子高 / 99
刘学箕(?—?)
　　萧长公来访示以诸公诗卷谓与予游
　　从之久不能一辞为赠颇相噍责予
　　赋之不可辞之亦不可皆有说焉名
　　章俊语前后相望无数次乎其间见
　　睹西子之容面自增丑耳所不容却
　　者予年十五时海山官丁受琴于长

夫今予年四十与长夫有二十五年
之旧辞之弗作其可乎因书数言
/ 99
陆　游(1125—1210)
　　南窗睡起二首(其一) / 99
司马榗(?—?)
　　洛春谣 / 99
苏　轼(1037—1101)
　　次韵景仁留别 / 100
滕　岑(1137—1224)
　　白纻歌(其一) / 100
　　白纻歌(其二) / 100
徐　瑞(1255—1325)
　　客谈西湖旧事感而赋诗 / 100
许志仁(?—?)
　　白苎歌 / 101
杨万里(1127—1206)
　　白纻歌舞四时词·冬 / 101
张　耒(1054—1114)
　　送吕安礼 / 101

渝 舞

薛　田(?—?)
　　成都书事百韵 / 102

三 台

释道宁(1053—1113)
　　偈六十三首(其二七) / 104
释　珪(?—?)
　　颂古三十一首(其二三) / 104

释 洵(?—?)
 偈二十二首(其一七) /104

浑 脱

沈 辽(1032—1085)
 德相送荆公三诗用元韵戏为之 /104

干戚舞

陈 起(?—?)
 楷书歌赠人 /105

欧阳修(1007—1072)
 剑联句 /106

释永颐(?—?)
 防风王庙 /106

傩 舞

方 回(1227—1307)
 秀山霜晴晚眺与赵宾旸黄惟月联句 /107

刘克庄(1187—1269)
 即事三首(其三) /110

苏 泂(1170—?)
 梅口遣兴 /110

孙 嵩(1238—1292)
 立春日 /111

韦 骧(1033—1105)
 坐中闻击鼓殴傩声戏联数韵 /111

周 密(1232—1298)
 拟长吉十二月乐辞·十二月 /111

咸韶(咸池、韶)

白玉蟾(1194—?)
 古别离·觉非彭吏部 /111
 明堂礼成 /112

蔡 戡(1141—?)
 再用前韵酬端约 /112

曹 勋(1098—1174)
 禁中赏芍药口占 /112
 独不见 /112

晁公遡(1116—?)
 师安抚生日 /112
 次杨国材韵(其一) /114

晁说之(1059—1129)
 灵璧石有未上供者狼藉两岸 /114

陈傅良(1137—1203)
 和刘进之韵兼简吴阜之 /114
 挽木奉议(其二) /114

陈 宓(1171—1230)
 开禧丙寅春二十六日黄子功袭少任赵仲白同会转庵中夜以夜永烛花偏分韵赋诗乐甚时太守有游山之约不果 /114

陈 深(1260—1344)
 孤凤篇上静轩阁学士 /115

陈世崇(1245—1309)
 元夕八首(其八) /115

陈允平(?—?)
 游仙曲 /115

陈 造(1133—1203)
 帅寄诗再次韵 /115

程公许(1182—?)
　喜雨上使君 / 115
程　俱(1078—1144)
　歙溪砚 / 116
戴复古(1167—?)
　都中书怀呈滕仁伯秘监 / 116
董嗣杲(?—?)
　水乐洞 / 116
范纯仁(1027—1101)
　同王弱翁宿广化寺 / 116
范　浚(1102—1150)
　上李舍人 / 117
范仲淹(989—1052)
　岁寒堂三题·松风阁 / 117
范祖禹(1041—1098)
　谢赐御书诗五言十韵 / 118
傅　察(1090—1126)
　虞宪按乐致语 / 118
郭　凤(?—?)
　句 / 118
郭祥正(1035—1113)
　追和李白登金陵凤凰台二首(其一)
　　/ 118
　舟次白鹭洲再寄安中尚书用李白寄
　　杨江宁韵(其二) / 118
　送余秘校 / 118
　峨嵋亭即席再送 / 119
　奉和安中尚书同漕宪登长干塔
　　/ 119
郭　印(?—?)
　送朱仲远樊唐老趋阙奉大对 / 119

当可以邑士将赴类试作诗饥之因效
　其体 / 120
横翠堂成与诸公落之蒙贶佳篇不敢
　当也漫作数语以纪其实 / 120
韩　维(1017—1098)
　春贴子皇帝阁六首(其六) / 120
　又和馆西迎驾 / 120
　神宗皇帝挽歌三首(其三) / 120
何炳然(?—?)
　右凤洞 / 121
何平仲(?—?)
　赠周茂叔 / 121
洪咨夔(1176—1236)
　次及甫入峡杂咏·十二培 / 121
　送李微之倅成都 / 121
胡　宿(995—1067)
　礼毕庆成 / 121
华　镇(1051—?)
　题竹轩诗 / 121
　峄阳孤桐 / 122
黄大受(?—?)
　江行万里图 / 122
黄庭坚(1045—1105)
　衡山 / 123
　送吴彦归番阳 / 123
家之巽(?—?)
　定林寺(其一) / 123
姜特立(1125—1203)
　范大参入觐颇爱鄙作以诗谢之
　　/ 124

金君卿(1020—?)
　五色雀　/124
孔平仲(1044—1102)
　句(其一)　/124
孔武仲(1041—1097)
　大风　/124
黎廷瑞(1250—1308)
　桐华　/124
李　纲(1083—1140)
　五哀诗·唐中书令褚遂良　/124
李　光(1078—1159)
　双泉诗　/125
李　洪(1129—1183)
　扈跸玉津园　/125
　次韵施少路春日　/125
李　石(1108—1181)
　扇子诗(其八五)　/125
李之仪(1048—1127)
　为道见还诗因次其韵兼简孝锡
　　　　/126
李　廌(1059—1109)
　有怀都下寒食　/126
连文凤(1240—?)
　寄仲宝上人　/126
廖行之(1137—1189)
　次韵酬郭承禧　/126
林景熙(1242—1310)
　游九锁山·凤洞　/127
刘　攽(1023—1089)
　和前韵　/127
　南征二首(其一)　/127

　合加字韵两篇二十四字成一章更互
　次之咏曹之土风并叙出处寄呈司
　年职方　/127
刘　敞(1019—1068)
　张乐洞庭　/128
　挽仁宗皇帝歌四首(其三)　/128
　读庄子三首(其一)　/128
刘克庄(1187—1269)
　四和(其二)　/128
　警斋侍郎舟和放翁五言过奖衰朽且
　示雄文二编次韵一首　/128
　五和二首(其一)　/128
　灯夕守舍　/129
刘应时(?—?)
　感事赠周子寿二首(其二)　/129
刘　宰(1166—1239)
　云边即事　/129
刘　挚(1030—1097)
　次和次中简留守苏子容　/129
　送文与可同出守湖州　/129
　别田延年王潜江　/130
龙昌期(?—?)
　咏门　/130
陆　游(1125—1210)
　雨声　/130
　秋旱方甚七月二十八夜忽雨喜而有
　作　/130
　小舟过御园二首(其二)　/130
　睡觉闻儿子读书　/130
　长门怨　/130
吕　陶(1028—1104)
　再和胡右丞视学　/131

20

目 录

吕祖谦(1137—1181)
　萧果卿祭酒挽章二首(其二) / 131
梅尧臣(1002—1060)
　送余中舍监韶州钱监 / 131
米　芾(1051—1107)
　太常二绝(其二) / 132
任希夷(1156—?)
　太乙宫迎驾 / 132
邵　雍(1011—1077)
　尧夫吟 / 132
石　介(1005—1045)
　送李生谒张侯 / 132
史　浩(1106—1194)
　寄居庆汪中嘉尚书年登七秩会致语口号 / 133
史尧弼(1119—?)
　公肃在东南三有书来未报闻其除司直以诗寄贺且谢(其一) / 133
　醉卧至夜半半醒中若有所愧者闻空庭石渠流水濊濊清亮不觉心体顿舒醉卧俱失因赋其所感 / 133
释宝昙(1129—1197)
　和山谷赋黄迪墨竹韵 / 133
释慧远(1103—1176)
　颂古四十五首(其一六) / 134
释绍昙(?—1297)
　颂古五十五首(其四二) / 134
释文珦(1210—?)
　山乐官 / 134
司马光(1019—1086)
　又云新铸黼斛与今太府寺尺及权衡若合符契复次前韵 / 134
宋　庠(996—1066)
　季秋侍宴中阙与诸公憩学士院作 / 134
宋　翔(?—1158)
　绍兴乐府 / 134
苏　轼(1037—1101)
　送张安道赴南都留台 / 135
苏　辙(1039—1112)
　食樱笋二首(其二) / 135
孙应时(1154—1206)
　上皇八十庆寿赦书至海陵敬成三十二韵 / 135
汪炎昶(1261—1338)
　寄山朣滕主簿 / 136
王安石(1021—1086)
　和中甫兄春日有感 / 136
　送崔左藏之广东 / 137
王安中(1076—1134)
　和御制白莲诗(其二) / 137
　睿谟殿曲宴诗 / 137
王　蕃(?—?)
　凤巢山(其二) / 139
　王　扐(1184—1252)
　淳祐七年丁未十一月朔蔡久轩自江东提刑归抵家时三馆诸公以风霜随气节河汉下文章分韵赋诗送别得随字 / 139
王十朋(1112—1171)
　县学落成百韵 / 140

21

王 洋(1089—1154)
 还许推诗轴 /141

王义山(1214—1287)
 春日即事二首(其一) /142

王禹偁(954—1001)
 凤皇陂 /142
 闻鸮 /142

王之道(1093—1169)
 春日偶成 /143

徐 积(1028—1103)
 周长官出二子诗相示 /143

徐经孙(1192—1273)
 恭和御制诗 /143

徐 瑞(1255—1325)
 芳洲先生挽词 /143

薛季宣(1134—1173)
 钧天曲 /144
 喜闻 /144

杨 备(?—?)
 九日台 /144

杨冠卿(1138—?)
 乙未秋赋不遂志归寓水村 /144

杨 杰(?—?)
 赠钱氏孙端静师 /144

杨万里(1127—1206)
 题望韶亭 /145
 至后入城道中杂兴十首(其二) /145

杨 亿(974—1020?)
 太常乐章三十首(第二) /145
 咸平六年二月十八日扈从宸游因成纪事二十二韵 /145

叶梦得(1077—1148)
 次韵程伯禹用时字韵见寄二首(其二) /146

叶 适(1150—1223)
 施翔父掌教长沙 /146

余 靖(1000—1064)
 游韶石 /146

虞 俦(?—?)
 次韵汉老弟假山 /147

袁 甫(?—?)
 朝阳三章(其三) /147

岳 珂(1183—?)
 庚子正月彗见于室有诏求言因上己见有感作三唐律(其二) /147
 己亥十二月十七日堂帖被召感恩二首(其一) /148
 米玄晖阳春词帖赞 /148

曾 丰(1142—?)
 中都寄广东提干彭元忠(其一) /148

张 耒(1054—1114)
 闻苏先生除校书郎喜而为诗并招王子中 /148

张舜民(?—?)
 黄陵题咏 /148

张 镃(1153—?)
 正月初四日听新乐成绝句(其二) /149

赵 鼎(1085—1147)
 闻郭瑾怀甫除郎 /149

赵 佶(1082—1135)
　宫词(其七九) / 149
赵 眘(1127—1194)
　九月二十二日晚秋曲宴 / 149
郑康佐(?—?)
　蓬莱阁 / 149
郑清之(1176—1251)
　怀可斋简林郑二从事 / 149
　送林教授行(其一) / 150
郑思肖(1241—1318)
　皇帝洞庭张乐图 / 150
郑 侠(1041—1119)
　观孔义甫与谢致仕诗有感 / 150
周彦质(?—?)
　宫词(其八一) / 151
邹 浩(1060—1111)
　送陈公晦 / 151

大 濩

孔平仲(1044—1102)
　平上去入四首寄豫章旧同官(其三)
　　 / 152
刘 黻(1217—1276)
　哭艺堂汤先生 / 152
张 扩(?—?)
　子温县丞侄长篇见赠并携少卿伯父
　　梅堂所赋绝句相示翰墨宛然叹息
　　久之因次其韵 / 152
周紫芝(1082—?)
　次韵庭藻再赋天申节锡燕书事
　　 / 153

云 门

高斯得(?—?)
　绝交行 / 153
黄庭坚(1045—1105)
　为慧林冲禅师烧香颂三首(其三)
　　 / 154
　次韵王炳之惠玉版纸 / 154
李 彭(?—?)
　奉酬萧子植 / 154
释崇岳(1132—1202)
　颂古二十五首(其一二) / 154
释德洪(1071—1128)
　十二月二十六日永明禅师生辰三首
　　(其三) / 155
释梵思(?—?)
　颂古九首(其九) / 155
释慧开(1183—1260)
　法孙天龙长老思贤请赞 / 155
释慧远(1103—1176)
　禅人写师真请赞(其二四) / 155
释景晕(?—?)
　偈 / 155
释普宁(?—1276)
　偈颂二十一首(其一六) / 155
释师范(1177—1249)
　偈颂一百四十一首(其八〇) / 156
释师观(1143—1217)
　偈颂七十六首(其五二) / 156
释守卓(1065—1124)
　临终前一日和云门曲 / 156

释惟一(1202—1281)
　　偈颂一百三十六首(其八) / 156
　　偈颂一百三十六首(其八八) / 156

释心月(?—1254)
　　偈颂一百五十首(其一〇四) / 156
　　偈颂一百五十首(其一二七) / 157

释正觉(1091—1157)
　　偈颂二百零五首(其一三六) / 157

释宗杲(1089—1163)
　　偈颂一百六十首(其三〇) / 157

释宗演(?—?)
　　偈颂三十二首(其一一) / 157

舒岳祥(1219—1298)
　　游潘奥魏都冶墓庵 / 157

杨　简(1141—1226)
　　明融(其二) / 157

叶　适(1150—1223)
　　梁父吟 / 157

周文璞(?—?)
　　山乐官 / 158

周紫芝(1082—?)
　　时宰生日诗六首(其一) / 159

七德舞

陈　造(1133—1203)
　　题钦庙主器时所作登瀛图 / 159

郊庙朝会歌辞
　　明道元年章献明肃皇太后朝会十五首·酒再行四海会同之舞(其一) / 159

毛直方(?—?)
　　赠督师曹将军 / 159

周必大(1126—1204)
　　进谢御书古诗 / 160

舞　衣

蔡　襄(1012—1067)
　　登四彻亭 / 160

曹　勋(1098—1174)
　　夜夜曲 / 160
　　江皋曲 / 160
　　当置酒 / 160

晁说之(1059—1129)
　　见诸公唱和暮春诗轴次韵作九首(其四) / 161

范成大(1126—1193)
　　续长恨歌七首(其五) / 161
　　锦带花 / 161

郭祥正(1035—1113)
　　闻砧 / 161

韩　维(1017—1098)
　　夫人阁四首(其二) / 161

韩元吉(1118—?)
　　再用前韵戏传道 / 161

何　若(1105—1150)
　　病鹤 / 162

洪　适(1117—1184)
　　和景严咏冬开木犀 / 162

胡　宿(995—1067)
　　夫人阁端午帖子(其二) / 162

黄庭坚(1045—1105)
 戏答龙泉余尉问禅二小诗(其一)
   / 162
 赠郑交 / 162
 题淡山岩二首(其二) / 162

姜特立(1125—1203)
 归故园述怀呈唐伯宪(其二) / 162

李处权(？—1155)
 次陈叔易太湖二十韵 / 163

李 錞(？—？)
 乌 / 163

李 复(1052—？)
 和人子夜四时歌(其二) / 163

李 光(1078—1159)
 客有见馈温剂云可壮元阳感而有作
   / 164

刘 敞(1019—1068)
 冀州正月十六日饮席 / 164

刘 兼(？—？)
 中春宴游 / 164

刘克庄(1187—1269)
 落花怨十首(其二) / 164

刘 倓(？—？)
 横山(其四) / 165

陆 佃(1042—1102)
 悼亡八首(其三) / 165

梅尧臣(1002—1060)
 送韩签判玉汝还南京 / 165
 通判桃花厅 / 165

米 芾(1051—1107)
 明月歌二首(其二) / 165

欧阳修(1007—1072)
 郑驾部射圃 / 166

秦 观(1049—1100)
 次韵裴秀才上太守向公二首(其二)
   / 166

沈 辽(1032—1085)
 和颖叔西园春宴 / 166

史常之(？—？)
 赠同年楼世仁 / 166

释宝昙(1129—1197)
 钱德远判县与母同生日(其二)
   / 167

释慧远(1103—1176)
 颂古四十五首(其一六) / 167

释居简(1164—1246)
 按曲图 / 167

释行海(1224—？)
 湖上(其一) / 167

宋 祁(998—1061)
 余在北门时每立春必前索宫中春词
  十余解今逢兹日块坐州阁追怀旧
  题续作六章(其六) / 167
 迎春曲三阕(其二) / 167

宋 无(1260—？)
 姑苏台 / 167

汪 莘(1155—1212)
 篱阴 / 168

汪元量(1241—1317)
 歌楼感事 / 168

王 珪(1019—1085)
 宫词(其七六) / 168

25

和梅圣俞感李花 / 168

王 銍(?—?)
　宫词 / 168

闻人祥正(?—?)
　集句(其一二) / 168

夏 竦(985—1051)
　宫词 / 168

晏 殊(991—1055)
　九日宴集和徐通判韵 / 169

杨 谔(?—?)
　和燕龙图海棠 / 169

杨万里(1127—1206)
　正月二十八日峡外见燕子二首(其二) / 169

虞 俦(?—?)
　和陶学长雪诗 / 169
　耘老弟于新厅之后起楼名之曰叠翠有诗因次韵 / 170

岳 珂(1183—?)
　徽宗皇帝秋赋御书赞 / 170

张玉娘(1250—1276)
　咏史·蒨桃 / 170

赵 顼(1048—1085)
　赐秦国大长公主挽词三首(其一) / 170

郑 獬(1022—1072)
　再和 / 170

周紫芝(1082—?)
　次韵魏定甫早春题咏五首(其三) / 171
　蠹鱼 / 171

次韵王次卿喜刘元亢登第 / 171
次韵君叙湖上偶作 / 171
再用筒字韵呈相之季共 / 171

朱继芳(?—?)
　和颜长官百咏·朱门(其八) / 171

朱 熹(1130—1200)
　奉酬圭父白莲之作 / 171

舞 衫

艾性夫(?—?)
　滕王阁 / 172

陈 造(1133—1203)
　定海县厅事落成致语口号 / 172

程公许(1182—?)
　拟玉溪体赋醴泉墅海棠二首(其一) / 172

何梦桂(1229—?)
　和韵问魏石川疾(其三) / 172

黄庭坚(1045—1105)
　同世弼韵作寄伯氏在济南兼呈六舅祠部 / 172

李 新(1062—?)
　次韵解君接感怀(其二) / 172

刘 跂(1053—?)
　题张氏园亭二首(其二) / 173

陆 游(1125—1210)
　落魄 / 173
　锦亭 / 173

裘万顷(?—1219)
　次洪内翰十月桃韵三首(其二) / 173

苏　轼(1037—1101)
　　答陈述古二首(其二)　/173
　　次韵王忠玉游虎丘绝句三首(其三)
　　　/173
　　有以官法酒见饷者因用前韵求述古
　　　为移厨饮湖上　/173
　　朝云诗　/174
王之道(1093—1169)
　　和余时中元夕二首(其二)　/174
张　扩(？—？)
　　次韵宁徽言学士立春六绝(其四)
　　　/174
张孝祥(1132—1170)
　　庚楼和林黄中韵　/174
赵希逢(？—？)
　　和早春层楼　/174

舞袖

蔡　京(1047—1126)
　　恭和御制己亥十一月十三日南郊祭
　　　天斋宫即事赐诗(其四)　/174
蔡　戡(1141—？)
　　送蒋子立赴河南试(其一)　/175
陈　宓(1171—1230)
　　次刘学录梅韵(其三)　/175
陈元晋(1186—？)
　　庆涂权尉三首(其二)　/175
陈　造(1133—1203)
　　再次习池诗韵寄程帅二首(其一)
　　　/175
　　再用前韵赠高司理共八首(其四)
　　　/175

　　再次韵谢惠诗(其二)　/175
　　次韵梁教授　/175
崔与之(1158—1239)
　　答李侍郎嘉定庚辰冬之官成都至城
　　　外驿侍郎亦赴镇常得相遇于道惠
　　　诗答之　/176
邓　肃(1091—1132)
　　和谢吏部铁字韵三十四首·谢杨休
　　　三首(其二)　/176
范成大(1126—1193)
　　题开元天宝遗事四首(其二)　/176
范纯仁(1027—1101)
　　和仲庶江渎避暑　/176
阜　民(？—？)
　　题太白五松书堂　/177
高斯得(？—？)
　　绝交行　/177
葛立方(？—1164)
　　次韵陈廷藻户部西湖快目堂之集
　　　/177
葛胜仲(1072—1144)
　　元巳日王循德招饮方池宏道兄有诗
　　　奉和以纪一时之事　/177
　　七月一日招道祖剧饮　/177
郭祥正(1035—1113)
　　寄献荆州郑紫微　/178
　　送袁殿丞　/178
　　同蒋颖叔林和中游郁孤台　/178
韩　维(1017—1098)
　　游曲水园和景仁　/179
　　答范景仁叹花花在相国寺近舞场
　　　/179

27

何梦桂(1229—?)
  归途再得八句并寄 / 179
洪 刍(?—?)
  晚宴南禅寺呈使君叠前韵 / 179
洪 适(1117—1184)
  答景卢报月台将毕工 / 179
  天申节道场所回栏阶白语口号 / 180
  归路致语口号 / 180
华 岳(?—1221)
  题溪庄 / 180
  次李信州七十韵 / 180
黄庭坚(1045—1105)
  次韵任公渐感梅花十五韵 / 181
金君卿(1020—?)
  戚郎中红黄拒霜花 / 182
孔平仲(1044—1102)
  集于昌龄之舍 / 182
李 邴(1085—1146)
  宫词四首(其二) / 182
李 复(1052—?)
  上已成季召会于西溪会上赋诗须多韵仍用故事或旧诗十事已上未终席而成违者浮以三大白罚者四人予与成季免焉 / 182
  调李教授 / 183
李 纲(1083—1140)
  客有言长沙军变向伯恭能弹治规画甚伟适得伯恭书亦道其事作韵语以寄之 / 183
  志宏见和再次前韵·牡丹 / 183

李 新(1062—?)
  次韵重阳二首(其一) / 184
林 桷(?—?)
  李白书堂 / 184
刘 攽(1023—1089)
  酬狄奉议 / 184
刘 敞(1019—1068)
  醉后 / 184
刘次庄(?—?)
  尘土黄 / 184
刘 兼(?—?)
  春宴河亭 / 184
刘克庄(1187—1269)
  古宫词十首(其七) / 185
  答陈莆田投赠二首(其二) / 185
刘士季(?—?)
  次韵和漕司小红翠亭(其二) / 185
刘 筠(971—1031)
  清风十韵 / 185
陆文圭(1250—1334)
  和丁师善韵 / 185
陆 游(1125—1210)
  嘉州守宅旧无后圃因农事之隙为种花筑亭观甫成而归戏作长句 / 186
吕颐浩(1071—1139)
  次韵郭传师宠寄闲居之什 / 186
钱若水(960—1003)
  济源县裴公亭 / 186
强 至(1022—1076)
  泛湖有作 / 186

28

目 录

观莲 / 186
辛亥九日晚登骑山楼 / 186
某近辱诸公光和前篇鄙思未已复自
　　次元韵奉呈 / 187

史 浩(1106—1194)
待胡少张王叔举二孙婿致语口号
　　 / 187

史卫卿(?—?)
依韵奉和司徒侍中龙兴灯夕 / 187

释德洪(1071—1128)
次韵宿圣溪庄 / 187
陪张廓然教授游山分题得山字
　　 / 187

释绍昙(?—1297)
偈颂一百零二首(其三) / 188

释义青(1032—1083)
第八十一雪峰典座颂 / 188

释元肇(1189—?)
赠缝人 / 188

司马光(1019—1086)
留客 / 188

苏 轼(1037—1101)
题铜陵陈公园双池诗(其二) / 188
赵郎中往莒县逾月而归复以一壶遗
　　之仍用前韵 / 188

孙 觌(1081—1169)
和州饯交代赵朝议乐语 / 188

唐士耻(?—?)
效进退律赋水乡三实(其二) / 189

田 锡(940—1004)
和朱玄进士对雪 / 189

汪元量(1241—1317)
重访草堂 / 189

王安石(1021—1086)
东门 / 189

王之道(1093—1169)
追和韩退之雪韵 / 189

韦 骧(1033—1105)
席间和向辟之元夜(其一) / 190

吴龙翰(1233—1293)
春怀 / 190

吴势卿(?—?)
寿王通判五首(其四) / 190

萧德藻(?—?)
咏虞美人草 / 190

徐 铉(917—992)
柳枝辞十二首(其一二) / 190
依韵和令公大王蔷薇诗 / 190

许月卿(1216—1285)
咸淳 / 191

晏 殊(991—1055)
上巳琼林苑宴二府同游池上即事口
　　占(其二) / 191

杨万里(1127—1206)
秋雨叹十解(其一〇) / 191
紫牡丹二首(其一) / 191

喻良能(1120—?)
月山诸峰 / 191

岳 珂(1183—?)
宫词一百首(其二) / 192

曾 惇(?—?)
次韵李举之玉霄亭(其二) / 192

29

曾 极（？—？）
　三十六宫 /192

张公庠（？—？）
　宫词（其六五） /192

张元干（1091—1161）
　次韵晁伯南饮董彦达官舍心远堂 /192

张 镃（1153—？）
　正月初四日听新乐成绝句（其三） /192
　醉后偶书 /193
　对雪 /193

赵 抃（1008—1084）
　暖风 /193

赵鼎臣（？—？）
　宋京宏甫见和再次韵 /193

赵 葵（1186—1266）
　上元 /194

郑 獬（1022—1072）
　寄题辰州沅阳馆 /194

周必大（1126—1204）
　廷秀再用韵见寄末句易檀为兰故亦不复从前韵 /194

周行己（1067—1125）
　几山出示阳桥唱和诸什窃概英才之沈寂光景之流迈因两次其韵皆以少日为篇首一以赠监镇孙和仲一以赠知丞苗几山云（其二） /195

周紫芝（1082—？）
　次韵庭藻雨中不出湖上 /195

朱长文（1039—1098）
　喜雪上太守 /195

朱 松（1097—1143）
　南浦五小诗迎劳二弟（其三） /195

左 纬（？—？）
　会侄书 /195

舞　腰

毕仲愈（？—？）
　句（其二） /196

曹 勋（1098—1174）
　婕妤怨 /196

陈文蔚（1154—1247）
　老人生旦 /196

陈元晋（1186—？）
　和邓帅参追和东坡雪韵（其一） /197

陈 造（1133—1203）
　饮客 /197

程公许（1182—？）
　中秋和姜主簿韵（其一） /197

方信孺（1177—1223）
　花田 /197

方 岳（1199—1262）
　次韵行甫小集平山（其五） /197

冯时行（？—1163）
　阳春曲 /197

韩 驹（1080—1135）
　赋曲江禁柳 /198

韩 琦（1008—1075）
　喜雪 /198

目　录

韩　维(1017—1098)
　　和三兄晚饮　/198
洪　适(1117—1184)
　　归路致语口号　/198
黄庭坚(1045—1105)
　　送彭南阳　/198
黄彦平(?—1046?)
　　归途次韵(其二)　/199
孔平仲(1044—1102)
　　七夕一首呈席上　/199
寇　准(962—1023)
　　洛阳有怀岐山旧游　/199
李从善(940—987)
　　蔷薇诗一首十八韵呈东海侍郎徐铉
　　　/199
李　复(1052—?)
　　和人子夜四时歌(其三)　/199
李慎言(?—?)
　　抛球曲三首(其三)　/200
李　廌(1059—1109)
　　对春二首(其一)　/200
廖　刚(1071—1143)
　　次韵刘天常赴郡会有作(其二)
　　　/200
刘　攽(1023—1089)
　　杨花　/200
刘　过(1154—1206)
　　醉中偶成　/200
陆　游(1125—1210)
　　书叹　/200
万俟绍之(?—?)
　　次新竹韵　/201

欧阳修(1007—1072)
　　答端明王尚书见寄兼简景仁文裕二侍郎二首(其一)　/201
强　至(1022—1076)
　　戏呈宋周士　/201
裘万顷(?—1219)
　　再用韵三首(其三)　/201
史　浩(1106—1194)
　　柳带得归字　/201
释德洪(1071—1128)
　　次韵亭上人长沙雪中怀古二首(其一)　/201
　　对雪尝水饼　/201
释斯植(?—?)
　　淮边柳　/202
　　柳　/202
舒岳祥(1219—1298)
　　三月二十三日效乐天体　/202
司马光(1019—1086)
　　柳枝词十三首(其六)　/202
　　柳枝词十三首(其七)　/202
宋　庠(996—1066)
　　九日南阳与诸公会　/202
苏　轼(1037—1101)
　　次韵王巩颜复同泛舟　/202
苏　辙(1039—1112)
　　次韵王巩上元见寄三首(其一)
　　　/202
汪元量(1241—1317)
　　昝元帅相拉浣花溪泛舟　/203
王安石(1021—1086)
　　葛蕴作巫山高爱其飘逸因亦作两篇

31

(其一) / 203

王　珪(1019—1085)
　　和圣俞莫登楼 / 203
王　揆(?—?)
　　六快活诗 / 203
王　洋(1089—1154)
　　题齐政壁 / 204
王之道(1093—1169)
　　和孔纯老送司法吴德声 / 204
吴惟信(?—?)
　　柳 / 204
项安世(1129—1208)
　　爱秋 / 204
徐　铉(917—992)
　　柳枝辞十二首(其一一) / 204
　　山路花 / 204
许　棐(?—?)
　　柳 / 205
　　谕柳 / 205
杨万里(1127—1206)
　　清晓出郭迓客七里庄二首(其二) / 205

杨　亿(974—1020?)
　　代意二首(其一) / 205
张　镃(1153—?)
　　十月菊 / 205
赵崇嶓(1198—1255)
　　折柳词 / 205
周彦质(?—?)
　　宫词(其七〇) / 205

舞　旋

孔平仲(1044—1102)
　　观舞 / 206

舞　姿

陈　造(1133—1203)
　　杨侍郎召饭再用韵 / 206
郭祥正(1035—1113)
　　次韵和元舆待制后浦宴集三首(其一) / 206

乐　人

琴　师

白玉蟾(1194—?)
　　赠蓝琴士(其一) / 207
　　赠蓝琴士(其二) / 207
　　赠蓝琴士(其三) / 207
　　听赵琴士鸣弦 / 207
　　赠琴客陆元章 / 208

　　蓝琴士赠梅竹酬以诗 / 208
　　赠陶琴师 / 208
　　山月轩 / 208
　　赠陈高士琴歌 / 208
　　赠蓬壶丁高士琴 / 209
蔡　沈(1167—1230)
　　赠琴士刘伯华 / 210
　　赠琴士翁明远 / 210

蔡士裕(?—?)
　　赠琴士周芝田　/210
蔡元定(1135—1198)
　　赠琴士邵邦杰　/211
晁补之(1053—1110)
　　阎子常携琴入村　/211
陈　东(1086—1127)
　　次韵邵予可弹琴二首(其一)　/211
陈　起(?—?)
　　咏琴上曹先生　/211
陈　藻(1151—1225)
　　郑主簿宅看雪访梅听僧抚琴偶成四韵倩萧中立书之　/211
陈　造(1133—1203)
　　赠琴妓二首(其一)　/212
　　赠琴妓二首(其二)　/212
程公许(1182—?)
　　今日良宴会　/212
程　俱(1078—1144)
　　辨师鼓琴　/212
戴表元(1244—1310)
　　赠弹琴衡山萧道士　/212
　　听琴行赠沈秀才　/212
邓　林(?—?)
　　送衡山琴画张道士二首(其一)　/213
　　送衡山琴画张道士二首(其二)　/213
范成大(1126—1193)
　　送琴客许扬归永嘉　/213

范仲淹(989—1052)
　　听真上人琴歌　/213
方　回(1227—1307)
　　赠吴琴士会龙　/213
　　听孙炼师琴　/214
方　岳(1199—1262)
　　次韵曹宰听舅氏弹琴　/214
顾　逢(?—?)
　　听赵碧澜操琴　/215
韩　淲(1159—1224)
　　次韵斯远弄琴　/215
　　昌甫有诗琴士云得之黄子厚盖考亭坐中客也因入章泉同出城解后和韵　/215
　　灵芝寺清坐听潘德久弄琴久之小酌而散　/215
　　琴僧见过(其一)　/215
　　琴僧见过(其二)　/215
　　夜过斯远听琴　/215
何　蒙(937—1013)
　　题义门胡氏华林书院　/216
洪　炎(1067?—1133)
　　公实示间字韵诗怅然有感次韵奉和三首(其一)　/216
洪咨夔(1176—1236)
　　浮玉道士琴　/216
　　赠希声居士　/216
胡仲弓(?—?)
　　听窦圭琴　/216
　　听宫人琴　/217

33

黄　裳(1043—1129)
　　听隐士琴　/217
　　听隐士琴　/217

黄　庶(1019—1058)
　　和陪丞相听蜀僧琴　/217

黄庭坚(1045—1105)
　　招戴道士弹琴　/217
　　赵景仁弹琴舞鹤图赞　/217
　　听崇德君鼓琴　/217
　　次韵无咎阎子常携琴入村　/218
　　西禅听戴道士弹琴　/218
　　寄题荣州祖元大师此君轩　/218

江宾王(1096—?)
　　题茅山胡道士琴月卷　/219

李处权(?—1155)
　　月夜鼓琴　/219
　　听照旷尘外琴　/219

李　纲(1083—1140)
　　过玉涧道人草堂　/219

李　龏(1194—?)
　　赠琴客　/220
　　赠琴僧杨坚　/220
　　浙西宪台夏夜听雪江徐天民琴　/220

李　觏(1009—1059)
　　听周大师琴　/220

李　光(1078—1159)
　　清湘道士潘静素抱琴南来予方谪居
　　　远屏郊外如逃虚中每佳辰良夜风
　　　清月明对修竹俯清池必快作数弄
　　　如是几年今将北还旧隐索诗为别

屡请而不懈因歌而送之　/220

李　彭(?—?)
　　听程道士琴　/221
　　听王散人琴　/221
　　听侍其云叟琴　/221
　　听了公孙弹琴　/221
　　寄侍其云叟　/221
　　夜听从弟荣绪琴　/222

李　石(1108—1181)
　　赠张听声　/222
　　问赵有方乞琴　/222

李氏女(?—?)
　　弹琴　/222

李曾伯(1198—1268)
　　送李琴士据梧(其一)　/222
　　送李琴士据梧(其二)　/223

李昭玘(?—1126)
　　赠汉老侄琴　/223

李之仪(1048—1127)
　　听惠师琴　/223

连文凤(1240—?)
　　听徐天民琴　/223

廖　融(?—?)
　　赠天台逸人　/223

林　放(1055—1109)
　　赠琴僧　/223

刘　攽(1023—1089)
　　澄心寺后阁弹琴　/224

刘　敞(1019—1068)
　　和永叔夜坐鼓琴二首(其一)　/224
　　和永叔夜坐鼓琴二首(其二)　/224

同永叔赠沈博士 / 224

刘 黻(1217—1276)
　　闻陈正学理琴 / 225

刘 兼(?—?)
　　命妓不至 / 225
　　访饮妓不遇招酒徒不至 / 225

刘子翚(1101—1147)
　　次韵致明听琴 / 225
　　听詹温之弹琴歌 / 225

楼 钥(1137—1213)
　　洧月下鼓琴用淳韵 / 226

陆文圭(1250—1334)
　　与琴师谈琴 / 226
　　戏题听琴手卷 / 226

吕本中(1084—1145)
　　寄谢无逸并汪叔野兄弟 / 226

吕 陶(1028—1104)
　　赠蔡山王潜 / 226

梅尧臣(1002—1060)
　　若讷上人弹琴 / 227
　　次韵和永叔夜坐鼓琴有感二首(其一) / 227
　　次韵和永叔夜坐鼓琴有感二首(其二) / 227
　　赠月上人弹琴 / 227
　　赠琴僧知白 / 227
　　赠张伯益 / 227
　　依韵和普上人古琴见赠 / 228
　　张圣民席上听张令弹琴 / 228
　　赠张处士 / 228

欧阳修(1007—1072)
　　赠无为军李道士二首(其一) / 228

赠无为军李道士二首(其二) / 228
　　赠潘道士 / 228
　　赠沈博士歌 / 228
　　赠沈遵 / 229
　　送琴僧知白 / 229
　　弹琴效贾岛体 / 229

潘 牥(1204—1246)
　　雪中听绵州邓道士琴 / 230

潘 玙(?—?)
　　赠道士王玉壶 / 230
　　听弹归去来辞 / 230

蒲寿宬(?—?)
　　即席用委顺听甘师琴韵 / 230

仇 远(1247—?)
　　月琴吟赠程禹仲 / 230

沈 辽(1032—1085)
　　太古师弹琴示道辅 / 230
　　圆明师为余鼓琴作昭君操因感其意辞以赠之 / 231

沈 说(?—?)
　　赠段琴(其一) / 231
　　赠段琴(其二) / 231

石扬休(995—1057)
　　谢文莹师携琴见访 / 231

史卫卿(?—?)
　　听演师琴 / 231

释宝昙(1129—1197)
　　楼尚书生日 / 232

释重显(980—1052)
　　赠琴僧 / 232

释道潜(1044—?)
  听盛道人琴(其一) / 232
  听盛道人琴(其二) / 232
  听天竺慧照师琴 / 232
释德洪(1071—1128)
  送友人 / 232
  听道人谙公琴 / 233
释居简(1164—1246)
  听绍上人琴 / 233
  曹泸南得思陵旧赐张魏公琴曰播云 / 233
释文珦(1210—?)
  赠山中琴友 / 233
释行海(1224—?)
  听子善琴 / 233
释行肇(?—?)
  听宇昭师琴 / 234
司马光(1019—1086)
  秋雨霁俟闻宗圣案伎应之饮酒诗呈宜甫 / 234
宋伯仁(1199—?)
  听琴 / 234
苏 轼(1037—1101)
  听贤师琴 / 234
  听僧昭素琴 / 234
  戏赠田辨之琴姬 / 234
  题沈君琴 / 234
  次韵子由弹琴 / 234
  舟中听大人弹琴 / 235
苏舜钦(1008—1049)
  舟至崔桥士人张生抱琴携酒见访 / 235

汪元量(1241—1317)
  送琴师毛敏仲北行(其一) / 235
  送琴师毛敏仲北行(其二) / 235
  送琴师毛敏仲北行(其三) / 235
  听徐雪江琴 / 235
  幽州秋日听王昭仪琴 / 235
王十朋(1112—1171)
  和韩听颖师琴 / 236
王庭珪(1080—1172)
  次韵李巽伯赠琴僧惠端 / 236
王 洋(1087—1154)
  听琴赠远师 / 236
王之道(1093—1169)
  夜听刘昭远弹琴 / 236
  赠曾桑中弹琴 / 237
  赠僧辨端 / 237
王 质(1135—1189)
  听谭师弹琴 / 237
韦 骧(1033—1105)
  琅山听窦山人琴 / 238
卫 泾(1160—1226)
  闻和叔抚琴 / 238
卫宗武(?—1289)
  和赵莲奥琴 / 238
魏了翁(1178—1237)
  赠造琴道士刘发云刘亦解致雷 / 238
  题陈肤仲真希元诗卷赠萧道士萧善为诗亦解鼓琴(其一) / 238
  题陈肤仲真希元诗卷赠萧道士萧善为诗亦解鼓琴(其二) / 238

题陈肤仲真希元诗卷赠萧道士萧善
为诗亦解鼓琴(其三) / 239

文天祥(1236—1283)
听罗道士琴(其一) / 239
听罗道士琴(其二) / 239

文 同(1018—1079)
听天台处士弹琴 / 239

吴龙翰(1233—1293)
数年前有小词微雨后落花天娇态病
恹恹怕人猜著是相思镇日不开帘
宝钗横蝉鬓乱院宇待人归尽缓移
莲步玉阑前纤手掐花钿兹月夜与
客饮梅花下一姝歌前词复出笺征
余新作 / 239

吴 潜(1195—1262)
听琴客周信民弹秋泉二首(其一)
　　/ 240
听琴客周信民弹秋泉二首(其二)
　　/ 240

吴 泳(?—?)
寿范漕(其二) / 240
寿范漕(其四) / 240

武 衍(?—?)
阮客 / 240

夏 竦(985—1051)
秋日江馆喜弹琴羽人至 / 240

谢 薖(1074—1116)
听曹道士弹琴二首(其一) / 240
听曹道士弹琴二首(其二) / 240

徐 积(1028—1103)
寄李道源 / 241

酬李道源弹琴之句(其一) / 241
酬李道源弹琴之句(其二) / 241

徐鹿卿(1189—1251)
赠琴士翁明远并简干教二黄丈(其
一) / 241
赠琴士翁明远并简干教二黄丈(其
二) / 241
赠琴士翁明远并简干教二黄丈(其
三) / 241
赠琴士翁明远并简干教二黄丈(其
四) / 241

徐元杰(1194?—1245)
以琴送郡守二首(其一) / 241
以琴送郡守二首(其二) / 241

徐 照(?—1211)
夜听黄仲立弹广陵 / 242

许及之(1141—1209)
听湘西许老弹琴 / 242
听转庵弹琴 / 242

许景衡(1072—1128)
招琴僧 / 242

薛季宣(1134—1173)
士昭兄琴室 / 242

杨 简(1141—1226)
乾道抚琴有作 / 242

杨 杰(?—?)
五云叟琴阁 / 243

杨万里(1127—1206)
寄题郭汉卿琴堂 / 243

姚 勉(1216—1262)
先贤八咏·嵇康抚琴 / 243

37

友山李道士抱琴来为予作三曲请诗
　　各为之操·九皋　/ 243
友山李道士抱琴来为予作三曲请诗
　　各为之操·君臣庆会　/ 243
友山李道士抱琴来为予作三曲请诗
　　各为之操·观澜　/ 243
送琴隐吴君　/ 243

姚舜陟（？—？）
杨高士听弹琴　/ 244

叶梦得（1077—1148）
夜听莫抚干弹琴流水操　/ 244

俞　桂（？—？）
赠云间陆琴士　/ 244

喻　陟（？—？）
寄张芸叟　/ 244

袁说友（1140—1204）
听道人弹琴　/ 245

曾　巩（1019—1083）
赠弹琴者　/ 245

詹　初（？—？）
出心原　/ 245

张继先（1092—1127）
听元规琴　/ 245

张　榘（？—？）
赠云竹一老琴师歌　/ 245

张　耒（1054—1114）
游楚州天庆观观高道士琴棋　/ 246

张　蕴（？—？）
月泉纪游　/ 246

张至龙（？—？）
喜杨琴隐至　/ 246

赵　抃（1008—1084）
赠琴台僧正　/ 246
谢梁准处士惠琴　/ 246
月夜听僧化宜弹琴　/ 246

赵　鼎（1085—1147）
听琴次退翁韵　/ 247

赵　蕃（1143—1229）
赠弹琴李睎尹　/ 247
比见愚卿于庐陵出示杨谨仲诗卷中
　　及其弟鲁卿问其所在云携琴往岳
　　麓度夏今日见杨谨仲又云其弟卓
　　卿近过此奉其母往游洪之西山回
　　途游阁皂乃归尔余方因于道途有
　　叹于其人作诗须到吉示愚卿及二
　　君云　/ 247

赵汝鐩（1172—1246）
听琴　/ 247
同杨济翁唐季路陈纯叟饮光风亭光
　　风旧名招屈纯叟席上鼓琴　/ 247

赵友直（？—？）
承友携琴见访　/ 248
登五龙尖晚归鼓琴　/ 248

郑思肖（1241—1318）
琴女行　/ 248

朱　槔（？—？）
草堂诸陈同游崧山精舍冕仲携琴先
　　归用壁间韵（其一）　/ 248
草堂诸陈同游崧山精舍冕仲携琴先
　　归用壁间韵（其二）　/ 248

朱继芳（？—？）
听白云寺清师琴　/ 248

朱　熹（1130—1200）
　　赵君泽携琴载酒见访分韵得琴字
　　　　/ 248
邹　浩（1060—1111）
　　谢马叔宝惠佛像琴弦　/ 249
　　和晦之见赠听琴　/ 249
　　再和晦之　/ 249
　　和朱仲明见赠闻琴　/ 249

家　乐

蔡　确（1037—1093）
　　悼侍儿　/ 249
邓　肃（1091—1132）
　　成彦女奴琵琶　/ 249
范成大（1126—1193）
　　子文见和云亦有小鬟能度曲复用韵戏赠　/ 249
方　回（1227—1307）
　　两邻家一主人群姬歌饮至夜半一母妻哭官检魇死者　/ 250
高　翥（1170—1241）
　　题二小姬扇二首（其一）　/ 250
　　题二小姬扇二首（其二）　/ 250
郭祥正（1035—1113）
　　丽人曲赠锺离中散侍姬　/ 250
韩　维（1017—1098）
　　又和杨之美家琵琶妓　/ 250
　　和圣俞闻景纯吹笛妓病愈　/ 250
　　再和尧夫欲借琵琶妓（其一）　/ 251
　　再和尧夫欲借琵琶妓（其二）　/ 251

洪　朋（?—?）
　　戏赠弹筝小妓　/ 251
黄庭坚（1045—1105）
　　从王都尉觅千叶梅云已落尽戏作嘲吹笛侍儿　/ 251
　　再次韵呈廖明略　/ 251
李之仪（1048—1127）
　　春日同梁十四宴李公昭朝霞阁侍儿舞梁州曲彻客有以润罗为赠公昭命玉杯满酌酬之又以金钟邀儿相属既醺出乌丝栏索诗　/ 251
刘　敞（1019—1068）
　　听府妓歌忆春卿资政给事　/ 252
　　招邻几圣俞和叔于东斋饮观孔雀白鹇及周亚夫玉印赫连勃勃龙雀刀辟邪宫玺数物又使女奴奏伎行酒圣俞首示长篇因而报之　/ 252
　　奉同永叔于刘功曹家听杨直讲女奴弹啄木见寄之作　/ 252
楼　钥（1137—1213）
　　送王知复宰建德　/ 253
欧阳修（1007—1072）
　　于刘功曹家见杨直讲女奴弹琵琶戏作呈圣俞　/ 253
司马光（1019—1086）
　　同圣民过杨之美听琵琶女奴弹啄木曲观诸公所赠歌明日投此为谢　/ 254
汪炎昶（1261—1338）
　　次韵戏族兄存耕翁再纳宠姬（其一）　/ 254

39

次韵戏族兄存耕翁再纳宠姬(其二) /254

谢 薖(1074—1116)
李簿家有侍儿妙丽善歌舞诸人惜其死为赋诗予亦赋二首(其一) /254
李簿家有侍儿妙丽善歌舞诸人惜其死为赋诗予亦赋二首(其二) /254

曾由基(？—？)
赠贵官家小姬 /254

张 嵲(1096—1148)
雨中听邻家侍儿歌 /255

郑刚中(1088—1154)
醉观子礼家两姬舞 /255
赵元信近来得小鬟歌曲便须熟寐此还是有所得否予戏成此偈 /255

朱淑真(？—？)
会魏夫人席上命小鬟妙舞曲终求诗于予以飞雪满群山为韵作五绝(其一) /255
会魏夫人席上命小鬟妙舞曲终求诗于予以飞雪满群山为韵作五绝(其二) /255
会魏夫人席上命小鬟妙舞曲终求诗于予以飞雪满群山为韵作五绝(其三) /255
会魏夫人席上命小鬟妙舞曲终求诗于予以飞雪满群山为韵作五绝(其四) /255
会魏夫人席上命小鬟妙舞曲终求诗于予以飞雪满群山为韵作五绝(其五) /255

歌舞妓(娼妓、官妓)

艾性夫(？—？)
荷叶 /256

白玉蟾(1194—？)
题瓮斋 /256
不赴宴赠丘妓 /256

蔡 襄(1012—1067)
铜雀妓 /256

曹 勋(1098—1174)
长安有狭斜行二首(其二) /256
青苔篇 /257

曹彦约(1157—1229)
方南康席上观赣妓秀英作墨梅竹 /257

晁补之(1053—1110)
谪宋徙亳初闻周瑶琵琶 /257

陈 普(1244—1315)
咏史·武帝(其五) /257

陈 造(1133—1203)
薄薄酒 /257

陈执中(990—1059)
御沟柳 /258

陈 著(1214—1297)
可举长老退休于西山庵赋西山好以送之 /258

戴表元(1244—1310)
吴姬曲五首(其一) /259
吴姬曲五首(其二) /259

吴姬曲五首(其三) / 259
吴姬曲五首(其四) / 259
吴姬曲五首(其五) / 259

戴复古(1167—?)
去年访曾幼卿通判携歌舞者同游凤山仆有歌舞不容人不醉樽前方见董娇娆之句今岁到凤山又辟西隅筑堤种柳新作数亭且欲建藏书阁后堂佳丽皆屏去之矣仆嘉其志又有数语并录之(其一) / 259

邓　深(?—?)
游罗正仲磬沼深得一字 / 260
散花之室六言(其二) / 260

董嗣杲(?—?)
夜宴赠筝妓 / 260

方　回(1227—1307)
记三月十日西湖之游吕留卿主人孟君复方万里为客 / 260
同曹清父西郊纪事五首(其五) / 260
秀亭秋怀十五首(其一一) / 261
虚谷志归十首(其七) / 261

方蒙仲(1214—1261)
和刘后村梅花百咏(其九) / 261

方　岳(1199—1262)
七夕郑文振席上姬有楚云者为作三弄 / 261

葛立方(?—1164)
子直画屏求题诗·裴休乞食歌姬院 / 261

郭祥正(1035—1113)
春日怀桐乡旧游 / 261

韩　维(1017—1098)
会微之诸君 / 262
和昌言喜雪 / 262

洪咨夔(1176—1236)
二花 / 262

姜特立(1125—1203)
友人招饮适云气大作雨意甚凉 / 262
暇日家人馈酒食 / 262

孔平仲(1044—1102)
上元作 / 262

李　龏(1194—?)
铜雀妓 / 263

李　觏(1009—1059)
江亭醉后 / 263

李　回(?—?)
题妓帕 / 263

李　新(1062—?)
绮阁吟嘉州李使君命官妓段情乞诗席上为赋 / 263

李　鹰(1059—1109)
汝州王学士射弓行 / 264

廖　刚(1071—1143)
次韵知府中奉登郁孤诗 / 264

廖　融(?—?)
退宫妓 / 264

刘　敞(1019—1068)
社日宴临波亭呈府公 / 265
赠别长安妓蔡娇 / 265

刘克庄(1187—1269)
挽徐吏部二首(其二) / 265

老妓一首 / 265
六言二首答陈天骥长短句(其一)
　　／265

楼　钥(1137—1213)
赵资政建三层楼中层藏书 / 265

陆　游(1125—1210)
听琴 / 266
铜雀妓 / 266

梅尧臣(1002—1060)
铜雀砚 / 266
咏官妓从人 / 266
花娘歌 / 266

潘　矩(？—？)
献沈詹事 / 267

彭汝砺(1042—1095)
将寄豫章以诗先寄文渊秘校 / 267
湖湘路中见梅花寄子开(其二)
　　／267

秦　观(1049—1100)
正仲左丞生日 / 267

仇　远(1247—？)
竹素山房小饮南徐唐正方善歌吴伶以长箫和之客以凤凰台上忆吹箫分韵予得台字 / 268
勾龙爽毛女 / 268

沈　立(1007—1078)
英韶在前徒矜下里之曲风雅未丧岂系击辕之音不图缀绮靡之乱抑将导敦厚之旨耳海棠虽盛于蜀人不甚贵因暇偶成五言百韵律诗一章四韵诗一章附于卷末知我者无加

焉(其一) / 268

石　懋(？—？)
雪 / 270

释道潜(1044—？)
子瞻席上令歌舞者求诗戏以此赠
　　／270

释德洪(1071—1128)
杨文中将北渡何武翼出妓作会文中清狂不喜武人径饮三杯不揖坐客上马驰去索诗送行作此 / 270
季长赏梅使侍儿歌作诗因次韵
　　／270

释斯植(？—？)
石城秋夜 / 271

双　渐(？—？)
豫章逢故人歌 / 271

司马槱(？—？)
洛春谣 / 271

宋　无(1260—？)
废宅 / 272
蚕妇 / 272

苏　轼(1037—1101)
以玉带施元长老元以衲裙相报次韵二首(其一) / 272

孙次翁(？—？)
娇娘行 / 272

汪元量(1241—1317)
锦城秋暮海棠 / 273
歌妓许冬冬携酒郊外小集 / 273

王　叡(？—？)
句 / 273

目录

王　氏(?—?)
　　雪中观妓　/273
危　稹(1163—1236)
　　经从丰城谒于房州于令侍姬歌舞进
　　　酒二首(其一)　/273
　　经从丰城谒于房州于令侍姬歌舞进
　　　酒二首(其二)　/274
卫宗武(?—1289)
　　和南塘嘲谑　/274
魏了翁(1178—1237)
　　张大著以韩持国绿樽红妓事再和见
　　　戏复次韵(其一)　/274
翁　迈(1040—?)
　　鹿鸣宴赠歌妓　/274
吴龙翰(1233—1293)
　　泊芜湖县　/274
　　西湖曲　/274
吴师孟(1021—1110)
　　和王公觌赏海云山茶合江梅花
　　　/275
吴惟信(?—?)
　　贺史守凤雏满月　/275
徐　积(1028—1103)
　　和孙元规资政游园(其三)　/275
　　戏答君锡酣战之句　/275
　　富贵篇答李令　/275
　　送张宜父赴南从幕府　/276
　　双树海棠(其二)　/276
　　爱爱歌　/276
徐　铉(917—992)
　　月真歌　/277

赠浙西妓亚仙　/277
江舍人宅筵上有妓唱和州韩舍人歌
　辞因以寄　/277
许及之(1141—1209)
　听刘念九丈二姬歌所醉时歌明日
　　亦次韵送似时已三鼓　/278
薛居宝(1123—1180)
　老妓自称汴京宫人泣而赠之　/278
杨冠卿(1138—?)
　春雨未霁有载歌姬游道场山者
　　/278
　铜雀妓　/278
姚　勉(1216—1262)
　钱唐吟　/278
虞　俦(?—?)
　诸公妓饮问政堂有诮予不来者借韵
　　呈司户同志(其一)　/279
　诸公妓饮问政堂有诮予不来者借韵
　　呈司户同志(其四)　/279
喻良能(1120—?)
　大雪　/279
曾　巩(1019—1083)
　霧淞　/279
张　镃(1153—?)
　绍兴间国工胡伟琵琶擅称一时其徒
　　豪兴得胡心传之妙今年七十二清
　　健益精从容话故都事使人感叹
　　因书小诗与之　/279
赵鼎臣(?—?)
　杨时可苏在廷家有声伎之奉而又俱
　　为秋官属诸公方以诗请之余恨未

43

尝识苏然时可邀使同赋故亦用此
韵　/279
时可屡欲尝白酒会有客馈余因分以
饷之既而惠诗讥酒器之隘因复次
深字韵为答时可新买舞鬟甚丽而
尚稚故云　/280

赵汝鐩(1172—1246)
　渔父四时曲·冬　/280

赵　文(1239—1315)
　邯郸才人嫁为厮养卒妇　/280

周必大(1126—1204)
　金国贺正旦使副到阙紫宸殿宴致语
　口号　/280

周端臣(?—?)
　白虎行　/280

周　南(1159—1213)
　十九日初程至青阳赵令尹遣妓出迎
　自至池不赴乐饮至此望见令却之
　/281

周文璞(?—?)
　赠赵子野歌　/281

前代乐人或传说中的乐人

方　回(1227—1307)
　七十翁吟七言十首(其五)　/281

葛立方(?—1164)
　余赴官宫庠与道祖通判久聚乍散每
　有怀想作诗五十韵道二十余年出
　处寄呈　/281

何弃仲(?—?)
　营道斋　/282

李　纲(1083—1140)
　江行十首(其一)　/282
　小雨　/283

李　光(1078—1159)
　雪中过盘石山寄刘季山　/283

李正民(1073—1151)
　和孙邦求(其二)　/283

连文凤(1240—?)
　题金华方韶卿在雅堂　/283
　秋怀(其四)　/283

刘　敞(1019—1068)
　往得南岳玄猿特善啸立秋后风雨颇
　凉声尤清绝怜其山林之思为作七
　言　/284
　得汝州舍弟新诗　/284

刘　黻(1217—1276)
　寄友　/284

刘　宰(1166—1239)
　再韵谢和章之辱　/284

米　芾(1051—1107)
　贞娘墓歌　/285

苏　过(1072—1123)
　志康得鱼或劝舍之诸公有诗议未判
　吾谁适从亦赋一篇　/285
　送参寥师归钱塘　/285

苏　轼(1037—1101)
　正辅既见和复次前韵慰鼓盆劝学佛
　/285
　又次韵二守同访新居　/286

孙　觌(1081—1169)
　徙寓妙觉佛舍胥义民襆被相过赋夜

坐 / 286

汪元量(1241—1317)
　幽州雪霁翰林诸公分韵得明字
　　　/ 286

王安石(1021—1086)
　次韵酬子玉同年 / 286

魏　野(960—1020)
　淳化五年秋八月二十四日巨鹿魏野
　江东僧用晦赵李识登解城琅琊
　王衢命联句诗一章凡六十四句请
　题于是 / 287

文天祥(1236—1283)
　己卯十月五日予入燕狱今三十有六
　旬感兴一首 / 287

俞德邻(1232—1293)
　吴郡斋遣怀 / 287
　陪赵明叔侍御游茅山次韵二首(其
　一) / 288

宇文虚中(1079—1145)
　上乌林天使三首(其一) / 288

岳　珂(1183—?)
　张长史春草三帖赞 / 288

曾　丰(1142—?)
　上浙东帅王尚书 / 288

张　嵲(1096—1148)
　秋怀 / 289

胡　妓

曹　勋(1098—1174)
　胡姬年十五 / 289

陈　造(1133—1203)
　次韵梁教章宰喜雪(其三) / 290

黎廷瑞(1250—1308)
　禽言四首(其四) / 290

刘　敞(1019—1068)
　听女奴弹胡琴 / 290

苏　轼(1037—1101)
　和蔡景繁海州石室 / 290
　送司勋子才丈赴梓州 / 291

汪元量(1241—1317)
　夷山醉歌(其一) / 292

宫廷乐人与乐官

晁补之(1053—1110)
　芳仪怨 / 292

陈　棣(?—?)
　送李明甫召除奉常簿 / 293

王安中(1076—1134)
　宣和七年九月二十三日睿谟殿赏橘
　曲燕诗 / 293

王　珪(1019—1085)
　宫词(其五二) / 295

唐明皇

陈允平(?—?)
　明皇按乐图 / 295

方　回(1227—1307)
　唐明皇 / 295

方一夔(?—?)
　李伯时明皇按乐图 / 295

葛秋崖(?—?)
　　唐明皇游月宫 / 296
郭祥正(1035—1113)
　　明皇十眉图 / 296
黄　庚(?—?)
　　明皇杨妃图 / 296
　　明皇按乐图 / 296
　　题明皇按乐图 / 296
李　彭(?—?)
　　唐明皇夜游图 / 296
林希逸(1193—1271)
　　和后村明皇按乐图歌 / 296
　　明皇听笛图 / 297
刘克庄(1187—1269)
　　明皇按乐图 / 297
陆文圭(1250—1334)
　　跋明皇贵妃并马图 / 297
钱惟演(962—1034)
　　明皇 / 297

宋　无(1260—?)
　　明皇卧吹箫图 / 298
汪元量(1241—1317)
　　明皇庙 / 298
徐秋云(?—?)
　　题明皇 / 298
俞德邻(1232—1293)
　　题明皇卧吹箫图二首(其一) / 298
　　题明皇卧吹箫图二首(其二) / 298
赵汝鐩(1172—1246)
　　明皇 / 298
赵　文(1239—1315)
　　太真入宫图二首(其一) / 298
　　明皇游月宫歌 / 298
周紫芝(1082—?)
　　明皇羯鼓图 / 299

乐　事

宫廷音乐活动

曹　勋(1098—1174)
　　端午帖子九首(其一) / 300
　　端午帖子九首(其四) / 300
　　德寿春帖子八首(其三) / 300
崔敦诗(1139—1182)
　　淳熙六年端午帖子词·皇帝阁六首
　　　(其二) / 300
　　淳熙七年春帖子·光尧寿圣宪天体
　　道性仁诚德经武纬文太上皇帝阁
　　六首(其六) / 300
　　淳熙八年端午帖子词·太上皇帝阁
　　六首(其二) / 300
　　淳熙八年端午帖子词·太上皇后阁
　　六首(其六) / 300
　　淳熙八年春帖子词·太上皇后阁六
　　首(其三) / 301
　　淳熙八年春帖子词·太上皇后阁六
　　首(其六) / 301

邓润甫(1027—1094)
　　春帖子 / 301

韩　维(1017—1098)
　　春帖子皇帝阁六首(其五) / 301
　　春帖子皇帝阁六首(其六) / 301
　　太皇太后阁六首(其二) / 301
　　太后阁六首(其五) / 301
　　太后阁六首(其六) / 301
　　太后阁四首(其一) / 301

洪咨夔(1176—1236)
　　端平三年春帖子词·皇帝阁(其一) / 302

胡　宿(995—1067)
　　妃阁春帖子(其三) / 302
　　皇帝阁端午帖子(其一一) / 302
　　夫人阁端午帖子(其二) / 302
　　夫人阁端午帖子(其六) / 302
　　夫人阁端午帖子(其八) / 302
　　夫人阁端午帖子(其九) / 302

姜　夔(1155?—1208)
　　戊午春帖子 / 302

李清照(1084—?)
　　端午帖子·夫人阁 / 302

刘才邵(1086—1157)
　　立春内中帖子(其四) / 302

卢　秉(?—1092)
　　宫词十首(其一〇) / 303

梅尧臣(1002—1060)
　　答韩三子华韩五持国韩六玉汝见赠述诗 / 303

欧阳修(1007—1072)
　　春帖子词·皇帝阁六首(其四) / 303
　　春帖子词·夫人阁五首(其四) / 303
　　端午帖子词·皇帝阁六首(其三) / 303

彭汝砺(1042—1095)
　　次韵履中学士宴集英殿 / 304

宋　白(936—1012)
　　宫词(其二) / 304
　　宫词(其五) / 304
　　宫词(其二八) / 304
　　宫词(其三五) / 304
　　宫词(其三六) / 304
　　宫词(其三八) / 304
　　宫词(其五三) / 304
　　宫词(其五五) / 304
　　宫词(其六四) / 304
　　宫词(其六七) / 304
　　宫词(其九三) / 305
　　牡丹诗十首(其九) / 305

宋　祁(998—1061)
　　春帖子词·皇帝阁十二首(其三) / 305
　　春帖子词·皇帝阁十二首(其一〇) / 305
　　春帖子词·皇帝阁十二首(其一一) / 305
　　春帖子词·夫人阁十首(其三) / 305
　　春帖子词·夫人阁十首(其六) / 305

47

春帖子词·夫人阁十首(其一〇) / 305

宋　庠(996—1066)
皇帝阁端午帖子词(其一) / 305
皇帝阁端午帖子词(其二) / 305
皇帝阁端午帖子词(其六) / 305

苏　轼(1037—1101)
春帖子词·皇帝阁六首(其一) / 306
春帖子词·皇帝阁六首(其六) / 306
春帖子词·皇太后阁六首(其六) / 306
春帖子词·夫人阁四首(其四) / 306

苏　颂(1020—1101)
皇帝阁春帖子六首(其四) / 306
皇太后阁春帖子六首(其五) / 306

苏　辙(1039—1112)
学士院端午帖子二十七首·皇帝阁六首(其二) / 306
学士院端午帖子二十七首·夫人阁四首(其二) / 306

孙　觌(1081—1169)
端午日帖子词·皇帝阁六首(其一) / 306
端午日帖子词·皇帝阁六首(其三) / 306

田　锡(940—1004)
夜宴词 / 307

汪应辰(1118—1176)
太上皇帝阁端午帖子词(其五) / 307

王　珪(1019—1085)
宫词(其九) / 307
宫词(其二〇) / 307
宫词(其六四) / 307
立春内中帖子词·温成皇后阁(其二) / 307
立春内中帖子词·夫人阁(其二) / 307
端午内中帖子词·皇帝阁(其九) / 307
端午内中帖子词·皇后阁(其五) / 307
端午内中帖子词·皇后阁(其九) / 307
端午内中帖子词·夫人阁(其二) / 308
端午内中帖子词·夫人阁(其四) / 308
端午内中帖子词·夫人阁(其八) / 308
端午内中帖子词·夫人阁(其九) / 308

王仲修(？—？)
宫词(其五六) / 308
宫词(其七一) / 308
宫词(其七九) / 308
宫词(其九〇) / 308
宫词(其九九) / 308

吴龙翰(1233—1293)
宫词 / 308

夏　竦(985—1051)
宫词(其一) / 308

48

宫词(其二) / 309
内阁春帖子(其二) / 309
御阁春帖子(其四) / 309

许及之(1141—1209)
太上阁端午帖子(其一) / 309
圣寿阁端午帖子(其二) / 309

许应龙(1169—1249)
皇后阁端午帖子(其二) / 309
皇帝阁端午帖子(其三) / 309

杨　杰(？—？)
元会 / 309

杨万里(1127—1206)
正月五日以送伴借官侍宴集英殿十口号(其四) / 310
正月五日以送伴借官侍宴集英殿十口号(其七) / 310

张公庠(？—？)
宫词(其七〇) / 310

张嵲(1096—1148)
吴宫词 / 311

赵佶(1082—1135)
宫词(其一三) / 311
宫词(其三三) / 311
宫词(其四二) / 311
宫词(其八〇) / 311
宫词(其八一) / 311
宫词(其九八) / 311
题梨花图 / 311

赵湘(959—993)
夫人阁春帖子(其一) / 311

周必大(1126—1204)
立春帖子·太上皇帝阁(其三) / 311
立春帖子·太上皇帝阁(其五) / 312
立春帖子·太上皇后阁(其一) / 312
端午帖子·皇帝阁(其一) / 312
端午帖子·皇后阁(其一) / 312
立春帖子·太上皇帝阁(其三) / 312
立春帖子·太上皇后阁(其四) / 312

周彦质(？—？)
宫词(其三九) / 312
宫词(其六六) / 312
宫词(其七九) / 312
宫词(其八〇) / 312
宫词(其九一) / 312

郊庙朝会歌辞
先蚕六首·亚终献用惠安 / 313
淳化乡饮酒三十三章(其四) / 313
出火祀大辰十二首·降神用高安(其二) / 313
咸平亲郊八首·亚献终献用正安 / 313
元符亲郊五首·退文舞迎武舞用正安 / 313
章献明肃皇太后恭谢太庙(其一三) / 313
高宗建炎初祀昊天上帝·文舞退武舞进用正安 / 313

宁宗郊祀二十九首·文舞退武舞进用正安 /313

上册宝十三首·退文舞进武舞用昭安 /314

景德中朝会十四首·初举酒毕用盛德升闻(其一) /314

明道元年章献明肃皇太后朝会十五首·酒一行毕作厚德无疆之舞(其二) /314

明道元年章献明肃皇太后朝会十五首·再举酒用寿星 /314

明道元年章献明肃皇太后朝会十五首·公卿入门用礼安 /314

绍兴以后祀五方帝六十首·有熊氏酌献用祐安 /314

绍兴亲享明堂二十六首·尚书捧俎用禧安 /314

熙宁祀皇地祇十二首·退文舞迎武舞用威安 /314

崇恩太后升祔十四首·升降殿用熙安 /315

孝宗明堂前朝献景灵宫八首·文舞退武舞进用正安 /315

先蚕六首·升降用翊安 /315

大观祀武成王一首·酌献用成安 /315

袷飨太庙(其一三) /315

绍兴以后祀感生帝十六首·降神用大安(其一) /315

高宗建炎初禩祀昊天上帝·降神用景安(其二) /315

宁宗郊祀二十九首·降神用景安(其二) /315

宁宗郊祀二十九首·饮福用禧安 /315

绍兴以后祀五方帝六十首·青帝降神用高安(其二) /316

绍兴以后祀五方帝六十首·赤帝降神用高安(其二) /316

绍兴以后祀五方帝六十首·黄帝降神用高安(其二) /316

绍兴以后祀五方帝六十首·白帝降福用高安(其二) /316

绍兴以后祀五方帝六十首·黑帝降神用高安(其二) /316

绍兴以后祀感生帝十六首·降神用大安(其二) /316

绍兴淳熙分命馆职定撰十七首(其二) /316

绍兴祀皇地祇十五首·迎神用宁安(其二) /316

绍兴祀神州地祇十六首·迎神用宁安(其二) /316

绍兴朝日十首·降神用高安(其二) /317

夕月十首·降神用高安(其二) /317

绍兴祀高禖十首·降神用高安(其二) /317

绍兴祀九宫贵神十首·降神用景安(其二) /317

绍兴以后时享二十五首·迎神用兴安(其二) /317

袷享八首·迎神用兴安(其二) /317

宁宗朝享三十五首·迎神用兴安_{九变}（其二） / 317

上册宝十三首·迎神用歆安（其二） / 317

宁宗郊前朝献景灵宫二十四首·降神用太安_{六变}（其二） / 317

淳祐祭海神十六首·迎神用延安（其二） / 318

绍兴祀大火十二首·降神用高安（其二） / 318

纳火祀大辰十二首·降神用高安（其二） / 318

大观祀社稷九首·迎神用宁安（其二） / 318

绍兴祀太社太稷十七首·迎神用宁安（其三） / 318

绍兴以后蜡祭四十二首·东方百神降神用熙安（其二） / 318

绍兴以后蜡祭四十二首·西方百神降神用熙安（其二） / 318

绍兴以后蜡祭四十二首·夜明位酌献用择安 / 318

大晟府拟撰释奠十四首·迎神用凝安（其二） / 318

景德以后祀五方帝十六首·酌献用祐安 / 319

建隆郊祀八首·奉俎用丰安 / 319

景德以后祀五方帝十六首·奠玉币酌献用嘉安 / 319

绍兴以后祀感生帝十六首·文舞退武舞进用正安 / 319

绍兴亲享明堂二十六首·彻豆用歆安 / 319

建隆以来祀享太庙十六首·太宗室用大盛 / 319

绍兴以后时享二十五首·太祖室酌献用皇武 / 319

宁宗朝享三十五首·终献用正安 / 319

玉清昭应宫上尊号三首·奉告用隆安 / 319

高宗郊前朝献景灵宫二十一首·文舞退武舞进用正安 / 320

纳火祀大辰十二首·亚终献用文安 / 320

先蚕六首·升降用翊安 / 320

大晟府拟撰释奠十四首·升殿用同安 / 320

绍兴十年发皇太后册宝八首·侍中奉宝诣皇帝褥位用礼安 / 320

淳化乡饮酒三十三章（其三） / 320

淳化乡饮酒三十三章（其六） / 320

政和鹿鸣宴五首（其四） / 320

绍兴以后祀五方帝六十首·黄帝降神用高安（其四） / 320

上册宝十三首·迎神用歆安（其一） / 321

乾道七年恭上太上皇帝太上皇后尊号十一首·皇帝从太上皇后册宝诣宫中用正安 / 321

建隆郊祀八首·降神用高安 / 321

绍兴以后祀五方帝六十首·青帝酌献用祐安 / 321

绍兴亲享明堂二十六首·皇帝还小

51

次用仪安 / 321

绍兴亲享明堂二十六首·亚献用穆安 / 321

绍兴朝日十首·酌献用嘉安 / 321

祭九鼎十二首·冬至宝鼎奠币用明安 / 322

皇祐亲享明堂六首·降神用诚安 / 322

常祀皇地祇五首·退文舞迎武舞用威安 / 322

建隆以来祀享太庙十六首·奉俎用丰安 / 322

上明达皇后册宝五首·退文舞进武舞用昭安 / 322

绍兴别庙乐歌五首·彻豆用宁安 / 322

熙宁祭风师五首·奠币用容安 / 322

雨师雷神七首·送神曲同迎神 / 322

绍兴以后蜡祭四十二首·南方百神迎神用简安 / 322

熙宁皇太后册宝三首·出入用正安 / 323

淳熙二年发太上皇帝太上皇后册宝十一首·皇帝奉太上皇册宝授太傅用礼安 / 323

哲宗发皇后册宝三首·降坐乾安 / 323

乾道元年册皇太子四首·皇帝降坐乾安 / 323

绍兴以后蜡祭四十二首·东方百神降神用熙安(其三) / 323

淳化中朝会二十三首·又六变(其一) / 323

绍兴以后祀五方帝六十首·黑帝降神用高安(其一) / 323

高宗建炎初祀昊天上帝·皇帝还位用正安 / 323

绍兴以后祀五方帝六十首·亚终献用文安 / 324

乾德以后祀感生帝十首·彻豆用肃安 / 324

元符祭神州地祇二首·送神用宁安 / 324

建隆以来祀享太庙十六首·顺祖室用大宁 / 324

建隆以来祀享太庙十六首·宣祖室用大庆 / 324

熙宁以后享庙五首·送神用兴安 / 324

高宗郊祀前朝享太庙三十首·迎神用兴安 / 324

理宗朝享三首·迎神用兴安九奏 / 324

崇恩太后升祔十四首·终献用仪安 / 324

崇恩太后升祔十四首·彻豆用成安 / 325

上钦成皇后册宝六首·迎神用歆安 / 325

上明达皇后册宝五首·酌献用明安 / 325

绍兴二十九年显仁皇后祔庙一首·酌献用歆安 / 325

目录

高宗郊前朝献景灵宫二十一首·皇帝入门用乾安 / 325

大中祥符五岳加帝号祭告八首·迎神用静安 / 325

熙宁望祭岳镇海渎十七首·送神用凝安 / 325

绍兴祀岳镇海渎四十三首·奠玉币用明安 / 325

大观祀社稷九首·奠币用嘉安 / 325

大观蜡祭二首·南郊升降用穆安 / 326

大观三年释奠六首·奠币用明安 / 326

司中司命五首·奠币用容安 / 326

高宗明堂前朝献景灵宫十首·奉馔用吉安 / 326

孝宗明堂前朝献景灵宫八首·圣祖位用乾安 / 326

大中祥符封禅十首·太宗配坐酌献用禅安 / 326

祭九鼎十二首·夏至肜鼎酌献用成安 / 326

乾兴御楼二首·升坐用隆安 / 326

哲宗上太皇太后册宝五首·降坐用乾安 / 326

乾道七年恭上太上皇帝太上皇后尊号十一首·太傅奉太上皇帝册宝升殿用圣安 / 327

绍熙元年恭上寿圣皇太后至尊寿皇圣帝寿成皇后尊号册宝十四首·中书令侍中奉三宫册宝诣东阶下用礼安 / 327

绍熙元年恭上寿圣皇太后至尊寿皇圣帝寿成皇后尊号册宝十四首·太傅侍中奉至尊寿皇帝宝升殿用圣安 / 327

嘉泰二年恭上太皇太后尊号八首·册宝诣东阶 / 327

绍定三年寿明仁福慈睿皇太后册宝九首·册宝诣东阶 / 327

哲宗发皇后册宝三首·太尉等奉册宝出入正安 / 327

绍兴十三年发皇后册宝十三首·使副入门正安 / 327

淳熙三年发皇后册宝十三首·皇后受册宝成安 / 327

淳熙十六年皇后册宝十三首·皇帝降坐乾安 / 328

乾道七年册皇太子四首·皇帝升坐乾安 / 328

宝祐二年皇子冠二十首·初加 / 328

大观闻喜宴六首·再酌於乐辟雍 / 328

大观闻喜宴六首·五酌正安 / 328

政和鹿鸣宴五首·再酌乐育人才 / 328

高宗建炎初祀昊天上帝·降神用景安(其一) / 328

宁宗郊祀二十九首·降神用景安(其一) / 328

绍兴以后祀五方帝六十首·青帝降神用高安(其一) / 328

53

绍兴以后祀五方帝六十首·赤帝降神用高安(其一) / 329

绍兴以后祀五方帝六十首·黄帝降神用高安(其一) / 329

绍兴以后祀五方帝六十首·白帝降神用高安(其一) / 329

绍兴淳熙分命馆职定撰十七首·降神景安 / 329

绍兴祀皇地祇十五首·迎神用宁安(其一) / 329

绍兴祀神州地祇十六首·迎神用宁安(其一) / 329

绍兴朝日十首·降神用高安(其一) / 329

夕月十首·降神用高安(其一) / 329

绍兴祀高禖十首·降神用高安(其一) / 329

绍兴祀九宫贵神十首·降神用景安(其一) / 330

绍兴以后时享二十五首·迎神用兴安(其一) / 330

绍兴以后时享二十五首·迎神用兴安(其四) / 330

祫享八首·迎神用兴安(其一) / 330

祫享八首·迎神用兴安(其四) / 330

宁宗朝享三十五首·迎神用兴安九变(其一) / 330

宁宗朝享三十五首·迎神用兴安九变(其四) / 330

崇恩太后升祔十四首·迎神用兴安四章(其一) / 330

崇恩太后升祔十四首·迎神用兴安四章(其三) / 330

崇恩太后升祔十四首·迎神用兴安四章(其四) / 331

上册宝十三首·迎神用歆安(其四) / 331

朝谒太清宫九首·降神用真安 / 331

绍兴祀大火十二首·降神用高安(其一) / 331

出火祀大辰十二首·降神用高安(其一) / 331

纳火祀大辰十二首·降神用高安(其一) / 331

绍兴祀太社太稷十七首·迎神用宁安(其一) / 331

绍兴祀太社太稷十七首·迎神用宁安(其二) / 331

绍兴以后蜡祭四十二首·东方百神降神用熙安(其一) / 332

绍兴以后蜡祭四十二首·东方百神降神用熙安(其二) / 332

绍兴以后蜡祭四十二首·西方百神降神用熙安(其一) / 332

大晟府拟撰释奠十四首·迎神用凝安(其一) / 332

大晟府拟撰释奠十四首·迎神用凝安(其四) / 332

宁宗郊前朝献景灵宫二十四首·降神用太安六变(其一) / 332

目 录

大观祀社稷九首·迎神用宁安（其一） /332

淳化中朝会二十三首·又六变（其六） /332

冬至孟春孟夏季秋四祀上公摄事七首·降神用景安二章（其一） /332

高宗郊祀前朝享太庙三十首·仁宗室用美成_{徽宗御制} /333

熙宁中朝会三首·再举酒用嘉禾 /333

建隆乾德朝会乐章二十八首·群臣第一盏毕作玄德升闻（其二） /333

景德以后祀五方帝十六首·送神用高安 /333

祭九鼎十二首·立秋阜鼎酌献用成安 /333

绍兴祭风师六首·酌献用雍安 /333

绍兴享先农十一首·送神用静安 /333

绍兴以后蜡祭四十二首·亚终献用庆安 /333

景祐释奠武成王六首·奠币用明安 /334

治平皇太后皇后册宝三首·皇帝升坐用乾安 /334

哲宗上太皇太后册宝五首·太皇太后升坐用乾安 /334

宝祐二年皇子冠二十首·初醮 /334

建隆乾德朝会乐章二十八首·又六变（其四） /334

绍兴祀神州地祇十六首·神州地祇位酌献用嘉安 /334

至和祫享三首·奠瓒用嘉安 /334

乾道别庙乐歌三首·懿节皇后室酌献用歆安 /334

祫飨太庙（其九） /334

景祐上辛祈谷二首·酌献用绍安 /335

绍兴二十八年祀圜丘·太宗皇帝位酌献用韶安_{御制} /335

宁宗郊祀二十九首·降坛用乾安 /335

景德以后祀五方帝十六首·赤帝降神用高安 /335

绍兴以后祀五方帝六十首·奉俎用丰安 /335

绍兴以后祀感生帝十六首·彻豆用肃安 /335

绍兴亲享明堂二十六首·皇地祇位酌献用彰安 /335

绍兴亲享明堂二十六首·望燎用仪安 /335

绍兴祀神州地祇十六首·神州地祇位奠玉币用嘉安 /335

大观秋分夕月四首·酌献 /336

夕月十首·送神用理安 /336

景德祀九宫贵神三首·奠玉币酌献用嘉安 /336

元祐祀九宫贵神二首·送神用景安 /336

55

全宋诗乐舞史料辑录
乐舞、乐人、乐事、乐律卷

建隆以来祀享太庙十六首·奠瓒用瑞木 / 336
摄事十三首·奠瓒用瑞安 / 336
至和袷享三首·迎神用兴安 / 336
绍兴以后时享二十五首·彻豆用兴安 / 336
高宗郊祀前朝享太庙三十首·皇帝再盥洗用乾安 / 337
高宗郊祀前朝享太庙三十首·还位用乾安 / 337
高宗郊前朝献景灵宫二十一首·送真用太安 / 337
宁宗郊前朝献景灵宫二十四首·文舞退武舞进用正安 / 337
祭九鼎十二首·亚终献用文安 / 337
熙宁望祭岳镇海渎十七首·西望迎神用凝安 / 337
绍兴祀太社太稷十七首·太社位酌献用嘉安 / 337
雨师五首·迎神用欣安 / 337
雍熙享先农六首余同祈谷·送神用静安 / 338
祀先蚕六首·亚终献用惠安 / 338
绍兴以后蜡祭四十二首·初献升降用肃安 / 338
建隆乾德朝会乐章二十八首·皇帝举酒第一盏用白龟 / 338
淳化中朝会二十三首·皇帝初举酒用祥麟 / 338
大中祥符朝会五首·三举酒用庆云 / 338

元符大朝会三首·皇帝初举酒用灵芝 / 338
绍兴朝会十三首·皇帝初举酒用瑞木成文 / 338
宁宗登门肆赦二首·升坐用乾安 / 338
淳熙十二年加上太上皇帝太上皇后尊号十一首·册宝出门用正安 / 339
绍熙元年恭上寿圣皇太后至尊寿皇圣帝寿成皇后尊号册宝十四首·大庆殿发册宝降殿正安 / 339
淳熙十六年皇后册宝十三首·册宝入门正安 / 339
淳化乡饮酒三十三章(其五) / 339
袷飨太庙(其一) / 339
朝会(其三) / 339
绍兴祀太社太稷十七首·迎神用宁安(其五) / 339
淳化中朝会二十三首·又六变(其五) / 339
真宗御制二首·亚献终献用平晋乐 / 340
雍熙享先农六首余同祈谷·奉俎用丰安 / 340
淳化乡饮酒三十三章(其一○) / 340
绍兴二十八年祀圜丘·文舞退武舞进用正安 / 340
绍兴二十八年祀圜丘·还大次用乾安 / 340
元符亲享明堂十一首·退文舞迎武

舞用穆安　/340

绍兴淳熙分命馆职定撰十七首·文舞退武舞进用正安　/340

景祐亲享太庙二首·迎神用兴安　/341

高宗郊祀前朝享太庙三十首·亚献用正安　/341

高宗祀明堂前朝享太庙二十一首·终献用正安　/341

汾阴十首·亚终献用正安　/341

淳祐祭海神十六首·亚终献用飨安　/341

景德中朝会十四首·初举酒毕用盛德升闻(其二)　/341

绍兴朝会十三首·上公上寿用和安　/341

章献明肃皇太后恭谢太庙(其一四)　/341

建隆乾德朝会乐章二十八首·又六变(其二)　/342

建隆乾德朝会乐章二十八首·第二盏毕用天下大定(其一)　/342

建隆乾德朝会乐章二十八首·第二盏毕用天下大定(其二)　/342

淳化中朝会二十三首·又六变(其三)　/342

淳化中朝会二十三首·又六变(其三)　/342

皇后庙十五首·酌献孝明皇后室用惠安　/342

方丘乐歌(其一)　/342

方丘乐歌(其二)　/342

方丘乐歌(其三)　/342

方丘乐歌(其四)　/343

方丘乐歌(其五)　/343

方丘乐歌(其六)　/343

方丘乐歌(其七)　/343

方丘乐歌(其八)　/343

方丘乐歌(其九)　/343

绍兴别庙乐歌五首·升殿用崇安　/343

绍兴别庙乐歌五首·奉俎用肃安　/343

绍兴别庙乐歌五首·懿节皇后室酌献用明安　/343

绍兴别庙乐歌五首·亚终献用嘉安　/344

绍兴别庙乐歌五首·彻豆用宁安　/344

乾道别庙乐歌三首·诣庙用乾安　/344

乾道别庙乐歌三首·升殿用乾安　/344

乾道别庙乐歌三首·懿节皇后室酌献用歆安　/344

汾阴十首·奠玉币登歌嘉安　/344

理宗明堂前朝献景灵宫二首·升殿登歌乾安　/344

常　挺(？—1268)

视师颂　/344

乡村民俗音乐活动

白　玭(1248—1328)

春日田园杂兴　/345

白玉蟾(1194—?)
　农歌 / 345
毕仲游(1047—1121)
　社鼓 / 345
蔡如松(?—?)
　九侯山神诗 / 345
晁公遡(?—?)
　范仲芑惠诗次韵为报 / 346
陈　淳(1159—1219)
　送赵守备解南漳赴湖北仓 / 346
陈　洎(?—?)
　蓝溪闲居 / 346
陈　宓(1171—1230)
　泉南道中 / 346
陈　某(?—?)
　偶成(其二) / 347
陈　造(1133—1203)
　再次韵答节推司理路监岳 / 347
成大亨(?—?)
　次韵仲举知府徽猷劝农出郊 / 347
戴复古(1167—?)
　侄孙亦龙作亭于小山之上□余以野亭名之得诗五首(其二) / 347
　题亡室真像 / 347
　题申季山所藏李伯时画村田乐图 / 347
邓　深(?—?)
　同友人新陂庄少憩 / 348
董嗣杲(?—?)
　舟归富池纪怀 / 348
　江州重午二首(其二) / 348

　舟次示朱友龙 / 348
范成大(1126—1193)
　次韵子永见赠建除体 / 348
　上元纪吴中节物俳谐体三十二韵 / 348
范纯仁(1027—1101)
　和持国听琵琶二首(其一) / 349
　和放翁社日四首·社鼓 / 349
葛绍体(?—?)
　太师汪焕章社日劝农余出湖曲(其二) / 349
郭祥正(1035—1113)
　香社院 / 349
　次韵陈文思见寄 / 350
　夏公西家藏老高村田乐教学图 / 350
郭　印(?—?)
　夔州元宵和曾端伯韵四首(其一) / 350
韩　淲(1159—1224)
　二十六夜大雨达旦 / 350
　十九日 / 350
韩　琦(1008—1075)
　辛亥八月十六日夜复值阴晦 / 350
　襁高道中农居 / 351
贺　铸(1052—1125)
　谢米雍丘元章见过 / 351
胡　寅(1098—1156)
　和次山游朝阳岩 / 351
胡仲弓(?—?)
　山村即事 / 351

黄庭坚(1045—1105)
    次韵寅庵四首(其一) / 351
姜　霖(？—？)
    春日田园杂兴 / 351
九山人(？—？)
    春日田园杂兴 / 352
孔平仲(1044—1102)
    村鼓 / 352
黎廷瑞(1250—1308)
    丙申上元喜晴孤坐怀旧二十韵
    / 352
李　堪(965—？)
    仙楼道院 / 352
李弥逊(1089—1153)
    次韵舍弟野望 / 353
李　彭(？—？)
    蔡州颜鲁公祠 / 353
李若川(？—？)
    村社歌 / 353
李　石(1108—1181)
    杨德彝立春日携诗远访次韵 / 353
李　新(1062—？)
    铁山祠成二首(其二) / 354
    即席次必强六绝句(其四) / 354
刘克庄(1187—1269)
    夏旱四首(其一) / 354
    乙卯端午十绝(其一〇) / 354
    六言三首(其三) / 354
    白湖庙二十韵 / 354
    题福清薛明府太平禾图 / 354

刘一止(1080—1161)
    次韵江子我郎中社饮一首 / 355
刘　宰(1166—1239)
    用韵索青娥丸 / 355
陆文圭(1250—1334)
    立冬 / 355
陆　游(1125—1210)
    春社四首(其二) / 355
    野兴 / 355
    春社日效宛陵先生体四首·社鼓
    / 355
    秋社 / 356
    初春杂兴五首(其二) / 356
    游近村二首(其二) / 356
    秋稼渐登识喜 / 356
    散策至湖上民家 / 356
    饭饱昼卧戏作短歌 / 356
    赛神曲 / 356
    村饮 / 357
马　云(？—？)
    重建羊侯祠和王原叔句 / 357
仇　远(1247—？)
    三月二十六日书所闻 / 357
    元夜叹 / 357
施宜生(？—1160)
    社日(其一) / 358
释怀深(1077—1132)
    资福遣土地出院(其二) / 358
释慧初(？—？)
    偈二首(其二) / 358

释明辩(1085—1157)
  颂古十六首(其二) / 358
释师体(1108—1179)
  偈颂十八首(其三) / 358
释文礼(1167—1250)
  偈二首(其一) / 358
释咸杰(1118—1186)
  偈颂六十五首(其五四) / 359
释正觉(1091—1157)
  颂古一百则(其五) / 359
  禅人并化主写真求赞(其三四八) / 359
  小师智临禅客写真求赞 / 359
  颂古一百则(其八) / 359
释宗杲(1089—1163)
  偈颂一百六十首(其三一) / 359
  五祖演和尚赞二首(其二) / 359
舒岳祥(1219—1298)
  田公姥词 / 360
宋　祁(998—1061)
  农歌 / 360
苏　辙(1039—1112)
  同王适赋雪 / 360
孙　觌(1081—1169)
  次韵王子钦上元感事三首(其三) / 360
王　令(1032—1059)
  答黄薮富道 / 361
王　洋(1089—1154)
  和从父连雨快晴(其二) / 361

韦　骧(1033—1105)
  过鳞原驿 / 361
卫宗武(？—1289)
  野步 / 361
  喜晴(其二) / 362
魏了翁(1178—1237)
  观南堤 / 362
吴龙翰(1233—1293)
  春日书所见 / 362
吴　潜(1195—1262)
  再用前韵各赋三解(其四) / 362
鲜于侁(1019—1087)
  九诵·尧祠 / 362
项安世(1129—1208)
  次韵张以道对雨 / 362
  次韵高秀才借观襄郢诗卷 / 363
许及之(1141—1209)
  再次韵 / 363
薛季宣(1134—1173)
  寒溪寺拈香时国丧罢宴锡已三岁二首(其一) / 363
杨公远(1227—？)
  饯王书史 / 363
杨万里(1127—1206)
  送庐陵丞刘约之 / 364
  上元前一日游东园看红梅三首(其三) / 364
  宿新市徐公店二首(其二) / 364
姚　勉(1216—1262)
  春日即事 / 364

叶梦鼎(？—1278)
　　梅林八景总咏 / 364
叶茵(1199？—？)
　　田父吟五首(其五) / 364
易士达(？—？)
　　竹林伤田家 / 364
于石(1247—？)
　　小石塘源 / 365
　　次韵徐月卿秋兴 / 366
喻良能(1120—？)
　　观田家宴集 / 366
张纲(1083—1166)
　　岁暮二首(其二) / 366
张栻(1133—1180)
　　某敬采民言成六韵为安抚阁老尚书
　　　寿伏幸过目(其六) / 366
张守(1084—1145)
　　族叔祖示四绝句次韵(其三) / 367

赵抃(1008—1084)
　　次韵程给事寄赵少师三首(其二)
　　　/ 367
赵蕃(1143—1229)
　　田家即事八首(其三) / 367
赵汝鐩(1172—1246)
　　社日 / 367
郑伯玉(？—？)
　　绿野亭(其三) / 367
郑清之(1176—1251)
　　客有诵袁蒙斋得雨酬倡之什辄赓元
　　　韵志喜也呈虚斋使君(其一)
　　　/ 367
郑永中(？—？)
　　观稼阁 / 368
周密(1232—1298)
　　拟长吉十二月乐辞·三月 / 368
　　北山四时招隐辞(其一) / 368

散乐百戏

蔡襄(1012—1067)
　　十日西湖晚归 / 369
晁公溯(1116—？)
　　师伯浑用韵复次(其一) / 369
陈世崇(1245—1309)
　　元夕八首(其六) / 369
陈著(1214—1297)
　　次韵张子华九日长诗 / 369
戴复古(1167—？)
　　夏日雨后登楼 / 370

范成大(1126—1193)
　　请息斋书事三首(其二) / 370
方一夔(？—？)
　　游碧沼寺 / 370
洪适(1117—1184)
　　对厅致语口号 / 370
洪咨夔(1176—1236)
　　谨和老人初冬寓笔十绝(其四) / 370
黄庭坚(1045—1105)
　　题前定录赠李伯牖二首(其二) / 370

李宗谔(965—1013)
　　汉武　/ 371

林希逸(1193—1271)
　　人世　/ 371

刘克庄(1187—1269)
　　观社行　/ 371
　　古宫词十首(其六)　/ 371
　　闻祥应庙优戏甚盛二首(其二)
　　　　/ 372
　　即事三首(其一)　/ 372
　　纵笔二首(其一)　/ 372
　　乙丑元日口号十首(其四)　/ 372
　　灯夕二首(其二)　/ 372

刘　镗(?—?)
　　观傩　/ 372

刘　弇(1048—1102)
　　次韵和彭道原元夕　/ 373

陆　游(1125—1210)
　　初夏十首(其二)　/ 373
　　村居遣兴三首(其一)　/ 373
　　出游五首(其四)　/ 373
　　行饭至湖上　/ 373
　　幽居岁暮五首(其三)　/ 373

毛　珝(?—?)
　　和张梅深四首(其一)　/ 373

强　至(1022—1076)
　　依韵和道济秘丞集英殿秋宴作
　　　　/ 374

任希夷(1156—?)
　　上寿大宴二首(其二)　/ 374

僧义翔(?—?)
　　偈　/ 374

邵　雍(1011—1077)
　　缘饰吟　/ 374

释　本(?—?)
　　偈二首(其二)　/ 374

释从瑾(1117—1200)
　　颂古三十八首(其二六)　/ 374

释慧空(1096—1158)
　　入风赞　/ 374

释如净(?—?)
　　偈颂十首(其三)　/ 375
　　偈颂十首(其七)　/ 375
　　偈颂二十五首(其一〇)　/ 375

释善珍(1194—1277)
　　已往　/ 375

释绍昙(?—1297)
　　跋禅会图　/ 375
　　偈颂一百零二首(其九九)　/ 375
　　偈颂一百一十七首(其七八)　/ 375
　　偈颂一百零四首(其一〇四)　/ 376

释师观(1143—1217)
　　颂古十七首(其七)　/ 376

释师体(1108—1179)
　　颂古二十九首(其四)　/ 376

释正觉(1091—1157)
　　偈颂二百零五首(其一九)　/ 376

释智愚(1185—1269)
　　颂古一百首(其八八)　/ 376

宋　白(936—1012)
　　宫词(其七一)　/ 376

宋　祁(998—1061)
　　乾元节锡庆院燕 ／376
宋　庠(996—1066)
　　冬至观两宫盛礼奏御 ／376
汪元量(1241—1317)
　　越州歌二十首(其八) ／377
　　湖州歌九十八首(其七七) ／377
王安石(1021—1086)
　　相国寺启同天节道场行香院观戏者
　　　／377
　　拟寒山拾得二十首(其一〇) ／377
　　和圣俞农具诗十五首·耘鼓 ／377
王　珪(1019—1085)
　　宫词(其五四) ／378
王　迈(1184—1248)
　　枕上复用道间乡字韵呈同人 ／378
魏了翁(1178—1237)
　　十八日上寿退赐坐十九日贡院锡宴
　　　二十一日紫宸殿御筵即事(其五)
　　　／378
　　次韵李参政湖上杂咏录寄龙鹤坟庐
　　　(其一三) ／378

项安世(1129—1208)
　　次韵曾宣干 ／378
徐　积(1028—1103)
　　舞马诗 ／378
许景衡(1072—1128)
　　天宁节上寿紫宸退诣相国寺祝寿宴
　　　尚书省 ／378
阳　枋(1187—1267)
　　别王叔俨 ／379
杨　亿(974—1020?)
　　傀儡 ／379
易士达(?—?)
　　观傀儡 ／379
张舜民(?—?)
　　元夕端居感事四绝句(其一) ／379
赵　抃(1008—1084)
　　杭州上元观灯(其二) ／379
赵　炅(939—997)
　　缘识(其三二) ／379
真德秀(1178—1235)
　　皇后阁端午贴子词五首(其五)
　　　／380

乐　律

白玉蟾(1194—?)
　　郊庙朝会歌辞 ／381
　　绍兴十年发皇太后册宝八首·册宝
　　　升慈宁殿幄用圣安 ／381
　　绍兴二十八年祀圜丘·皇帝入中壝
　　　用乾安 ／381
　　熙宁望祭岳镇海渎十七首·酌献用

成安 ／381
孝宗明堂前朝献景灵宫八首·再诣
　　圣祖位用乾安 ／381
纳火祀大辰十二首·降神用高安(其
　　三) ／381
景德以后祀五方帝十六首·黄帝降
　　神用高安 ／382

高宗郊前朝献景灵宫二十一首·亚
终献用冲安 /382
淳祐祭海神十六首·升降用钦安
/382

曹 勋(1098—1174)
张右相生日二首(其一) /382

长 倩(?—?)
题清芬阁 /382

晁补之(1053—1110)
次韵信守李秬二首(其一) /382
试院次韵文潜欲知归期近呈天启慎
思 /383
乐哉侯之邦兮乐哉侯之堂兮(其二)
/383

晁公遡(1116—?)
官舍 /383
王伯厚和予墙字韵因用其韵记五月
八日同饮池上之作 /383

晁说之(1059—1129)
柳集亡食虾蟆诗因有作 /384
趋府马上悠然思陈无己三兄成诗寄
之 /384
十二弟寄所和邵子文病中感怀之作
复次韵寄子文 /384

陈 淳(1155—1219)
叙赵守备学释菜会馂 /385

陈 宓(1171—1230)
寿傅忠简 /386
忆饮井 /386

陈 普(1244—1315)
拟古(其二) /387

陈师道(1053—1102)
虞美人草 /387

陈文蔚(1154—1247)
许世卿孝亭邂逅为予修琴临别求诗
为赋长句 /387
别仓使二首(其二) /387

陈 岩(?—1299)
漱玉滩 /387

陈与义(1090—1138)
次韵王尧明郊祀显相之作 /387

陈元晋(1186—?)
上姚赣州镛寿 /388

陈 造(1133—1203)
暗用古人名诗寄程帅 /388
再次韵答梁教授 /388
交割州事致语口号 /389

陈 著(1214—1297)
次单君范袖来汪西皋所撰咏秋十章
以示因和之十绝(其一○) /389

程 珌(1164—1242)
寿皇子(其三) /389

程公许(1182—?)
述九颂(其八) /389
寿茶使三十韵 /390
述九颂(其三) /390
上曹宪使五十韵 /391

程 俱(1078—1144)
次韵和颍昌叶翰林同许学士亢宗干
誉泛舟潩水(其二) /392
数诗述怀 /392

目 录

程　垣(？—？)
　　杂兴(其一) / 392
戴　昺(？—？)
　　有妄论宋唐诗体者答之 / 392
戴复古(1167—？)
　　祝二严 / 392
戴　埴(？—？)
　　和陈府教授见赠 / 393
　　鼋 / 393
范成大(1126—1193)
　　戏题方响洞 / 394
方　回(1227—1307)
　　赠笔工杨日新 / 394
　　十一月二十日南至二首(其二) / 394
　　以采菊东篱下悠然见南山为韵赋十首(其五) / 395
　　送刘都事五十韵 / 395
方一夔(？—？)
　　感兴二十七首(其一四) / 396
方　岳(1199—1262)
　　次韵刘簿寄示 / 396
　　效演雅 / 396
费士戣(？—？)
　　次踏碛韵 / 397
高似孙(1158—1231)
　　桐柏观阅藏经 / 397
葛胜仲(1072—1144)
　　九月二十四日陪少蕴左辖饮朱氏林亭以朱行中寄其弟诗为韵席上同赋 / 397

十二月二十三日立春中散兄棣华第六会特盛是日天大雪小孙女出彩幡胜及花柳精巧夜漏且五鼓方罢既归不得寐偶成律诗纪事拜呈中散兄兼简公任阜民详定侍郎道祖签幕判院朝提辖奉议卿任宝录待制 / 398
郭祥正(1035—1113)
　　东林行 / 398
　　嵩山归送刘伯寿秘监 / 398
郭　印(？—？)
　　正纪诞辰辄成三绝句为寿所谓寿者非世俗之寿也盖期君道学坚固将与造物者游无终始者为友而已(其一) / 399
　　仁寿县治新开小轩以琴中趣名之用趣字韵赋之 / 399
　　再和前韵答隐父二首(其二) / 399
韩　淲(1159—1224)
　　宋倅告老得请而归 / 399
韩　驹(1080—1135)
　　上何太宰生辰诗二首(其一) / 400
韩　琦(1008—1075)
　　谢资政富公再以近诗见寄 / 400
韩　维(1017—1098)
　　奉同冲卿元日雪霁朝会称觞 / 400
韩元吉(1118—？)
　　羁凤辞 / 401
洪咨夔(1176—1236)
　　罗浮高寿崔制置 / 401
　　程广文季允得崔西清荐诗来用韵 / 401

65

胡 宿(995—1067)
　皇后阁端午帖子(其九) /402
　翰林南阳叶公挽词三首(其一)
　　　/402

胡一桂(1247—?)
　至日建中次季真韵 /402

胡 寅(1098—1156)
　送余泽还义兴 /402
　和黄执礼六首(其四) /403

胡志道(?—?)
　夜宿仙都山闻松声作 /403

胡仲弓(?—?)
　皆春 /403
　枯崖韵速藏叟和篇 /403

华 镇(1051—?)
　寿顾侍郎 /403

黄 庶(1019—1058)
　和百塔寺四首·听泉近诏天下收古
　　乐器 /403

黄庭坚(1045—1105)
　李冲元真赞 /403
　再答元舆 /404
　谢仲谋示新诗 /404
　溪上吟 /404

姜 夔(1155?—1208)
　以长歌意无极好为老夫听为韵奉别
　　沔鄂亲友(其六) /404

李 乘(?—?)
　慧聚杂题·素琴堂 /404

李 复(1052—?)
　和朱公掞祷雨五龙庙 /405

李 纲(1083—1140)
　长至 /405
　次韵顾子美见示题曲江画像 /405

李公麟(1049?—1106)
　和邓慎思重九考罢试卷书呈同院诸
　　公二首(其一) /406

李 龏(1194—?)
　咏老桐 /406

李 刘(?—?)
　寿牛都大 /406

李流谦(1123—1176)
　钱元质饮客月岩前小亭酒半月上移
　　席坐岩下四顾林塘景气清绝眉山
　　程进儒谓予不可无诗因作此
　　　/406

李弥逊(1089—1153)
　赠浮光王教授 /407

李 彭(?—?)
　观法华牛斗戏呈戒上座 /407
　宿归宗赠轼老 /407
　赠子充 /408

李 石(1108—1181)
　石经堂 /408

李之仪(1048—1127)
　失题九首(其九) /408

廖行之(1137—1189)
　次韵酬郭承禧 /409
　寿邵阳唐倅二首(其二) /409

林光朝(1114—1178)
　徐广文生朝 /409

刘 攽(1023—1089)
  次韵孔常父 / 409
  次韵和杨叔恬赠郑秘丞 / 409

刘 敞(1019—1068)
  贺王介甫初就职秘阁 / 410
  渴雨示府僚 / 410

刘辰翁(1232—1297)
  寿王太守(其二) / 411
  冬景·至后日初长 / 411

刘克庄(1187—1269)
  赋得牛驼各一首(其一) / 411
  次韵别方时父 / 411
  狂吟 / 411

刘 弇(1048—1102)
  冬至上王丞相生日黄钟歌 / 411
  贺提刑生辰二十韵 / 412

刘一止(1080—1161)
  张倅生辰作质龟相鹤二诗为寿(其二) / 412

楼 钥(1137—1213)
  送王粹中教授入蜀 / 412

陆 游(1125—1210)
  闲居七首(其二) / 413
  次韵师伯浑见寄 / 414
  与高安刘丞游大愚观壁间两苏先生诗 / 414
  谢徐志父帐干惠诗编 / 414
  出游 / 414
  叹老 / 414
  简傅十八官 / 414
  喜杨廷秀秘监再入馆 / 414

秋怀 / 415
玉局观拜东坡先生海外画像 / 415

吕 陶(1028—1104)
  和再游二首(其一) / 415

吕祖俭(？—1196)
  晁景迂大观庚寅冬为四明船场后七十有余年某适以仓氏之职至此闲而王兄季和亦来作景迂官相与访问旧迹故传尚有可考偶成数语简季和因呈叔晦 / 415

梅尧臣(1002—1060)
  同诸韩饮曼叔家 / 416
  次韵答黄介夫七十韵 / 416
  送刘继邺秀才归当涂 / 417
  和吴冲卿元会 / 418
  袷礼颂圣德诗 / 418

欧阳修(1007—1072)
  汝瘿答仲仪 / 418
  送孔秀才游河北 / 419
  答苏子美离京见寄 / 419

彭龟年(1142—1206)
  送郑尚书守建安十首(其九) / 420
  挽张南轩先生八首(其三) / 420

钱 时(1175—1244)
  用守之盟七友歌韵示诸子 / 420

强 至(1022—1076)
  文相生辰祝寿 / 420

饶 节(1065—1129)
  韩升之主簿惠示襄阳杂咏诗淳深高古吟讽不置辄用最后书怀赠彦履韵以释其意 / 421

石鱼行赠灵壁张氏 /421

任希夷(1156—?)
宝钟院 /421

史　浩(1106—1194)
上普安郡王生辰(其四) /421

释宝昙(1129—1197)
上叶丞相 /421

释居简(1164—1246)
风琴赠选上人 /422
孤山行 /422
怀归四首(其一) /422

释明辩(1085—1157)
偈八首(其六) /422

释善果(1079—1152)
偈(其二) /422

释文礼(1167—1250)
偈二首(其一) /423

释文珦(1210—?)
酬李赟房见寄 /423

释有需(?—?)
石门歌 /423

释择崇(?—?)
司空山歌 /423

司马光(1019—1086)
送冷金笺与兴宗 /424
送韩太祝归许昌 /424
和吴冲卿三哀诗 /424
双竹诗 /425

宋伯仁(1199—?)
寄海安林监镇 /425

宋　庠(996—1066)
诏下有感 /425

苏　洞(1170—?)
酬王木叔判院喜雨韵 /425

苏　轼(1037—1101)
次韵景仁留别 /425
次韵刘景文赠傅羲秀才 /426
次韵刘景文西湖席上 /426

苏　颂(1020—1101)
和胡俛学士游西池书事 /426

苏　辙(1039—1112)
次韵王适州学新修水阁 /427
次韵门下刘侍郎直宿寄苏左丞 /427

苏　籀(1091—?)
永嘉周道人求诗一首 /428

孙应时(1154—1206)
和陈亮功张次夔二同年唱酬廉字诚字之作(其二) /428

唐　庚(1071—1121)
醉后怒笔 /428

汪　莘(1155—1212)
竹洲见寄次韵 /428
春怀(其七) /428

王安石(1021—1086)
和崔公度家风琴八首(其二) /429
信陵坊有笼山乐官 /429
结屋山涧曲 /429
哭梅圣俞 /429
老树 /429

王　迈(1184—1248)
　　寿南宗东岩四首(其三) / 430
　　送朱典卿履常参学 / 430
王十朋(1112—1171)
　　为麦祈实 / 430
王庭珪(1080—1172)
　　次韵曾育才翠樾堂雪诗 / 430
　　寄胡邦衡兼简陈佥判黄书记 / 430
王　炎(1138—1218)
　　用元韵答徐尉 / 431
　　用元韵寄周推萧法 / 431
王　洋(1089—1154)
　　春苦风雨 / 431
　　因与伯氏同一僧话武夷事作诗追寄
　　　之 / 432
　　寄何宣仲 / 432
王之道(1093—1169)
　　和梁宏父二首(其一) / 433
　　次韵王山甫春日出郊探梅 / 433
王之望(?—1170)
　　再和 / 433
王　质(1135—1189)
　　代虞枢密宴晁制置口号二首(其二)
　　　/ 434
　　张元亮见访留和坐客 / 434
王仲修(?—?)
　　宫词(其五七) / 434
王祖道(?—1108)
　　此君亭歌次毛公韵 / 434

韦　骧(1033—1105)
　　和观新历(其一) / 435
卫宗武(?—1289)
　　答野渡垫宾并其子和篇 / 435
魏了翁(1178—1237)
　　李参政生日(其一) / 435
　　李参政生日(其二) / 435
　　四川茶马牛宝章修扬子墨池以书索
　　　题咏 / 435
　　正月九日北山雍熙寺约同官 / 436
文天祥(1236—1283)
　　题王声甫松坡樵苦唱后 / 436
吴则礼(?—1121)
　　登北楼 / 436
夏　竦(985—1051)
　　淑妃阁端午帖子(其一) / 437
项安世(1129—1208)
　　方太君生朝四首(其一) / 437
　　妻兄任以道生朝 / 437
　　咏雪次铎字痛字韵二首(其一)
　　　/ 437
　　用韵为席婿寿 / 437
萧立之(1203—?)
　　黄景纯社仓求诗 / 437
谢　翱(1249—1295)
　　句章见月食 / 438
谢　薖(1074—1116)
　　题吕隆礼诗后 / 438
　　汲古斋 / 438

谢 逸(1068—1112)
　怀吕聘君 / 438
熊 禾(1247—1312)
　题林氏药圃 / 439
徐 铉(917—992)
　和钱秘监旅居秋怀二首(其二)
　/ 440
许及之(1141—1209)
　沈丈察院次游凤山韵见示再次韵奉
　酬 / 440
薛季宣(1134—1173)
　春阴会闻悬瓠不守 / 440
　读东坡和靖节诗 / 440
阳 枋(1187—1267)
　寿塞从叔制干 / 441
　寿程彦彪签判乃翁 / 441
　庚子叨第赞合州甘守(其二) / 441
杨公远(1227—?)
　寿许侯 / 441
杨万里(1127—1206)
　和谢石湖先生寄二诗韵(其一)
　/ 441
姚 勉(1216—1262)
　丁巳春言事西归和朱子云赐诗韵
　/ 442
姚 勔(?—?)
　奉陪蓬莱阁赏雪赋诗谨成二十四韵
　呈知府龙图侍郎 / 442
叶 茵(1199?—?)
　次韵二首(其二) / 442

虞 俦(?—?)
　冬至日泊舟严陵滩下 / 443
　和耘老弟庆太安人恩封 / 443
喻良能(1120—?)
　东宫生辰 / 443
　洪右相生辰(其一) / 443
　石钟山 / 443
岳 珂(1183—?)
　宫词一百首(其八四) / 444
　杜正献与欧公书简帖赞 / 444
曾 丰(1142—?)
　敬简堂观莲 / 444
　答厉季平投诗有怀归乡之意 / 444
　今日何夕(其二) / 444
　儒家子刘文叔诗见赠回赠一篇
　/ 444
曾 巩(1019—1083)
　读书 / 445
曾 几(1085—1166)
　还守台州次陆务观赠行韵 / 446
曾季貍(?—?)
　鸣玉泉 / 446
曾 纡(1073—1135)
　戏作冷语 / 446
张道洽(1205—1268)
　对梅(其三) / 447
张方平(1007—1091)
　酬范思远 / 447
　再入禁林即事 / 447
　经远楼 / 447

张九成(1092—1159)
　杨干致仕　/ 447

张　扩(?—?)
　次韵秦秘监山中观梅二首(其一)
　　/ 448
　过南美轩读汪彦章倪巨济诗用壁间
　　韵　/ 448

张　耒(1054—1114)
　次韵答天启　/ 448

张舜民(?—?)
　书节孝先生事实于先生诗编之后
　　/ 448

张　镃(1153—?)
　次韵酬曾无逸宗教(其一)　/ 449
　正月八日喜霁　/ 449
　淳熙己酉二月二日皇帝登宝位镃获
　　厕廷绅辄成欢喜口号十首(其七)
　　/ 449
　次韵王耘之秋兴二首(其一)　/ 449
　杂兴(其三四)　/ 449
　皇太子生辰二首(其一)　/ 449

赵　鼎(1085—1147)
　闻郭瑾怀甫除郎　/ 449
　次韵　/ 450

赵鼎臣(?—?)
　余数与同舍唱和而何亨老独否耿伯
　　顺以诗挑之因次其韵　/ 450

赵　佶(1082—1135)
　宫词(其五三)　/ 450
　宫词(其六八)　/ 450

　宫词(其八〇)　/ 451

赵　炅(939—997)
　缘识(其二二)　/ 451
　缘识(其三六)　/ 451
　缘识(其五一)　/ 451
　缘识(其五九)　/ 451

赵汝鐩(1172—1246)
　水琴　/ 451

郑刚中(1088—1154)
　类试院放榜众论以得士为庆作古诗
　　一章呈详定钱宪元素及同院诸公
　　绍兴甲子十月二十八日也　/ 452
　送宋叔海郎中总领湖北　/ 452

郑清之(1176—1251)
　山间录拙作求教葺芷俚语将命笑掷
　　幸甚　/ 453

仲　并(?—?)
　再用前韵答徐圣可(其二)　/ 453

周必大(1126—1204)
　胡季亨圃中有观生亭取观天地万物
　　生意杨诚斋赋二诗次韵(其二)
　　/ 454
　端午帖子·太上皇后阁(其二)
　　/ 454

周　孚(?—?)
　赠龚良臣并柬双融赵居士　/ 454

周　密(1232—1298)
　上平舟杨先生二首(其一)　/ 454

周　南(1159—1213)
　十月十日立冬　/ 454

71

周　申(?—?)
　　寿友人 / 454

周彦质(?—?)
　　宫词(其六) / 455

周紫芝(1082—?)
　　元日三首(其一) / 455

朱淑真(1135—1180)
　　冬至 / 455

朱　熹(1130—1200)
　　叔通老友探梅得句不鄙垂示且有领客携壶之约次韵为谢聊发一笑
　　　 / 455

邹　浩(1060—1111)
　　次德符韵六诗分韵见简 / 455
　　次韵和成老谢何伯震 / 456
　　滩声 / 456

后　记 / 457

乐 舞

霓 裳

艾性夫(？—？)

杂兴五首(其二)

云路不可梯,天河不可航。人间心不足,意外事难量。
瑶水宴周穆,月宫游明皇。干戈惊骏足,鼙鼓骇霓裳。
岂不穷欢乐,那知成祸殃。神仙竟何益,抚卷空凄凉。

白玉蟾(1194—？)

曲肱诗(其六)

我不生嗔怨玉皇,翠娥无复舞霓裳。如何天上神仙女,染污清都一散郎。

题浯溪

芙蓉睡足西风冷,渔阳卷入来无影。不思夜火笑骊山,甘欲庭花唱宫井。
马嵬山下杜鹃声,罗袜空凄花草馨。谁谓霓裳非有情,倚腔犹韵雨霖铃。
胡人先母而后父,此语悟君君不悟。天下何思复何虑,华清目送猪龙去。
已矣去,知不知,悲莫悲于南内悲,危犹危似西狩危。
伊人事定有所制,但得抱女成歔欷。
元都水,颜太师,截禄山骨为之字,沥禄山血为之辞。
未千年事几如此,风雨剥蚀苍苔碑。禹启乘云去亦久,客舟空舣浯溪湄。

飞仙吟送张道士

夜骑玉鳌采明月,蕊殿瑶台寒彻骨。三十六天不闭门,风吹琪花散飞雪。
箫韶鸣处队仗多,八万霓裳歌一阕。紫皇宴罢驾方出,整衣端简去朝谒。
火铃将军呵一声,左右万真耸毛发。奏云臣是雷霆卿,旧因罪去辞金阙。
红尘埋身平至耳,餐青饮绿守苦节。飞神登天来正渴,见帝有酒觅一啜。
赐臣一醉放臣归,归去人间向人说。凤凰阁下问归途,琼童玉女却问予。
天上日长太清虚,人间还似此间无。摇头不答径拂袖,白云眇眇迷清都。
洞中猿鹤更相认,白石烂兮青松枯。

玉真瑞世颂

西华王母,紫虚元君。咀嚼九日,偃仰三云。
毛竹秦娥,箫台周女。夜骑天风,晓诣帝所。
琪花开盛,凤鸟歌雍。霞旌舞翠,烟幢丽空。
金茎露飞,玉树月淡。苍苔丹墀,红药宋槛。
北斗后德,阳春母仪。飚乘鹤驱,霓裳羽衣。
懿淑靖都,恭柔慧闲。金玉渊海,琼瑶丘山。
圣学光明,宝翰芳美。四海歌谣,关雎麟趾。
仙仪冲粹,道性熙怡。福禄来为,葛藟蟊斯。
金鼎凝霜,玉炉煅月。芝田黄芽,桂馆白雪。
青鸟不至,翠蓬忘归。玉真瑞世,吾教光辉。
详延方士,酬酢道要。营魄守雌,玄牝观妙。
广寒兔老,衡岳松青。至尊万寿,永保坤宁。

曹 勋(1098—1174)

春 风 引

忆昔上国宣和初,时平比屋欢唐虞。天王恺乐纵游豫,翔风和气凌天衢。
苍龙颁春动时辂,晴光彩错明金铺。扶晨官师会朝请,杂沓剑佩诸侯趋。
仗移走马退东掖,阗阗车骑喧传呼。笙箫合沓送歌酒,游人买笑捐金珠。
太平一百六十载,四夷面内无征诛。歌声未断霓裳舞,胡兵直指堕神都。
苍茫万乘扣军垒,六龙不御惊镤镈。阴虹当天变白昼,中原化作羊犬区。

黄旗悠悠渡江汉,百僚窜伏天一隅。南极三吴北燕蓟,西秦东鲁残羌胡。
至今甲历遍三四,生民散尽悲巢乌。我每思家限淮水,摇摇心与飞云孤。
江城春风涨白浪,鸡声可数屋可逾。兵缠九宇无花木,憔悴春风空绿芜。

柴随亨(1220—1277)

和赵元鼎钱塘怀古韵

向来钱塘歌舞地,绣鞍玉勒鸣金辔,风络柳丝莺织翠。
春风一曲杜韦娘,梨花窈窕歌霓裳,落花缓步弓鞋香。
千金买笑正踟蹰,回首烟浪翻五湖,禾黍伤心周大夫。
韶声变作箶声长,逋梅苏柳何凄凉,夜半呼天热中肠。
但见燕麦摇春风,富贵荣华一梦中,无言咄咄谩书空。
吴越青山落照里,铜驼陌上栖荆杞,翻思往事徒血指。
花兮对人花转羞,人兮对花人转愁,花老无香人白头。

晁冲之(1073—1126)

都下追感往昔因成二首(其一)

少年使酒走京华,纵步曾游小小家。看舞霓裳羽衣曲,听歌玉树后庭花。
门侵杨柳垂珠箔,窗对樱桃卷碧纱。坐客半惊随逝水,主人星散落天涯。

晁公遡(1116—?)

今秋久雨至八月望夕始晴月色尤清澈可爱置酒月下作

玉斧琢月玻璃声,月中桂树秋风惊。终年待此一轮满,不忧蛙食忧鼂鸣。
白鼋十日鸣空山,雨师乘云呼不还。黄尘晓涨三尺潦,明河夜飞千丈澜。
广寒不复观霓裳,公子岂解歌秋阳。釜星未灭日已出,风楔雨隙栖清光。
须臾绀缯展秋碧,仰见西山衔半璧。青天冥冥星益疏,光芒寒溢千山白。
今夕何夕谁与度,举杯属月当起舞。陶然相对影凌乱,不觉惊乌起庭树。
树头霏霏木叶坠,白露悬空斗垂地。虽无丝竹为陶写,亦有鸣蛙当鼓吹。
向来悲歌子桑子,饥坐虚忧木生耳。安知上帝思澄清,要令六合无泥滓。

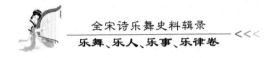

陈梦庚(1190—1267)

唐 刻 石

长忆唐从天宝初,开元气象了无余。宫中已制霓裳曲,刻石山灵失笑渠。

陈 宓(1171—1230)

丹 桂

自是仙家别样妆,风来疑解舞霓裳。异香只许蟾宫采,不与秋光作伴黄。

放生池产双莲(其一)

不作风流时样妆,月明宫殿舞霓裳。须知并立殷勤意,为祝吾皇圣寿长。

陈 襄(1017—1080)

谒 真 祠

海宫天路杳无涯,万里星津驻客槎。月下旌旗仙女仗,云中楼阁羽人家。
鸾丝缓引霓裳曲,绮席深倾玉酒霞。阿母未归方朔去,碧桃何日重开花。

楼 上 曲

金徒抱箭寒更起,寂寞孤城一千里。姮娥擎出月华来,白玉楼台莹如水。
上有佳人红粉妆,妙年学得吹霓裳。呼儿将出紫玉笛,一声天外流宫商。
清商欲尽何幽咽,曲调不成声断绝。罗衣掩泪愁向天,手把瑶华歌一阕。
寒蟾出兮明星稀,良人阻兮天一涯。凭轩遥望兮心伤悲,愿随鸿鹄兮高飞。

陈 造(1133—1203)

梁教授次柘枝诗韵再和

洞里莺花别有天,为渠醮甲上金船。舞姝贪看尘生袜,饮兴浑忘雪满颠。
弄影竞垂三昧手,倚风疑袅五枝莲。广寒再阅霓裳罢,笙鹤飞来未是仙。

题六么后

爱爱少日淫奔女,爱爱死作贞烈妇。东隅一跌收桑榆,竟得佳名传乐府。
男子处死正自难,此女励志雪柏寒。至今挺挺在人目,诗翁作诗垂不刊。
谁翻此诗入宫羽,檀唇缓歌细腰舞。直掩霓裳羽衣曲,更问离魂馈浆女。

4

且玩此舞空金卮,莫奏此曲增悲凄。
兰摧蕙枯昆玉碎,不如人家嫁狗随狗鸡随鸡。
百年佳丽终枯骴,汝名芬芳无已时。舍生徇义渠安之,而我更用兴悲为。
我悲所悲人不识,抚事怀人悼今昔。
翻云覆雨行路难,君不见买臣之妻彦升客。

谌 祜(1213—1298)

句(其一一九)

霓裳风秋舞天半,舞到玉花飞石栈。三台四辅绕星垣,只一曲中知后患。
风流天子悟转圜,不见蜀山横翠面。

程公许(1182—?)

登伏龙观看雪和张权父韵

暖日嘘云酿六霙,一元亭毒岁功成。霓裳舞散广寒殿,鹤氅朝回七宝城。
决雨会看三月涨,屯边全要万仓盈。离堆邂逅成奇观,一笑能令万虑轻。

和 南 风 歌

华清舞彻霓裳散,五音繁会宵达旦。人间何限失意人,西商凄切离骚乱。
我所思兮在东周,小雅尽废心之忧。更堪羌调日嘈杂,径欲洗耳寒江流。
那君十指含清风,家无卓锥心愿丰。仙翁赏音那易得,水流益浚山益崇。
疲氓望翁起憔悴,蒲轮加璧幸可致。请君抱琴往从之,解愠阜财皇有意。

涪州荔子园行和友人韵

愁云暖日愁无边,荔枝园下客舣船。呜呼宴安毒于鸩,燎原戒之燼火燃。
杨家妖女去复入,开元天宝治乱如手翻覆间。
绿云一缕天上去,食自不旨寝不安。
长生昵语月皎皎,沉香醉梦春酣酣。羯鼓数声花破萼,霓裳一曲天开颜。
薰风殿开苦嫌热,骊山联辔来游盘。汗绡红透心渴烦,荔枝不来惨不欢。
飞尘一骑关山晓,奔腾那知血溅道。一朝羽檄渔阳来,决策西狩殊匆草。
百年宗社弃若遗,何计奈渠春风貌。雨铎琅珰惊昨梦,云栈崎岖回马首。
凄凉故驿疾扬鞭,岁月转眼弩落弦。张后李父自一时,西内荒阶满苔钱。

金鉴难忘曲江相,浯颂长怜聱叟元。
涪陵荔枝不须辨故物,紫金鲈骨何幸还陵园。

崔敦诗(1139—1182)

淳熙八年端午帖子词·太上皇后阁六首(其一)

菰黍团云白,菖花剪玉长。晚凉新月上,水殿按霓裳。

淳熙七年端午帖子词·皇后阁六首(其五)

翠云幕卷迎风殿,零露盘高待月台。应上君王千万寿,霓裳吹下九天来。

邓　林(？—？)

效晋乐志拂舞歌淮南王二篇(其二)

唐明皇,自言荣,金舆翠辇游华清。广寒宫殿凝水晶,霓裳羽衣沈香亭。
沈香亭,泛流霞,流霞潋滟队五家。谁知野鹿衔宫花。
我欲度关关有兵,愿作双丹凤,蜚瑶京。
蜚瑶京,隐烟雾,锦绷酥酪,香囊尘土。
剑阁萦纡家何许,梧桐叶叶鸣秋雨。

邓　牧(1247—1306)

汉阳郎官湖

仙翁薄暮醉酒归,杖藜迷却高阳池。清风吹花绿阴倒,我笑谓是秋云移。
还乘贯月槎,夜过郎官湖。峥嵘星斗入江汉,荡漾槎影如鲸鱼。
九华之真人,邀我倒玉壶,麒麟擘脯供行厨。
依稀仙乐在空际,碧山四映寒蟾孤。举酒酹寒蟾,明月下饮姮娥俱。
霓裳拂云锦,万荷露泻琼瑶卮。麾幢暗霭罗烟空,乃有三皇所授之玉童。
风前飘飘曳广带,对立十二秋芙蓉。清香九曲银河通,真人绿发披春风。
锦袍玉雪照天地,口说姓字安南公。是公多逸气,略与古昔贤豪同。
时能扫月色,延我石室烟萝中。又言昔同张谓所游地,长叹一覆丹霞钟。
风吹仙乐度溪去,我亦醉卧香炉峰。

邓 深（？—？）

次韵赋十月桃为罗司理生朝

根苗不自武陵乡,挟暖凌寒独有光。韵过海棠春带露,红羞篱菊晚经霜。宅仙本结千年实,瑞世仍开十月芳。过插一枝谁称面,后堂杨柳舞霓裳。

范仲淹（989—1052）

苏州十咏·木兰堂

堂上列歌钟,多惭不如古。却羡木兰花,曾见霓裳舞。

和葛闳寺丞接花歌

江城有卒老且贫,憔悴抱关良苦辛。
我试问云何至是,欲语汍澜堕双泪。
家有城南锦绣园,少年止以花为事。
年年中使先春来,晓宣口敕修花台。
犹恐君王厌颜色,群芳只似寻常开。
梁王苑里索妍姿,石氏园中搜淑质。
回得东皇造化工,五色敷华异平日。
窃药嫦娥新换骨,婵娟不似人间看。
道南楼殿五云高,钧天捧上蓬莱岛。
国色精明动韶景,天香旖旎飘芳尘。
兑悦临轩逾数刻,花吏此时方得色。
惟观风景不忧身,一心岁岁供春职。
窜来江外知几年,骨肉无音雁空度。
子规啼处血为花,黄梅熟时雨如雾。
目昏耳重精力减,复有乡心难具陈。
朝违日下暮天涯,不学尔曹向隅泣。
贾谊文才动汉家,当时不免来长沙。
我无一事逮古人,谪官却得神仙境。
接花之技尔则奇,江乡卑湿何能施。
众中忽闻语声好,知是北来京洛人。
斯须收泪始能言,生自东都富贵地。
黄金用尽无他能,却作琼林苑中吏。
奇芬异卉百余品,求新换旧争栽培。
幸有神仙接花术,更向都城求绝匹。
金刀玉尺裁量妙,香膏腻壤弥缝密。
一朝宠爱归牡丹,千花相笑妖娆难。
太平天子春游好,金明柳色笼黄道。
四边桃李不胜春,何况花王对玉宸。
特奏霓裳羽衣曲,千官献寿罗星辰。
白银红锦满牙床,拜赐仗前生羽翼。
中途得罪情多故,刻木在前何敢诉。
北人情况异南人,萧洒溪山苦无趣。
多愁多恨信伤人,今年不及去年身。
我闻此语聊恺恺,近曾侍从班中立。
人生荣辱如浮云,悠悠天地胡能执。
幽求功业开元盛,亦作流人过梅岭。
自可优优乐名教,曾不栖栖吊形影。
吾皇又诏还淳朴,组绣文章皆弃遗。

上林将议赐民畋,似昔繁华徒尔为。西都尚有名园处,我欲抽身希白傅。一日天恩放尔归,相逐栽花洛阳去。

方　回(1227—1307)

赠范君用笔工五首(其五)

善舞吾闻霓裳曲,□□音有陶朱公。长袖多钱世岂少,铁鞭难得尉迟恭。

方　岳(1199—1262)

次韵双头牡丹

春入多情草木妖,霓裳相倚奏咸韶。玉栏一样红如洗,不比觚棱锁二乔。

饮荼蘼花下招蔡公庆

春工管不了霓裳,风自南来占取香。一夜谢池晴雪满,无人说与蔡中郎。

催　雪

作笺拟上朝元殿,为说梅须雪转香。杯隽已生诗意思,砚寒更作夜商量。轻明玉费天工巧,顷刻花催帝子忙。醉梦蓬莱宫阙冷,共题新曲按霓裳。

花　谢

骇绿纷红醉欲沈,晚风不易阿环禁。双回姊弟琼瑶面,独试先生铁石心。春事略如飞梦过,人生莫到受恩深。霓裳一曲今何在,不尽长吟复短吟。

冯伯规(?—?)

次韵仲秉木犀

金借颜色月借光,作团秋绿缀深黄。合令范晔添成传,曾向维摩饭此香。尚忆□□披御赐,颇疑妙舞簇霓裳。当陪玉树栽天上,肯学夭桃露短墙。

葛起耕(?—?)

檄　雪

银阙书飞急羽忙,料应滕六奏虚皇。要将阆苑蓬壶水,幻作琼林玉树芳。风约云边停鹤驭,冰清月际舞霓裳。凤箫莫品凄凉调,催老梅花枉断肠。

韩　淲(1159—1224)
次韵五叔梅花(其七)
江头千树白茫茫,空谷佳人未洗妆。一曲霓裳舞初破,寿阳春色到宫嫱。
冬日玉色木芍药
便觉风和满县新,一枝欺雪长精神。东皇不肯群芳谢,南国先回百里春。
檐外早梅犹隐约,篱边残菊已纷纭。河阳善政催花发,如见霓裳舞太真。
放　步
家家芙蓉开,步步木犀香。流黄朝绛节,空碧按霓裳。
急景奚足竞,良辰不可忘。玉阶明露盘,珠宫结云房。

韩　琦(1008—1075)
又寄二阕(其一)
月榭风亭胜雅名,主公闲适愈多情。芳樽屡酌瀛洲上,谁听霓裳散序声。
初会醉白堂
因建新堂慕昔贤,本期归老此安然。轻阴竹满窗间月,倒影莲开水下天。
自向酒中知有德,更于琴外晓无弦。霓裳百指非吾事,只学醺酣石上眠。
灵泉览古
灵馆骊山下,开元迹尚遗。莲穿喷玉溜,字缺照人碑。
古殿天姿晦,真工石像奇。羽衣沉旧曲,锦雁失前池。
不见长生鹿,犹看连理枝。辞雄小杜句,意尽老陈诗。
治乱由斯监,贤愚共一悲。时君自奢俭,绣岭此何知。

韩元吉(1118—?)
红　梅
不随群艳竞年芳,独自施朱对雪霜。越女漫夸天下白,寿阳还作醉时妆。
半依修竹余真态,错认夭桃有暗香。月底瑶台清梦到,霓裳新换舞衣长。

何梦桂(1229—?)

吊维扬琼花

只鹤扬州问故家,一尊后土吊琼花。人间惊破霓裳舞,天上征回玉女车。
死聚记曾沾雨露,落英誓不污泥沙。后庭玉树今谁主,犹得台城葬丽华。

胡　寅(1098—1156)

中秋寄贾阁老

香雾沉秋气,迷云卷暮天。金篦撩眼净,玉斧斫冰圆。
无复霓裳舞,空歌水调篇。新亭偏得景,一醉岂无缘。

酬诸同官见和三首(其二)

兰塘清暑瞰稀稠,早见排房结子羞。照水华灯宜独夜,薰香翠被欲争秋。
潜珍不荐霓裳步,凝伫谁同汉女游。欲种此花须摘实,自怜踏藕漫淹留。

陪叔夏游法轮

不雨度十旬,山行尚清美。兹晨崎岖南,昔者紫盖尾。
三益伏蒲公,眷我共游徙。晋时云龙寺,辉辉千柱启。
老禅赡幽思,静室更经始。梁橑杉桂馥,窗户水云洗。
况逢月几望,天宇澹无滓。空庭竹柏影,藻荇漾流水。
散衣捧蹯腹,行食蹑细履。不随羽人梦,当处广寒里。
何须霓裳曲,梵呗亦不起。纷纷共尘世,清绝乃有此。
又嗟情事隔,不得久栖止。人生谁定闲,吾行未云已。

胡仲参(？—？)

丑　妇　吟

君不见汉殿丹青未漫灭,马上琵琶向谁说。
又不见华清舞破霓裳衣,凌波竟堕嵬山血。
从来艳色多累身,妾貌虽丑心自悦。幽闺到老无人知,白发如丝镜如铁。

华　岳(？—1221)

呈王君庸

主人意重出霓裳,客子愁多欲断肠。眉黛暗传春去恨,脸红犹带夜来妆。
竹根稚子肌肤滑,叶底荷花语笑香。多少行云在巫峡,谩将诗思恼襄王。

记　梦

溪泠泠,鼓冬冬,虚堂淅沥生寒风。寒风绕我梦魂去,飞扬直上蓬莱宫。
蓬莱宫殿女如玉,霓裳羽扇水帘栊。月娥留我宴珠翠,玳筵间列花丛丛。
酒酣万象罗心胸,举杯话别殊匆匆。青鸾命驾下空阔,一声珰佩鸣丁东。
被衣起坐周四顾,庭户悄悄无人踪。银河万里倒澄碧,冰鉴半轮斜倚空。
横江孤鹤一声唳,唤起乡心千万重。

黄　裳(1043—1129)

简元舆祠部(其二)

百花岩上仙人住,岩下为州山水聚。白头青冢南北人,倒影沈沈独怀古。
倚栏把酒与谁同,况是使君为献主。应唤渔舟疏苇中,旋脍游鳞落红缕。
秘书座上最轩昂,能共春云争态度。红衣带月今何处,几转春残掩朱户。
飞船送客空断肠,梁尘漫落声中句。虚白亭前湖水闲,忽为霓裳起思慕。
出门沙土乱如雨,薰风吹梦天南去。

黄　升(？—？)

游金精山

曳履江城北,逍遥访仙乡。扫却千里恨,爱此六月凉。
云根埋宿雨,木末酣斜阳。峭崖列岩窦,老树攀穹苍。
地坼三关暗,天开一隙光。青霄丽太白,应此金之芒。
双桃几日熟,冷笑痴吴王。洞开人已去,刚风舞霓裳。
仙凡本相近,此理自可量。学诗未学仙,凡骨生惭惶。

黄顺之(?—?)

题九曲尼院①

曾是霓裳第一人,曲终认得本来身。多年不作东风梦,闲却蔷薇一架春。

黄庭坚(1045—1105)

醾　　醿

汉宫娇额半涂黄,入骨浓薰贾女香。日色渐迟风力细,倚栏偷舞白霓裳。

金君卿(1020—?)

戚郎中红黄拒霜花

霜晓禁寒色不摧,若论花品是奇材。红如锦帐香囊绽,黄似霓裳舞袖开。
幸与畹兰同素景,耻随篱槿委轻埃。郡斋得地逢嘉赏,不逐群英烂漫栽。

康孝基(?—?)

春　　游

行春喜入虎邱山,按辔风和草色闲。寺内翠微松桧里,空中绀宇水云间。
桃花时作翻翻落,苔藓晴留点点斑。不为白公为太守,霓裳一曲暮回还。

孔武仲(1041—1097)

黄州夜泊听水声因为绝句以广欧阳公诗话

泠然非徵亦非商,夜久清音入梦长。人道官蛙成鼓吹,我知风水是霓裳。

李　复(1052—?)

温　泉　行

骊山鸿蒙凝白烟,山根阴火煮玉泉。阴灵炎炎燃礜石,石焰不灭何千年。
珠阁缥缈飞凤来,素衣仙人坐高台。台前香引流水出,白玉莲花九叶开。
泓渟分去浮轻碧,中有纯阳无限力。四时独不放春归,散向人间消百疾。
琼树他年日月新,霓裳舞动蜀山尘。寒云怨锁遗宫冷,林叶岩花秋复春。

---

① 黄樵逸《九曲尼院》内容与此诗大致相同,仅个别词有异,不再重复收录。

灵泉有灵天降福,山神严呵不可触。祖龙心秽慢神天,毛发流腥身被毒。

女几山女仙庙

绛节高翔不可攀,尚留遗几在空山。月明曾有芳箫过,松老时看旧鹤还。
岩下春归花寂寂,壁间云暗藓斑斑。开元已远霓裳绝,野草青青辇路闲。

李　纲(1083—1140)

荔枝词集句

开元天子万事足,惟惜当年光景促。昭阳殿里第一人,十幅红绡围夜玉。
梦中同蹑凤凰翎,归作霓裳羽衣曲。沉香亭北倚阑干,缓歌慢舞凝丝竹。
回眸一笑百媚生,尽日君王看不足。崩腾献荔枝,百马死山谷。
一骑红尘妃子笑,婕妤传诏才人索。绛纱囊里水精丸,不是人间香味色。
渔阳鼙鼓动地来,血污游魂归不得。明眸皓齿今何在,金盘玉箸无消息。
汉主山河锦绣中,三十六宫土花碧。不见玉颜空死处,泪痕血点垂胸臆。
片段荔枝筐,此心炯炯君应识。

李　彝(1194—?)

杨妃看牡丹图

花上轻留一捻红,阿环无语对春风。金舆欲度沉香月,犹在霓裳半醉中。

李　洪(1129—1183)

隆兴改元初余为永嘉监仓时登忠义堂睹颜鲁公像知其裔家是邦今阅一纪沿檄莆中遇军事判官邵即其人也因请观常山平原二像并大历颢会昌嗣二诰为赋长句

明皇不识颜平原,我观旧史心慨然。天宝末年事大错,边将骄兵相盗权。
忽闻渔阳鼓鼙震,二十四郡城无坚。霓裳惊破西行蜀,妃子仓皇死马前。
常山平原乃昆弟,屹立砥柱摧腥膻。土门既失陷河朔,天津骂贼须发拳。
嗣皇灵武实草创,独坐鹗立中兴年。尚书累月家食粥,诸将列屋罗妖妍。
呜呼千载慕廉蔺,曹蜍李志如九泉。莆阳幕府东嘉客,饱闻裔孙家好贤。
锦囊重睹忠义像,再拜恨不为执鞭。轻绡盈幅凛生面,仿佛冠剑跻凌烟。
况藏二诰墨色古,吾宗赞皇相业传。怜君为米走尘土,七十青衫雪满颠。

乃祖精爽跨箕尾，寄书入洛逢飞仙。

李九龄（？—？）

上清辞五首（其一）

入海浮生汗漫秋，紫皇高宴五云楼。霓裳曲罢天风起，吹散仙香满十洲。

李 新（1062—？）

飞练歌呈宋幽州宏父

玉娥入月云钩衣，素裙雪绡云畔垂。三山老仙不倦舞，霓裳半在秋江举。
谢郎解取澄江拟，飞下高城化清泚。朝元环佩玉玲珑，天风吹落人间耳。
六月夸父暍将死，一吸澜翻九河水。蟾乡换入石泉中，古柳阴前授琼儿。
清泉无苦多酌我，空洞麟肠已行舸。穷源直上翠微峰，小段参差绣岭宫。
归来泉边却张席，女头残月投苍璧。

催李祖申赏莲会

亭亭绿盖密回塘，缥缈青娥丽素妆。雪覆千年巢曳尾，风翻一曲舞霓裳。
小槽酒滴随悭雨，北海樽空类亢阳。何事却妨彭泽醉，几时聊发次公狂。

李曾伯（1198—1268）

和刘舍人咏雪

怪见漫空万蝶狂，须臾色界眩昏黄。风姨知费几番信，天女才施半面妆。
笔底诗徒和冰柱，酒边舞已失霓裳。梁园甚恨孤佳约，一笑吟梅且擅场。

李 廌（1059—1109）

荼 蘼 洞

无华真国色，有韵自天香。临风难自持，为舞白霓裳。

骊 山 歌

君门如天深九重，君王如帝坐法宫。人生难处是安稳，何为来此骊山中。
复道连云接金阙，楼观隐隐横翠红。林深谷暗迷八骏，朝东暮西劳六龙。
六龙西幸峨眉栈，悲风便入华清院。霓裳萧散羽衣空，麋鹿来游墟市变。
我上朝元春半老，满地落花人不扫。羯鼓楼高挂夕阳，长生殿古生青草。

可怜吴楚两醯鸡,筑台未就已堪悲。长杨五柞汉幸免,江都楼成隋自迷。
由来流连多丧德,宴安鸩毒因奢惑。三风十愆古所戒,不必骊山可亡国。

刘才邵(1086—1157)

次韵梅花十绝句(其二)

华清赐浴洗凝脂,一曲霓裳素练衣。更有十分相似处,晓霜添就玉肌肥。

刘　敞(1019—1068)

月　夜

清风卷云天雨霜,众星灭没月腾光。纷纭六幕含苍苍,莹如冰壶察毫芒。
太虚真人河汉旁,攀援桂枝曳霓裳。紫贝为阙白玉堂,珠筵瑶席罗羽觞。
倚风微吟声抑扬,揖我起游谓我臧。左骖蛟螭左凤凰,倏忽万里天路长。
尘埃下土殊茫茫,乐如何其乐未央。

刘辰翁(1232—1297)

月

霓裳声里一撅,如今是第几轮。赤壁黄楼都在,古今多少愁人。

夏景·梦回莲叶雨

万叶胜花开,莲香雨送来。欲知凉可爱,政是梦初回。
未拟华胥转,谁将绣户推。棹歌摇别浦,裙影湿阳台。
天上霓裳断,人间羯鼓催。酒醒茎露渴,狂引碧筒杯。

秋景·月色醉远客(其一)

明月有佳色,客中迷远游。自应眠不得,更似醉时留。
玉屑凉堪吸,金波香欲浮。顿忘乡国恨,如在酒家楼。
鸾镜惊相对,霓裳卒未休。天风扶我起,不用典貂裘。

刘克庄(1187—1269)

三叠(其五)

半卸红绡出洞房,依稀侍辇幸温汤。三郎方爱霓裳舞,珍重梅姬且素妆。

池上对月五首(其四)

方士诳三郎,蟾宫事渺茫。至尊宜夕月,安敢问霓裳。

楼　钥(1137—1213)

桃　源　图

桃源初传武陵溪,靖节作记人不疑。其先深避嬴政虐,嘉遁与世真相违。
尚不知汉况晋魏,子孙绵远无终期。正如三韩有秦语,传为神仙愈难知。
桃林洞府渔人窥,别有天地均四时。意必智者塞其蹊,不然将为世所羁。
后人想像作图画,但见羣稚咸嬉嬉。人家随处成井市,畎亩颇亦分塍畦。
井鬼下照坤之维,方士异人多崛奇。筠笼二版坚如铁,能刻景物穷纤微。
净室给以酒盈斗,一昔图成了无亏。同寮欲求第二本,版忽震裂人已非。
夷坚志怪言历历,何意今乃亲见之。未知桃源有此否,此事茫昧不可稽。
初疑长房缩地脉,又似照影归摩尼。巨丽写成阿房赋,牵连貌出连昌辞。
采女细数七十二,人言霓裳舞羽衣。楼阁玲珑在缥缈,其间恐有太真妃。
刻画工巧世固鲜,磨以岁月或可为。彩鸾唐韵已甚捷,未见神速能如斯。
尚有渔舟傍阶墀,咫尺安知前路迷。天圣已逾三甲子,何人宝藏至今兹。
南丰丈人惠墨本,老眼增明失昏眵。固知凡踪不可到,一梦游仙犹庶几。
秘之十袭何以报,赠子相好无衰时。

陆蒙老(?—?)

嘉禾八咏·苏小小墓

瑶台归去鹤空还,一曲霓裳落世间。秋雨几番黄叶落,朝云应欠到香山。

陆文圭(1250—1334)

王祈伊中秋不见月四首(其四)

开元以后可堪忧,秋雨霖霖稼不收。此际霓裳歌一曲,君王正在月宫游。

陆　游(1125—1210)

观　花

我游西川醉千场,万花成围柳著行。红锦地衣舞霓裳,翠裙绣袂天宝妆。

清歌一发无留觞,袅袅余声萦杏梁。黄金络马照路光,自护罼罿观海棠。
搜奇选胜日夜忙,不惟燕宫碧鸡坊。暮归奚奴负锦囊,路人争看放翁狂。

初春怀成都

我昔薄游西适秦,归到锦城逢早春。五门收灯药市近,小桃妖妍狂杀人。
霓裳法曲华清谱,燕妒身轻莺学语。歌舞更休转盼间,但见宫衣换金缕。
世上悲欢岂易知,不堪风景似当时。病来几与曲生绝,禅榻茶烟双鬓丝。

忆 唐 安

南郑戍还初过蜀,朝衫与鬓犹争绿。逢春饮酒似长鲸,醉里千篇风雨速。
唐安池馆夜宴频,潋潋玉船摇画烛。红索琵琶金缕花,百六十弦弹法曲。
曲终却看舞霓裳,袅袅宫腰细如束。明朝解酲不用酒,起寻百亩东湖竹。
归吴寂寞时自笑,纵有诗情谁省录。今年二顷似可谋,去剧云根结茅屋。

游 大 智 寺

脱发纷满梳,衰颜不堪照。百年忽已半,去日如过鸟。
平生功名心,上马无燕赵。尔来阅世故,万事惊错料。
岂无旧朋俦,联翩半廊庙。谁能伴此老,溯峡听猿叫。
锦城得数公,意气如再少。偷闲访野寺,系马追一笑。
新糟厌玉狸,畏酒亦复釂。古殿虺蜴豪,坏壁冠佩肖。
摩挲宋公诗,句法叹高妙。正如霓裳曲,零落得遗调。
归途缭长堤,掠面霜气峭。佳游不可忘,落笔君勿诮。

潘良贵(1094—1150)

和季成弟中秋不见月

经年等待中秋月,一夕阴云扫不开。高树时惊疏雨过,空山那复故人来。
梦回谁忆霓裳戏,老去愁闻水调哀。与子相逢长得醉,何须佳节始衔杯。

钱　时(1175—1244)

步月庭下(其一)

秋花恰恰到秋中,透顶生香满院风。浪说霓裳天上曲,全家都在广寒宫。

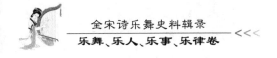

仇　远(1247—?)

永迥观赏桂刘君佐黄景岩治酒

双桂峥嵘万竹间，云枝露粟缀高寒。轩窗日日吹香过，冠盖时时载酒看。
月里曾春金杵臼，雨余乱点石棋盘。乘槎仙子清如鹤，一曲霓裳舞素鸾。

海上图澄江仙刻

老仙指甲坚如铁，夜画枯杉出宫阙。翠深红远十二楼，犹理霓裳舞回雪。
山椒覆亭小于笠，石脚插船轻似叶。桃花几度春酣酣，弱水何日通舟楫。
醉中作此狡狯事，收拾乾坤入毫发。神刓鬼刻未百年，不与丹青共磨灭。
天风颉颃飞霞佩，水云妥帖凌波袜。我将就此逍遥游，高步青霄拾明月。

裘万顷(?—1219)

再用韵三首(其一)

梨花月淡珠帘卷，柳絮风轻粉蝶飞。宫漏无声窗欲曙，霓裳催舞广寒妃。

任希夷(1156—?)

牡　丹

沉香亭北露华春，曾识霓裳第一人。千载不归罗袜梦，绿枝红艳只如新。

邵　雍(1011—1077)

芍药四首(其一)

阿姨天上舞霓裳，姊妹庭前剪雪霜。要与牡丹为近侍，铅华不待学梅妆。

女几祠

西南有高山，山在杳冥间。神仙不可见，满目空云烟。
千年女几祠，门临洛水边。但闻霓裳曲，世人犹或传。

施　枢(?—?)

对　雪

怪得连阴不放晴，直教飞雪试轻盈。风回冉冉霓裳舞，云暗纷纷鹤羽明。
大似梅花饶一出，薄于柳絮更多情。披衣端为诗催起，吟得诗成分外清。

小 琼 花

合是孤根在广庭,世间那得此云英。霓裳一曲天香散,惆怅瑶阶月自明。

史 浩(1106—1194)

次韵冯圆中酴醾(其一)

东风满架吹寒玉,惯逐园丁供菜束。瀛洲一见眼偏明,缥渺霓裳舞仙曲。
纷纷桃李俱苍苔,冰壶着此真幽独。更须酿取瓮头春,醉倒莫看蛮与触。

释德洪(1071—1128)

谒蔡州颜鲁公祠堂

开元天宝政多暇,孽臣奸骄浊清化。尺八横吹入醉乡,国柄倒持与人把。
渔阳番将易汉官,在廷之臣无谏者。吴绫蜀锦光照眼,更觉霓裳韵和雅。
叛书夜到华清宫,狩吕骨惊天子讶。二十四城陷同日,长嗟乃尔忠臣寡。
闹传平原城壁坚,穴鼻可以牿牛马。譬如澭濆屹中流,江势远来波倒射。
吾知守职事主耳,行藏初不较用舍。公时风姿入睿想,贯日精诚震天下。
我行上蔡黄犬门,惊风急雪吹平野。娇鸦暮集村不嚣,古祠窈窕连桑柘。
圣朝亦旌异代忠,轩然眉须入图画。和如戏泚卢杞题,俨若梦令希烈怕。
至今握拳透爪地,想见怒词犹慢骂。声光自与日月争,事之成败其天也。
此诗我欲扫东壁,入字端宜擘窠写。便觉云收六合阴,春随喜色生晴野。

释居简(1164—1246)

酬寒泉牡丹

见说姚家与魏家,紫琼黄玉剪纷葩。亭亭贵重推名辈,岁岁清明赏大花。
日裛晓晴连影好,露添夜冷并枝斜。一从娄舞霓裳遍,憔悴春风怨物华。

释智圆(976—1022)

松 风

青青数树松,扶疏空庭里。微风从南来,清声四向起。
俗兮闻必愁,吾也闻则喜。昂头离石枕,扶羸凭藤几。
侧听复遥观,移晷不能已。细叶舞轻烟,密影摇寒水。

何必钧天奏,岂羡霓裳妓。万事更无求,深山此为美。
寂寥信为乐,轩冕诚堪耻。谁谓茆山中,只悦陶公耳。

宋　白(936—1012)

宫词(其三五)

去年因戏赐霓裳,权戴金冠奉玉皇。久著淡黄心觉厌,春来不敢便红妆。

宫词(其五九)

春风法曲舞霓裳,绣罢深宫请赐香。司宝传言贵妃坐,真珠帘映雪衣娘。

宋　肇(？—？)

中秋对月用昌黎先生赠张功曹韵①

水精为鉴金为波,挂空影写山与河。清光此夜十分好,有酒有客宜高歌。
去年今日行役苦,若宿溪边宿逢雨。传闻蜀道如天高,崖县壁绝哀猿号。
波横剑戟不易上,陆有虎豹何由逃。江山旧恃白帝险,风俗犹带乌蛮操。
驱驰两月到西塞,梦寐万里还东皋。嗅梅踏雪巴子里,路入鬼门欣不死。
飞飞倦鸟惟思还,玉笋岂是鹿官班。余生但愿闲及酒,虚名宁顾触与蛮。
良宵佳客十有五,云放月入樽罍间。颓然老子兴不浅,韩诗坡句聊追攀。
君不见天宝霓裳羽衣歌,人间乐舞难同科。
遗音犹在悲凉多,有酒且歌遑恤他。不饮如此良夜何。

苏　轼(1037—1101)

至真州再和二首(其二)

公颜如雪柏,千载故依然。笑我无根柳,空中不待年。
肯留归阙筛,坐待逆风船。特许门传籥,那知箭起莲。
相逢月上后,小语坐西偏。流落千帆侧,追思百尺巅。
躬耕怀谷口,水石羡平泉。茅屋归元亮,霓裳醉乐天。
行闻宣室召,归近御炉烟。未用歌池上,随宜教李娟。

---

①　王十朋《中秋对月用昌黎赠张功曹韵呈同官》内容与此诗大致相同,仅个别字词有异,不再重复收录。

孙觌(1081—1169)

瞋庵

落日催行客,马上振短策。触途眉见赤,堕俗眼生白。
安知青林中,有此江上宅。决眦破天藏,荡胸纳空光。
一瓮注寒晶,表里洞八窗。风水自吐吞,喷云忽满江。
瞋翁目如电,坐阅东海变。酒酣跨赤鲤,谒帝通明殿。
霓裳月中闻,罗袜波上见。垂老寄渔商,家风在潇湘。
虚舟自不系,倦鸟宁复翔。一榻如见容,拄杖挂钵囊。

唐士耻(?—?)

凤山逸士周遇仙谣

信云步谒洞霄宫,饭罢从游西复东。唇笛啸时吹白日,诗肠开处嚼清风。
兀兀腾腾心了闲,湾湾屈屈水欹曲。玲珑绿影万株松,潇洒清空二亩竹。
天风吹泉飞雪花,溪石漱玉磨银牙。白云破碎漏天碧,青霭牵连遮日华。
玉溜几声鸣绿荠,金藤千尺走青蛇。羊肠蟠路上天去,鹿角枯槎连日坠。
一双素足已升腾,万顷红霞留不住。擘破青空见太清,飞连宝殿非凡成。
水晶楼阁奏金韵,翡翠帘栊振佩声。白雪翩翩霜鹤舞,彩云缥缈花鸾鸣。
中有真人鼎玉立,晴光闪电琼波溢。笑整霓裳曳绛霞,红云影里轻相挹。
琳琅清彻语希夷,嚼玉吐琼声不移。素手擘开碧玉匣,青空飞出丹虹霓。
蟠摇活走绕天阙,冲透太虚光皎洁。须臾直上紫霄中,宝篆飞腾罗日月。
影摇六合金色光,丹凤对跃苍龙骧。回头指点青空里,玉篆丹台已籍纪。
低头招手令向前,漏泄天机敛不已。等闲赠我赭丹砂,行满功成归我家。
天上逍遥多快乐,人间纷扰无垠涯。丹砂接得便吞了,回首云辇俱杳杳。
楼阁烟霞景万般,一时不见青天晓。世人世人知不知,既知何必生迟疑。
早求一辟大罗月,千古万古生光辉。人生在世空汩没,自从形骸朽肤骨。
为求名利不闲心,名利既来心恍惚。何不炼内丹绝外物,笑著云衣傲朱绂。
灵丹养就出神炉,慧剑飞腾超月窟。且无俗事更关心,一段光明耀古今。
声迹超腾青嶂外,影形飞入白云深。脚跟不点红尘起,指甲时挑碧玉琴。
莫道神仙无实语,世间几个是知音。

滕宗谅(991—1047)

月

黄金双阙水晶宫,滟滟银潢贯碧空。一曲霓裳羽衣舞,桂花如露湿天风。

田　锡(940—1004)

乾明节祝圣寿(其九)

庆诞长生宝殿中,非烟五色覆诸宫。酒为天禄资君寿,曲奏霓裳乐帝聪。
翡翠帘前云气紫,珊瑚枝上雪花红。太平天子闻称贺,先喜年年过岁丰。

紫　云　曲

沈沈鸾殿垂珠箔,祥烟瑞气含楼阁。三十六宫明月中,夜静无风花自落。
宝屏珠帐一梦时,灵仙初降趋丹墀。烟衣霞绶赤瑛佩,钧天乐部前参差。
合奏铿锵向金屋,云是仙乡紫云曲。朱弦远召舜湘灵,凤管应呼秦弄玉。
天汉星流夜既阑,露零珠树彤庭寒。芙蓉枕上梦初觉,犹闻庭际声珊珊。
上晓五音十二律,仙曲计持心历历。金线龙头红玉笛,新声吹得情飘逸。
应是夒襄乐府魂,翻得雅音闻至尊。俾与霓裳羽衣曲,递相奏向梨花园。

汪元量(1241—1317)

马　嵬　坡

霓裳惊破出宫门,马上香罗拭泪痕。到此竟为山下鬼,不堪鞞鼓似招魂。

汪　真(1196—1264)

及时行乐歌

长安今日多英贤,裘马翩翩羡少年。勋高名勒凌烟阁,霓裳歌舞画堂前。
君不见人生百年须旷达,莫负金樽赢白发。
又不见对景逢场须尽欢,转眼光阴一指弹。
春去春来人易老,今年花比去年好。等闲花下且豪吟,笑指乾坤凭潦倒。
却看世上三万六千场,几人身赴蓬莱岛。
蓬莱之岛在何方,莫将尘事萦怀抱。

王十朋(1112—1171)

黄池对月

白帝去年月,黄池今夜看。风将清玉宇,云不碍金盆。
明镜飞边远,霓裳舞处寒。论文一尊酒,欣对旧同官。

王 炎(1138—1218)

吕待制所居八咏·月台

我欲登仙换凡骨,飞上云头窥月窟。羿妻问我何自来,笑指广寒令径入。
归来却见半隐翁,月台如在神仙中。霓裳歌舞不用觑,把酒长啸生清风。

南斋中秋小酌

银河络角晚风凉,月入庭除满地霜。夜静老翁闲玉斧,天寒仙子舞霓裳。
田家旋剧蹲鸱美,野店新笃绿蚁香。草草杯盘供一笑,暂时耳热发清狂。

又题月台

天心湖面月团圆,中著胡床坐广寒。玉鉴照空无尽境,冰轮碾水不生澜。
捣成兔药人难老,舞彻霓裳夜未阑。愿蹑两凫陪鹤驾,从公飞到九霄看。

王 洋(1089—1154)

和郑丈戏赠鉉父

生疏僮仆贱,颜色病妻同。定有明人眼,真烦寿乃翁。
仙曹歌法曲,词伯缀秋风。不是人间谱,霓裳堕月中。

王义山(1214—1287)

王母祝语·芍药花诗

倚竹佳人翠袖长,阿姨天上舞霓裳。娇红凝脸西施醉,青玉栏干说叠香。
晚春早夏扬州路,浓妆初试鹅红妒。何如御伞掖垣中,日日传宣金掌露。

王禹偁(954—1001)

商山海棠

锦里名虽盛,商山艳更繁。别疑天与态,不称土生根。

浅著红兰染,深于绛雪喷。待开先酿酒,怕落预呼魂。
春里无勍敌,花中是至尊。桂须辞月窟,桃合避仙源。
浮动冠频侧,霓裳袖忽翻。望夫临水石,窥客出墙垣。
赠别难饶柳,忘忧肯让萱。轻轻飞燕舞,脉脉息妘言。
蕙陋虚侵径,梨凡浪占园。论心留蝶宿,低面厌莺喧。
不忝神仙品,何辜造化恩。自期栽御苑,谁使掷山村。
绮里荒祠畔,仙娥古洞门。烟愁思旧梦,雨泣怨新婚。
画恐明妃恨,移同卓氏奔。只教三月见,不得四时存。
绣被堆笼势,胭脂浥泪痕。贰车春未去,应得伴芳樽。

王之道(1093—1169)

天宝歌和魏定公文次韵

连昌宫中马为乐,一时舞马黄金络。君王养欲臣养文,忠鲠漫多宁救药。
嗷嗷万国风中船,樯倾柂坏夫何言。潼关莫拒范阳贼,伤哉天厩空连钱。
翠华西去遥指蜀,应念霓裳旧家曲。六军敢怒谁敢呵,马足空污太真肉。
始皇布漆徒坚城,元海斩木徒轻兵。驱鱼驱雀强鹯獭,乃使后世蒙佳声。
乱离每忆升平日,忽对新诗重嗟泣。望仙花草白春秋,怊怅六龙归未得。

梅花十绝追和张文潜韵(其八)

冬温开遍向东枝,映日含风万玉姬。何必霓裳掩前古,清癯端不羡丰肥。

和李似矩马图歌次韵

画工妙处称毛羽,我欲论功第先兔。不知心手会天机,象管纷纷谁比数。
寥寥千载一曹霸,墨妙于今传二马。龚生重马轻尺璧,蔑视韩韦复何者。
尔来一顾遇孙阳,奔走侯门日无暇。一匹腾骧一匹嘶,先生爱骏非爱奇。
有如霓裳第三叠,按图知拍逢王维。新诗迈绝今老杜,作经未必多马蹄。
先生驰骋金马里,口角雌黄即公是。欲知早晚定登庸,步武风云起平地。
伟哉骅骝世英物,一日早行三万里。

王　灼(？—？)

张元举惠江南李王帐中香

西楼北苑春色浓,日日醉倒骈齿翁。归来万事不整理,笑倚娥皇冰雪容。
叠笺共写霓裳谱,更作新声邀醉舞。瑶光殿里帐拖红,一尺炉烟日亭午。
事去时移二百年,金陵空有旧山川。此香那得到君手,妙诀无乃当时传。
惭君为我供愁绝,年来办得心如铁。但能饮酒读离骚,竹枕藤床卧明月。

王　镃(？—？)

马　嵬

梨花魂醉草伤秋,玉笛霓裳事已休。谁信一勾罗袜内,能藏天宝许多愁。

魏　野(960—1020)

寇相公生辰因有寄献

宋朝元老更谁先,已咏功成二十年。好去上天辞将相,归来平地作神仙。
坐看云岫资闲兴,卧听霓裳引醉眠。多少年辰献诗者,应无真祷似狂篇。

闻人祥正(？—？)

集句(其一九)

春风先发苑中梅,愿春君王万寿杯。舞罢霓裳归苑去,箫声犹绕凤皇台。

吴　芾(1104—1183)

邦人献芍药四种曰御爱红曰霓裳红曰缀珠冠子曰红都胜因同朝宗夜饮赏之遂成二绝以记一时之胜(其一)

冠子缀珠初泣露,霓裳舞袖更萦风。就中纵有红都胜,淡伫争如御爱红。

吴　浚(？—1277)

中秋联句

棘闱受得树凉多,耿耿孤灯奈夜何。后夜中秋可无月,雨工先为洗银河。
中秋此去日无多,笑问青天雨若何。旧日仙槎应好在,西风吹送上天河。
雨到中秋易得多,素娥争奈漏天何。青天四壁漫漫夜,星魁谁人见渡河。

雨声酿得客愁多,欲赏清秋作计何。莫唱刘郎黄鹤句,西风举目异江河。
三台高处五云多,如此好天良夜何。曾记长淮看月否,玉人何处唱西河。
月下敲诗得句多,诗成句句敌阴何。夜凉不禁诗肠渴,欲作长鲸吸九河。
风卷玄云已不多,倚栏试问夜如何。玉轮拟把长绳系,生怕孤蟾没入河。
月魄分它日影多,有盈有阙却缘何。世人错认娑罗树,半是青山半是河。
孤蟾老矣阅人多,玉斧如霜不敢何。何似长圆如此夜,放教全影看山河。
白凤威迟舞态多,三郎此际意如何。霓裳一曲君休听,曾引胡尘暗两河。
月中桂子种来多,知得天香定属何。袍色明年沾柳汁,好寻年少到三河。
乾坤清气在梅多,梅属能诗水部何。惜不移来月中种,却教疏影入秋河。
东隅西极往来多,玉兔如今奈老何。瑶鉴一夜尘不染,祗应夜夜浴明河。
栏槛前山夜景多,一声长啸入亡何。露花点点明秋叶,坐到楼西斗插河。
琼楼玉宇更寒多,天上不知今夕何。谁遣银潢倾作酒,一时浇我舌悬河。
梯上秋旻路不多,刚风奈此浩然何。瑶光冷逼萧萧发,一叶莲舟稳泛河。
桂香多处月明多,如此中秋有几何。堂上文奎炯如月,修廊灯火粲星河。
夕佳朝爽入诗多,待不吟诗可奈何。过却中秋有公事,莫将风月付谈河。

吴　镒(1140—1197)

崇仙观(其一)

浮丘仙袂风中挹,子晋吹笙月下闻。翠盖霓裳君过我,尻舆神马我从君。

吴　雍(?—1087)

登骊山阁留诗

山头羯鼓奏霓裳,断送君王入醉乡。凭阁无言念兴废,孤烟犹起泰陵傍。

夏　竦(985—1051)

仙　姬　怨

洞口垂杨拂地垂,年来期约又依违。红桃不解留人住,白鹤何曾觅信归。
雉扇对开春寂寂,绣衣双卷雨霏霏。无言尽日云边立,不许霓裳按羽衣。

项安世(1129—1208)

闰月二十一日作落梅花(其二)

野外篱边烂漫香,晚风孤影弄霓裳。飞花满地无人管,却趁春泥上燕梁。

谢　逸(1068—1112)

中秋与二三子赏月分韵得中字

雨洗天宇净,微云卷凉风。今夕定何夕,月圆秋气中。
惊雁掠沙水,寒鸦绕梧桐。嘉我二三子,笑语春冰融。
酒酣吐秀句,醉笔翻征鸿。夜阑灯光乱,清影栖房栊。
似闻霓裳曲,笛声吟老龙。

熊　瑞(?—?)

西湖歌饯杨泽之回杭

謇余畴昔睹古杭,繁华不减开元唐。画船日日湖山堂,珠翠围绕沸笙簧。
西湖西子斗艳妆,香车宝马桥绿杨。少年游冶荡春光,醉眠罗绮百花芳。
当时湖上有平章,胡不早为计包桑。一朝鼙鼓动渔阳,席卷羽衣与霓裳。
后来枉费古锦囊,感怀金铜增悲伤。嗟尔何知涕泪滂,身不由己心难忘。
画阑桂树寂无香,土花惨淡月荒凉。绵绵此恨天何长,道逢老翁重彷徨。
慎勿开口谈兴亡,潮生潮落钱塘江,且唱阳关举一觞。

徐　积(1028—1103)

舞

十幅华裾遍画堂,仙家妆束学霓裳。一双舞袖鸾凤势,满院春风罗绮香。
巫峡朝云无定意,汉滨珠佩杂鸣珰。歌声未罢全无力,归去重闻泣晕妆。

徐介轩(?—?)

红梅(其一)

寒梅冷艳缀轻枝,误认夭桃未放时。盛饰霓裳陪越女,不施粉黛抹胭脂。

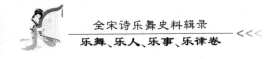

徐 钧(?—?)

颜杲卿

一曲霓裳失太平,渔阳鼙鼓暗风尘。君王只识杨丞相,不识平原老守臣。

徐鹿卿(1189—1251)

即席次府判韵

梨园胜日问春光,细细飘来满院香。色缟半空天与洁,花翻六出雪呈祥。
月华巧幻溶溶景,风韵偏宜淡淡妆。深夜霓裳欲飞举,篝灯何惜共徜徉。

徐 铉(917—992)

题紫阳观

南朝名士富仙才,追步东乡遂不回。丹井自深桐暗老,祠宫长在鹤频来。
岩边桂树攀仍倚,洞口桃花落复开。惆怅霓裳太平事,一函真迹锁昭台。

许及之(1141—1209)

信笔戒子种花木(其五)

买宅殷勤为海棠,却因改筑遂移将。前园褊小邻迁次,好补霓裳断续行。

薛季宣(1134—1173)

残 花

小院银瓶花落枝,骊山惊起睡杨妃。销魂泪滴燕支雨,留得霓裳旧舞衣。

香 棠

世间元有无穷恨,海外棠花宫锦烂。烧炙东风春未半,浓装独立情缭乱。
博山炉冷沈烟断,记语洛妃池侧畔。袿衣透湿飘香汗,舞罢霓裳高烛看。
吴苑散花滩彼岸,亦有当初旧游观。棠梨古径霞光灿,蔷薇露冷衣新盥。
袖卷燕支红入腕,喷人兰芷芳都贯。天然种性珍奇玩,岭海诚知煎可黡。
拟撷柔柯燃炽炭,裹取缃巾永传玩。它年留得重公案。

睡 香

君子夺朱有恶,祖师噩梦寻香。莫问两重公案,且须一曲霓裳。

杨公远(1227—?)

月下看白莲

十里荷花带月看,花和月色一般般。只应舞彻霓裳曲,宫女三千下广寒。

癸未中秋

凉入郊墟暑渐微,奈何节序暗推移。景逢三五秋分夜,光异寻常月满时。按舞霓裳仙绰约,长春灵药兔迷离。广寒宫桂花空发,近世无人折一枝。

杨冠卿(1138—?)

美人在空谷

有美人兮在空谷,肌肤冰雪颜如玉。珠袖轻绡卷翠云,日暮天寒倚修竹。自言久住黄金屋,舞遍霓裳羽衣曲。昭阳春尽音信稀,伤心暗蹙眉峰绿。百年日月双车毂,富贵荣华如转烛。蓬海迢迢天六六,驭风归去骑黄鹄。

杨万里(1127—1206)

晴后再雪四首(其三)

天上琼楼万玉妃,月宫学舞试云衣。霓裳未彻天风起,脑子花钿星散飞。

姚 勉(1216—1262)

海棠一夜为风吹尽三首(其三)

海棠自是百花仙,霞袂霓裳下九天。昨夜诏归红玉阙,但留翠幄锁晴烟。

题杨妃出浴图

温泉暖滑留余香,芙蓉出水红生光。宝钗义髻弹龙凤,力困未必忺霓裳。敛衣侧步无穷意,犹胜朝来海棠睡。谁知迎洗锦绷儿,已在华清赐浴时。

闻 莺

风吹微湍入松篁,云幢叶盖相低昂。山禽此时似得意,杂奏一曲娱新凉。流莺颇嫌无宫商,飞来中间作笙簧。广寒一阕新霓裳,天遣鼓吹吟诗肠。取书细读与相和,金春玉应声琅琅。曲终书罢各无语,林影满庭清昼长。

于　石(1247—?)

次韵中秋对月

冰壶碾破一轮秋,杯吸长鲸笔挽牛。大地山河明色界,九天宫阙耀琼楼。
香浮蟾桂今犹古,曲按霓裳乐易愁。四海清光无不照,何须天柱一峰游。

俞德邻(1232—1293)

八月十五夜

卷尽顽云玉漏中,月华如水浸层空。一轮圆缺常时见,万里阴晴此夜同。
突兀楼台犹昔日,高低禾黍自秋风。转蓬地远归心折,尚想霓裳舞旧宫。

虞　俦(?—?)

偶见梅一株开花特大标格庄重尤可爱可赏世人誉梅必以清瘦斯岂不易之论耶(其一)

玉环天与十分肥,弱骨丰肌不自持。一曲霓裳何足道,承恩应不任风吹。

喻良能(1120—?)

中秋望月偶诵唐欧阳詹玩月诗追和一首

云净天既碧,境幽月逾光。未数钴鉧潭,不羡桂子堂。
霏霏香雾横,蔼蔼明辉扬。冥搜兴乍酣,徙倚夜未央。
走兔望圆魄,飞鸟喜新凉。但知整纶巾,何用翻霓裳。
芳尊聊自倾,玉盘欲谁将。美人何时来,渺渺天一方。

岳　珂(1183—?)

舞鹤四绝(其一)

九皋仙子老芝田,小立清池阿那边。忽作霓裳羽衣舞,天机未信只鱼鸢。

宫词一百首(其八九)

殿前舞罢听传宣,新学霓裳小绛仙。取赐合同教请宝,御书新样铸金钱。

曾　巩(1019—1083)
寄齐州同官
西湖一曲舞霓裳,劝客花前白玉觞。谁对七桥今夜月,有情千里不相忘。

芙蓉台
芙蓉花开秋水冷,水面无风见花影。飘香上下两婵娟,云在巫山月在天。
清澜素砾为庭户,羽盖霓裳不知数。台上游人下流水,柱脚亭亭插花里。
阑边饮酒櫂女歌,台北台南花正多。莫笑来时常著屐,绿柳墙连使君宅。

张明中(?—?)

和景夔梅四首(其三)
淡月黄昏静处芬,风来花气夺清樽。玉妃舞罢霓裳寂,安得真香为返魂。

张　嵲(1096—1148)

咏雪得光字①
东皇携春来,属车载霓裳。回风作妙舞,杂佩鸣珠珰。
千官玉笋班,再拜称瑶觞。酒罢各分瑞,圭琮粲琳琅。
浩荡涵濡恩,一笑遍八荒。尘垢得湔洗,焦枯亦辉光。
伟哉造化力,天地为翕张。功成了不居,杲日天中央。

张舜民(?—?)

句(其二〇)
犹作霓裳舞妖态,零红坠粉湿秋根。

温泉
岧峣华清宫,下有温泉水。绣岭络千门,玉莲喷九蕊。
第一名御汤,第二沐妃子。从上傍诸王,最下列卫士。
淙淙三十六,枝分或栉比。每年十月初,仙仗常依此。
楼头羯鼓停,殿上霓裳委。尘垢三百年,行人与闾里。

---

① 张孝祥《咏雪》内容与此诗相同,不再重复收录。

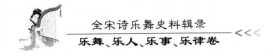

忽惊郴岭下,和暖雅相似。只是远长安,不当人眼底。
皇天宅万物,得地即为美。幸免与兴亡,往来常止止。

张玉娘(1250—1276)

香闺十咏·桃花扇

浓花妆点一枝春,影拂潇湘月半轮。歌彻霓裳风力软,钗横鬓乱晓寒新。

咏竹·月

幽幽万籁竹千竿,凉夜宜从月里看。翠节参差邀玉兔,金波晃漾浴青鸾。
半檐苍月催诗思,一径寒辉醒醉魂。吹彻霓裳清露下,嫦娥犹自对芳樽。

赵崇嶓(?—?)

丛桂轩·老翠

霓裳阿妹舞婆娑,老翠连云秀复华。露令山房笼月色,风清池馆落天葩。
分来窦氏三秋种,斧罢吴生几树花。莫讶仙才无用处,一朝队引啸烟霞。

赵处澹(?—?)

长 门 怨

未央宫中花满枝,笙歌不断春风词。玉阶露冷与天近,霓裳舞罢琼瑶卮。
如今寂寂长门春,寒风萧萧愁杀人。花开花落泪如洗,转眼身为陌上尘。
自笑夜来清梦断,犹觉瑶池侍君宴。

赵 佶(1082—1135)

宫词(其九三)

对御分排紫锦班,内家新样挽云鬟。中官宣试霓裳舞,红袖翩翩飞燕般。

赵孟坚(1200—?)

安吉州赋牡丹

眼眩繁妍锦一机,铜瓶分插递参差。几于钉坐看如偶,却为轻寒谢较迟。
售用奢豪须藉酒,形容妖艳每难诗。微风忽度轻披展,绝忆霓裳驻拍时。

赵汝鐩(1172—1246)

广 寒 游

九秋半矩月团团,琼瑶世界夜气寒。羽士跃身导阿瞒,麾斥八极青云端。
老柯掷桂香不死,银桥跨空一万里。飞步抽簪扣玉扃,中有素娥三千人。
绿瞳蔚水鬟堆雾,风卷缟袖条脱露。琅璈云笛广庭舞,笑乘白鸾弄蟾兔。
归裁仙曲作霓裳,天音尽洗凡丝簧。霞裾星佩罗两行,玉环垂手春风场。
樽前尽日看未足,绛膏泣凤夜继烛。宫商忽变不可听,马嵬斜谷雨霖铃。

赵师罢(1148—1217)

元 夕

古来灯火盛维扬,今岁元宵乐未央。只欠明皇拥仙仗,彩云高处舞霓裳。

赵 文(1239—1315)

扬州后土庙琼花香如莲花落不著地丙子一夕大雷雨失花所在相传以为上天云

朔风吹沙淮浪白,二十四桥沉冷月。颠雷夜半撼芜城,雪萼琼丝破空碧。
金瓶岁岁献君王,玉罌泛酒莲花香。明光殿闭沙漠远,人自无情花断肠。
落蕊飞天识天路,何如拔树飞升去。唐昌游女再归来,城中只卖琼花露。
江南俘客吟如叫,想像裁词不成调。天宫夜宴按霓裳,玉女擎花紫皇笑。

郑清之(1176—1251)

家园即事十三首(其一三)

老红拟占春光住,嫩绿枝头更娇妒。随风宛转未肯落,犹作霓裳羽衣舞。

郑 獬(1022—1072)

挽程中书令三首(其二)

旧爱霓裳曲,翻闻薤露歌。贤人今已矣,天道竟如何。
泉下一抔尽,人间万事多。空余幕中客,写泪剧悬河。

次韵程丞相重九日示席客

湖光飞出洞庭秋,拍手齐看山公游。黑云抱日离东海,苍霞穿漏红光浮。

我公重惜此佳节,携宾留燕停鸣驺。城角直穿一气外,碧鳞缥缈飞高楼。
晚花纤丽金靥闹,平莎蒙密绿发稠。手把玻璃笑当坐,飘然逸气凌云逎。
须臾大卷出新作,铁网包住鲸与虬。四座传观赏佳句,丝管不发清歌留。
茱萸著酒紫香透,芙蓉插髻双眉修。后堂新压菊花酿,倾在玉盆凝不流。
美人再拜劝公饮,一饮可忘今古愁。谁谓长戈可驻景,谁谓萱草能忘忧。
斯言寥阔不可考,乐事须向尊前求。霓裳法曲古来绝,小槽琵琶天下尤。
只此醉乡有佳境,此境不与人间侔。

周必大(1126—1204)

范致能以诗求二色桃再次韵二首(其一)

霓裳舞罢醉流霞,翠袖频揎眼欲花。丈室萧然那用此,春深料得客思家。

次韵史院洪景卢检详馆中红梅

红罗亭深宫漏迟,宫花四面谁得知。蓬山移植自何世,国色含酒纷满枝。
初疑太真欲起舞,霓裳拂饰天然姿。又如东家窥墙女,施朱映粉尤相宜。
不然朝云颣薄怒,自持似对襄王时。须臾燕支著雨落,整装俯照含风漪。
游蜂戏蝶日采掇,嗟尔何异氓之蚩。提壶火急就公饮,他日堕马空啼眉。

端午帖子·皇后阁(其五)

尚酝泼醅琼作液,汤官屑粉玉为团。常娥应侍天公宴,一曲霓裳即广寒。

周紫芝(1082—?)

得 宝 子

蓬莱宫中春草绿,君王无事欢不足。宜春北院小蛾眉,日日霓裳按新曲。
侍女倾心复尽计,歌舞君前不如意。今年新得太真妃,从此龙颜不胜喜。
望春楼下纥那歌,枉说扬州古铜器。梨园乐府两部齐,尽歌乐府新歌词。
君门谁道九重远,岁久欢声闻远夷。渔阳万骑仓黄入,帐中妃子吞声泣。
当时掌上不忍看,玉骨埋时烟雨湿。属车尘远空邮亭,邮亭牧竖嗟娉婷。
凌波袜在香未绝,万人争看俱伤情。一朝持入咸阳市,空得千金贾客惊。

次韵庭藻天申节锡燕书事

千秋舞马初登床,新歌乐府传霓裳。当时提封三万里,人间何处无农桑。

迩来重见太平日，侍臣复上开元觞。云门一阕天乐奏，瑞兽三尺南金黄。
师臣拥佩燕旨酒，虎臣杖节严秋霜。成功乃自师尚父，异姓不数汾阳王。
紫皇万岁寿明主，斗魁六宿来文昌。三呼往往出灵岳，由汉以来无此祥。
诸公自是列宿数，玉阶合望重瞳光。圣朝御极日杲杲，风雨顺序天苍苍。
虞阶已复罢干羽，汉郡会看开乐浪。小臣拜手亦稽首，愿祝地久仍天长。

秦少保生日诗三首（其三）

右文天子朝明光，汉陛晓列千官行。罢朝不归按霓裳，黄门群袭御殿香。
翠盖趣驾黄微张，日高宫树遮回廊。侍臣进册俨在旁，香罗覆帕牙签长。
前规尧舜后三王，六维龟鉴策最良。圣心自约昔未堂，日有所就月有将。
公书万卷胸中藏，海涵地负谁可当。官粗住下百报忙，独留真儒传紫皇。
茶瓯拜赐近御床，天颜咫尺瞻龙章。金叶旧事不足方，人如褚马才亦常。
说定惟服宁可忘，设施行当见庙堂。可使风俗还轩黄，有时问道崆峒乡。
广成之师寿百昌，千有三百岁未央。

朱长文（1039—1098）

奉陪太守及诸公游虎丘

何必襄阳孟浩然，苦吟自可继前贤。虎丘合去十二度，熊轼再游三百年。
云阁为君追旧额，霓裳从古播朱弦。此行不减唐人乐，畅饮惟无八酒仙。

朱光庭（1037—1094）

华清偶成

骊山秀色古今同，尽入诗人感慨中。只徇霓裳一曲乐，不知天下乐无穷。

祖无择（1010—1085）

琵琶亭

晚泊溢江半客舟，琵琶亭下动闲愁。霓裳绿腰杳何许，枫叶荻花空自秋。
贾傅有才悲鹏鸟，楚骚终古怨灵修。莫言司马青衫湿，今日和人亦涕流。

剑　　舞

白玉蟾(1194—?)

别李仁甫

君向星江结草庐,我来抵掌笑相于。三杯碧液涨瓷盏,一缕青烟缠竹炉。
剑舞春风花烂熳,琴弹夜雨竹萧疏。明朝拄杖知何处,猿叫千山月满湖。

见懒翁(其二)

坡仙何日跨鲸归,公是苏家老白眉。把剑舞残杯内酒,抚琴弹破笔头词。
桂林种德不知岁,福海流长无尽时。他年翁若回蓬岛,稳把青毡付阿谁。

劣　　隐

世态炎凉觉鼻酸,洞门空掩绿烟寒。仗三尺剑临风舞,把一张琴对月弹。
斫竹数竿容水过,倚松半日执经看。山林心绪得闲处,好炼长生不死丹。

题清虚堂

月移花影来窗外,风引松声到枕边。长剑舞余烹茗试,新诗吟就抱琴眠。
酒酽初泼青螺髓,香篆常烧紫马鞭。九曲溪头冲佑观,清虚堂里有神仙。

题清胜轩

满林幽竹夜来风,南极一点飞寒空。玉炉异香绕琳宫,此间知有神仙翁。
清胜轩中颇幽绝,白须道士持檀笏。眉毛掀起溪上云,眼光烁破峰头月。
琼房壁上挂瑶琴,把剑舞罢千古心。蓬莱一别醉吹笛,今日一见歌长吟。
天祇呵道绿烟起,满前王赵皆珠履。倦虬缩尾青蛇死,弹指倾倒天河水。
砂篆一挥走神鬼,雷电霹雳动天地。信知妙用古所无,犹未收拾归天衢。
月冷风清白鹤唳,宝幡飞霞绕玉壶。武夷散人好诗酒,昔者见君今番又。

柴　望(1212—1280)

塞下行赠韦士颖归鄂渚上江陵谒阃相

长安二月春正浓,长江二月风正急。城头杨柳雪絮飞,道傍黏雨沱潦湿。
邯郸谁家侠少年,上马意气挥金鞭,下马扫笔大如椽。

兴来一石未能醉,剧饮数斗口流涎。玉山跌倒扶未起,金鞭留当酒家里。
隔楼仿佛画眉人,相邀夜宿鸳鸯被。睡魔不醒五更钟,笛声吹断相思泪。
嘹嘹鸣鸡将度关,欲去未去踟蹰间。道逢项庄把剑舞,楼上美人歌玉环。
划然掣电蛟龙怒,便指南楼问归路。二千三百里更长,尔备衣粮我屝屦。
青衫著破不堪典,典到青衫共谁语。世上岂无虬髯汉,散财结客千千万。
岂无燕昭万黄金,筑作高台礼瑰彦。秦坑汉骂不肯收,自是一番遭薄贱。
唐人科举更糊名,天下英雄消沮尽。生儿不学去封侯,锥毛弄秃成霜鬓。
世无荆轲樊於期,只今谁复是男儿。我闻兵凶战危事,愁杀天上蚩尤旗。
人心承平易思乱,中原块土急驱汉。蔡城未下辟未诛,机来一发不容间。
三边未即妖祲清,天河何时能洗兵。送君不作断肠客,三尺一骑君西征。
临岐酌酒再三语,今日君王自神武。此行投笔事班超,不必区区问儿女。
上流夜夜雨如箭,下流炮火惊淮甸。襄师重屯鄂州北,淮师未解长江面。
劝君莫赋横槊诗,楼头正要筹边算。军前一著天下奇,夜斩楼兰无人知。
露布直到天子墀,六宫欢动龙颜怡。维清象武献太庙,未央前殿称玉卮。
搴旗斩将不足道,运筹帷幄果谓谁,曰何功第一参次之。
噫吁嘻,帝命我公归衮衣。

晁补之(1053—1110)

酬李唐臣赠山水短轴

大山宫,小山霍,欲识山高观石脚。大波为澜,小波为沦,欲知水深观水津。
营丘于此意独亲,杜侯所与复有人。不见李侯今五载,苦向营丘有余态。
齐纨如雪吴刀裁,小毫束笋缣囊开。经营初似云烟合,挥洒忽如风雨来。
苍梧泱漭天无日,深岩老树洪涛入。榛林暗漠猿狖寒,苔藓侵淫螺蚌湿。
纷纷禽散江干沙,有风北来吹蒹葭。前洲后渚相随没,行子渔人归径失。
李侯此笔良已奇,我闻李侯家朔垂。跨河而北宁有之,曷不南游观禹穴。
梅梁镮涩萍满皮,神物变化当若斯。元君画史虽天与,我论绝艺无今古。
张颠草书要剑舞,得意可无山水助,他日李侯人益慕。

晁冲之(1073—1126)

送一上人还滁州琅琊山

上人法一朝过我,问我作诗三昧门。我闻大士入词海,不起宴坐澄心源。
禅波洞彻百渊底,法水荡涤诸尘根。迅流速度超鬼国,到岸舍筏登昆仑。
无边草木悉妙药,一切禽鸟皆能言。化身八万四千臂,神通转物如乾坤。
山河大地悉自说,是身口意初不喧。世间何事在妙理,悟处不独非风幡。
群鹅转颈感王子,佳人舞剑惊公孙。风飘素练有飞势,雨注破屋空留痕。
惜哉数子柱玄解,但令笔画空腾骞。君看琅琊酿泉上,醉翁妙语今犹存。
向来溪壑不改色,青嶂尚属僧家园。君行到此知此意,辨才第二文中尊。
西江一口尽可吸,云梦八九何劳吞。他年一瓣炉中香,此老与有法乳恩。

方　回(1227—1307)

赠綦大将军(其二)

先皇玉带亲解赐,加侑金钱千百亿。登时筑坛拜大将,随意委禽聘贤室。
前茅出镇万貔貅,东南五湖天半壁。凤凰山下忽相逢,我旧闻名今面识。
精忠纯孝故无双,武艺文材俱第一。既能高著国手棋,又能稳赋作家诗。
既能善战善骑射,七书背诵无余遗。又能双钩写楷字,颜筋柳骨妙画锥。
既如诸葛渡泸水,又如龚遂清潢池。章亥六合半已到,象胥九译靡不知。
凉州蒲萄无复染,交趾薏苡夫何疑。踘场壮士阅剑舞,铃阁骚人陪酒卮。
笑谈洒落意娴雅,喜看宾主无厌时。迩来宣城察事尤瑰奇,明目张胆锄群私。
去年稻田百圩没,秋潦至今犹渺弥。孰谓不潦罔省府,公斥其人真奸欺。
百战将军古有之,未闻将军亦肯念民饥。

冯　山(?—1094)

和刘漕明复观吴生画

古观萧条昔未名,却因吴笔助神灵。能将万化豪端意,写出群仙物外形。
俊逸状如裴剑舞,周环时见蜀山青。阴兵耸动惊魑魅,真仗飘摇拥户庭。
按部每来除枳棘,题诗留与御风霆。因嗟画癖无由见,魂逐车尘为一经。

郭祥正(1035—1113)

谢钟离中散惠草书

丈人行草天下无,体兼众善精神俱。少年弄翰今悬车,一幅不博千明珠。
墨池翻澜化鲸鱼,老木半折倾藤枯。霜天一阵来雁鹜,荒陂数点眠鸥凫。
换鹅瘗鹤虽已矣,折钗剑舞成须臾。心通造化乃神速,伯英怀素真其徒。
迩来作我醉吟赞,宝藏二妙归江湖。要将垂法数百载,摩挲青玉亲传模。
丈人善吟仍善奕,名誉岂止专能书。名誉岂止专能书,皎如浩雪盈冰壶。

韩 琦(1008—1075)

次韵和崔公孺国博观新模正献杜公草书

珍藏正献草书诗,传诫云来示永贻。几夜风涛偃松柏,半天雷雨起蛟螭。
临池学苦应同妙,舞剑功如未是奇。刊石岂徒为世玩,更思清节可师之。

贺 铸(1052—1125)

黄 楼 歌

君不见熙宁丁巳秋,灵平未塞河横流。澶漫势欲浮东州,斯人坐有为鱼忧。
当时贤守维苏侯,厌术不取三犀牛。
跨城岧峣起黄楼,五行相推土胜水,鼍作鼋惊走鞭棰。
三丈浑流变清泚,南来船车鹔衔尾。使君登览兴如何,舞剑吟笺宾从多。
水平照影见雁下,山空答响闻渔歌。楼下汀洲长芳草,一麾南出彭门道。
昨日春游咏白蘋,后夜秋风悲鹏鸟。黄冈汝海心悠哉,青衫白发多尘埃。
采菱伎女今何在,骑竹儿童望不来。望不来,碧云明月长裴徊。

黄力敉(?—?)

送陈随隐归江西

诗在天地间,风清月明处。若为深闭门,而可觅佳句。
夫君小元龙,豪气隘区宇。青春发诗材,秀茁长膏雨。
流水与行云,吾不见滞住。乘月涤吟毫,玉碗三危露。
超诣自透脱,悟在观剑舞。入宫画蛾眉,胡为众女妒。

君诗亦何憾，千载一时遇。向也诗道昌，吟声喧禁籞。
　　应制沈香亭，龙巾曾拭唾。今焉诗道厄，短筇策江路。
　　悲啸梁甫吟，佗傺离骚赋。浮云时卷舒，睨此知出处。
　　此其随之义，大隐会境趣。天地梅又春，风紧雪飞絮。
　　一笠灞桥驴，吟鞍且临汝。得句从人传，传今亦传古。
　　要知是家传，审言以传甫。传之而又传，衣钵传宗武。

姜　夔(1155？—1208)

以长歌意无极好为老夫听为韵奉别沔鄂亲友(其五)

　　山阴千载人，挥洒照八极。只今定武刻，犹带龙虎笔。
　　单侯出机杼，岂自剑舞得。余波入竹石，绝叹咄咄逼。

李　新(1062—？)

送张少卿赴召十首(其九)

龙蛇飞动从椽笔，昔看公孙舞剑来。何得却知颠草妙，为随宾客到金台。

李　廌(1059—1109)

鼎　足　桧

巨根盘亘几百尺，高干植立参天长。萧萧气清霜月白，云根桂子飘秋香。
松陵高士风骨奇，洒然临流傲沧浪。油云委地墨欲滴，霾风拂雨炎天凉。
鄮留执策信秉钺，军中舞剑语激昂。幽林俯见皆朴樕，反视茂质独苍苍。
乐圃先生最珍玩，如神伟象岂等常。梦松盖有三公兆，苍桧鼎峙宁非祥。

刘　敞(1019—1068)

观南戍士卒作乐

　　箫鼓军中乐，旌旗岁晚过。激昂双剑舞，慷慨万人歌。
　　睥睨荆衡小，腾凌虎兕多。北风随杀气，横绝洞庭波。

寄吕侍郎

　　荒山逢故辙，自上重冈立。君车不可望，君手何由执。
　　旅思随日远，徂年背人急。舞剑中夜兴，应知忧感集。

刘克庄(1187—1269)

竹溪直院盛称起予草堂诗之善暇日览之多有可恨者因效颦作十首亦前人广骚反骚之意内二十九首用旧题惟岁寒知松柏被褐怀珠玉三首效山谷余十八首别命题或追录少作并存于卷以训童蒙之意·闻鸡起舞

百动俱休息,遥闻野外鸡。起提孤剑舞,肯恋一枝栖。
乍枕雕戈寝,俄惊绛帻啼。自嗟褐宽博,不觉裦昂低。
茅店寒声绝,函关晓色迷。细腰方按曲,风雨漫凄凄。

吕颐浩(1071—1139)

次韵崔强恕坠马见贻

昔参幕府事从军,跃马翩翩犯塞尘。舞剑未饶横槊客,属鞭何羡佩钩人。
中年衰钝难堪事,一跌支离近浃旬。多谢故人情意厚,佳篇惟待细书绅。

梅尧臣(1002—1060)

观王氏书

先观雍姬舞六幺,妍葩发艳春风摇。舞罢英英书大字,玉指握管浓云飘。
风驰雨骤起变怪,文鳐昼飞明珠跳。席客聚立惊且叹,笔何劲健人柔夭。
昔时裴旻能剑舞,丹青助气精神超。艺虽不同意有会,世事相假非一朝。

仇 远(1247—?)

葛雄女子舞剑歌

葛家女儿十四五,不向深闺学针缕。遍身绣出蛟螭文,赤手交持太阿舞。
红罗帕兮锦缠头,口吐长安游侠语。侧身捷如飞鸟轻,瞋目勇如独鹘举。
云窗雾阁岂无情,终欠娇娆太粗武。黄堂张燕灯烛光,两耳喧喧厌歌鼓。
人言葛氏善舞剑,曾向梨园奉尊俎。短衣结束当筵呈,壮士增雄懦夫沮。
我怜健妇胜丈夫,却欲骄兵如处女。安得成军如娘子,直气端能捷秦楚。
只愁逢著裴将军,公孙大娘汗成雨。

施宜生(？—1160)

句(其三)

临池翕忽云雾集，舞剑浩荡波涛翻。

宋伯仁(1199—？)

梅花喜神谱·欲开八枝(其八)

鸿门罢樽酒，舞剑事还差。范增徒怒撞，汉业成刘家。

苏　轼(1037—1101)

自清平镇游楼观五郡大秦延生仙游往返四日得十一诗寄子由同作·授经台

剑舞有神通草圣，海山无事化琴工。此台一览秦川小，不待传经意已空。

谢　翱(1249—1295)

呈王尚书应麟

寒风吹鬓影，客泪湿衣尘。千里见积水，满城无故人。
船歌瓯雪尽，剑舞越花薪。独忆丝纶老，相从话所亲。

徐　玑(1162—1214)

送单丙文先生归沅州

传得临池诀，勤劳敢遽忘。锥沙惟是正，舞剑本非狂。
旧隐寻芳芷，离怀对碧湘。寸心长记面，不似隔他乡。

于　石(1247—？)

杜少陵赠卫八处士韵别秉国

昔君坐谈诗，古音振宫商。昔我起舞剑，三尺星斗光。
我剑何慷慨，君诗何老苍。感此一笑叹，徒成九回肠。
久别忽想见，岁月惊惶惶。岂无平生友，对面险太行。
知心今几人，况复天一方。安得飞霞佩，共挹天瓢浆。
道义有真乐，何必甘膏粱。临行劝我酒，我饮不尽觞。

一饮情易阑,再饮情更长。斜阳重回首,烟水空苍茫。

俞德邻(1232—1293)

跋韩仲文所藏史共山草书

公孙大娘舞剑器,张颠早悟回翔意。学书学剑虽不侔,用志凝神固无二。
瓘也得筋靖得肉,圣趣谁能一蹴至。我生忧患缘知书,教儿仅使通名氏。
春蚓秋蛇自结蟠,莫向兵曹甘委赟。烟薰屋漏玉轴妆,何许天风划飞坠。
读一遗二口若钳,大草闲临真自愧。虽然非古空壮雄,要是逢场聊作戏。
鲁公怀素俱已仙,世指周奴笑羊婢。讵夸弃笔如丘山,夭阏剡藤烦叹喟。
卷还鲸锦心和平,尘席藜羹固吾事。

张　侃(1189—?)

次韵竹林玉老三首(其一)

笔法有神缘剑舞,诗坛游戏也无妨。却嫌踏破铁门限,划草堂前化鞠场。

张　咏(946—1015)

淮西有答

天教明道知经纶,只在尊君兼庇民。鹤板未征身且贱,轻车素佩游红尘。
飘飘飒飒齐与鲁,半醉半醒陈复楚。
夜倚西风拔剑舞,拔剑舞,击剑歌,青云路遥心奈何。

赠　刘　吉

天地有至私,刘生与英气。学必摘其真,文能取诸类。
叫回尧舜天,聒破周孔耳。通寒不我知,要在欢生意。
居危不苟全,凭艰立忠义。归国有贤名,天子闻之喜。
倒海塞横流,掀天建高议。冒死雪忠臣,谠言警贵侍。
四海多壮夫,望风毛骨起。如今竟陵城,榷司茶荻利。
鹤情终是孤,仁性困亦至。劳劳忧民瘼,咄咄骂贪吏。
方期与叫阍,此实不可弃。如何不自持,稍负纤人累。
酣歌引酒徒,乱入垂杨市。狂来拔剑舞,踏破青苔地。
群口咤若奇,我心忧尔碎。请料高阳徒,何如东山器。

请料酒仙人,何如留侯志。去矣刘跋江,深心自为计。

张　征(?—?)

书故三司副使陈公亚之诗轴后

破锦囊开玉振金,舍人胸次右丞心。为时黼藻衣冠数,与国丹青翰墨林。
慷慨似谁双舞剑,风流随处一歌琴。燕贻苦志追先烈,子夏何须论浅深。

郑思肖(1241—1318)

咏怀三首(其三)

驱车欲出门,独立眺虚旷。恣意杯酒间,舞剑心悲壮。
虽在寂寞滨,心实千载上。天地固寥廓,亦当定所向。

周紫芝(1082—?)

沈元用太守和具茨诗张元明两用其韵见邀同赋

汉阳胡骑嘶秦川,六龙御日升中天。翠銮亲巡耀宝鞭,神武自作诸将先。
子阳盗据众万千,井中蛙腹不受铤。虎头谁敢当文渊,一洗万古空英躔。
风威已落诸蕃传,上兵伐谋军贵全。固应玉陛当周旋,朱幡犹此阅望弦。
安危以身谁肯前,愿扶国步整播迁。劲兵出塞麈祁连,长缨曳首来翩联。
尽驱酋长朝甘泉,未惭骠骑羞戈船。先声旋下齐与燕,称觞拜舞呼万年。
黄童佩犊无征廛,农桑万里通人烟。蓬头舞剑空腰缠,要分颇牧来藩宣。
古来千里制一贤,长城未必能防边。

观　大　阅

落日鸣笳鼓,西风卷旆旌。熊罴千骑肃,锦绣一川明。
猛士方投石,将军未请缨。不须夸剑舞,却觳是书生。

柘　枝　舞

陈　造(1133—1203)

试柘枝溪上

蕙风花气雨余天,报答融和玉作船。壮岁自能鹦鹆舞,老狂犹有柘枝颠。

群鸿翩度昆昭锦,双凤翔从玉井莲。起我少时豪侠兴,未甘诗客号臞仙。

胡　寅(1098—1156)

留别王元治师中谭纯益三首(其二)

幸不当官也去思,春江风日正舒迟。少留画鹢呼桃叶,卷尽红螺看柘枝。
三爵劝酬三益友,四并除扫四愁诗。渭城景色朝朝是,不用丹青李伯时。

李　纲(1083—1140)

谒寇忠愍祠堂六首(其四)

平生爱看柘枝舞,宾燕多余密炬堆。富贵在公真末事,谁云缘此故南来。

刘次庄(?—?)

尘土黄·笺

春台女儿似红玉,曾奉当筵柘枝曲。舞成早自得痴名,更傍春风情不足。
客携黄金欲有赠,多在邻家赌双陆。近从新官作颜面,只得低心随所欲。
自知久去非所安,夜半东门车特碌。秀阙芙蓉潭畔起,每向波间得双鲤。
水流却上大应难,惟有孤怀似潭水。一骑翩翩锦臂鞲,红罗百丈作缠头。
为言闻得琵琶怨,当门下马欲登楼。
莫登楼,君马骇。无限朱帘薰好香,城北城南无一瞬。

刘　兼(?—?)

宴游池馆

绮筵金碧照芳菲,酒满瑶卮水满池。去岁南岐离郡日,今春东蜀看花时。
俭莲发脸当筹箸,绪柳生腰按柘枝。座客半酣言笑狎,孔融怀抱正怡怡。

陆　游(1125—1210)

闻韩无咎下世

书剑飘然去国时,南兰陵郡日题诗。吴波涨绿迎桃叶,穰烛堆红按柘枝。
故友去为山下土,衰翁何恨鬓边丝。凭高老泪无挥处,神武衣冠挂已迟。

梅尧臣(1002—1060)

和永叔柘枝歌

渔阳三叠音隆隆,红菓乱坏当秋风。披香拥雾出妖娙,妩眉壮发翩惊鸿。
锵锵杂佩离芳渚,珠帽红靴振金缕。相迎垂手势如倾,障袂倚歌词欲吐。
最怜应节乍低昂,便转疾徐皆可睹。飘扬初认雪回风,踯躅还看茧萦绪。
小小宁闻怨曲长,盈盈自解依侪侣。艺奇体妙按者谁,金貂大尹宴清池。
绮茵绣幄粲辉映,玳簪珠履何委蛇。是时郊原新退暑,天清气爽过林墅。
淮王载酒昔尝闻,谢公携妓那能数。始知事简乐民和,不厌来观柘枝舞。

潘兴嗣(1021—？)

滕王阁春日晚眺

重叠西屏对面开,巍城穹阁信雄哉。眼中孤鹜云边没,望里长江槛外来。
蛱蝶图成春未晚,柘枝筵动客多才。休论今古兴亡事,时倒金樽醉一回。

秦　观(1049—1100)

灼　　灼

锦城春暖花欲飞,灼灼当庭舞柘枝。相公上客河东秀,自言那得傍人知。
妾愿身为梁上燕,朝朝暮暮长相见。云收月堕海沉沉,泪满红绡寄肠断。

释怀深(1077—1132)

颂古三十首(其一〇)

佳人十八正娇痴,一曲堂前舞柘枝。只有五郎知雅态,更无人道柳如眉。

释慧远(1103—1176)

偈颂一百零二首(其三六)

老婆二八少年时,羞向人前舞柘枝。而今要嫁便改嫁,谁管傍人说是非。

偈颂一百零二首(其四七)

阿呵呵,也大奇,折臂修罗舞柘枝。
急如闪电,疾如飞毛,敫翳眼迷痴,得便宜是落便宜。

释行海(1224—?)

暮春词

春风荡桨落花时,江鼓冬冬舞柘枝。雨洗樱红蚕豆绿,金衣公子可怜谁。

释宗印(1148—1214)

偈颂八首(其二)

春山青,春水绿,春风包裹无纤粟。目前事,量外机,东村王老暗攒眉。暗攒眉,独脚山魈舞柘枝。

宋　白(936—1012)

宫词(其四)

十二楼前御柳垂,九重城里百花时。宣州恰进红丝毯,便遣宫娥舞柘枝。

苏舜元(1006—1054)

题海昌安国寺

画堂三月初三日,絮扑纱窗燕拂檐。莲子数杯尝冷酒,柘枝一曲试新衫。阶临池面胜看镜,屋映花丛当下帘。谁倚南楼指新月,玉钩素手两纤纤。

陶梦桂(1180—1253)

柘

老矣能消几许衣,一株休论几钩丝。垂杨舞彻莺歌歇,且看东风舞柘枝。

汪元量(1241—1317)

竹枝歌(其四)

柘枝舞罢竹枝歌,风烛须臾奈尔何。马玉池中鸿雁密,定王台上骆驼多。

淮安水驿

薄暮舟维杨柳堤,手攀杨柳立多时。汉儿快意歌荷叶,越女含愁舞柘枝。月湿江花和露泫,潮摇淮树带风悲。长亭一夜浑无寐,与客传杯更和诗。

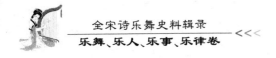

魏　野（960—1020）

陪乔职方泛舟之三门谒禹祠

波浪溅旌旗，东浮谒禹祠。千秋花发日，两院狱空时。
城里闲棠树，船中舞柘枝。晋公曾禊洛，不召野人随。

文　同（1018—1079）

山堂前庭有奇石数种其状皆与物形相类在此久矣自余始名而诗之·柘枝石

紫藓装花帽，红藤缠臂韝。被谁留断拍，长舞不教休。

许及之（1141—1209）

客有自成都来者传制帅华学尚书年丈巫山诗辄次韵奉寄

岩壑岂是钟鼎姿，出处相较黠与痴。我家浙东山水窟，闲窥壶中日月迟。
坎蛙固守井底见，雁荡断云天下奇。坐想天柱高突兀，便觉穿障排参差。
归胡不归归未得，吾非故吾吾何之。南宫祝融常在眼，北征太行长相随。
每欲拓关令混一，其奈意广怜庸疲。故人开府镇巴蜀，大江扬舲张虹旗。
纪行先要实古锦，及境始事搴赤帷。阳侯似知公得句，吴榜娄舞下折枝。
有客传诵巫山高，长安那复纸价低。襄王胡为爱文赋，宋玉大以供戏嬉。
山川本以灵雨祀，神明何及亵渎为。牵牛织女谤自古，小姑彭郎讹一时。
剩喜新篇有如此，洗空遗恨从今兹。蜀道谁云在天上，政誉已逐诗声驰。
世情向背南北阮，人物妍丑东西施。愿君沧溟恢宇量，听披瓶罂居井湄。
已为下户代输额，更要全蜀俱伸眉。西都父老久延颈，关外士卒宽张颐。
访寻恐有玄尚白，流落宁无素染缁。规模所至欣济济，民俗定自臻嘻嘻。
政成化洽公何疑，无人风月镵峨嵋。归来要著浯溪颂，吾上中和宣布诗。

薛道光（1078—1191）

桔槔颂

轧轧相从响发时，不从他得豁然知。桔槔说尽无生曲，井里泥蛇舞柘枝。

48

张伯玉(?—?)

次韵王治臣九日使君席上二章(其一)

楚枫丹外客帆稀,水拍长天雁字垂。乐事喜逢千日酒,凭高正在九秋时。
吴歈调笑歌杨叶,蛮鼓鉴闵引柘枝。使骑相逢且留饮,行看卓马辔如丝。

郑清之(1176—1251)

追记觉际偶成

我到家山雪尚飞,看看寒食展归期。花开无酒蝶贻笑,春尽不吟莺有辞。
窗下竹君陪晤对,手中杖子共追随。闲来自唱无生曲,井底泥蛇舞柘枝。

六　幺

范成大(1126—1193)

真　定　舞

紫袖当棚雪鬓凋,曾随广乐奏云韶。老来未忍耆婆舞,犹倚黄钟衮六幺。

酒边二绝(其二)

日长绣倦酒红潮,闲束罗巾理六幺。新样筑球花十八,丁宁小玉慢吹箫。

陆　佃(1042—1102)

依韵和赵令畤三首(其一)

百步厅边放两衙,夜深灯火见人家。提壶劝我教沽酒,鹧鸪逢君要点茶。
舞得六幺除是柳,啼消红粉奈何花。使君被尔牵诗思,可是无心忆浣纱。

梅尧臣(1002—1060)

送杜挺之郎中知虔州

大庾岭边无腊雪,惟有梅花与明月。月光如水来向人,太守得闲杯耳热。
吹香入酒望梁宋,正是苦寒绵可折。亦当念君君行南,南方无冰地不裂。
此身不到五侯门,肥羔酿酒槐槽咽。玉色少年生颊春,解笑吟肠冷如铁。
冲风冒霰入广文,老与诸生开反切。重嗟君远隔江湖,虽得丰甘牙已缺。

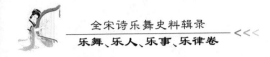

官娥执乐一千指,修颈慢肌衣错缬。定逢宾客强排妮,舞彻六幺红袖掣。
人竞羡君君愈疲,夜归坐阁思予说。

张　枢(1292—1348)

宫词十首(其八)

银簧乍艳参差竹,玉轴新调尺合弦。奏罢六幺花十八,水晶帘底赐金钱。

朱继芳(?—?)

用前韵谢野水郎君招饮

为有台池无限娇,游人歌舞尚朝朝。清漪浴日开金面,晴哢调风衮绿腰。
骚客五花唐殿马,主家七叶汉庭貂。丁宁红紫休开遍,约住春风待见邀。

朱汝贤(?—?)

题秩巴寨

十大曲破寰海知,六幺对舞纤腰肢。秩巴古寨士解围,谱传建业隆兴时。
天匏作腔豺窎皮,竹撩枭绕叠指麾。慢曲出入和柏枝,四部中分声递随。
行齐气勇拍趁吹,妙伎那教呈健儿。忽然锦袖左抱持,伸拳俯拜当阶墀。
三台挝鼓彻送之,我闻此乐来西陲。恩浓四沐需云期,君仁先祝慈闱慈。
寿崇蟠桃庆瑶池,乾会佳节等翼箕。国安磐石民恬熙,不忘武事功平夷。
臣微鳌抃同熊罴,附庸此日江之西。时人入耳郑卫漓,播鼗击磬今奚师。
旧乐之半见绝稀,十有二数存音仪。红裙掷球颜忸怩,采莲况欲追耶溪。
乐明美报意远而,两宫睿算南山齐。偶然问答成歌诗,于万斯年陪寿卮。

龟　兹　舞

陆　游(1125—1210)

感　旧

醉眼常轻儿女曹,西游对客尚能豪。缕金羯鼓龟兹乐,镂玉琵琶逻逤槽。
巫峡已回行雨梦,锦江空忆浣花遨。闲情何计都除尽,为觅并州快剪刀。

沈 辽(1032—1085)

龟 兹 舞

龟兹舞,龟兹舞,始自汉时入乐府。世上虽传此乐名,不知此乐犹传否。
黄扉朱邸昼无事,美人亲寻教坊谱。衣冠尽得画图看,乐器多因西域取。
红绿结裯坐后部,长笛短箫形制古。鸡娄揩鼓旧所识,饶贝流苏分白羽。
玉颜二女高髻花,孔雀罗衫金画缕。红靴玉带踏筵出,初惊翔鸾下玄圃。
中有一人奏羯鼓,头如山兮手如雨。其间曲调杂晋楚,歌词至今传晋语。
须臾曲罢立前庑,叹息平生未尝睹。清都阆苑昔有梦,寂寞如今在何所。
我家家住江海涯,上国乐事殊未知。玉颜邀我索题诗,它时有梦与谁期。

薛季宣(1134—1173)

读近时乐府(其一)

天宝龟兹贵尚年,哇淫靡靡到今传。寻思溱洧桑中调,几许不如周颂篇。

胡 旋 舞

艾可翁(？—？)

元 宵

偶然散策无寻访,何限伤心强笑歌。世味正如春酒淡,市灯不及月华多。
人生只合且如此,国势遂成无奈何。年少尚装胡旋舞,不知舞破几山河。

敖陶孙(1154—1227)

飘 风 荆 溪

船头月浑云不度,转眼光阴遽如许。江湖无地寄风威,短蓑遗作胡旋舞。
还将老病入孤舟,碧波为人生白头。阑中五更鹅鸭乱,老渔画肚起长算。

孔平仲(1044—1102)

观 牛 渡 江

荷蓑而骑彼牧童,驱牛乱流江水中。徐行不复用鞭棰,母当其前犊后从。

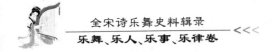

浊波沄沄出头角,见者往往疑蛟龙。牛身千钧水不测,步步乃与丘陵同。
天机自然有所解,物理如此谁能穷。
君不见轧荤山腹垂至膝,一马不能载其躬。
帝前每作胡旋舞,翩翩劲捷如旋风。

刘子翚(1101—1147)

四不忍(其四)

渔阳叠鼓风沙战,泼水淋漓舞胡旋。此时太息念銮舆,玉体能胜寂寞无。
六宫遭乱多奔迸,不复梨园歌舞盛。著鞭倪未蹂龙庭,我瑟虽调何忍听。

王义山(1214—1287)

王母祝语·宫柳花诗

御墙侧畔绿垂垂,接夏连春花点衣。好似雪茵胡旋舞,楼台帘幕燕初飞。
薰风日永彤墀晓,宫妃簇仗呈千巧。就中妙舞最工奇,戏衮玉球添一笑。

赵汝鐩(1172—1246)

缠 头 曲

阿蛮妙舞翠袖长,臂鞲珠络带宝装。春风按试清元殿,粉白黛绿立两傍。
三郎老手打羯鼓,太真纤指弹龙香。箜篌野狐拍怀智,觱篥龟年笛宁王。
中有八姨坐绮席,淡扫蛾眉压宫妆。醉看阿蛮小垂手,飞燕轻盈惊鸿翔。
八姨指挥三郎听,颁赉岂惜倾筐箱。缠头一局三百万,莫遣傍人笑大唐。
尾声方断地衣卷,忽闻鼙鼓喧渔阳。播迁才出望贤路,玉食未进日卓午。
粝饭胡饼能几许,不饱皇孙及妃主。阿蛮知是何处去,但见猪龙胡旋舞。

郑清之(1176—1251)

谢葺芷和韵

无诗不言酒,作赋真诳腹。未破公子悭,况与佳人目。
壮心思击壶,圣杯赓啄木。袖想胡旋双,妆记摇手独。
宾筵乏酬献,醴齐催沛潊。祢衡办挝鼓,元崇方病足。
曾无列屋粉,空韵梳鬌绿。百篇摘仙咏,十轴蒙溪读。

有美建安璩,竞爽淇园竹。芒端寒燠转,胸次古今沃。
卧瓮嗑舍郎,祭酒可令仆。时陈南北洗,颇醉东西玉。
虽微酝五斗,端有才一斛。诗坛长齐盟,笔阵严总督。
方将喝银云,未肯平封曲。宫宴看传柑,帝歌须和菊。
牛心固异撰,犊鼻且同俗。尊酒日相逢,我歌君为属。
欢期践三五,酿顷亏十六。酣畅嗟阮修,饮狂谢裴叔。
洼尊留古制,长勺分鲁族。居然同老襟,浅斟醽水醁。

梁　州

陈舜俞(？—1075)

双 溪 行

星郎休官两鬓白,惯作五侯堂上客。半入人家锁深宅。
偶来花幕双溪头,闻有侍儿旧相识。五马情多载酒过,主人犹须屏障隔。
黄昏移烛背重帷,初度清歌响疏拍。宛转别是京洛声,中有离愁千万尺。
曲中复作孤吹笛,玉龙一吟群籁寂。金罍不酹四座听,淡月朦胧挂空碧。
更将余意写琵琶,手抹凤槽鸣历历。梁州欲彻幺弦断,应恐外人知怨抑。
主人不许傅青翼,独听星郎语近壁。小声呜咽话当年,公子樽前最怜惜。
朱门出后身转轻,往事消沉无处觅。星郎日有流落恨,回向玳筵双泪滴。
劝君收泪听我歌,聚散有命可奈何。君不见陇头水,入海不知几千里。
又不见风中花,吹向千家复万家。人生莫作等闲别,事去老大空咨嗟。

陈　造(1133—1203)

赠赵丞四首(其二)

君家鸾镜照芙蓉,笑我衣襦绽不缝。想见后堂颓醉玉,梁州按罢晚妆慵。

十绝句寄赵帅(其六)

醉中记得新翻谱,土苴梁州笑石州。火急归来传好事,为渠一洗世间愁。

次韵朱万卿五首(其一)

陈雷好宾主,亹亹各风流。末座仍枚叟,捐金得莫愁。

浓欢兼卜夜,暇日赖销忧。近按梁州谱,何妨一再讴。

范成大(1126—1193)

续长恨歌七首(其七)

帝乡云驭若为留,八景三清好在不。玉笛不随双鹤去,人间犹得听梁州。

次韵温伯雨凉感怀

穷士病且饥,古今同一流。身安腹果然,此外吾何求。
判司诚卑官,未免尘甑忧。穷山更瘅暑,愈卧不举头。
二物交寇我,生世真如浮。晨朝墨云作,疾雷破山丘。
排檐忽飞溜,蛙蜽鸣相酬。朱冠领热属,横溃输一筹。
新凉苏肺气,踏湿登城楼。好邀云雨仙,长袖按梁州。
吹水添瓶罍,净洗千斛愁。何从有此段,冰厅冷如秋。
但觉诗思生,爽气入银钩。章成竟何用,知能救穷不。
汤子亦旅食,回望家还羞。倡予敢不和,共作商声讴。

何 郯(1105—1173)

存 目①

首句:按彻梁州更六幺(一作蜀国佳人号细腰)。

胡仲弓(?—?)

宫词(其一○)

一自长门芳草生,六宫怕见柳梢青。玉楼春尽君王懒,大小梁州不忍听。

黄 庚(?—?)

修竹宴客东园

二月春光泼眼浓,携樽宴客小亭东。酒当半醉半醒处,春在轻寒轻暖中。
拂槛柳添吟鬓绿,压阑花妒舞衣红。晚来听唱梁州曲,声绕吴姬扇底风。

---

① 原无题。

黄庭坚(1045—1105)

和陈君仪读太真外传五首(其三)

梁州一曲当时事,记得曾拈玉笛吹。端正楼空春昼永,小桃犹学淡燕支。

李　壁(1159—1222)

又口占小诗五首(其四)

四海同心阁贰卿,两公相对眼长青。从今太史灵台夜,定奏梁州聚德星。

李　龏(1194—?)

梅花集句(其四五)

龙脊桥边住最幽,谁将小笛按梁州。年年岁岁花相似,马上多逢醉五侯。

李之仪(1048—1127)

绝句七首(其二)

万腔腰鼓打梁州,舞罢还催步打球。更借缠头三百万,阿奴要彻第三筹。

廖　融(?—?)

退　宫　妓

神仙风格本难俦,曾从前皇翠辇游。红踯躅繁金殿暖,碧芙蓉笑水宫秋。
宝车钿剥阴尘覆,锦帐香消画烛幽。一旦色衰归故里,月明犹梦按梁州。

梅尧臣(1002—1060)

莫　登　楼

莫登楼,脚力虽健劳双眸,下见纷纷马与牛。
马矜鞍辔牛服辀,露台歌吹声不休。
腰鼓百面红臂韝,先打六幺后梁州。
棚帘夹道多夭柔,鲜衣壮仆狞髭虬。
宝挝呵叱倚王侯,夸妍斗艳目已偷。
天寒酒醶谁尔俦,倚楹心往形独留,有此光景无能游。
粉署深沉空翠帱,青绫被冷风飕飕。怀抱既如此,何须望楼头。

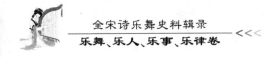

秦　观(1049—1100)

送蒋颖叔帅熙河二首(其二)

天马蒲萄隔玉门,汉廷谁更勇如尊。行台晓日屯千骑,祖道春风属一樽。
莫许留犁轻结好,便令瓯脱复游魂。要须尽取熙河地,打鼓梁州看上元。

释慧远(1103—1176)

偈颂一百零二首(其四〇)

新岁有来由,烹茶上酒楼。一双无两脚,半个有三头。
突出神难辨,相逢鬼见愁。倒吹无孔笛,促拍舞梁州。

苏　轼(1037—1101)

读开元天宝遗事三首(其三)

琵琶弦急衮梁州,羯鼓声高舞臂韝。破费八姨三百万,大唐天子要缠头。

王仲修(?—?)

宫词(其九二)

十三应选入宫来,便舞梁州送御杯。交袂当筵小垂手,回头招拍趁虚催。

吴　儆(1125—1183)

说谜三绝(其一)

满身珠翠间花钿,舞到梁州最可怜。一捻宫腰如束素,清风明月画堂前。

岳　珂(1183—?)

与高紫微雪溪饯客虽已预盟然坐次予每居上为之踧踖寄此见意

碧梧正耐雪溪秋,况是西风送客舟。华宴虽思奉麈尾,粗官何敢作遨头。
达尊谅识诗囊意,负约仍输酒斛筹。想见尊前列红袖,可怜无分听梁州。

张伯玉(?—?)

新定望湖楼

龙盘山影倒寒流,十里屏风翠入楼。画笔肯归涵碧手,湖光疑对涌金秋。
主翁爱客排三雅,渔父忘机任直钩。为访红云绕花岛,满船歌舞按梁州。

周彦质(？—？)

宫词(其八三)

锦茵方窄簇花球,羯鼓琼台七宝钩。共按升平新制曲,不同箫索打梁州。

凉　　州

陈　襄(1017—1080)

骊 宫 悼 往

　　凤辇情伤别,骊宫信不还。雨铃悲蜀道,金钿杳蓬山。
　　玉笛凉州怨,梨园法部闲。西厢人未至,楼阁五云间。

崔敦礼(？—1181)

再次韵一首

催花腰鼓彻凉州,午枕惊回蚁梦侯。赖有江山余古意,可教诗酒负春游。
登亭举酒休论晋,借箸成功合继留。慷慨浩歌风日暖,万山佳处接吴头。

范成大(1126—1193)

元夕后连阴

问讯东风几日来,冷烟寒雾锁池台。扫空积雪翻成雨,收尽残灯未见梅。
夜饮厌厌非老伴,春阴漠漠是愁媒。谁能腰鼓催花信,快打凉州百面雷。

葛立方(？—1164)

天宝三绝(其二)

翠辇重登勤政楼,红桃依旧唱凉州。但知玉笛传佳曲,不记铃声动客愁。

黄庭坚(1045—1105)

次韵清虚喜子瞻得常州

喜色侵淫动搢绅,俞音下报谪仙人。惊回汝水间关梦,乞与江天自在春。
罨画初游冰欲泮,浣花何处月还新。凉州不是人间曲,亿见君王按玉宸。

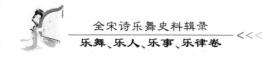

李 堪(965—?)

玉田八景·玉滩夜月

鸣玉滩头片月生,波光掩映钓舟横。何人隔岸吹长笛,一曲凉州恰二更。

李曾伯(1198—1268)

太府寺梅花盛开和曾玉堂韵(其二)

萧萧官舍自寒芳,清梦何从至玉堂。唱彻凉州太催逼,何如铁石广平肠。

李之仪(1048—1127)

堤上闲步二首(其二)

暖风轻蹙浪花浮,留滞江城愧谢悠。吟苦空多屈原恨,赋残犹剩庾郎愁。
渐因卜筑投归鹭,聊托潺湲习戏鸥。可笑粗官杀风景,满船丝管载凉州。

春日同梁十四宴李公昭朝霞阁侍儿舞梁州曲彻客有以润罗为赠公昭命玉杯满酌酬之又以金钟邀儿相属既醧出乌丝栏索诗

都城春风吹落花,都城九陌无尘沙。貂裘公子宴何处,阑干百尺陵朝霞。
凤筝新调玉指软,黄金捍拨当胸遮。紫檀屡碎翻成拍,红茸毯衬鸦头袜。
回旋谁许彩云轻,欲断还催犹未彻。新莺弄雏乳燕飞,一曲凉州春日迟。
百匹缠头随玉杯,咿哑一哄争扶持。公子笑不已,下客欢正浓。
更邀娅姹持金钟,一醧直欲沧溟空。从他海若在平地,明珠堕泪愁蛟龙。
珊瑚突兀撑高峰,便疑巴姬御来风。月渐满,银河低。归路促,街鼓稀。
何时再到红茸地,更倩游丝惹住衣。

林宗放(?—?)

北 楼 次 韵

浮空紫翠扑层台,谢守吟窗一夜开。云影四垂高卷□,□痕浑落浅胶杯。
红莲绿水嘉簪盍,白鸟孤云八句来。缓□笙歌下楼去,凉州重听彻崔嵬。

刘　跂(1053—?)

又泛西溪诗十首(其五)

天生桥畔水交流,夹岸花飞逐客舟。时听山禽歌一曲,何须吹笛舞凉州。

陆　游(1125—1210)

过茱萸铺青松朱户前临大道绝似西陲亭驿怅然有作

茱萸小驿夕阳愁,搔首临风感旧游。浑似军行散关路,但无鼓吹动凉州。

湖上今岁游人颇盛戏作四首(其二)

画船鼓吹载凉州,不到三更枉出游。忽有歌声出霄汉,谁家开宴五云楼。

释居慧(1077—1151)

偈二首(其一)

钟馗醉里唱凉州,小妹门前只点头。巡海夜叉相见后,大家拍手上高楼。

释昙贲(?—?)

偈四首(其四)

浓将红粉傅了面,满把真珠盖却头。不识佳人真面目,空教人唱小凉州。

释行海(1224—?)

偶　作

乾坤独往欲逢谁,只有文王识钓丝。豪杰尽生龙斗日,太平须见凤来时。
风前莫听凉州曲,月下长歌白苎辞。自笑不如南海燕,年年秋社是归期。

宋　无(1260—?)

宫词(其一)

月照芙蓉水殿秋,仙韶一曲奏凉州。高皇尚爱梨园舞,宣索当年菊部头。

苏　轼(1037—1101)

东阳水乐亭

君不学白公引泾东注渭,五斗黄泥一钟水。

又不学哥舒横行西海头,归来羯鼓打凉州。
但向空山石壁下,爱此有声无用之清流。
流泉无弦石无窍,强名水乐人人笑。惯见山僧已厌听,多情海月空留照。
洞庭不复来轩辕,至今鱼龙舞钧天。闻道磬襄东入海,遗声恐在海山间。
锵然涧谷含宫徵,节奏未成君独喜。不须写入薰风弦,纵有此声无此耳。

惜　花

吉祥寺中锦千堆,前年赏花真盛哉,道人劝我清明来。
腰鼓百面如春雷,打彻凉州花自开。沙河塘上插花回,醉倒不觉吴儿哈。
岂知如今双鬓摧,城西古寺没蒿莱。有僧闭门手自栽,千枝万叶巧剪裁。
就中一丛何所似,马瑙盘盛金缕杯。而我食菜方清斋,对花不饮花应猜。
夜来雨雹如李梅,红残绿暗吁可哀。

许应龙(1169—1249)

拜赐宫花纪恩诗(其二)

不用凉州羯鼓催,阳和已逐小春来。谁将万点花间艳,都向百官头上开。
样巧剩裁隋苑彩,影摇斜蘸汉宫杯。玉阶再拜君恩重,洋溢欢声遍九垓。

曾由基(？—？)

赠贵官家小姬

　　小蛮初按曲,趁拍入凉州。宫羽偶失次,回眸顾部头。
　　部头色微嗔,面赪含娇羞。低鬟语同伴,周郎曾顾不。

赵　文(1239—1315)

次韵欧阳良有高山仰止四首(其一)

　　少年场屋心,富贵轻秋毫。如何此逼仄,晚作空山逃。
　　世方驰逐好,我独儒书豪。宁甘往教远,不肯十上劳。
　　尚持鹍鸡弦,自爱凤尾槽。纷然凉州曲,谁赏郁轮袍。
　　取之众弃中,君眼亦已高。惜哉君更穷,相看两萧骚。

真德秀(1178—1235)

春贴子·皇帝阁六首(其五)

东风昨夜入帘帷,便觉深宫漏影迟。一曲凉州花尽放,不须先作报春诗。

周　密(1232—1298)

梦游紫霞寤而感怆

紫霞当日按凉州,曾到仙家十二楼。秋影满堂花外烛,冷香飞句柳边舟。冰弦泛月传新谱,芳槛移春接俊游。授简梁园人老去,年年葵麦长新愁。

嘲　少　年

步障飞鞯事俊游,锦围箫鼓按凉州。海棠枝上千枝蜡,肯信人间有暮愁。

周紫芝(1082—?)

雨中湖上晚归书所见三绝句(其二)

谁家歌管载凉州,何处跳珠入柂楼。山雨忽随云渡岭,明眸还与水争愁。

伊　州

白玉蟾(1194—?)

晚酌翛然阁

　　残暑犹拖尾,新凉恰打头。酒方屯鲁郡,舞已彻伊州。

陈　造(1133—1203)

同高叔不愚如晦饮再次韵二首(其一)

诗老掀髯吟掉头,红妆间坐眼波秋。快倾良夕如渑酒,宛是当时锁燕楼。想有疏帘窥白下,可无急鼓衮伊州。凭君更挽刘师命,宽破三年烂熳游。

范成大(1126—1193)

闻石湖海棠盛开亟携家过之三绝(其二)

家人扶上锦城头,蜂蝶团中烂熳游。报答春光须小醉,红云洞里按伊州。

洪　炎(1067?—1133)

绝　句

桃花浪打散花楼,南浦西山送客愁。为理伊州十二叠,缓歌声里看洪州。

李清臣(1032—1102)

句(其一)

紫蟹黄柑新酒熟,夜间船尾唱伊州。

梅尧臣(1002—1060)

叙两会事戏寄刁景纯学士

东家红梅开出墙,墙西女儿学新妆。春风引客白日长,天河绿水浮鸳鸯。
摘花赠渠到渠处,更问鸳鸯寄声去。昨日吴郎坐上时,袖中小字鸳鸯付。
酒虽入唇不能醉,醉得人心是朝暮。朝愁衾枕旧薰香,暮愁霰雪飘如絮。
听他双韵舞伊州,舞彻夭妍不转头。众人笑语曾不语,肠作车轮一万周。
屈节请还无甚愧,当时麈尾自驱牛。

强　至(1022—1076)

坐客宋周士忽垂光和复用元韵答之三首(其二)

风流双腕转凝酥,舞彻伊州汗有珠。探手始知帘外冷,照堂兽炭焰围炉。

王仲修(?—?)

宫词(其八八)

蒙金衫子郁金黄,爱拍伊州入侧商。人道飞琼元自瘦,娉婷偏称窄衣裳。

周彦质(?—?)

宫词(其四八)

燕子安巢近上阳,惯听深殿理丝簧。伊州入破喧轰闹,不废呢喃语画梁。

朱淑真(?—?)

会魏夫人席上命小鬟妙舞曲终求诗于予以飞雪满群山为韵作五绝(其三)

柳腰不被春拘管,凤转鸾回霞袖缓。舞彻伊州力不禁,筵前扑簌花飞满。

舞　雩

白玉蟾（1194—？）

与赵将军（其二）

醉头一月不曾梳，共整扁舟又太湖。昔日舞雩多一唯，他人陋巷只如愚。

包　恢（1182—1268）

病中答客

客侈言告予，二月春烂如。　后过前不及，于今正丰腴。
况复晴暄久，行乐人联车。　时鸟啼葫芦，酤酒醉且呼。
游子偕游女，争先耀街衢。　被恼诉无处，半是颠狂徒。
昔人秉烛游，过时欲何娱。　恨公独抱病，与时不相扶。
容膝斗大室，呻吟何时苏。　奇花将衰谢，绿叶将扶疏。
闻鸟声辄善，能似五柳无。　予谓客所羡，眩于形色欤。
竞千红万紫，锦绣不足铺。　变千态万状，彩绘不可图。
无一非形色，乃生理绪余。　耳目不能思，心冥独荒芜。
形形色色者，根本何取诸。　藏用而显仁，显微元不殊。
徒见形色者，不识精在粗。　抑岂知造物，不知彼在吾。
中和万物育，皆备我不诬。　造物莫穷极，形色才斯须。
物既惟我造，何尝离须臾。　见即常自见，非二常与俱。
卧游不必动，遍游靡所拘。　不在行且疾，速至其神乎。
春工尽天巧，众妙何可誉。　病我一形色，千万曾不愈。
我室非斗大，宇宙此一庐。　徒以我视我，无怪为我吁。
徒以斗视室，宜谓局不舒。　或者病不乐，我乐人莫逾。
反是彼游人，非乐徒驰驱。　仅与蜂蝶辈，逐逐飞盈途。
二月虽将尽，吾即风舞雩。　客心犹未悟，笑我何其愚。

晁补之(1053—1110)

送陈逸之筠州

居贫百草春霢霂,制作舞雩春服美。爱君欲赠华韡韡,思君何处无芳卉。
三年眼花只欲眠,惊梦往往音跫然。单金安所用吾技,术成正复迂刘累。
不狩何由有貊特,钱镈须勤晚方积。呻吟裘氏日已多,恩流三族功比河。
告行风雨春物空,催花作果黍芃芃。亦从梁汴即清颍,湛湛已见江头枫。
严君被命分符虎,昔者无襦今五袴。未劳负米迁山川,姑弟酒中从圣贤。

澶守谏议韩璹祷雨有应

长霓饮井井欲干,白鼍鸣窟凄风寒。公马未驾阴漫漫,公归湿幕濡旌幡。
霜刀不染鹅颈殷,涂龙安享零舞闲。隰桑有沃柔可攀,小麦青青大麦攒。
拜公起舞公颜欢,明日空阶响夜阑。屋漏不复愁衣单,骈幪广厦安如山。

陈 宓(1171—1230)

上巳日游延平修禊洞

延平山水窟,平生涉其粗。距城五十里,岩壑难具模。
崔嵬通上界,突兀动地枢。泉石自撞击,钧天恐难如。
或若轰雷霆,或若唾珠玑。飞瀑自天下,循涯作清渠。
云是鬼神力,巧凿三丈余。羽觞激如飞,聊助文字娱。
崇山回环合,有洞容入居。觌面卓文笔,仰天真可书。
幽花与修竹,掩映释氏庐。同游皆胜士,适值暮春初。
山阴未足数,直想风舞雩。岂无休沐日,复洗红尘裾。

陈 邕(？—？)

泮林释奠偶缘摄事遂获充员窃观礼文乐奏之盛不胜欣叹辄成小诗奉呈僚友

春丁逢上日方中,涓吉修诚荐泮宫。奠璧采璘诚可格,代庖越俎数徒充。
八音合奏东南少,一道相传今古同。我辈因文须识本,浴沂好咏舞雩风。

陈 造(1133—1203)

题龚养正孩儿枕屏二首(其二)

眼中何止舞雩童,况是君家积庆重。梦里送来烦孔释,要令门户继荀龙。

送严上舍并寄诸公十首·寄张次夔县丞(其二)

赵子趋吴幕,予偕咏舞雩。迄今推毂力,不堕拾尘诬。
鬓脚今全白,车轮欲半朱。何阶答知己,冰檗耐穷涂。

楚辞三章送郭教授趋朝(其二)

儒之宫兮千柱眈如,峨冠绮袂兮群而趋。
食焉稻鱼兮隶焉诗书,我侈其成兮绎其初。
诲掖之孔敏兮筑兴之不徐,偾于昔焕于今兮綮百年其有待。
企三贤而相攸兮遗躅未沫,匪若人之良茂兮吾将奚赖。
芹波摇日兮槐阴转午,一尘不栖兮重廊邃宇。
执经前兮仪仪而讦讦,君颜舒舒兮而究而语。
有粹其文兮有觌其古,风舞雩兮步趋绳矩。
鄙人留眼兮夫也接前人之武,人今翩鸿兮与南翔。
云气蓬瀛兮观虚皇,膏馥沾被兮淮之乡,君之惠兮乡之人不可忘。

程 洵(1135—1196)

用韵送蔡季通还建安

骑气居然两月留,胜游不减舞雩游。道同顿觉语易契,意合不知情自稠。
□□还惊千里远,著鞭又踏万山幽。恨无力挽天河水,为我临歧洗别愁。

次韵刘寺簿临蒸精舍落成

濂溪当日起南方,千载斯文有耿光。遗俗至今尊孔孟,后生谁肯学苏张。
贤关莫叹吴天远,精舍今临楚水长。试问坐中谁鼓瑟,舞雩风味想难忘。

戴 蒙(?—?)

南溪暮春

家住南溪欲尽头,茂林修竹几清幽。菰蒲涨绿蛙专夜,树叶吹寒麦半秋。
修禊从教非节物,舞雩元自有风流。明朝酒醒春犹在,更向长潭上小舟。

邓 肃(1091—1132)

和谢吏部铁字韵三十四首·呈几叟仪曹四首(其一)

管中窥豹一斑耳,敢对江海更言水。赖公不作扬雄尾,舞雩曾许随童子。
绨袍至今念故人,世人欲杀渠不嗔。更将妙语为高价,坐令玉表欲俨真。
期公终始不相绝,回愚参鲁余亦拙。异时报德但修身,那用张良袖中铁。

范祖禹(1041—1098)

答孙莘老病中寄谢诸同舍

言有逆耳忠,药有苦口利。康强本危虑,忧患生逸意。
先生蹈周孔,陋巷乐仁义。新命登谏垣,四方想平治。
舞雩逐清爽,伏枕送炎炽。作诗存警戒,教告在同志。
苍生系正人,丹宸渴高议。矧当敷经训,劝讲日严侍。
桓荣大师尊,郑公三鉴备。天衢进方亨,王路坦无陂。
告猷补衮职,正色伏蒲地。阳城可以起,醇酒毋数醉。

方 回(1227—1307)

美许孝子

圣善已云远,义方犹此亲。须尝许止药,未老窦郎椿。
竹院深床稳,烟庖垢面尘。曾参养曾晳,剩阅舞雩春。

寄题云屋赵资敬启蒙亭风雩亭二首(其二)

昔人筑雩坛,群巫此歌舞。骄阳煽蕴隆,吁叹以降雨。
良辰岁时和,遗迹林壑古。枯柟换槁叶,芳荄抽宿莽。
徜徉沂水上,童冠七或五。春袖风乎兹,缋绣无火黼。
千载想佳人,不仕东国鲁。异彼三子撰,圣师独予取。
吾友赵隐君,笑唾卿相组。猿鸟听新咏,点瑟时一鼓。
汉歌曾罔闻,楚台未渠数。泠泠列御寇,肯尔哙等伍。

方蒙仲(1214—1261)

采芹亭(其六)

短帽轻衫亦复家,前村后陌柳初花。不须多学舞雩兴,随分春光管领些。

方　岳(1199—1262)

次韵方教采芹亭(其九)

山是乌山落一支,径烦诗眼相亭基。舞雩人在春风里,清坐不言山更奇。

龚　敦(?—?)

和苏唐卿

滁守南迁记醉狂,篆刊移近舞雩乡。当年寓兴临山水,今日希风构栋梁。
吏部丧文辞避席,阳冰阁笔让循墙。东沂从此遗声迹,迥掩桐庐翰墨光。

韩　驹(1080—1135)

次韵馆中诸公游慈云寺

嘉蔬随客庖,香饭出僧甑。聊为一饱谋,未暇谈禅病。
二公当代豪,词林气方盛。五言谨诗律,百罚严酒令。
乐与同舍郎,共此给园净。想像斜川游,何如舞雩咏。
甘瓜自雍丘,肥芡来新郑。肴果各有携,笑我室悬磬。
陋质谢不往,实愧琼瑶映。人生一车足,那须富千乘。
有兴驱短辕,宁辞沮洳径。及时速行乐,莫待苦脚胫。
炎暑忽已阑,当念时难更。

何　基(1188—1268)

题徐伯光真

舞雩春服浴沂侣,社饮衣蓑学稼翁。可士可农随地乐,此心无处不春风。

何梦桂(1229—?)

感兴(其一)

坐断乾坤老一窝,修篁翠袖自婆娑。半生梦觉青山在,万世期长白日过。
云影对人闲里好,禽声入耳静边多。舞雩不是真狂者,乐上心来可奈何。

洪咨夔(1176—1236)

偶　　成①

沂水春风弄夕晖,舞雩意得咏而归。为何与点狂曾皙,个里须参最上机。

白鹿书院

万绿团阴町疃场,倚凉弦诵玉琅琅。溪山涵毓中和气,草木薰蒸正大香。
陋巷颜渊何所乐,舞雩曾点若为狂。懦夫百世闻风起,此去濂溪更有庄。

胡　宏(1105—1161)

简彪汉明

斯文久寥落,我欲问苍天。苍天默无言,复欲问古先。
古先群圣人,去我三千年。纷纷儒林士,章句以为贤。
问之性命理,醉梦俱茫然。皓月隐重云,明珠媚深渊。
近得程夫子,一线通天泉。荡涤净尘垢,逸驾真无前。
自从丧乱来,鼙鼓声阗阗。日事干戈末,那寻孔孟传。
湘中彪夫子,有志穷益坚。读书文字表,至善时一迁。
老去不自止,直欲求纯全。问我曾点意,乘风舞雩巅。
行年付造化,笑问青铜钱。默契天地心,谁能泥青编。

胡　寅(1098—1156)

和仁仲春日十绝(其一〇)

陋巷当年只屡空,于今还咏舞雩风。已推宝瑟铿然后,莫认青春醉眼中。

和奇父竹斋小池及游春五绝(其五)

东风不放两般春,只系胸怀故与新。为问漆园蝴蝶梦,何如沂水舞雩人。

郭伟求鄙文

少时文墨已非工,渐老才情更觉蒙。空有簿书相汩没,了无朋友共磨礲。
功名也只浮云似,富贵还应逝水同。寄语宅心何处所,晚春沂上舞雩风。

---

① 魏了翁《偶成(其二)》内容与此诗相同,不再重复收录。

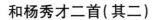

和杨秀才二首(其二)

林下何所乐,游心书史中。时窥言语外,默想圣贤同。
沂水有余咏,舞雩多好风。区区守一介,未肯易三公。

和陈生三首(其三)

挂却衣冠把钓纶,那知藏拙未全真。余生意态无相顾,未死工夫有自新。
弦绝谁传流水曲,瑟希曾对舞雩春。晚交况得陈丘子,不但波澜子建亲。

姜特立(1125—1203)

赴饮席家人供新衣

劝我著新衣,深辞老不宜。如今百事懒,不比舞雩时。

金履祥(1232—1303)

华之高寿鲁斋先生七十(其三)

翼翼王子,教行于东。思乐东州,舞雩之风。

李 复(1052—?)

芸叟召杜城晚饮遂宿于东轩欲同游五台寺有诗因和其韵

第五桥东潏水滨,山红漫漫绿纷纷。溪边童子风雩舞,林外先生植杖耘。
高论但谈双树法,胜游将步五峰云。东轩夜久清无寐,山雨初从叶上闻。

李 纲(1083—1140)

余筑室梁溪之上三年而后成手植花木甚众遭值世故未尝得安居其间岁暮羁旅慨然念之因和渊明时运诗以见意

卜宅梁溪,成非一朝。面山枕冈,远市近郊。
修竹茂林,翠连烟霄。松桂吐香,杞菊长苗。
旁临清流,尘缨可濯。小阁嶕然,九峰远瞩。
岂无华宇,于我自足。兄弟埙篪,于焉相乐。
春服既成,如浴乎沂。风乎舞雩,咏啸而归。
自我离群,潜然涕挥。拊心念旧,电往莫追。
今夕何夕,梦还我庐。稚子候门,两发髿如。

携幼入室,浊酒倾壶。慨我寤叹,谁复如余。

谒告迎奉闻亲闱有醴泉之除不胜庆抃作诗寄叔易季言二弟

薄宦便甘旨,两载官南徐。江山富佳致,足以为亲娱。
昆弟尽在傍,承颜欢有余。宁知驿书召,结束趋征途。
旅食寓京华,梦想怀庭除。宸恩赐清燕,天语闻都俞。
兰省幸备员,匪才惭冒居。思亲动归兴,谒告之东吴。
晓出通津门,轻舠泛汴渠。莺花已烂熳,榆柳正扶疏。
去去指苕霅,行行远神都。中途闻吉语,动色观除书。
天子隆孝治,朝廷优老儒。犬马志欲养,获此伸区区。
丘山恩施重,蝼蚁轻捐躯。寓书东飞鸿,早早达吾庐。
季也在亲侧,援琴方舞雩。聆音想慰怿,具驾无踟蹰。
会言亦近止,期以薰风初。

李 堪(965—?)

舞雩台

舞雩台上春风起,鲁国先生讲始开。欲解陶潜印归去,心思吾道重徘徊。

李弥逊(1089—1153)

方池独步

度柳穿莎一径通,曲堤初咏舞雩风。我来似与春期约,南陌东畦到处红。

与德洪明甫伯与暮春六日同登乌石饮于浴鸦池琴侍以石上坐忘归分韵得石字

老怀不知春,但爱远峰碧。乘高恣遐观,未快双目击。
稍为松根坐,遂与参井逼。女娲补天余,坠此百炼石。
摩挲苍藓痕,上有鸦沿迹。引觞起自斟,盏面不容滴。
举头挽飞云,颇觉天半窄。追随二三子,顾我独衰白。
向来舞雩春,胜践同今昔。偶忘千岁忧,共此一笑适。

李 石(1108—1181)

谢浩然以梦告且赋诗见赠次韵复之二首(其二)

缚草徒然未若贤,绝韦老矣定谁传。舞雩著我三千子,华表须居五百年。

次韵孙翊尉(其三)

子佩青青得玉工,先生老矣舞雩风。仙官便拟轻藜藿,我欲求为田舍翁。

李 新(1062—?)

卢舍那僧舍留别(其一)

小沟水縠漾晴晖,上学儿童短褐衣。犹记飞泉山下路,会成春服舞雩归。

送 李 能

撷蕙仙人洲,日下舞雩归。晴光阔天宇,幂幂祥烟飞。
旦起修羊酒,来观石麟儿。刮眼玉骨异,无用金络羁。
长杨献赋去,英誉嵩少低。俯署神仙听,亲植桃花枝。
走马秦树侧,濯缨锦江湄。春深小瀛洲,西湖生绿漪。
华堂富花气,春酒歌白眉。彼美南方秀,移根天之涯。
幽岩蔽嘉卉,芳姿长陆离。谁如古工师,来采穷民诗。

刘小漕(其一)

乱红缬眼柳花飞,烟抹沱溪秀一围。北背美人占梦去,夕阳行客舞雩归。
三吴父老传冰节,两蜀江山识绣衣。预草封章千百纸,此身明日接天威。

李之仪(1048—1127)

次韵参寥杜孝锡

君不见深山穷谷千丈潭,悬崖绝壁倒挂松。
雷霆雨电有时一洒遍八极,繁霜雪霁能邀夜月来高穹。
又不见江头龟手洴澼绕,裂地得侯终有逢。
长安大雪几千尺,高卧不愧衣玲珑。挹人而相若反掌,登天有路非难通。
天之可上势或便,得相乃在须臾中。朝冠貂蝉暮徽缧,曲肱何在三千钟。
方东遽北安足究,岂异海舶随狂风。舞雩而咏吾与点,坐中客满谁知融。

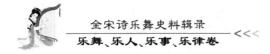

屹屹杜夫子,灵芝翳深丛。百年转盼皆腐朽,且将逸驾聊与同。
我惭圭觚刺人眼,空向霜天望飞鸿。

廖　刚(1071—1143)

题张延之觉寺亭

迷途非远复,靖节子其徒。止水明心法,行年见道枢。
俨如还旧国,端是得遗珠。燕处今何事,春风咏舞雩。

贺知府毛检讨生辰

祥光曾射斗牛墟,想见当年吉庆符。天遣麒麟来玉户,史占昴宿下云衢。
扬鞭禁省声华籍,拥旆侯藩治状殊。妙世文章燕大手,致君才业鲁真儒。
英姿冠玉使挥麈,雅座生风谢舞雩。寒士几人怀律衍,穷民比屋颂廉襦。
宝熏共献诗千首,烦暑潜消酒百壶。珍重公归庙堂后,老人长照帝王都。

林光朝(1114—1178)

冬　　至

横枝冻雀昨夜死,水底黏鱼吹不起。
小伶切玉孤凤愁,九寸之管传生意。
舞雩山下逢丈人,植杖无语空逡巡。
再拜丈人欲识桑麻生长力,鬼蝶翻覆梅花春。
我于万物亦一物,何时春风到肌骨。
空山铁镝年月深,一语不破天地心。

刘　攽(1023—1089)

凿　井

旱天雨少官凿井,凿深源长水泉冷。涂人无复触热忧,居人况有操瓢幸。
前王扇暍力已劳,后王舞雩功不省。此功一成千万年,却愿炎日长当天。

五龙井祷雨

汤年不过此,丘祷亦何频。石井无多水,泥蟠讵有神。
舞雩声寂寞,剪爪事酸辛。万古为霖意,长嗟傅野人。

登东山小鲁

惟昔宣尼氏,登山俯大东。隘然轻鲁国,不复梦周公。
洙泗秋毫外,龟蒙聚米中。浮埃殊扰扰,斗蚁竞匆匆。
游观情应类,临河事不同。岂将千乘富,一换舞雩风。

刘 敞(1019—1068)

次韵和春卿城西同步

夕光邻射戍楼红,野色遥瞻百里中。玉帐坐休铃下卫,春衣行试舞雩风。
招携直许威仪略,戏笑深矜意气融。流水高山俱在眼,知公令望共无穷。

因季点同幕中诸君过车辋湖步行野间

山野宜独往,出郭愧宾从。终为吏事役,犹与贤者共。
平湖色清浅,霜落冰始冻。远郊气氤氲,腊近春稍动。
鸟飞甚闲暇,兽起或惊纵。爱此去人远,相劝解君鞚。
崇冈象崤阪,宿莽似云梦。游目际天地,褰裳凌菰蕫。
吟非骚人怨,赏及舞雩诵。途远意逾适,笑彼阮籍恸。

闵 雨

风伯会何憾,高云不少留。声如鬼神过,势卷日星浮。
河汉漠无象,鱼龙方自忧。古书难尽信,雩舞竟悠悠。

刘 黻(1217—1276)

偕刾中诸友游明心寺

一春风雨掩柴扉,今日相羊竟晚晖。山远从谁寻古迹,水高何处认渔矶。
衣冠揖逊禽鱼悦,觞咏流行草树霏。共出戴公亭下路,邑人疑是舞雩归。

刘克庄(1187—1269)

竹溪直院盛称起予草堂诗之善暇日览之多有可恨者因效颦作十首亦前人广骚反骚之意内二十九首用旧题惟岁寒知松柏被褐怀珠玉三首效山谷余十八首别命题或追录少作并存于卷以训童蒙之意·杏坛

夫子昔居地,流传后代看。竹藏壁中简,杏落水边坛。

流藻尤繁盛，依槐免折残。一时雩舞乐，千古孔林寒。
渔父系舟听，门人舍瑟叹。世多伐木者，吾道欲行难。

神君歌十首（其八）

泮涣舞雩乐，欢呼祀蜡忙。且记童子咏，莫管国人狂。

丁酉重九日宿顺昌步云阁绝句七首呈味道明府（其三）

小休绿树濯清泉，垢尽身轻意欲仙。岂必鲁儒知此乐，舞雩风止在溪边。

怀旧二首（其二）

童蒙颇慕舞雩乐，老病犹参立雪碑。愧我高年成后殿，输他半夜得单传。
著书有子诠中说，覆瓿无人守太玄。董薛程仇皆已矣，萤窗谁共辑遗编。

次韵黄景文投赠三首（其二）

记闻荒落语詹諄，惭愧吾侪肯问津。未必夜深埋雪者，得如春暮舞雩人。
师扬执戟玄犹白，学卫夫人字逼真。跳出囵门殊未得，堪怜老却苦吟身。

寄题南康胡氏春风堂

芋魁菜甲必同食，石田茅屋不忍析。有时对床听风雨，有时共灯窥简册。
大兄独抱古人道，群季各修弟子职。一门和气常如春，紫荆花开庭草碧。
宛然生在舞雩时，又若坐于明道侧。吾尝三复棠棣诗，周公千载有惭色。
共梨分枣能几何，摘瓜煮豆堪太息。区区锥刀未足让，伯夷逊国采薇吃。
君能聚族真卓行，余亦为兄愧凉德。莫年有意观庐山，因作春风堂上客。

三　和

花篮果担更嗷呼，巾幪绚烂车骑都。民多逐末少重本，神岂护短仍凭愚。
厥初捧楬土与木，继以刀割俄香涂。垂毓绝类河求弁，照乘得匪龙献珠。
尝闻邺令沉巫妪，未必顾劭资髯奴。阮瞻著论现变怪，罗支送客逢揶揄。
纷纷诛贿及编户，往往求福于朽株。酒肉如山鼓笛噪，尘飞不见四达衢。
世无孟子卫吾道，河汾先生亦圣徒。记蜡之俗通上古，舞雩之咏传先儒。
于时游者未滥觞，操携不过卮与壶。乃今城郭尽衣锦，肯信田里寒无襦。
譬如银海偶生翳，忽逢金篦为刮胪。又若众人醺糟醉，壮哉欲以一手扶。
余力矢诗来挑战，邾卑鄫陋素备无。明鬼首破异端惑，观社兼奋直笔诛。

夜出偏师斫其垒,以杖击地何神乎。摧锋始欲恣凌铄,敛兵除戒无暴虐。
静思神理幽而玄,孰若孔道易且较。更阑市罢欲栖乌,人出空巷堪罗爵。
□□□□□□,飨众共烹君夫驳。□□□□□□,□□□□□□乐。
风调已兆王道行,霰集预占祥瑞数。先生置之勿复谈,遂事往矣舟移壑。
街头新醅贱如水,孕鱼可蚝蠔可剥。祝史怀肉厌荵芬,邻翁邀饮任草恶。
独惭绝唱难追攀,如以美玉博鼠朴。

刘　筠(971—1031)

赴郡之初寻属愆亢有议举旧典取湫水征巫觋以致祷而涉旬靡应农事方急遣罢去越翊日渐获优洽

优诏将州任,视政才旬时。田畯诉炎暵,坐虞多稼萎。
云将掉头去,波臣涸辙危。行部殊未及,随车杳难期。
往惭神父化,徒令旱母嗤。诸曹白事者,零典举旧规。
郡北岐棘山,上有三湫池。匄吏洁斋往,汲水置缥瓷。
朝服领巫觋,诘旦迓诸岐。异以结彩舆,奉以五龙祠。
自是率宾介,寅午款于斯。纷敷荐楮锟,浸渍洒杨枝。
瓦炉松香髓,匏樽黍酏醨。四壁绘神变,正筵塑灵仪。
恌若叶公牖,怪甚葛仙陂。老觋十数辈,勃屑头如颒。
童巫及伶倡,貌寝语喽嚨。但多瓮盎质,曾乏婉娈姿。
交手操铃拂,合噪屡僛僛。喧尘著蓬发,秽汗落粉颐。
一问且一呕,掩鼻以帨褵。朝隮蔚旋败,成震巽散之。
巽风暮欲息,窍行呼复来。慢黩固已甚,诞妄相凭随。
如是者浃日,仅得沾服滋。嗟予政无状,百拜胡敢辞。
矧夫民习俗,姑用慰赟咨。抑闻古人言,天鉴本无私。
神道贵得一,何乃托邪师。遽俾送湫勺,撤役勤茧丝。
申明恤刑诏,挺重舍轻疑。从此四三日,油霈洽封圻。
又闻尧汤世,水旱轸君慈。振救自有术,敛散适所宜。
元元无菜色,九载尚熙熙。周礼地官职,皇舞虽有祈。
道经苍天下,伤民诚弗为。惟神禀聪正,远鬼务肃祗。

愿守有常德，可戒兴妖思。

楼　钥(1137—1213)

寄题吴绍古县尉经德堂

问舍玉真下，读书经德中。心期知共远，臭味许谁同。
吹笛夜凉月，舞雩春暮风。直须涵泳熟，毋负象山翁。

臧温叟挽词

白首行逾恭，乡评敬此翁。心开上池水，气袭舞雩风。
礼貌诸公厚，声华一瞬空。臧孙知有后，三世著阴功。

陆　佃(1042—1102)

送致政邢定国通判

七十平头便拂衣，舞雩风月有光辉。寻常薄饭犹能足，多少高官未肯归。
鸥鸟等闲还自乐，杜鹃容易重相违。想知辽鹤归来早，城郭人民未尽非。

陆　游(1125—1210)

圣　门

圣门妙处不容思，千古茫茫欲语谁。晞发庭中新沐后，舞雩沂上咏归时。
研求岂足窥微指，博约何由遇硕师。小疾扫空身尚健，蓬窗更作数年期。

罗　愿(1136—1184)

福州赵侍郎开城西古湖以溉田既成冀得致政丞相福公一临于是有唱和之篇二首（其一）

湖边飞盖欲谁同，治行人思旧弱翁。行乐未饶溱水女，咏归应有舞雩童。
闽山影浸烟云动，沧海潮连浦溆空。欲识元侯疏凿意，君王勤俭正卑宫。

毛　珝(？—？)

中　年

中年已悟昔皆非，正学无师更可悲。诗道纵能通阃域，圣经曾未涉藩篱。
拟从周子参无极，更为东莱续近思。适意舞雩时一咏，区区何用苦吟为。

毛友诚（？—？）

谢李宏斋先生

何以答夫子，力学穷朝曛。瞬息才不学，老与衰相亲。
誓参舞雩乐，胸中长暮春。

梅尧臣（1002—1060）

次道约食后同敏叔中道平叔如晦诣景德浴以风埃遂止

昔思春服成，浴乎沂水上。仲尼亦所志，语此虽未向。
子今当是时，有意同我尚。已邀二三友，欲往期毕饷。
倏然风满途，尘土阻清旷。安得一振衣，徒希舞雩唱。

钱　时（1175—1244）

喜见家山答守之二首（其二）

喜见家山喜见晴，乾坤都属舞雩春。家山自是山无数，认得春风定可人。

用守之盟七友歌韵示诸子

学兵须学兵无敌，学医须学医无疾。学诗须学诗无邪，绝义世间非浪出。
长虹贯日天与力，枯肠正好耕六籍。舞雩千载咏而归，小技文章那可屈。
蜀阜家风日日奇，万竹深园暮天碧。朱丝好鸟共幽咮，迭奏黄钟与无射。
儿曹作计终自爱，莫把榆枋碍云翼。康节有言良足珍，衣到弊时多虮虱。

丘　葵（1244—1333）

李养吾董教同安为作长编

一元之根贞下起，勾萌甲拆春阳敷。千红万紫弄晴霁，忽然暗绿绕丘墟。
霜风厉厉百物遂，枝叶剥落留根株。一诚通复心无愧，虽千万往犹褐夫。
浩然之气非袭取，所要与道与义俱。勿正勿忘勿助长，活泼泼地惟鸢鱼。
子思吃紧为人处，邹孟得之曰养吾。千载断脉无人续，往往舐痔夸得车。
何期邑泮乃亲见，铎音之来自方壶。加之卿相心不动，顾乃下教青衿徒。
古来揖逊三杯酒，至和薰蒸遍八极。圣门狂者得气象，童冠浴沂风舞雩。
叹子养浩亦已久，读书窗前草不除。明年春风二三月，不知先生与点无。

邵　棠(?—?)

上巳散步汇东

江皋过雨弄晴晖,水滚桃花去似飞。今日已成曾点服,舞雩风里带春归。

史尧弼(1119—?)

送谯允蹈解青神赴永康学官二首(其二)

亦有澹台者,时升单父堂。匆匆能几见,忽忽两相忘。
明日舞雩地,薰风编简香。策勋归圣域,此道久微茫。

释绍昙(?—1297)

偈颂一百一十七首(其一一一)

浴乎沂,舞雩归。道存目击,乐以忘机。
嗟叹奔驰途路客,抛家失业有谁知。杜鹃啼出血,劝得几人归。

偈颂一百零四首(其四五)

绿暗红稀,人家翠微。杜鹃啼月,紫燕衔泥。
莫春者,浴乎沂,风乎舞雩,咏而归。本是儒家闲戏剧,刚言漏泄祖师机。
是不是,非不非,老倒乳峰那得知。
松根憨睡足,闲把瘦藤戏,侍者无事相随。

司马光(1019—1086)

伏蒙留守相公赐示陪太师潞公东田宴集诗辄敢属和

舞雩新雨浃公田,水满东溪上下天。行径乍迂初见笋,浮舟正好未生莲。
弦收裂帛胡琴阕,袖结清风楚舞妍。相国火城光满路,夜归不假玉蟾圆。

上巳日与太学诸同舍饮王都尉园

冠盖郁相依,名园花未稀。游丝萦复展,狂絮堕还飞。
积弩遗风陋,兰亭旧俗微。何如咏沂水,春服舞雩归。

还陈殿丞原人论

品物芸芸游太虚,不知谁氏宰洪炉。一株花落分荣辱,万窍风号见有无。
觉后共占犹是梦,衣中所得亦非珠。何如鼓瑟浴沂水,春服成时咏舞雩。

宋 祁(998—1061)

送李芝还旧隐

章冠惯趁舞雩春,属疾弥年素产贫。旧隐却招三径菊,归装不受九街尘。
平时戏服欢为彩,日后迎蒲待裹轮。天下书生皆皓首,牛溪休访续经人。

初除直讲献内阁冯学士孙侍郎

圆海崇遗教,中陵育茂材。雾从仙市合,风向舞雩来。
宝篆俸东壁,儒篇访曲台。泮芹参上俎,燕笋拥轻埃。
鼓箧华冠聚,丘山缥帙开。虫形浮墨沼,鼠耳绽经槐。
有客缘承乏,无庸愧滥陪。难重汉家席,易眩鲁门杯。
学困青箱广,书愁皓首催。空尘博士议,不称洛阳才。
高阁连云景,层城枕斗魁。惟应仲尼冶,未惜铸颜回。

大酺纪事十四韵

太极登徽册,鸿恩润庆图。三秋少皞月,五日汉家酺。
硕惠东西暨,高年左右趋。云雷方需泽,酒食更成需。
慈宴周绵宇,宸嬉极上都。风飞迎沛筑,尊满列尧衢。
鼍伐渔阳鼓,龙吟北里竽。激波呈曼衍,跳索戏都卢。
虎瑟修旃映,鸥夷后乘俱。瑞烟浮玉戟,灵旭射金铺。
篚帛俸王镐,童冠盛舞雩。歌忘齐国味,辱免绛人涂。
紫宙纤罗廓,层穹协气敷。万灵酣饫赐,朝野正多娱。

宋 庠(996—1066)

春霁汉南登楼望怀仲氏子京

三楚风烟会汉津,凭高倦目此城闉。山前雾密疑藏市,楼上尘轻不污人。
鸣瑟久抛雩舞地,称觞更负永和春。私书一纸离怀苦,望断波中六六鳞。

苏 轼(1037—1101)

被酒独行遍至子云威徽先觉四黎之舍三首(其二)

总角黎家三四童,口吹葱叶送迎翁。莫作天涯万里意,溪边自有舞雩风。

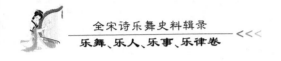

宿州次韵刘泾

我欲归休瑟渐希,舞雩何日著春衣。多情白发三千丈,无用苍皮四十围。
晚觉文章真小技,早知富贵有危机。为君垂涕君知否,千古华亭鹤自飞。

次韵乐著作野步

老来几不辨西东,秋后霜林且强红。眼晕见花真是病,耳虚闻蚁定非聪。
酒醒不觉春强半,睡起常惊日过中。植杖偶逢为黍客,披衣闲咏舞雩风。
仰看落蕊收松粉,俯见新芽摘杞丛。楚雨还昏云梦泽,吴潮不到武昌宫。
废兴古郡诗无数,寂寞闲窗易粗通。解组归来成二老,风流他日与君同。

苏　辙(1039—1112)

送家安国赴成都教授三绝(其一)

城西社下老刘君,春服舞雩今几人。白发弟兄惊我在,喜君游宦亦天伦。

次韵邦直见答二首(其一)

真能一醉逃烦暑,定胜三杯御腊寒。自有诗书供永日,莫将丝竹乱风滩。
舞雩何处归春莫,叩角谁人怨夜漫。闻道丹砂近有术,锱铢称火共君看。

次韵讲律李司理宪见赠

强将羔雁聘黄晞,破褐疏巾倚夕晖。礼律纵横开卷尽,齑盐冷落待贤非。
日高几案弦歌罢,夜永窗扉灯火微。犹喜江边莫春近,舞雩风雨得同归。

次韵王适游陈氏园

宿雨晴来春已晚,众花飘尽野犹香。舞雩便可同沂上,饮禊何妨似洛阳。
新圃近闻穿沼阔,涨江初喜放舟长。年来簿领萦人甚,何计相随入醉乡。

生　　日

扶杖今年见国人,悬弧早岁忆兹晨。佛身三世归依地,邻寺百僧清净因。
蓬子知非惭已晚,白公起定惜余春。舞雩一濯平湖水,乡党惊呼白发新。

苏　籀(1091—?)

祝舜俞少卿示囊岁葺蒙园陪游风什一编不度枒疏上尘二首(其一)

清沂雩舞蹈前模,风咏先生于芳于。论述殊堪露门召,镌摩已化兔园儒。

台评公雅铦锋锷,杖齿袁遗抱笔觚。草木溉培裁昼暇,忘忧兰桂富芳荂。

孙觌(1081—1169)

运使直阁郎中张公同年挽词三首(其三)

学省周旋地,三朝四纪中。同听对床雨,共咏舞雩风。
少日借千佛,残年独两翁。那知有存没,老泪落新宫。

孙应时(1154—1206)

遂安县兴学和詹本仁见赠诗

万物野马相追奔,百年梦境更起仆。是中诸妄要扫刮,努力良心自成就。
舞雩春风沂水侧,当日群公切磋究。大途九轨自可识,广居安宅宁当僦。
少年恐不保壮老,夜气还能亡旦昼。诗书礼乐在庠序,乡射弦歌列笾豆。
共惟百圣贻后来,岂使一科图急售。如何道术坐陆沉,独指利名纷辐辏。
斯文未丧天所赐,接踵诸贤出哀救。圣门榛棘得划除,俗学膏肓有砭灸。
晚出颛蒙格调卑,平生师友追从旧。敢言割鸡慕牛刀,直恐狐裘杂羔袖。
是邦山水故潇洒,满眼衣冠多整秀。向来张吕相逢地,遗韵余风洗凡陋。
眷然乡校肯来游,勉矣英材起相副。名门政假扶持力,阖境似惊闻见骤。
儒林丈人真好事,大笔新诗警昏瞀。寄言同社相知心,不怪狂歌续貂后。

答杨霖用前韵见赠

沧沧万里无时盈,太山四维不可仆。蛙井跳梁徒自喜,蚁垤崔嵬欲何就。
物情小大乃尔悬,人心是非当自究。荣名乍满妻孥笑,权利偏供宾客僦。
纷纷逐臭坐穷年,往往攫金忘正昼。谈夸亦或轻万钟,蹴呼忍能甘一豆。
人怜世网苦易缚,我悲古道迂难售。文章小技本游戏,功业有时真际辏。
六经坠地谁羽翼,众说滔天谁拯救。独行不畏迹随削,危言便恐眉遭灸。
舞雩鼓瑟洙泗远,弄月吟风伊洛旧。晨霞翠柏足糇粮,秋兰芳芷堪怀袖。
此身今愧五斗役,归心日绕千岩秀。平生未饱书册愿,老大自知人物陋。
意存当世力不能,名忝儒生实难副。杨侯杨侯豪杰士,霜鹘横空天马骤。
叵堪高谊谬推挽,喜见雄词豁昏瞀。端能有意千载前,执鞭请试从公后。

唐 弼(？—？)

和经略直阁寺丞赠刘升之蛰龙岩二首(其一)

古人事业不关书,圣处工夫咏舞雩。窈窕崖居辱题品,南阳端有卧龙无。

唐 庚(1071—1121)

春日杂兴七首(其四)

春衣初作舞雩归,手展韦编昼寝稀。解使芳阴快幽意,飞红零落绕窗扉。

汪应辰(1118—1176)

再用前韵

驾言写我忧,一览无边春。先生方闭户,不可得而亲。
宁逐儿女戏,要观物化新。不见舞雩下,冠者五六人。

王安国(1028—1074)

得 雨

青天赤日水如汤,车马飞尘百尺长。望岁人人忧旱魃,舞雩旦旦待商羊。
清衷凌物回天鉴,膏泽乘时助岁穰。自有股肱歌盛德,刍荛谁敢僭揄扬。

王安石(1021—1086)

次韵酬龚深甫二首(其一)

恩容楚老护松楸,复得一龚从我游。讲肆剧谈兼祖谢,舞雩高蹈异求由。
北寻五柞故未愁,东挽三杨仍有橞。陟巘降原从此始,但无瑶玉与君舟。

王 珪(1019—1085)

挽贡南漪三首(其二)

燕居宣圣像,侑坐祖黎公。矜佩一朝集,弦歌九族同。
夜窗书案雪,春服舞雩风。长使南湖学,千秋纪此翁。

王 溥(922—982)

诗 一 首

挥毫文战偶搴旗,待诏金华亦偶为。白社遽当宗伯选,赤心旋遇圣人知。

九霄得路荣虽极,三接承恩出每迟。职在台司多少暇,亲师不及舞雩时。

王　阮(？—1208)

访晦翁不遇一首

陈良千里赴周公,正值商山去一鸿。肠断膝行来处路,舞雩空过一番风。

王十朋(1112—1171)

寄孙永之

咏歌沂水舞雩风,气压当时冠与童。人似贾生年更少,家传孙绰赋尤工。
孤罴傲兀深丛里,一鹗轩昂众鸟中。早取功名寄衣钵,古来相种出山东。

和韩县斋有怀四十韵

读书窥古今,掩卷成叱咤。唐虞昔垂衣,禹稷起躬稼。
人材各超绝,王业迭兴谢。典谟光日月,雅颂蔼兰麝。
孟轲论易地,颜回堪并驾。穷达虽殊途,圣贤实同价。
避就乡邻斗,泣笑疏戚谢。甘心惟饮瓢,没齿不谈霸。
斯人嗟已亡,末俗遂多诈。禄从柱道求,气为权门下。
争为邑犬吠,翻取猎师骂。幽人思隐盘,高士欲耕灞。
予生苦多难,安迹殊未暇。冬行皲两足,夜坐瘅双髁。
黄卷徒自劳,青云未能跨。借势乏王公,成名无仆射。
大学厌虀盐,亲闻疏脍炙。眷眷日怀归,区区每求假。
飞同鹕过宋,闲若马归华。陋巷怀哲人,短檠烧午夜。
对床有兄弟,通家足姻娅。谈笑开芳尊,尘劳释征靶。
篇章日盈囊,卷帙时抽架。咏歌同舞雩,叹息殊观蜡。
有田聊代禄,无谪不祈赦。未为雄草玄,漫学愈苴罅。
啸傲穷朝曛,弦歌达冬夏。头角姑自藏,齿牙谁肯借。
眠从弟子嘲,醉不金吾怕。心知得失妄,眼见炎凉乍。
造物岂吾苦,交情勿渠讶。马来未为福,火尽安足藉。
孝弟傥自修,长幼必能化。力耕西畴禾,剩种东皋柘。
旨甘奉盘餐,温清饰台榭。斗粟鉴汉谣,一爨共崔舍。

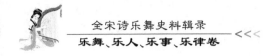

仰效慈乌哺,俯笑寒鸱吓。但令尊不空,莫厌客频迓。
风篁观掩冉,山禽听娇姹。困穷乃吾幸,此祸不须嫁。

次韵濮十太尉喜雨

去岁秋大水,民食方苦艰。丁壮尚流离,而况白与班。
今春又不雨,事与安危关。使符下列郡,呼雩舞童鬟。
投文责老龙,贪睡何痴顽。我闻救灾术,乃在人事间。
兴师古有卫,决狱唐称颜。年因吊伐有,雨送轺车还。
嗟此旱魃虐,和气知谁干。半岁幸一雨,人心宁不欢。
麦秀禾可植,田里庶少安。上纾当宁忧,吏责亦稍宽。
我家箫峰下,山长路漫漫。东皋有先业,颇亦知艰难。
归耕愿及早,免起将芜叹。

王　质(1135—1189)

赠　戴　渔

李氏小房何必庐,颜氏心斋自有书。吾衰久矣不复梦,子归求之师有余。
千春杏花开阙里,万代风声吟舞雩。静听犹闻唤回也,惊起不觉呼参乎。
茫茫空里撮不得,历历个中殊不疏。一点外皆闲事业,三声中有大工夫。
莫欺山东老王质,拨醒江南穷戴渔。若逢有眼但举似,漫敲此骨真何如。
能于灵府钻三寸,敢许孟门增一徒。清风各自在何处,明月相看元不孤。
他还见汝不见汝,定是故吾非故吾。

文彦博(1006—1097)

春 日 偶 作

借问此何时,南园蝶又飞。杏梁栖紫燕,麦垄覆惊翚。
榆荚深堆砌,杨花乱扑衣。洛吟经永日,还似舞雩归。

翁　森(?—?)

四时读书乐(其一)

山光照槛水绕廊,舞雩归咏春风香。好鸟枝头亦朋友,落花水面皆文章。
蹉跎莫遣韶光老,人生唯有读书好。读书之乐乐何如,绿满窗前草不除。

项安世(1129—1208)

酬答复州叶教授(其一)

先生来赴泮林期,正是寻花问柳时。偷把春风舞雩曲,蒹葭江上避人吹。

用韵送任以道入四川总领幕府二首(其一)

铜梁天汉一韶新,红芝清波去及辰。顾我索居谁为友,与君难别岂关亲。飞书上陇催庚癸,闭息匡床候子寅。出处虽殊心事一,濂溪风月舞雩春。

四伯父生朝三首(其一)

花到酴醾芍药时,人如仙桂大椿诗。一年春事莺初懒,千岁光阴鹤未迟。鬓雪多于南极老,脸朱浓似舞雩儿。醺醺曲水余醒在,又酌流霞劝寿卮。

为建昌南城包显道题光风霁月之阁

扁以槐堂之巨笔,铭以云谷之高辞。镇以平园之签帙,照以太极之肝脾。千岩万壑转芳气,青天碧海流清规。春晨画出舞雩咏,夜景看成彭泽诗。勉哉此事要真积,昔者所闻无坐驰。愿追策骥予陶子,勿但嘐嘐如牧皮。

谢 翱(1249—1295)

鲁国图诗

秋风岳下城,海客见图新。树入舞雩里,水来浮磬滨。东封余辇路,西狩问虞人。被发逢夫子,狂歌作放民。

徐元杰(1194?—1245)

和 金 兄

大学融智门,至善在所止。明德与新民,贯通无异理。
万折水必东,千古吾晦翁。考亭追杏坛,犹存舞雩风。
昔者学易堂,粤山宽闲野。此道闻而知,笃信无虚假。
尚有刘静春,至理共乐循。我登二老门,天方寿斯文。
服膺善恐失,适正杜邪曲。当时片言下,问道不隔宿。
学易堂已空,谁与鞭凡庸。静春正耆庞,抠衣尽从容。
襟谊子崇笃,远来顾茕独。作诗念清新,愧我言腐熟。

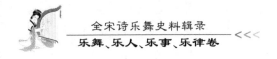

四海皆弟兄,尚友惟辅仁。春草正碧色,话别同敷陈。

许景衡(1072—1128)

次韵戴禹功游净梵退居

泮宫人物最清修,杖履时寻水石幽。已听老僧谈出处,更邀逐客共赓酬。
浮云过眼空千古,巨浸观身祇一沤。风彼舞雩宜有得,圣门更欲与公游。

薛仲庚(?—?)

春　日

晨游每及晡,夜游不知旦。春风似醇醪,盎盎消我闷。
春月似新茗,泠泠清我困。人生能几逢,月圆花烂漫。
何为守幽独,忽忽音容换。沂水舞雩人,天机自游玩。
叔子登岘山,浮名何足叹。

阳　枋(1187—1267)

宝祐三年上巳风雨连日成短歌寄谊儒侄

风雨飘摇三月三,绮罗罢游客停骖。满城春树烟鬖鬖,朱户绿窗愁不堪。
香芹刺泥燕争衔,杜鹃欲啼情正含。舞雩儿童笑鸰鹌,尧舜气象此中涵。
鼓瑟高人手可探,淡音非雅亦非南。
太守风期神与参,我解此意谁为谈,但觉满怀春酣酣。
花柳蒙迷不可贪,芳菲易歇随浮岚。
闲闭阁门何所耽,惟见千山万山秀色郁如蓝。

杨冠卿(1138—?)

又用韵(其三)

杏坛铿尔瑟声稀,剑佩三千羽盖飞。独对春风吟咏处,从今愿学舞雩归。

杨　时(1053—1135)

送陈几叟南归(其三)

几年梦想到亲闱,身逐行云万里飞。苕水未殊沂上乐,春风无负舞雩归。

寄题赵贯道后乐亭

丛祠有狐鸣,群雏满东州。彬彬齐鲁郊,不复论轲丘。
鼓刀贩缯翁,衮衮封公侯。风流日凋弊,世久俗益偷。
昔时戴经人,辍耕仍佩牛。椎埋昼行盗,闾里更相仇。
赵子尉平阳,始止惟民忧。百花烂成围,幽禽哢春柔。
问子胡不乐,我心殊未休。威明揉强梗,骄鹰化为鸠。
买犊解吴钩,束身自锄耰。田庐户无枢,长物弃不收。
结亭自乐只,开编玩前修。谁云酸寒吏,忧乐非身谋。
乃知君子怀,与世异沉浮。嗟予一漫叟,放浪犹虚舟。
舞雩有清风,遗迹今在不。君乎去此矣,欲往将谁俦。
寄言春服成,尚觊一来游。

杨万里(1127—1206)

张丞相咏归亭词二首(其一)

湘之山兮幽幽,湘之水兮舒舒,我来兮桂之阳。
春聿云莫兮,上下绿净而交如。
鸟鸣兮花开,彼湘之人士兮咏游而鱼鱼。
长者兮矩步,童子玉雪兮趋亦趋。
挟策兮抱琴,若将游兮物之初。
野风兮修修,吹万而不可执兮,所过而敷腴。
长者顾谓童子曰:快哉此风,吾为汝援琴而歌之。
歌曰:沧浪兮濯缨,风凉兮舞雩。
微德人兮焉归,以斯道兮金玉。
予欲问津兮沂之水,其则不远兮,又焉知湘江之非欤。

题峡江谭温父咏斋

渔郎载我下峡水,夜寻故人有谭子。柴门竹屋断崖底,艮斋手题咏斋字。
巴丘花草一番新,玉笥峰头月半轮。如今政是暮春者,三叹春风舞雩下。

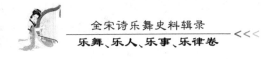

杨　亿(974—1020?)

上巳玉津园赐宴

禊饮逢元巳,春游盛舞雩。流杯传楚俗,饫赐出尧厨。
玉树天开苑,银潢水贯都。肆筵环曲沼,飞盖塞交衢。
洛邑声诗逸,兰亭岁月徂。颜王有遗韵,待子一操觚。

叶　适(1150—1223)

送戴汉老

隐侯之郡成公宅,辞流屈注回理窟。前辈渊骞晚凋谢,后进由求盍超绝。
圣朝论士皆公卿,千乘何足留高名。春风无痕万情化,尽付双溪舞雩下。

游　酢(1053—1123)

春日山行有感

十里桥西别有天,青山欲断翠云连。园林寂寂鹿为友,野服翩翩儒亦仙。
风咏舞雩正此日,雪飘伊洛是何年。追寻往事顿成梦,回首春光倍黯然。

于　石(1247—?)

次韵赵九翁

风雪骑驴穷郑五,良史武陵忝厥祖。文章千古推贺白,余子碌碌何足数。
西风客路一相逢,笑睨平芜共怀古。神游千载渺襟期,不学时妆竞媚妩。
翩然一鹗迅秋空,纵横健笔凌鹦鹉。愧我栖栖一钓翁,胯下宁甘少年侮。
两鬓风霜飒短褐,把酒长歌话愁苦。君留不住我亦归,枫林叶落津头鼓。
剑光错落耿青灯,夜半闻鸡与君舞。几回欲寄别后书,雁飞不过衡阳浦。
树阴黯黯江东云,柳色依依渭城雨。人生相会不可期,去住真如萍散聚。
我在金华北山北,茅屋三间云一坞。君在瀫江西港西,种秫有田瓜有圃。
我不能往君不来,凄凄风雨谁为主。何当共作子长游,南浮沅湘北齐鲁。
不然赤壁吊东坡,高攀栖鹘登虬虎。放浪形骸期汗漫,霁月一襟春万宇。
逍遥容与澹忘归,弭节江皋采芳杜。狂吟曾点舞雩风,一笑渠侬行凉踽。

虞俦(?—?)

和巩使君释奠韵

畴昔东家一亩宫,推尊昭代比天崇。弦歌未辍文斯在,俎豆亲陪献有终。
采藻载歌思泮水,浴沂行咏舞雩风。自惭谬玷诗书走,未羡诸儒舍盖公。

员兴宗(?—1170)

秋中再至西湖荷花半残凄然有后时之叹纵步投夜归城中(其二)

禁当芳意忽蝉噪,张主客愁惟雁声。赖有清沂舞雩态,湖穷却与月同行。

游 湖

湖光无碍雨溟蒙,且任兰桡去路通。珍重群仙三日约,忍教春色二分空。
人言羁思鸥前破,天遣清樽我辈同。笑指城闉倦归思,晚晴对起舞雩风。

袁甫(?—?)

衢学讲堂更名时习和贰车韵五首(其二)

意味澄然未动初,纲常大道本同趋。直须丽泽工夫熟,便是当年咏舞雩。

和惠宰修县学韵

人爵非贵,天爵惟尊。贤哉惠侯,兴学祁门。
祁门之士,夙号有文。兑习久废,索居离群。
自侯来思,锐志兴复。士脱旧穴,迁于乔木。
人性本善,混混源泉。四端素具,若火始然。
谁其启之,君子德风。既修学宫,藏修其中。
内养克充,外养亦备。尔不吾负,吾宁尔弃。
坛名舞雩,乐道无欲。梁跨幽涧,潺潺漱玉。
面此清致,皆学之助。本心融明,庶几寡过。
滔滔世途,人而匪天。儿童之戏,殆类纸鸢。

袁燮(1144—1224)

峡 水

峡石险而怪,峡水清且湍。伊谁剪蒙密,发此奇伟观。

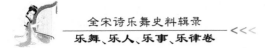

两龙会为一,激烈不可干。蜿蜒漱鸣玉,千古甘以寒。
谁云岩扉窄,亦复气象宽。我生嚣尘中,区区缚微官。
一见爽心目,古井生波澜。同游二三子,清赏有余欢。
虽非暮春日,便作舞雩看。

含 清 亭

累石为层峰,而以水环之。所贵超俗累,潇洒含幽姿。
却虞穷腊中,四顾阴云垂。飞霙泠彻骨,智巧无所施。
督彼执役者,努力无迟迟。果然霰先集,六出争效奇。
缤纷一昼夜,翦刻非人为。丰登自此兆,疫疠宁复滋。
明朝便晴朗,工作无愆期。二事古难全,今也都不亏。
天公念下土,所欲皆相随。我山既嶔岑,我沼仍涟漪。
频游不知倦,清坐堪忘饥。追怀舞雩风,童冠俱怡怡。
岂徒耳目玩,要是无瑕疵。此乐未易得,天意扶吾衰。
宿恙不再作,康宁当自兹。

张九成(1092—1159)

论语绝句(其五二)

点尔何如鼓瑟希,舞雩之下咏而归。喟然不觉令吾叹,岂与其他较是非。

夏 日 即 事

拂袖归来好,亲朋语笑真。山高多爽气,溪迥只清沦。
帘幕深无暑,琴樽静照人。短衫吴縠细,团扇越罗新。
翠竹书千卷,沧波钓一轮。身闲人自远,心净世无尘。
月出千峰外,风生万壑滨。庾公楼上兴,曾点舞雩春。
高论倾今古,长歌动鬼神。勋名吾已判,朝市任纷纭。

张 栻(1133—1180)

风 雩 亭 词

眷麓山之面隩,有弦诵之一宫。郁青林兮对起,背绝壁之穹隆。

独樵牧之往来,委榛莽其蒙茸。试芟夷而却视,禽众景之来宗。
擢连娟之修竹,森偃蹇之乔松。山靡靡以旁围,谷窈窈而潜通。
翩两翼兮前张,拥千麾兮后从。带湘江之浮渌,矗远岫兮横空。
何地灵之久闷,昉经始乎今公。恍栋宇之宏开,列阑楯之周重。
抚胜概以独出,信兹山之有逢。予揆名而诹义,爰远取于舞雩之风。
昔洙泗之诸子,侍函丈以从容。因圣师之有问,各跽陈其所衷。
独点也之操志,与二三子兮不同。方舍瑟而铿然,谅其乐之素充。
味所陈之纡余,夫何有于事功。盖不忘而不助,示何始而何终。
于鸢飞而鱼跃,实天理之中庸。觉唐虞之遗烈,俨洋洋乎目中。
惟夫子之所与,岂虚言之是崇。嗟学子兮念此,溯千载以希踪。
希踪兮奈何,盍务勉乎敬恭。审操舍兮斯须,凛戒惧兮冥蒙。
防物变之外诱,遏气习之内讧。浸私意之脱落,自本心之昭融。
斯昔人之妙旨,可实得于予躬。循点也之所造,极颜氏之深工。
登斯亭而有感,期用力于无穷。

赵 蕃(1143—1229)

闰七月二十日侍知府寺簿先生为石鼓山向园之游

晦翁守南康,政成有余暇。驾言山之中,于日非聊假。
紫霄作重阳,白鹿见图画。闻之几向风,恨不款段跨。
今年五溪归,迩日三湘役。先生喜其至,舍以江亭阔。
频能枉高轩,人骇非重客。那知先生意,于此自为德。
兹日复何日,休沐著甲令。先生重过之,俱款石鼓胜。
西溪命题字,东岩俾开径。既除古莓苔,又索贤名姓。
已焉兴未休,棹舟放中流。西风未却暑,一雨方回秋。
僧坊远莫至,隐墅近得留。宁同岘山辈,不异舞雩游。

赵 构(1107—1187)

文宣王及其弟子赞(其二三)

惟时义方,有子诚孝。怡怡圣域,俱膺是道。
暮春舞雩,咏歌至教。师故与之,和悦宜召。

文宣王及其弟子赞（其三六）

琅邪之伯，其惟子骄。微言既彰，德音孔昭。
已观雩舞，同听齐韶。历千百祀，跂想高标。

赵 戣（？—？）

北窗伊吾（其六）

北窗伊吾，吾谁与俱。融融沂风，怀哉舞雩。

赵汝腾（？—1261）

答徐直方问无极歌

谓无极不可状兮，造化之枢。谓无极可状兮，声臭俱无。
至哉濂翁兮，是创是图。后来诸老兮，交辨鹅湖。
彼是此非兮，睢盱何殊。究其指归兮，风乎舞雩。
吾默会于心兮，征以通书。阴阳动静兮，何始何初。
人人有是兮，奚问乎吕陆张朱。

赵 寅（？—？）

兴庆池禊宴

斗城初霁媚春晖，托乘寻芳鹤盖飞。修禊波深轻急桨，舞雩风暖薄更衣。
香车宝马嬉游盛，别馆离宫往事非。因忆凤池新溜跃，黑鞱看逐节函归。

郑清之（1176—1251）

客有诵袁蒙斋得雨酬倡之什辄赓元韵志喜也呈虚斋使君（其三）

豢龙作醢龙吞声，天公愦愦迷雨晴。玉脂泣烹足媚妩，苦酒五色生光明。
龙虽神物畏馋吻，携朋去作天田耕。稚禾婉婉鱼薨立，高原庚庚龟兆横。
汉家燮调岂无术，阴阳纵闭归董生。□□□□□□，□□□□□□。
我贫自笑一瓢许，瓶粟屡空惭釜与。彭泽曾无种秫资，沂水聊助咏雩舞。
颇怪吹云读风讼，浪愁渐米翻危语。清时何事弘羊烹，善政端无宁虎乳。
仁人拯溺非姑徐，亟挽天汉如决渠。我知造物识君意，十日一雨焉取余。

愿君展此作霖手,苏民旱徯扶黄初。在在京坻赋高廪,坐令歌颂销欷歔。
病坡作计羹玉糁,辟谷宁羡黄石书。

仲 并(?—?)

官满趋朝留滞吴门即事书怀十首(其六)

春服何当咏舞雩,凤池今是鲁真儒。向令未解边城戍,能对东风一笑无。

翌日早起再用昨夕韵呈二丈

柳州老去腹宁饕,但喜衡阳纸价高。乍暖风光如扑絮,相欢人意似投醪。
家留溪上久漂泊,信断淮南非驿骚。风浴舞雩那可缓,春衣替尽御寒袍。

怀沈文伯

春服初成属暮春,舞雩那似雪溪滨。绕溪箫鼓谁家子,并塞风烟吾故人。
好去定无为客恨,临分犹复念予贫。驱车跃马平安否,雁断无因消息真。

周 密(1232—1298)

游法华瑶阜蜃洞以糁径杨花铺白毡点溪荷叶叠青钱分韵余既有作复各赋古诗一以纪游事(其八)

中洲有蘼芜,芳意香茝苒。东风有归心,相对老冉冉。
依依未能采,我抱殊有慊。禽鱼自飞泳,生意何可掩。
乐哉舞雩游,千载吾与点。

周紫芝(1082—?)

次韵黄文若寄灯夕不出之作

少小从舞雩,鼓瑟常屡希。结发事坟典,愿言探玄微。
钟鸣漏忽尽,残星独晖晖。征鞍老涂路,白露沾裳衣。
齿发倏已暮,富贵终难祈。佳辰念京洛,流车看骓骓。
结客少年场,儿女如瓠肥。红灯白昼暖,醉碗黄金挥。
回头二十载,狗盗相因依。时光了如梦,菽粟不救饥。
飘零少行乐,老大空欷歔。今年四海静,庨廖张外扉。
芙蕖焰明缸,金波丽春帏。秋李樽前歌,游子月下稀。

铮铮银漏中,扑扑春蛾飞。此老最可怜,已杜御寇机。
但知草中和,浩荡歌皇威。晶荧一短檠,搔首悟昨非。
风流如黄香,不作传柑归。更携袖中珠,来寻北山薇。
诗盟倘可同,愿复无余遗。

三月二十二日春雨终日

此情谁与问天公,幽事全归白发翁。袖手寻诗红烛里,卷帘听雨绿阴中。
杯盘眼见樱桃熟,时节心惊柳絮空。谁为羁栖到三月,还家犹及舞雩风。

朱 松(1097—1143)

次韵邓天启游南国

秋犬吠夷门,谁能拊其背。怀安壮士羞,窃食替操末。
无由一当房,郁郁嚼齿碎。故人何自来,适与芳时对。
笑我尘土中,勃窣守阛阓。城南出携手,远取韩孟配。
心期汗漫游,目极沈寥内。舞雩追点也,岘首略湛辈。
豫愁君兴阑,复遣我心愦。归来疑梦断,清境皎不昧。
哦君斜川诗,汲井沃枯肺。愿言荐清庙,勿赋风雨晦。

朱 熹(1130—1200)

宿石岊馆二首(其二)

停骖石岊馆,解缆清江滨。中流櫂歌发,天风水生鳞。
名都固多才,我来友其仁。兹焉同舟济,讵止胡越亲。
舞雩谅非远,春服亦已成。相期岂今夕,岁晚无缁磷。

奉同张敬夫城南二十咏·咏归桥

绿涨平湖水,朱栏跨小桥。舞雩千载事,历历在今朝。

题西林院壁二首(其一)

触目风光不易裁,此间何似舞雩台。病躯若得长无事,春服成时岁一来。

有怀南轩老兄呈伯崇择之二友二首(其二)

积雨芳菲暗,新晴始豁然。园林媚幽独,窗户惬清妍。
晤语心何远,书题意未宣。悬知今夜月,同梦舞雩边。

择之寄示深卿唱和乌石南湖佳句辄次元韵三首(其三)

年来年去为谁忙,三伏炎蒸忽变凉。阅世谩劳心悄悄,怀人空得鬓苍苍。
诗篇眼界何终极,道学心期未遽央。安得追寻二三子,舞雩风月共徜徉。

社　　舞

白玉蟾(1194—?)

农　　歌

上田稻似下田青,乳鸭儿鹅阵阵行。稻熟酒新鹅鸭大,村歌社舞贺秋成。

郭　印(?—?)

夔州元宵和曾端伯韵四首(其一)

绮陌家家不下帘,花光世界总成莲。村歌社舞欢呼处,都道今年胜去年。

李　新(1062—?)

即席次必强六绝句(其四)

市酒郫筒去未还,宗人厚德敌刘宽。田歌社舞生惆怅,聊向樽前佐客欢。

释怀深(1077—1132)

资福遣土地出院(其二)

村歌社舞拜祠堂,臭秽腥膻污道场。要答神明冥护力,晨昏烧取一炉香。

释慧初(?—?)

偈二首(其二)

九月二十五,聚头相共举。瞎却正法眼,拈却云门普。
德山不会说禅,赢得村歌社舞。阿呵呵,逻逻哩。

释明辩(1085—1157)

颂古十六首(其二)

社舞村歌笑杀人,骑牛挑鸭走成群。三杯酒罢归家去,留得猪头碍塞人。

释师体(1108—1179)

偈颂十八首(其三)

涂灰抹土添光彩,社舞村歌笑已躬。堪笑当年呆得好,百无一解诉心空。星拱北,水朝东,月落千江体一同。能向海门深处辊,行船谁怕打头风。

释咸杰(1118—1186)

偈颂六十五首(其五四)

一手不独拍,两手鸣掴掴。豁开三要三玄,捏碎佛祖标格。
村歌社舞得人憎,胜似当年白拈贼。

释正觉(1091—1157)

颂古一百则(其八)

一尺水,一丈波,五百生前不奈何。不落不昧商量也,依前撞入葛藤窠。阿呵呵,会也么。若是你洒洒落落,不妨我哆哆和和。神歌社舞自成曲,拍手其间唱哩啰。

禅人并化主写真求赞(其三四八)

绝待而灵,无得而名。就位难辨,借功证成。
合伴应时节,随事放光明。神歌社舞闲心适,块雨条风乐太平。

小师智临禅客写真求赞

云石雪松,岁寒之友从。晓月霜钟,清白之音容。
自乐也村歌社舞,平怀也牧笛归农。暴雨卒风,潜神堂而避阵。
吼雷掣电,战禅席而交锋。十分闲暇,一等疏慵。
青山白云之去就,浮萍流水之行踪。披雾变文豹,吟云蜕骨龙。
身老艺孤兮难其授子,智齐德半兮未可传宗。

释宗杲(1089—1163)

五祖演和尚赞二首(其二)

说大脱空,荷担佛祖。七八圆全,不成三五。
村歌社舞可怜生,引得儿孙弄泥土。

卫宗武(?—1289)

喜晴(其二)

雨收宇宙喜清明,社舞村歌沸鼓钲。竹下蛛丝粘叶稳,柳间蝶粉缀绵轻。
班班远岫髻鬟列,滟滟平川衣带横。候转清和景尤胜,翠林幽哢听仓庚。

薛季宣(1134—1173)

寒溪寺拈香时国丧罢宴锡已三岁二首(其一)

社舞莫嫋娟,当修晋白莲。林梢开远嶂,花片落寒泉。
钟鼓铿锵甚,松篁影带妍。如来本无象,长老亦逃禅。
昔者溪为虎,如今突暂烟。万松晨径滑,九曲夏云连。
畦町苗初实,池塘滴尚涓。洁斋朝五日,清净乐三年。
要祝南山寿,南山寿十千。

杨万里(1127—1206)

宿新市徐公店二首(其二)

春光都在柳梢头,拣折长条插酒楼。便作在家寒食看,村歌社舞更风流。

于 石(1247—?)

次韵徐月卿秋兴

西风渺何许,安处即家乡。社舞邻呼饮,时思礼荐尝。
孤灯茅屋雨,落叶石桥霜。鸡黍当年约,谁能继范张。

喻良能(1120—?)

观田家宴集

村落秋气高,凉飙泛林莽。田家刈获闲,斗酒劳良苦。
瓮瓯间竹箸,杀鸡仍具黍。昏昏灯火照,草草杯盘举。
初喧鹅雁声,中静儿女语。醉来或田歌,散去亦社舞。
不信五侯家,软盘荐肥羜。

张 守(1084—1145)

族叔祖示四绝句次韵(其三)

衰怀底物能陶写,社舞村歌眼暂明。谁似玉人供巧笑,不劳长笛与哀筝。

白 纻

晁说之(1059—1129)

园中戏作白纻

人间春色不须臾,芳草妒华不萦纡,杨花不分上空虚。
宓妃一去百代无,不如云外万乐俱。
南斗鼓瑟北斗竽,与酬酢者非君徒。

范成大(1126—1193)

次韵知府王仲行尚书鹿鸣燕古风

昔人重远行,供帐饯出祖。矧今燕嘉宾,宜有赠行语。
府公文章公,青紫拾芥取。联翩二百言,字字劝稽古。
戒之书鱼蠹,勉以云鹏举。作霖要实用,洗兵嫌不武。
诸生承意气,脱迹蜕农圃。明年一声雷,幽蛰起平楚。
班行入鹓鹭,榜贴缀龙虎。回头谢府公,公言非漫与。
府公亦庙廊,来莅琼林俎。千载吴趋行,愁绝白纻舞。
我闻有此作,病卧嗟未睹。今晨梅驿动,副墨到衡宇。
调高瑟音希,芒寒剑光吐。谁云鹿鸣废,正赖广微补。
当年群玉会,方贺肃飘羽。倡酬久寂寞,邂逅相劳苦。
世故万浮云,交情一旧雨。谁当将诗坛,君实东道主。

李昭玘(?—1126)

次膺哀辞三首(其二)

平昔弦觞浪自怡,暮年荐鹗有新知。蛾眉翻作黄昏哭,乐府空传白纻词。
上国音尘随梦断,东山箫管结秋悲。风亭月观依然在,辽鹤归来复几时。

刘 敞（1019—1068）

某往岁侍大人守丹阳粗知此郡之盛复戏成小诗呈子高

自古佳丽地，到今风物奇。群山尽回抱，绿水止逶迤。
事体存都会，繁华盛昔时。秋声雄鼓角，晓色乱旌旗。
楼观浑飞动，林峦互蔽亏。子鹅留客饮，白纻送歌词。
太守贵如此，郎官清可知。虚投射堂策，深恨著鞭迟。

刘学箕（？—？）

萧长公来访示以诸公诗卷谓与予游从之久不能一辞为赠颇相噍责予赋之不可辞之亦不可皆有说焉名章俊语前后相望无数次乎其间是睹西子之容面自增丑耳所不容却者予年十五时海山官丁受琴于长夫今予年四十与长夫有二十五年之旧辞之弗作其可乎因书数言

生平不愿为佣书，亦不愿作章句儒。酒酣诗成吐素霓，意气凛凛吞千夫。
前年排云叫阊阖，出门一夜车四角。去年海峤席未温，一舸乘潮又催□。
大江之西日本东，庐陵文物常称雄。决科岁占十八九，君当努力提词锋。
才高不用长叹息，四海弥天岂无识。壮年怀居亦何有，著眼带砺开胸臆。
岩岩柏府凌高寒，豪士倾盖宜交欢。我知屠龙不屠猪，食马政欲食马肝。
吴姬压酒飘香絮，谪仙神游歌白纻。敬亭惟有孤云闲，欲雨人间亦飞去。

陆 游（1125—1210）

南窗睡起二首（其一）

梦中忘却在天涯，一似当年锦里时。狂倚宝筝歌白纻，醉移银烛写乌丝。
酒来郫县香初压，花送彭州露尚滋。起坐南窗成绝叹，玉楼乾鹊误归期。

司马槱（？—？）

洛春谣

洛阳碧水扬春风，铜驼陌上桃花红。高楼叠柳绿相向，绡帐金銮香雾浓。
龙裘公子五陵客，拳毛赤兔双蹄白。金钩宝玦逐飞香，醉入花丛恼花魄。

99

青娥皓齿列吴娼,梅粉妆成半额黄。罗屏绣幕围寒玉,帐里吹笙学凤凰。
细绿围红晓烟湿,车马骈骈云栉栉。琼蕊杯深琥珀浓,鸳鸯枕镂珊瑚涩。
吹龙笛,歌白纻,兰席淋漓日将暮。
君不见灞陵岸上杨柳枝,青青送别伤南浦。

苏　轼(1037—1101)

次韵景仁留别

公老我亦衰,相见恨不数。临行一杯酒,此意重山岳。
歌词白纻清,琴弄黄钟浊。诗新眇难和,饮少仅可学。
欲参兵部选,有力谁如莘。且作东诸侯,山城雄鼓角。
南游许过我,不惮千里邈。会当闻公来,倒屣发一握。

滕　岑(1137—1224)

白纻歌(其一)

白纻舞女杨花轻,玉笙学得悲凤鸣。烂然繁星上华檠,凉苑夜宴风气清。
美人酒半妆脸明,宝钗绾髻歌欲倾。
良宵人人愿君醉,岂问遍谁得君意,君其欢娱至万岁。

白纻歌(其二)

白纻舞衫记初著,月明侍宴临飞阁。舞余香暖苒浮襟,进前持酒力不任。
君王凝笑杯未覆,不惜低徊重舞曲。当时一身备百好,月不长圆秋易老。
白纻凄凉弃箧中,不悲见弃悲秋风。

徐　瑞(1255—1325)

客谈西湖旧事感而赋诗

湖上轻风飐酒旗,水光山色漾晴晖。红尘骏马青丝鞚,画舫佳人白纻词。
锦瑟两行春宴罢,玉笙十里夜游归。钱塘一枕繁华梦,回首凄凉鬓欲丝。

许志仁(？—？)

白 苧 歌①

大垂手,小垂手,江南白苧世希有。吴姬十指玉纤纤,白苧新裁舞衣小。
秋江四面绕吴宫,吴宫霜橘树树红。吴王夜宴不知晓,但见红日升瞳眬。
美人低鬟复回袖,持酒献君君一笑。人生得意不行乐,白日如梭夜催昼。
吴山依旧吴江清,离宫故苑难为情。不知谁遣南山鹿,还向姑苏台下行。

杨万里(1127—1206)

白纻歌舞四时词·冬

只愁穷腊雪作恶,不道雪天好行乐。玻璃盏底回青春,蒲萄锦外舞玉尘。
阳春一曲小垂手,劝君一杯千万寿。今年斛谷才八钱,明年切莫羡今年。

张　耒(1054—1114)

送 吕 安 礼

吕子有奇气,少年事诗书。不肯衣逢掖,而随市井儒。
白纻霜雪袍,朱缨贯金矣。大醉必走马,长呼挽雕弧。
兴罢有余欢,清歌倚箫竽。春风动狂思,夜席拥妖姝。
群儿傍笑之,谓子脱捡拘。而我独知子,壮兹真丈夫。
屑屑五斗米,其重无锱铢。何为爱琐屑,妄自苦其躯。
子亦爱我拙,相逢每踌躇。论诗夜斋静,秀气出璠玙。
远官无与欢,见君心独娱。如何忽告别,决去如惊凫。
矫矫黄鹄姿,枳棘非所居。清明择士日,子岂久泥涂。
送别动苦怀,乖离感羁孤。搔首岁暮天,诗成悲有余。

---

① 周紫芝《白苧歌》内容与此诗相同,不再重复收录。

渝 舞

薛　田（？—？）

成都书事百韵

混茫丕变造西阡，物象熙熙被一川。易觉锦城销白日，难歌蜀道上青天。
云敷牧野耕桑雨，柳拂旗亭市井烟。院锁玉溪留好景，坊题金马促繁弦。
风流铺席堆红豆，潇洒门庭映碧鲜。表状屡言同颖穟，敕书频奖并生莲。
旋科杞树炊香稻，剩种豌巢沃晚田。仁宅不隳由政立，议闱无取任情迁。
民知礼逊蚕丛后，俗尚奢华邃古先。绕郭波涛来浩浩，归朝岐路去绵绵。
乍回黑水将成道，潜到青羊恐遇仙。靓女各攻翻样绣，袪商兼制砑绫笺。
垆边泛蚁张裙幄，江上鸣鼍簇汩船。石笋峻嶒衙对峙，琴台恢阔寺相连。
群葩艳里珍禽语，百草香中瑞兽眠。喜处必臻尤伫望，胜游争倦更迁延。
早荷叶底蹲鸥伏，棕树梢头乱蝶穿。醝发牢盆浑弃卤，铁资圜法免钎铅。
丰饶物态宁殊越，美丽姝姬酷类燕。西海号雄彰传纪，南康辞健积铭镌。
良工手技高容学，妙隐丹方秘不传。倚剑灵关凌绝顶，梦刀孤垒削危巅。
金华巷陌遗三品，石镜伽蓝露一拳。信落荆州随鼓柑，检颁芝阙听摇鞭。
若量内地寒暄异，且在遐陬水陆全。渝舞旧云传乐府，巴谈谁曰系言诠。
九苞绾就佳人髻，三闹装成子弟鞯。欲辨坤维寻地理，才临益部认郊廛。
文翁室暗封苔藓，葛亮祠荒享豆笾。货出军储推赈济，转行交子颂轻便。
气蒸蒟蒻根须润，日罩楩楠树影圆。药市风光虫豸外，花潭邀乐鹍鸣前。
聚源待拟求凫氏，贮怨那能雪杜鹃。蘩植森荣还蓊蔚，夹流湍迅迥潺湲。
鲜明机杼知无算，细碎锥刀不啻千。合伴鸦鬟齐窈窕，对陪霓袖竞翩翻。
五门冷映岷峨雪，千里爱疏灌堋泉。茂盛八纮宜得最，膏腴十道比俱偏。
袁滋不到生无分，段相重来宿有缘。款召相如登兔苑，骤迁太白步花砖。
葳蕤草木时为瑞，奇秀江山代产贤。晓后细风红灼灼，夜中微雨碧芊芊。
锦亭焰烛明欹障，绣阁香球暖熨毡。宝塔徘徊停隼旆，观街杂沓拥辎軿。
酴醾引架家家郁，踯躅攀条处处妍。重爱鲁儒提德柄，威降曹将董戎旃。
欢谣少负赍人勇，长讲多经楚客禅。似簇绮罗偏焕耀，如流车马倍喧阗。

乐 舞

揩机显绰名堪录，题柱芬芳事莫捐。
鹰扬事业成悠久，乌合奸雄败转旋。
强贪楚灭悲倾辙，广洽尧询喜慕膻。
氛埃屏息云常覆，稼穑繁滋泽靡愆。
石牛迈路加歆飨，江渎隆区助洁蠲。
遮蛮带砺长能固，捍蜀金汤远益坚。
雠书竞印诸家集，博识咸修百氏笺。
华严像阁凉堪爱，净众松溪僻可怜。
薜庭嫩笋青篸篸，风槛新荷绿扇扇。
清江泻势方流巽，大面盘形正压乾。
邰占遂应星舒彩，栾嗅端聆火扑燃。
性寒甘蔗猱偷啗，体腻芭蕉蠹莫沿。
雕盘姹女呈酥作，水巷痴童扬纸鸢。
变秦言语生皆会，恋土情怀死不悛。
柳堤夜月珠帘卷，花市春风绣幕褰。
受辛滋味饶姜蒜，剧馔盘餐足鲔鳣。
几番聚箐鸣虚籁，是个园林噪懒蝉。
地丁叶嫩和岚采，天蓼芽新入粉煎。
蕙兰馥袭幽蹊畔，菱芡交铺曲岛边。
氤氲紫雾蒙都邑，缥缈彤霞聚偓佺。
宦游止叹音尘阙，乡饮何惊岁月遄。
埋轮昔按均输命，叱驭今分太守权。
政经旋考尤多僻，民瘼深求尚未痊。
俾遵廉察思从训，克谨操修敢好敗。
烦嚣谨畏伤淳厚，慧黠周防近巧谝。
扶危颇异巢居幕，劝善还同矢在弦。

李特锋铓徒恃险，张仪规画自持颠。
漫向鼎分澄霸道，却当龟化验都鄽。
侧弁猖狂抛玉珌，归鞍酩酊坠金钿。
睿圣宵衣垂乃眷，贵臣驰驲每传宣。
避暑亭台珍簟设，纵闲池沼钓丝牵。
何武甲科曾继踵，严遵卜兆罕差肩。
纸碓暮春临岸浒，水樽春注截河堧。
学射崔嵬横罋罶，放生宽广媚漪涟。
守戍貔貅千万骑，采葑簪笏两三员。
电扫谷风藏虎啸，雷嗔宫树洒龙涎。
令范式驱民缺缺，咨谋畴倚道平平。
志读备兴重掩卷，史看唐幸嫩终篇。
初下鹿头迷鄂杜，暂来犀浦误伊瀍。
结厦斧斤宗简易，入神丹臛励精专。
十县版图分户籍，一城牌肆系民编。
月季冒霜秋肯挫，荔枝冲瘴夏宜然。
蠢动乘时先养育，菁英届候别陶甄。
平代启闱闻继发，监军凭轼见刘焉。
绘网晚晴夸蹴踘，画绳寒食戏秋千。
螭伏自然销剑戟，蟒翻几度起戈鋋。
灵寿桃枝奇共结，金砂银铄贵相联。
徒为行春飞皂盖，讵能许国报青钱。
虽愧袴襦非叔度，且期毫墨有冯涓。
南市醉过攒帜队，西楼欢坐列琼筵。
叨莅一麾康远俗，等闲光景又三年。

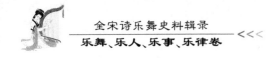

三　台

释道宁（1053—1113）

偈六十三首（其二七）

大道无私,遇缘展缩。年年四月,今朝普请,方来禁足。
寒山弹袖舞三台,拾得横琴弹一曲。一二三,四五六。
夏雨布长空,清声发幽谷。直饶不堕宫商,也是强生节目。
争如野外农夫,击壤高歌鼓腹。不学禅律威仪,免见蜡人随逐。
丹凤不栖无影树,直透烟霄意自殊。

释　珆（？—？）

颂古三十一首（其二三）

　　北禅夜分岁,特地巧安排。维那出只手,线去又丝来。
　　田郎催拍板,鲍老舞三台。若教行正令,活作一坑埋。

释　洵（？—？）

偈二十二首（其一七）

头颅百皱发又白,两手扶犁更出来。拈起旧时毡拍板,大家看我舞三台。
啰啰哩,啰啰哩。无处有月波澄,有处无风浪起。

浑　脱

沈　辽（1032—1085）

德相送荆公三诗用元韵戏为之

　　幽居卧山间,不与世相接。余生委蒲柳,滞想遗空劫。
　　德相蚤相亲,顾我情未厌。数枉南堤步,更引青溪艓。
　　相见亦何事,坐对群峰叠。春阳始萌动,烟岚森剑铗。
　　廉纤数日雨,万里浮尘浥。赤白未残花,修秾半敷叶。
　　行招老僧语,遥瞩东田馌。穷崖历可造,峻流谁敢涉。

衰龄易生倦,幽岩就调摄。德相知我惫,双眸困垂睫。
高咏楚公作,欲引维摩簉。初闻未甚解,静听疑可猎。
有如太华峰,跂壁岂易蹑。不知泛沧海,何力施舟楫。
遥窥土山胜,昔乃文靖业。二公虽异时,名德远相躐。
山川若有待,风物增悲悏。未知蔡侯履,孰与支郎屧。
胜游可概见,笔力方峨嶪。更纡别后情,琅琅铺简牒。
倡高必和寡,排比安且帖。箫竽合古律,宫商自谐协。
世人所钦慕,有口空嚅嗫。东床坦腹士,左右参经笈。
为赋奕棋句,璆琳吐胸胁。锵然不可闭,由来知健捷。
谓如伯升勇,扬兵开宛叶。岂比文信君,无谋丧张厣。
致死在必胜,甘言方示怯。尾章示戒训,足以传芳谍。
后生知自励,何必棰楚挟。正如嚼冰雪,清冷快牙颊。
我昔造公室,公方任调燮。辱柱渊明赠,今犹秘巾箧。
当时隳官去,终身欣废跕。冠带遂已捐,头脑深埋屫。
肯羡冥冥鸿,安知栩栩蝶。心清久无梦,神固安知魇。
少小锐文史,老大心更惵。是古岂余心,非今宁我愜。
况复论翰墨,尔来那可辄。不识浑脱舞,何愧张颠帖。
所居养鹅雁,菰蒲观啑喋。亦有藜藿畦,粗充匕与梜。
孰知名可贵,安用禄为楪。无求岂有沮,不动谁能嗫。
汝坚百万众,淮渍空雉堞。陵阳丈五坟,朱云本轻侠。
百年竟何往,终当封马鬣。何必怅霜毛,更向窗前镊。

干　戚　舞

陈　起(？—？)

楷书歌赠人

大哉易画包牺生,鸟迹科斗相继永。六体中间亦湮昧,次仲楷到钟王精。
献捷之表最近古,庄正如持干戚舞。黄庭字字能通神,强弓千挽筋力均。
宝书遥遥名不朽,正法欧虞远能守。后生不作诸老亡,睹君笔法得仙手。

105

况君变格睍逸少,秋霁凭高森晚照。须知伯英到极工,中存楷则方入妙。
我初不识君,见君石上文。从今便著青眼视,王谢庭前佳子弟。
才能素所喜,喜极为君歌。君今弱冠不可那,更后十年当君何。

欧阳修(1007—1072)

剑联句①

圣人作神兵,以定天下厄。蚩尤发灵机,干将构雄绩。
橐籥天地开,炉冶阴阳辟。南帝输火精,西皇降金液。
炎炎昆冈荧,汹汹洪河擘。雷霆助意气,日月沦精魄。
神气不在大,错落就三尺。直淬灵溪泉,横磨太行石。
雄雌威并立,昼夜光相射。提携风云生,指顾烟霞寂。
坚刚正人心,耿介志士迹。初疑成夏鼎,魑魅世所适。
又若引吴刀,犀象谓无隔。截波虹尾滑,脱浪鲸牙直。
顽冰挂阴溜,皎月乘孤隙。河角起彗气,云樽露秋碧。
晓镡星斗烂,夜匣飞龙宅。舞酣霰雪回,弹俊球琳击。
鲜摇雪水光,腻刮湘山色。青蛟渴雨瘦,素虺蟠霜瘠。
清音锵以鸣,寒姿坚且泽。鬼类丧影响,佞党摧肝膈。
一旦会神武,四海屠凶逆。周王奉天讨,商郊千里赤。
楚子扬军声,秦师万首白。祥辉冠吴楚,杀气横燕易。
与君斩鳌足,八极停震虩。与君刺鹏翼,三辰增焕赫。
莫使化猿翁,辱我为幻惑。莫使暴虎人,屈我执仇敌。
尊严俟冠冕,左右舞干戚。功成不可留,延平空霹雳。

释永颐(?—?)

防风王庙

万国方尊禹,防风殒殿趋。应怜舞干戚,独不碍唐虞。
祭豆侵田鼠,灵幡触井乌。椒浆春奠罢,箫鼓舞村巫。

---

① 此诗为范仲淹、欧阳修、滕宗谅三人共作,相联成篇。

傩 舞

方 回(1227—1307)

秀山霜晴晚眺与赵宾旸黄惟月联句①

一峰何峥嵘,万象悉匍匐。心包元气并,影立太空独。
遥瞻极乾端,俯瞰际坤轴。飘飘凌云身,杳杳送鸿目。
挥袖裨八风,开襟吞百渎。醒脾咽醇清,涤髓荡痼俗。
斗摘紫垣枃,日攀黄道毂。川令夷若奔,林诃魍魎伏。
螺蚌视三神,杯盎阅四隩。参旗摩右肩,昆苑踏左足。
营营蚁磨旋,戢戢蜂房簇。膻俎餍前臑,诗瓢悭半菽。
历测尊卢年,桴穷沃焦谷。畴非浮点沤,吾亦寄粒粟。
气形孰融结,高深谁浚畜。娲皇不能补,共工多事触。
飞思腾虚遨,殚精驰迥瞩。浩浩蔑垠涯,浑浑曷边幅。
百刻倏汐潮,九行递朏朒。达观等鹏鷃,殊趋觳燕蝠。
仙驭鞭虬螭,神驾轭骊騄。寰中无遁照,象外有玄烛。
推寻制字苍,究考画卦宓。万变既日滋,百灵遂宵哭。
某氏马锡三,何人鳌钓六。底所真蓬瀛,是间自濠濮。
佳辰每难值,奇赏讵嫌数。达士多放旷,拘儒例踧踖。
味同侨札交,臭异智辅族。稽首礼初梅,掀髯叫余菊。
节届小大寒,岁得中下熟。野礼讲蜡迎,伥朋阅傩逐。
皴肤剥枯薜,瘦发立冻木。青针抽麦葬,绛粒苴樱奠。
乌龙特嵯峨,白雁几湾洑。霞譙抹微绡,烟市皱轻縠。
画嶂屏横纵,字溪篆直曲。兰非灌能馨,柏岂撼可秃。
长冈修蛇驰,短阜矮鳖缩。一塔笀锥颖,千畦界棋局。
冷祠逃魋魖,荒冢吓鸲鹏。汲窟仆桔槔,获场眠碌碡。
橡实翻箨瘦,笋萌认鞭剧。荠啼潜钩辀,篱嚼偃毂觫。

---

① 此诗为方回、赵与东、黄应蟾三人共作,相联成篇。

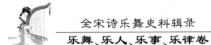

樵肩疮长镵,猎臂袒偏裘。相劳声阿邪,力作响蓬扑。
闻磬认禅窗,指幡窥佛屋。邃森逾二林,美秀垺三竺。
笼影夜凫灯,板声晓堂粥。匪经陆老学,孰识陈尊宿。
兵比休虎屯,盗俱就鲸戮。耨鏄衍新畬,燧亭隳旧筑。
连营释鞞琫,四野竞畚桐。别墅喧槛壶,圜扉静敲朴。
今各有缊袍,昔俱无旨蓄。骎骎熙运开,沓沓壮观复。
间阎一烬空,栋宇万础续。货廛富鲍鳙,米市积穜稑。
登临恣夷犹,生息赖亭毒。扫阴开晚晴,破冱作春燠。
硗畴蹙龟纹,涸浍开瓦卜。昏声沸群鸦,暮色隐孤鹜。
店遥旅呓驴,陇隔稚唤犊。鸠谣音哳啁,偻荷步仃伫。
浦潡出渔艇,埼碛泊商舳。僧包侧肩挑,奚囊俯腰束。
护舍荒吠狺,投林倦翔速。驿蹄雷铿鎝,野燎星熠煜。
警棚报冬冬,栖埘呼舋舋。相与忘是非,足堪了昏旭。
矧兹瑞六霙,预云宜百谷。狐兔各深藏,螨蠓靡遗育。
潜鱼未拨剌,骇兽或踯躅。倒影已巅崖,余凌尚丘麓。
宿蘖芽嫩黄,流湍酝娇绿。联拳一春锄,格磔双属玉。
掏苗揽奇辛,擘蕾嗅幽馥。蛰户咸伺霆,烧痕渐矜曝。
审观寒向阑,追念暑尝酷。凉既免炮焊,温又救皲瘃。
大化有乘除,胜残无断属。是邦信巍巍,厥闻久昱昱。
淮海分扬州,斗牛躔北陆。秦汉会稽吴,隋唐新定睦。
户歌楚人骚,家佩桐君录。入笼尽参芝,盈室肯赘菉。
辉凤远媒翳,祥麟晒童牿。栋材茂椅桐,跃冶乳镠鋈。
贤守宋广平,兴君刘文叔。征隐屈靽旐,哀茕极膏沐。
缅怀解剑耕,遐想负薪鬻。咳唾变兴亡,咄嗟异荣辱。
芫夫被儒衣,耕叟辟家塾。道味调漆胶,谊声协敂柷。
严范盛蒸尝,轩莱恪尸祝。勃兴畏后生,朋来乐私淑。
骈肩长裾曳,比屋短檠读。高科接踵武,雅德棻被服。
委巷致聘旌,徒步腼公觫。车引太仆驺,马给上林蓿。
岂惟供爪牙,固将倚心腹。文华凌屈宋,武略迈颇牧。

袁丝却腐阉，丙吉雪冤狱。差毫别同和，立界辨刚欲。
达汝媲稷皋，退吾侪绮角。中焉敛韬略，外也灭表襮。
村诂订荄箕，俚授折都郁。四经审钩弦，三秀攻珞珠。
处士傲貂绅，侠徒竞鸡鹐。里间剧华腴，官府务涵霂。
喝雉投彩琼，落雕捷鸣镞。高赀轶陶朱，雄辨骋张禄。
美酿压郫筒，大烹椎獠犏。舞残金凤欹，歌缓翠蛾蹙。
千楼向笛吹，万室陶巾漉。余尊沾皂隶，残炙饫童仆。
遐征罕赍粮，酣寝或枕曲。间尝极备无，一是耻呼蹴。
金彩剪胜幡，沙囊篆符箓。秋枣溲牂膏，冬稻熬狼臅。
城市虽冯扶，郊野尚轩菩。四时务锄耰，千村鸣柠柚。
颗粒本牛衣，丝缕出蚕苗。缫商何羡闽，药市勿诧蜀。
盛年念畴昔，微梦恍忽倏。已知壮心违，未觉老颜恧。
久黏簿书羲，幸脱簪冕梏。得与麋鹿群，敢兼熊鱼欲。
席珍非待聘，有玉谩韫椟。冥心同子綦，徐步效颜歜。
一麾断鹓班，百举阅饩告。仙桼真应宗，诗愧玄英属。
亲故燃妖灾，怨仇腾谤讟。字幼窘空空，省躬危戄戄。
卑飞类鹩鹦，逸步谢骅骝。庶几便帧帽，焉能事鞲褖。
双洪汹奔涛，孤派涩凝瀑。窗徒聚雪萤，袍未释银鹄。
之子虞一夔，伊人郑七穆。三足分鼎铛，两锋交箭镞。
砖埴冀良陶，粝疏就精凿。诚难角妙染，缪许啐余酋。
狂吟动千字，豪饮辄百斛。墨淡立儿研，杯迟走童趣。
自倚大户宽，岂畏险韵复。胆痒生芒棱，唾圆洗尘醭。
登山石同恝，临流泉共掬。被褐敌裘绮，羹藜胜粱肉。
砖垆煎茉茶，瓦豆饤此菔。园无迁叟花，亭有醉翁菽。
棕疏摘尘柄，莎软敷狱褥。藤阴皆帷帱，松韵即笙筑。
逸兴春空云，耐交岁寒竹。山腴噉糟狸，海异吮酱鲎。
黎斑屑鹧鸪，端眼濯鸂鶒。书穷萧衍评，奕妙王粲覆。
生平嗜好迁，我辈友谊笃。矢诗一赓酬，言志双启沃。
析理精洛伊，谈史究温涑。望之真堂堂，毛遂岂碌碌。

虞初九百篇,方朔三千牍。酸醎糅盐梅,栾桷裁棫朴。
论文如有竞,见义每相勖。燕乐思鹿鸣,切磋慕淇澳。
公直性所钟,辛勤起常夙。柄佞请尚方,抨妖官硻簇。
扣阍幡屡举,寓直被曾襮。刚肠挫未衰,劲气老弥肃。
百粤转沅湘,九河交济渌。魂惊舞波帆,力弱掀淖輹。
道异十获禽,理难百中鹄。晞颜宁如愚,尚老且缘督。
浮荣等槐蚁,往事付蕉鹿。乐天心自怡,知命颇奚颟。
于野同人亨,勿药无妄福。攀附联瀛登,广胖适沂浴。
寄兴本真率,成章仍丰缛。时能一来游,倾箧买醽醁。

刘克庄(1187—1269)

即事三首(其三)

陌上鸣钲夜向晨,缀行花锦照城闉。湔裙未免多游女,舍耒深忧有惰民。
史载孝娥今列祀,骚云帝子没为神。腊傩固匪儒家法,居鲁安能异鲁人。

苏 泂(1170—?)

梅口遣兴

屏迹甘衡陋,驰书捷置邮。系匏成潦倒,行李当嬉游。
偶往无前约,明知不自由。米盐嗔妇问,书剑惜儿留。
颇涉湖堤远,旋惊野店稠。小梅溪侧寺,疏柳驿边楼。
放烧催青入,瞻山揭翠流。鸡笼从势卓,狮卧得形修。
花面施家说,碑颜蠹庙修。池冰鱼附藻,县早肉垂钩。
短景中俄昃,孤烟散复收。数凫将子出,一雁落声幽。
古怪藤妨瓦,湾埼石碍舠。度危还借步,揭浅更呼舟。
栗大封悬屋,萁香炒贮瓯。气豪纷驱击,博负几喧啾。
月与星偕隐,云将雪共谋。拾岩干窸窣,汲涧冷飕飗。
少饭粞为食,无衣纸作裘。楮艰钱愈瘦,吏墨政仍偷。
桥幻僧伽佛,桁传岭海囚。舞傩群画鬼,唱牧和村讴。
盯坐初尝蠖,比邻递解牛。门符矜鸷诡,馆泊佐倡优。
麦种稀稀糁,机罗轧轧抽。谢媒茶褐袄,迎妇柿红个。

酒味轻疑水,泥途滑过油。骑都应赴禄,舆哭定包忧。
稍稍更墟市,迢迢隔坂丘。土风随变易,人语欠温柔。
倚伏时皆有,文章理亦犹。本原天意觉,去就物情求。
叔世谁青眼,当年早白头。生涯潘令拙,旅次庾郎愁。
诗好霜侵鬓,谈高雪在喉。极思闲似垛,只合懒于鸠。
命岂奔波注,官知老病休。漫云于有罪,寡信彼堪羞。
久矣鸥盟杜,居然蝶梦周。诘朝才娶女,曷日到衢州。

孙　嵩(1238—1292)

立　春　日

残冬初曦巧弄频,轻澌片片动游鳞。土牛不报穷居暖,星鸟非司退土春。
门帖废忘梅柳句,乡傩倚阁鼓鼙人。愁多酒浅知何那,太息年光草草新。

韦　骧(1033—1105)

坐中闻击鼓殴傩声戏联数韵①

故岁妖疠逐,新春祥庆多。旌旗催出猎,箫鼓引殴傩。
氤氲将军至,鬜髳罗刹过。丹书神按籍,白昼士挥戈。
革面徒为异,清门岂有魔。成功在搜厌,正气满天和。

周　密(1232—1298)

拟长吉十二月乐辞·十二月

双丸倦掷羲和手,傩鼓烘炉传寿酒。莫惊锦瑟换华年,东风已入吴宫柳。

咸韶(咸池、韶)

白玉蟾(1194—?)

古别离·觉非彭吏部

彩凤何筶毸,有玉飞则立。竹林失所依,梧枝夜露泣。
鸡鹜疑九苞,鹓鹭厌五毛。伊独怨德衰,箫韶如之何。

---

① 此诗为韦骧与他人共作,相联成篇。

明堂礼成

丰年有高廪,宗祀拜明堂。玉辂迎阊阖,银蟾跃未央。
虎贲森卤簿,龙衮照旂常。宝幄燃红炬,璇霄降紫皇。
竹宫循汉古,茆屋法周荒。云蔼箫韶暖,风融黍稷香。
典刑存郁郁,陟降奉珪璋。水取方诸氏,星沉析木乡。
金鸡欢舞蹈,翠凤播琳琅。何日当封禅,如今尚小康。

蔡戡(1141—?)

再用前韵酬端约

君才千丈腾彩虹,挥毫落纸万象空。我犹顽石不可攻,愁吟嘈杂鸣寒虫。
典刑况有先文恭,短檠终夜临书桄。骚雅不减陶谢风,箫韶迭奏鼓与镛。
顾我羞涩难为容,铅刀一割无余锋。古人相遇如云龙,交情自得气概中。
翛然坐对两臞翁,一笑莫逆醉脸红。世间万事空牢笼,信知我辈情所钟。
举杯属君无匆匆,人生聚散西复东。

曹勋(1098—1174)

禁中赏芍药口占

千壶芍药霭祥云,一部箫韶合曲新。三圣临轩听歌舞,端知造物款留春。

独不见

独不见,谁相忆。花影上珠帘,明月穿窗隙。
翡翠暗无光,苍苔点行迹。鸾鉴挂珊瑚,宝靥销金碧。
仿佛闻箫韶,梦想见颜色。为我报新人,好好承恩泽。
君看后庭花,芳菲能几日。

晁公遡(1116—?)

师安抚生日

鼻祖贻谋远,承家积庆长。青箱元不坠,玉树久逾芳。
气验三嵎秀,祥占五世昌。向来蜀父老,久忆汉文章。
试问风骚将,谁登翰墨场。浮云玉垒变,秋草墨池荒。

乐 舞

大雅沦金石，斯文厌秕糠。九成方命舜，三变必兴唐。
东壁初观象，南箕果降光。终当荐清庙，始验出昆冈。
世喜韶音在，人皆肉味忘。遥闻望帝国，重立郑公乡。
议论看前辈，春秋守素王。谈经追服杜，下笔逼班扬。
价重连城璧，功高治水航。词源倾滟滪，才刃剧干将。
思涌辞穿月，文成字挟霜。高明齐日观，豪健敌风樯。
不但垂金薤，方期兆玉璜。径宜排稷下，不用奏阿房。
退草三千牍，深窥数仞墙。多闻正科斗，博识辨商羊。
乡党尊王烈，交游说郑庄。弦歌化邹鲁，文物见成康。
壮岁观周乐，昭时笑楚狂。风尘天下辙，日月魏中梁。
星列桥门外，霜寒璧水傍。应书随汉传，鼓箧上虞庠。
大策先多士，高谈兀老苍。诸儒甘折角，宗伯许升堂。
擢秀联龙虎，凌霄翳凤凰。西黉聊偃息，北海暂徊翔。
绛帐师儒室，青衿弟子行。至音消郑卫，俗学起膏肓。
德业方天纵，才名故日彰。筑岩宜梦说，负鼎可干汤。
宪古兴华旦，搜儒列奉常。鲁宫传礼乐，赵铎应宫商。
金纳诸侯酎，郊崇上帝觞。朝仪修草具，庙乐纪芝房。
方刺封中制，将分岱岳祊。守邦严典礼，范俗正堤防。
恩赐尚书舄，班齐骑省郎。明光联执戟，建礼入含香。
鸣玉趋文陛，垂绅拱御床。天临豸冠动，风凛兽樽凉。
禁省吟红药，朝廷少皂囊。忧时惟贾傅，疾恶甚张纲。
伏阁曾留谏，埋轮讵畏强。忠言深慷慨，直气欻飞扬。
屡乞开宣室，常思请尚方。马皆贪立仗，凤独见朝阳。
直道难容黯，群臣惜渡湘。虚心忘宠辱，知命信行藏。
徼道森长乐，周庐肃未央。赘衣重入侍，交戟俨开张。
地有长城固，时无宝瑟僵。鸣銮思禹穴，飞斾入雷塘。
仗狩崆峒远，旌垂少海黄。方资清宿卫，乃遽释轩裳。
负郭俄鸣驾，专城再耀铓。化移江北枳，讼决召南棠。
已去浮江虎，潜躯避境蝗。使车更刺举，夷路看腾骧。

未即归前席,还闻出护羌。不通五尺道,坐富十年粮。
　　念昔东南帝,多兴楚越疆。聚星占晋国,厌气走秦皇。
　　往者何劳继,今王未易量。布书垂象魏,仄席在岩廊。
　　大业虽中偾,神谋正外攘。会须擒颉利,方拟殄烧当。
　　宇宙依秦树,山河接汶篁。再令宫禁肃,必赖股肱良。
　　岂久留乘塞,行看入奉璋。无安都护府,亟趣舍人装。
　　有客弹长铗,终年窃太仓。乘龙安敢望,飞凤果为祥。
　　贪禄难投帻,登堂阻奉觞。遥期千岁寿,坐见海生桑。

次杨国材韵(其一)

形模岂称侍承明,不愿箫韶听九成。但愿丰年有高廪,千夫获稻看秋晴。

晁说之(1059—1129)

灵璧石有未上供者狼藉两岸

凤凰山石与石殊,敕使督贡倾舳舻。擎空不数碧菡萏,媚日宁顾女珊瑚。
但识天囿箫韶底,岂期汴岸沙砾余。炀帝锦帆几来往,曾不得汝恨何如。

陈傅良(1137—1203)

和刘进之韵兼简吴阜之

憧憧满眼事何稠,落落论心思独幽。去国未能身一叶,怀人但觉日三秋。
池塘春草方同梦,江汉归舟更别愁。安得箫韶仪两凤,不妨燕雀自嘲啁。

挽木奉议(其二)

　　盛事无虚得,玄襟可自知。遍观同辈行,谁似暮年时。
　　衮冕趋椒殿,箫韶送玉卮。又宜天一笑,独此有遗悲。

陈 宓(1171—1230)

开禧丙寅春二十六日黄子功袭少任赵仲白同会转庵中夜以夜永烛花偏分韵赋诗乐甚时太守有游山之约不果

有道襟怀鬓不华,笑谭物物总春花。挥毫要使锺张避,出句应知屈宋衙。
今日相逢萍聚水,明朝各是客乘楂。坐中韶濩铿锵作,亦许狂吟杂俚哇。

陈 深(1260—1344)

孤凤篇上静轩阁学士

南山有孤凤,丹羽何葳蕤。朝餐琼树实,夕饮天津池。
岐阳曾一鸣,千载今无期。将从和风翔,俯视尘壤卑。
梁藻匪君食,枳棘匪君栖。遐举昆丘阳,肯为云萝羁。
坐迟箫韶成,振翮还来仪。

陈世崇(1245—1309)

元夕八首(其八)

寒星万点御香飘,和气潜回积雪消。盈耳嵩呼声不绝,熙熙春意入箫韶。

陈允平(?—?)

游 仙 曲

中秋月正明,夜半飞紫琼。拂袖天上去,揽衣朝太清。
缥缈黄金阙,迢遥白玉京。离离百宝幢,袅袅九华旌。
箫韶起碧落,散花飘群英。翱翔鸾鹤舞,清彻云璈声。
凌凌九霄寒,风露薄青冥。弱水三万里,仙路眇蓬瀛。
不赴瑶池宴,相约董双成。吹笙骑凤凰,飞上芙蓉城。

陈 造(1133—1203)

帅寄诗再次韵

才力高下岐云泥,龟镜国老乳臭儿。纷纷过眼败人意,棘端觅猴毛不皮。
江西久无金华伯,平水未识元微之。府公牙颊著天籁,吭潄濊武鸣咸池。
江城屡雪传新作,梁园赋客让瑰奇。振两文忠旧号令,赤手破敌无所持。
小人拜赐但袖手,匪报未办瑶华诗。

程公许(1182—?)

喜雨上使君

塞垣昏昏缠杀气,春阳旸旱惨如毁。老蛟熟睡呼不起,暴尪鞭巫徒为耳。
云将族兮俄披靡,飞廉之怒谁或使。绵州刺史亦劳止,寝不遑安食不旨。

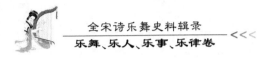

沥胆濡毫肝作纸,封章夜诉天尺咫。电帜簸红雷虺虺,一筛时有万丝委。
旬浃频占垤封蚁,半夜流膏活千里。瓦沟佳声密飘洒,箫韶九奏未堪拟。
焦卷一朝有生意,梦鱼之占立可俟。中原格斗何时已,军储急须问庚癸。
剥肤骎骎几及髓,国脉所寄将奚恃。腐儒流浪半环水,月蠹太仓三斛米。
干时无策颡有泚,况忍懒书酣昼寐。知元道州汉良吏,可无长歌为志喜。
北风涨尘目易眯,安得天河一湔洗。丰年高廪万亿秭,重见周道平如砥。

程　俱(1078—1144)

歙 溪 砚

砚凤池,石龙尾,金其声,玉其理,文字之祥助公喜。
助公喜,为公寿,钅工云衢兮龙为友。仪箫韶兮鸣凤咮,金玉相兮椒兰臭。
老复丁兮晨还昼,寿而臧兮世无有。生弥长兮视弥久,见太平兮休战斗。
泳学海兮恢文囿,俯松乔兮齿仓籀。翰林客卿管城偶,挥毫振藻常无咎。

戴复古(1167—?)

都中书怀呈滕仁伯秘监

北风朝暮寒,园林日萧条。自非松柏姿,何叶不飘摇。
儒衣历多难,陋巷困箪瓢。无地可躬耕,无才仕王朝。
一饥驱我来,骑驴吟灞桥。通名丞相府,数月不见招。
欲登五侯门,非皓齿细腰。索米长安街,满口读诗骚。
时人试静听,霜枝啭寒蜩。倘可悦人耳,安望如箫韶。

董嗣杲(?—?)

水 乐 洞

筑园裹寺接山椒,如此经营岂一朝。两洞倚云空锁钥,乱泉激雨想箫韶。
树埋院落关门邃,石䂵亭台栈路遥。白发聋僧扶旧额,金莲又长玉渊苗。

范纯仁(1027—1101)

同王弱翁宿广化寺

能知真乐唯吾曹,声利外物诚无侥。深山穷谷苟遂性,肤体不厌常枯焦。

况如佳景擅天巧,会与仁友相追邀。龙门伊洛古今胜,苍岩翠壁双岧峣。
疏凿宛见神禹迹,怀襄既乂熙尧朝。千龛万宇变佛室,钟磬梵呗何喧嚣。
唐僧无畏号神隽,当时声势尤翘翘。开山拔壤尽奇秀,楼殿势若风中飘。
高甍垂空插云翼,连阁跨路驰星桥。深沈神物潜拥护,显敞燕雀如矜骄。
搜奇选胜幸迟日,禅堂解榻眠清宵。滩声萧萧杂群籁,天真不啻闻咸韶。
陵晨携策度翠巘,竹溪深处从僧招。融融朝晖射岩谷,杂花烂熳红欲烧。
令人即欲置万累,百年尽向游中消。乃知神仙有窟室,我意已欲陵烟霄。

范　浚(1102—1150)

上李舍人

李侯半天霞,绝俗几千丈。平生有劲气,傲岸力高尚。
波涛驱笔底,万里一奔放。清风凛须眉,挺拔舍人样。
蚤以鸳鹭姿,篸羽迩天仗。拖绶奉朝请,论列专靡让。
言辞剧酸灼,贬窜辱伤谤。官资如马足,曾不兴怊怅。
宴游长笑傲,忠鲠期自谅。江山穷赏目,搜抉归吟唱。
于今富篇章,态度难悉况。精清极孤高,丽雅略谈浪。
乘豪骋雄怪,句法时跌宕。端如抚良琴,杳默变清亮。
连篇时讽咏,飧寝每辄忘。我惭语俗下,有类牛鸣盎。
邈耳咸池音,吟魂惊沮丧。闻之良匠氏,侏儒非冗长。
医师兼百药,马勃用或当。微言出堂下,挈手烦叔向。
倘许挥戈铤,愿奉诗坛将。

范仲淹(989—1052)

岁寒堂三题·松风阁

此阁宜登临,上有松风吟。非弦亦非匏,自起箫韶音。
明月万里时,何必开绿琴。凤皇下云霓,锵锵鸣中林。
淳如葛天歌,太古传于今。洁如庖羲易,洗人平生心。
安得嘉宾来,当之共披襟。陶景若在仙,千载一相寻。

范祖禹(1041—1098)

谢赐御书诗五言十韵

圣志探渊学,皇慈示至仁。论经穷古训,锡燕比嘉宾。
天醴尧觞举,箫韶舜乐陈。隆恩均近辅,赐札下严宸。
洒墨星辰烂,飞毫日月新。聪明钦作后,气志俨如神。
龙马观牺迹,延陵识圣真。受藏辉蔀屋,荣遇极儒绅。
方讲三王治,思还四海淳。顾惭愚陋识,何所补涓尘。

傅 察(1090—1126)

虞宪按乐致语

熙然伏运庆当千,初见箫韶被管弦。况际辂车临乐国,更张绮席会群仙。
欢声已逐铿锵奏,和气方随律吕宣。何日九重颁召节,好从鹓鹭听钧天。

郭 凤(？—？)

句

遗响箫韶猶尚奏,啼痕湘竹泪新飘。

郭祥正(1035—1113)

追和李白登金陵凤凰台二首(其一)

采凤何年此地游,高台千古自风流。寒烟淡淡笼城郭,宝器时时出冢丘。
舴艋竞归芳草渡,鹭鸶群舞碧芦洲。重华不返箫韶断,落日秦淮添客愁。

舟次白鹭洲再寄安中尚书用李白寄杨江宁韵(其二)

终朝荡双桨,夜泊碧芦洲。重城已在望,闻公晏层楼。
华灯灿繁星,浩歌正忘忧。宾朋集珠履,佳节临千秋。
愿言刷微羽,一饮清冷流。举目送高凤,箫韶洗民愁。

送余秘校

苍山冻云犹未消,君骑瘦马来飘飘。入门下马与我语,琅琅满室鸣箫韶。
一官初得遭猛守,十年困辱朱颜凋。恨无田园即长往,醉卧白日歌唐尧。
去干斗粟活妻子,谁念尘滓污琼瑶。相逢太息不能已,解衣贳酒愁魂消。

红梅零落雪霜洗,苍雁蹭蹬狐狸胺。男儿功名顾有命,太公七十方渔樵。
否极泰来如覆手,阔步自此凌烟霄。侧闻丞相开东阁,肯使斯人重折腰。

峨嵋亭即席再送

长江奔来一山裂,两岸崔嵬耸双阙。石人空老薜萝衣,夜夜孤猿啸寒月。
斯亭谁作名峨嵋,攀翠含愁惜离别。浮生后会难再得,况复相看头雪白。
停杯执手聊逡巡,画鼓铜钲莫催客。客行西望紫皇家,紫皇真人驾龙车。
海若驱鲸上金钓,玉女挟春妆宝花。千官称觞祝天寿,箫韶九成奉肴酒。
青霄阔步随鹓鸾,肯向江头恋杨柳。杨柳花飞春日迟,登峨嵋兮送君归。

奉和安中尚书同漕宪登长干塔

揽衣登塔窥沆寥,黄金篆牌神所摽。层梯转道二千尺,铃索交响风常飘。
天厨晓送阿育供,海月夜领飞仙朝。南溟安在心欲化,九万一举期今朝。
我宋真人启閛阖,尧舜之运重昭昭。佛老并儒鼎足盛,理归一善无烦条。
净缘胜赏固莫逆,足力强健朋侪要。昌黎首唱城南句,东野继作芬兰椒。
诸公笔力斗颖发,七言纸上铿琨瑶。聚沙叠甓付童子,秀实始自春之苗。
凌空得路未足恃,遇险惊魂安可招。龙虎低沈凤鸟散,藉此弹压无褾妖。
四郊松柏列兵卫,万家弦管均咸韶。广庄黔乌类蠛蠓,岁望已觉元鼎调。
晴川疏树历阳近,浮云蔽日长安遥。贯轮巨木彻十地,斜飞八角穿重霄。
扶持故国肖父老,综领诸刹如孩髫。循栏作礼共悲仰,绝顶进步谁腾超。
迹虽有为志颇壮,报且不尽功何辽。挥毫题识未云毕,城头鲁角声迢迢。
兜绵铺舒换尘境,宝灯照耀银为桥。乃知此会世稀有,请君审听长干谣。

郭　印(？—？)

送朱仲远樊唐老趋阙奉大对

充城环髻山,南岭独秀郁。何以获佳称,上有朱凤集。
三载争一鸣,朝阳整云翮。今年二妙飞,好语哄邦邑。
为言皆老苍,文采胜畴昔。其一出上党,其一出沛国。
同声相呼和,深可调六律。长风送天衢,万里才一击。
邕邕中箫韶,虞廷谁可匹。四顾啁啾群,俯首不能息。

当可以邑士将赴类试作诗饥之因效其体

丹山采凤群鸣集,云外舒张觅辉翼。锦屏相望不千里,音中箫韶有人识。
朝家选举专一科,翰墨之工拔士多。好将笔力觑天巧,斡旋正气回狂波。
鲸鲵未翦龙移宅,吾皇饥渴人材得。雕虫小技何足论,要吐胸中济时策。
吴山辽邈天门高,尺纸输忠气自豪。程文奏御宸心悦,青紫纷纷换白袍。

横翠堂成与诸公落之蒙贶佳篇不敢当也谩作数语以纪其实

何处无奇观,隐显随所遇。事有幸不幸,邂逅元非素。
招提枕山趾,出郭才数步。高亭齐浮云,杖策邀我屡。
西厢偶徘徊,屋敝惊颓仆。穴壁试一窥,似觉万景聚。
同来老先生,错愕喜相顾。明朝便鸠工,栋宇更寻度。
华堂不日成,杂沓千山赴。落日下层巅,寒烟笼远树。
乾坤发秘藏,物象争呈露。烂赏良未能,草略杯盘具。
群公意尽欢,韵语各吟赋。和气回阳春,篇篇奏韶濩。
堂以横翠名,夸诧盈道路。人材何异此,用舍得其趣。
渭滨一钓夫,起为周室辅。皇皇鲁真儒,终以不合去。
圣道奚加损,山亦无新故。废兴适然耳,万事成感悟。

韩　维(1017—1098)

春贴子皇帝阁六首(其六)①

早莺啼滑知寒薄,午马休迟觉昼长。四海欢康几务暇,箫韶时奉万年觞。

又和馆西迎驾

宫树烟开敞禁扉,儒冠罗立望天威。霜清广殿鸣鞘肃,日上觚棱翠盖飞。
玉勒杷鞍龙在御,锦衣腰剑士成围。暂来直舍支颐坐,却听箫韶辇路归。

神宗皇帝挽歌三首(其三)

奥并商宗学,雄趋汉武才。难回九清驾,空湛万年杯。
旂旐翻风远,箫韶度阪来。臣民仰遗像,血书有余哀。

---

① 赵湘《皇帝阁春帖子(其二)》内容与此诗相同,不再重复收录。

何炳然(？—？)

右 凤 洞

上作千仞翔,下作千岩栖。箫韶在何处,苍梧云气迷。

何平仲(？—？)

赠 周 茂 叔

及物仁心称物情,更将和气助春荣。智深大易知幽赜,乐本咸池得正声。
竹箭生来元有节,冰壶此外更无清。几年天下闻名久,今日逢君眼倍明。

洪咨夔(1176—1236)

次及甫入峡杂咏·十二培

舍车不涉猢狲愁,行舟未过虾蟆培。咸池乐部十二钟,六丁挈置巫山背。
鳌头赑屃方壶裂,鲸腹膨脝海门碎。凿开混沌尸者谁,事逐浮云堕茫昧。

送李微之倅成都

凤生丹山西,来为太平符。矫立青琅玕,祥云蔚相扶。
一鸣合箫韶,再鸣应驺虞。散为清明风,万象皆敷与。
色举抑何决,矢脱金仆姑。夏摩参旗高,可望不可呼。
穿花迷娇雉,啄藻戏乳凫。搔首重太息,春阴渺江湖。

胡　宿(995—1067)

礼 毕 庆 成

路寝凝中宇,星文直大辰。总章裁往范,斋驾奉明禋。
惟圣能严父,於皇重觌亲。永怀深肃俨,昭事极精纯。
钟律咸韶古,衣冠黼黻新。九金徕贡职,万玉俨朝伦。
夷夏观殊礼,乾祇享至仁。参祠七世庙,再降六天神。
万宝成秋野,千祥拥禁宸。睿恩覃四海,寿域跻斯民。

华　镇(1051—？)

题 竹 轩 诗

岁寒青松青,落落惟修竹。烟叶舒青翠,风茎戛苍玉。

高标契嘉士,暂挹情已足。况复清阴中,耽耽有华屋。
屋下富经史,埙篪韵方睦。啄食日已肥,文彩更繁缛。
侧聆箫韶奏,联翩赴清曲。秋色正萧疏,庭宇清以肃。
且复绕修林,采采黄金菊。莫学山阳客,颠倒困醽醁。

峄阳孤桐

大乐潜生气,徐方暗结融。峄阳钟异物,山木得孤桐。
特干千寻耸,清阴十亩丰。夜声通渤澥,午影到崆峒。
雨露偏垂德,阴阳曲致工。和音来象外,懿质孕区中。
不羡樗无用,常卑桂有丛。人期瞻舜日,自信达尧聪。
动植奚难感,神明庶可通。铿锵虽固有,翦拂未曾蒙。
合梓才知美,弦丝乃见功。名尝叩禹纪,材实待夔攻。
埋没如邕爨,栽培异楚宫。山禽曾不识,丹凤每来同。
沉瀯凝朝气,沧凉泛晓曈。发扬羞谷黍,疏散愧江枫。
誓与箫韶并,宁随历草空。傥教承搏拊,焉敢避磨砻。
功用施清庙,声华发大东。知音何以报,愿为奏南风。

黄大受(?—?)

江行万里图

雪山西来接海白,天之所以限南北。谁人胸里著舆图,挥斥荆吴入绡墨。
浓浓淡淡两岸山,烟波弥茫江面宽。水空漠漠鸟飞绝,渐看渐远天漫漫。
客舟溯流先后去,风帆饱腹如飞舞。有时小艇绝波来,不知何处横江渡。
钟山隐隐开金陵,雨花台前留玉京。汀洲劣处小孤出,垂杨绿引浔阳城。
蕲黄紫翠照卷雪,武昌楼台半明灭。周郎赤壁杳难凭,洞庭寒烟蒙孤月。
西江耿耿沙籀清,三十六湾斜照明。黄陵庙深楚山阔,九疑成削黏天青。
我来展轴惊快睹,恍然对面水仙府。片时行尽江南天,吊古何劳出门去。
南巡真人忘却归,轩辕龙去眇难追。咸池曲绝谁奏乐,风雨啼痕满竹枝。
六朝虎士工设险,蹴踏沧波当挥剑。血流不惜惜江流,肯放飞埃过天堑。
滥觞曾闻荡雍丘,楫声若为空悠悠。江声至今恨不尽,枉白万古英雄头。
两阶干羽享波后,八公草木今健否。长安正在碧云边,斜日西风重回首。

黄庭坚(1045—1105)

衡　　山

万丈融峰插紫霄,路当穷处架仙桥。上观碧落星辰近,下视红尘世界遥。
螺簇山低青点点,线拖远水白迢迢。当门老桧枝难长,绝顶寒松叶不凋。
才到秋初霜已降,每逢春尽雪方消。猥岩老衲针常把,度夏禅僧扇懒摇。
雷向池中兴雨泽,鸟于窗外奏箫韶。游人未必长居此,暂借禅房宿两宵。

送吴彦归番阳

学省困齑盐,人材任尊奖。倥侗祝螟蛉,小大器罂瓿。
诸生厌晚成,躐学要侥驵。摹书说偏旁,破义析名象。
九鼎奏箫韶,爱居端不飨。青衿少到门,庭除昼闲敞。
竹风交槐阴,三见秋气爽。时赖解事人,载酒直心赏。
吴郎楚国材,幽兰秀榛莽。彦国吐嘉言,子将喜标榜。
平生钦豪俊,久客慕乡党。虚斋延洒扫,薄饭荐脡鲞。
诗句唾成珠,笑嘲惬爬痒。春夏频谢除,曾未厌来往。
归雁多喜声,寒蝉停哀响。黄花满篱落,白蚁闹瓮盎。
留君待佳节,忽忽戒徂两。亲戚伤离居,交游念畴曩。
棋局无对曹,挎蒲失朋长。问君去为何,云物愁莽苍。
寿亲发斑斑,千里劳梦想。家鸡藁头肥,寒鱼受罾网。
甘旨蘙中厨,伊哑弄文襁。此行乐未央,安知川涂广。
深秋上沧江,远水平如掌。人生要得意,壮士多旷荡。
野鹤被笼樊,江鸥恋菰蒋。本来丘壑姿,不著刍豢养。
寄声谢乡邻,为我具两桨。有路即归田,君其信非诳。

冢之巽(？—？)

定林寺(其一)

山人当日济时艰,要把唐虞作样看。奏罢箫韶无凤至,空教猿鹤怨盟寒。

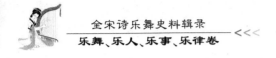

姜特立(1125—1203)

范大参入觐颇爱鄙作以诗谢之

问句石湖老,如将月指标。枯中说滋润,高处戒虚憍。
颇许唐音近,宁论汉道遥。正声今在耳,万乐听箫韶。

金君卿(1020—?)

五 色 雀

晨氛澄霁海风调,彩绚珍禽入绛霄。闻说舜庭方作乐,可容飞舞听箫韶。

孔平仲(1044—1102)

句(其一)

箫韶有遗韵,流入武溪中。

孔武仲(1041—1097)

大 风

万窍轩轩渐怒号,坐来浑怕屋山摇。洞庭曾听咸池乐,吴会饱闻沧海潮。
此地风声真有似,残春人意正无聊。云师又洒天街雨,明日千宫好上朝。

黎廷瑞(1250—1308)

桐 华

绝岸有孤桐,日受藤蔓侵。芳韶歇頳紫,余暄始相寻。
粲粲白玉花,照见清溪浔。时至聊一吐,岂有东风心。
乾坤寄孙枝,隐隐孤凤吟。安得太古手,为斫重华琴。
奏之岩廊上,和以箫韶音。惜哉此妙质,岁晏娱空林。
渺渺苍梧云,兴怀一何深。

李 纲(1083—1140)

五哀诗·唐中书令褚遂良

贞观萃群英,实为太平基。褚公初侍书,遂以鲠亮知。
谏疏屡献纳,对扬竭论思。翩如丹山凤,来为箫韶仪。

飞鸟自依人,此言已堪嗤。更云潜刘洎,厥理尤足疑。
贤者虽已矣,可以此心推。薰莸难共器,枭鸾不同栖。
故令敬宗辈,污染成瑕疵。我观永徽间,武氏盗政机。
祸端始床笫,几使国祚移。当时河南公,力诤伏丹墀。
顿首愿还笏,丐身田里归。义气动人主,回天初庶几。
鄙哉英公勋,一言遂成非。坐令牝鸡晨,啄丧靡有遗。
元勋顾命老,远窜湘江湄。茫然不复召,讵忆抱颈时。
卑湿所不堪,须发尽成丝。至今潭府帖,志士生长悲。

李 光(1078—1159)

双 泉 诗

作诗愧才悭,徒勤再三请。一聆咸池奏,顿觉哇淫静。
恶句如恶人,浪出必遭屏。君诗似澄江,万里无涬泞。
我诗昧格律,聒耳类蛙黾。苏公经行地,亭宇稍葺整。
方池湛寒碧,曾照东坡影。新诗与妙画,千载未为永。
不闻宗庙器,傍欲间瓦皿。吾徒且加餐,今古屈伸顷。
何如弃寸绳,要出千尺井。蓬莱隔弱水,未易凌倒景。
时能访幽独,论文具醪茗。

李 洪(1129—1183)

扈跸玉津园

丽日祥云覆苑墙,柳丝驰道曲尘黄。山呼万岁迎春仗,花覆千官献玉觞。
骓骈笮云天步远,驺虞节射乐声长。微臣奉引陪鹓鹭,许听箫韶入建章。

次韵施少路春日

拂面和风喜及辰,宫幡未赐岸乌巾。冰消水泺箫韶韵,雪过湖湄茝若春。
诗律自怜心尚在,宦情难与世趋新。从兹排比寻芳计,况是湖山旧主人。

李 石(1108—1181)

扇子诗(其八五)

洞庭波浪五湖秋,缥缈云霄帝子楼。楼上故人穷骨相,箫韶声里认仙舟。

李之仪(1048—1127)

为道见还诗因次其韵兼简孝锡

反衣狐裘矜绿里,月落宵行易沦委。崎岖身世等秋蓬,皎皎吾心淡如水。
青云有路谁引目,肯学荒疏辄洗髓。经营一饱困南北,未易功名输故纸。
尔来投迹间诸彦,白雪每容参下里。何殊溺者得尺素,聊谢箕翁徒洗耳。
大官供庖事铅椠,时引古人同净几。枉老王郎特我贤,华衮相先惭溢美。
清风冷落劳怅望,谁谓云间见黄绮。因收倦绪聊纺织,半是弃余安足喜。
一片箫韶送下天,游遍华胥如唤起。从此修途可问津,岂复龙头却蛇尾。

李 廌(1059—1109)

有怀都下寒食

上国兹晨每豫游,仙仗缭绕来瀛洲。天王高御宝津楼,侍臣壁立环诸侯。
箫韶引风摇树羽,晴波飞影动宸旒。阑干仙人深雾縠,楼前彩缆系龙舟。
锦标霞举夺日精,万楫竞渡驰蛟虬。天颜一解四海春,乐岁已忘凶年忧。
况今持盈戒欹器,不使逸豫常从流。锦帆高张亦佳耳,清汴东注贯扬州。

连文凤(1240—?)

寄仲宝上人

一笑箫韶曲未终,清风杖锡欲何从。不随轻絮飘流水,且作闲云过别峰。
昭庆寺前鸦绕树,余杭山下鹤归松。人来今雨闻消息,见说维摩带病容。

廖行之(1137—1189)

次韵酬郭承禧

黄钟大吕非常器,清庙陈之乃其地。胡为小用噎寸莛,犹遣咸韶有遗事。
君才栖枳今何时,天意似欲昌吾诗。西山正尔朝气爽,左手好在霜螯持。
连墙顾我劳相过,徙舍羡君安宴坐。春兰秋菊借芬馨,蚯蚓苍蝇许赓和。
弥明出语如笑嬉,喜悲思苦那能奇。便须起敬拜床下,敢问所学真谁师。

林景熙（1242—1310）

游九锁山·凤洞

日澹梧枝洞锁苔，人间矰缴几惊猜。九苞自是冲霄物，曾为箫韶一出来。

刘　攽（1023—1089）

和　前　韵

雪寒常怯月边朝，乍起东风拂敝貂。银胜彩幡分节物，宿云晨雾凝璇霄。
君为特达千金璧，我是衰迟百尺条。叩缶乌乌聊快耳，宁知报响得咸韶。

南征二首（其一）

汉皇开五岭，虞帝事三苗。定有南征问，遥知用武朝。
前筹皆庙略，选士皆风飙。潦水江湖大，云山故国遥。
天阴凝杀气，师老听哀谣。猿鹤愁君子，鼋鼍忆架桥。
绣衣方责战，虎节竟乘轺。白骨不归葬，冤魂谁为招。
犹传发闾左，愿得听箫韶。旅泊时流动，何由问九霄。

合加字韵两篇二十四字成一章更互次之咏曹之土风并叙出处寄呈司年职方

汉郡王封宠，周宗伯命加。犬牙基自若，麟趾叹于嗟。
陵谷随人世，春秋积岁华。泄云余荟蔚，浮济变津涯。
端木倦游学，朱公精贷赊。于今富而丽，遗俗俭宁奢。
使辙常交错，京藩倚扞遮。锄钩非盗用，箫勺换兵拿。
朴直叨三组，工夫尽两衙。戎容剖符虎，士气肃旗牙。
圄土几无讼，虚庭不禁哗。对棋销白昼，清啸岸乌纱。
池馆澄潮水，楼谯冠暝霞。绿梢檐外柳，红朵砌前花。
徙倚危栏峻，行来缭径斜。巢林安短翼，擅壑愧跳蛙。
凤昔未更事，游谈多自夸。奏盈方朔牍，书过惠施车。
臧室初縻迹，连城晚拜嘉。华颠看欲落，病齿不胜龃。
珠琲轻鱼目，桐丝陋马挝。敢论鸡似凤，愿食枣如瓜。
台妙前辞满，安舆久卧家。最容高尚志，那肯待青绖。

刘 敞(1019—1068)

张 乐 洞 庭

闻昔轩辕帝,时巡临洞庭。咸池备广乐,南极焯威灵。
至乐均夷夏,希声入窈冥。江湖乱鱼鸟,宇宙激雷霆。
会有冯夷舞,还令楚客醒。遗音不可学,逝近向东溟。

挽仁宗皇帝歌四首(其三)

不阵威逾远,无为俗自柔。诗书通月窟,箫勺靖炎陬。
毕陌宫车晚,苍梧草露秋。定知千岁后,民尚是轩丘。

读庄子三首(其一)

箫韶岂不美,爰居终自悲。俯仰鲁城上,惊顾不能怡。
伊昔舜廷内,鸣凤为来仪。和声讵中变,众听邈难齐。
浇淳悬异代,聪昧未殊施。咄嗟播钁武,永乏沧海归。

刘克庄(1187—1269)

四和(其二)

删后元来尽有诗,此言莫遣邵程知。匹如东土生三叶,横向西江出一枝。
俚曲俗方尊郢市,古音今少奏咸池。谁云老子无呵导,塘上蛙声鼓吹随。

警斋侍郎舟和放翁五言过奖衰朽且示雄文二编次韵一首

熟读公诗文,高出骚选前。寒余相追逐,严句入杜编。
里鼓闻咸池,山歌混葛天。刀圭靳付授,分寸难扳缘。
偶逢浮丘伯,月下吹箫眠。凤味不可和,蚓窍殊自怜。
披我云锦裳,易去短褐穿。啖我玉井藕,洒然渴肺痊。
回澜使东之,斡天令左旋。斯文恃砥柱,诸老随游川。
交游愧忝窃,薰摘劳结悁。当论先后觉,宁较大小年。
已得渥洼骏,共登昆仑颠。指点归宿处,目览非耳传。

五和二首(其一)

尚记诸贤聚本朝,当时君相急旁招。箫韶九奏凤谐乐,金弹一声莺下乔。

强项昔尝攀殿槛,饥肠今欲把僧瓢。蚤知不得文章力,却悔从初夺锦标。

灯夕守舍

百口惟翁懒入闉,欢传画隼出行春。冶容淇上多游女,群饮街头有醉人。
听黑箫韶成假寐,映青藜杖是前身。不知谁侍传柑宴,早为君王靖塞尘。

刘应时(?—?)

感事赠周子寿二首(其二)

丹丘有鸾凤,天朝思羽仪。祥风挽不前,箫韶将致之。
我生幸良觌,九苞容一窥。矫首望阿阁,自笑枪榆卑。

刘 宰(1166—1239)

云边即事

山鸟纷纷不计名,晓来聒聒弄新晴。山人不识虞庭乐,疑是箫韶奏九成。

刘 挚(1030—1097)

次和次中简留守苏子容

灊园文雅久湮沦,居守今逢紫禁臣。右客游梁似司马,主人开阁等平津。
不才亦预门生旧,承乏来趋幕府新。共喜风骚坛将在,箫韶时许击辕亲。

送文与可同出守湖州

东蜀老儒者,吴兴新使君。前更四州守,风政超古人。
归来天禄阁,袖手随众群。一毫不染指,世味从甘辛。
谓柔未易招,谓刚可以亲。浑然镇冒器,承以缫率文。
词章谢剞劂,天葩出灵根。冥冥古咸池,众听所卧闻。
外物了无累,独爱霜中筠。应怜岁寒节,落笔收天真。
七贤与六逸,林下仍溪滨。对之浪狂醉,顾岂知此君。
比年不多写,造化悭至珍。而我得二纸,毫素余清芬。
留当雪霜展,可慰思慕勤。煌煌钟鼎具,未许刊名勋。
聊复咏黄鹄,南国垂朱轮。拔足出埃壒,投身当水云。
人与境相得,长鲸卧天津。冰壶地千里,云屏山四邻。

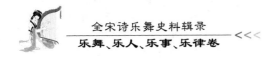

醉月若下酒,苊羹沼渚纯。仕宦子虽适,孤陋予何伸。
曲蓬谁与直,坐远兰蕙熏。临风写高兴,愿寄江南春。

别田延年王潜江

才非王粲入荆州,淹簿三年已倦游。疏世自甘时不与,论交有得子相求。
学知所乐轻文绣,言至无瑕绝悔尤。大舜箫韶方九奏,伫看灵凤出丹丘。

龙昌期(？—？)

咏　门

枢动本为荣辱主,常因户外细推寻。乾坤出入无穷象,夷狄关防有限心。
掩到善人非远大,开当古道自高深。九成载举箫韶奏,穆穆无凶合在今。

陆　游(1125—1210)

雨　声

雨声点滴朝复暮,中有诗人绝尘句。云门咸池渺千古,断谱遗音此其绪。
雨声点滴夜不休,中有羁臣去国愁。九疑联翩湘水秋,忠诚内激涕自流。
我今衰病百无念,卧对青灯吐残焰。支床纳息效寒龟,傍枕长吟笑孤剑。
雨声不断睡愈美,窗白鸦啼揽衣起。呼儿烧兔倾浊醪,又倚胡床雨声里。

秋旱方甚七月二十八夜忽雨喜而有作

嘉谷如焚稗草青,沉忧耿耿欲忘生。钧天九奏箫韶乐,未抵虚檐泻雨声。

小舟过御园二首(其二)

水殿西头起砌台,绿杨闹处杏花开。箫韶本与人同乐,羽卫才闻岁一来。
鹢首波生涵藻荇,金铺雨后上莓苔。远臣侍宴应无日,目断尧云到晚回。

睡觉闻儿子读书

梦回闻汝读书声,如听箫韶奏九成。且要沈酣向文史,未须辛苦慕功名。
人人本性初何欠,字字微言要力行。老病自怜难预此,夜窗常负短灯檠。

长　门　怨

未央宫中花月夕,歌舞称觞天咫尺。从来所恃独君王,一日逸兴谁为直。
咫尺之天今万里,空在长安一城里。春风时送箫韶声,独掩罗巾泪如洗。
泪如洗兮天不知,此生再见应无期。不如南粤匈奴使,航海梯山有到时。

吕　陶（1028—1104）

再和胡右丞视学

士有幸不幸，所逢皆一时。道隆学自正，文敝俗亦衰。
匪惟古今异，况复好恶随。观诗不观政，争议毹与基。
穷经不穷法，区区论桓僖。必得大匠诲，然后圆中规。
譬欲考躔度，亦先由浑仪。所以君子教，众材无弃遗。
公来镇西州，为民张四维。且曰化未孚，执咎归之谁。
醇酽造礼义，偷薄生夸毗。予其本庠序，动以经为师。
善道易牖进，应和如埙篪。自此石室生，处躬无匪彝。
勤诚戒挑达，美颂赞缉熙。屡闻讲鼓集，不见儒冠欹。
远或千里至，箧笥相携持。公堂坐无地，布满东西垂。
学殖务栽培，心茅悉芟夷。前瞻数仞墙，竞欲趋公扉。
谓公富经术，执卷将问逵。诵公勤学篇，华柔鄙玄晖。
杏坛乘春风，一日千万枝。昔公长乌台，奏囊成殿帷。
药石尽晦密，世人罕闻知。今公倡儒教，群情革其非。
道胜逢大壮，文明契重离。继有巨篇作，拜贶如受龟。
咸韶奏清庙，音中爽与蕤。琳琅聚宝肆，亘夜腾晶辉。
蛙鼓畏不鸣，鼠璞羞路岐。信矣蜀政美，声闻已四驰。
海宇翘首望，天高终听卑。行闻十行诏，匪朝促公归。
虽欲在泮饮，盛事安可期。

吕祖谦（1137—1181）

萧果卿祭酒挽章二首（其二）

摩揣诚斯薄，雕镌质自销。平生但真朴，直上绝枝条。
氛雾终澄霁，丘山亦动摇。朝阳旧时凤，声人舜箫韶。

梅尧臣（1002—1060）

送余中舍监韶州钱监

孤青水上石，片白苍梧云。虞舜不可见，箫韶不可闻。
君为汉钱官，凿山取铜矿。韶石不生铜，留为千古景。

米 芾(1051—1107)

太常二绝(其二)

竹前竹后太常斋,风度箫韶识舜谐。博士拥书方彻卷,相公上马报当阶。

任希夷(1156—?)

太乙宫迎驾

侵夕犹烦雨洒尘,銮舆才御霁光分。龙颜喜动双黄伞,花帽装成五采云。
清跸一声天下喜,箫韶九奏世间闻。侍臣扈从沾天宴,亲举尧觞更一欣。

邵 雍(1011—1077)

尧 夫 吟

尧夫吟,天下拙。来无时,去无节。
如山川,行不彻。如江河,流不竭。
如芝兰,香不歇。如箫韶,声不绝。
也有花,也有雪。也有风,也有月。
又温柔,又峻烈。又风流,又激切。

石 介(1005—1045)

送李生谒张侯

李生长七尺,栖栖长自吊。一饮酒一石,常怀酒瓮小。
一食牛一腔,平生未曾饱。负剑出门去,满眼荒榛道。
行行何所适,泪下沾襟袍。李生且收涕,不足苦悲悼。
非无咸池音,夔旷世所少。不识伯乐氏,飞黄遍牛皂。
我闻张侯者,其人非草草。六经探精微,九流得指要。
荀况或言兵,杜牧曾深考。纵横文武术,难以寻常较。
磊磊公侯器,可以镇浮躁。子将丈二矛,试向伊前掉。
见子伊心喜,扶子出泥淖。王济牛心炙,李生应得咬。

史　浩(1106—1194)

寄居庆汪中嘉尚书年登七秩会致语口号

鄞山鄞水百祥开,天祐神仙间世来。剩喜千龄才七秩,更祈八座上三台。
箫韶声里翻红袖,衮绣光中醼玉杯。每阅十期成再会,方瞳丹脸永如孩。

史尧弼(1119—?)

公肃在东南三有书来未报闻其除司直以诗寄贺且谢(其一)

江北江南罢战尘,两阶干舞作升平。河东五色真毛羽,九奏箫韶看一鸣。

醉卧至夜半半醒中若有所愧者闻空庭石渠流水瀺瀺清亮不觉心体顿舒醉卧俱失因赋其所感

吾生少欢娱,遇酒增慨慷。殷床惟一眠,万虑几消亡。
半夜还有觉,惕然喟中肠。世故何足道,诚恐此志荒。
人生苦为乐,我岂醒而狂。孰为见在心,勿正能勿忘。
涓涓石渠溜,起予者卜商。泠然落枕寒,解渴不待尝。
坐令肝肺间,一一流天浆。须臾四体喻,发肤了无痒。
梦觉与醉醒,忽落俱亡羊。流水去不舍,此心湛如常。
恍疑奏箫韶,仪凤碧云翔。眷此听愈淡,杳谁见其乡。
乃知天宇中,一气同苍凉。平明视渠水,非笙亦非簧。
矢诗以自歌,浊清付沧浪。

释宝昙(1129—1197)

和山谷赋黄迪墨竹韵

平生黄太史,翰墨四海知。风流过修竹,自弃或若遗。
岂伊岁寒质,似我槃礴时。此君不解语,风雨扶持之。
夜窗或荡撼,灯火皆疑危。龙去恐□□,呻吟欲勤追。
摩挲古屋壁,想像还依稀。怜公读书瘦,爱竹何缘肥。
饮尽三斗墨,半梢或相宜。争如鸱夷子,一舸容西施。
岁晚意浩荡,江湖相倚毗。云幢与烟节,异致仍同归。

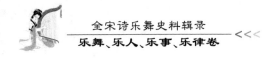

多应黑瘦语,绝倒黄初诗。君家百斛力,不解增双眉。
荣枯各本色,王林亦神驰。我欲学挥扫,一年以为期。
胸中富千亩,二凤当来仪。箫韶久不作,此恨常依依。
会须归故国,夜梦而昼思。庭空月欲落,斯文还在兹。

释慧远(1103—1176)

颂古四十五首(其一六)

唱拍相随特地新,舞衣歌版不须呈。云间独有箫韶曲,未肯流传取次人。

释绍昙(?—1297)

颂古五十五首(其四二)

笼养翎毛不记名,春来巧弄百般声。临风放出丹山凤,多谢箫韶奏九成。

释文珦(1210—?)

山 乐 官

呜呼有鸟山乐官,鸣声宛转空林间。恐是执簧秉翟者,遗形变化之游魂。
生兮不遇圣明世,千载而下犹烦冤。遗之好音不尔听,何如卷舌且勿言。
箫韶九成集嘉瑞,当与威凤同飞鶱。

司马光(1019—1086)

又云新铸鬴斛与今太府寺尺及权衡若合符契复次前韵

裁筒累黍久研精,况复新修鬴斛成。岂校忽微争口语,本期淳古变人情。
即言乐律符今尺,但恐箫韶似郑声。若欲世人俱信服,凤皇再集颍川城。

宋庠(996—1066)

季秋侍宴中阙与诸公憩学士院作

冠剑中休会禁扃,暂欹孤枕拂云屏。汉臣责重非真醉,楚客秋高恨独醒。
宝墨喜窥前赐榜,华绦犹记旧呼铃。诏催终宴箫韶动,更学鹓鸰子细听。

宋翔(?—1158)

绍 兴 乐 府

天意回,皇母归。戢烽燧,敞宫闱,朝阳赫奕明鞠衣。

惟皇之孝,惟母之慈。陈仙仗,荐寿卮。
从之冢后与庶妃,奏之九成与咸池。
沓珍瑞,骈福祺,山陬水裔咸熙熙。
惟天之象,与帝之宜。千万年,无穷期。

苏　轼(1037—1101)

送张安道赴南都留台

我公古仙伯,超然羡门姿。偶怀济物志,遂为世所縻。
黄龙游帝郊,箫韶凤来仪。终然反溟极,岂复安笼池。
出入四十年,忧患未尝辞。一言有归意,阖府谏莫移。
吾君信英睿,搜士及茅茨。无人长者侧,何以安子思。
归来扫一室,虚白以自怡。游于物之初,世俗安得知。
我亦世味薄,因循鬓生丝。出处良细事,从公当有时。

苏　辙(1039—1112)

食樱笋二首(其二)

林竹抽萌不忍挑,谁家盈束伴晨樵。箨龙似欲号无罪,食客安知惜后凋。
不愿盐梅调鼎味,姑从律吕应箫韶。林间老死虽无用,一试冬深雪到腰。

孙应时(1154—1206)

上皇八十庆寿赦书至海陵敬成三十二韵

禹迹乾坤旧,尧天日月新。龙躔临丙午,凤历首庚辰。
卦直三阳泰,时通万物屯。暖音鸣嶰律,淑气鼓鸿钧。
奕叶炎精旺,重光帝位真。昌期周一纪,正统接千春。
盛事当今最,闷休受命申。慈皇跻八秩,天子寿双亲。
宝册尊名衍,璇霄庆典陈。昕朝移警跸,法仗翼簪绅。
晴日明黄道,和风度紫宸。欢声拥都市,喜色动君臣。
陛戟三呼迵,箫韶九奏均。玉卮前肃穆,天语听温淳。
拜舞班行退,邮传诏令谆。丰章加等列,旷泽浃兵民。
三殿承颜邃,重孙奉酒频。欢娱留暑景,跪起用家人。

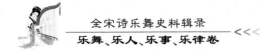

礼乐清都表,辉华率土滨。仪刑知子职,命赐侈君仁。
即事论今昔,储祥轶混沦。陶姚非与子,文武尚臣辛。
笑乐徒夸汉,规为陋袭秦。大安惭养志,西内益伤神。
孰与深慈孝,昭哉绝配邻。内朝兼燕喜,视膳极常珍。
家法长忠厚,渊衷愈畏寅。庙郊歆悦豫,宗社巩持循。
世已歌天保,皇应感召旻。百年余蛊弊,一日待经纶。
仇敌终禽馘,神州复广轮。莫留毫发恨,作颂勒坚珉。

汪炎昶（1261—1338）

寄山臞滕主簿

臞仙非臞惟少肥,风骨耸峭无妍姿。有口不餐世上味,颇黎琢碗盛珠玑。
手挼脚踏思烂熳,笔头芳香撷江蓠。出古彝鼎或莫识,欲为平淡愈崛奇。
论攒众口每如此,近日始读阅古诗。瘦劲老硬铁诘曲,龃龉不棘险不巇。
此天与才未易学,太白吻喉贺肝脾。我喜欲绝彼乃怪,颈被惊缩牢如龟。
深闶龙宫足瑰诡,犀燃惜仅一二窥。咏歌盛功代有作,吉甫宗元愈奚斯。
铿轰炳耀震宇宙,荡涤万世清风吹。先生笔力妙如许,模云绘月岂所宜。
何不飞霞缀为佩,驷以玉虬翼两螭。直从昆仑阆风苑,横绝四海窥荒维。
左拔太华取巉绝,右抉星宿分芒辉。一跳突入东壁府,涤砚倒泻银河漪。
咀盘嚼诰继雅颂,音被箫韶记之夔。与仪鸾凤舞百兽,垂亿万载无穷期。
夜梦群仙领此语,曰不如此材无施。先生首涂定何日,愿执鞭弭长相随。

王安石（1021—1086）

和中甫兄春日有感

雪释沙轻马蹄疾,北城可游今暇日。溅溅溪谷水乱流,漠漠郊原草争出。
娇梅过雨吹烂熳,幽鸟迎阳语啾唧。分香欲满锦树园,剪彩休开宝刀室。
胡为我辈坐自苦,不念兹时去如失。饱闻高径动车轮,甘卧空堂守经帙。
淮蝗蔽天农久饿,越卒围城盗少逸。至尊深拱罢箫韶,元老相看进刀笔。
春风生物尚有意,壮士忧民岂无术。不成欢醉但悲歌,回首功名古难必。

送崔左藏之广东

怪石巉巉上沕寥,昔人于此奏箫韶。水清但有嘉鱼出,风暖何曾毒草摇。
今日淹留君按节,当时嬉戏我垂髫。因寻旧政询遗老,为作新诗变俚谣。

王安中(1076—1134)

和御制白莲诗(其二)

华堂起江沚,璇榜塞门楣。眈如垂天云,始与烟水宜。
圆荷盖千顷,高柳排四涯。娟娟初芙蓉,濯濯清沦漪。
造物与奇胜,冰姿焕相差。唐昌玉蕊仙,流步光入扉。
霜寒挈青女,夜永过月妃。纫佩杂琼华,施朱笑红滋。
但薰百和香,不染六铢衣。新篇来帝所,天语妙莫窥。
徜徉洞庭野,九奏惊咸池。恩隆许赓续,万漏敢固辞。

睿谟殿曲宴诗

上帝通明阙,神霄广爱天。九光环日月,五色丽云烟。
紫宙开三极,琼璇列万仙。希夷尘境断,仿佛玉经传。
妙道逢昌运,真王抚契贤。龟图规大壮,龙位正纯乾。
穹昊亲无间,皇居掇自然。刚风同变化,梵气共陶甄。
层观星潢上,重闱斗柄边。摩空七雄峻,冠峤六鳌连。
梦想何尝到,阶升信有缘。昕朝初放仗,密燕忽闻宣。
清禁来鸣佩,修廊列并肩。兽铺金半阖,鸾障绣微褰。
霁景流庭砌,雷文绘桷榱。宫帘波锦漾,殿榜字金填。
花拥巍巍座,香浮秩秩筵。嵩呼称万亿,韶奏侍三千。
华岁称尧历,元玑候舜璇。冰霜知腊后,梅柳认春前。
造化应呈巧,芳菲已斗妍。樛枝雕槛小,多叶露桃鲜。
错落飞杯罕,锵洋杂管弦。承云歌历历,回雪舞翩翩。
黼幄祥氛合,铜壶永漏延。镐京方置醴,羲驭自停鞭。
乃圣情弥渥,诸臣意更虔。宗藩亲鲁卫,相苜拱闳颠。
侧弁恩光浃,中觞诏跸旋。宝薰携满袖,御果得加笾。
要赏嬉游盛,俄追步武遄。腾身复道表,送目夹城堧。

仰揖苍龙象，旁临艮岳巅。讴谣纷广陌，箫鼓乐丰年。
赫弈攒轮辘，珍奇集市廛。博卢多袒跣，饮肆竞蹁跹。
蕃衍开朱邸，崔嵬照彩椽。桥虹弯矗矗，江练泮溅溅。
击柝周庐晚，张灯别院先。余霞摇绮晕，列宿泻珠躔。
浩荡三山岛，棱层十丈莲。再趋天北极，却立榻东偏。
既用家人礼，仍占圣制篇。兕觥从酪酊，蟾魄待婵娟。
转盼随亲指，环观得纵穿。曲屏红浪蹙，巨柱赤虬缠。
光透垂葩井，晶衔带璧钱。萧台千级峻，重屋八窗全。
就席花墩匝，行尊紫袖揎。交辉方烁烁，起立复阗阗。
邃宇会宁过，中宵胜赏专。铺陈尤有韵，清雅不相沿。
户箔明琼串，栏钉水碧棬。规模商瓿铸，款识鲁壶镌。
秦曲移筝雁，唐妆俨鬓蝉。窄襟珠缀领，高朵翠为钿。
喜气排寒冱，轻飔洒静便。层床借玑组，方鼎炷龙涎。
玛瑙供盘大，玻璃琢盏圆。暖金倾小榼，屑玉酿新泉。
帝子天材异，英姿棣萼联。频看挥斗碗，端是吸鲸川。
推食俱均逮，攘餐及堕捐。海螯初破壳，江柱乍离渊。
宁数披绵雀，休论缩项鳊。南珍夸钉饾，北馔厌烹煎。
赐橘怀颓卵，酡颜醺宝船。言归荷慈惠，末节笑拘挛。
放钥严扉启，笼纱逸足牵。冰轮挂银汉，夜色映华鞯。
人识重熙象，功繁独断权。五辰今不忒，六气永无愆。
天纪承三古，时雍变八埏。比闾增版籍，疆埸罢戈铤。
文轨包夷夏，弦歌遍幅员。恢儒荣藻茅，作士极鱼鸢。
肯构诒谋显，多男景祚绵。迓衡常穆穆，遵路益平平。
亭障今逾陇，耕耘久际燕。恩渐鲸海涨，威宣犬戎膻。
东拟封云岱，西将款涧瀍。琳科宣蕊笈，玉府下云軿。
帝籍勤初播，宫蚕长自眠。茧丝登六寝，秬米秀中田。
庙鹤垂昭假，坛光监吉蠲。灵芝滋菌蠢，甘醴涌潺湲。
合教庞风革，颁经众疾痊。雨随亲祷降，河避上流迁。
执契皇猷洽，披图福物骈。太和输橐籥，妙用绝蹄筌。

138

此会君臣悦,应光简册编。雅称鱼罿罿,颂述鼓咽咽。
讵比千龄遇,犹闻四始笺。羁臣起韦布,陋质愧弩铅。
骤俾陪机政,由来出眷怜。恩方拜纶綍,报未效尘涓。
密席叨临劝,凡踪第曲拳。虽无三峡水,曾步八花砖。
圣谕知难称,才悭合勉旃。钧天思尽赋,剩续白云笺。

王 蕃(?—?)

凤巢山(其二)

凤凰飞去听箫韶,燕雀群飞想见嘲。
记取旧时栖止处,莫教鹰隼误来巢。

王 㧑(1184—1252)

淳祐七年丁未十一月朔蔡久轩自江东提刑归抵家时三馆诸公以风霜随气节河汉下文章分韵赋诗送别得随字

嵯峨武夷山,中有梁栋姿。凤凰鸣高岗,隐见视其时。
孰若阿房宫,下容五丈旗。孰奏箫韶乐,和声召来仪。
才大古难用,论高人先知。晦翁千载人,源流有余师。
衣传正大学,时吐謇谔辞。国步方险艰,忧端终南齐。
袖有济时策,真言琅玕披。忠嘉许稷契,不事激与随。
辩论黼座侧,听纳天颜怡。林林陛楯郎,相顾胥叹咨。
中有张万福,拜贺太平基。正赖中流柱,障澜使东之。
胡为勇于去,神龙不容羁。平生廉靖操,为国张四维。
西风送汉节,凛凛生霜威。皇华驰周隰,昼锦辉绣衣。
清台占二星,今夕躔已移。江右九州地,俗弊民已疲。
高褰赤帷裳,下照及隐微。刑清民乃服,莠除苗始滋。
烹鲜戒政扰,漏鱼宁网稀。要令珥笔俗,洗心学书诗。
更令佩犊子,竭力事耘耔。鄱江歇澜波,贯索韬光辉。
丕变东楚俗,若咏洙泗涯。小试大儒效,泰山一毫厘。
宁如立本朝,措世复雍熙。无容孔席暖,伫兴宣室思。
归来纳绂节,平步登黄扉。富贵推不去,乘留复奚疑。

王十朋(1112—1171)

县学落成百韵

炎正中微后,皇家再造年。斯文天未丧,吾道圣相传。
黼扆端周冕,岩廊拱舜弦。宸章丽朝日,奎画焕中天。
贾马朝丹阙,皇夔捧御筵。云龙庆相遇,星凤快争先。
金马袍披锦,戎亭帐襫毡。崇儒符汉武,复古慕周宣。
方议成均制,仍增博士员。伫观旂茷茷,行贲帛戋戋。
词赋扬群彦,贤良策万全。圜桥汉亿万,鼓箧鲁三千。
狂客休歌凤,骚人肯钓鳊。文风畅蛮貊,士气压腥膻。
王化诚无外,吾邦素自偏。鱼盐人竞习,刀笔世相沿。
甘学樊迟稼,纷求许汜田。揶揄戏缝掖,膜呗奉真诠。
未振寒乡陋,那经杀气缠。闾阎森白刃,庠序燎寒烟。
断简嗟何考,青衿痛自怜。诗存伤瓠叶,礼废忆豚肩。
磬碎交州石,弓焚瞿相弦。水流空涣涣,草碧自芊芊。
有识思兴起,无知分弃捐。桑弧谁复射,城阙孰思还。
弟子贫原宪,先生冷郑虔。嗣音几泯灭,素业遂迍邅。
屡应三年诏,曾微万选钱。龙门无几到,虎榜不多联。
愈赋徒伤感,郊肠厌炒煎。儒冠空叹误,铁砚莫知研。
白日非偏照,寒灰自不然。百年嗟委靡,今日幸夤缘。
令尹真人杰,同僚命世贤。崔丞老文学,梅尉旧神仙。
乐善诚何笃,承流志更专。下车伤弊俗,修泮慕遗编。
浮议畴能夺,良谋断不愆。商财方萃聚,卜日肯迁延。
役命诸生董,基谋爽垲迁。邓林搜蓊郁,淇竹剪婵娟。
秘殿雄千尺,修廊跨百廛。虹梁挂天宇,云栋轶星躔。
缥缥飞鸳瓦,沉沉耀采椽。沚茂春色早,坛杏午阴圆。
方沼分寒溜,明窗瞰碧涟。前山昂马首,胜地夺龙眠。
瀑水灵源近,箫峰秀色妍。规模何廓廓,气象更绵绵。
先圣风流远,新宫象貌鲜。森罗龙衮列,肃穆雁行连。

乐舞

剑佩星辰上,丹青日月边。衣裳明黼黻,冠冕饰纮綖。
祀事修崇报,心斋务至蠲。新仪仍再习,吉日已重涓。
漏箭催庭燎,鸾刀待饩牵。充庭端弁服,夹道拥车骈。
秉笏趋帷幄,升阶省豆笾。馨香登黍稷,肥腯荐牲牷。
蔬撷罗芹藻,鱼羞备鱃鲜。牺尊澄玉液,宝篆喷龙涎。
荐祼仍更貌,观瞻竞曲拳。礼文稽戴郑,乐舞奏韶箾。
设礼筵初秩,登门屦已填。盍簪联桂玉,纫佩杂兰荃。
饰喜捐丝竹,论文具管笺。献酬咸偻伛,进退各周旋。
挥麈谈飞屑,濡毫思涌泉。妙词歌郢客,醉墨洒张颠。
共喜从于迈,俱忘咏式遄。武纷堂上接,衣拥坐隅寨。
父鄙金籯满,师夸腹笥便。雩风开性柳,教雨长材楩。
鼓瑟求曾点,攀鳞至闵骞。水平翻振鹭,天阔戾飞鸢。
莺思友迁木,骅群尽著鞭。草空收七壁,雀过堕三鳣。
道也将行矣,辰乎盍勉旃。搜寻罗简札,点勘费丹铅。
洁净穷爻象,温柔考注笺。典谟稽古学,仓制究残编。
异教排韩子,遗经抱玉川。壮夫羞篆刻,童子悟幽玄。
道德勤钻仰,文章变俨骈。科名真溷尔,翰墨盖游焉。
雪耻终兴越,成功必霸燕。真成两阙里,别是一陶甄。
化出文翁表,功居范甯前。声莘终不朽,琬琰岂须镌。
未学成鸠拙,穷居类兔跧。肠枯无锦绣,门冷乏貂蝉。
箪食虽云乐,藜床已厌穿。室空司马壁,食窘鲁公馔。
误拜殽陵赐,长怀渭水畋。断弦音寂寞,抱玉涕潺湲。
览镜时犹在,焚舟志益坚。燕归欣遇厦,鱼得敢忘筌。
愿赴功名会,终归造化权。唯凭大炉火,早晚铸颜渊。

王 洋(1089—1154)

还许推诗轴

好在东安解戎瓜,归怀珠璧慰生涯。翰林词伯梦中草,粉署仙郎笔下花。
已闻箫韶还政俗,未持旌节自光华。邦人故眼应回首,诗律传芳又一家。

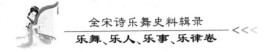

王义山(1214—1287)

春日即事二首(其一)

朔气棱棱带雪吹,凝阴四面锁寒枝。自回造化微和后,如再洪蒙未判时。
天遣江山醒醉眼,春将景色入新诗。乡晨一部箫韶奏,草绿花红山鸟嬉。

王禹偁(954—1001)

凤　皇　陂

次公治颍川,仁政被一方。神物不藏瑞,兹焉集凤皇。
在昔奏箫韶,舜庭来跄跄。西伯有至化,亦见鸣岐阳。
仲尼岂无德,已矣空悲伤。夫何刀笔吏,而能致殊祥。
我来过荒陂,烟草但苍苍。缅怀汉循吏,史笔恐未详。

闻　　鸮

元精育万汇,羽族何茫茫。为怪有鸱鸮,为瑞称凤皇。
凤皇不时出,未识五色章。吾生在邹鲁,风土殊远方。
鸣鸠随乳燕,日夕巢我梁。翩翩杂鸟雀,穿屋率为常。
又从筮仕来,五年居帝乡。更直入承明,侍宴趋未央。
上林闻莺啭,巧舌如笙簧。鸱鸮徒知名,闻见实未尝。
顷年谪商山,听之已悲凉。今兹出内庭,罚郡来永阳。
谁知尔鹒鸠,营巢在城墙。年加睡渐少,秋尽漏且长。
鸣啸殊不已,历历含微霜。孺人泣我右,稚子啼我傍。
吾心非达士,讵免亦怅怅。人生纵百岁,忽若石火光。
其间有穷通,幽昧难自量。我爱皋与夔,峨冠虞舜堂。
箫韶闻九成,丹穴来锵锵。又爱闳与散,陈力遇文王。
鸑鷟听岐山,多士周道昌。嗟嗟汉贾谊,年少谪南荒。
故有鹏鸟赋,倚伏理甚详。郇公暨邺侯,放逐同一邦。
夜深闻此鸟,韦公涕沾裳。李侯举酒令,斯音非不祥。
坐客如不闻,罚之以巨觞。遂使恶鸟声,听之靡所伤。
赞皇贬袁州,怀鸮义亦臧。乃知昔贤哲,未免亦凄遑。

况予不肖者,冒宠登朝行。报国惟直道,谋身昧周防。
四年两度黜,鬓发已苍苍。虽得五品官,销尽百炼钢。
何当解印绶,归田谢膏粱。教儿勤稼穑,与妻甘糟糠。
凤来非我庆,鹗集非吾殃。优游尽天年,身世俱可忘。

王之道(1093—1169)

春 日 偶 成

余生今赴迩英朝,似说夔龙许续貂。枯楠遂承新雨露,苍鹰应识旧云霄。
废兴须信关时命,劳逸谁能问贯条。十载山林劳梦寐,五更天仗听箫韶。

徐 积(1028—1103)

周长官出二子诗相示

丹山一凤双雏生,十分羽翼三分成。未能飞奋先能鸣,才鸣不作凡鸟声。
羽毛安得相混并,鹏霄九万当冥冥。箫韶九奏仪王庭,光华舜旦魁群经。

徐经孙(1192—1273)

恭和御制诗

多士新弹贡禹冠,对天忠切动龙颜。胪传声彻颁袍笏,燕喜筵开肃佩环。
乐奏箫韶成广内,诗成奎画照人间。微臣捧诏惭疏拙,也抱传宣拜赐还。

徐 瑞(1255—1325)

芳洲先生挽词

宇宙灵光在,山川爽气销。天公夺此老,人望绝今朝。
蚤岁收名第,华章烂庆霄。晚成端有待,颖出一何超。
风浪鳌山动,烟尘翠水遥。退藏工用拙,小试略舒翘。
讲学重师席,咨谋赞使轺。奇书萃钟鼎,雅道播咸韶。
椟美谁能贾,知音不恨焦。瓜园秋寂寞,梅径雪萧条。
丘壑情深重,功名意自消。春晖娱寝膳,夜雨乐朋僚。
老走违时好,深心托久要。共期采杜若,几度寄兰苕。
每疾浮文陋,还惊末俗浇。颓波回渺渺,古韵振寥寥。

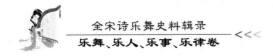

旧梦南柯蚁,英魂东海潮。凄凉留笔冢,零落付诗瓢。
戏墨人争购,遗编手自标。神交惟宋玉,哀意寓三招。

薛季宣(1134—1173)

钧 天 曲

清都太皇居,窈在冥冥间。神光贯中极,希微炯非烟。
紫宸邃以虚,绛阙高于天。受职徕百灵,肃雍朝九寰。
大飨通明殿,张乐玉京山。九奏感人心,万舞形物先。
谷神霭清唱,黔嬴抚鸣弹。缅彼世间音,下里何嫚娟。
阗阗响雷鼓,蹁跹举云鬟。彗宇小垂手,日月两弹丸。
阳春假优装,投霓忽高弦。壶矢一笑电,歌风发三叹。
呼吸成千尘,神仙讵长年。峨峨帝王都,积苏浮九埏。
箫韶间猗那,斗蚁蚊雷喧。虫沙与猿鹤,等细不足言。
遗音寄五柳,海山学成连。

喜 闻

若恨碔砆多乱玉,几能沙砾尽披金。虞庠旧意无多子,也有箫韶拊搏音。

杨 备(?—?)

九 日 台①

甲光如水戟如霜,御酒杯浮菊半黄。东日西风满天仗,箫韶一部奏清商。

杨冠卿(1138—?)

乙未秋赋不遂志归寓水村

归来不负白鸥盟,要听云山韶濩声。钟鼎轩裳非我事,从教水到自渠成。

杨 杰(?—?)

赠钱氏孙端静师

凤皇锵锵出丹山,觅辉金阙振羽翰。箫韶九奏动天地,苑囿何处无琅玕。

---

① 杨修《九日台》内容与此诗相同,不再重复收录。

故山惟有千年鹤,海上芝田随饮啄。朝市纷华了不知,逍遥常在云林阁。

杨万里(1127—1206)

题 望 韶 亭

新隆寺后看韶石,三三两两略依稀。金坑津头看韶石,十十五五不整齐。
一来望韶亭上看,九韶八音堆一案。金钟大镛浮水涯,玉瑟瑶琴倚天半。
尧时文物也粗疏,礼乐犹带鸿荒余。茅茨殿上槌土鼓,苇籥声外无笙竽。
黄能郎君走川岳,领取后夔搜礼乐。峄山桐树半夜鸣,泗水石头清昼跃。
山祇川后争献珍,姚家制作初一新。帝思南岳来时巡,宫琛庙宝皆骏奔。
曲江清澈碧琼软,海山孤尖翠屏展。天颜有喜后夔知,一奏云韶供亚饭。
帝登九疑忘却归,不知斑尽湘筠枝。后夔一胫跛莫随,坐委众乐江之湄。
仪凤舞兽扫无迹,独留一狻守其侧。至今唤作狮子石,雨淋日炙烂不得。
洞庭张乐已莓苔,犍为获磬亦尘埃。不如九韶故无恙,夏击尚可冬起雷。
何时九秋霜月里,来听湘妃瑟声美。曲终道是不见人,江上数峰是谁子。

至后入城道中杂兴十首(其二)

大熟仍教得大晴,今年又是一升平。升平不在箫韶里,只在诸村打稻声。

杨 亿(974—1020?)

太常乐章三十首(第二)

偃伯灵台,功成作乐。以昭德容,以清戎索。
万邦会同,群慝箫勺。尽善尽美,侔彼韶箾。

咸平六年二月十八日扈从宸游因成纪事二十二韵

步辇下明光,鸣鞘出未央。属车多载酒,夹道竞焚香。
云管飘梅吹,霓旌错鸟章。从臣沙苑马,卫士羽林枪。
玉辂天行健,金壶昼漏长。光风泛兰蕙,仙雾拂旂常。
宿雨收林薄,晨曦艳屋梁。间阎空里巷,苮罕隘康庄。
托乘奉珍使,先驱执戟郎。从桥初转毂,凭轼见垂裳。
暂驻时龙驭,前临戏马场。由来讲武事,所以服遐荒。
电影流机石,鸦群发大黄。千钧宁觉重,七札岂曾妨。

卒勇如虓虎,人观若堵墙。腰鞬晋元帅,扈跸汉诸王。
聊用夸胡客,还闻詟鬼方。回舆百里囿,锡宴九霞觞。
射以驺虞节,歌为白雪倡。仙山鲸海上,御苑斗城旁。
周镐欢麀鹿,虞韶集凤凰。瑶池春水渌,犹误濯沧浪。

叶梦得（1077—1148）

次韵程伯禹用时字韵见寄二首（其二）

汉道中兴此一时,虞亡不腊尔何知。地中鸣角无多怪,堂上论兵固有奇。
梦枿那求梁栋远,抢榆正羡羽翰卑。淮阳汲直犹高卧,愿看箫韶集凤仪。

叶　适（1150—1223）

施翔父掌教长沙

菁蔡羲前识,箫韶舜后音。追回贾谊贬,唤起屈原沉。
湘水汀烟阔,梅花署雪深。余行陈迹久,因子一微吟。

余　靖（1000—1064）

游　韶　石

世务常喧嚣,物外有真赏。结友探胜概,放情谐素想。
韶山南国镇,灵踪传自曩。双阙倚天秀,一径寻云上。
长江远萦带,众峦疑负襁。千里眇平视,万形罗怪象。
日影避昆仑,鳌头冠方丈。青螺佛髻高,群玉仙都敞。
霞城晴煜爚,桃溪春浩荡。仰攀霄汉近,俯瞰神魂恍。
涧深溜如织,岩虚动成响。造化与真质,妙画胡能仿。
贱子生海隅,逢辰辱朝奖。靡成彝鼎勋,甘从丘壑往。
惊禽恋故林,困骥畏羁鞅。兹游得幽深,同怀乐清旷。
世言帝有虞,朔南声教广。丹冥卜巡幸,翠华临苍莽。
箫韶曾此奏,钟石无遗像。但觉薰风存,脩然天籁爽。
姬公著治典,历代所遵仗。九野奠山川,万灵通肸蠁。
医闾与吴岳,半列戎夷壤。四时迎气祠,犹烦礼官掌。
况乃祝融区,群物资含养。来仪威凤居,乐育菁莪长。

肤寸起成霖,崇高一方仰。跻之佐衡霍,无惭公侯享。

虞俦(？—？)

次韵汉老弟假山

庭空吏散无公事,一枕清风供午睡。列仙之陬渺何许,化蝶翩翩可坐致。
梦中意行不识路,神前那有车乘坠。立壁延缘萝蔓绿,滑径行视莓苔翠。
南游忽到九疑峰,竹痕斑斑湘娥泪。箫韶声断苍梧云,石上虚余千古意。
回镳斜经少昊墟,阆风县圃穷幽邃。昆仑铜柱高隐天,河流九曲东南被。
高掌远跖得我惊,二华巨灵留颙顑。三丘却转问勾芒,首冠连鳌谁所置。
蓬莱浪自弱水隔,俯仰之间兴已寄。传闻有枣大如瓜,一笑安期方指示。
恶风骤起吹船回,未悟此身在平地。冬冬衙鼓忽惊觉,起来恰见群儿戏。
叠石亭前作假山,列嶂层峰生诡异。有如中怒互挐攫,或似画眉相妩媚。
神獒狮子岂其朋,伏虎卧驼非若类。珠屏九折地不惜,西柱一峰天所弃。
眼中乍见已堪赏,梦里曾游俱可志。连筒灌水瀑泉飞,薄岸临坻盘石岿。
瓦盘拳石养菖蒲,小有仇池今见二。乃知仙境只人间,跬步不移千里至。
向来封国在槐枝,我今此梦真相似。要知万事孰非梦,何物世间能久嗜。
有人夜半欲移舟,读我此诗宁不愧。

袁甫(？—？)

朝阳三章(其三)

日之出矣,万象光明。凤之仪矣,箫韶之音。
观彼仪凤,以观我生。生生不息,匪亏匪盈。
面此朝阳,默养和平。

岳珂(1183—？)

庚子正月彗见于室有诏求言因上己见有感作三唐律(其二)

美芹野人意,乔木世臣家。尺璧谅非宝,寸心元不遐。
谁知剑门栈,已建郁军牙。所恨箫韶远,不堪闻塞笳。

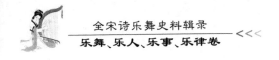

己亥十二月十七日堂帖被召感恩二首(其一)

九天驿骑下弓招,葵日丹心识就尧。鸾凤正应在阿阁,鹈鸪何事享箫韶。
丘园有分容逋客,海岳无裨愧圣朝。老病不堪心力倦,甫田勿叹莠荞荞。

米玄晖阳春词帖赞

予家有山林集,观宝晋自制之词,每不逮乎平日之文。
岂句律之未工,疑用志之或分。伟笔力之扛鼎,得过庭之异闻。
陶冶性情,自为阳春。既寓意于馆甥,亦秘籍而自珍。
予尝商略函书,仿佛梁尘,规矩合作,勺箫夺伦。
窃以为夫君金缕之衣,亦未足以换墨练之裙也。

曾　丰(1142—?)

中都寄广东提干彭元忠(其一)

舜峰虫鸟乱号鸣,犹是箫韶节奏余。入耳虽归哦咏里,收心更听寂寥初。

张　耒(1054—1114)

闻苏先生除校书郎喜而为诗并招王子中

绩溪仙翁若秋鹤,有喙不向腥膻啄。几年戢翼大江南,下看纷纷飞燕雀。
亲携杖拂呵禅祖,自伐松根出灵药。世人真自为公忙,公宁有意人间乐。
嗣皇继明登俊彦,诏遣雠书天禄阁。江山气象满收贮,倾倒归来开万橐。
咸韶无声嗟已久,野鼓羌弦自宫角。当令鸾凤见文章,却遣丘陵仰山岳。
王郎萧萧好文笔,一世清名推卫乐。岭头梅发始辞家,坐见长安秋叶落。
滞留穷县许过我,季心不负千金诺。何为岁晚尚迟留,庭下寒篁还解箨。
我老栖栖亦何事,一官未足充藜藿。读书把笔工无益,执板折腰心已怍。
顽疏一味难鞭警,妙道多生欲穿凿。惟君所事与我同,他日相从郑君学。

张舜民(?—?)

黄　陵　题　咏

箫韶不返九疑愁,双凤追思楚水秋。祎翟飘摇摧画壁,佩环零落挂帘钩。
春深兰芷供香案,日暮乌鸢送客舟。自是江湖清绝处,后人憔悴写离忧。

张　镃(1153—?)

正月初四日听新乐成绝句(其二)

治音安乐绍熙初,试听咸韶可并驱。戛武磬襄奚足数,作成从此不愁无。

赵　鼎(1085—1147)

闻郭瑾怀甫除郎

至治本无为,何曾帝力知。人惟求俊彦,天界济艰危。
鼎席尊黄发,星郎用白眉。锋芒森武库,律吕奏咸池。
海内想风采,朝中增羽仪。余光被草木,盛事播声诗。
感会唯千载,飞腾各一时。著鞭今更懒,投劾去奚疑。
亦有乘轩恋,其如续胫悲。衔芦聊避弋,绕树未安枝。
念旧多生死,思乡久别离。自余复何道,湖海是归期。

赵　佶(1082—1135)

宫词(其七九)

英华相背露台高,夹道双亭气象饶。每待中秋开夕宴,月轮平处奏箫韶。

赵　昚(1127—1194)

九月二十二日晚秋曲宴

昊穹垂祐福群生,凉德惟知监守成。禾黍三登占叶气,箫韶九奏播欢声。
未央秋晚林塘静,太液波闲殿阁明。嘉与臣邻同燕乐,益修庶政答丕平。

郑康佐(?—?)

蓬　莱　阁

独占林泉胜,金碧耀青冥。凭阑俯八极,缥缈降玉京。
群仙日往还,箫韶闻九成。鸾凤为君导,恍然游蓬瀛。

郑清之(1176—1251)

怀可斋简林郑二从事

可斋严冷如古书,庄语敢下铅与朱。读之不厌味有余,箫韶闻奏愁爱居。

文墨政事同机枢,照人炯炯悬冰壶。昆弟亲我同二苏,对床风雨夜梦俱。
别来半岁意郁纡,赖有二客能从余。或寄可斋双鲤鱼,道甫问讯今何如。

送林教授行(其一)

玉壶仙骨产蓬莱,客授京璜隽武开。曾向西山传墨印,好游东观笅兰台。
青云直上轻余子,黑发谁量未易才。侧耳韶箫充雅奏,愿同观乐诧州来。

郑思肖(1241—1318)

皇帝洞庭张乐图

天水相涵万象清,咸池真乐妙无根。大音岂在九霄外,有意听时却不闻。

郑　侠(1041—1119)

观孔义甫与谢致仕诗有感

人生足清闲,天下第一福。惜哉声与利,举世方逐逐。
君子耀轩裳,小人腴口腹。霜雪满颐颔,驰竞心更速。
谁如东山后,清风千载续。仁孝实天成,聪明乃几烛。
弱冠捭高科,声华光煜煜。骐骥驾夷途,千里在举足。
岁未再周天,官先上应宿。皇华屡更指,间请分符竹。
端介奉高明,慈仁抚茕独。施设妙通神,欢讴道相属。
一旦遽上章,幡然谢羁束。古人苍官政,五十曰艾服。
公年未五十,恳请竟从欲。缅彼伋与轲,进退遗佳躅。
三揖就恩荣,一辞托岩谷。由公仕以观,其庶无愧怩。
东皋我田园,负郭予室屋。儿侄几百人,图史逾千轴。
亲旧既周旋,闺门更雍穆。宾来酒一樽,兴来棋一局。
吟啸动烟云,诗书到僮仆。宁知地有仙,但见人如玉。
乃觉世间人,为生何局促。譬如方污垢,对之独薰沐。
孔公当代贤,宜其钦爱酷。慷慨出长篇,情殷语重复。
日日动归思,浩浩见林麓。何意蒙鄙人,幸兹一观瞩。
当筵顿忘味,如听箫韶曲。平生粗意气,自初得书读。
每见古圣贤,心常自程督。知身是罪根,每每自锄剾。

如彼善稼穑,去草茂嘉谷。深嘉远世网,有若囚脱梏。
惟兹素艰贫,事与心反覆。历官二纪周,一纪投南隩。
归时异去时,圣主恩霂霂。方欣到家乡,足觉愁虑簇。
高堂皓垂白,甘旨不饶沃。四弟两背亡,未言他骨肉。
继又丧一弟,三房等穷蹙。不数姆与婢,孤孀十有六。
薄业支半年,十饭犹五菽。萧然夏秋际,甚者日食粥。
人惟有父子,恩亲家室睦。惟其有君臣,礼义朝廷肃。
二者苟有违,三灵共诛戮。况兹生圣辰,熙隆遇尧喾。
艰虞免兵革,少小游庠塾。青春被恩擢,名姓粗扬暴。
孰非累圣德,师诲而君牧。中间更狂妄,天听常轻渎。
云云不少已,竟致御史鞫。所负鼎镬轻,敢意尚收录。
日月忽中天,湛恩俄濯浴。父子实再逢,君臣亦敦复。
新恩胡为报,旧过云何赎。父母教子勤,羽括而砺镞。
朝夕望乃成,荣显被亲属。慈乌于反哺,知以报生鞠。
学术不寸施,犹之玉韫椟。千载遭明良,不能少负辐。
是生天地间,曾不如草木。以此望明公,云中一鸿鹄。

周彦质(?—?)

宫 词(其八一)

开炉佳节乍寒朝,近侍班联衣锦朝。兽炭香新金鸭暖,珠帘龙幕按箫韶。

邹 浩(1060—1111)

送 陈 公 晦

寂不闻凤鸣,双耳聋已久。聿来丹山子,一旦惊户牖。
旧听欻我还,喜气薄牛斗。箫韶方九成,飞勿众禽后。

大　濩

孔平仲（1044—1102）

平上去入四首寄豫章旧同官（其三）

铿锵非金丝，唱和旦至暮。予顽居其间，郑卫厕大濩。
蒙蒙烟波中，遇兴自缀句。犹承诸公余，膏润譬雾露。

刘　黻（1217—1276）

哭艺堂汤先生

天地之性人为贵，四体百骸仁义具。先生领之皇降初，龆稚及耆全故步。
深居独观昭旷原，学不师传能自悟。真贫不挠万境融，实行已熟群□□。
深衣褒带山泽癯，经史百家罗府库。东南清叙知几何，见谓生贤扶世数。
申公不召老丘园，共惜烟霞早成痼。予尝北面承至言，如立明堂闻大濩。
是时年方二十三，自叹抠趋已云暮。讵知穷饿驱远游，倏忽五年疏杖屦。
世界剥烂志士稀，稽首斯文独终慕。家书一幅来雁山，报言先生溘朝露。
肝肠欲断声欲瘖，六月悲风起荒圃。先生谅与混沌游，魂魄聪明还太素。
生兮无辱死有荣，虎护龙居老师墓。

张　扩（？—？）

子温县丞侄长篇见赠并携少卿伯父梅堂所赋绝句相示翰墨宛然叹息久之因次其韵

平生张洪州，豪气压群士。唾视狗鼠辈，纷纷何足数。
晚登文石陛，剑服峨榴具。高论忍违时，所愧罔君父。
至今家集中，秩秩有伦次。流传到诸孙，谁复步亦步。
此翁日已远，畴昔旦暮遇。何温少也爽，芝兰秀而紫。
状貌类洪州，谈笑了万事。笔端见微铓，妙解如削镂。
精刚金百炼，该贯龟五聚。俗学不足诋，纷纶或殊趣。
斯文悬诸天，字字有分付。诐词颇乱真，芜纇少删去。
吾子壮且勇，政在戒逸豫。昨者忽过门，短袖出长句。

轩然祢正平,坐诵鹦鹉赋。洞庭莽空阔,终日奏咸濩。
初非郭林宗,岂识黄叔度。但惊锦囊文,及此春秋富。
未能赏雌霓,且复说奇字。吾年过半百,世事亦何慕。
杖屦相扶携,筋骸日僵仆。犹于五字中,雕刻叹冰柱。
习气未易扫,贪味如桂蠹。肯借梅堂篇,风流忆张绪。
珍藏几何时,应有神物护。今晨偶开展,英彩照江阜。
后生要着鞭,探讨及微处。遗予真过矣,娟洁忌沾污。
清梦渺春草,俚谈羞杜牡。慎勿索其余,恐君痴叔似。

周紫芝(1082—?)

次韵庭藻再赋天申节锡燕书事

蓬莱殿角薰风凉,法宫无事垂衣裳。人间乐奏万斯曲,枝上日转咸池桑。
天皇初开紫府燕,御前催赐黄金觞。谁乘风云依日月,臣有力牧君轩黄。
望云仰见天不远,簪花莫厌鬓如霜。五风十雨自中国,语从重译传名王。
年年五月熟荔子,又见北使朝连昌。圣君当宁占宝历,太史执笔书殊祥。
云间双阙日五色,下被四表同尧光。风姿矫矫华省郎,珩璜结佩鸣水苍。
但将两耳听韶濩,付与孺子歌沧浪。传杯遥想水殿冷,画鼓咽咽清昼长。

云　门

高斯得(?—?)

绝　交　行

男儿独立天地间,太华绝尖一何峭。子房不肯下萧曹,伯夷本自轻周召。
往来舞袖拂云霄,醉里扁舟凌海峤。凤饥肯向鸡求餐,玉洁不与蝇同调。
山高路断客来稀,日晏廛空臂争掉。穷涂李白友俗人,岁晚杜甫交年少。
前门长揖后门关,当面论心背后笑。云门轻与凡耳弹,夜光莫怪儿童诮。
君平世弃政自佳,老子知希渠所要。人间对面九疑峰,未许冲风鼓无窍。

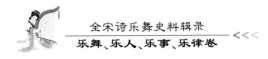

黄庭坚(1045—1105)

为慧林冲禅师烧香颂三首(其三)

西瞿耶尼开静,北郁单越受粥。慧林也唱云门曲,去年腊月六十六。

次韵王炳之惠玉版纸

王侯须若缘坡竹,哦诗清风起空谷。古田小纸惠我百,信知溪翁能解玉。
鸣躇千杵动秋山,裹粮万里来辇毂。儒林丈人有苏公,相如子云再生蜀。
往时翰墨颇横流,此公归来有边幅。小楷多传乐毅论,高词欲奏云门曲。
不持去扫苏公门,乃令小人今拜辱。去骚甚远文气卑,画虎不成书势俗。
董狐南史一笔无,误掌杀青司记录。虽然此中有公议,或辱五鼎荣半菽。
愿公进德使见书,不敢求公米千斛。

李 彭(?—?)

奉酬萧子植

太丘廊庙具,活国方畅谋。虎豹厄九关,全躯荷灵修。
元方开美度,奋舌同尊周。悠悠释峤云,亭亭留海陬。
别时闺中女,娟娟未知愁。小襦绣烂漫,撷草斗新柔。
甲子欻流电,窈窕今好逑。择对得妙士,迈往气横秋。
既逾绝尘到,复轶黄中刘。属者过我庐,并坐崖谷幽。
高标极迥映,出语如冥搜。想当饱四库,那肯事五楼。
回首问童稚,颇有此客不。分携月屡毂,好音俄见投。
蛮笺落大句,豪润仍清遒。顾兹坦腹郎,信矣百不忧。
侧闻奏云门,总章定谙諏。翁当乘安车,姓名覆金瓯。
冰清遂赐环,德星聚中州。陋巷寡轮鞅,寒烟满林丘。
涤耳听老语,余生复何求。哦诗聊送似,长怀付溟鸥。

释崇岳(1132—1202)

颂古二十五首(其一二)

云门一曲,彻髓彻骨。霁雪千峰,寒梅破萼。啐啄公子,风流鸣木铎。

释德洪(1071—1128)

十二月二十六日永明禅师生辰三首(其三)

昨日云门曲调分,今朝法眼已生孙。渠将大地藏针孔,汝等诸人甚处蹲。
块石浮空将压汝,一毛在火不曾焚。孤猿叫月千岩晓,知道当时以眼闻。

释梵思(?—?)

颂古九首(其九)

腊月二十五,云门一曲新。一回闻举著,笑杀洛阳人。

释慧开(1183—1260)

法孙天龙长老思贤请赞

咄这村僧,百拙千丑。用处颟顸,举止磔斗。
秉恶毒钳锤,碎情尘窠臼。佛祖饮气吞声,魔外望风拱手。
有时汉语胡言,总当谈玄说妙。有时把拍板门槌,唱云门曲合胡笳调。
有时指圆觉场作牛栏,有时唤普光殿为马厩。
如斯孟浪为人,钝置月林之后。

释慧远(1103—1176)

禅人写师真请赞(其二四)

倒数一二三,翻成四五六。蹋断独木桥,唱起云门曲。
急似箭,直如弦。列祖不知何处去,瞎驴依旧痛加鞭。

释景晕(?—?)

偈

云门一曲腊月二十五,瑞雪飘空积满江山坞。
峻岭寒梅花正吐。手把须弥槌,笑打虚空鼓。
惊起憍梵钵提,冷汗透身如雨。

释普宁(?—1276)

偈颂二十一首(其一六)

云门一曲,调高千古。子细推穷,从来无谱。

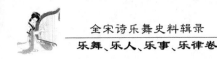

此曲只应天上有,大士得来无本据。今日当阳分付,新年诸路化主。
在处富有知音,遇著知音举似。举似则不无,且道是何曲调,腊月二十五。

释师范(1177—1249)

偈颂一百四十一首(其八〇)

云门一曲,从来无谱。韵出五音,调高千古。
就中妙旨许谁知,几拟黄金铸子期。

释师观(1143—1217)

偈颂七十六首(其五二)

云门有一曲,腊月二十五。拍拍是令,全身里许。
阿呵呵,万像森罗齐作舞。

释守卓(1065—1124)

临终前一日和云门曲

衲僧要唱云门曲,六六从来三十六。曹源有个痴禅人,解道一生数不足。
数不足,不属金石与丝竹。等闲一拍五音全,直道如弦已曲录。
从教岁去年来,依旧山青水绿。

释惟一(1202—1281)

偈颂一百三十六首(其八)

微雨润枯荄,严风搅林木。梅唇已破香,柳眼眠未足。
尘世竞奔忙,光景相追逐。林间无事人,好唱云门曲。
今朝腊月二十五,明朝腊月二十六。

偈颂一百三十六首(其八八)

今朝腊月二十五,明朝腊月二十六。风前唱起仰山歌,人皆道是云门曲。

释心月(?—1254)

偈颂一百五十首(其一〇四)

诸佛机,祖师意。百草头,双眉底。不可得而一,不可得而二。

赵州关即且置,云门曲作么生。一堂风冷淡,千古意分明。

偈颂一百五十首(其一二七)

云门一曲,腊月二十五。惊起陕府铁牛,撞倒石霜角虎。
时节既相当,因缘难莽卤。

释正觉(1091—1157)

偈颂二百零五首(其一三六)

今朝腊月二十五,衲僧一曲和云门。谁将节奏乱孔窍,不到瘢痕伤斧斤。
舌无骨,眼有筋,方见韶阳老子能。拍拍元来浑是令,哩呜啰了逻呜棱。

释宗杲(1089—1163)

偈颂一百六十首(其三〇)

今朝腊月二十五,诸方尽唱云门曲。径山随例和一声,莫言楚石不当玉。

释宗演(?—?)

偈颂三十二首(其一一)

云门一曲子,腊月二十五。唱高和得齐,大棒揸出去。

舒岳祥(1219—1298)

游潘墺魏都冶墓庵

弄日微阴驾笋舆,柴桑五子共携扶。云门钟鼓先朝赐,丞相门庭近日殊。
绿树两行溪贯串,青峦百折路萦纡。惟余守冢鹰窠在,采捕令严无牧刍。

杨 简(1141—1226)

明融(其二)

妙绝虚明万里光,融融静静渺茫茫。其间变化无踪迹,却有方圆与短长。
仰首看空闲顾盼,聚头窃语足商量。竹梢忽作潇然韵,正是云门第一章。

叶 适(1150—1223)

梁父吟

依大麓之遗址兮,储后土之神灵。乐天地之休嘉兮,皇涓洁而荐诚。

集后土之雍容兮,刺百圣之礼文。却大辂而御蒲秸兮,惟俭德之是崇。
端一心而燔燎兮,卜仁义乎永年。刻玉检而请命兮,何事秘而弗传。
嘉梁父之草木兮,被赫然之宠荣。咨梁父之遗老兮,悲忽不睹乎穆清。
维千乘万骑之杂沓媐婉兮,犹彷徨其行声。
夫天运之适合兮,虽圣其犹莫知。彼河之洋洋兮,虽美而不济。
泰山之椒既风雨又艰险兮,乃登封以类告。
岂其不可一兮,伊所遇之独异也。虽伊周之辅世兮,曾何足以自喜。
喟余生之孔棘兮,邈不及夫七十二君。日月幽而不明兮,遭玄夜之方长。
竞钛钺而日弊兮,逐亡鹿而裂其脾肩。汉氏之为的兮,而不遗其余民。
余既朴陋而不能谋兮,又怯奭而畏兵。搢珽珬于盗贼兮,何不朽之可几。
曾死亡之几何兮,苟乱世以自免。幸此土之平乐兮,依镇南之不远。
余耕兮隆中,地沃衍兮宜稑种。相原隰而下上兮,町厥壤之百亩。
彼二代之民乐兮,岂不爱其皆有此。偷予腹之独饱兮,视岁行其在酉。
天既溉之以雨露兮,余又滋之以浍畎。禾穰穰而同颖兮,或一稃而二米。
霜露下此硁总兮,余与牧之竖柀之。雀鼠败其秉穗兮,余与邻之父刈之。
贡龠合于许下兮,尚玉食之万一。俾君父之启魏兮,相祀事而勿失。
昔文王之盛德兮,奔走商之暴虐。蔑君臣而自恣兮,吾何用乎此粟。
黻冕兮茅蒲,衮衣兮袯襫。余力耕而胼胝兮,藉丰草而一息。
扣牸角而长歌兮,声中云门之律。历山已芜兮,鸟下啄其凫茈。
有莘之臣日以远兮,野老锄其故泥。计其食此兮,月不能一钟。
耻一夫之释耒兮,故为无所用于耕。嗟圣贤之心兮,余或识甚微隐。
余诚遗望不可逮兮,复嗣岁之将兴。

周文璞(?—?)

山 乐 官

山乐官,尔谁魂,逃河入海俱奔奔,伶伦梨园何可论。
山乐官,予欲尔兮无言。如有言,为余歌云门。

周紫芝(1082—?)

时宰生日诗六首(其一)

后皇开玉堂,仙官俨成列。奕奕峨长缨,珊珊鸣佩玦。
中有一真仙,容华灿冰雪。维时值中原,格斗弥岁月。
帝命下抚摩,聊用究施设。王纲坠莫举,独以一手挈。
至言等药石,黔黎尽生活。帝曰伊谁能,何以报殊烈。
爵之白玉浆,奏以云门阕。徘徊上璇穹,千秋拱云阙。

七 德 舞

陈 造(1133—1203)

题钦庙主器时所作登瀛图

唐家大府开天策,祖庙工歌登七德。伪王连组絷颈归,山东羞死虬须客。
文儒济济陪英游,海内共指登瀛洲。未妨滥吹一延族,中有谋断皋伊流。
崇宁圣人抚洪业,黄头遗种初芽蘖。青宫进讲多暇日,睿情远览思才杰。
水墨落纸分毫厘,心融笔忘天运机。鸾翔鹄峙俨在目,更用褚亮摘辞为。
天翻地覆人得知,神京北风吹皂旗。空令便桥乞盟未央酒,盛事拂膺正观时。
天家所宝君家得,拜手披图悼今昔。鼎湖龙去余弓剑,上林雁来断消息。
莫年笔力犹枝梧,惯题七骑阴山图。为君斫句偕画往,贷我老泪淋衣裾。

郊庙朝会歌辞

明道元年章献明肃皇太后朝会十五首·酒再行四海会同之舞(其一)

七德之舞,四朝用康。有如姬姒,助集周邦。
威克厥爱,居安不忘。风旋山立,济济皇皇。

毛直方(?—?)

赠督师曹将军

泰阶煌煌色已齐,祥飙为扫蚩尤旗。幅员浩荡春台熙,不遣桴鼓惊锄犁。

羽林宿卫环三陲,居安却虑忘战危。整暇自许忘其机,司马八法律以规。
蒐苗狝狩凛弗违,碧油有幢俨军师。手持虎节谈鱼丽,闽关不以山与溪。
歌舞七德宣皇威,有来视师省檄飞。将军名已草木知,干戈俎豆睢阳时。
已分勾当江南归,流芳奕叶今孙枝,此行且赋从军诗。
时清未用歌采薇,天子有道守四夷。

周必大(1126—1204)

进谢御书古诗

允文元祐词臣轼,劲节名章世无敌。御前曾赐紫薇诗,袖里骊珠光的烁。
小臣谬直白玉堂,也纡皇眷摛云章。云章元是七德舞,字字笔法超钟王。
两朝相望九十祀,长庆集中偏属意。咸池日照草木光,天门龙跃鱼虾悸。
我皇英锐真太宗,文武神圣功德隆。黄钺指期擒颉利,捷书先献大安宫。
元和学士白居易,臣非其才私有志。愿随班贺四海清,续唐之歌夸万世。

舞　衣

蔡　襄(1012—1067)

登四彻亭

偶尔寻幽上翠微,游人啼鸟似前期。花间行印露沾纸,山下放衙云满旗。
艳艳舞衣朝日处,飘飘商橹落潮时。传杯且与乘春醉,身世悠然两自遗。

曹　勋(1098—1174)

夜　夜　曲

舞衣叠翡翠,海月挂珊瑚。香满流苏幄,相迎问醉无。

江　皋　曲

漪涟带修渚,远水明朝晖。青山横倒景,画鹢掩斜扉。
游女逢交甫,陈思值洛妃。菱歌随棹远,鸥鸟背人飞。
别有嘉游处,芳樽照舞衣。

当　置　酒

置酒临芳观,张筵继落晖。选妓调丝竹,迎宾奉酒卮。

月影移歌扇,花光照舞衣。霞觞飞白羽,高论吐虹霓。
人生不满百,行乐当及时。当歌期酩酊,谁能较是非。

晁说之(1059—1129)

见诸公唱和暮春诗轴次韵作九首(其四)

留春留不得,怯去舞衣红。那昔河阳暮,唯惊洛浦空。
丹成人奔月,金就鹤乘风。此恨何能已,卢郎百计穷。

范成大(1126—1193)

续长恨歌七首(其五)

人似飞花去不归,兰昌宫殿几斜晖。百年只有云容姊,留得当时旧舞衣。

锦 带 花

妍红棠棣妆,弱绿蔷薇枝。小风一再来,飘飖随舞衣。
吴下妩芳槛,峡中满荒陂。佳人堕空谷,皎皎白驹诗。

郭祥正(1035—1113)

闻 砧

天潢转斜白,庭菊泛团露。纨扇辞玉纤,云幄含幽素。
湿萤递疏牖,寒螀鸣外户。南邻发砧响,凉夕敢虚度。
不作舞衣裳,为君理缯絮。边碛多苦寒,先秋寄征戍。

韩 维(1017—1098)

夫人阁四首(其二)①

重锦褰妆幕,轻罗换舞衣。钗头双燕子,先向社前飞。

韩元吉(1118—?)

再用前韵戏传道

空谷天寒翠袖遮,无人曾见玉钗斜。诗成落日千寻竹,歌就残阳万点鸦。
妆额浅深知内样,舞衣裁剪胜京华。自怜已作高唐梦,须信饥肠眼易花。

---

① 赵湘《夫人阁春帖子(其二)》内容与此诗相同,不再重复收录。

何 若(1105—1150)

病 鹤

仙骨珊珊瘦怯风,缡襫晴晒石桥东。丹砂灵圃何缘觅,华表荒城半已空。
羽化定教随子晋,舞衣久不悦羊公。听他亶旦鸣相乐,自此朝阳凤在桐。

洪 适(1117—1184)

和景严咏冬开木犀

桂枝冬更好,浪蕊到今稀。雅韵催吟笔,幽香傍舞衣。
月分千里影,风突百花围。倚策山亭暮,寒鸦亦倦飞。

胡 宿(995—1067)

夫人阁端午帖子(其二)

天家饶物采,华节有光辉。明月裁歌扇,轻霞翦舞衣。

黄庭坚(1045—1105)

戏答龙泉余尉问禅二小诗(其一)

重帘复幕锁蛾眉,银烛金荷醉舞衣。长为扶头欠刬酒,不关禅病减腰围。

赠郑交[①]

高居大士是龙象,草堂丈人非熊罴。不逢坏衲乞香饭,唯见白头垂钓丝。
鸳鸯终日爱水镜,菡萏晚风雕舞衣。开径老禅来煮茗,还寻密竹径中归。

题淡山岩二首(其二)

淡山淡姓人安在,征君避秦亦不归。石门竹径几时有,琼台瑶室至今疑。
回中明洁坐十客,亦可呼乐醉舞衣。阆州城南果何似,永州淡岩天下稀。

姜特立(1125—1203)

归故园述怀呈唐伯宪(其二)

三径元须近,吾庐亦庶几。稍晴频纵步,遇雨不愁归。

---

① 赵构《诗四首(其二)》内容与此诗相同,不再重复收录。

夕暗儿篝火,晨饥妇饷炊。栈羊远可炙,枥马不须靰。
引路犬先到,惯人禽懒飞。有时携旷士,把酒更论诗。
松露滴行帐,山风吹舞衣。吾生身外足,此乐里中稀。
叹息游嵩馆,前贤意重违。

李处权(?—1155)

次陈叔易太湖二十韵

北客何来此,浮生直偶然。风飙从禹穴,日脚近虞渊。
渔唱谁能问,鸥盟我不捐。燃犀怪可睹,击树讯空传。
钓石温徐坐,樯竿稳近联。波明疑练妥,山净学眉连。
客上三千履,军呼十万铤。可思江柳下,只欠舞衣前。
鼓枻知无及,乘查怅未缘。远中微隐树,阔外莽横天。
缥缈湘灵瑟,夷犹范蠡船。健帆风作驭,骇浪雪盈颠。
行鹭纷群起,孤鸿杳独骞。断崖方怒吸,浅濑或劳牵。
夜泊星辰逼,晴占日月偏。幽姿闷蛟室,神物护龙泉。
世乱甘沦隐,涂穷枉乞怜。渚花迎笑,岸草信人沿。
颇欲追双桨,无因共两舷。时来如谢朓,三复有余妍。

李 镎(?—?)

乌

城头老乌尾毕逋,呀呀飞来声相呼。未央宫殿夜方俎,红靴玉带开金铺。
宝蟾吐水石芙蕖,日奉君王同欢虞。舞衣香坠红氍毹,漏声玎玎滴铜壶。
乌啼未已星渐无,炯炯烛龙上天衢。
万年枝影转扶疏,峨峨当殿群臣趋,请上当时无逸图。

李 复(1052—?)

和人子夜四时歌(其二)

缲丝丝缕长,当窗织流黄。纤纤弄龙杼,不作舞衣裳。
裁缝付边使,岂待见秋霜。

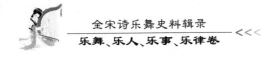

李　光（1078—1159）

客有见馈温剂云可壮元阳感而有作

世人服暖药，皆云壮元阳。元阳本无亏，药石徒损伤。
人生百岁期，南北随炎凉。君看田野间，父老多康强。
茅檐弄儿孙，春陇驱牛羊。何曾识丹剂，但喜秋黍香。
伊予十年谪，日闻贵人亡。金丹不离口，卯妙常在傍。
真元日渗漏，滓秽留空肠。四大忽分离，一物不得将。
歌喉变哀音，舞衣换缞裳。炉残箭镞砂，箧余鹿角霜。
咄哉此愚夫，取乐殊未央。我有出世法，亦知不死方。
御寒须布帛，欲饱资稻粱。床头酒一壶，膝上琴一张。
兴来或挥手，客至亦举觞。涤砚临清池，抄书傍明窗。
日用但如斯，便觉日月长。参苓性和平，扶衰固难忘。
恃药恣声色，如人畜豺狼。此理甚明白，吾言岂荒唐。
书为座右铭，聊以砭世盲。

刘　敞（1019—1068）

冀州正月十六日饮席

月缺雪残云乱飞，千灯相照续长辉。寒欺短夜禁杯酒，春入东风试舞衣。
老惜佳辰经岁得，醉惊陈迹出门非。渔阳鼓节尤悲壮，知我新从万里飞。

刘　兼（？—？）

中　春　宴　游

二月风光似洞天，红英翠萼蔟芳筵。楚王云雨迷巫峡，江令文章媚蜀笺。
歌黛久颦春岫敛，舞衣新绣晓霞鲜。酒阑香袂初分散，笑指渔翁钓暮烟。

刘克庄（1187—1269）

落花怨十首（其二）

轻薄防歌扇，回旋恋舞衣。不愁无地葬，犹拟上天飞。

刘　偡（？—？）

横山（其四）

大小万竹望不见，上下牢岩过若飞。红缀舞衣山踯躅，白裁玉版野蔷薇。

陆　佃（1042—1102）

悼亡八首（其三）

雪消姑射丰肌尽，云入阳台短梦频。可惜舞衣犹粉黛，不堪歌扇已埃尘。

梅尧臣（1002—1060）

送韩签判玉汝还南京

天子甘泉祀，欢声浃九围。绿章驰骑入，朱服佩鱼归。
赋雪上宾席，买鬟更舞衣。清池无限雁，莫道信音稀。

通判桃花厅

种桃西庭下，有意延东风。东风与雨至，染出枝上红。
花底有小鸟，其字曰桃虫。既于桃得名，为桃言女工。
翦罗作舞衣，奉君欢莫穷。举杯无愧者，避世武陵翁。

米　芾（1051—1107）

明月歌二首（其二）

姮娥窃药为飞仙，夜食丹霞凌紫烟。暋开银碧排翠钿，信手拂掠新妆妍。
蛾眉点出争婵娟，皎然娇额临风前。佳人再拜心拳拳，多生端有好姻缘。
掀云直指乌号悬，下射万顷杨花毡。南飞惊鹊殊可怜，北堂人冷空无眠。
彩霞欲擎舞衣揎，水精梳插笼鬟蝉。方诸滴沥生流泉，老蚌呼吸凝芳鲜。
谁家破镜飞上天，满林玉玦相勾连。多情应照载花船，无穷解趁寻春鞭。
冀荚自与桂华偏，驹隙谁争白兔先。斯须几望抟清圆，白毫宛转吞大千。
纤埃不隔知无边，蕊宫可掬疑深穿。琼华随步翻绣筵，琉璃倒海倾长川。
买来曾不用一钱，笙歌醉赏须年年。

欧阳修(1007—1072)

郑驾部射圃

梦草西堂射圃连,兰苕初日露华鲜。晕含画的弦开月,牙算行筹酒满船。
镂管思催吟韵剧,妓帘阴薄舞衣翩。当筵独愧探牛炙,俭府芙蓉客尽贤。

秦 观(1049—1100)

次韵裴秀才上太守向公二首(其二)

上客新从颍尾归,使君高会列南威。风将沉燎萦歌扇,雪带梅香上舞衣。
翻样云团分御帑,如椽蜜炬出宫闱。食前方丈罗珍怪,却讶犀燃牛渚矶。

沈 辽(1032—1085)

和颖叔西园春宴

闲居喜游览,啸咏待春风。春风来无逆,潜将群卉通。
卧龙形胜地,矢鞴鉴湖中。府寺压山起,亭台俨穹崇。
幽翩弄新俦,夭葩散珍丛。弱柳不胜妍,修烟杏蒙茏。
太守乐邦人,纵观迨时丰。天边振箫瑟,缥渺大鳌宫。
游人竞行乐,十里画罗红。金绣不夸富,随珠巧玲珑。
眄睐斗舟剧,欢呼金鼓雄。蹄躇水中巧,公子射雕弓。
神技穷怪变,舞衣事雍容。草树日欣欣,笑语咸嘒嘒。
念此骀荡节,众乐兹无穷。吾昔事冶游,浚都盛朋从。
迩来翻澹泊,白发成衰翁。欲进一樽酒,坐来还无悰。
追怀少年趣,那知化人功。慷慨芳树下,日斜万人空。
喧呼趣归驭,璧月生帘栊。

史常之(?—?)

赠同年楼世仁

炯炯长庚映五霞,寒风不劲舞衣斜。紫袍早换登瀛客,黄鹤还归昼锦家。
谩说文章能射斗,更饶韬略拟乘槎。论交似我难为赠,惭愧囊无句漏砂。

释宝昙(1129—1197)

钱德远判县与母同生日(其二)

彩衣何似舞衣轻,鸾镜还如水镜明。百里弦歌归有道,一轩风月不胜情。口香知吮莲华墨,山近闻拖蜡屐声。百拜一樽须竟醉,看飞凫舄上蓬瀛。

释慧远(1103—1176)

颂古四十五首(其一六)

唱拍相随特地新,舞衣歌版不须呈。云间独有箫韶曲,未肯流传取次人。

释居简(1164—1246)

按 曲 图

八茧蚕抽独茧丝,舞衣嫌重要纤绨。君王自按霓裳曲,直到坡前驻马时。

释行海(1224—?)

湖上(其一)

数点红春在杏梢,舞衣歌管醉兰桡。水边折得新花朵,蝴蝶相随过彩桥。

宋　祁(998—1061)

余在北门时每立春必前索宫中春词十余解今逢兹日块坐州阁追怀旧题续作六章(其六)

楼角红阳上翠旗,钗头新燕一双飞。天将美景催行乐,剪尽春云作舞衣。

迎春曲三阕(其二)

东郊风驭软,严署漏筹添。
柳拂将军壁,梅飘公主奁。
舞衣裁几许,新人解织缣。

宋　无(1260—?)

姑 苏 台

妖艳分明构祸胎,黄金瑰丽更危台。笙歌夜倚东风醉,粉黛春从南国来。原草翠迷行辇迹,野花红发舞衣灰。豪华肯信今为沼,烟水翻令后世哀。

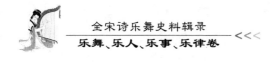

汪　莘(1155—1212)

篱　　阴

篱阴双蝶趁春晖,轻展新黄试舞衣。点草扑花如得意,因何相逐背人飞。

汪元量(1241—1317)

歌 楼 感 事

昔年同辇载花仙,此日登楼籍妓员。恩赐舞衣香未歇,御书歌扇墨犹鲜。
碧云翼翼金钗滑,红雪翩翩玉佩圆。却把向来供奉曲,酒边对客续朱弦。

王　珪(1019—1085)

宫词（其七六）

内库从头赐舞衣,一番时样一番宜。才人特地新装束,生色春衫画折枝。

和梅圣俞感李花

朝摘桃花红破萼,暮摘李花繁满枝。客心浩荡东风急,把酒看春能几时。
舞衣未放哀弦阕,鸭鹕欲鸣花影绝。将军白首不功名,霸陵千古流青血。

王　镃(?—?)

宫　　词

一处承恩宴舞衣,六宫甲帐冷珠玑。夜深听得笙歌响,知是君王步辇归。

闻人祥正(?—?)

集句（其一二）

连夜琼林散舞衣,披香新殿斗腰肢。今朝却得君王顾,从此新承恩泽时。

夏　竦(985—1051)

宫　　词

柳带分阴接殿基,笙歌还拥翠华归。前宫晓赭匀妆脸,别馆春红晒舞衣。
槐影对笼苔点细,桐花西倚夕阳稀。夜来梦上檀香阁,犹映珠帘避贵妃。

晏　殊(991—1055)

九日宴集和徐通判韵

散插黄花两佩萸,粉馓蓬饵醑觞初。
清歌咽后云生袂,妙舞翻时雪满裾。
上客采香逢木密,佳人投钓得王余。
秋光屈指犹三七,莫向宾朋绮宴疏。

杨　谔(？—？)

和燕龙图海棠

西汉欺卢橘,东阳爱野棠。许昌奇此遇,子美欠先扬。
杜宇三春艳,蚕丛一国香。燕脂点乱雨,猩色丽斜阳。
富艳东君节,暄妍白帝方。锦楼祈水色,玉垒换山光。
风格林檎细,腰支郁李长。天生笑容质,时样舞衣裳。
少吐深深染,全开淡淡妆。烟媒护绿蒂,风阵损朱房。
旋失因临水,闲飘弗过墙。佩亡愁杀甫,簪脱即连姜。
蝶舞菱花照,莺啼罨画堂。仙如弄玉少,坠似绿珠常。
不见还成悔,相思几欲狂。春深濯锦水,日晚浣纱坊。
卧对移帘押,吟看近笔床。池清满园倒,鸟起一枝昂。
紫燕衔泥急,黄蜂趁蜜忙。化工真用意,销得与携觞。

杨万里(1127—1206)

正月二十八日峡外见燕子二首(其二)

不宿青枫学子规,不穿绿柳伴莺啼。双飞只爱清江水,自喜身轻照舞衣。

虞　俦(？—？)

和陶学长雪诗

寒侵病骨笑支离,炉拨通红小放围。风运六花侵几席,云移万杵碎琼玑。
从渠穷巷回车辙,休羡朱门点舞衣。造物想怜为学苦,分光先许到书帏。

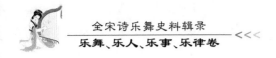

耘老弟于新厅之后起楼名之曰叠翠有诗因次韵

楼成叠翠相奇奇,不羡围屏锦绣机。卜筑又新王粲宅,登临莫下董生帷。
高吟得助添新卷,清赏何须贮舞衣。问舍却怜吾未就,归心长与落霞飞。

岳　珂(1183—?)

徽宗皇帝秋赋御书赞

帝宣和之太平兮,忻朝野之多娱。伟楚臣之托辞兮,侈肆笔之特书。
猗百工之精能兮,璨玘轴而金朱。宛百年其如砥兮,方日卷而霞舒。
维宸笔之天纵兮,臣固不得而议也。若一艺之必极其致兮,亦盛时之细也。
彼舞衣与竹矢兮,犹三代之秘也。知苟且之为无兮,亦可观其治也。
在本始与地节兮,汉室称为中兴。岂尚方之工萃兮,反有愧于西京。
纷天葩其在前兮,晃银海其欲眩。缕黄金以为饰兮,骇万态而千变。
双龙宛其在轴兮,森毛发以骨寒。历溽润与埃尘兮,曾不可乎犯干。
巫咸下招兮,天门訣荡。臣得而藏兮,徒慨叹以兴想。
鸾翔龙翥兮,太平之踪。神睒鬼哭兮,太平之工。
五陵松柏兮,萧萧秋风。此赋之传兮,与天无穷。

张玉娘(1250—1276)

咏史·蒨桃

爱赏佳人白雪辞,云绫一束费春机。翻然席上呈诗句,羞杀歌喉与舞衣。

赵　顼(1048—1085)

赐秦国大长公主挽词三首(其一)

海阔三山路,香轮定不归。帐深空翡翠,佩冷失珠玑。
明月留歌扇,残霞散舞衣。都门送车返,宿草自春菲。

郑　獬(1022—1072)

再　和

使君携酒送余春,缥缈高怀倚白云。新曲旋教花下按,好题只就席间分。
阮公醉帽玉山倒,谢女舞衣沈水薰。自笑尘埃满朱绂,良辰乐事两输君。

周紫芝(1082—?)

次韵魏定甫早春题咏五首(其三)

雨后桃花可意红,一川杨柳醉春风。舞衣歌扇重撩理,百尺朱楼烟树中。

蠹　鱼

山堂夜雨如决渠,黄梅半熟书生鱼。树头朝日忽复出,聊向空阶翻故书。
老人耕凿无膏腴,缃囊细字时相娱。自欣引睡得黄奶,便恐无意呼青奴。
读书本不求甚解,姓名足记知有余。此虫何乃徒饱腹,死葬书叶真痴愚。
不如化作石帆山下茧,织成吴绫光满眼。乞与袁娘作舞衣,常把花枝侍君辇。

次韵王次卿喜刘元亢登第

刘郎才思似春闲,文在阿房季孟间。尽把胸中着云梦,还从笔底看波澜。
我无富贵询唐举,人说科名污次山。驰马行看归旧物,舞衣先喜慰亲颜。

次韵君叙湖上偶作

政恐情须我辈钟,画船同载舞衣红。可怜燕子无人管,不忍桃花过眼空。
客睡喜听门剥啄,君诗来送玉丁东。何时却觅孤山路,共吊梅花树下翁。

再用筒字韵呈相之季共

似僧寮外看春风,晏坐寻诗不写空。春事可怜樽酒在,旅情犹念舞衣红。
去家久似千年鹤,时节看沉五彩筒。节物苦催双鬓白,故乡常着梦魂中。

朱继芳(?—?)

和颜长官百咏·朱门(其八)

泥金折损舞衣罗,蹙破遥山皓齿歌。此曲人间听不得,莫愁还自有愁多。

朱　熹(1130—1200)

奉酬圭父白莲之作

忽传夔府句,并送远公莲。翠盖临风迥,冰华浥露鲜。
舞衣清缟袂,倒景烂珠躔。想象芙蓉阙,冥冥绝世缘。

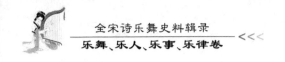

舞　　衫

艾性夫（？—？）

滕　王　阁

木老江空雁阵秋，阑干倚尽思悠悠。舞衫歌扇落春梦，山雨浦云牵暮愁。
半壁夕阳千古在，几朝王气一时休。献陵无树供寒雀，信是劳生枉白头。

陈　造（1133—1203）

定海县厅事落成致语口号

羣飞华屋酒如池，宾主风流况一时。千杖敲春琼罤滑，九霞摇晚舞衫㒜。
轻飔泛座漂香远，纤月窥人转影迟。牛女多情应羡客，瓜华适已胃珠丝。

程公许（1182—？）

拟玉溪体赋醴泉墅海棠二首（其一）

东皇张饮锦周遭，华艳偏宜望处高。结绮楼深迷玉树，销金帐暖醉羊羔。
先驱瑞节眩秾李，近侍舞衫环蒨桃。乞得巫云来苫护，蜚廉作横未应饕。

何梦桂（1229—？）

和韵问魏石川疾（其三）

灵山何许问巫凡，狭地知难旋舞衫。枕上病虽忧白傅，床前教肯愧陈咸。
君宜借力宽诗课，我亦埋头事药缄。种术养凫随分足，岂因富贵堕涎馋。

黄庭坚（1045—1105）

同世弼韵作寄伯氏在济南兼呈六舅祠部

山光扫黛水挼蓝，闻说樽前㦖笑谈。伯氏清修如舅氏，济南萧洒似江南。
屡陪风月干吟笔，不解笙簧醉舞衫。只恐使君乘传去，拾遗今日是前衔。

李　新（1062—？）

次韵解君接感怀（其二）

太平事业按商周，麟阁仪形待子留。壮士长歌三箭定，鸱夷归老五湖秋。
生涯底事空藏剑，英气平时已食牛。歌扇舞衫今太寂，暮云佳句敌汤休。

刘　跂(1053—?)

题张氏园亭二首(其二)

岸荠随渔屦,林桃映舞衫。定非铜雀榭,似是雨花岩。
僮有家千指,书多日百函。斯人太高语,吾意只尘凡。

陆　游(1125—1210)

落　魄

落魄东吴莫笑侬,今年要不负春风。闲愁掷向乾坤外,永日移来歌吹中。
酒浪欲争湖水绿,花光却妒舞衫红。公卿忧责如山重,肯信人间有放翁。

锦　亭

天公为我齿颊计,遣饫黄甘与丹荔。又怜狂眼老更狂,令看广陵芍药蜀海棠。
周行万里逐所乐,天公于我元不薄。贵人不出长安城,宝带华缨真汝缚。
乐哉今从石湖公,大度不计聋承聋。夜宴新亭海棠底,红云倒吸玻璃钟。
琵琶弦繁腰鼓急,盘凤舞衫香雾湿。春醪凸盏烛光摇,素月中天花影立。
游人如云环玉帐,诗未落纸先传唱。此邦句律方一新,凤阁舍人今有样。

裘万顷(?—1219)

次洪内翰十月桃韵三首(其二)

旧日骊山宫殿中,玉妃无数舞衫红。只因归去蓬莱后,梦作寒花笑北风。

苏　轼(1037—1101)

答陈述古二首(其二)

小桃破萼未胜春,罗绮丛中第一人。闻道使君归去后,舞衫歌扇总成尘。

次韵王忠玉游虎丘绝句三首(其三)

舞衫歌扇转头空,只有青山杳霭中。若共吴王斗百草,使君未敢借惊鸿。

有以官法酒见饷者因用前韵求述古为移厨饮湖上

喜逢门外白衣人,欲脍湖中赤玉鳞。游舫已妆吴榜稳,舞衫初试越罗新。
欲将渔钓追黄帽,未要靴刀抹绛巾。芳意十分强半在,为君先踏水边春。

朝 云 诗

不似杨枝别乐天,恰如通德伴伶玄。阿奴络秀不同老,天女维摩总解禅。
经卷药炉新活计,舞衫歌扇旧因缘。丹成逐我三山去,不作巫阳云雨仙。

王之道(1093—1169)

和余时中元夕二首(其二)

罗绮行歌夜,杯盘坐笑春。舞衫催急管,步障拥佳人。
灯火珠星粲,楼台璧月新。传柑良可乐,黼座玉音亲。

张 扩(?—?)

次韵宁徽言学士立春六绝(其四)

青丝行菜手纤纤,盏面鹅黄照舞衫。萧寺馆君归未得,杜鹃应合口如缄。

张孝祥(1132—1170)

庾楼和林黄中韵

九月扁舟下水风,一尊佳处与君同。眼高四海氛尘外,诗在千山紫翠中。
倾坐只惊谈麈白,踏筵不怕舞衫红。楼头今古无穷事,醉倚胡床月满空。

赵希逢(?—?)

和早春层楼

谁架齐云百尺楼,舞衫歌扇贮风流。可怜脚力衰多矣,身未上时心已愁。

舞　袖

蔡 京(1047—1126)

恭和御制己亥十一月十三日南郊祭天斋宫即事赐诗(其四)

饮福初回八陛南,凝旒衰对百神严。睍消尘入康衢润,神应光随北陆暹。
丹槛雉开中扇影,朱绳鹤下五门檐。群生鼓舞明禋毕,却忆花飞舞袖沾。

蔡 戡(1141—?)
送蒋子立赴河南试(其一)
槐花拂拂弄轻黄,白纻云趋翰墨场。鲁国儒冠能有几,长沙舞袖颇相妨。
英材自是千人敌,小试犹争一日长。来岁皇都春色好,马蹄应带百花香。

陈 宓(1171—1230)
次刘学录梅韵(其三)
明珠的皪逞妍姿,倏见风前舞袖披。只是嚼芳酸已露,况当小雨弄黄时。

陈元晋(1186—?)
庆涂权尉三首(其二)
岁月遭于赴壑蛇,功名政要及年华。平淮犹自须裴度,钓渭那能老子牙。
舞袖巧悬嫌地褊,酒杯相属记天涯。期君酣战秋风里,鼓率衔枚阵不哗。

陈 造(1133—1203)
再次习池诗韵寄程帅二首(其一)
南园胜绝真堪画,边上谁为李伯时。山纳嫩岚侵密坐,花骈红影闯清池。
吟笺传遍鸳鸿友,舞袖轻于翡翠儿。东府西州皆四辅,若为长伴酒边嬉。

再用前韵赠高司理共八首(其四)
诗语庸非自播扬,流传朋旧定哄堂。儒书投老空成癖,舞袖平生不解长。
黄鸟啄残丹杏颗,清风摇动绿筠香。山城寂寞便吾懒,劣胜精神弊句章。

再次韵谢惠诗(其二)
小家茨竹即为堂,暇访深林索豫章。平日床头但周易,看人笔落便灵光。
庳隆赋质嗟多样,良楛论材要当行。莫向黔娄问奇货,长沙舞袖可能长。

次韵梁教授
房陵为州乱山锁,雅宜著此衰病身。勿云蕞尔曹郐下,舞袖莫回脚不伸。
土风疏邙北通魏,语音劲正西带秦。入箸卧沙惯割鲜,溜匙云子免荐陈。
发轫淮乡此般礴,两地颇复同真纯。出处径付无何有,泊乎无营道自亲。

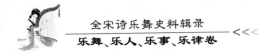

损欲骤觉静胜热,休心宁作艮列黄。声名藉甚梁夫子,相与一笑寂寞滨。
胸次但有云梦泽,衣上不留京洛尘。宾友固应消鄙吝,妻孥亦解忘贱贫。
衮衮新篇警衰朽,清渊晓吹转漪沦。顾惭陆沈俗吏行,长须叩户何妨频。
世儒难得诗造妙,汝曹但诧钱通神。甓社它年访遗老,为君蝇头编旧草。

崔与之(1158—1239)

答李侍郎嘉定庚辰冬之官成都至城外驿侍郎亦赴镇常得相遇于道惠诗答之

柏竹老岁寒,梅矾澹春风。邂逅万里桥,相对双鬓蓬。
论心岂无酒,举盏不忍空。恐渠道旁嗤,咄咄醉颊红。
送以静观颐,答以晦养蒙。障尘马上去,意气如飞鸿。
荆州旧分虎,武陵世凭熊。所至相劳苦,父老携儿童。
地偏舞袖长,鸡脊牛鼎丰。甘棠子孙枝,蒙密成芳丛。
闻之白玉堂,起草谁其工。要为官择人,颇牧还禁中。
胸藏经济方,医国收全功。世事俱尘土,惟有汗竹公。
雨足芎䒷苗,风暖蒲长茸。离索抱孤影,目断三峡东。

邓　肃(1091—1132)

和谢吏部铁字韵三十四首·谢杨休三首(其二)

半夜丝簧纷养耳,舞袖香风散沉水。高堂嬉笑坐生春,不诵式微惊游子。
孟公投辖虽知人,故乡千里儿曹嗔。毅然竟把刀头舞,百日梦归今日真。
依前瘦马登高绝,未应却笑此行拙。邑人脂膏子弗求,况是丘侯帽无铁。

范成大(1126—1193)

题开元天宝遗事四首(其二)

谢蛮舞袖贵妃弦,秦国如花虢国妍。不赏缠头三百万,阿姨何处费金钱。

范纯仁(1027—1101)

和仲庶江渎避暑

古祠清燕敞虚堂,乔木森森昼景长。池面雨来荷助响,席间风细篆生香。
乌纱倾侧朋簪乐,翠縠翩翻舞袖长。牵俗自嗟行役去,阻陪千骑醉瑶觞。

阜 民(?—?)

题太白五松书堂

江氛朝暮半晴阴,绀宇飞甍接翠岑。手摘匏瓜曾未遍,身从鸥鹭得相寻。
千年舞袖云崖冷,几度桃花春水深。犹有门前旧题句,松风万壑老龙吟。

高斯得(?—?)

绝 交 行

男儿独立天地间,太华绝尖一何峭。子房不肯下萧曹,伯夷本自轻周召。
往来舞袖拂云霄,醉里扁舟凌海峤。凤饥肯向鸡求餐,玉洁不与蝇同调。
山高路断客来稀,日晏廛空臂争掉。穷涂李白友俗人,岁晚杜甫交年少。
前门长揖后门关,当面论心背后笑。云门轻与凡耳弹,夜光莫怪儿童诮。
君平世弃政自佳,老子知希渠所要。人间对面九疑峰,未许冲风鼓无窍。

葛立方(?—1164)

次韵陈廷藻户部西湖快目堂之集

冰壶影里集朋从,三雅同倾共一中。相与文楸看飞霭,不须舞袖觅惊鸿。
云边鸟道古来寺,烟际渔舟何处翁。竟日追欢难卜夜,只缘身在省墙东。

葛胜仲(1072—1144)

元巳日王循德招饮方池宏道兄有诗奉和以纪一时之事

浮爽清波正日迟,出郊修禊属芳时。幸陪飞观朋簪盍,未睹华堂舞袖僛。
命中已于三耦见,争雄仍向一枰知。爱君多艺能倾坐,岂但流觞记逸诗。

七月一日招道祖剧饮

长卿已倦游,十年安泽国。越鸟巢欲南,鹧鸪飞懒北。
会予亦蹭蹬,从子寄岑寂。有酒时相邀,欢饮终未剧。
今当大火流,似闻姊丧释。羽书静追呼,乐禁通考击。
扫除北窗凉,招速东床客。暂勤车骑都,来辍春秋癖。
白唊苦无赖,红颜因暂惜。畦蔬撷菘韭,园果剥梨棘。
金虀荐子鹅,银条脍玄鲫。弓弯舞袖宽,珠贯歌声激。

景升陋三雅,淳于能一石。拟取醉辖投,慵持诗烛刻。
浮生百年幻,且尽一朝适。莫待佐稽山,对案空相忆。

郭祥正(1035—1113)

寄献荆州郑紫微

李白不爱万古侯,但愿一识韩荆州。荆州太守古来好,至今文采传风流。
郑公辞赋天下绝,殿前落笔铿琳璆。相如严谨反枯涩,宋玉烂漫邻倡优。
卓然风格出天造,冰盘洗露银蟾秋。麻衣脱去未十载,宝犀饰带鱼悬钩。
道行言听遇明主,皂盖朱幰宁久留。渚宫风物最潇洒,酒满金罍谁献酬。
公尝爱我如李白,恨不即往从公游。醉看舞袖卷明月,夜听长笛临高楼。
词源感激泻江海,笔阵顿挫排戈矛。驽骀蹇蹶固已困,勉之尚欲追骅骝。
一朝公归坐廊庙,致君事业如伊周。门阑从卫愈严密,是时愿见应无由。
行当投印佩长剑,梦魂已附西江舟。

送袁殿丞

与君六年别,愁见云开露明月。樽中有酒虽独倾,万古情怀共谁说。
思君弹瑶琴,琴声为君咽。孤鸿高飞不可攀,北风一送何时还。
欲问鲤鱼更难得,江头白浪高于山。天书彼此绝,令人肠百结。
昨日闻君来,我心如凿龙门开。拂拭囊中白玉璞,请君辨之为磨琢。
感君酬价过南山,即见名声摇海岳。烹羊买酒邀吴姬,今朝会合明朝离。
莫嗟两鬓白雪满,请看舞袖红云飞。云飞酒阑君遂起,篙子催行趁潮水。
君行汲汲过西山,手植松篁春正美。我亦归青山,白云相伴闲。
若驾鸾凰赴瑶阙,先到临川与君别。

同蒋颖叔林和中游郁孤台

匹马初从瘴岭来,登临喜上郁孤台。郁然而孤插天半,乱山却出晴云堆。
双溪倒流玉绡飐,万屋蘸碧长城开。扪参历井岂足数,俯栏引手持斗魁。
月空银浪试一酌,坐忧桂树生黄埃。妙娥舞袖回白雪,琵琶十面轰春雷。
吟笺分轴造险语,酒令行赏无停杯。哀猿不断片帆没,归鸟自送残阳颓。
脱身我作耕钓客,两翁均是岩廊材。共游绝境发佳唱,骊珠射目精光皑。
升沈从此遂分手,愿借惠泽苏蒿莱。

韩　维(1017—1098)

游曲水园和景仁

楼峻城千堞,堤长竹万竿。草芽生戢戢,花蕊落漫漫。
走笔狂吟放,扶筇醉步蹒。屡回宜舞袖,甘著堕游冠。
野老来窥坐,沙禽不避观。两行桃艳暖,一道柳阴寒。
纵棹非寻戴,掀车免效栾。官曹嗟倥偬,农事闵艰难。
急景三春好,浮生几日欢。康强直行乐,此兴不应阑。

答范景仁叹花花在相国寺近舞场

佛宫金碧开朝霞,游人杂遝来正哗。危弦促管竞繁咽,罗袖对舞春风斜。
子时投闲一往步,正见绿树团丹花。举头惊看不忍去,却视姝子犹泥沙。
稍开欲谢各自好,似为悦己为容华。归来想像入秀句,刻缀玉佩锵珩牙。
尚嫌独赏不尽意,邀我共赋雄其夸。欲将奇警谢妍丽,力竭未有锱铢加。
急须取酒趁残艳,犹胜落尽乾咨嗟。

何梦桂(1229—?)

归途再得八句并寄

石田归去醉时歌,白日飞帆送客过。舞袖低旋兼地狭,出门长啸觉天多。
子卿朔漠知存否,武帝秋风奈老何。极目西陵台下路,漳河东去复来么。

洪　刍(?—?)

晚宴南禅寺呈使君叠前韵

隔年暂到莺将老,此日重陪燕始来。云傍熊轩飞好雨,山移鼍鼓作轻雷。
踏青女伴春衫湿,浮白宾筵舞袖回。可是玄晖方在郡,尊前能赋愧邹枚。

洪　适(1117—1184)

答景卢报月台将毕工

新筑崇台款桂华,凌虚如跨白鸾车。西瓜来自余吾水,远物谁询悉里茶。
不减平泉书草木,更寻南部录烟花。落成有约何时讲,舞袖还看举彩霞。

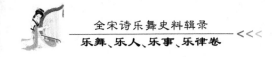

天申节道场所回栏阶白语口号

濯冠沐浴意能虔,已萃缁黄介万年。乐备八音浮喜气,香飘九陌凝祥烟。
双旌未用催茸藁,四牡何妨款著鞭。夹道邦人方属目,试教舞袖略回旋。

归路致语口号

旌旄照海塞通逵,共说元戎校武归。三岁麟符宽远顾,一方鼠子耆英威。
征袍剑立严师律,舞袖弓弯有妓围。顷刻连营俱解甲,室中宁复叹蝍蠈。

华　岳(？—1221)

题　溪　庄

山拥青螺出粉墙,水环银带插溪庄。一百五日雨翻浴,三十六宫人斗妆。
蝶翅拍花催舞袖,凤毛翻锦入诗囊。新欢旧恨知多少,且对东风醉几场。

次李信州七十韵

挺挺万人杰,堂堂间世贤。胸中兵十万,足下客三千。
扬赋希三叹,坡诗和百篇。锦囊华似衮,彩笔大如椽。
随陆纵横舌,良平左右肩。两骖公子服,四牡鲁侯畋。
量阔沧溟岸,胸蟠泰华巅。红坛歌鲁杏,白社结陶莲。
遣币通秦好,求姻托郑婵。匪藏须虎咒,冠饰待貂蝉。
标自龙头夺,书由雁足传。不侯嗤李广,求使短张骞。
食客希毛遂,茶僧集大颠。诗材亲子建,字法迈公权。
黄貉蒙金络,青骢勒宝鞯。伐燕欺骑劫,聘鲁慢韩穿。
周室歌山甫,齐人美仲连。剑从丰水铸,碑向岘山镌。
有颂褒唐太,无诗刺卫宣。橄堪传代郡,节可仗居延。
听讼疏淹禁,丰财剔冗员。策从之反后,鞭著祖生先。
孝有参而已,忠如丘者焉。春冰同皎洁,秋月共婵娟。
冢宰当钧轴,将军事橐鞬。千官视标准,万国倚陶甄。
多士圜冠带,诸侯执豆笾。山期封泰岱,石拟勒燕然。
禹甸欣环辙,尧民愿受廛。明堂歌赤绂,清庙颂朱弦。
台阁皆三益,盘盂记十愆。片言能息讼,只手可旋乾。

公昔尝推毂,吾今尚食馈。闻鸡效刘舞,抱虎笑秦眠。
苏子舌犹在,边韶腹尚便。牛衣怀白璧,虎节誓青毡。
饮马量滍水,屯兵料汉田。鬓星飞汴洛,血雨洒伊瀍。
伊五成汤就,轲三孟母迁。云锄翻楚峤,月缆系秦川。
瓮有扶头酒,厨无缩项鳊。词源惭子美,诗社感庭坚。
水陆三千里,炎凉二十年。周田才废井,秦陌已开阡。
夜月琴三弄,春风诗一联。自称山宰相,人号地神仙。
扣马罥三尺,平戎授一编。鼠投当忌器,鱼得偶忘筌。
避地思无所,滔天罪莫湔。梁鸿方北谪,贾鹏已东旋。
孙刖难谋魏,樊诛莫救燕。江天驱鸟雀,淮地迅鹰鹯。
日守娥訾分,星流太白躔。疮痍连四境,煨烬极三边。
淮浪夜翻雪,胡尘昼起烟。二陵归培塿,百□□□。
自抚刘生几,谁思祖逖鞭。戍方兴颉利,役莫□□□。
宫昔尝游泮,陛今谩叹圜。岂知医国手,变作□□□。
楚客弓虽失,秦人璧幸全。宦途良可畏,吏鞅不□□。
世变言难尽,民顽令不悛。一千新楮券,三百旧铜钱。
驷马涎流地,群乌翼蔽天。人心徒扰扰,王道自平平。
卫女歌淇澳,曹人思下泉。穷途惟自愧,当路有谁怜。
作俑宜无后,追俘恐不前。诗成何太喜,舞袖欲褊禩。

黄庭坚(1045—1105)

次韵任公渐感梅花十五韵

花信风来自伊洛,稍稍花光上林薄。经年病骨怯轻寒,裁就春衫不胜著。
累累墙底卧虚樽,醉乡何处寻城郭。小轩假寐游华胥,万籁无声灯寂寞。
落梅新诗入吾手,惊起诗魔如发愕。高文逸气天马趋,尾端尚许青蝇托。
坐恐句芒弃我归,看花不及空紫萼。生前常苦不自闲,刍豢縻人受羁络。
我嗟卒岁敝鞍鞯,风败衣裾尘满橐。轻裘缓带多公暇,公独奈何犹不乐。
公言少年岂易知,凤屏翠幔愁萧索。蚤从琪树折春飙,每见新诗泪双落。
劝公且共饮此酒,酒令虽严莫嗔虐。时翻舞袖间清歌,日荐南莼羹北酪。

花开莫问丑与妍,随分眼前罄杯酌。不须憔悴减腰围,也学东阳沈侯约。

金君卿（1020—?）

戚郎中红黄拒霜花

霜晓禁寒色不摧,若论花品是奇材。红如锦帐香囊绽,黄似霓裳舞袖开。
幸与畹兰同素景,耻随篱槿委轻埃。郡斋得地逢嘉赏,不逐群英烂漫栽。

孔平仲（1044—1102）

集于昌龄之舍

初筵悄无语,良久欢且发。就炉自温杯,觉此饮量阔。
既观舞袖垂,又听歌声阕。醉心渐纷纭,醉眼成恍惚。
勿轻柏直狗,所负尚可悦。当年入绩事,今日逼华发。
愈令坐客心,感叹惜时节。夜长更恐晓,起挽青天月。

李　邴（1085—1146）

宫词四首（其二）

舞袖何年络臂韝,蛛丝网断玉搔头。羊车一去空余竹,纨扇相看不到秋。

李　复（1052—?）

上巳成季召会于西溪会上赋诗须多韵仍用故事或旧诗十事已上未终席而成违者浮以三大白罚者四人予与成季免焉

华林园中千金堤,铜龙吐水天泉池。八公山下刘安台,城郭周围杂花开。
流金宝剑为秦出,彩鹢羽舫浮洛来。著处被除务是日,西关千人万人出。
修修美竹带林高,激湍远照崇山碧。主人济南旧词伯,芸阁铅丹事书册。
载酒展席俯长流,一饭未尝留俗客。拂地低回舞袖翻,箫管哀吟动魂魄。
天晴初暖云自娇,风柔徐动花无力。气酣倾倒不自惜,屡顾空尊有愁色。
岂学飞蚊一饷乐,论文清心听鸣镝。诗坛誓众军令严,立表下漏不容刻。
神意惨淡喧谑寂,叠简摇毫辞举白。欲征故事入新语,挚虞追叹惭束晳。
山阴衣冠交履舄,千载风流传不息。茧纸墨妙龙凤飞,远近家鸡皆敛翼。
明年此会恐难得,俯仰之间已陈迹。来者兴叹感斯文,后之视今今视昔。

调李教授

君不见屈平放逐南辞楚,憔悴行吟群江浦。一闻鼓枻笑独醒,搔首低回愧渔父。
又不见渊明彭泽投簪缨,退隐衡门依五柳。凝尘满匣不鸣弦,头上接䍦亲漉酒。
尔后寥寥几百年,醉乡途路隔云烟。空看青鉴悲毛发,不向芳尊问圣贤。
天边酒星叹寂寞,太白相逢发嘲谑。悲风苦雾动星愁,欲恼寒蟾对杯酌。
舞袖低回双鹓退,曾忆婆娑拂仙桂。云间月下两茫然,牢落江山无胜气。
星星今古梦中身,巧力争求身后名。卫鹤莫矜轩冕贵,鲁鹍曾见鼓钟惊。
园林昨夜春风满,待得花开春已半。流莺才怨晓红飞,布谷已催秋种晚。
藻间养子碧鱼肥,石上拳牙紫蕨齐。柳下惊逢金镼襄,花深闻唱白铜鞮。
须知向眼光阴好,忍困饥肠守枯槁。明年虽见旧花开,却恐花枝笑人老。
终南紫翠倚天高,渭水东流入海潮。水去不回山不改,茫茫曾历几昏朝。
君看旷达是刘伶,宠辱冥心过一生。枕曲漱醪方自得,任从耳畔发雷霆。

李　纲(1083—1140)

客有言长沙军变向伯恭能弹治规画甚伟适得伯恭书亦道其事作韵语以寄之

长沙舞袖仅可旋,今作巨镇湖湘边。骄兵夜探赤白丸,乘间窃发将啸嚻。
不知向子有老拳,缚束健卒只数言。翩如鸟雀擒鹰鹯,奸腰凶领污龙泉。
弹压一境敢复喧,稚耋鼓舞喜欲颠。归哺其饴甘晏眠,众服壮略称无前。
我归自南得之传,颇欣祖生先着鞭。何不付与大将权,旐旗缤纷指云燕。
一鼓士气如突烟,黠虏破胆心少悛。洒扫海内清戈铤,使我衰病安庐田。

志宏见和再次前韵·牡丹

半夜疏钟来景阳,美人梳洗随君王。天然意态已倾国,何用苦死催严妆。
朱颜半酡宁著酒,玉肤自滑非临汤。铅华固美岂真色,兰麝虽馥非天香。
我观牡丹正如此,勾栏横槛为雕房。乍惊神女峡中见,只恐弄玉云间翔。
檀心点点晕深紫,金蕊簇簇摇金黄。坐令杂花为婢妾,解使蜂蝶成颠狂。
临风袅袅更妍好,浑如舞袖踏春阳。芳根最是洛中盛,安得千本栽砌傍。
惜花惟怕春色老,此癖谁与针其肓。沙阳春晚始一见,如有异味争先尝。
蜡封剪处持送我,念子此意何时忘。禅关兀坐无与语,迟迟昼景方舒长。

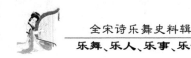

对花把酒不知醉,醒后还复悲殊乡。佳篇酬和慰落寞,清丽欲与花争芳。吟哦愈苦诗愈好,去去惜此窗前光。

李 新(1062—?)

次韵重阳二首(其一)

蜂愁节去已焉哉,宾友追称上宴台。诗韵此时传我和,酒樽当日为谁开。光阴碌碌驹奔过,气候新新毂转来。身赴令辰如舞袖,急忙须趁管弦催。

林 楠(?—?)

李白书堂

江风朝暮半晴阴,绀宇飞甍接翠岑。手摘鲍瓜曾未遍,身从鸥鹭得相寻。千年舞袖云崖冷,几度桃花春水深。犹有门前旧诗句,松风万壑老龙吟。

刘 攽(1023—1089)

酬狄奉议

病卧湘滨面岳山,每听鸣鹤忆苏仙。三苗地阔横千里,五岭泉分会一川。门有雀罗甘弃置,人今舞袖足回旋。梁公孙子丹青似,倾盖欢然秀句传。

刘 敞(1019—1068)

醉 后

举眼醉向晚,甘心醒似狂。形骸随酩酊,谈笑助轩昂。舞袖翻宜窄,歌声不厌长。高城涌明月,风景正虚凉。

刘次庄(?—?)

尘 土 黄

翠眉连娟舞袖长,春风自对理容妆。染丝绣作双鸳鸯,欲飞不飞在罗裳。耳中明月珠,肘后锦香囊。凭高欲有寄,所寄在远方。追风还君立路傍,岂不有地能相当,请著一鞭尘土黄。

刘 兼(?—?)

春宴河亭

柳摆轻丝拂嫩黄,槛前流水满池塘。一筵金翠临芳岸,四面烟花出粉墙。

舞袖逐风翻绣浪,歌尘随燕下雕梁。蛮笺象管休凝思,且放春心入醉乡。

刘克庄(1187—1269)

古宫词十首(其七)

何必关山远,凉风在殿西。箫声犹袅袅,舞袖忽凄凄。

答陈莆田投赠二首(其二)

恬退已邀鸥入社,畸孤羞使鸨为媒。闻新令尹弹琴治,有远方人负耒来。
雷邑地偏难舞袖,坳堂水浅易胶杯。一枝半朵真穷相,输与河阳满县开。

刘士季(？—？)

次韵和漕司小红翠亭(其二)

苑在中巴东复东,满城春色一园中。休言小小莺花界,也胜纤纤燕麦风。
舞袖卷纱空映翠,晴窗磨镜漫睎红。叶成帷幄花成阵,壮观诗坛矍铄翁。

刘　筠(971—1031)

清 风 十 韵

闾阖重门启,飞帘别馆深。歊蒸全已却,雅兴可能任。
云起汾河咏,旌摇楚国心。过箫添爽籁,拂野荡层阴。
夕劲淮阳桂,晨凄越鄂衾。登高从落帽,安寝任吹襟。
珠网疏难掩,铜铸冷易侵。急翻池上叶,遥送月前砧。
舞袖更回态,歌梁极绪音。最怜雕鹗意,瞬息度千岑。

陆文圭(1250—1334)

和丁师善韵

辙鲋活斗升,莫向肆中索。已无秋成望,况复岁暮迫。
蓉城一小县,舞袖折旋窄。针芒万亩青,席卷一川白。
苦肠真食蓼,枵腹思啖柏。蒙袂嗟饥氓,胠箧畏暴客。
将怀转壑忧,谁任求刍责。为政推仁心,匹妇无弗获。
登途祇王命,东西固不择。汉网殊阔疏,挂一直漏百。
但令大纲正,潜使宿弊革。斯民本同体,难以一膜隔。

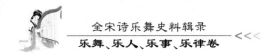

　　　　发奸虽有术,救急岂无策。不惮原隰驱,要知闾里厄。
　　　　消平蛇龙居,安集鸿雁宅。庶免愁叹声,谣诵沸广陌。

陆　游(1125—1210)

嘉州守宅旧无后圃因农事之隙为种花筑亭观甫成而归戏作长句

吾州山水西州冠,正欠雄楼并杰观。奇峰秀岭待弹压,明月清风须判断。
三峨旧不到郡斋,创为诗人供几案。烟云舒卷水墨图,草木青红锦绣段。
一时冠盖共登临,百年父老俱惊惋。萦回舞袖试弓弯,宛转歌声学珠贯。
佳人蜂蝶争绕鬟,上客龙蛇看挥翰。寓公虽作一月留,梅发东湖归思乱。
儿戏聊成此段奇,陈迹应留后人叹。明朝艇子溯平羌,却伴谪仙游汗漫。

吕颐浩(1071—1139)

次韵郭传师宠寄闲居之什

　　　　小隐丹丘郡,安闲世虑空。运筹边阃帅,昭代将家风。
　　　　牙帐霜矛白,宾筵舞袖红。何时同把臂,醉伴钓鱼翁。

钱若水(960—1003)

济源县裴公亭①

裴相亭成未退身,空烦舞袖与歌尘。至今亭下萧萧竹,似对秋风怨主人。

强　至(1022—1076)

泛湖有作

不比危湍急濑船,平湖慢桨恰相便。蓬飘萍泛真吾事,舞袖歌鬟付少年。

观　莲

水仙也曝晚霞衣,万片鲜红照绿池。花近酒杯逾酷烈,盖随舞袖忽欹垂。
且延胜赏观灵匹,好折清香赠侍姬。苦被浊泥埋没久,题诗今喜相公知。

辛亥九日晚登骑山楼

楼倚秋风引兴长,龙山吹帽忆前良。帘虚霜气清逾逼,叶脱天形远更详。

---

①　无名氏《裴公亭》内容与此诗相同,不再重复收录。

巧送四筵双舞袖,坐收万景一诗囊。登高且醉铜台酒,黄阁多年望衮章。

某近辱诸公光和前篇鄙思未已复自次元韵奉呈

才落先明牖,无多未压檐。得时虽较浅,著物始知严。
报岁三登速,裁花六出尖。贺祥开万物,却疠喜千阎。
腹馁禽刚喙,蛰僵蟹怕钳。地成银色界,门尽水晶帘。
燕席凝杯蚁,书帏冰砚蟾。天形四垂接,曙色十分添。
海讶龙飞沫,盘疑虎刻盐。阴阳惊腊早,气象假风兼。
嚼爽肠忘渴,吟寒口懒占。学轻频舞袖,御冷盛张幨。
谢媛资佳咏,袁生苦密潜。自缘人意别,一爱一憎嫌。

史　浩(1106—1194)

待胡少张王叔举二孙婿致语口号

郁葱佳气霭鄞川,剩说侯门得二贤。天下中庸追远躅,江东俊秀踵遗编。
歌喉睍睆莺同丽,舞袖翩翩蝶共妍。行看联名登虎榜,亲闻归侍彩衣鲜。

史卫卿(？—？)

依韵奉和司徒侍中龙兴灯夕

宝炬燃红映百坊,佛灯相照有余光。樽前尽被公孙礼,席上惟无处士狂。
午夜笙歌欢是伯,几家帘幕醉成乡。都人犹怕春宵短,共乐何妨舞袖长。

释德洪(1071—1128)

次韵宿圣溪庄

家声十辈拥朱轮,更畜青牛解斗奔。应念高楼闲舞袖,故凭山月洗吟魂。
助春泉落量云谷,输税人归吠瓿村。被冷夜晴成好梦,马随香雾入修门。

陪张廓然教授游山分题得山字

先生如梁鸿,德耀亦爱山。湘西十日留,笑语烟云间。
弄泉石梅坞,唤舟青蘋湾。藉草饮松下,松风当吹弹。
二妙生清妍,山花插云鬟。粲然起为寿,舞袖相翩翻。
先生堕帻醉,颇觉天地宽。醉语忽成诗,为题苍壁颜。
城郭遥相望,但见千峰寒。

释绍昙(? —1297)

偈颂一百零二首(其三)

人家竞赏元宵,佛陇百无一有。管宴虽愧空疏,宾主不分新旧。
陇头月助放光明,谷口松编排节奏。春风舞袖乐升平,不知身在然灯后。

释义青(1032—1083)

第八十一雪峰典座颂

满钵盛来一物无,岂同香积变珍苏。日月并轮长不照,木人舞袖向红炉。

释元肇(1189—?)

赠 缝 人

传来家法远,妙在自通方。到处逢僧说,前年离帝乡。
腰围怜我瘦,舞袖为谁长。不用悬牌额,兰深路有香。

司马光(1019—1086)

留 客

酒烟漠漠自生春,舞袖飘飘拍拍新。须信客归丝竹散,清风白月解愁人。

苏 轼(1037—1101)

题铜陵陈公园双池诗(其二)

落帆重到古铜官,长是江风阻往还。要以谪仙回舞袖,千年醉拂五松山。

赵郎中往莒县逾月而归复以一壶遗之仍用前韵

东邻主人游不归,悲歌夜夜闻春相。门前人闹马嘶急,一家喜气如春酿。
王事何曾怨独贤,室人岂忍交谪谤。大儿踉跄越门限,小儿咿哑语绣帐。
定教舞袖掣伊凉,更想夜庖鸣瓮盎。题诗送酒君勿消,免使退之嘲一饷。

孙 觌(1081—1169)

和州饯交代赵朝议乐语

天涯万里一尊同,醉眼愁看月堕空。画角孤吹千嶂晓,彩舟横曳半江红。
啼妆尽带梨花雨,舞袖犹翻柳絮风。只有邦人颂遗爱,棠阴绕屋自茏葱。

唐士耻(？—？)
效进退律赋水乡三实(其二)
冰雪胸怀七泽姿,纤纤舞袖学双飞。祥襟应念人间世,灌顶何如山上芝。
荷叶巧偷鹦鹉背,莼丝密缀燕雏衣。回塘相伴薰风里,争看胭脂黛绿施。

田　锡(940—1004)
和朱玄进士对雪
风回玉宇拂窗栏,欲晚层城科峭寒。含月有光吟不尽,著烟无迹画方难。
江春南国兼梅落,塞腊西山向竹残。何处多情偏入赏,狂随舞袖绕杯盘。

汪元量(1241—1317)
重 访 草 堂
放棹花溪去,重来访草堂。菰蒲依静渚,杨柳绕回塘。
野埜荣高下,山墙竹短长。槁梧含古色,瘦菊减清香。
鼛鼓树三叠,旌旗列两行。花娘纷舞袖,座客竞飞觞。
酱醢生葱白,齑浇熟韭黄。洪炉催卷饼,匕首割烧羊。
大笑诸公醉,高谈小子狂。城关犹未掩,冠盖已飞扬。
鸟语青松里,人行锦树傍。杜陵轻出峡,千古隔潇湘。

王安石(1021—1086)
东　　门
东门白下亭,摧甓蔓寒葩。浅沙杙素舸,一水宛秋蛇。
渔商数十室,门巷隐桑麻。翰林谪仙人,往岁酒姥家。
调笑此水上,能歌杨白花。杨花飞白雪,枝袅绿烟斜。
舞袖卷烟雪,绮裘明紫霞。风流翳蓬颗,故地使人嗟。
迢迢陌头青,空复可藏鸦。

王之道(1093—1169)
追和韩退之雪韵
一时符众望,七尺验童谣。人喜丰穰兆,吾知瘴疠销。

戏看还扑面,闲试欲齐腰。堕絮纷辞萼,飞花半惹条。
松篁低到地,溪涧合平桥。月牖潜争入,风帘静自摇。
红金延坐夜,绿蚁送行朝。暗上歌茵隙,轻随舞袖飘。
千林翻鲁缟,万里借鲛绡。灯市堪行乐,何妨酒价饶。

韦　骧(1033—1105)

席间和向辟之元夜(其一)

令节伸眉且自宽,与民同乐是民官。宴酣岂为残更促,醉兀何妨万目观。
舞袖飘飘凌夜月,灯山闪闪战春寒。孤城谁谓萧疏甚,无愧途人即可欢。

吴龙翰(1233—1293)

春　怀

梨花院落雨初晴,小醉醒来睡不成。过客光阴易老态,故人山色却长情。
歌喉呖呖鸟声隽,舞袖翩翩蝶翅轻。好景相看作挞尽,闭门不觉了清明。

吴势卿(？—？)

寿王通判五首(其四)

古称半刺已翱翔,□垒回旋舞袖长。赖有治齐清净法,宏开寿域海沂康。

萧德藻(？—？)

咏虞美人草

鲁公死后一抔荒,谁与竿头荐一觞。妾愿得生坟土上,日翻舞袖向君王。

徐　铉(917—992)

柳枝辞十二首(其一二)

凤笙临槛不能吹,舞袖当筵亦自疑。唯有美人多意绪,解衣芳态画双眉。

依韵和令公大王蔷薇诗

绿树成阴后,群芳稍歇时。谁将新濯锦,挂向最长枝。
卷箔香先入,凭栏影任移。赏频嫌酒渴,吟苦怕霜髭。
架迥笼云幄,庭虚展绣帷。有情萦舞袖,无力罥游丝。

嫩蕊莺偷采,柔条柳伴垂。荀池波自照,梁苑客尝窥。
玉李寻皆谢,金桃亦暗衰。花中应独贵,庭下故开迟。
委艳妆苔砌,分华借槿篱。低昂匀灼烁,浓淡叠参差。
幸植王宫里,仍逢宰府知。芳心向谁许,醉态不能支。
芍药天教避,玫瑰众共嗤。光明烘昼景,润腻裛轻霏。
丽似期神女,珍如重卫姬。君王偏属咏,七子尽搜奇。

许月卿(1216—1285)

咸　　淳

咸淳风乐好,淳厚似咸平。人意逢春乐,天心遇社晴。
征僮催远信,舞袖促新声。今岁梅能耐,咸平诗可盟。

晏　殊(991—1055)

上巳琼林苑宴二府同游池上即事口占(其二)

曲榭回廊手伎喧,彩楼朱舫鼓声繁。游人已著浓春去,不待歌长舞袖翻。

杨万里(1127—1206)

秋雨叹十解(其一〇)

不是檐声不放眠,只将愁思压衰年。道他滴沥浑无赖,不到侯门舞袖边。

紫牡丹二首(其一)

万花不分不春妍,至竟专春是牡丹。紫锦香囊金屑暖,翠罗舞袖掌文寒。
恨无国色天香句,借与风条日萼看。家有洛阳一千朵,三年归梦绕栏干。

喻良能(1120—?)

月　山　诸　峰

平生固寡好,嗜石如奇章。家无千金产,异致穷涧冈。
寿星来金华,衣冠何昂藏。屈肘据膝坐,风雨须眉苍。
松石产花溪,奇诡颇异常。鼻祖乃赤松,素质侔白羊。
舞袖出烟霞,浑脱类大娘。想当虞韶成,率兽杂凤跄。
魆魆石柱峰,孤峭仍轩昂。长不满五尺,势欲摩穹苍。

狮子来何许,俯首未腾骧。何时一喷薄,百兽走且僵。
鸱尾由天成,略不假斧斯。端宜侈绘事,讵止工厌禳。
东坡小仇池,大笔流芬芳。康公醉道士,名篇粲煌煌。
矧我此数峰,价重百琳琅。愿缔金石交,出处永不忘。

岳　珂(1183—?)

宫词一百首(其二)

一朵祥云捧赭袍,九天春色醉仙桃。教坊度曲声唯酒,折槛双瞻舞袖高。

曾　惇(?—?)

次韵李举之玉霄亭(其二)

亭据城央一径开,仍标兰芷出蒿莱。诸峰合沓云边出,大舶岿峨海上来。
已办酒池供倒载,可无舞袖看低回。风烟正赖君弹压,时遣诗锋为剸裁。

曾　极(?—?)

三十六宫

曲阁便房三十六,欲回舞袖不容身。黄金壁带今安有,笑杀宣和大内人。

张公庠(?—?)

宫词(其六五)

交直归来绣幌开,红炉互劝辟寒杯。谁知飞雪轻狂意,倒学佳人舞袖回。

张元干(1091—1161)

次韵晁伯南饮董彦达官舍心远堂

今夕知何夕,真成累十觞。炉薰飘月影,蜜炬剪花香。
政懒还诗债,无从发酒狂。故人怜久客,舞袖要须长。

张　镃(1153—?)

正月初四日听新乐成绝句(其三)

呜呜胡笛鹧鸪声,三叠鸣鼍舞袖轻。灯市花村旧欢醉,如今自厌邀无情。

醉后偶书

绳床不解双足顽,藜杖易厌前庭悭。茱萸颗小梅孕白,玳瑁文皱苔移斑。
一镫左计坐北牖,万骑纵猎思南山。便呼滕六雨好雪,风卷平郊无剩叶。
鞲飞转旋疾于鹰,箭劲弓鸣兽旁截。芳醪鲜肉娱宾友,挝鼓振弦催舞袖。
横行未绝五原边,不死终归三辅右。望南再拜称君寿,愚臣岂解酬恩厚。
古来相际必风云,今日名王宜有后。

对　雪

漫记今年雪,先悭半月晴。乍飘偏有熊,猛下却无声。
水绕长春圃,人居不夜城。弄寒群犬戏,惊晓独鸡鸣。
桥冻泥添滑,窗虚纸借明。冷妨梅早慧,高妒柳轻生。
瀹茗尝深鼎,临书厌短檠。鹅边鹇失素,鸥混鹭争盟。
日壑银烹出,龙沙粉筑成。歌盐唐按谱,聚米汉谈兵。
曳履需公诏,吞毡感使旌。初平羊变石,白起甲填坑。
贾舶停珠浦,朝骖萃玉京。驼铜夸北录,马瑞遇东瀛。
云凝情俱淡,风旋力骤狞。藕边侵纬宿,酥畔比螺蛏。
敞坐诗笺接,欢筵舞袖迎。缘甍方盼转,入幌忽萦盈。
烟满空翔鹤,潮翻海纵鲸。蓝田难爱宝,月窟助蜚英。
瓮罩杯谁覆,盆冰镜不倾。瑶随王粲佩,玑缀李彪缨。
豹舄宜分色,麻衣浪拟清。齐腰休更举,巴曲试烦赓。

赵　抃(1008—1084)

暖　风

薄袂欹云散,轻盘舞袖低。帘疏荡楼阁,尘暗逐轮蹄。
絮乱垂杨道,香流种药畦。春窗恼春思,一枕杜鹃啼。

赵鼎臣(?—?)

宋京宏甫见和再次韵

水花浮空出奇变,散者为霰圆者雹。天翁大是富家翁,细碎剪云亲染练。

山阴晓起右军泣,不见墨池安得砚。从来缘水不充饥,此日正堪批作片。
书生冷淡恶生活,忍冻悲吟诗满卷。不知北里富薰天,舞袖对花裁圈线。
红炉炽炭坐生春,本不畏寒那忆睍。兰台赋风不赋雪,好色岂殊蜂蝶恋。
不如诸孙艺且贤,蜀烹啖客初无倦。诸公速辩欲忘归,尽磨东庄千斛面。

赵 葵(1186—1266)

上 元

翡翠帘开舞袖轻,寒星万点下蓬瀛。清尊对月酌不已,也向蓬窗坐到明。

郑 獬(1022—1072)

寄题辰州沅阳馆

张侯守辰溪,作馆清溪上。峻趾拥崇冈,跋海鳌足壮。
石磴盘山回,游人出屏障。林壑互蔽亏,昏明各异状。
辰溪俯洞夷,登临少佳况。不知自何人,于此废真赏。
洼池失蛟龙,破屋藏魍魉。如持万黄金,弃之在污壤。
张侯一芟扫,耳目复清旷。坤倪伏诙谲,闪倏见气象。
素壁照清秋,檐牙屹相望。啼鸟共徘徊,飞云自来往。
携樽听鸣泉,便可倾佳酿。烟披舞袖润,谷应歌声响。
客醉未容归,明月纤纤上。幽怀傥自得,所适即为放。
兹地虽陋僻,境静犹足尚。壮士偃旗眠,落日惟樵唱。
缓带一来游,清风日萧爽。

周必大(1126—1204)

廷秀再用韵见寄末句易檀为兰故亦不复从前韵

修竹凌寒剑戟攒,何如绮绣媚千般。炉薰锦帐朝衣夹,花颤金钗舞袖禅。
少态山茶空艳艳,多姿梅蕊恨栾栾。西清垂意君知否,应记青绫握旧兰。

周行己(1067—1125)

几山出示阳桥唱和诸什窃慨英才之沈寂光景之流迈因两次其韵皆以少日为篇首一以赠监镇孙和仲一以赠知丞苗几山云(其二)

少日称豪笔砚场,一官家近住河阳。人情易变春云薄,世故饱谙秋鬓黄。
寒日苍凉临迥野,浩歌悲壮激哀商。时平民乐官无事,醉倒题诗舞袖傍。

周紫芝(1082—?)

次韵庭藻雨中不出湖上

幅巾饱看西湖春,徐行当车不动尘。有时乘兴未遽反,武林无此寻春人。
湖山如螺湖水白,几见青天月生魄。年年马上看吴娃,舞袖双裁越罗窄。
长安贵人百不忧,胡为亦复多穷愁。出门载酒不可往,倚杖看雨如穷秋。
万事不由人作计,我欲除愁唯一醉。此生已老复何求,五字但知公臭味。
春风吹雨山泽晴,青山有约翁有情。故人官高少闲暇,可唤白鸥同此盟。

朱长文(1039—1098)

喜雪上太守

筑坛精祷意通神,零雨先期泽此民。骤作六花犹及腊,更迟一日即回春。
斜飘燕寝初惊密,平压高楼渐喜匀。千里山河忘险秽,十门坊市绝埃尘。
谢庭贺燕凌晨集,郢曲歌声遇景新。细入吟窗粘冻笔,轻随舞袖落花茵。
胶舟渐进危檣远,汲井弥甘短绠伸。遍壅枯根苏杞柳,巧妆寒叶活松筠。
终朝讼息延佳客,几度年丰达紫宸。力可回天消旱暵,为霖岂独傅岩人。

朱　松(1097—1143)

南浦五小诗迎劳二弟(其三)

堂前春日媚珍盘,稚子相群舞袖斑。斗酒寿亲逢一笑,不知身在市门间。

左　纬(?—?)

会　侄　书

忆昨宣和末,群凶聚韦羌。一朝逻巡尉,州县皆皇皇。

居民弃家走,元稚纷抢攘。　我时遭劫逐,与子空相望。
及兹建炎始,叛卒起钱塘。　初闻杀长吏,寻亦及冠裳。
死者不为怪,生者反异常。　子在贼围中,不知存与亡。
出处虽异域,阽危多备尝。　骨肉非不亲,患难各自当。
回思见贼日,岂谓免杀伤。　安知出深壁,犹得还故乡。
争言不死状,失声惊四旁。　余生偶然遂,万事皆可忘。
会我试新秋,放怀坐中堂。　庭梧露蹐碧,砌菊风催黄。
年华意未晚,蟋蟀已近床。　对此复何待,五觞至十觞。
歌声咽寒月,舞袖破夜霜。　岂无少年态,一醉乃尔狂。
此徒为酒使,酒力安得长。　灯影照鬓发,百忧在中肠。
干戈时未息,盗贼势益张。　与子归何处,相看两茫茫。

舞　　腰

毕仲愈(？—？)

句(其二)

已招明月移歌扇,更倩春风试舞腰。

曹　勋(1098—1174)

婕　妤　怨

素愧河洲德,宁忘卷耳规。　中闱知奉顺,外戚敢营私。
辞辇翻成妒,能歌复见知。　自惭乖妩媚,不及舞腰儿。

陈文蔚(1154—1247)

老 人 生 旦

人生富贵多繁华,每遇诞日张绮罗。高堂宾从拥朱紫,金尊捧欢倾流霞。
青春未暮神仙醉,舞腰回雪皓齿歌。难逢乐事买欢笑,千金不惜如泥沙。
贫家相去一何远,自叹居里非鸣珂。平时只甘陋巷味,啜菽饮水之日多。
不知今朝是生旦,东邻旋问酒可赊。烹鲜击肥非不愿,一室悬磬将如何。
阿爹从容呼儿语,我有至乐非由他。立身亦足显父母,声名不必登高科。

颜色苟能奉亲欢,悦口不存旨与嘉。满堂虽无金玉富,六籍诸子幸满家。
日率儿曹勤诵读,行慕颜闵心孔轲。但得门庭无外事,竹林足以长婆娑。
子顺亲慈有余乐,自然福至由家和。篱边晚菊知人意,岁岁来荐黄金花。

陈元晋(1186—?)

和邓帅参追和东坡雪韵(其一)

学舞腰支束素纤,回旋似怯晓风严。飘窗淅沥暗投璧,洒研纷披冻着盐。
应有饮羔围暖帐,谁怜饥雀啅寒檐。凭栏独耸诗肩瘦,对立西山玉几尖。

陈　造(1133—1203)

饮　　客

暑气凭秋已自消,可能枯策伴良宵。试开玉友招诗客,共吸金波对舞腰。
人近笙歌堪耐老,天非风月定无聊。簿书正使无闲暇,卜夜时须慰寂寥。

程公许(1182—?)

中秋和姜主簿韵(其一)

中秋月白古来悭,孤坐寒窗思黯然。懒近舞腰花十八,恨无珠履客三千。

方信孺(1177—1223)

花　　田

千年玉骨掩尘沙,空有余妍剩此花。何似原头美人草,樽前犹作舞腰斜。

方　岳(1199—1262)

次韵行甫小集平山(其五)

客愁聊以酒防闲,非复春风桃李颜。北望未忘诸老在,中兴已是百年间。
非无烟雨无奇语,自有乾坤有此山。杨柳岂知兴废事,夕阳依旧舞腰蛮。

冯时行(?—1163)

阳　春　曲

柳带抽春寒气浅,风光晓引春楼怨。关山行人久不归,鸾瘦舞腰双绶缓。
锦书难寄北征鸿,归飞海燕翻晴空。芳菲韶景伴愁老,兰苑桃花落照红。

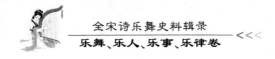

韩 驹(1080—1135)

赋曲江禁柳

照水纤柯拂地明,东风初试舞腰轻。人间岂识长门恨,雾鬓烟鬟绾不成。

韩 琦(1008—1075)

喜 雪

朔雪飞残腊,融和变凛严。徐来花出在,骤急霰声兼。
数住天应惜,争繁酒易添。积深函久润,济大略微嫌。
雅意明书幌,多情入宴帘。舞腰难学转,峰顶尚饶尖。
露蕊仙盘挹,风毛鬣圉帏。宫墙胡粉画,梅梗蜀酥黏。
影澹三春絮,光寒八月蟾。垣涂谁复辨,巨壑有何厌。
狂助诗毫逸,清驱厉气潜。欢谣腾紫塞,喜色上彤幨。
凝溜收冰乳,堆庭镂虎盐。吾民无足虑,丰岁可前占。

韩 维(1017—1098)

和三兄晚饮

乍去炎氛浊暑中,高怀幽事不如穷。乍怜老竹梢云碧,已见新梨著露红。
回雪舞腰来洛浦,仰天歌韵有秦风。雄图壮节消磨尽,所得清樽一笑同。

洪 适(1117—1184)

归路致语口号

州民争看使君归,千骑阗阗此一时。鼠子已知焚大槔,马人又是建丰碑。
但将海阁严军政,不比湖亭习水嬉。赤壁功成八十万,小桥应奏舞腰支。

黄庭坚(1045—1105)

送彭南阳

南阳令尹振华镳,三月春风困柳条。携手河梁愁欲别,离魂芳草不胜招。
壶觞调笑平民讼,宾客风流醉舞腰。若见贤如武侯者,为言来仕圣明朝。

198

黄彦平(？—1046？)

归途次韵(其二)

村落人家柳过墙,舞腰曾共小姑长。点妆拂黛留相学,卷叶吹芦莫漫狂。

孔平仲(1044—1102)

七夕一首呈席上

琥珀杯浓酒味醇,郁金裙转舞腰新。铅华第一人中白,歌响几多梁上尘。
玉漏将沉香未断,银潢虽远志相亲。合欢促席留君醉,最苦参斜夜向晨。

寇　准(962—1023)

洛阳有怀岐山旧游

绿鬓年来已渐凋,旧游芳草路迢迢。山横远翠疑歌黛,柳拂轻梢认舞腰。
秦甸梦回空有恨,洛城吟断独无憀。斜阳更上高楼望,始觉离情一倍饶。

李从善(940—987)

蔷薇诗一首十八韵呈东海侍郎徐铉

绿影覆幽池,芳菲四月时。管弦朝夕兴,组绣百千枝。
盛引墙看遍,高烦架屡移。露轻濡彩笔,蜂误拂吟髭。
日照玲珑幔,风摇翡翠帷。早红飘薜地,狂蔓挂蛛丝。
嫩刺牵衣细,新条窣草垂。晚香难暂舍,娇态自相窥。
深浅分前后,荣华互盛衰。尊前留客久,月下欲归迟。
何处繁临砌,谁家密映篱。绛罗房灿烂,碧玉叶参差。
分得殷勤种,开来远近知。晶荧歌袖袂,柔弱舞腰支。
膏麝谁将比,庭萱自合嗤。匀妆低水鉴,泣泪滴烟霏。
画拟凭梁广,名宜亚楚姬。寄君十八韵,思拙愧新奇。

李　复(1052—？)

和人子夜四时歌(其三)

萧萧庭下柳,曾学舞腰支。秋风吹暮夜,半落小蛾眉。
人生自无定,空叹叶辞枝。

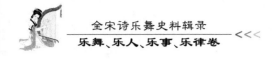

李慎言(？—？)

抛球曲三首(其三)

堪恨隋家几帝王,舞腰缓尽绣鸳鸯。如今重到抛球处,不见熏炉旧日香。

李 廌(1059—1109)

对春二首(其一)

半阴半晴恼乱我,不禁春意惟殢春。黄莺丁宁舌初转,杨花轻盈来弄人。东家秋千多美女,舞腰娉婷衣金缕。彩索徘徊渐渐高,墙头见人羞欲住。柳下谁家薄媚郎,立马昂头不肯去。

廖 刚(1071—1143)

次韵刘天常赴郡会有作(其二)

百草千花巧趁春,曲栏幽径总铺陈。舞腰尽欲看回雪,诗匠谁当断斫轮。难把星波浑作事,须知簧语有非真。何如玉镫归来晚,红袖争扶入锦茵。

刘 攽(1023—1089)

杨　花

不分春色晚,杨花意气骄。吹嘘轻一羽,容易点层霄。
细细穿檐隙,姗姗学舞腰。暂来幽僻地,还复去人遥。

刘 过(1154—1206)

醉 中 偶 成

小院蒲萄月架东,舞腰忙趁鼓声雄。诗成彩笔分题后,人在金钗赌令中。秋叶冷吟风浩荡,晚林烘透日玲珑。腰间若佩滁州印,定有人呼作醉翁。

陆 游(1125—1210)

书　叹

人生如春蚕,作茧自缠裹。一朝眉羽成,钻破亦在我。
少年不自珍,妄念然烈火。眼乱舞腰轻,心醉笑齿瑳。
余龄幸早悟,世味无一可。但忆唤山僧,煎茶陈饼果。

万俟绍之（？—？）

次 新 竹 韵

箨粉飘零干拂檐，午阴比似旧时添。栖留薄雾生秋意，勾引清风涤夏炎。
弱质自同诗骨瘦，新竿也学舞腰纤。丁宁养就化龙杖，休劈轻丝织绣帘。

欧阳修（1007—1072）

答端明王尚书见寄兼简景仁文裕二侍郎二首（其一）

日久都城车马喧，岂知风月属三贤。唱高谁敢投诗社，行处人争看地仙。
酒面拨醅浮大白，舞腰催拍趁繁弦。与公等是休官者，方把锄犁学事田。

强　至（1022—1076）

戏呈宋周士

腊去垂垂冻欲消，春光未动思先饶。最宜才客临歌席，更看佳人转舞腰。
一笑劳生应有定，三冬薄宦独无聊。兰台侍从风流裔，合为行云赋此朝。

裘万顷（？—1219）

再用韵三首（其三）

眼前修洁独修篁，屡倩东风洗晓妆。学舞腰肢困珠玉，可怜官柳在寒塘。

史　浩（1106—1194）

柳带得归字

渭水亭亭柳，春柔可绾衣。烟添染黛色，风束舞腰围。
对影同心在，攀条解赐归。行人系不住，结绶上王畿。

释德洪（1071—1128）

次韵亭上人长沙雪中怀古二首（其一）

楚国楼台凌九霄，软风行复弄柔条。当年弦管今何处，飞雪满空如舞腰。

对雪尝水饼

雪粲罗敷喜，报春呈舞腰。旋风寒正密，到地暖还消。
轻薄凌梅蕊，蹁跹搅柳条。幽欣尝水饼，举箸一长谣。

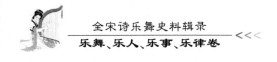

释斯植(?—?)

淮边柳

寂寞淮边柳,春来自舞腰。恨生争战地,不得近官桥。

柳

汴水隋堤总寂寥,春风吹恨未曾消。长条本自无拘束,也向人前学舞腰。

舒岳祥(1219—1298)

三月二十三日效乐天体

习习东风白苎裘,余寒未尽滞清愁。柳疑楚舞腰偏细,莺学吴音舌更柔。好景良辰千古在,骚人墨客几时休。一年佳致惟春莫,可惜花飞人白头。

司马光(1019—1086)

柳枝词十三首(其六)

双双春燕扬云霄,楚国宫深乐事饶。会待急管繁弦际,试取纤条并舞腰。

柳枝词十三首(其七)

舞腰缤纷长乐东,柳间怅饮送春风。请君试望邯郸道,青门袅袅彻新丰。

宋 庠(996—1066)

九日南阳与诸公会

憭栗霜华六幕空,丹萸成佩菊芬丛。香浮彭泽仙巾酒,影落龙山宴帽风。诗笔娱情真泣豆,舞腰回节更惊鸿。夕阳峣榭愁重顾,不见春陵旧郁葱。

苏 轼(1037—1101)

次韵王巩颜复同泛舟

沈郎清瘦不胜衣,边老便便带十围。蹩躠身轻山上走,欢呼船重醉中归。舞腰似雪金钗落,谈辩如云玉麈挥。忆在钱塘正如此,回头四十二年非。

苏 辙(1039—1112)

次韵王巩上元见寄三首(其一)

弃掷良宵君谓何,清天流月鉴初磨。莫辞病眼羞红烛,且试春衫剪薄罗。莲艳参差明绣户,舞腰轻瘦飐惊鼍。少年微服天街阔,何处相逢解佩珂。

汪元量(1241—1317)

昝元帅相拉浣花溪泛舟

行都元帅千蹄马,腰佩角弓箭盈把。浣花溪头具小舟,击鼓吹箫行酒斝。
舞腰袅娜锦缠头,风吹金缕随东流。公孙弟子背面笑,拔剑一击蛟龙愁。
万里桥西有茅屋,杜子当年来卜筑。湘江一醉不复归,四松寂寞擎寒玉。

王安石(1021—1086)

葛蕴作巫山高爱其飘逸因亦作两篇(其一)

巫山高,十二峰。
上有往来飘忽之猨猱,下有出没瀺灂之蛟龙,中有倚薄缥缈之神宫。
神人处子冰雪容,吸风饮露虚无中。千岁寂寞无人逢,邂逅乃与襄王通。
丹崖碧嶂深重重,白月如日明房栊。象床玉几来自从,锦屏翠幄金芙蓉。
阳台美人多楚语,只有纤腰能楚舞,争吹凤管鸣鼍鼓。
那知襄王梦时事,但见朝朝暮暮长云雨。

王 珪(1019—1085)

和圣俞莫登楼

莫登楼,楼外华灯人竞游。翠枝威威六素虬,鸣梢一声从天头。
金炉烟开雉尾收,正见月射双琼钩。半峰飞泉落惊沤,嘘呵紫雾鱼龙浮。
弦清管高脆欲流,霜寒雏凤丹山愁。台上美人春风柔,舞腰回急宝钗投。
禁街特敕香车留,帘疏的皪排星眸。画省宵闲空翠帱,束如穷兔离新罝。
况惊白发心悠悠,安复繁华事轻裘。寄言侠少谁为俦,烂醉玉楼歌始休。

王 揆(?—?)

六快活诗

湖外风物奇,长沙信难续。衡峰排古青,湘水湛寒绿。
舟楫通大江,车轮会平陆。昔贤官是邦,仁泽流丰沃。
今贤官是邦,刳唊人脂肉。怀昔甘棠化,伤今猛虎毒。
然此一邦内,所乐人才六。漕与二宪僚,守连两通属。

高堂日成会,深夜继以烛。帏幕皆绮纨,器皿尽金玉。
歌喉若珠累,舞腰如素束。千态与万状,六官欢不足。
因成快活诗,荐之尧舜目。

王　洋(1089—1154)

题齐政壁

柳经沈雨舞腰慵,莺入新阳曲未终。照径自藏尘外境,憎花不爱世间红。
桥分知为前溪改,寺远因寻别路通。更待薰风日清永,长歌呼就满蒲风。

王之道(1093—1169)

和孔纯老送司法吴德声

舞腰回雪奏伊凉,饯设铃齐举别觞。如子固宜倾坐客,顾予何计挽征艎。
交情旧喜推东道,归梦先应到北堂。花柳枝头春已闹,伫观超擢置周行。

吴惟信(？—？)

柳

灞桥烟水碧沉沉,万缕低垂结翠阴。学舞腰肢风外细,凝愁颜色雨中深。
絮漫天地凄凉泪,萍满池塘造化心。记得赠行曾折处,短长亭畔听莺吟。

项安世(1129—1208)

爱秋

生憎词客并诗客,只解悲秋不爱秋。玉作花肌娇不奈,金妆宝靥笑无休。
桂香夜夜薰罗袖,舜彩朝朝艳醉眸。脱尽画桥千尺柳,舞腰如束更风流。

徐　铉(917—992)

柳枝辞十二首(其一一)

仙乐春来案舞腰,清声偏似傍娇饶。应缘莺舌多情赖,长向双成说翠条。

山路花

不共垂杨映绮寮,倚山临路自娇饶。游人过去知香远,谷鸟飞来见影摇。
半隔烟岚遥隐隐,可堪风雨暮萧萧。城中春色还如此,几处笙歌案舞腰。

许　棐(？—？)

柳

青青得意春三月,撩弄东风舞腰活。莫道长条舞得多,长条先被行人折。

谕　柳

不须娇逞舞腰支,不须巧画宫妆眉。只把千丝万丝结,结住行人无别离。

杨万里(1127—1206)

清晓出郭迓客七里庄二首(其二)

偏得春怜是柳条,腰支别作一般娇。微风不动渠犹舞,刚道东风转舞腰。

杨　亿(974—1020?)

代意二首(其一)

梦兰前事悔成占,却羡归飞拂画檐。锦瑟惊弦愁别鹤,星机促杼怨新缣。舞腰罢试收纨袖,博齿慵开委玉奁。几夕离魂自无寐,楚天云断见凉蟾。

张　镃(1153—？)

十月菊

幽芳何事独开迟,寂寞寒金照短篱。老子樽罍方欠此,春风景物最相宜。要随得暖南枝发,肯趁登高九日悲。翻笑陶家门外柳,夜深零落舞腰肢。

赵崇嶓(1198—1255)

折柳词

行人须折柳,折取最长条。明日天涯路,无人看舞腰。

周彦质(？—？)

宫词(其七〇)

地衣红锦蹙盘雕,罗袖飘香转舞腰。清暇君王休务日,宣和深殿按仙韶。

舞　　旋

孔平仲（1044—1102）

观　　舞

宴馆簇金丝，绣茵呈舞旋。云鬟应节低，莲步随歌转。
势多体不犯，妙绝乃习贯。含笑有余情，小揖更微盼。

舞　　姿

陈　造（1133—1203）

杨侍郎召饭再用韵

升沉渠敢话齐年，妙句推褒辈行然。高燕况叨琼作醴，凡驷底称玉为鞭。
歌终画扇犹遮面，舞困敧花半压肩。此去隽游萦客梦，梦陪笙鹤下琼田。

郭祥正（1035—1113）

次韵和元舆待制后浦宴集三首（其一）

往岁遭风洞庭浦，悔不携锄从老圃。昨日金城逢故人，万丈虹霓思一吐。
更在芙蓉池上游，桂枝为楫木兰舟。舞妓相将棹歌去，疑是西施浣纱处。
皓腕翩翻雪藕丝，婉若游龙或惊鹜。愿公对客少留连，早晚沙堤问归路。

乐 人

琴　师

白玉蟾(1194—?)

赠蓝琴士(其一)
江湖见说老蓝公,今日相逢在玉隆。竹样精神梅样骨,况君梅竹在胸中。

赠蓝琴士(其二)
逍遥阁下暮烟生,相对无言坐复行。弹尽胡笳十八拍,床头剑吼月三更。

赠蓝琴士(其三)
夜来莫说西山冷,见说庐山夏有冰。直恐与君相别后,错听猿啸作琴声。

听赵琴士鸣弦
我寻屏迹到猿啼,云满山前花满溪。高峰壁立七十二,风生两腋天可梯。
炼师两鬓东风黑,绀天不流月光白。檐牙咬雨昨已晴,松幄张空夜瑟瑟。
兴浓抱石玄以轻,得意七弦横玉绳。膝头指弄响玲玲,灿然夺目三十星。
初如雨滴芭蕉夜,久坐梧桐猿啸罢。宛然幽涧听鸣泉,偶杂修篁戛清夏。
先疑易水渡荆轲,已转似劝无渡河。美人金帐别项籍,壮士铁笛吹孟婆。
不然双雉两南北,或者妇牵苏武服。弦中何似湘妃怨,指下为甚明妃哭。
又非林下感蠄蛸,更匪胡笳叫晚秋。自然雁声下遥塞,忽觉蝉噪过南楼。
君休弹终我畏听,满怀今古兴亡病。苍梧云愁虞舜远,鼎湖云出轩辕冷。
一声一声复一声,不管世间银发生。弹尽天涯夕阳影,又向山中弹月明。

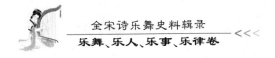

胡长卿,去已久,韩飞琼,无此手。玉帝闻未曾,人间空白首。
柳花霏霏满江城,城外海棠红泪倾。恐君余思更未已,为我春昼闻晴莺。

赠琴客陆元章

手持一枚寒水晶,十指击戛如玉鸣。曲弹白雪阳春调,调有高山流水声。
松梢鹤唳恰夜半,寒烟寂寂风冷泠。纸衾瓦枕冷如水,展转无梦睡不成。
起来搔首抚一阕,吟罢满山秋月明。

蓝琴士赠梅竹酬以诗

手补天工笔法奇,笑将造化作儿嬉。胸中夜雨浇龙干,纸上春风舞玉蕤。
云水一生无别好,琴心三叠有谁知。今宵松殿相期会,弹到西山月落时。

赠陶琴师

一雨濯旱秋滴滴,西风吹破苍苔色。松坛月冷夜三更,乌鹊无声露华白。
鳌宫饮散酒杯空,万籁萧骚天变黑。惠然为我鼓长琴,声里胡笳十八拍。
凄凄呜呜寒蝉鸣,黯然古涧泉琤琤。挑拢撚抹缓复急,远听近听如猿声。
我生飘泊何云萍,故国关山万里程。君将三叠入吾耳,调中话出吾平生。
曲罢空歌舞笙鹤,直欲腾身归碧落。

山 月 轩

老蟾飞上梧桐枝,苍屏烟冷猿夜啼。潋滟金盘挂寒巘,婵娟玉镜沉清溪。
风前松竹尽起舞,姮娥徘徊不归去。人在广寒天在水,满天星斗知何处。
幽人为我鸣瑶琴,山前月下千古心。不知明月几圆缺,只有青山无古今。
醉持玉盏吞金饼,尘世无人知此景。青山无言人酩酊,浩歌卧断桂花影。

赠陈高士琴歌

昨夜西风起白蘋,从前湖海几酸辛。感今怀古无限事,拄颊闲思一怆神。
琼窟先生鼓玉琴,一调一弄符我心。屈平宋玉不可挽,西风黄叶为知音。
初闻如风吹梧桐,次听如雨鸣芭蕉。凄然如雁声遥遥,温然如莺暖夭夭。
忽而转调缓复急,海风吹起怒涛立。夜深星月堕蓬山,神官不管蛟龙泣。
顿又换指清而和,牡丹芍药香气多。露桥月榭风雨夕,如此杜鹃愁奈何。
浩浩长风送急雨,寂寞孤鸿落寒渚。昏昏月色老猿啼,蔼蔼风光新燕语。

又如晴鹤唳苍烟,倏似寒鸦噪晴川。良宵砌畔响秋蛩,清昼林间悲风蝉。
我思此声不堪比,使人欲悲复欲喜。五月葛亮渡泸溪,九月荆轲过易水。
此声喜喜复哀哀,我志渺然在江淮。方且琵琶亭下坐,倏又郁孤台上回。
琴声展转我心碎,我心多少平生事。弦中招我栖林泉,指下呼我入富贵。
上界瑶池玉浪寒,凤凰阁下罗千官。紫皇宴坐苍琳宫,岂复知我犹人间。
龟台烟冷风萧萧,十万彩女歌云璈。自怜踪迹今尘土,安得金妃复赐桃。
青琅真人骑白鸾,日往日复玉京山。不念曾与同僚时,清都绛阙何时还。
紫清夫人侍帝轩,朝朝嫣然妙华门。盍思人世此凄苦,金鱼玉雁凭谁传。
琪花开遍翠微台,彩凤舞彻宾云仙。麒麟守住虎关严,獬豸时复森其前。
不成终身只人世,吾身不翩心亦翅。粗且神霄觅一官,早作啸风鞭霆计。
此曲此曲君休弹,老眼无泪徒悲酸。自知逍遥时节近,与君一笑开欢颜。
太华宫中多白莲,以金为花玉为根。上有琼甲金丝龟,夜吸珠露花间眠。
紫琅殿深不可诘,时有火铃飞出入。殿中仙君乘云軿,三千玉娥傍侍立。
此般景象犹未忘,所以思念时悲伤。闻君琴声洗我心,自盍泰然发天光。
我昔神霄西台里,雪肌玉肤冰霜齿。长歌一曲惊帝阍,解使八鸾舞神水。
又尝飞过广寒宫,一见嫦娥琼玉容。不敢稽首便行过,倏复呼我醉瑶钟。
水府左仙萼绿华,身居东华帝子家。时以瑶琴鸣五霞,一声弹落琼台花。
上元太真安长仙,日事玉皇上君前。玉龙娇痴不肯舞,独自奏帝鸣鸾弦。
此声远矣吾不见,人间琴声更多变。谁能以此清净心,许多悲欢相练缠。
琼窟先生然我言,我是霆司笔墨仙。昔为东华校籍吏,屡亦舞笔灵君前。
失身堕世自叹息,东华欲归归未得。翠娥掩泪香骨寒,长天远水日相忆。
君知否,吾将呼起大鹏驾琼云,手持百万苍鹰兵。
前驱天丁后火铃,飞罡蹑纪下太清。又将东海捕金鲸,骑之去谒蟾蜍精。
却持万阵貔虎人,下来红尘扬鼓钲。更烦先生试一举,为我调中作金鼓。
为我唤起李太白,与我浩歌拍掌舞。君琴定是天上琴,天上曲调人间音。
为君醉中一狂歌,千岩万壑白云深。

赠蓬壶丁高士琴

瓠巴骑鲸上天去,伯牙成连亦千古。浅世断无锺子期,弦中妙意为谁举。
春风春雨满潇湘,人在蓬窗闭竹房。竹里鹃啼喉舌冷,花间莺宿梦魂香。

客从漓沅下衡岳,满怀诗愁无处著。请君拂去水晶尘,瀹茗一了抚然作。
道人问予若为情,伊弦凄兮余莫听。一春十病九困酒,三月都无二日晴。
俯首沉吟声一曲,吟扭一罢撚拨续。初如雪泉嗽鸣玉,已转忽如雨簌簌。
于中亦有蠦蛸鸣,倏忽变作冷猿声。始疑荆轲渡易水,乃是湘妃夜涕零。
昔从抚断南风了,羑里幽人始能晓。可叹坛中苦杏花,山高水寒即声杳。
道人此意非人间,笑咏洞章锵佩环。能令凤舞下丹汉,云里大地垂头看。
世间鸡虫互得失,只好牧羊坐花石。何为儿女谩昵昵,候虫时鸣徒戚戚。
输君朝朝在翠微,鹤已睡去人不知。笑思古今一俯仰,弹到千山月落时。
君知否,梧桐枝上双燕语,尽将万事等风絮。
琴中日月何儵闲,肯使事逐孤鸿度。

蔡　沈(1167—1230)

赠琴士刘伯华①

公子方年少,丝桐长有名。曲虽仍旧谱,指要发新声。
涧落泉初响,风清月正明。起予千古意,怆恻不胜情。

赠琴士翁明远

胶漆本无意,丝桐非有情。因缘醉翁指,发此无穷声。
萧萧秋风引,落叶渭水清。喧喧阳春歌,花明锦江城。
离鸾月徘徊,别鹤云杳冥。清泠洒毛发,震荡惊雷霆。
曲度神莫测,调高妙难名。时方多艰虞,掩耳谁为听。
无为恩怨儿女语,疆场勇士轩昂行。

蔡士裕(?—?)

赠琴士周芝田

吾诵老韩听颖诗一章,琴中意味深且长。
纵横变态浩无尽,颖弦韩笔相发扬。
二贤往矣五百载,俯视六合空茫茫。

---

① 苏元老《赠抚琴刘伯华》内容与此诗大致相同,不再重复收录。

今有芝田嗣颖传宫商,一弹令我喜,再弹令我伤。
世多善手无善耳,使我百感煎中肠。
高冈不闻鸣老凤,江湖夜雨啼寒螀。

蔡元定(1135—1198)

赠琴士邵邦杰

五寸管能窥造化,七弦琴解写人心。平生不作麒麟梦,且听高山流水音。

晁补之(1053—1110)

阎子常携琴入村

阎夫子,通古今,家徒四壁犹一琴。今年二月雨霖霪,喜君垄麦如人深。
屋间幽默咸池音,高山流水我非听,听我说君辛苦吟。
薛老村西十里地,旱日燎原无柳林。芒鞋曳杖逐镰笼,当午未食饥烧心。
芸芸麦田翻黄波,蚰虫盘穗如蜗螺。麦未收打催种豆,屋下迹少田间多。
阎夫子,时我过,我与夫子良同科。四体虽勤口铺众,煮豆然其穷奈何。
人谓君琴语辛苦,此曲无乃伤天和,君不见夫子宋围不糁犹弦歌。

陈 东(1086—1127)

次韵邵予可弹琴二首(其一)

雷公徽玉粲明星,照出师襄指下声。可怜此地无人识,唤作新来黑瘦筝。

陈 起(?—?)

咏琴上曹先生

清如雅操直如弦,此意于今久不传。月冷风高清禁地,只将古调奏钧天。

陈 藻(1151—1225)

郑主簿宅看雪访梅听僧抚琴偶成四韵倩萧中立书之

鹅毛散乱三朝雪,乌帽沾濡六出花。梅吐万枝香满室,桐听几曲兴乘槎。
蓬莱借问仙仇览,人世何妨醉释迦。骚客平生挥字拙,萧郎为我走龙蛇。

陈　造(1133—1203)

赠琴妓二首（其一）

梦中曾揖蔡文姬,焦尾亲传半夜衣。莫向诗人弹别鹄,免烦衰泪对君挥。

赠琴妓二首（其二）

千纸争传戛玉词,一庭浑卧借书甀。从今有问新知识,径说江城女项斯。

程公许(1182—?)

今日良宴会

良辰不可久,飞幰会华馆。雕俎粲陈前,羽觞劝引满。
危柱瑟难和,急轸琴失按。含思以亮激,响入凌霄汉。
四坐听我歌,歌罢倚长叹。勿遣歌声悲,悲多听者惨。
振辔腾康庄,及此岁未晏。

程　俱(1078—1144)

辨师鼓琴

上人芒屦麻为衣,常修如幻三摩提。但依三业作供养,坐见八德金沙池。
是中宝网间行树,微妙音出难思惟。师从定观起奋迅,写之三尺桐与丝。
枯桐攲然若空谷,人倚绳床支槁木。枯桐枯木静相向,中有世间无尽曲。
曲中有曲非宫商,及门但觉声琅琅。罢琴一笑各挥手,庭树微风清夜凉。

戴表元(1244—1310)

赠弹琴衡山萧道士

寂寂历历不足听,听久亦复难为情。名嗔势忿大如屋,袖手对此须臾平。
一捫再捫玄鹤舞,三四捫之凄风生。天寒岁晚行路远,湘水日夜东南倾。

听琴行赠沈秀才

君不见江南琴师海与聪,谁与传者梦溪公。
又不见醉翁诗中沈夫子,听水作琴琴谱起。
只今人间何处无琴师,问渠端由渠未知。
钱塘东风万人里,沈家还见奇男儿。

沈家家住鸳湖曲,夜理渔丝朝采菊。菊苦难餐鱼又寒,弹出歌声寄凄独。
近来携琴东海行,清音应滑如流莺。湖园日暖百花叹,弹彻满树春风生。
我不识琴识琴理,为君悲酸为君喜。相逢正值酒钱空,徉狂攘臂红尘市。
琵琶阮咸休羡渠,相知岂须频曳裾。醉毛死久髯徐去,洗手空山修乐书。

邓　林(？—？)

送衡山琴画张道士二首(其一)

满天风月澹消骚,三尺枯桐古调高。不敢问君听别操,请弹二十五离骚。

送衡山琴画张道士二首(其二)

满空烟雨澹糢糊,三尺霜缣老墨枯。不敢问君求别景,请描七十二峰图。

范成大(1126—1193)

送琴客许扬归永嘉

乌帽休冲九陌埃,瘦藤定约到秋回。龙湫雁荡经行处,断取松风万壑来。

范仲淹(989—1052)

听真上人琴歌

银潢耿耿霜棱棱,西轩月色寒如冰。上人一叩朱丝绳,万籁不起秋光凝。
伏羲归天忽千古,我闻遗音泪如雨。嗟嗟不及郑卫儿,北里南邻竞歌舞。
竞歌舞,何时休,师襄堂上心悠悠。
击浮金,戛鸣玉,老龙秋啼苍海底,幼猿暮啸寒山曲。
陇头琴瑟咽流泉,洞庭萧萧落寒木。此声感物何太灵,十二衔珠下仙鹄。
为予再奏南风诗,神人和畅舜无为。为余试弹广陵散,鬼物悲哀晋方乱。
乃知圣人情虑深,将治四海先治琴。兴亡哀乐不我遁,坐中可见天下心。
感公遗我正始音,何以报之千黄金。

方　回(1227—1307)

赠吴琴士会龙

古琴口歌兮手弦,今琴何为兮不然。今人作诗动千篇,不弦不歌兮无传。
关雎麟趾留遗编,离骚以来诸吟仙。我每见之月在渊。

请君携琴诣我古梅前,君弦其后兮我歌以先。
君如夜寒不来旃昌黎之十操兮,将独歌之泪潺湲。

听孙炼师琴

名画元不出画工,善书决不属书史。子春伯牙非伶官,古能琴者必君子。
枕流漱石今孙郎,电眸冰齿霜髯张。洒埽书室焚古香,信手为吾调宫商。
琮琮琤琤泉落涧,嘒嘒喈喈鸿度汉。从容整暇未肯忙,小俟吟猱观抑按。
急如快剑斫蛇分两截,琉璃瓶碎玉簪折。似有鸾胶再补完,细视冰弦元不绝。
又如电走雹飞驱霹雳,老树百丈龙爪入。得非獭髓灭瘢痕,依旧乌桐净如拭。
睥睨黠鼠伏狸奴,杀机一动与之俱。鹰扬颇类师尚父,牧野秉钺行天诛。
临河而闻杀鸣犊,曳轮不往反乎覆。许由不受尧天下,一瓢虽无吾亦足。
圣门此意传不传,耿耿精灵月在天。孙郎何处得授受,长江秋霁印婵娟。
五音本无根舌齿,六律发挥凭手指。音律之外求七情,万变悉从心上起。
孙郎胸次夫何如,贮储古今万卷余。
孰谓七弦轸上之神圣,不本二尺檠边之功夫。
少年学琴欲学渠,勿但弹琴当读书。

方　岳(1199—1262)

次韵曹宰听舅氏弹琴

有客夜鼓龙门琴,风露漠漠侵秋庭。妙弹幽响落指外,此意难以两耳听。
参横斗转四山寂,但闻别鹤之夜怨,离鸾之晨吟。
挈音谁适鸣沧浪,寅缘苇间情盡伤。
忽然浩叹声轩昂,二十八宿俱韬藏。
少焉月出流寒光,但见山苍苍兮江泱泱。
尔乃春容大篇,寂寞短章。谬攸一笑天所吝,亦恐此乐不可常。
吾当为君谱入渭阳操,莫弹履霜似伤孝。
碧桐翠竹夜生寒,折杨皇华何足道。
人生百年几今夕,我思古人心忽忽。黄金拟铸锺子期,此言每堕槐安国。

顾　逢(？—？)

听赵碧澜操琴

弹来三尺桐,知用几年功。听到希声处,凉生不语中。
断霞明似日,急雨过如风。曲罢炉香在,还思敏仲翁。

韩　淲(1159—1224)

次韵斯远弄琴

开门有诗来,殷若金石声。虚堂坐以咏,澹与秋气清。
岂无如此句,岂有如此情。怀哉我所尚,求田乃归耕。
时乎发鸣弹,浩浩非营营。大音知者希,既和应且平。
枫林月在户,寒影膝上横。想当三叹后,却手复起行。
华发老相看,百事皆已经。

昌甫有诗琴士云得之黄子厚盖考亭坐中客也因入章泉同出城解后和韵

青春深处见挥弦,吟到情时恨更牵。旧话相逢真梦尔,故人独觉倍依然。
縠城大雅空三叹,云谷斯文已百年。珍重散庵因一笑,鬓丝禅榻羡同眠。

灵芝寺清坐听潘德久弄琴久之小酌而散

秋晚灵芝寺,阴云阖复开。荷枯半倚草,柏老遍生苔。
兴到容吾赋,闲知与客来。琴边更三叠,莫放酒船回。

琴僧见过(其一)

孤山从昔有琴聪,不但寻声指甲中。一似少游闻复语,几曾著眼送飞鸿。

琴僧见过(其二)

涧上秋深黄叶多,素琴终日奏云和。上人过我还休去,一段风光可奈何。

夜过斯远听琴

琴声类筝笛,俗手多一律。伊嚘悦儿女,焦急涴桐漆。
予尝为作评,当是养心术。大弦宽而和,小弦精且密。
制作务高雅,资材在清实。既鼓复以歌,其气可平壹。

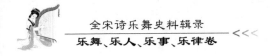

　　昨从东海君,置酒风月室。欢然十指间,挥弄俄顷毕。
　　洒落冰雪容,辉润金玉质。人品既如许,古乐复在膝。
　　顾予面生尘,见之颇自失。急归卧南山,十日不敢出。

何　蒙(937—1013)

题义门胡氏华林书院

满眼烟霞与宅连,义高孝弟代相传。彤庭召对曾承诏,内府颁书特奉宣。
学古一门遵法度,礼宾群仆尽精贤。竺斋月夜招琴客,花院春风恣饮筵。
乘兴访僧因挂褐,傍秋买鹤不争钱。半空山色长供望,彻晓清泉缓醒眠。
残暑就溪开敞槛,晚凉观稼入平川。神仙药术亲留写,朝达诗牌自把悬。
携手漫思为好伴,此身方恨未归田。忆君几度西南望,遥想情风寄一篇。

洪　炎(1067?—1133)

公实示间字韵诗怅然有感次韵奉和三首(其一)

晴晖生燠雨生寒,朱夏阳春季孟间。断雁哀猿金马客,落花流水石门山。
早知蚁穴成何事,欲棹渔舟去不还。昭氏有琴无作止,亏成都任一机关。

洪咨夔(1176—1236)

浮玉道士琴

老蟾亭午潭澄阴,雄虬怒吼雌虬吟。空岩纳息耳应心,写之以神寓之音。
大音激越风振林,细音窈眇云起岑。天机不动天和深,非亏非成非古今。
博山一点蓬莱沉。

赠希声居士

　　汗漫骑鲸去,西风发半簪。安心元是药,得趣不妨琴。
　　人静蛩鸣夜,天寒月出林。为君重洗耳,别酒不须斟。

胡仲弓(?—?)

听窦圭琴

指按金徽星斗寒,试听一曲话悲欢。妙音怕入时人耳,携入白云深处弹。

听宫人琴

群哇方杂奏,忽听数声琴。天地有清气,君王知正音。
悲风生指玉,明月照徽金。曾抚昭君怨,宫人泪满襟。

黄　裳(1043—1129)

听隐士琴

幽意不可象,因声而后形。至声不可伪,因心而后生。
三尺膝上孤,一寸胸中鸣。急声如飞泉,泻泻秋云边。
巧声如流莺,历历春风前。幽人无此心,素弦无此声。
心与手相忘,意与声相迎。弹者自到古,闻者谁知音。
但见风色吹我清,欲御此风天上行。

听隐士琴

心手相忘到混成,又非湘瑟与秦筝。秋来独坐水边石,古往谁知弦上声。
易度寸心闲有味,难谐群耳淡无情。夕阳回首山犹好,更起松风一段清。

黄　庶(1019—1058)

和陪丞相听蜀僧琴

百年生计一张琴,敝轸枯弦抵万金。世上几人曾入耳,樽前此日是知音。
清风明月虚无境,白雪阳春寂寞心。莫讶南薰沉听久,致君基业用功深。

黄庭坚(1045—1105)

招戴道士弹琴

春愁如发不胜梳,酒病绵绵困未苏。欲听淳音消妄想,抱琴端为一来无。

赵景仁弹琴舞鹤图赞

无山而隐,不褐而禅。听松风以度曲,按舞鹤而忘年。
铿尔舍琴而对吏,忽坌入而来前。察朱墨之如蚁,初不病其超然。

听崇德君鼓琴

月明江静寂寥中,大家敛袂抚孤桐。古人已矣古乐在,仿佛雅颂之遗风。
妙手不易得,善听良独难。犹如优昙华,时一出世间。

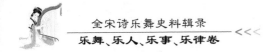

两忘琴意与已意,乃似不著十指弹。禅心默默三渊静,幽谷清风淡相应。
丝声谁道不如竹,我已忘言得真性。罢琴窗外月沈江,万籁俱空七弦定。

次韵无咎阎子常携琴入村

士寒饿,古犹今,向来亦有子桑琴。
倚楹啸歌非寓淫,伯牙山高水深深,万世丘垄一知音。
阎君七弦抱幽独,晁子为之梁父吟。天寒络纬悲向壁,秋高风露声入林。
冷丝枯木拂珠网,十指乃能写人心。村村击鼓如鸣鼍,豆田见角谷成螺。
岁丰寒士亦把酒,满眼饤饾梨枣多。晁家公子屡经过,笑谈与世殊臼科。
文章落落映晁董,诗句往往妙阴何。
阎夫子,勿谓知人难,使琴抑怨久不和。
明光昼开九门肃,不令高才牛下歌。

西禅听戴道士弹琴

灵宫苍烟荫老柏,风吹霜空月生魄。群鸟得巢寒夜静,市井收声虚室白。
少年抱琴为予来,乃是天台桃源未归客。危冠匡坐如无傍,弄弦铿铿灯烛光。
谁言伯牙绝弦锺期死,泰山峨峨水汤汤。春天百鸟语撩乱,风荡杨花无畔岸。
微露愁猿抱山木,玄冬孤鸿度云汉。斧斤丁丁空谷樵,幽泉落涧夜萧萧。
十二峰前巫峡雨,七八月后钱塘潮。孝子流离在中野,羁臣归来哭亡社。
空床思妇感螳蛸,暮年遗老依桑柘。人言此曲不堪听,我怜酷解写人情。
悲歌浩叹弦欲断,翻作恬淡雍容声。五弦横坐岩廊静,薰风南天厚民性。
人言帝力何有哉,凤凰麒麟舞虞咏。我思五代如探汤,真人指挥定四方。
昭陵仁心及虫蚁,百蛮九译觇天光。极知功高乐未称,谁能持此献乐正。
贱臣疏远安敢言,且欲空江寒滩静。渔艇幽人知我心悠哉,更作严陵在钓台。
吾知之矣师且止,安得长竿入手来。

寄题荣州祖元大师此君轩

王师学琴三十年,响如清夜落涧泉。满堂洗尽筝琶耳,请师停手恐断弦。
神人传书道人命,死生贵贱如看镜。晚知直语触憎嫌,深藏幽寺听钟磬。
有酒如渑客满门,不可一日无此君。当时手栽数寸碧,声挟风雨今连云。
此君倾盖如故旧,骨相奇怪清且秀。程婴杵臼立孤难,伯夷叔齐采薇瘦。

218

霜钟堂上弄秋月,微风入弦此君悦。公家周彦笔如椽,此君语意当能传。

江宾王(1096—?)

题茅山胡道士琴月卷

皎皎松上月,泠泠手中琴。一弹飒灵飙,再弹驱层阴。
铿然发清响,窅窲延余音。流光复徘徊,空林转萧森。
象器无乃泥,天人谅何心。邂逅若有得,俯仰还自吟。
太音寄寂寥,内景涵静深。山空夜将宴,微露沾衣襟。

李处权(?—1155)

月 夜 鼓 琴

清风泛寒露,夜久气转凉。恍然幽梦觉,明月及我床。
披衣起独坐,爱此数尺光。兴来御桐君,正始其可忘。
山高既峨峨,水流亦汤汤。方当志获麟,故宜鄙求凰。
永怀嵇叔夜,复思蔡中郎。妙处与心会,乐哉殊未央。

听照旷尘外琴

老全冰玉姿,不受一滓尘。弹琴看飞鸿,自是千载人。
幽兰写国香,白雪回阳春。邈视嵇阮流,不肯加冠巾。
丝桐得心法,二子入室亲。高山与流水,领略难具陈。
前年出关意,浩荡谁能驯。跣足兵火围,所遇多苦辛。
却来湖上寺,翳拂坐石门。颇有名胜士,宛然交道存。
寄书亦及我,匪但通寒温。问我能来不,愧负饱瓜身。
翩然如野鹤,接羽凌秋旻。过我晋陵郡,促轸风露新。
谐和下鸾凤,幽怨出鬼神。老全殆不没,千古名知津。
漂流更丧乱,我生乃不辰。见子颜色开,慰我羁旅魂。
我心亦清苦,久愿丘壑邻。何时舟载月,一弄秋江滨。

李 纲(1083—1140)

过玉涧道人草堂

道人妙弹琴,能作醉翁操。人亡琴亦亡,颇为识者悼。

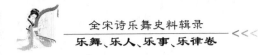

　　草堂玉涧边,芜没已秋草。穗帐鹤惊空,药杵香余捣。
　　竹光净如洗,桂子寒不扫。松风肃泠泠,犹想琴声好。

李　龏(1194—?)

赠　琴　客

一寸心中万里愁,七条丝上雨翛翛。此心不向常人说,弹作蓟门桑叶秋。

赠琴僧杨坚

窗中早月生琴榻,独闭山门月影寒。涧水松风生十指,冰囊敲碎楚金盘。

浙西宪台夏夜听雪江徐天民琴

火天月满绣衣庭,秋思从君指下生。莫怪老怀眠不得,七弦弹出蟹行声。

李　觏(1009—1059)

听周大师琴

　　已解琴中意,更加弦上声。他人郑卫杂,此手鬼神惊。
　　深夜众籁息,寒天孤月明。四邻应得睡,浊酒且同倾。

李　光(1078—1159)

清湘道士潘静素抱琴南来予方谪居远屏郊外如逃虚中每佳辰良夜风清月明对修竹俯清池必快作数弄如是几年今将北还旧隐索诗为别屡请而不懈因歌而送之

道人南来冒炎酷,云水生涯寄枯木。嗟予久堕魑魅群,黎唱蛮歌耳根熟。
深林迥静啸猱鼯,雨湿天阴闻鬼哭。君来为我一挥手,洗尽胸中尘万斛。
伯牙师涓死已久,此声欲绝君能续。快弹初作鸾凤鸣,忽如啼乌集华屋。
吟猱抑按神气闲,流水涓涓赴幽谷。夜深余响应霜钟,朝来吟对萧萧竹。
静中最喜读书声,妙响琅然振寒玉。要知心与古人会,不务新奇夸俚俗。
浩歌别我出门去,潮回风便难追逐。道人来时湘水浑,道人归去湘江绿。
湘灵抱琴待君来,月明莫向江头宿。

李　彭（？—？）

听程道士琴

鹍弦铁拨世多有，玉筝银甲嗟凡陋。平生绿绮醒心泉，净洗耳根端不朽。
炼师霜髭已满颐，履霜坐弹霜叶飞。腐儒冻馁非所惜，物物愿荷皇天慈。

听王散人琴

花边犹舞旧时蝶，屋角还鸣他日禽。但讶镜中颜色改，讵知门外岁华侵。
一杯相属步兵酒，三叠共听中散琴。有慨余怀聊复写，雨余汀草自青深。

听侍其云叟琴

君家建邺城东头，卷帘卧对长淮流。除书谤书不到耳，空洞腹中无片愁。
白浪从高瓦棺阁，清夜无人响猿鹤。琴声时复一挑之，北斗横天月将落。
御风过我故山岑，一写太古之清音。当春风动为凄紧，波底时闻龙一吟。
坐观人琴成二妙，觉来形秽颜枯槁。伯牙袖手意有余，请公临流一舒啸。

听了公孙弹琴

商飙吹菰蒲，船官双停桨。中有陈太丘，堂堂道弥广。
容我拜床下，凛然增妙想。碧洞名家儿，侍立资开爽。
取琴为我弹，襟怀自恢朗。兰芽弄徽弦，岩谷发佳响。
乃翁琮璧姿，风气日豪上。一言犯台鼎，放逐金波涨。
郎君翠眉低，沉忧杂悲壮。沧海连三山，攫醳共消长。
生雏有如此，十年违色养。推手且罢休，夕岚横莽苍。

寄侍其云叟

建业有高士，幽栖闶岩扄。时从出岫云，缥缈来青冥。
昨者修水头，伴我骑长鲸。貌古心更古，肤清神愈清。
朝谈织乌坠，夜坐玉绳横。辩舌不挂壁，泊然忘讥评。
峄琴孤凤啸，鏖棋飞电鸣。慈明投祖去，霜风助扬舲。
自我不见子，三占少微星。殷勤行沙雁，素书每丁宁。
悠悠望尘友，变态鸿毛轻。盟血未曾干，飞语聊相倾。
少闻高士风，汗下颜甚赪。吾言盖有激，因之见交情。

夜听从弟荣绪琴

凉月耿茂树,微风薄疏林。令弟肯过我,清夜抚鸣琴。
妙生徽轸外,虚夷有远心。哀猿山暝啸,凝笳霜霁吟。
胡马惊朔吹,楚囚操南音。王嫱穹庐泣,校尉汉恩深。
翻令旷士怀,数行下沾襟。曲中颇清壮,攫醳躅烦淫。
亚夫军细柳,令严夜沉沉。我友擅丘壑,颇遭鸡须侵。
营诗貌烟霭,辞悭负幽寻。画师虽无如,沧浪一蹄涔。
借尔山水曲,轩豁穷上岑。勤来商略此,胜处要同斟。

李 石(1108—1181)

赠张听声

人言鼻听无如龙,听不以耳乃反聋。未若水母本无目,隔水响应相鸣雄。
我持此理问张瞍,废目任耳偏能聪。忍闻此声亦愤愤,俗器政在群鸣中。
枉将蚁动作牛斗,妄遣蚊聚成雷公。昔人乐归瞽其职,五音六律诗人蒙。
我琴三尺玉横膝,欲广舜孝歌时雍。游鱼舞兽解人意,此意忧乐斯民同。
瞍乎洗耳试一听,莫似北客歌南风。

问赵有方乞琴

公子年时尚奇伟,大剑横腰发冲起。自言学道晚有得,心静无波古潭水。
平戎万卷暗不吐,蟠向胸中作宫徵。眼明惯识峄阳材,手制教成古绿绮。
人生会费几两屐,巧处才容一张纸。许多黑瘦肯忍饥,枵腹悲鸣聒人耳。
公子公子赠我来,明珠白璧遭沉埋。我家老马解仰秣,渠家煮鹤充枯柴。

李氏女(?—?)

弹 琴

昔年刚笑卓文君,岂信丝桐解误身。今日未弹心已乱,此心元自不由人。

李曾伯(1198—1268)

送李琴士据梧(其一)

流水高山尔调,冷灰槁木吾心。不必神交蒙叟,柴桑老子知音。

送李琴士据梧(其二)

户外世尘皆累,山中天籁无声。莫看螗蝉相捕,要教鹤舞鱼听。

李昭玘(?—1126)

赠汉老侄琴

邹峄孤桐不可寻,汧公旧斫万黄金。顾余久有沈舟志,知子尝怀欲炙心。
便好安弦求妙趣,不须变雅作新音。席间弟子来倾耳,为问何人属意深。

李之仪(1048—1127)

听惠师琴

牛斗淹时两耳昏,偶陪沈祝共僧轩。数声抑按披香雾,双屦分明在晓原。
物节不堪催我老,赏心聊复为谁论。初年记得山阴旧,又见夷中几世孙。

连文凤(1240—?)

听徐天民琴

闲堂风月深,自此出瑶琴。为我弹一曲,悠然生古心。
余清分坐客,微响拂流禽。世上是非耳,谁能知此音。

廖 融(?—?)

赠天台逸人

移桧托禅子,携家上赤城。拂琴天籁寂,欹枕海涛生。
雪白寒峰晚,鸟歌春谷晴。又闻求桂楫,载月十洲行。

林 放(1055—1109)

赠 琴 僧

霜林凋落云影垂,朔风猎猎鼓寒威。偶来禅房访虚寂,上人为我弹金徽。
此调悠悠泯千载,今日忽闻一嗟咨。上人所弹不在指,我亦非于耳听之。
霜天玉磬敲清晓,夜月秋声动翠微。举世纷纷爱筝筑,寂寥古意谁能知。
过门不是锺期子,慎勿汗漫调朱丝。

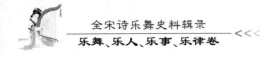

刘 攽(1023—1089)

澄心寺后阁弹琴

高风动长松,萧瑟清我心。亦有琴上弦,尽得天外音。
试复向城市,余响终难寻。

刘 敞(1019—1068)

和永叔夜坐鼓琴二首(其一)

众人于五音,丑正不丑随。所以匣中琴,寂寂少人知。
淳和太平风,简淡邃古时。得意亦忘言,居然见无为。
非公蕴真乐,此道谁复期。

和永叔夜坐鼓琴二首(其二)

知音古亦少,况乃今人乎。至和动殊类,此则今世无。
舜韶舞百兽,事可观于书。但非耳目接,便自疑其虚。
谁谓今之人,反不如兽欤。大音盖希声,聋俗或万殊。
中孚有不化,嗟嗟乎豚鱼。

同永叔赠沈博士

我不识醉翁亭,又不闻醉翁吟。但见醉翁诗,爱彼绝境逢良琴。
上多高峰下流泉,后有芳草前茂林。
玄猿黄鹄翩翩共悲鸣兮,白云翠霭倏忽而阳阴。
此间真意不可尽,未遇知者犹荒岑。醉翁昔时逃世纷,恋此酩酊遗朝簪。
心虽独醒迹弥晦,举俗莫得窥浮沈。迩来十年定谁觉,独沈夫子明其心。
写之丝桐寄逸赏,曲度寥落含高深。绝调众耳多不省,醉翁一闻能别音。
乃知精识自有合,何必相与凌崎嵚。伯牙锺子期,目击意已歆。
蓬莱三山荡析不可见,惟有水仙之操传至今。
安知后世万千岁,此地不为水火侵。
但存君诗与君曲,虽远犹可期登临。沈夫子,与醉翁,斯言至悲君更寻。

224

刘 黻(1217—1276)

闻陈正学理琴

闻君整琴待秋风,我欲从之魂梦通。素麻仿佛苍髯翁,扬休山立崆峒东。
泪痕犹湿龙门桐,有曲无音悲天公。猗兰未冷拘幽浓,那知斯道将遂穷。
山矸石烂冥感丛,枝蜩盘蝇迭相雄。两耳年来怪不聪,群哇扰杂安于聋。
烦君为我调怔忡,流泉隐隐深涧中。春温廉折各不同,声虽在指意在胸。
云飘柳絮风入松,恍然楼阁坐虚空。伯牙所知何必锺,白鹤飞来采芹宫。

刘 兼(？—？)

命妓不至

琴中难挑孰怜才,独对良宵酒数杯。苏子黑貂将已敝,宋弘青鸟又空回。
月空净牖霜成隙,风卷残花锦作堆。欹枕梦魂何处去,醉和春色入天台。

访饮妓不遇招酒徒不至

小桥流水接平沙,何处行云不在家。毕卓未来轻竹叶,刘晨重到嬾桃花。
琴樽冷落春将尽,帏幌萧条日又斜。回首却寻芳草路,金鞭拂柳思无涯。

刘子翚(1101—1147)

次韵致明听琴

病翁不呐呐,琅然寄枯琴。倘无枯琴寄,孰表吾之心。
形忘岂知病,道在宁复今。龙蟠老樟下,髯发摇长音。

听詹温之弹琴歌

鸣琴艺精非小道,可惜温之今已老。玲琅一鼓万象春,铁面霜髯不枯槁。
自言寡知音,求我为作歌。号宫韵角可听不可状,锦肠绣舌空吟哦。
吾意其一气之浊清,两曜之晦明。山河之结融,雷霆风雨之震惊。
包罗具七弦,开阖造化由人心。又疑夫尧禹之躬行,丘轲之立言。
瞿聃之同归,百家诸子之纷然。更历千万古,此意不灭丝桐间。
涤除浮虑清,荡摩愁襟开。琴之气象广莫有如此,欲媚俗耳知难哉。
寒缸烧涸夜向阑,罢琴归矣我欲眠。梦跨冰轮出瑶海,一笑碌碌瀛洲仙。

楼 钥(1137—1213)

淯月下鼓琴用淳韵
老稚团栾鲤在庭,文姬为鼓玉琴声。起来同作悲风曲,倍觉先秋月影清。

陆文圭(1250—1334)

与琴师谈琴
至乐无声识者希,有声终是假人为。一时得趣惟元亮,千载知音欠子期。欲写性情初动处,当原律吕未生时。夜寒月照虚堂壁,鹤唳猿吟总是诗。

戏题听琴手卷
流水高山不用弹,巴人下里众皆欢。只今何处求锺子,多向文闱作考官。

吕本中(1084—1145)

寄谢无逸并汪叔野兄弟
老谢风流绿绮琴,小汪兄弟亦南金。文章已误半生事,江海略酬他日心。好酒不当愁逼仄,旧书差慰病侵寻。平生恩义伴宫老,断绠寒泉百尺深。

吕 陶(1028—1104)

赠蔡山王潜
王生性高闲,了不挂尘网。家居蔡山下,景物尽幽爽。
山松何年植,老干已增长。山云终日飞,秀气自飘荡。
山泉涓涓流,落涧有余响。山月隐隐出,澄辉透林莽。
生尝坐岩石,寂尔遗万想。横琴试一弄,意外忽忘象。
千年几兴亡,六合一俯仰。惟传太古声,犹在五弦上。
纯皇与圣帝,作乐理和畅。志士及幽人,寄情多感怆。
于焉得深趣,不返而遂往。铢石莫重轻,尺寻奚直枉。
清哉此标节,抑可劝乡党。予生本静默,意味欲恬养。
偶然从宦游,百态殊鞅掌。既无移时术,力软不能强。
亦有超世心,倦足欲焉往。作诗持赠生,厚颜尤惘悯。

梅尧臣（1002—1060）

若讷上人弹琴

祥哀已逾月，遇子弹鸣琴。安得不成声，子心异吾心。
十日成笙歌，尼父非好音。先王礼有节，不可过于今。
莫作风入松，怀垄情未任。一闻流水曲，归思在溪阴。
此焉吾所乐，目极送归禽。

次韵和永叔夜坐鼓琴有感二首（其一）

夜坐弹玉琴，琴韵与指随。不辞再三弹，但恨世少知。
知公爱陶潜，全身衰弊时。有琴不安弦，与俗异所为。
寂然得真趣，乃至无言期。

次韵和永叔夜坐鼓琴有感二首（其二）

舜琴曰朕有，语舜郁陶乎。孝悌怨则否，傲狠愧岂无。
我尝抚卷叹，叹此孟氏书。此书有深意，仁义世久虚。
公今乃有感，其不在兹欤。鱼跃与鹤舞，物情曾未殊。
无情则无应，何必问鸟鱼。

赠月上人弹琴

人闲溪上横刳木，素琴寒倚一枝玉。吴王城畔镴深房，月下空弹孤雁曲。

赠琴僧知白

上人南方来，手抱伏牺器。颓然造我门，不顾门下吏。
上堂弄金徽，深得太古意。清风萧萧生，修竹摇晚翠。
声妙非可传，弹罢不复记。明日告以行，徒兴江海思。

赠张伯益

张伯益，风义自足常游遨，醉弹琵琶声嘈嘈。
雷车急辊蛟龙号，曲终放拨解紫绦。
勇气索笔作小篆，李斯复出秦碑高。不数宣王石鼓文，快健欲敌横磨刀。
弈棋丝桐且置之，众善多取精神劳。

依韵和普上人古琴见赠

独茧丝为弦,九窍珥为轸。弹风松飕飕,听水流泯泯。
欣者举袖舞,悲者欲涕陨。若此辄动人,干时固能准。
虞舜今在上,南薰思无尽。

张圣民席上听张令弹琴

一听履霜霜满足,再听绿水声缘谷。我行日月候春波,嫩苔沙雨侵鱼目。
渔歌晚唱泛水来,天浸沧浪光可掬。坐中此意自弦生,中郎五弄人难熟。
人知难熟独善弹,弹拍未终脂驾速。郑卫古来多喜闻,卒章为我歌淇奥。

赠张处士

闻尔闲于琴,寝处未尝辍。抱之京师来,岂与工师列。
一奏流水声,落指鸣决决。既曰林壑人,安事尘土辙。

欧阳修(1007—1072)

赠无为军李道士二首(其一)

无为道士三尺琴,中有万古无穷音。音如石上泻流水,泻之不竭由源深。
弹虽在指声在意,听不以耳而以心。心意既得形骸忘,不觉天地白日愁云阴。

赠无为军李道士二首(其二)

李师琴纹如卧蛇,一弹使我三咨嗟。五音商羽主肃杀,飒飒坐上风吹沙。
忽然黄钟回暖律,当冬草木皆萌芽。郡斋日午公事退,荒凉树石相交加。
李师一弹凤凰声,空山百鸟停呕哑。我怪李师年七十,面目明秀光如霞。
问胡以然笑语我,慎勿辛苦求丹砂。惟当养其根,自然烨其华。
又云理身如理琴,正声不可干以邪。我听其言未云足,野鹤何事还思家。
抱琴揖我出门去,猎猎归袖风中斜。

赠潘道士

门无车辙紫苔侵,鸡犬萧条陋巷深。寄语弹琴潘道士,雨中寻得越江吟。

赠沈博士歌

沈夫子,胡为醉翁吟,醉翁岂能知尔琴。滁山高绝滁水深,空岩悲风夜吹林。

山溜白玉悬青岑,一泻万仞源莫寻。
醉翁每来喜登临,醉倒石上遗其簪,云荒石老岁月侵。
子有三尺徽黄金,写我幽思穷崎嵚。自言爱此万仞水,谓是太古之遗音。
泉淙石乱到不平,指下呜咽悲人心。时时弄余声,言语软滑如春禽。
嗟乎沈夫子,尔琴诚工弹且止。我昔被谪居滁山,名虽为翁实少年。
坐中醉客谁最贤,杜彬琵琶皮作弦。自从彬死世莫传,玉练锁声入黄泉。
死生聚散日零落,耳冷心衰翁索莫。国恩未报惭禄厚,世事多虞嗟力薄。
颜摧鬓改真一翁,心以忧醉安知乐。沈夫子谓我,翁言何苦悲。
人生百年间,饮酒能几时。揽衣推琴起视夜,仰见河汉西南移。

赠沈遵

群动夜息浮云阴,沈夫子弹醉翁吟。醉翁吟,以我名,我初闻之喜且惊。
宫声三叠何泠泠,酒行暂止四坐倾。有如风轻日暖好鸟语,夜静山响春泉鸣。
坐思千岩万壑醉眠处,写君三尺膝上横。
沈夫子,恨君不为醉翁客,不见翁醉山间亭。
翁欢不待丝与竹,把酒终日听泉声。有时醉倒枕溪石,青山白云为枕屏。
花间百鸟唤不觉,日落山风吹自醒。我时四十犹强力,自号醉翁聊戏客。
尔来忧患十年间,鬓发未老嗟先白。滁人思我虽未忘,见我今应不能识。
沈夫子,爱君一樽复一琴,万事不可干其心。
自非曾是醉翁客,莫向俗耳求知音。

送琴僧知白

吾闻夷中琴已久,常恐老死无其传。夷中未识不得见,岂谓今逢知白弹。
遗音仿佛尚可爱,何况之子传其全。孤禽晓警秋野露,空涧夜落春岩泉。
二年迁谪寓三峡,江流无底山侵天。登临探赏久不厌,每欲图画存于前。
岂知山高水深意,久以写此朱丝弦。酒酣耳热神气王,听之为子心肃然。
嵩阳山高雪三尺,有客拥鼻吟苦寒。负琴北走乞其赠,持我此句为之先。

弹琴效贾岛体

古人不可见,古人琴可弹。弹为古曲声,如与古人言。
琴声虽可听,琴意谁能论。横琴置床头,当午曝背眠。

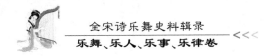

梦见一丈夫,严严古衣冠。登床取之坐,调作南风弦。
一奏风雨来,再鼓变云烟。鸟兽尽嘤鸣,草木亦滋蕃。
乃知太古时,未远可追还。方彼梦中乐,心知口难传。
既觉失其人,起坐涕汍澜。

潘 牥(1204—1246)

雪中听绵州邓道士琴

黄冠家万里,忽此动瑶琴。岁暮多风雪,天涯少信音。
凄凉当日事,寂寞此时心。我醉君休去,蒲团共夜深。

潘 玙(？—？)

赠道士王玉壶

屦不染凡尘,云深竹屋春。安心能学道,屋指别无人。
丹熟玄机透,琴清古乐真。前缘君悟否,老子是龙身。

听弹归去来辞

渊明昔赋归去辞,后世寄声焦桐丝。先生弹罢和者谁,春山花落啼子规。

蒲寿宬(？—？)

即席用委顺听甘师琴韵

独抱琴声感岁年,冥搜趣外欲无弦。广陵寂寂嵇生去,秋木幽幽鸣㺜贤。
一点山泉岩窦雨,数声瑶佩沇寥天。音徽千载何人会,愿和薰风殿阁前。

仇 远(1247—？)

月琴吟赠程禹仲

我月太古色,我琴太古音。色见音声求,焉能知我心。
月到茅亭夜亭午,据梧坐看胎仙舞。
本无圆缺无亏盈,心迹双清游太古。笑渠空向广寒游,记得霓裳羽衣谱。

沈 辽(1032—1085)

太古师弹琴示道辅

我卧南山正如梦,朝来欲过左史洞。阳羡羽人惠相访,三尺焦桐行自从。

山上赤日烈如火,洞里石泉凝作冻。挥手一奏离骚曲,促轸重作高山弄。
岩下隐隐白云生,松风泠泠幽鸟哢。谁识襄阳魏夫子,缁衣远来自崷雍。
身出重围战不死,振翼江南若孤凤。数日相从甘淡薄,不与人间同侳偬。
夫子能知琴中趣,不叱老夫无世用。三人出洞日已斜,青山茫茫烟薈薈。

圆明师为余鼓琴作昭君操因感其意辞以赠之

王昭君,汉宫女。生如桃李花,皎皎托朝露。不向春风荣,摧折在泥土。
耻将黄金市颜色,空得君王一回顾。黄门扶我上车去,遥望汉宫隔烟雾。
十年帘下学画眉,不知还被蛾眉误。中间悲怨或易忘,如今羁愁那可论。
梦中时复作歌舞,满目异类谁与语。胡风日夜惊吹沙,不知春来复秋去。
一生此恨终难言,独自援琴传作谱。传作谱,一曲未终泪如雨。
我来都城下,黄尘厌羁旅。道人为我试一弹,使我超然为怀古。

沈　说(？—？)

赠段琴(其一)

我琴未弦时,浑然心与耳。自从识开指,反为琴所使。

赠段琴(其二)

清风千古曲,雪涧敲寒玉。谁能继此音,苍梧泣修竹。

石扬休(995—1057)

谢文莹师携琴见访

郑卫湮俗耳,正声追不回。谁传广陵操,老尽峄阳材。
古意为师复,清风寻我来。幽阴竹轩下,重约月明开。

史卫卿(？—？)

听演师琴

禅悟却参琴,山高水复深。七弦手共语,万籁耳无音。
激烈鬼神泪,发挥天地心。秋风时一曲,怀古更伤今。

释宝昙(1129—1197)

楼尚书生日

岁行丁巳生公年,一周甲子初回旋。壶中日月自长久,我身曾作蓬莱仙。
霓旌何为下南国,伊傅事业须林泉。胸中抱负五色石,晴窗抚弄供磨沿。
古今成败几头绪,酒浇不下仍横咽。援琴一鼓天地静,万象起舞加清圆。
新诗往往到红叶,门前流水人争传。世间乐事唯我有,锦衣鹤发同欢然。
天公有意谁得解,功名自古俱华颠。盐梅霖雨入吾手,母子共醉春风前。

释重显(980—1052)

赠 琴 僧

太古清音发指端,月当松顶夜堂寒。悲风流水多呜咽,不听希声不用弹。

释道潜(1044—?)

听盛道人琴(其一)

阴云收雨阁曾檐,寂寂西风不动帘。烧尽夜堂红蜡炬,高山流水听无厌。

听盛道人琴(其二)

有客浮游不定家,玉琴三尺当生涯。从来正始无人会,掉首高歌乌帽斜。

听天竺慧照师琴

太古淳音久已亏,多君妙指善医治。高山流水意虽在,白雪阳春和者谁。
不放惊飙侵洞户,只容明月侍帘帷。满堂宾客俱倾耳,共失芙蓉漏转时。

释德洪(1071—1128)

送 友 人

幽人独负三尺琴,自谓羲皇得意深。经年不肯鼓一曲,欲造千里求知音。
夕阳渡口西风起,黄叶纷纷坠秋水。送君默默上孤舟,片帆忽举风波里。
此去吴中风物好,重复江湖我曾到。桂子落时双涧秋,白猿啼处孤松老。
却入苕溪凡几里,连天震泽无穷已。红蕖苞拆流水香,紫莼丝软鲈鱼美。
何时兴尽见归舟,古今客路多飘流。孤云别鹤无踪迹,空听蝉声野渡头。

听道人谙公琴

道人貌癯骨藏年,漆瞳照人方而渊。家住湘山湘水边,气清日应嚼芳鲜。
罗浮饭石性所在,定林饮涧老更坚。子其徒欤宁果然,抱琴过我亦自贤。
玉徽按抑朱丝弦,借弦为舌传语言。谁家恩怨余妒怜,绮窗莺燕春风颠。
颠风盘空搅苍烟,萧萧吹鬓人未眠。清都绛阙断世缘,骨飞不到梦所传。
秦筝心知是响泉,置之髯须一笑掀。蕊珠三叠舞胎仙,坐令遗世如蜕蝉。
何年醉骑紫云去,此琴枵然成弃捐。

释居简(1164—1246)

听绍上人琴

悠然勇变划然鸣,古恨沉沉易水生。短发不禁愁触绪,恰如猿叫第三声。

曹泸南得思陵旧赐张魏公琴曰播云

岷峨豁尘昏,旧赐出播云。不知落人间,虾蟆几亏盈。
晦显固靡常,数岂逃冥冥。想当风雨时,破壁应有声。
怀璧戒匹夫,呵护烦百神。一朝得所托,倏若屈蠖伸。
人以器图旧,器以人怀新。玉轸黄金徽,烂烂奎画明。
魏公蔼名氏,千载如丹青。歌风调舜弦,感物怀尧仁。
扶日昌中兴,四海同一云。载维艰难初,事与得失并。
万灶嘉陵江,饮此一掬清。悠然一再弹,万里怀长城。
云絮初无根,勇变嘲哳鸣。捕蝉写真意,弦外无人听。
空嗟易水寒,遗恨崆峒平。

释文珦(1210—?)

赠山中琴友

云影昼沉沉,云边草径深。树为幽鸟宅,山是隐人心。
静室无他物,清风寄一琴。调高唯自识,不问有知音。

释行海(1224—?)

听子善琴

青松宿鹤涧泉流,云意迟迟山意秋。一曲广陵休尽奏,月寒天地古人愁。

释行肇(？—？)

听宇昭师琴

遥空雨初霁,深径蝉未鸣。忽品文王弦,若听宣尼声。
月色半峰出,秋光四檐清。韵断意转冥,尘心若为情。

司马光(1019—1086)

秋雨霁候闻宗圣案伎应之饮酒诗呈宜甫

寒风细雨未晴天,密似轻尘薄似烟。一室独吟图史乱,四邻高会绮罗鲜。
雁飞斜柱弦随指,蟹荐新螯酒满船。自笑不歌仍不饮,昏昏只解枕床眠。

宋伯仁(1199—？)

听　　琴

静夜听鸣琴,秋风动幽谷。何为锺子期,千古无人续。

苏　轼(1037—1101)

听 贤 师 琴

大弦春温和且平,小弦廉折亮以清。平生未识宫与角,但闻牛鸣盎中雉登木。
门前剥啄谁叩门,山僧未闲君勿嗔。归家且觅千斛水,净洗从前筝笛耳。

听僧昭素琴

至和无攫醳,至平无按抑。不知微妙声,究竟从何出。
散我不平气,洗我不和心。此心知有在,尚复此微吟。

戏赠田辨之琴姬

流水随弦滑,清风入指寒。坐中有狂客,莫近绣帘弹。

题 沈 君 琴

若言琴上有琴声,放在匣中何不鸣。若言声在指头上,何不于君指上听。

次韵子由弹琴

琴上遗声久不弹,琴中古义本长存。苦心欲记常迷旧,信指如归自著痕。
应有仙人依树听,空教瘦鹤舞风骞。谁知千里溪堂夜,时引惊猿撼竹轩。

舟中听大人弹琴

弹琴江浦夜漏永,敛衽窃听独激昂。风松瀑布已清绝,更爱玉佩声琅珰。
自从郑卫乱雅乐,古器残缺世已忘。千家寥落独琴在,有如老仙不死阅兴亡。
世人不容独反古,强以新曲求铿锵。微音淡弄忽变转,数声浮脆如笙簧。
无情枯木今尚尔,何况古意堕渺茫。江空月出人响绝,夜阑更请弹文王。

苏舜钦(1008—1049)

舟至崔桥士人张生抱琴携酒见访

晚泊野桥下,暮色起古愁。有士不相识,通名叩余舟。
铿铿语言好,举动亦风流。自鸣紫囊琴,泻酒相献酬。
余少在仕宦,接纳多交游。失足落坑阱,所向逢弋矛。
不图田野间,佳士来倾投。山林益有味,足可销吾忧。

汪元量(1241—1317)

送琴师毛敏仲北行(其一)

西塞山前日落处,北关门外雨来天。南人堕泪北人笑,臣甫头低拜杜鹃。

送琴师毛敏仲北行(其二)

五里十里亭长短,千帆万帆船去来。请君收泪向前去,要看幽州金筑台。

送琴师毛敏仲北行(其三)

苏子瞻吃惠州饭,黄鲁直度鬼门关。今日君行清泪落,他年勋业勒燕山。

听徐雪江琴

徐卿寒夜弹玉琴,冻云妒月波澄阴。海上神峰削幽翠,十二楼前玉妃坠。
湘娥素女相对泣,翠竹苍梧泪痕湿。幽兰不香蕙花死,千愁万怨青枫里。
风敲叶脱雨如啸,百鸟喧啾孤凤叫。老龙吐珠赤洒洒,山鬼摇闪走堂下。
徐卿徐卿且停手,呼儿割鸡酌春酒。曲高调古人不识,侧耳西楼咽筝笛。

幽州秋日听王昭仪琴

瑶池宴罢夜何其,拂拭朱弦落指迟。弹到急时声不乱,曲当终处意尤奇。
雪深沙碛王嫱怨,月满关山蔡琰悲。羁客相看默无语,一襟愁思自心知。

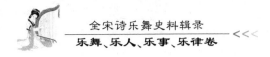

王十朋(1112—1171)

和韩听颖师琴

七弦自相语,唱予仍和汝。千指忽凄凉,骚人悲战场。
大弦温和小消越,惠风夷韵参悠扬。琴瑟鸣寒泉,仪仪舞鸾凰。
山高水远听愈淡,花奴羯鼓声方强。施生幽雅士,不好笙与篁。
千金买焦尾,悠然坐藜床。顾我非知音,感激涕自滂。
三听辄三叹,羲皇在我甗盐肠。

王庭珪(1080—1172)

次韵李巽伯赠琴僧惠端

老端高世士,髯李仙中人。凤吐千篇久,新吟十弄新。
妙谈天地假,笑破海山春。物物消磨尽,今年始是贫。

王 洋(1087—1154)

听琴赠远师

世人倾耳听繁音,太音古淡难为听。有如广庭题旌夏,或者惊遁疑有神。
当时舜床调五弦,薰风煽物无穷人。若言造化不爱玩,安得感君回阳春。
遗音相继嗣者谁,穷山缁侣黄冠师。非干此意乐穷静,世路自与相参差。
我今试听清风操,野鹤孤猿对残照。琅琊山下醉翁吟,分明拨向琴中调。
人言大弦如玉温,小弦廉折亮以清。春秋自是隔寒暑,天地不得令偕行。
岂如七弦转十指,劲节谐音同到耳。乃知造化在指端,岂但高山与流水。
道人不肯长怀珍,亦曾挟艺游车尘。高门八字惊未见,脱赠往往捐千纯。
如今飘泊困长路,更觉世味难将迎。应将感怆赴琴曲,一听万虑罗心兵。
道人勿苦生冰炭,古道须信非人情。哀音果要洗俗耳,更去娇弦三两声。

王之道(1093—1169)

夜听刘昭远弹琴

河阴高转月光流,露脚斜飞夜气收。焦尾冷含三尺水,悲风弹破一庭秋。
广陵别后多新操,子敬亡来绝旧游。欲洗世间筝笛耳,为言千斛不须求。

赠曾桑中弹琴

春寒冱连冬,春雪深数尺。千门拥琼瑰,跬步燕越隔。
朝来有情意,淡日透云隙。殷勤贵公子,访我跨龙脊。
登堂笑不休,为言督诗责。君尝许我诗,俯仰岁三易。
至今犹未偿,无乃言遂食。我老苦健志,百不记六七。
公子诚有意,何吝话畴昔。昔也君过我,我方事琴历。
尝为阳春弄,次第长短侧。君乎锺子期,此举不轻掷。
闻之思茫然,仿佛见擘趯。我有朱丝弦,尘埃久侵蚀。
试烦一再鼓,助我毛颖力。公子不我拒,抱琴枕双膝。
须臾扣商弦,当春变秋律。凉风着草木,离离尽成实。
我贫人不知,陋巷家四壁。何幸空乏中,登此黍与稷。
但恐时令乖,疮痍至生疾。公子其反是,叩角夹钟激。
不然总四弦,命宫以调适。坐令景风与庆云,为福为祥遍方国。

赠僧辨端

南僧如竹苇,在处即成林。虽去常人发,不异常人心。
邈哉端上人,所得趣向深。云泉香火里,日夕长苦吟。
为我有时名,踏雪来相寻。相寻缘底事,论诗复鸣琴。
我是折腰吏,衣带尘土侵。何以谢吾师,恨无虞师金。

王 质(1135—1189)

听谭师弹琴

君不能百步洪中裂横竹,一声吹入秋天绿。
巨鱼鼓舞碎明珠,白浪轩昂动浮玉。
又不能多景楼上吹飞鸿,哀弦欲断沧浪风。
徘徊舟子驻不进,江妃出听烟溟蒙。
不知何处得此薰风琴,元龙六尺含苍云。
恐是峄山孤峰绝顶上,万岁不老之寒根。
道人两手提天机,中有妙法无人知。风颠雨急倏来往,雨收风定游丝飞。
欲下不下窥鱼鸥,忽前忽后回波舟。恍惚浮云卷天宇,错落万点飞星流。

世间万法总非真,况此假合非天成。匣琴不出手无声,袖手不弹琴不鸣。
此琴此手两无与,问君广陵贺若从何去。
王子有琴谁复传,无徽无轸亦无弦。
若人解得非耳听,为君试作无手弹。

韦　骧(1033—1105)

琅山听窦山人琴

秋深危阁气凄清,来听先生促轸声。一曲写成君子操,七弦传尽古人情。
游云檐外如将合,幽鸟枝间不敢鸣。未省琴心在何处,高山流水对前楹。

卫　泾(1160—1226)

闻和叔抚琴

蓐收传令待残更,斗转参横露气清。谁弄瑶池三尺玉,怪来万壑动秋声。

卫宗武(?—1289)

和赵莲奥琴

岂无五尺桐,所贮徒百囊。惟君匣中材,古韵涵混茫。
高山与流水,雅趣深可长。古人宝清英,今君岂殊扬。
锵然出金石,振厉如歌商。毋惜一运斤,冰雪置我肠。

魏了翁(1178—1237)

赠造琴道士刘发云刘亦解致雷

刘师携琴来,自言有术驱雷霆。闻之辴然笑,人心未动谁为声。
阳居阴位阳行逆,日循阳度日数赢。必尝凝聚乃奋击,不有降施谁升腾。
刘师携琴来,为我鼓,一再行。若知雷霆起处起,便知音是人心生。

题陈肤仲真希元诗卷赠萧道士萧善为诗亦解鼓琴(其一)

手撇飞鸢上五溪,两牛腰大送行诗。犹嫌言语无多子,古锦奚囊长自随。

题陈肤仲真希元诗卷赠萧道士萧善为诗亦解鼓琴(其二)

吾庐几研半生尘,朋友相邀问保邻。旅进群咻浑易事,邻家老子是何人。

题陈肤仲真希元诗卷赠萧道士萧善为诗亦解鼓琴(其三)

是间正位至虚灵,都把精神逐外明。劝子抱琴归旧隐,乱云深处认真情。

文天祥(1236—1283)

听罗道士琴(其一)

断崖千仞碧,下有寒泉落。道人挥丝桐,清风转寥廓。
飘飘襟袂举,冰纨不禁薄。紫烟护丹霞,双舞天外鹤。

听罗道士琴(其二)

吾闻泗滨磬,暗含角与徵。又闻天乐泉,净洗筝笛耳。
如何碧一泓,乃此并二美。蓝田沧海意,请问玉溪子。

文 同(1018—1079)

听天台处士弹琴

处士得琴要,谁师师自然。为言秋思好,因听夜声圆。
耳出淫哇外,心摇寂寞前。广陵君且止,不欲慢商弦。

吴龙翰(1233—1293)

数年前有小词微雨后落花天娇态病恹恹怕人猜著是相思镇日不开帘宝钗横蝉鬓乱院宇待人归尽缓移莲步玉阑前纤手掐花钿兹月夜与客饮梅花下一姝歌前词复出笺征余新作

月夜梅花下,开樽谁主宾。梅花娇欲语,让我白头人。
娉婷楼上女,无乃花中神。下楼款欢笑,莫惜抛千金。
纤纤出素手,为我弹瑶琴。自言谙古调,妾心合君心。
感君缠绵意,未弹先有情。妾佩明月光,妾衣云霞轻。
共君骖白凤,一息超玉京。君看天帝女,嫁与牵牛星。
天河万里长,鹊桥岁一陈。安得河水干,夜夜长相亲。
君能挽天河,一洗八极尘。

吴 潜(1195—1262)

听琴客周信民弹秋泉二首(其一)

雁湖龙井久知名,总入君家匣里清。客舍试弹三两曲,恍疑飞沫溅尘缨。

听琴客周信民弹秋泉二首(其二)

故里泉声不可闻,携琴相约鲍参军。山瓢只系经行处,落叶空山好觅君。

吴 泳(?—?)

寿范漕(其二)

豫章富人物,山谷人中豪。虽从老坡来,颇服春陵高。
泰和善鼓琴,涪水不拟骚。安知百世士,于此还一遭。

寿范漕(其四)

福星一点夜堂深,藻泮花泉共照临。歌咏春风曾点瑟,体当生意宓君琴。
乔松已作参天色,寸草犹持报主心。但翼斯文扶寿脉,年年一穗爇犀沉。

武 衍(?—?)

阮 客

粉靥娇春掌上轻,玉琴声里见深情。花边临别重回首,犹恐丝弦说未明。

夏 竦(985—1051)

秋日江馆喜弹琴羽人至

水馆凄清天一涯,喜逢仙盖驻灵芝。烟霞初散海中会,风雨忽来江上期。
琴轸玉寒弹宿露,酒卮金暖对朝曦。圯桥书在如相授,不独留侯是帝师。

谢 薖(1074—1116)

听曹道士弹琴二首(其一)

淡泊彩弦谁与听,试开尘匣写幽情。琴中自有无穷怨,弹出离骚意外声。

听曹道士弹琴二首(其二)

小窗疏箔列仙家,弹尽遗音晚景斜。贺老当年定场屋,虚将妙曲付琵琶。

徐 积(1028—1103)

寄李道源
春风本是诗家友,典却琴书也沽酒。呼童去问紫霄翁,近来枕上吟诗否。
不醉不吟将奈何,过却今年春已多。胸中壮气吐不出,看看空作送春歌。

酬李道源弹琴之句(其一)
数尺焦桐常在手,知子爱歌兼爱酒。今朝已是二月三,梅花驿使曾来否。
古今多少无奈何,古人慷慨良已多。为报陶潜且饮酒,无弦琴上不须歌。

酬李道源弹琴之句(其二)
漫翁来索诗千首,须与古人沽美酒。近来声调太寻常,不知得似阳春否。
漫翁教我歌云何,水远山长春思多。安得桓伊吹短笛,共君慷慨一时歌。

徐鹿卿(1189—1251)

赠琴士翁明远并简干教二黄丈(其一)
锺期不作伯牙死,琴堕云烟莽苍中。翠玉楼前几识子,山风吹散又西东。

赠琴士翁明远并简干教二黄丈(其二)
莫恨吾琴难入俗,俗人不听韵方高。篥筝耳畔休拈出,韶石亭前走一遭。

赠琴士翁明远并简干教二黄丈(其三)
静寄琴中适意吟,鲁庵句里自然琴。琴诗苦要清如许,千古寥寥觅赏音。

赠琴士翁明远并简干教二黄丈(其四)
我亦能琴妙不传,无琴无谱并无弦。客来问讯琴安在,指似孤鸿落日边。

徐元杰(1194?—1245)

以琴送郡守二首(其一)
诗翁雅镇玉溪山,褒玺飞来玉节还。为报佳音天日近,南薰殿里正催班。

以琴送郡守二首(其二)
天朝交口重声名,公自翛然物外情。氓有焦桐旌往恋,当年靖献与俱清。

徐 照(?—1211)

夜听黄仲立弹广陵

月色照君琴,移床出木阴。数声广陵水,一片古人心。
投剑功无补,冲冠怒亦深。踪能清客耳,还是乱时音。

许及之(1141—1209)

听湘西许老弹琴

颜里常春鬓已秋,抱琴时与破牢愁。自言旧曲都忘却,弹未终时且罢休。

听转庵弹琴

竞春人去客苔侵,喜对安仁理玉琴。百尺游丝非助我,一声啼鴂是知音。
湘桃作意红兼白,碧柳随宜浅更深。昨日胭脂今日雪,可怜墙角两来禽。

许景衡(1072—1128)

招 琴 僧

客心日日是尘埃,寄语家山好在哉。流水松风无梦寐,谁能特地抱琴来。

薛季宣(1134—1173)

士昭兄琴室

弄琴函丈者,无始到来今。韶濩五弦上,乾坤三古心。
荷香流曲沼,烟雨抹寒林。闵子罢倾听,何人知此音。

杨 简(1141—1226)

乾道抚琴有作

萧萧指下生秋风,渐渐幽响飕寒空。月明夜气清入骨,何处仙佩摇丁东。
野鹤惊起舞,流水噎复鸣。一唱三叹意未已,幽幽话出太古情。
龙吟虎啸遽神怪,千山万壑风雨晦。海涛震荡林木响,乱撒金盘冰雹碎。
和气回春阳,缥缈孤鸾翔。三江五湖烟水阔,波声飀飀鸣渔榔。
悲猿临涧欲渡不敢渡,但闻涧下萧飒松风长。闲云曳碧落,势去还回薄。
神仙恍惚无定所,微吟似欲止所作。御风一笑归蓬瀛,犹有余音绕寥廓。

杨　杰(？—？)

五云叟琴阁

朝望五云山,暮望五云山。望之欲去未得去,抱琴登阁聊怡颜。
琴声喷潺湲,意在山之泉。琴声险欲绝,意在山之巅。
五云之山不须到,劝君但作五云操。

杨万里(1127—1206)

寄题郭汉卿琴堂

著眼飞鸿外,欹巾韵磬边。半忘今古操,岂校有无弦。
自适何须妙,能听也则贤。如何划然里,犹露祖生鞭。

姚　勉(1216—1262)

先贤八咏·嵇康抚琴

先生人中豪,志不肯司马。一曲广陵散,绝世不可写。

友山李道士抱琴来为予作三曲请诗各为之操·九皋

青山郁兮白雪深,四无人声兮鹤鸣在阴。声闻于天兮而有遐心。
吁嗟乎,有美一人兮无密尔林。

友山李道士抱琴来为予作三曲请诗各为之操·君臣庆会

衣裳治兮帝岩廊,五弦歌咏兮民物阜康。禹皋夔龙兮剑佩锵锵。
吁嗟乎,安得君臣兮如此一堂。

友山李道士抱琴来为予作三曲请诗各为之操·观澜

若有人兮江之干,志在流水兮必观其澜。清风萧萧兮水声潺潺。
吁嗟乎,世道江河兮谁底其间。

送琴隐吴君

天高日烈势欲然,秧已生节未入田。谁欤操琴尊师涓,使我赤地里至千。
风雩且歌吾自乐,穷阎不可无炊烟。薰时解愠民望切,亟为我作南风弦。

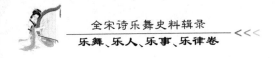

姚舜陟(?—?)

杨高士听弹琴

我来请雨谒龙公,日脚已敛云冲融。解衣盘礴暂小憩,清谈对此两相翁。
霏霏锯屑引意静,爇鼎忽闻弹丝桐。少年水师貌颇古,十指卷袖如剥葱。
初为宫声变羽调,雅澹更觉神雍容。是时昼晷屋角转,淘涌万木鸣西风。
吹蝉得志竞清啸,恍异人境如天宫。兹山颇疑洞府外,地有奇石皆玲珑。
是何美韵悽振玉,意欲直造无何中。尘埃自叹百僚底,谁谓一日欣遭逢。
更须霖雨起焦旱,兹游可记传无穷。

叶梦得(1077—1148)

夜听莫抚干弹琴流水操

故山不在眼,远想流水声。佳人南风手,起我涧谷情。
十载厌鼙鼓,嚣尘乱鸣钲。萧然洗病耳,为鼓一再行。
度险微断续,奔前忽琮琤。凄风拉远响,薄月当微明。
乱石拱高下,回环亦峥嵘。吾归正自尔,猛士方西征。
年少勇过我,犬羊膻王城。请更平戎操,尽扫洛河清。

俞 桂(?—?)

赠云间陆琴士

地僻居闲绝可人,殷勤过我抱桐君。声中知有辽天鹤,弹散华亭一片云。

喻 陟(?—?)

寄张芸叟①

越客思归黯不平,闲持长笛写秦声。羡君气海如斯壮,博我词锋孰敢争。
江上梅花开又落,陇头流水咽还惊。岂知不寐鳏鱼眼,独坐山堂对月明。

---

① 张舜民《和喻明仲马上吹笛》内容与此诗大致相同,仅个别字词有异,不再重复收录。

袁说友(1140—1204)

听道人弹琴

东城寻春春事浓,长啸理策蓬庵中。道人饭了徒快睡,万虑一洗惟丝桐。
高山不断春喷喷,流水无言声磔磔。月明露冷意有余,夜想朝吟恨谁释。
平生心赏竹间寻,岁晚欣逢正始音。烦君更抚文王操,慰我寒窗在此琴。

曾 巩(1019—1083)

赠弹琴者

至音淡薄谁曾赏,古意飘零自可怜。不似秦筝能合意,满堂倾耳十三弦。

詹 初(?—?)

出 心 原

行行涉南原,遥望北山岑。上有千尺崖,下有高树林。
高林转幽隩,戛然啼双禽。流水自迅逝,白云澹无心。
策杖者谁子,闲来坐春阴。相逢择林下,携手溪水滨。
对之两无言,悠然鸣素琴。素琴清且越,畅以披冲襟。
冲襟良自尔,那知春已深。

张继先(1092—1127)

听元规琴

万物纷然在,浑沦声不流。昔人弦上取,今我意中求。
水激崖边石,风高岛上秋。相看得真乐,天地共优游。

张 榘(?—?)

赠云竹一老琴师歌

昌黎不作颖师已,千古风流随逝水。大音只在天壤间,云竹翁能发其秘。
明之为侯王,幽之为神鬼。悟翁一转指头禅,万事泯然心耳废。
涧泉淅沥走宫商,仙佩丁当分角徵。数声急羽来秋空,夜半西风掠蛮砌。
诸公不但知此音,真欲钩深得其艺。大篇小什分珠玑,往往不惜兼金馈。
吾闻南风之歌下舜廊,四海熙熙乐平治。

愿翁持此天上头,一鼓解民愠,再鼓阜民财,勿作区区自丰计。

张　耒(1054—1114)

游楚州天庆观观高道士琴棋

颓垣苍苍锁乔木,草满荒庭不容足。坏檐破壁秋雨余,蛛网萧萧风满屋。
黄衣道人出迎客,野态生疏脱拘束。围棋尽扫一堂空,烹茶旋煮新泉熟。
弹琴对客客卧听,悦耳泠泠三四曲。离骚幽怨松风悲,流水潺湲履霜哭。
日斜携手步空廊,鸣鸠相呼竹间宿。黄昏门闭人语绝,空殿幽幽掩微烛。
我生资身最淡薄,每厌烦歜幸幽独。何当不踏朝市尘,长伴高人种松菊。

张　蕴(？—？)

月　泉　纪　游

小春霜宇晓,闲访古招提。何岁斋鱼废,初弦顾兔迷。
先民堂上像,寓客柱间题。僧户蜂分小,山形虎穴低。
松青江庙北,竹老野桥西。亲汲聊煎茗,深登信杖藜。
琴师年九十,相见手重携。

张至龙(？—？)

喜杨琴隐至

世涂多不平,择地度吾生。风静花迟落,云移月倒行。
自抄闲作改,客借古琴评。凡事虚空里,何劳苦著情。

赵　抃(1008—1084)

赠琴台僧正

寺古傍郊垧,门无车马声。我来闻众妙,人少到师清。
锦水金波静,银蟾一指明。幽琴徐发响,真不负台名。

谢梁准处士惠琴

高怀宜与正声通,妙绝孙枝三尺桐。开匣为公鸣一弄,薰风中有故人风。

月夜听僧化宜弹琴

蜀国有良工,孙枝斫古桐。逢师写流水,为我益清风。

淡恐时心厌,幽蕲世耳聪。坐来明月满,无语讼庭空。

赵　鼎(1085—1147)

听琴次退翁韵

梦寻仙子访瀛洲,怨入春泉绕指流。酒病着人无物解,更烦一鼓为扶头。

赵　蕃(1143—1229)

赠弹琴李睎尹

临川郡古多奇迹,严黎已老裘父没。江山纵是诗得拏,峨峨洋洋亦其物。
谪仙几世之云仍,平生嗜渠如嗜文。光风霁月胸次有,渭北江东脚底频。
忽来过我今几日,拟欲赠行空四壁。临分谩与一篇诗,筝笛纷纷敢谓知。

比见愚卿于庐陵出示杨谨仲诗卷中及其弟鲁卿问其所在云携琴往岳麓度夏今日见杨谨仲又云其弟卓卿近过此奉其母往游洪之西山回途游阁皂乃归尔余方困于道途有叹于其人作诗须到吉示愚卿及二君云

庐陵得交君弟兄,杨子诗中称鲁卿。问云携琴岳麓行,归期去日云秋清。
今晨复见杨子面,为言卓卿近相见。玉隆阁皂两仙山,游以娱亲趁鲜健。
我时闻之与杨子,啧啧叹息久不已。我方五斗困尘埃,渠亦栖迟一丘底。
鲁卿卓卿真愈人,枉道儒冠解误身。异日名山倘行遍,卧图好学宗少文。

赵汝鐩(1172—1246)

听　琴

午睡谁扣门,隔篱唤童子。童子走来报,一二琴道士。
摘茗烹沙铫,推窗拂石几。高山流水音,屡弹不肯止。
我心本虚淡,无用宫商洗。渊明未尝弦,妙趣岂假此。
道士颇不乐,拂衣抱琴起。

同杨济翁唐季路陈纯叟饮光风亭光风旧名招屈纯叟席上鼓琴

江边旧亭子,招屈改光风。揭扁名虽异,怀人意则同。
一篇渔父问,千古大夫忠。酒尽琴犹鼓,幽兰曲未终。

赵友直(?—?)

承友携琴见访

三尺丝桐太古音,清风明月是知心。伯牙去后无消息,会见君家契此深。

登五龙尖晚归鼓琴

绝巘凌风驾白云,登临兴后鼓南薰。朱弦一到无心处,自觉人间无可闻。

郑思肖(1241—1318)

琴女行

嫦娥开殿当高青,白光染夜生空明。望中泠泠莹如水,碧透肉镜双瞳子。
窄袖笼春玉笋娇,援琴一鼓秋潇潇。瑶池女子旨趣别,紫清吹下太古雪。
双鬟翠腻绾香雾,临风欲控青鸾羽。应悔思凡谪尘土,长向花前忆王母。

朱 樟(?—?)

草堂诸陈同游崧山精舍冕仲携琴先归用壁间韵(其一)

来伴秋风十日闲,笔端久已识波澜。烦君一醉双峰月,乞与儿曹白眼看。

草堂诸陈同游崧山精舍冕仲携琴先归用壁间韵(其二)

破尘妙语慰畸人,鹤发深衣雨垫巾。独自抱琴山下去,石桥月色为谁新。

朱继芳(?—?)

听白云寺清师琴

古寺沉沉昼日长,泠然清响发僧房。昭君别去颜如玉,苏武归来鬓已霜。
山水无端言尔志,炭冰何事置吾肠。老来却爱虚檐外,雨滴梧桐一味凉。

朱 熹(1130—1200)

赵君泽携琴载酒见访分韵得琴字

山城夜寥阒,虚堂杳沉沉。王孙有高趣,挈榼来相寻。
喜兹烦抱舒,未觉杯酒深。一为尘外想,再抚丘中琴。
余音殷雷动,爽籁悲龙吟。寄谢筝笛耳,宁知山水音。

邹　浩(1060—1111)

谢马叔宝惠佛像琴弦

故人知我久忘情,不假苞苴远寄诚。金范晬容窥往制,丝传流水得遗声。
邻鸡破晓炉边静,霜月储清席上横。香散曲终谁会意,与君相望一高城。

和晦之见赠听琴

忌子当年妙五音,曾令按剑革初心。昭文重愧难成曲,潘岳胡为缪见寻。
在昔丝桐尝弃置,到今山水自高深。何当共造无弦处,莫使渊明擅此琴。

再和晦之

举世欣欣濮上音,丝桐还寄长卿心。知君韶濩思千载,劲节松筠挺几寻。
万籁息时霜剑立,一灯明处夜堂深。他年振铎收遗器,岂愧云和瑟与琴。

和朱仲明见赠闻琴

子期骨发已埃尘,谁谓知音不复生。触处折杨争属和,独君忘味叹遗声。
荜门寒日正多暇,玉麈高谈相与清。鹤举鱼沉重惆怅,一樽麦酒荐藜羹。

家　　乐

蔡　确(1037—1093)

悼　侍　儿

鹦鹉言犹在,琵琶事已非。伤心瘴江水,同渡不同归。

邓　肃(1091—1132)

成彦女奴琵琶

婷婷袅袅出纱窗,坐使红妆万目降。翠袖薄笼春笋十,玉钗初合绿云双。
四弦对客追三叠,万唤令人忆九江。曼倩酒狂本无量,为渠潋滟倒银缸。

范成大(1126—1193)

子文见和云亦有小鬟能度曲复用韵戏赠

三年屏杯酌,甚矣吾衰矣。眼中有淄渑,犹解商略此。
花酒俱来事更奇,不妨禅心絮沾泥。翠眉何时真度曲,细意烦君画蛾绿。

方　回(1227—1307)

两邻家一主人群姬歌饮至夜半一母妻哭官检魇死者

歌喉弦指粉红腮,群拥山翁醉玉颓。政恐真欢犹是假,不如邻妇哭真哀。

高　翥(1170—1241)

题二小姬扇二首(其一)

庆娘颦翠眉,春瘦怯罗衣。笑问采花蝶,如何成对飞。

题二小姬扇二首(其二)

湘湘未识羞,独坐抱箜篌。贪学耆婆舞,抬身拜部头。

郭祥正(1035—1113)

丽人曲赠锺离中散侍姬

发如盘鸦面如玉,飘飘罗袖长芬馥。妙年得侍碧虚乡,自道一生心已足。黄莺流语春日长,绿窗绣出金鸳鸯。朝暮祝卿千万寿,不识相思能断肠。

韩　维(1017—1098)

又和杨之美家琵琶妓

杨君好古天下无,自信独与常人殊。勤身所营世或弃,反眼不顾我以趋。彼其察物类有道,能取精妙遗其粗。官卑俸薄不自给,买童教乐收图书。客来呼童理弦索,满面狼籍施铅朱。樽前一听啄木奏,能使四坐改观为欢娱。有时陈书出众画,罗列卷轴长短俱。破缣坏纸抹漆黑,笔墨仅辨丝毫余。补装断绽搜尺寸,分别品目穷锱铢。以兹为玩不知老,自适其适诚吾徒。岂无高门华屋贮妖丽,中挂瑶圃昆仑图。青红采错乱人目,珠玉磊落荧其躯。苟非绝艺与奇迹,杨君视之皆蔑如,杨君好古天下无。

和圣俞闻景纯吹笛妓病愈

刁侯好事闻当年,至今风韵独依然。归来不作留滞叹,能出窈窕夸樽前。前时宾客会清夜,横笛裂玉吹孤圜。新声妙逐柔指变,余响欸与高云连。悲风萧瑟四座耸,清笑自足遗拘挛。近闻有疾勿药喜,主人欲饮期数贤。气羸曲节宜少缓,体软舞态当益妍。人生行乐不可后,幸及华月秋娟娟。

再和尧夫欲借琵琶妓(其一)

画船西去水成乡,玉管朱弦出上方。衰病不须多酌我,次公非酒亦能狂。

再和尧夫欲借琵琶妓(其二)

谢公故事常携妓,白傅高年自唱歌。更假红妆知有意,欲添尊酒十分多。

洪　朋(？—？)

戏赠弹筝小妓

小鬟弹啄木,写出林间曲。空闻剥啄声,虚堂耿华烛。

黄庭坚(1045—1105)

从王都尉觅千叶梅云已落尽戏作嘲吹笛侍儿

若为可耐昭华得,脱帽看发已微霜。催尽落梅春已半,更吹三弄乞风光。

再次韵呈廖明略

吾观三江五湖口,汤汤谁能议升斗。物诚有之士则然,晚得廖子喜往还。
学如云梦吞八九,文如壮士开黄间。十年呻吟江湖上,青枫白鸥付心赏。
未减北郭汉先生,五府交书不到城。相者举肥骥空老,山中无人桂自荣。
君既不能如锺世美,甒函上书动天子?且向华阴郡下作参军,要令公怒令公喜。
君不见晁家乐府可管弦,惜无倾城为一弹。从军补掾百僚底,九关虎豹何由攀。
男儿身健事未定,且莫著书藏名山。

李之仪(1048—1127)

春日同梁十四宴李公昭朝霞阁侍儿舞梁州曲彻客有以润罗为赠公昭命玉杯满酌酬之又以金钟邀儿相属既醼出乌丝栏索诗

都城春风吹落花,都城九陌无尘沙。貂裘公子宴何处,阑干百尺陵朝霞。
凤筝新调玉指软,黄金捍拨当胸遮。紫檀屡碎翻成拍,红茸毯衬鸦头袜。
回旋谁许彩云轻,欲断还催犹未彻。新莺弄雏乳燕飞,一曲凉州春日迟。
百匹缠头随玉杯,咿哑一哄争扶持。公子笑不已,下客欢正浓。

更邀娅姹持金钟,一酾直欲沧溟空。从他海若在平地,明珠堕泪愁蛟龙。
珊瑚突兀撑高峰,便疑巴姬御来风。月渐满,银河低。
归路促,街鼓稀。何时再到红茸地,更倩游丝惹住衣。

刘　敞（1019—1068）

听府妓歌忆春卿资政给事

南方酒如渑,醉倒本容易。蔡姬缓声歌,清响动云际。
惜哉知音稀,此辈自难值。曩者东山游,一日已三岁。
人遽成陈迹,兴尽失超诣。寥寥方外欢,独数嵇阮辈。
冻云临寒空,掩郁迈往气。引杯乱愁思,击节还拊髀。

招邻几圣俞和叔于东斋饮观孔雀白鹇及周亚夫玉印赫连勃勃龙雀刀辟邪宫玺数物又使女奴奏伎行酒圣俞首示长篇因而报之

前日俱远别,梦中每难期。何言一堂上,相与同宴嬉。
幸勿卑陋巷,陋巷何独卑。幸勿辞樽酒,樽酒安足辞。
君看笼中禽,亦有山林思。习习不如意,焉用文章为。
君寻古人物,信有陵谷悲。扰扰不自适,会为后世嗤。
促节无窄袖,缓歌逐鸣丝。自美亦自恶,贵贱吾不知。
纵谈剧虚舟,快饮若漏卮。人生但如此,为乐自一时。
谁言冬夜长,俯仰星汉移。念无千金寿,愧子勤称诗。

奉同永叔于刘功曹家听杨直讲女奴弹啄木见寄之作

空林多风霜霰零,啄木朝饥悲长鸣。口虽能呼心不平,谁弹琵琶象其声。
雌雄切直相丁嘤,欲飞未飞皆有情。琵琶八十有四调,此曲独得传玄妙。
翠鬟小女眉目殊,能承主欢供客娱。转关挥拨意澹如,坐人虽多旁若无。
醉翁引觞不汝余,歌诗弹铗归来乎。两君韵高尚如此,何况枥上之马渊中鱼。
我生不晓世俗乐,顷卧江城更寂寞。园中有时闻啄木,虽有高下无宫角。
木声梨然当人心,焱氏之风殆可学。渊明无弦非无意,白发秋来自少乐。
得公新诗濯我愁,因问杨子更借不,我欲醉听江城楼。

楼　钥(1137—1213)

送王知复宰建德

筮仕一何早,字民一何迟。历历三十年,中间多险巇。
宦途只平进,分寸穷攀跻。最后官冑监,一蹴黄金闺。
低徊能自爱,风鹢甘退飞。宁为红莲幕,往寻武陵溪。
亲党多劝止,君去独不疑。治家有贤媛,应门委佳儿。
安居舍大厦,列屋间歌姬。风霜登客路,单车如鸡栖。
勇决有如此,端是英雄姿。有志事竟成,不后一年期。
明诏趣鹓班,壮县催瓜时。赢得为君子,否泰相因依。
古郡足萧洒,年来困征追。守宰俱贤明,斯民其庶几。
杭苇欲走别,有足如縶维。举酒向西望,离愁渺天涯。
惟君才素高,邑若不足为。谓难易将至,谓易后难支。
老我百念冷,安能效良规。犹记簿领初,过庭闻旧诗。
惟畏为过寡,惟勤无功亏。遗训俨如在,终身当诵之。

欧阳修(1007—1072)

于刘功曹家见杨直讲女奴弹琵琶戏作呈圣俞

大弦声迟小弦促,十岁娇儿弹啄木。啄木不啄新生枝,惟啄槎牙枯树腹。
花繁蔽日锁空园,树老参天杳深谷。不见啄木鸟,但闻啄木声。
春风和暖百鸟语,山路硗确行人行。啄木飞从何处来,花间叶底时丁丁。
林空山静啄愈响,行人举头飞鸟惊。娇儿身小指拨硬,功曹厅冷弦索鸣。
繁声急节倾四坐,为尔饮尽黄金觥。杨君好雅心不俗,太学官卑饭脱粟。
娇儿两幅青布裙,三脚木床坐调曲。奇书古画不论价,盛以锦囊装玉轴。
披图掩卷有时倦,卧听琵琶仰看屋。客来呼儿旋梳洗,满额花钿贴黄菊。
虽然可爱眉目秀,无奈长饥头颈缩。
宛陵诗翁勿诮渠,人生自足乃为娱,此儿此曲翁家无。

司马光(1019—1086)

同圣民过杨之美听琵琶女奴弹啄木曲观诸公所赠歌明日投此为谢

坐曹据案心目疲,出门上马行何之。阙然久不见之美,率意共往初无期。
正逢揽辔欲有适,为我却解连环羁。闲轩适足容数客,夏木初繁有佳色。
呼儿取次具杯盘,青眼相逢喜无极。檀槽锦带小青娥,妙质何须夸绮罗。
按弦运拨惊四座,当今老手谁能过。弹为幽鸟啄寒木,园林飒飒风雨和。
喙长爪短跃更上,丁丁取蠹何其多。曲终拂羽忽飞去,不觉酒尽朱颜酡。
已闻啄木曲,又观啄木歌。雄文更复值绝艺,有如天际倾长河。
今朝壮观诚极乐,去此将奈寂寞何。归来解带豁胸腹,坐踞胡床仰看屋。
从今三日不洗耳,耳内泠泠有残曲。人间何物号富贵,纡紫怀金尽虚器。
如君自处真得策,身外百愁都掷置。太学餐钱月几何,客来取酒同醒醉。

汪炎昶(1261—1338)

次韵戏族兄存耕翁再纳宠姬(其一)

买得轻盈一树春,画堂歌舞又翻新。慈乌哺母情兼洽,彩凤将雏色总珍。
鬟鬓应梳云作髻,婵娟想琢玉为人。素知静婉矜佳丽,肯向罗敷意独亲。

次韵戏族兄存耕翁再纳宠姬(其二)

香风轻漠绣帘春,乐事从来不厌新。已有昭华君未惬,若逢媒母我犹珍。
虚烦设醴长为客,幸不闻歌足恼人。欲赋高唐追宋玉,终嫌想像未如亲。

谢　薖(1074—1116)

李簿家有侍儿妙丽善歌舞诸人惜其死为赋诗予亦赋二首(其一)

草头朝泣露泫泫,樵歌暮归丘陇寒。当时座上客半醉,琵琶不许近帘弹。

李簿家有侍儿妙丽善歌舞诸人惜其死为赋诗予亦赋二首(其二)

郎子风流栖枳鸾,枳上单栖泣夜阑。窗前邂逅一笑粲,梦中犹作在时看。

曾由基(？—？)

赠贵官家小姬

小蛮初按曲,趁拍入凉州。宫羽偶失次,回眸顾部头。
部头色微嗔,面赪含娇羞。低鬟语同伴,周郎曾顾不。

张　嵲(1096—1148)

雨中听邻家侍儿歌

客恨如醒何日醒,满空烟雨昼冥冥。垂帘竟日无余事,隔叶流莺独坐听。

郑刚中(1088—1154)

醉观子礼家两姬舞

彩云装髻缕金衣,举袖蹁跹玉一围。自是屋深双燕入,不应帘里有花飞。

赵元信近来得小鬟歌曲便须熟寐此还是有所得否予戏成此偈

清歌声里便高眠,古老诗中借一联。猿抱子归青嶂里,鸟啼花落碧岩前。

朱淑真(?—?)

会魏夫人席上命小鬟妙舞曲终求诗于予以飞雪满群山为韵作五绝(其一)

管弦催上锦茵时,体段轻盈只欲飞。若使明皇当日见,阿蛮无计况杨妃。

会魏夫人席上命小鬟妙舞曲终求诗于予以飞雪满群山为韵作五绝(其二)

香茵稳衬半钩月,来往凌波云影灭。弦催紧拍捉将遍,两袖翻然做回雪。

会魏夫人席上命小鬟妙舞曲终求诗于予以飞雪满群山为韵作五绝(其三)

柳腰不被春拘管,凤转鸾回霞袖缓。舞彻伊州力不禁,筵前扑簌花飞满。

会魏夫人席上命小鬟妙舞曲终求诗于予以飞雪满群山为韵作五绝(其四)

占断京华第一春,清歌妙舞实超群。只愁到晓人星散,化作巫山一段云。

会魏夫人席上命小鬟妙舞曲终求诗于予以飞雪满群山为韵作五绝(其五)

烛花影里粉姿闲,一点愁侵两点山。不怕带他飞燕妒,无言相逐省弓弯。

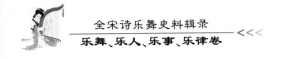

歌舞妓(娼妓、官妓)

艾性夫(?—?)

荷　　叶

爱莲尽爱花,而我独爱叶。水仙剪圆碧,万柄相倚叠。
风掀翠釜举,露浥鲛珠晔。不必满川红,香气自薰浃。
龟鱼荫凉影,鹭鸥憩别业。洁可包龙城贾客之饭,清可制三闾修士之衣。
大可载太乙真人之卧,高可盖桐江神女之归。
醉仙卷作碧玉盏,歌妓携来绿云扇。
有时听雨隔窗眠,湖声十里钱塘晚。

白玉蟾(1194—?)

题　瓮　斋

万轴牙签聚碧芸,数间茅屋锁闲云。莺吟芍药一歌女,蚁绕菖蒲万水军。
香穗横窗盘瘦影,茗花浮枕斗清芬。琴心三叠昼眠觉,熟读数篇韩柳文。

不赴宴赠丘妓

舞拍歌声妙不同,笑携玉脟露春葱。梅花体态香凝雪,杨柳腰肢瘦怯风。
螺髻双鬟堆浅翠,樱唇一点弄娇红。白鸥不入鸳鸯社,梦破巫山云雨空。

蔡　襄(1012—1067)

铜　雀　妓

十五烧香穗帐前,几多幽怨入危弦。谁知千载台倾后,何处西陵有墓田。

曹　勋(1098—1174)

长安有狭斜行二首(其二)

长安有狭斜,狭斜难方轨。道逢两青衣,问君住何里。
我家铜驼陌,高阁通朱邸。长子爵通侯,次子联端揆。
小子事游侠,倜傥卑豪贵。三子俱入门,轩车罗甲第。
三子俱升堂,光彩动阶陛。大妇理珍裘,中妇曳云帔。

小妇弄笙簧,明妆拥歌妓。丈人幸留连,雅舞扬清吹。

青苔篇

陵陆变沧海,复作清浅流。扶疏蕊渊桂,先惊蒲柳秋。
姑苏台未干,坐见麋鹿游。秦皇正游览,黄屋指沙丘。
乃知晞朝露,不必潜蛟虬。桀跖岂庸陋,比德惭蜉蝣。
夷齐苦葵藿,垂誉贤伊周。贫贱未必污,邪辟深可羞。
愚智混生死,善恶观其由。昧死尚役役,身外滋旁求。
君不见当年梨园歌舞人,歌声未歇生白头。
及时游衍且行乐,莫教日入辞高楼。
请君试诵青苔篇,令君一诵忘百忧。

曹彦约(1157—1229)

方南康席上观赣妓秀英作墨梅竹

南州佳人号秀英,窃弄毛颖亲儒生。解衣傍若无我辈,疏梅矮竹真天成。
公主朝妆弄眉墨,误作铅华污宫额。此君剑器藏锋铓,张颠幻出公孙娘。
我来忽见惊心目,张八何生魏何熟。酒酣耳热且勿喧,为我殷勤写双幅。

晁补之(1053—1110)

谪宋徙亳初闻周璠琵琶

枣园憭栗桧厅寒,醉倚琵琶倒鹖冠。不似江州白司马,只成怨恨不成欢。

陈普(1244—1315)

咏史·武帝(其五)

先帝斋宫内弄儿,阿娇金屋纂歌姬。披香博士真才子,刘氏家传却未知。

陈造(1133—1203)

薄薄酒

薄薄酒,颜可丹。粗粗布,身不寒。
丑丑妇,贫相欢。人生浪悲行路难,欲不外骛心内安。
富贵底用极力奸,政自沐猴求棘端。
君不见寒儒肮脏默自守,横前书笈,燕坐瓮牖。

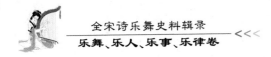

麻畦可衣,秋田可酒。抽针纫绽,侑樽鼓缶。
齐眉结发,赖有此妇。人不裂眦,事无掣肘。
陶陶此兴殊未穷,一身易足天地中。巷东毕公子,为乐渠能同。
宅舍颇轩亭,园池亦花草。相过便开樽,掀髯写怀抱。
兰芳菊秀梅含春,拂翠匀红随分好。
乏爱不无纻衣赠,取醉何妨接䍦倒。
毕公子,吾之乐兮乐自如。一杯对妇兮,布衣蔽其躯。
君之乐兮乐有余,妓女能楚楚。
樽罍应指呼,醉乡宽闲兮吾得俱。
设侍以金谷倾城之艳姝,酌以宜城九酝之醪醑。
被狐白兮拥罗襦,朝歌暮燕,穷欢极娱。
嫠酬怡儴骄妻孥,外若丰泽中槁枯。吾不彼愿犹彼不吾羡。
毕公子,方吾徒,狂歌而起舞,更酬而递劝。
盖不知南威嫫母之有妍丑,衮衣短褐之为贵贱。
彼骄其有,殆醯鸡之撇天。贪其取,如蜗牛之交战。
益知心怡愉,无穷涂,中焚如,无亨衢。
毕公子,倡予和女笙应竽。他年遂初赋,老盍歌归去。
尘里无旷怀,人间有同趣。四方向来志,一巢今可具。
亦不愿黄金为梁桂为柱,茅屋三间近君住。

陈执中(990—1059)

御 沟 柳

一度春来一度新,翠光长得照龙津。君王自爱天然态,恨杀昭阳学舞人。

陈 著(1214—1297)

可举长老退休于西山庵赋西山好以送之

西山好,西山好,天开画阁胜蓬岛。千峰尽头地脉舒,万顷如掌湖光抱。
清风佳月自时节,暖翠晴岚互昏晓。逢人大观夙契心,小筑数闲谋退老。
欲归去来不由身,妙庄严域须手了。平平稳稳经理去,纤纤悉悉工夫到。
栋宇峥嵘巾笠凑,钟鼓震撼钵盂饱。今日何日满十分,是空非空归一笑。

258

於戏分付善舞人,曳锡逍遥忙劫表。老鹤飞迎出山深,驯龙拜伏候门早。
便应管领古烟霞,何妨评论闲花草。樵歌渔唱如梵呗,茶约诗盟足吟啸。
淡中滋味苦亦甜,静处风光安是宝。顾我门户虽不同,如此林泉均所好。
霜松雪柏梦相知,布袜青鞋嗟已耄。西山好,西山好,世间何处不是邯郸道。

戴表元(1244—1310)

吴姬曲五首(其一)

吴姬来,吴船荡漾湖花开。隔堤迎笑欲飞举,不用少年多桨催。
问君青春得几许,看取架上红玫瑰。

吴姬曲五首(其二)

吴姬歌,歌声宛宛歌情多。当尊一阕且呼酒,酒遍余声无奈何。
春风颠狂亦如我,坐见花外摇湖波。

吴姬曲五首(其三)

吴姬舞,朝看成云暮看雨。偶然欲笑一回眸,锦段金钱落如土。
谁家学取野鸳鸯,终日痴迷弄沙浦。

吴姬曲五首(其四)

吴姬醉,浓花烂蕊春憔悴。当筵赌令讳空拳,忘却拈三并数四。
坐中痴客尽偷看,翠鈿云翘欹不坠。

吴姬曲五首(其五)

吴姬归,潮光烛影红辉辉。中心有语不敢吐,安得作月生汝衣。
明朝花下更须醉,放取后园莺燕飞。

戴复古(1167—?)

去年访曾幼卿通判携歌舞者同游凤山仆有歌舞不容人不醉樽前方见董娇娆之句今岁到凤山又辟西隅筑堤种柳新作数亭且欲建藏书阁后堂佳丽皆屏去之矣仆嘉其志又有数语并录之(其一)

一丘一壑自逍遥,莫怪山人索价高。是处园林可行乐,同来宾客不须招。
临风桃李花狼藉,照水楼台影动摇。歌舞不容人不醉,樽前方见董娇娆。

邓 深(?—?)

游罗正仲磬沼深得一字

磬沼去郭近,得朋忻一出。曲水媚秋花,轻云翳寒日。
幽野惬心期,平远快目力。率尔进所携,杂陈初匪一。
初无恶客来,不妨歌妓密。浮白行觞政,追韵严诗律。
晚醉语纷纷,夕寒风淅淅。策杖归去来,书床鸣蟋蟀。

散花之室六言(其二)

本有献花佛事,何妨乞食歌姬。若了悟不住相,斯参透无言师。

董嗣杲(?—?)

夜宴赠筝妓

方响琵琶借当家,十三弦上雁行斜。雨筵合出残春曲,愁扫屏风满地花。

方 回(1227—1307)

记三月十日西湖之游吕留卿主人孟君复方万里为客

丙申上巳七日后,一主二宾夫岂偶。遣车却骑钱塘门,主人满船富湑酒。
别唤轻船载仆从,大船品字著三友。旁观指点知为谁,对峙玉人间白叟。
岂无识者讶此老,不愧妙年两贤守。孟侯吕侯将相家,早绾金章纡紫绶。
方干云孙耸吟肩,左右鼎鼐中瓦缶。虽然兰臭尚同心,剧谈锋起各虚受。
是日杭人诧佛事,焚寄冥财听僧诱。公子王孙倾城出,姆携艳女夫挈妇。
放生亭远鹜长堤,保叔塔高陟危阜。居然红裙湿芳草,亦有瑜珥落宿莽。
暖热已极天色变,大风滔天怒涛吼。篙师缭绕孤山背,倘佯里湖保无咎。
百舸千舫第二桥,四圣观前依古柳。春色浓时良佳哉,游人聚处可拾否。
一杯一杯入醉乡,诙嘲谑笑无不有。泉币重费忘多少,歌妓频呼杂妍丑。
似狂非狂痴非痴,何啻万众悉回首。我时颓然乎其间,看朱成碧辰至酉。
健啖晚菘兼早韭,快赏调冰仍雪藕。归途恍然了不记,晓窗半醒卧噎呕。
一日之乐三日病,宁负衰躯护馋口。愿从孟侯觞吕侯,更著百千沽十斗。

同曹清父西郊纪事五首(其五)

朴略童蒙学,堆垛句读师。有能致卿相,或不赡妻儿。

士故无他业,人谁此味知。公庭彼为吏,日日醉歌姬。

秀亭秋怀十五首(其一一)

家富敌万乘,吾尝见其人。生死握国柄,不复如人臣。
自谓磐石安,扫灭随埃尘。岂不恃狙诈,政用祸尔身。
尔身一腐鼠,原野何足陈。歌姬事别主,画堂生荆榛。
我叹匪为此,遗祸殃齐民。

虚谷志归十首(其七)

馈筐承先问,吟笺辱暗投。驷车端肯顾,贰缶尚能谋。
官妓呼难至,家姬出似羞。但令宾客喜,吾亦可忘忧。

方蒙仲(1214—1261)

和刘后村梅花百咏(其九)

百万瑶妃傅粉酥,诗翁列屋世间无。江南穷相韩熙载,有甚歌姬画作图。

方　岳(1199—1262)

七夕郑文振席上姬有楚云者为作三弄

帝子经年别,秋风远客情。断云含宿雨,古木落寒声。
河汉低逾润,江潮夜未平。巫云莫吹笛,吾意正凄清。

葛立方(?—1164)

子直画屏求题诗·裴休乞食歌姬院

一从黄檗逗真机,瞥地回光更不疑。著脚洞房犹乞食,那知罗刹是歌姬。

郭祥正(1035—1113)

春日怀桐乡旧游

二年桐乡邑,乘春览荣芳。日日绕花树,与客倾壶觞。
况有青涧泉,潺潺穿北墙。容为方广池,白虹卧危梁。
谁磨青铜镜,朗照红粉妆。唯恐浮云来,遮我逍遥场。
舞娥回皓雪,笛叟鸣凤凰。醉则卧花下,所惜徂春阳。
作诗数十篇,素壁挥琳琅。诏书徙幕府,笼鸟无高翔。

却治历川狱,幽忧坐空堂。有女杀其母,逆气凌穹苍。
郡县失实辞,吏侮争持赃。辟刑固无赦,何以来嘉祥。
高垣密阇禁,但觉白日长。茫然思旧游,今成参与商。
世网未能脱,乐事安可常。呫嗟勿重陈,昏昏灯烛光。

韩　维(1017—1098)

会微之诸君

开斋坐阅岁华空,乐与贤豪燕喜同。清影屡移松桂月,和声频送管弦风。
远于籍外追歌妓,恨不樽前作醉翁。况近始郊多废事,共迎萧露入弦中。

和昌言喜雪

万里多仁德有邻,故交仍佩左鱼新。欢娱每恨流阴驶,谈笑几还太古淳。
浮蚁生光盈寿斝,惊鸿取势落华茵。题诗寂寞高眠冷,笑杀尊前起舞人。

洪咨夔(1176—1236)

二　花

粲粲金钱映玉簪,荣华能得几光阴。季伦歌妓春申客,零落秋风没处寻。

姜特立(1125—1203)

友人招饮适云气大作雨意甚凉

永日南薰入舜琴,故人邀我共披襟。歌姬可是能留客,故遣行云作午阴。

暇日家人馈酒食

王度清夷无忌讳,私家甘旨自充庖。不须乞食歌姬院,自有佳人送酒肴。

孔平仲(1044—1102)

上　元　作

春来雾雨久不收,上元三日月如秋。倾城娱乐竞沽酒,旧岁丰登仍足油。
楼前灯山烧荻火,光影动摇桑落洲。太守凭高列歌吹,游人烘笑观俳优。
铜盘贮梅插乌帽,从兵小史斥下楼。侍觞行食皆官妓,目眙不言语或偷。
短长赤白皆莫校,但取一笑余何求。譬如饮酒且为乐,不问甘苦醉即休。
归来纮如打五鼓,春寒惨惨吹驼裘。群儿嬉戏尚未寝,更看紫姑花满头。

李 龏(1194—?)

铜 雀 妓

泪眼看花枝,齐行奠玉杯。日暮铜雀迥,歌舞妾空来。
悲心舞不成,恨唱歌声咽。君王去后行人绝,但见西陵惨明月。

李 觏(1009—1059)

江 亭 醉 后

平生尚倜傥,壮大苦摧折。主人能结纳,佳境为铺设。
渺溾东江来,谽谺暮云裂。倡女稍多艺,市酒且供啜。
侠气复何聊,心朋幸相悦。解冠从放荡,大呼谁挽挚。
咄哉千里足,嗟呼三寸舌。海物唤龙取,天葩令鬼折。
艳唱声非雅,戏谈理当谲。帷房笑私昵,闾巷嘲琐屑。
更鼓莫催睡,夜风谗去热。俗士鲜大志,于今重小节。
内行豕在泥,外貌犬伏缏。吾侪古豪杰,方寸浴日月。
被谤肯自疑,为欢顾犹拙。放饭彼不惭,使我无齿决。

李 回(?—?)

题 妓 帕①

蜀国佳人号细腰,东台御史惜妖娆。从今唤作杨台柳,舞尽春风万万条。

李 新(1062—?)

绮阁吟嘉州李使君命官妓段倩乞诗席上为赋

秋风瑟瑟吹帘旌,浪英碎玉秋渚平。绮阁美人抱明月,坐洒银钩锥画雪。
神情何似卫夫人,小年学歌风挽云。锦囊乞句苦不早,种树江南今亦老。
阁中璧月闲摇空,美人巧笑开芙蓉。凌波莫背栏干立,卷帘但放余霞入。
茂陵白马何时归,江北枫花处处飞。

---

① 张俞《题汉州妓项帕罗》内容与此诗相同,不再重复收录;何郯有无题诗,仅存首句"蜀国佳人号细腰",一作"按彻梁州更六幺"。

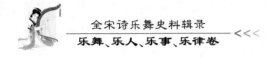

李　廌(1059—1109)

汝州王学士射弓行

汝阳使君如孙武,文章绝人喜军旅。要知谈笑能治兵,戏教红妆乐营女。
白氈新袍锦臂韝,条脱挂弓腰白羽。彩错旌旗照地明,傍花映柳陈部伍。
须臾观者如堵墙,仿佛如临矍相圃。一人中的万人呼,丝管呕嘈间钲鼓。
臂弓上为使君寿,遍及四筵乐具举。使君一笑万众喜,堂上酒行堂下舞。
锦段银荷翠玉钿,意气扬扬皆自许。傥令被甲执蛇矛,恐可横行擒赞普。
大胜吴宫申令严,两队宫娃啼且怖。阃间台上呼罢休,将军虽贤亦粗卤。
岂知使君不忘战,聊以戎容娱樽俎。夕阳卷旗去翩翩,使君要客登画船。
美人不暇别妆洗,战士结束围华筵。皆疑征南汉将帅,楼船下濑方凯还。
军中不应有女子,偏裨校尉何其儇。使君湖光照楼观,一碧不辨水与天。
渐看暝色著疏柳,已见白蘋浮暮烟。银汉斜横北斗淡,明月碧玉疏星联。
舟人罢唱时弄笛,艇子趁鱼行扣舷。隔浦荧荧见渔火,意中竹篱青筛悬。
虽无荻花与枫叶,全似送客溢江壖。亟令周娘作新曲,周娘琵琶京洛传。
不惜千呼与万唤,便时转轴仍拨弦。冯夷阳侯或静听,穿龟大鱼或后先。
且言白傅时落寞,草草会遇仍嫣然。使君闻名满台阁,虎符熊轼聊周旋。
风流乐事虽可记,皆过孙白二子前。会看和戎竟先列,铁骑百万临三边。
报功女乐赐二八,粉白黛绿皆婵娟。青云乞身归旧里,汾城故地依林泉。
琵琶亭中望汝海,无忘饮中今八仙。

廖　刚(1071—1143)

次韵知府中奉登郁孤诗

隼旟飞扬百仞台,满城佳气静氛埃。烟云渺渺江流去,花木欣欣春思回。
妙舞人传天上曲,暗香风度岭头梅。金莲影散蓬壶夜,余兴应留继日来。

廖　融(?—?)

退　宫　妓

神仙风格本难俦,曾从前皇翠辇游。红踯躅繁金殿暖,碧芙蓉笑水宫秋。
宝车钿剥阴尘覆,锦帐香消画烛幽。一旦色衰归故里,月明犹梦按梁州。

刘 敞(1019—1068)

社日宴临波亭呈府公

春色池上好,公来朝日初。栋梁归喜燕,霖雨跃潜鱼。
云气随歌妓,林光暗碧车。心闲簿领暇,兴适酒杯余。
言志吾与点,论诗商起予。定知金谷集,不比右军书。

赠别长安妓蔡娇

玳筵银烛彻宵明,白玉佳人唱渭城。更尽一杯须起舞,关河秋月不胜情。

刘克庄(1187—1269)

挽徐吏部二首(其二)

昔过高阳里,宫墙许一窥。有楼藏册子,无院处歌姬。
罗雀闭穷巷,杀鸡留晚炊。欲携船鲫往,道远叹吾衰。

老妓一首

籍中歌舞昔驰声,憔悴犹存态与情。爱说旧官当日宠,偏呼狎客小时名。
薄鬟易脱梳难就,半被常空睡不成。却羡邻姬门户热,隔楼张烛到天明。

六言二首答陈天骥长短句(其一)

天孙机上刀尺,雪儿口里宫商。愧我元非郢客,恨君不识秦郎。

楼 钥(1137—1213)

赵资政建三层楼中层藏书

危楼杰立潭府雄,仰望惊瞿何穹窿。擎以八柱真良工,恍如木天移海东。
扶栏三级横复纵,八窗交映光玲珑。更上一层迥不同,历览万象俱空蒙。
东南太白金峨峰,西山千叠青芙蓉。环绕不断如屏风,平畴弥望禾芃芃。
城郭市井聚蚁蜂,烟树高低知几丛。澄湖一片磨青铜,潮来江涨银在镕。
海匝三垂属提封,四山宽围城在中。地平楼小望易穷,安得高卧陈元龙。
丽谯公府难从容,二阁均在道佛宫。江山得助无遗踪,眼前突兀忽此逢。
主人干国成栋隆,鼎彝久书柱石功。名遂身退兹明农,卜筑深静依高墉。
百间朗朗罗心胸,咄嗟不待椌鼓冬。最后奇观凌虚空,窗户未须湿青红。

似闻庐陵周益公,亦作此楼高于崧。相望落落见两翁,心匠不谋如影从。
我欲效颦意方浓,一朝登眺若发蒙。不愿侍公饮千钟,不愿舞女纷歌僮。
插架三万牙签重,此身愿为书蠹虫。不然相陪夕阳春,与公凭栏送冥鸿。

陆　游（1125—1210）

听　琴

疏帘曲槛蘋风凉,细腰美人藕丝裳。绿藤水文穿矮床,玉指纤纤弹履霜。
高林莺啭日正长,幽涧泉鸣夜未央。哀思不怨和而庄,有齐淑女礼自防。
世人但惑青楼倡,琵琶箜篌杂胡羌。试听一曲醒汝狂,文姬指法传中郎。

铜　雀　妓

武王在时教歌舞,那知泪洒西陵土。君已去兮妾独生,生何乐兮死何苦。
亦知从死非君意,偷生自是惭天地。长夜昏昏死实难,孰知妾死心所安。

梅尧臣（1002—1060）

铜　雀　砚

歌舞人已死,台殿栋已倾。旧基生黑棘,古瓦埋深耕。
玉质先骨朽,松栋为埃轻。筑紧风雨剥,埏和铅膏精。
不作鸳鸯飞,乃有科斗情。磨失沙砾粗,扣知金石声。
初求畎亩下,遂厕几席清。入用固为贵,论古莫与并。
端溪割紫云,空负世上名。韩著毛颖传,何独称陶泓。
傥以较岁年,泓当视如兄。

咏官妓从人

少为轻薄误,失行落优倡。去作小家妇,愿同贫里装。
无心歌子夜,有意学流黄。他日东郊上,谁人见采桑。

花　娘　歌

花娘十二能歌舞,籍甚声名居乐府。荏苒其间十四年,朝作行云暮行雨。
格夫气俊能动人,人能动之无几许。前岁适从江国来,时因宴席相微语。
虽有幽情未得传,暗结殷勤度寒暑。去春送客出东城,舟中接膝已心倾。
自兹稍稍有期约,五月连航并钓行。曲堤别浦无人处,始笑鸳鸯浪得名。

尔后频逢殊嬿婉,各恨从来相见晚。月下花前不暂离,暂离已抵银河远。
青鸟传音日几回,鸡鸣归去暮还来。经秋度腊无纤失,爱极情专易得猜。
前时南圃寻芳卉,小忿不胜投袂起。官私乘衅作威棱,督促仓惶去闾里。
萧萧风雨满长溪,一舸翩然逐流水。忽逢小史向城来,泣泪寄言心欲死。
愿郎日日致青云,妾已长甘在泥滓。更悲恩意不得终,世事难凭何若此。
郎闻兹语痛莫深,天地无穷恨无已。我今为尔偶成章,便欲缄之托双鲤。

潘　矩(?—?)

献沈詹事

昔年单骑向筠州,觅得歌姬共远游。去日正宜供夜直,归来浑未识春愁。
禅人尚有香囊愧,道士犹怀炭妇羞。铁石心肠延寿药,不风流处却风流。

彭汝砺(1042—1095)

将寄豫章以诗先寄文渊秘校

已传灵耗烦晨鹊,更作新诗寄塞鸿。千里薄寒沾暮雨,百壶清笑望秋风。
仙人楼阁重湖外,帝子亭台翠霭中。谢傅未忘丘壑意,待携歌妓醉山东。

湖湘路中见梅花寄子开(其二)

万木低徊冰雪辰,寄声凭尔急催春。即看苑囿芳菲遍,还见池台歌舞人。

秦　观(1049—1100)

正仲左丞生日

元气钟英伟,东皇赋炳灵。冀敷十一叶,椿茂八千龄。
汗血来西极,抟风出北溟。之无分襁褓,诗礼学趋庭。
妙质珠遗海,高材刃发硎。亟更芸阁秘,屡直琐闱青。
史笔开凡例,纶言正纬经。文昌频曳履,京兆屡空囹。
遂总台纲纪,常参国典刑。两宫隆眷遇,诸夏耸瞻听。
武略驱雷电,文锋粲斗星。乞闲辞亢满,分逸下青冥。
骑引双朱服,腰横万宝钉。明峰春矗矗,汝水暮泠泠。
散策花间径,挥犀水上亭。壶觞延墨客,灯烛按歌伶。
周袞归公旦,商岩梦武丁。久闻虚揆席,伫见返皇扃。

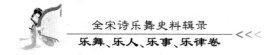

别数汾阳考,重镌宋父铭。巍然庙堂上,永作世仪形。

仇 远(1247—?)

竹素山房小饮南徐唐正方善歌吴伶以长箫和之客以凤凰台上忆吹箫分韵予得台字

少时闻箫白玉台,一曲未终丹凤来。金瀨空明秋水浅,妙音久不闻蓬莱。
吴下老伶燕中回,能以北腔歌落梅。
红尘筝笛耳一洗,便觉箜篌愤抑琵琶哀。
朱方膟仙古音律,宫长羽短随剪裁。小春梅柳参差开,肯待羯鼓花奴催。
我辈钟情忘尔汝,浊醪妙理惟酸醅。晚风吹寒夕阳下,有酒不饮令人咍。
今人青眼映山水,古人白骨生莓苔,不如相聚常衔杯。
呜呼五公七相安在哉,不如相聚常衔杯。

勾龙爽毛女

曾是阿房学舞人,玉箫旧谱尚随身。喜归商岭寻仙药,忍见秦宫化劫尘。
松蜜春腴差可饱,槲衣秋碎不须纫。凭谁唤起勾龙爽,更写湘妃与洛神。

沈 立(1007—1078)

英韶在前徒矜下里之曲风雅未丧岂系击辕之音不图缀绮靡之乱抑将导敦厚之旨耳海棠虽盛于蜀人不甚贵因暇偶成五言百韵律诗一章四韵诗一章附于卷末知我者无加焉(其一)

岷蜀地千里,海棠花独妍。万株佳丽国,二月艳阳天。
丛萼匀如布,修蕤巧似编。彤云轻点缀,赤玉碎雕镌。
瑟瑟光输莹,猩猩血借鲜。浅深相向背,疏密递勾牵。
轻蒨重重染,丹砂细细研。蕊纤金粟拱,须嫩紫丝拳。
红蜡随英滴,明玑著颗穿。初茎争袅娜,翘干共蹁跹。
绝代知无价,生香不减筵。分灵应桂苑,钟粹定星躔。
木帝经邦相,花王入室贤。祥飙加蒻拂,卿霭共陶甄。
真宰阴推毂,句芒与著鞭。不须忧薄命,好为惜流年。
赞翼施生柄,扶持煦姁权。主张韶令正,调燮淑威宣。

乐 人

和气高低洽,芳心次第还。
云雨迷巫峡,风波怨洛川。
绣被通宵展,华灯彻曙燃。
暗羡游蜂采,偷输蚁穴沿。
蓄恨凭谁讯,无言只自怜。
品格生来别,风流到老全。
喧暖精神出,晴明意态便。
天上宜封殖,人间偶伫延。
清暖帘争卷,黄昏幕尚褰。
忽认梁园妓,深疑阆苑仙。
羞隐暝蒙雾,轻如淡荡烟。
仿佛回星靥,依稀带翠钿。
独立挨霓节,成行列彩旃。
舞定休回袖,妆浓不傅铅。
馥郁兰供梦,扶疏柳伴眠。
娅姹常颛若,幽柔自洒然。
口口浓檀注,腮腮薄粉填。
旖旎环瑶席,婆娑匝玳筵。
南陌轻埃蔽,东郊夕照连。
是处遗簪珥,谁家不管弦。
折闪搔头褪,擎扤约腕揎。
汲引新欢聚,消磨宿忿蠲。
翻曲教歌嫒,更词送酒船。
迢递来油壁,从容住锦鞯。
不愤参朱槿,宁甘混木绵。
素柰思投迹,夭桃耻备员。
并压辛夷俗,潜排宝马鞯。
布影交三径,敷荣遍一廛。
可忍惊飙挫,胡烦急景煎。

金钗人十二,珠履客三千。
娉婷宜住楚,妖冶合居燕。
横披前槛外,半出假山巅。
瘦嫌珊网织,柔怯女萝缠。
文君酒垆伴,杨子草堂前。
繁中生怅望,众里见喧阗。
关关莺对语,两两燕高骞。
共樱围别馆,与杏拥斜阡。
低笼金辘轳,高映画秋千。
匆匆来蕙圃,远远别芝田。
乍逢开羽扇,初喜下云軿。
五铢衣宛转,七宝帐翩翩。
困宜欹虎枕,步好衬金莲。
盖张松郁郁,茵藉草芊芊。
躯轻弥绰约,腰细更便嬛。
侍儿罗白芷,婢子列芳荃。
解围施叶幄,买笑有榆钱。
娇依屏曲曲,泣对露涓涓。
几时休缥渺,从此识婵娟。
妒姬贪恐失,戏稚惜何颠。
戴遮鬓上凤,装压鬓边蝉。
纵观须倒载,命宴必加笾。
乡心须暂解,病眼当时痊。
雅宜交让比,秋兴棣华联。
酝酿潜失色,踟蹰敢差肩。
梧桐愧金井,芍药滥花砖。
天恩无久恃,人宠莫长专。
凝眸方眽眽,回首旋翩翩。
珊瑚随手碎,绛雪绕枝旋。

拂汉霞初散,当楼月自圆。　飘零随蠛蠓,散乱逐漪涟。
灼灼龟城外,亭亭锦水边。　抱愁应惨慽,有泪即潺湲。
午影迷蝴蝶,朝寒怨杜鹃。　物情元倚伏,人意莫拘挛。
擢秀高群木,称珍极八埏。　未开独脉脉,忧落固悁悁。
别著新文纪,重寻旧谱笺。　共知红艳好,谁辨赤心坚。
实事陪朱李,根宜灌醴泉。　栽须怜竹柏,树莫绕乌鸢。
耻托膏腴茂,当随富贵迁。　为多犹底滞,因远尚迍邅。
客思易成乱,心期未省悛。　画思摩诘笔,吟称薛涛笺。
醉目休频送,诗情岂易缘。　薛能夸丽句,郑谷赏佳篇。
止感芳姿美,那怜托地偏。　山经犹罕记,方志未多传。
巧咏忧才竭,冥搜得意湔。　遐陬寡真赏,僻境忍轻捐。
抽秘惭非据,探奇敢让先。　援毫叙名卉,聊用放怀焉。

石　懋(？—？)

雪

风云快约千丝雨,天地空无一点尘。晓树放开花意思,夜窗添起月精神。
鹦鹉杯中未觉贫,寒凝酒面不成鳞。何如飞上参军鬓,与恼红楼歌舞人。

释道潜(1044—?)

子瞻席上令歌舞者求诗戏以此赠

底事东山窈窕娘,不将幽梦嘱襄王。禅心已作沾泥絮,肯逐春风上下狂。

释德洪(1071—1128)

杨文中将北渡何武翼出妓作会文中清狂不喜武人径饮三杯不揖坐客上马驰去索诗送行作此

兰丛聚贵客,花轮环侍儿。三杯吾径醉,四座汝为谁。
但觉眩红碧,了不闻歌吹。翩然上马去,海月解相随。

季长赏梅使侍儿歌作诗因次韵

年来槁项皤须发,世眼憎嫌遭栈绝。君独照人如冰轮,洗尽宿云寒皎洁。
今日层楼空独倚,天高衮衮飞鸿灭。掉头哦此赏梅诗,如对北窗香喷雪。

爱君语妙蜕尘埃,道骨自能逃岁月。玉儿岂是解清唱,想见笑中呵手折。
嗅看应作小鹲娇,关心不与年时别。一欢纷然云雨散,落英满地蛙声歇。
可怜城郭都不知,新诗一出人争说。和羹他日愿如君,长红袅花歌寿阕。

释斯植（？—？）

石城秋夜

漠漠青山水自流,西风烟树几经秋。旧时歌舞人游地,月满江城十二楼。

双　渐（？—？）

豫章逢故人歌

乐天尝日浔阳渚,舟中曾遇商人妇。坐间因感琵琶声,为托微词写深诉。
因重佳人难再得,故言何必曾相识。今日相逢相识人,青衫拭泪应无极。
我因从官临川去,豫章城下风帆驻。续有翩翩画舸来,斜阳共系垂杨树。
绿窗相近未多时,红帘半动闻私语。认得舟中是故人,从人来自韶阳路。
柔情脉脉不得通,余时冉冉时闻度。借问舟中是谁氏,长自庐江佳丽地。
苏姓从来字小卿,桃叶桃根皆姊妹。十岁清歌已遏云,十一朱颜妒桃李。
十二能描新月眉,十三解绾乌云髻。乱花溪上偶相逢,一托深心许为婿。
翠鬟曾翦系平生,暗断金钗为盟誓。无何官难两相忘,因兹流落来天际。
扬州一梦今何处,风月心情向谁诉。算来争似不相逢,空感当时无限事。
昔日风光曾作主,今日风光如蓦路。肠断江头夜不眠,风帆明日东西去。

司马櫾（？—？）

洛春谣

洛阳碧水扬春风,铜驼陌上桃花红。高楼叠柳绿相向,绡帐金銮香雾浓。
龙裘公子五陵客,拳毛赤兔双蹄白。金钩宝玦逐飞香,醉入花丛恼花魄。
青娥皓齿列吴娟,梅粉妆成半额黄。罗屏绣幕围寒玉,帐里吹笙学凤凰。
细绿围红晓烟湿,车马骈骈云栉栉。琼蕊杯深琥珀浓,鸳鸯枕镂珊瑚涩。
吹龙笛,歌白纻,兰席淋漓日将暮。
君不见灞陵岸上杨柳枝,青青送别伤南浦。

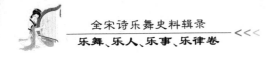

宋 无（1260—?）

废　　宅

金谷花开得几春，东风吹逐路傍尘。蛙鸣私地为官地，燕认新人是故人。
珠履卖钱豪客散，玉钗乘传舞娥颦。兽环一锁歌钟断，时有鸦声恐四邻。

蚕　　妇

缫得新丝白，将来织素缣。自惭非锦绮，尚被舞人嫌。

苏　轼（1037—1101）

以玉带施元长老元以衲裙相报次韵二首（其一）

病骨难堪玉带围，钝根仍落箭锋机。欲教乞食歌姬院，故与云山旧衲衣。

孙次翁（?—?）

娇　娘　行

楚宫女儿身姓孙，十五绿鬓堆浓云。脸花歌笑艳杏发，肌玉才近红琼温。
仙源曾引刘郎悟，天教谪下风尘去。策金堤上起青楼，照水花间开绣户。
山阳天下居要冲，春行处处皆香风。花名乐府三千辈，惟君第一娇姿容。
画舫骄马日过门，过者知名求见君。侍君颜色肯一顾，方肯延入罗芳樽。
遏云数声贯珠善，惊鸿舞态流风转。不是当朝朱紫人，歌舞筵中难得见。
朝英国士相欢久，学诗染翰颜兼柳。卫尉卿男号富儿，黄金满载来见之。
朝欢夕宴奉歌酒，春去秋来情愈厚。青丝偷剪结郎心，暗发深诚誓婚偶。
深更不与家人露，藏头掩面随郎去。千里相从人不知，鸳鸯比翼凌云飞。
帝城风物正春色，与郎遍赏游芳菲。郎去高堂负父意，父亲惜子情难制。
六礼安排迎入门，且图继嗣延家世。铨行补吏任忠州，整袖长江同溯流。
瞿塘滟滪遍经历，二年惟爱居蛮陬。解官入京重调转，空闺独坐居京辇。
伤离感疾时召医，无何楚客皆闻知。急具高堂报阿母，母怒大发如风雨。
来见娇娘大嗟怨，怒声肆骂千千遍。扶夺上马去如飞，争奈郎踪相去远。
回到娘家三四春，双眸盈疾愁见人。蕙心兰性欲枯死，盘金匣玉都埃尘。
阿母养身今已报，从今所得多金宝。誓心不嫁待郎音，烟波万里难寻耗。
迩来泛迹渡金陵，住近仪真江外亭。北提征辔过花院，分明认得娇娘面。

272

旧家云鬓慵理妆,泪裹罗襟金缕溅。灯前相顾问行年,一别音容何杳然。
君今三十未为老,昔时青发今华颠。君容若入襄王梦,我才曾试光明殿。
秋江夜醉话平生,坐抱琵琶船上宴。娇娘娇娘真可惜,自小情多好风格。
只恐情多误尔身,休把身心乱抛掷。君不见乐天井底引银瓶,瓶沉簪折争奈何。

汪元量(1241—1317)

锦城秋暮海棠

锦城海棠妙无比,秋光染出胭脂蕊。日照殿红如血鲜,箭砂妆粒真珠子。
玉环著酒睡初觉,脸薄粉香泪如洗。绛纱穿露水晶圆,笑杀荷花守红死。
蜀乡海棠根本别,有色有香成二美。春花开残秋复花,簸弄东君权不已。
锦袍公子汗血驹,宾客喧哗间朱紫。有酒如池肉如山,银烛千条照罗绮。
萧娘十八青丝发,手把金钟歌皓齿。神仙艳骨世所无,歌声直入青云里。
江南倦客惨不乐,鸣笛哀筝乱人耳。干戈满地行路难,屏里吴山数千里。
遥怜花国化青芜,浪蕊浮花敢欣喜。草堂无诗花无德,窃号花仙宁不耻。
春花撩乱亦可怜,秋花烂熳何为尔。花前妙舞曲未终,红雪纷纷落流水。
薄命佳人只土尘,抛杯拔剑长歌起。

歌妓许冬冬携酒郊外小集

益州歌妓许冬冬,客里相逢似燕鸿。醉拥蜀琴抽白雪,舞回班扇割西风。
山肴野馔荒山里,浪蕊浮花古寺中。偶尔留连借余景,出门一笑夕阳红。

王　叡(?—?)

句

莫怨工人丑画身,莫嫌明主遣和亲。当时若不嫁胡房,只是宫中一舞人。

王　氏(?—?)

雪中观妓

梁王宴罢下瑶台,窄窄红靴步雪来。恰似阳春三月暮,杨花飞处牡丹开。

危　稹(1163—1236)

经从丰城谒于房州于令侍姬歌舞进酒二首(其一)

蛾眉对歌舞凉伊,舞身还逐歌声齐。卷花万段忽进酒,斗高蝴蝶飞来低。

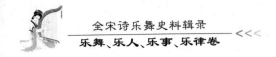

经从丰城谒于房州于令侍姬歌舞进酒二首(其二)

更有佳人在空谷,能唱春风天上曲。何时得上金玉堂,一声飞度龙吟竹。

卫宗武(？—1289)

和南塘嘲谑

理存成坏与亏全,人事悲欢莫不然。梅帐道人新活计,柳枝歌妓旧因缘。
断弦谩说鸾胶续,剜肉难将獭髓填。更遣青裙并赤脚,独将琴册寄余年。

魏了翁(1178—1237)

张大著以韩持国绿樽红妓事再和见戏复次韵(其一)

世路羊肠几覆颠,如君操行雪朝鲜。书胸满贮宣和库,学力要装元祐船。
剩喜孟龙来并世,肯呼祢鹗与忘年。闭门筓珥无膏沐,不作倾城冯小怜。

翁　迈(1040—?)

鹿鸣宴赠歌妓

　　年方十三四,娇羞懒举头。舞余驹皎皎,歌罢鹿呦呦。
　　近座香先喷,持杯玉更柔。高唐人去远,谁与话风流。

吴龙翰(1233—1293)

泊芜湖县

　　古邑苍江曲,鳞鳞华屋横。酒楼歌妓集,渔市贩夫行。
　　野阔云无势,江流月有声。桥边息诗担,樵鼓更分明。

西　湖　曲

十里风光烟水白,嵯峨帝城紫雾隔。笛声吹断蒲叶风,鹭飞界破青山色。
湖波鳞鳞织成縠,翠盖红幢机上簇。长安富儿美少年,马行紫陌香尘扑。
画舫谁家窈窕娘,半额鹅黄时样妆。玉手折花娇无力,花枝斜挂银丝长。
隔花踌躇意相属,稍稍谈笑闻余香。夕阳西下汉水远,无计问觅双琼珰。
巫山高哉但入梦,安得插翅飞其傍。君不见吴姬采莲自唱曲,君王尚在舟中宿。

吴师孟(1021—1110)

和王公觌赏海云山茶合江梅花

何处珍丛最早开,海云山茗合江梅。忽传诗帅邀肤使,不用歌姬侍宴杯。
晓艳鲜明同绮靡,晚妆清淡奉徘徊。此时文酒风流事,岂似临江放荡来。

吴惟信(?—?)

贺史守凤雏满月

玉手歌姬托凤雏,堂前画额旋调朱。春风吴会宜男草,试问他人种得无。

徐 积(1028—1103)

和孙元规资政游园(其三)

竹为篱落水为邻,草碧花红一径新。尽日欢声连绿野,满城和气入韶春。
歌姬汗湿眉间翠,舞妓香生袜下尘。酒阵诗兵皆大敌,未知元帅属何人。

戏答君锡酣战之句

檄书插羽来何速,铁骑成林势未分。北垒唉声雄似虎,南营杀气猛如云。
阵前剑客投犀袂,帐外歌姬曳绣裙。且待挥兵酣战罢,却行三舍避将军。

富贵篇答李令

我有一简诗,写出千年意。将令后世观,不是前言戏。
感君再唱洞庭谣,我亦重歌酬子惠。古人达者尝有云,富不如贫贱胜贵。
君不见古之富贵郎,父祖俱封异姓王。一门五侯三将军,弟兄同入中书堂。
对开大第连几坊,私门列戟森锋铓。十二帘卷珠荧煌,双姬扶起坐牙床。
绿鬟红袖花成行,左盼右顾生春阳。高车食客剑佩锵,堂上已满坐两廊。
巨镬大鼎烹牛羊,玉壶挹酒金船长。美人拜客求尽觞,歌姬一误已绝吭。
缠头彩币堆如冈,酬歌买笑金鸳鸯。奴袍火浣直两箱,三千厩马红锦障。
厕帏文绣炉薰香,更衣侍妾如闺房。主人意气秋鹰扬,其心端如彩凤凰。
一言合意青云翔,须臾睚眦磨刀枪。门前腊月可烘裳,一日失势成冰隍。
小者腰领尸道旁,大者连颈宗族亡。犬鸡散尽空遗墙,野鸟入室山魈藏。
呜呼哀哉可叹伤,至死不悟犹陆梁。古来如此有多少,岂似洞庭湖上老。

无租无税一生闲，有饭有鱼一杯饱。日落波间烟正昏，云开湖口山光晓。
棹翁适自巴陵回，挂帆直指潇湘道。有言不问俗穷通，何忧可入翁怀抱。
修竿短棹已自足，更有前村一茅屋。卖鱼沽酒任醉醒，绣户朱门自歌哭。
嗟予未往心先慕，更谢棹翁询去住。风前月下有谁知，醉魄吟魂自来去。
堂前画作荆南图，梦中记得巴陵路。

送张宜父赴南从幕府

江南秋色芙蓉香，满江秋水倾银潢。泛水依花人姓张，涛翻浪涌挥文章。
突然出者何苍苍，巨鳌曝背来中央。鼋鼍仰首伏四旁，登临谈笑得庾郎。
安得霜鹘腰胯长，骑上秋空追鹔鹴。北望海门形势强，美哉壮观吴封疆。
若将前代论兴亡，直谈孙氏到陈梁。凡为佐命可哀伤，其诸奸孽如豺狼。
倾谀正直诬忠良，以国贩卖为贾商。歌姬舞女金满堂，不须为盗持刀枪。
身虽幸免遗其殃，子孙戮辱甚犬羊。所以不欲读史书，鼻洟目汁沾髭须。
润州支使相如无，山阳老子如唐衢。

双树海棠（其二）

此花出在海州东，千涛万浪围山峰。不知谁是栽花翁，花根屈曲蟠双虹。
英英斗繁葩葩丰，晨霞夕霞滴不供。欻有神物射蛟龙，团团血溅摇春风。
超然花格非凡容，吴姬半弹钗头红。谁人移下海中山，神仙姊妹来人间。
人间无玉可消斑，歌姬舞态都且闲。当时血泪乱瑶关，金槃洗面痕犹殷。
吹箫郎去先骑鸾，妆未成时情已阑。汉皋台下娇蹒跚，曾解明珠瑶佩环。
无媒不嫁矜殊颜，自共美人香往还。霓衣同步绀云车，麻姑面上藏丹砂。
绿鬓已坠金钗斜，酒红不著罗衫遮。且教半笑含春华，但恐分飞成乱霞。
宜哉天下为名花，连根都种名卿家。温温容态孰可加，有如女德贞无邪。
共君醉倒插乌纱，从他群儿笑哑哑。

爱 爱 歌

吴越佳人古云好，破家亡国可胜道。昨夜闲观爱爱歌，坐中叹息无如何。
爱爱乃是娼家女，浑金璞玉埋尘土。歌舞吴中第一人，绿发双鬟才十五。
耳闻眼见是何事，不谓其人乃如许。操心危兮虑患深，半夜灯前泪如雨。
假如一笑得千金，不如嫁作良人妇。桃李不为当路花，芙蓉开向秋风渚。

乐 人

忽然一日逢张氏,便约终身不相弃。山可磨兮海可枯,生唯一兮死无二。
有如樗栎丛中木,忽然化作潇湘竹。又如黄鸟春风时,迁乔木兮出幽谷。
文君走马来成都,弄玉吹箫才几曲。不闻马上琵琶声,却在山头望夫哭。
去年春风还满房,昨夜月明还满床。行人一去不复返,不是江山歧路长。
前年犹惜金缕衣,去年不画深燕脂。今年今日万事已,鲛绡翡翠看如泥。
一女二夫兮妾之所羞,不忠于所事兮其将何求。
蛾眉皓齿兮乃妾之仇,不如无生兮庶几无尤。
喓喓草虫兮趯趯阜螽,靡不有初兮鲜克有终。
鸳鸯于飞兮毕之罗之,人间此恨兮消何时。
深山人迹不到处,病鸾敛翅巢空枝。

徐　铉(917—992)

月　真　歌

扬州胜地多丽人,其间丽者名月真。月真初年十四五,能弹琵琶善歌舞。
风前弱柳一枝春,花里娇莺百般语。扬州帝京多名贤,其间贤者殷德川。
德川初秉纶闱笔,职近名高常罕出。花前月下或游从,一见月真如旧识。
闱庭深院资贤宅,宅门严峻无凡客。垂帘偶坐唯月真,调弄琵琶郎为拍。
殷郎一旦过江去,镜中懒作孤鸾舞。朝云暮雨镇相随,石头城下还相遇。
二月三月江南春,满城蒙蒙起香尘。隔墙试听歌一曲,乃是资贤宅里人。
绿窗绣幌天将晓,残烛依依香袅袅。离肠却恨苦多情,软障熏笼空悄悄。
殷郎去冬入翰林,九霄官署转深沉。人间想望不可见,唯向月真存旧心。
我惭阘茸何为者,长感余光每相假。陋巷萧条正掩扉,相携访我衡茅下。
我本山人愚且贞,歌筵饮席常无情。自从一见月真后,至今赢得颠狂名。
殷郎月真听我语,少壮光阴能几许。良辰美景数追随,莫教长说相思苦。

赠浙西妓亚仙

翠黛顩如怨,朱颜醉更春。占将南国貌,恼杀别家人。
粉汗沾巡盏,花钿逐舞茵。明朝绮窗下,离恨两殷勤。

江舍人宅筵上有妓唱和州韩舍人歌辞因以寄

良宵丝竹偶成欢,中有佳人俯翠鬟。白雪飘飖传乐府,阮郎憔悴在人间。

清风朗月长相忆,佩蕙纫兰早晚还。深夜酒空筵欲散,向隅惆怅鬓堪斑。

许及之(1141—1209)

听刘念九丈二姬歌所和醉时歌明日亦次韵送似时已三鼓

边头幕府文书省,功名之心灰似冷。老去英雄髀生肉,功名之心死未足。
中原有土尚沦金,中原有民惟戴宋。天开地辟会有日,竹头木屑宁无用。
男儿信命人见嗤,命轻于山重于丝。未肯身同草木腐,径欲名与天壤期。
行藏我何有,交友勿复疑。躬行即吾道,归求有余师。
和气冲融自斟酌,荣枯不逐花开落。物理天时信有终,云虽出岫终归壑。
未须高卧百尺楼,未须紧束春秋阁。夫子适去还适来,无波古井生青苔。
我独不归何为哉,渴心已觉飞黄埃。长鲸未骑且扪虱,不妨随意芬浮杯。

薛居宝(1123—1180)

老妓自称汴京宫人泣而赠之

薄妆自叙老深宫,一曲悲歌听不终。黑发尚沾梁苑雪,素衣还带上林风。
残春柳叶萧条绿,破国桃花冷落红。收拾琵琶蹙眉黛,教人同在泪痕中。

杨冠卿(1138—?)

春雨未霁有载歌姬游道场山者

蒙蒙烟雨暗空山,骄马行春翠袖寒。待得春风卷云幕,却愁春色又阑珊。

铜 雀 妓

分尽余香空宝奁,罢临歌舞夜厌厌。清跸不传虚绣帐,洞房月在西陵上。
玉殿尘埃闲御仗,翠眉忍上平台望。宫车一去不复还,画罗金缕尚斑斑。

姚 勉(1216—1262)

钱 唐 吟

钱唐家家重生女,自小无人识机杼。教成歌舞十二三,花燕身材柳莺语。
去年学得琵琶成,今年学得弹秦筝。豪家巫辇明珠斛,来换绿珠入金谷。
启行小女肩舆来,亲情送别罗酒杯。拜辞父母登车去,欢喜出门不回顾。
亲恩无复雉将雏,儿意亦忘鸦反哺。阿婆八十泣送门,自怜终身无阿孙。
笑言阿婆不须泣,舟子乘潮渡江急。

虞俦(？—？)

诸公妓饮问政堂有诮予不来者借韵呈司户同志(其一)

广文官舍自萧然,好事何人与酒钱。惯伴诸生甘寂寞,倦从猧子醉妖妍。
静挥绿绮心逾适,渴饮门冬手自煎。畴昔东山怀雅尚,未须轻鄙笑臞仙。

诸公妓饮问政堂有诮予不来者借韵呈司户同志(其四)

孤游冷宦叹徒然,安得通神十万钱。南北阮家何似富,东西施子乃争妍。
歌筵怜我应无分,诗债忧君苦太煎。却忆金明年少事,春风得意醉群仙。

喻良能(1120—？)

大雪

山阴境中寒雪飞,山川明秀见应稀。严威不贷乘兴棹,余彩并入翻书帷。
黄竹应歌姬满曲,素花又舞谢庄衣。东郊薪者寒到骨,纵有狐裘那忍披。

曾巩(1019—1083)

霰淞

园林初日静无风,霰淞花开处处同。记得集英深殿里,舞人齐插玉笼鬆。

张镃(1153—？)

绍兴间国工胡伟琵琶擅称一时其徒豪兴得胡心传之妙今年七十二清健伎益精从容话故都事使人感叹因书小诗与之

半生繁会想梨园,醒耳秋风凤语弦。我亦秦关归未暇,故都休说汴河边。

赵鼎臣(？—？)

杨时可苏在廷家有声伎之奉而又俱为秋官属诸公方以诗请之余恨未尝识苏然时可邀使同赋故亦用此韵

文章华翰九天开,二妙同时在一台。高会竞看文阵合,后堂新许客星来。
评诗故自当归逊,在寝何容敢望回。已请杏花留一笑,不劳羯鼓横相催。

时可屡欲尝白酒会有客馈余因分以饷之既而惠诗讥酒器
之隘因复次深字韵为答时可新买舞鬟甚丽而尚稚故云

解摈先生空傥荡,草玄夫子独精深。谈诗亹亹心常折,使酒时时气颇侵。
欲炙已勤知子意,投醪虽俭盖吾心。端知皓腕如绵弱,故遣涓涓只细斟。

赵汝镗(1172—1246)

渔父四时曲·冬

六花坼冻云模糊,钓钩空掷寒无鱼。系舟枯柳归茅舍,拨火煨薪拥地炉。
赊邻一榼醅酸玉,老稚分沾春回谷。重来解维放夜筒,横风打向别港宿。
溪馆对雪歌妓围,釜出驼峰酒羔儿。笑指渔父何憔悴,渔父掉头但称醉。

赵　文(1239—1315)

邯郸才人嫁为厮养卒妇

鸳鸯异野鹜,凤凰非山鸡。物生各有偶,非偶不并栖。
昔为丛台人,今为圉者妻。亦知久当弃,无乃太不齐。
同时歌舞人,何异玉与泥。失身已至斯,违天将安归。
俯首只自羞,有声不敢啼。何缘梦到君王侧,彻夜不眠闻马嘶。

周必大(1126—1204)

金国贺正旦使副到阙紫宸殿宴致语口号

淳熙纪号过千龄,玉历今开第五春。北极天高乾象正,东郊风暖物华新。
瀌添化国融和日,律飨熙台鼓舞人。愿挹沧溟供寿酒,无躬无尽奉严宸。

周端臣(?—?)

白　虎　行

女修玄鸟开嬴始,附庸于周自非子。由襄浸强三十世,末命昭庄逾崛起。
杀降溅血长平坑,返戈尽篡天王城。黩兵不戢恃强大,物忌太盛终当倾。
邯郸贾人识奇货,发谋不惜千金破。窈窕尊前歌舞人,腹中已孕秦家祸。
怙势陵威奋余烈,怨气愁声九州裂。虎暴狼贪天使然,六国未灭嬴先灭。
天道何曾长助强,岂知用柔能胜刚。
君不见后来项羽战无敌,却使山河归汉王。

周　南(1159—1213)

十九日初程至青阳赵令尹遣妓出迎自至池不赴乐饮至此望见令却之

飘泊寒城两岁年,巧妆那记紫微篇。毛嫱不用惊飞鸟,买药韩休更可怜。

周文璞(？—？)

赠赵子野歌

与君虽为外兄弟,语话寻常见肝肺。自从不见半年余,每望吴云辄流涕。
蓣溪松江同一波,半年不见当奈何。长安市上相就处,弟能起舞兄能歌。
兄今赐第南薰殿,满戴宫花上林宴。弟归便著堕游冠,他时山中傥相见。
吴王台畔杨柳黄,吴姬对坐调丝簧。阿兄自对吴云坐,呼弟不来应断肠。
书来不应寄他物,只要秋林一双笛。当使蛮奴月下吹,此时此夜须相忆。

前代乐人或传说中的乐人

方　回(1227—1307)

七十翁吟七言十首(其五)

千古斯文未陆沉,夏因周继太骎骎。瓜分缪主玃郎学,灰烬阴传桧贼心。
江总不惭同北狩,锺仪何限尚南音。一龛花院伤前事,犹胜棺穿蔓草深。

葛立方(？—1164)

余赴官宫庠与道祖通判久聚乍散每有怀想作诗五十韵道二十余年出处寄呈

初拜清扬日,菰城荻始芽。家声璜出渭,骏气马生洼。
博识该三箧,宏才记五车。高明挈日月,文彩炫云霞。
结友方倾盖,连姻复附葭。凤軿银烛映,鸾扇彩云遮。
去作南阳别,俄成泽国赊。浚都先玉辔,潍水会仙槎。
我止邗沟第,君归雪水涯。粉关方弛檐,毳幕忽鸣笳。
茂苑依城堞,菁山隐嵖岈。林峦迷雾豹,鼓吹只池蛙。

宇宙焦先室,庖厨蔡樽茄。旋闻蒻蛇豕,却共注鱼虾。
经笥精蓝肄,辞锋试席夸。棘闱排胜阵,枫殿趁朝霞。
联籍攀丹桂,连名拟墨锅。枕溪同择胜,筑室共崇宭。
许迈通悬溜,何君住若耶。奇礓争磊砢,嘉卉斗纷葩。
风入黄芦浦,烟横白鹭沙。鹝舟行棹短,蚁酒酌尊污。
觅句文词竞,枰棋笑语哗。山深陪杖屦,林僻预瓜茶。
歌放卑王豹,琴闲鄙瓠巴。朝游趁奔鹿,暮宴起栖鸦。
溪上方霏屑,山阴遽及瓜。殿诃纷候吏,磬折拥晨衙。
踊跃良朋贺,睢盱野老呀。铜章轻掷置,银绶嗣荣加。
还与牛同皂,宁嗟凤在笯。归来齐靖节,隐去类祁嘉。
鸠堇功名会,膏粱释梵家。果因流菜叶,倏尔认桃花。
杜口伤鸣雁,持钩出睡蛇。少多临济棒,生死秘魔叉。
蔬食期羹芋,蓬心正倚麻。一朝牵吏鞅,琐质滥京华。
宫邸便清佚,官曹惧过差。学无裨稚骏,儒或变淫奢。
仰德劳心膂,陈情费齿牙。幸蒙鱼网细,数寄雁行斜。
凝望千岩阻,何因两桨拏。身修谁琢切,诗病孰疵瑕。
缩地今无费,移山第觅夸。愿怜鱼蓄榭,莫惜马频树。
骥尾终期附,牛鸣幸不遐。清标如会觌,羁旅失悲嗟。
悃幅烦青镂,凄凉倦绛纱。聊须哦短句,缄印锦溪砂。

何弃仲(?—?)

营 道 斋

儒行篇中有至论,书斋乡县两存存。南音楚国锺仪操,仁术函人孟氏言。
近信每随流水到,旧庐凝望度云屯。里非胜母泉君子,循取佳名睹圣门。

李 纲(1083—1140)

江行十首(其一)

理棹适江干,初欣眼界宽。日蒸江气白,风约橹声寒。
蒋诩谋新径,锺仪只旧冠。浮云休蔽日,直北是长安。

小　雨

小雨廉纤作晓寒,绕檐疏竹正檀栾。穷愁著论墨长湿,磊块浇胸杯未干。
庄舄显时犹越语,锺仪縶处亦南冠。百忧万感无时了,更赋新诗强自宽。

李　光(1078—1159)

雪中过盘石山寄刘季山

　　离家六十日,晴岚逐征鞍。已嫌狐裘重,渐喜绨縠单。
　　朅来古清湘,狂风卷涛澜。小市人寂寂,夜深雪漫漫。
　　谁知桂岭北,风雪如长安。明朝过盘石,仰见苍苍山。
　　上有千尺松,下有百丈滩。刘子方避谤,结茅寓其间。
　　却扫谢友朋,儿女俱团圞。南行敢踌躇,履险如惊湍。
　　我心本无虑,莫作拘囚看。肯学老锺仪,楚奏声嘶酸。

李正民(1073—1151)

和孙邦求(其二)

回首宣城一梦间,黄公垆畔记前欢。故交十载穷空谷,得路三人到广寒。
韩愈应须拜东野,锺仪未必困南冠。平津晚佩黄金印,稳步青云兴始阑。

连文凤(1240—?)

题金华方韶卿在雅堂

　　锺仪作楚奏,庄舄吟越声。土风固尔殊,心事终当明。
　　韶濩久不伦,刻复英与茎。正声何寥寥,淫哇鸣纵横。
　　世有知音人,恻恻闻若惊。抱器入河海,泯默怀幽贞。
　　掩泣望西狩,素王不复生。怆然鼓一曲,聊以舒此情。
　　一鼓草木震,再鼓山岳清。我耳非子期,顾我一再倾。
　　何当登斯堂,酌酒歌鹿鸣。

秋怀(其四)

　　漫漫秋夜长,夜长不能寐。抱琴出中庭,月影落在地。
　　一弹复再弹,声澹趣亦至。谁家筝笛声,纷纷乱人思。
　　音响何急促,忽忽无古意。嗟哉锺仪心,千古独憔悴。

刘 敞(1019—1068)

往得南岳玄猿特善啸立秋后风雨颇凉声尤清绝怜其山林之思为作七言

薄云疏雨湿风枝,衡岳猿啼忆此时。回首那无万里感,向人时作一声悲。锺仪故有南冠恨,庄舄犹多旧国思。车马纷纷九域客,路傍翻笑断肠为。

得汝州舍弟新诗

鲁人贵韶濩,海鸟眩以忧。岂不盛钟鼓,性违理自愁。
忆在田野时,终岁颇优游。食鱼出有车,夏葛冬亦裘。
弄翰不自量,著书望孔周。处身笑汲汲,视世良悠悠。
误及时君门,过缘名字求。轩冕非已好,簿书反自羞。
因欲饰所短,强为妻子谋。精神敝蹇浅,学殖谁劝修。
归卧常喟然,岁月屡以流。愧尔从军诗,气完语更遒。
岂独古人风,远与王粲俦。实为平生赏,若慰锺仪囚。
我年向四十,苍发已满头。箧中无寸书,磨灭悲蜉蝣。
念此可以惊,如何复淹留。昔买吴下田,颇闻利锄耰。
汝宦何时归,相与寻沧洲。处使有茅屋,出使有渔舟。
知命赞易篇,没身记春秋。但令文章显,不愧时俗偷。
世事非所了,咄哉无夷犹。

刘 黻(1217—1276)

寄 友

瘴云未免锺仪縶,夜雨应怜范叔寒。尚有慈闱年九十,空挥客泪落江干。

刘 宰(1166—1239)

再韵谢和章之辱

老人抱瓮真拙谋,五利多方无一仇。嗟予老矣盍倦游,犊鼻岂恤王孙羞。
舍西白鸟湛清流,舍东古木鸣蝉稠。晚风徐来月一钩,从渠飞鸢堕炎州。
君门有诏道阻修,饥来聊复撷芳柔。诸君行矣摅良筹,锺仪不虑南冠囚。
野人何自瞻前旒,所愿边封脱兜鍪。

米 芾(1051—1107)

贞娘墓歌

何不学仙冢累累,白杨西郭阴风悲。虎邱一叩贞娘墓,薜荔援墙委兰露。
千岁蒙茸几树花,夜飘鬼火晓啼鸦。向怜挟瑟弹清月,犹忆吹箫乘彩霞。
吴閶少年往来道,黛蛾钗燕谁能好。酒滴春云梦不消,泉声幽咽钟声老。
陌上行游缓缓归,昨日红颜今日非。东望阊闾穿葬处,玉凫将化湛卢飞。

苏 过(1072—1123)

志康得鱼或劝舍之诸公有诗议未判吾谁适从亦赋一篇

溪鱼有如缘木求,纵有琐细不受钩。我居恨不如江头,长江巨浪一苇游。
得鱼满船鲂鲤鲦,暮归献俘烹魁酋。迩来越吟思命驾,斋厨空无萍藻羞。
披抉泥沙穷涧陬,掇拾小鲜馔糗糇。三咽井上或可侔,先生道眼无全牛。
虚心触物如虚舟,独未辟谷师留侯。手持巨饵安所投,弹铗时有冯驩忧。
南音不变锺仪囚,朝齑暮盐意则悠。渠肯嗜杀对血流,欲引西江盖无由。
升斗小惠不知赒,吾言非夸亦非偷。
一饱等是充饥喉,暴殄天物神所不,杜陵有诗请君讴。

送参寥师归钱塘

我先大夫东南游,六年云水穷抉搜。吹嘘人物到方外,伯乐未忍轻骅骝。
老师一见心相投,气味要是同薰蕕。尘埃岂解埋珠玉,自有宝气干斗牛。
作诗为文尽余事,劲节凛凛横九秋。俗子欲交辄掉头,我友天下第一流。
虽遭谤骂不少避,年世久已同浮沤。我昨南来自炎州,师亦方解锺仪囚。
握手流涕古汴沟,生死骨肉我未瘳。众人见弃谁相休,累然独处空山幽。
忽闻剥啄师唤我,洒扫茅堂三日留。行行吴越有旧隐,明年当泛西湖舟。
赠言乃是朋友义,敢效儿女空绸缪。夜光明月宜自收,虎文豹缬非身谋。

苏 轼(1037—1101)

正辅既见和复次前韵慰鼓盆劝学佛

稚川真长生,少从郑公游。孝章偶不死,免为文举忧。
余龄会有适,独往岂相攸。由来警露鹤,不羡撮蚤鹩。

愿加视后鞭,同驾躅空辀。宁餐堕齿堇,勿忆齐眉羞。
何时遂纵壑,归路同首丘。东冈松柏老,西岭橘柚秋。
著意寻弥明,长颈高结喉。无心逐定远,燕颔飞虎头。
君方卒功名,一泛范蠡舟。我亦沾濡渥,渐解锺仪囚。
宁须张子房,万户自择留。犹胜嵇叔夜,孤愤甘长幽。
南窗可寄傲,北山早归耰。此语君勿疑,老彭跨商周。

又次韵二守同访新居

此生真欲老墙阴,却扫都忘岁月深。拔薤已观贤守政,折蔬聊慰故人心。
风流贺监常吴语,憔悴锺仪独楚音。治状两邦俱第一,颍川归去肯重临。

孙 觌(1081—1169)

徙寓妙觉佛舍胥乂民襆被相过赋夜坐

客居厌穷独,蓬艾翳环堵。庄舃尚越吟,锺仪犹楚语。
吾人有奇操,空洞见城府。相逢逆旅中,雾豹初一睹。
拘图赋囚山,避谤憎市虎。褰裳肯顾我,崖峤走风雨。
微吟对清夜,破此五月暑。坠露挹金茎,空花堕犀麈。
孤灯映笼纱,泠滟翳复吐。耿耿遂不眠,逢逢听晨鼓。

汪元量(1241—1317)

幽州雪霁翰林诸公分韵得明字

寒雪初晴冷气清,地炉火活渐春生。懒骑□□□人户,满酌肥羔朝帝京。
屋破玉川贫亦乐,□□□坞贵何荣。道心自得锺仪趣,一操南音□□□。

王安石(1021—1086)

次韵酬子玉同年

盛德无心漠北窥,蕃胡亦恐势方赢。塞垣高垒深沟地,幕府轻裘缓带时。
赵将时皆思李牧,楚音身自感锺仪。惭君许我论边锁,俎豆平生却少知。

魏　野(960—1020)

淳化五年秋八月二十四日巨鹿魏野江东僧用晦赵郡李识登解城琅琊王衢命联句诗一章凡六十四句请题于是

危城闲登临，秋色际空碧。四顾廓且平，万虑忽然释。
精诚日月暗，旷达天地窄。壮节但孤耸，愤气欲四射。
盐穴狂风号，峭壁浓岚滴。胆气高虚空，眼目无疆域。
幽耳如洗濯，刚肠若刳剔。高谭俗不闻，嘉句景来索。
四时归牢笼，万象在咫尺。山势出嵩华，地界连虞虢。
意脱喧卑场，神入清虚宅。千峰如聚拳，万木同森戟。
白云闲不动，飞鸟忽相逆。平莎类茵褥，远籁当琴瑟。
定交心欲剖，言利口难擘。不作蔽日云，愿为补天石。
道在乐诗书，时平偃金革。笑傲得良朋，狂散绝劲敌。
笔功压班输，酒肠欺乌获。逸思骤雨倾，欢情湍水激。
玄门匪防御，学海讵沉溺。实果间酒巡，邻谷和歌拍。
头鄙锺仪冠，足爱谢公屐。静胜贯兵法，默论通禅寂。
聚散伤轮蹄，兴亡悲简册。回飙激吟魂，长空挂醉魄。
泉石无荣枯，尘埃自休戚。鸟道晚采樵，人家晴种麦。
暮野牛羊杂，重虚鹰隼击。涿鹿树围青，盐池霞照赤。
画牛羡山相，狎鸥怜海客。古人何卑屑，束缚于名迹。

文天祥(1236—1283)

己卯十月五日予入燕狱今三十有六旬感兴一首

石晋旧燕赵，锺仪新楚囚。山河千古痛，风雨一年周。
过雁催人老，寒花送客愁。卷帘云满座，抱膝意悠悠。

俞德邻(1232—1293)

吴郡斋遣怀

斋居苦无惊，散屦步芳圃。花柳度暖风，莓苔滋宿雨。
叠嶂隐檐牙，幽禽哢林莽。池光瓦蔽亏，日气石吞吐。

迥眺觏层城,狂歌隘天宇。倏欢景已流,俄思愁复聚。
楚奏锺仪悲,越吟庄舄苦。人情异穷达,土思渺今古。
信美非吾乡,归心属兰杜。

陪赵明叔侍御游茅山次韵二首(其一)

夷言卫侯说,土风锺仪操。百年等逆旅,南北俱劳劳。
何如事幽讨,杖藜舒郁陶。上山拾瑶草,下山折薆茅。
寻我烟霞朋,缔此金石交。胡然自局趣,顾影悲系匏。
归去来山中,山中有松醪。

宇文虚中(1079—1145)

上乌林天使三首(其一)

平生随牒浪推移,只为生民不为私。万里翠舆犹远播,一身幽圄敢终辞。
鲁人除馆西河外,汉使驱羊北海湄。不是故人高议切,肯来军府问锺仪。

岳　珂(1183—?)

张长史春草三帖赞

夔作八音,茎𪯎咸云。娄辨五色,朱紫玄纁。
伟绝艺之天成,随所施而冠群。既运斤而荐巧,亦端委而长身。
或有若而阙里,或蔡邕而虎贲。是其同者体,而不同者神。
藻绘既后素,笙镛无夺伦,夫是之谓宝真。

曾　丰(1142—?)

上浙东帅王尚书

太古牺娲氏,创为琴与笙。氤氲甽混沌,噢咻擘冥荃。
合气归三律,分音丽五行。未歌先协律,无韵不成声。
曲度初焉刊,诗机浸以萌。朝廷风化洽,里巷颂声盈。
玄鸟三夫倡,卿云百辟赓。口姑随所发,心自得其平。
三代德为政,四诗词见情。擎收归礼义,点检中章程。
传久宁无杂,删多亦已精。王通续似赘,束晳补疑赢。
圣事难为僭,时名可与争。遒人中旷绝,乐府四纷更。
体变从苏李,枝分入逊铿。春容七字律,挺拔五言城。

老杜收全气,新功集大成。统经唐末乱,派转国初清。
欧定圣俞价,苏成山谷名。江西容入社,天下指为荣。
顾我耽余习,如今费半生。闲中无益作,醉里不平鸣。
改罢令儿诵,吟成唤客评。槁肝随血呕,枵腹欠书撑。
乱稿囊成瘿,狂题壁被黥。扪心终鹿鹿,掩俗强铮铮。
要得谁然否,能为我重轻。宗风晋王导,诗学汉匡衡。
废食毛锥子,忘年墨客卿。风骚潜出入,古律恣纵横。
造化随机掇,江山与笔撄。千年传有嫡,四海敌无勍。
妙韵驱三籁,徽音逼六罂。何当被金石,直可荐宗祊。
宿杰饶先驾,新英听主盟。闻韶醒耳阒,慕蔺倒心旌。
伛偻循涯进,殷勤曳屣迎。观天醮瓮坐,持斧郢门呈。
鱼未经烧尾,龙犹要点睛。金箆轻发膜,银海骤增明。
肯作招风木,甘为附骥虻。龙门难得到,玉府不妨倾。
乞我无嫌富,山岩可以盛。

张　嵲(1096—1148)

秋　怀

前山跻暮气,虚檐纳轻阴。沉疴稍轻体,徐步望遥岑。
沆寥天宇净,斐亹秋云深。原野旷萧条,岗阜何崎嵚。
微霜被群物,悴叶声萧森。游鳞奔巨壑,翔鸟候穹林。
结念非一端,滞思纷相寻。伊昔抱微尚,夙怀尘外心。
风波一震荡,飘流安可任。廉颇思赵土,锺仪怀楚音。
往愤既切古,来忧方在今。安排谅訾言,委顺亦虚襟。
由来穷达士,万古同堙沉。聊申凄断意,持和双南金。

胡　妓

曹　勋(1098—1174)

胡姬年十五

胡姬年十五,媚脸明朝霞。当垆一笑粲,桃叶映桃花。

王孙停宝马,公子驻香车。学歌装翡翠,看月弄琵琶。
不顾金吾子,谁看白鼻騧。

陈　造(1133—1203)

次韵梁教章宰喜雪(其三)

平时豪饮兴,人议老羌渴。骏蹄就康庄,中有溪涧遏。
俯仰三十年,仅作扶病活。乐事生无几,造物忍见夺。
谢安晚多感,正赖箫鼓聒。胡姬卖酒地,缅想不容谒。
即今少年梦,尚苦法士孽。两君诗酒豪,将坛最阀阅。
左顾得投辖,胜谭看吐屑。雪天仆为更,盘饭鲜粗割。
共怜后山穷,块处但禅说。一饱共此客,矜向邻里说。
问疾不厌频,他费尚可节。官涂计离合,江海浮一叶。
别期后归燕,光阴等消雪。

黎廷瑞(1250—1308)

禽言四首(其四)

提壶卢,沽美酒,烹肥羚,剪新韭。
琵琶胡姬玉纤手,清歌袅袅莺啭柳,尊前劝我千万寿。
君不见东家逃亡西家走,惟我台上集亲友。
明日得似今日否,酒尽无尽尽再沽。
唤仆夫,提壶卢。

刘　敞(1019—1068)

听女奴弹胡琴

女奴能为马上曲,一弹一弹复一弹。我醉已眠都不醒,半天落月微霜寒。

苏　轼(1037—1101)

和蔡景繁海州石室

芙蓉仙人旧游处,苍藤翠壁初无路。戏将桃核裹黄泥,石间散掷如风雨。
坐令空山作锦绣,倚天照海花无数。花间石室可容车,流苏宝盖窥灵宇。

何年霹雳起神物,玉棺飞出王乔墓。当时醉卧动千日,至今石缝余糟醨。
仙人一去五十年,花老室空谁作主。手植数松今偃盖,苍髯白甲低琼户。
我来取酒酹先生,后车仍载胡琴女。一声冰铁散岩谷,海为澜翻松为舞。
尔来心赏复何人,持节中郎醉无伍。独临断岸呼日出,红波碧巘相吞吐。
径寻我语觅余声,拄杖彭铿叩铜鼓。长篇小字远相寄,一唱三叹神凄楚。
江风海雨入牙颊,似听石室胡琴语。我今老病不出门,海山岩洞知何许。
门外桃花自开落,床头酒瓮生尘土。前年开阁放柳枝,今年洗心归佛祖。
梦中旧事时一笑,坐觉俯仰成今古。愿君不用刻此诗,东海桑田真旦暮。

送司勋子才丈赴梓州

别日已苦迫,见日未可期。曷不惜此日,相从把酒卮。
人生初甚乐,譬若枰上棋。纵横听汝手,聚散岂吾知。
胡为复嗟叹,实恨相识迟。念昔非亲旧,闻名自童儿。
不见常隐忧,见之百忧披。相从未云几,别泪遽已垂。
有如云间鹤,影过落寒池。举头已千里,可见不可追。
我本蜀诸生,能言公少时。初为成都掾,治狱官苦卑。
高才绝伦辈,邦伯忘等夷。是时最少年,白晳未有髭。
风流能痛饮,敏捷好论诗。勇于鞲上鹰,不啻囊中锥。
去蜀曾未久,得县复来眉。簿书纷满前,指画涣无疑。
一年吏已服,渐能省鞭笞。二年民尽信,不复烦文移。
三年厌闲寂,终日事桐丝。客来投其辖,醉倒不容辞。
至今三十年,父老犹嗟咨。东川晚乃至,观者塞路岐。
但见东人喜,不知西人悲。如今又继往,人事亦可奇。
嗟此信偶然,或云数使之。王城多高爵,要路人争驰。
公来席未暖,去不渐晨炊。屡为蜀人得,毋乃天见私。
吾徒本学道,穷达理素推。况为二千石,所至可乐嬉。
细思为县日,宾友存者谁。或终卧茅屋,或去悬金龟。
或已登鬼籍,墓木如门楣。感时何倏忽,抚旧应涕洟。
紫绶著更好,红颜蔚不衰。权奇玉勒马,阿那胡琴姬。
逢人可与乐,慎勿苦相思。

汪元量(1241—1317)

夷山醉歌(其一)

楚狂醉歌歌正发,更上梁台望明月。朔风猎猎吹我衣,绝代佳人皎如雪。
捶羯鼓,弹箜篌,烹羊宰牛坐糟丘,一笑再笑扬清讴。
遥看汴水波声小,锦棹忘还事多少。
昨日金明池上来,艮岳凄凉麋鹿绕。麦青青,黍离离,万年枝上鸦乱啼。
二龙北狩不复返,六龙南渡无还期。金铜泪迸露盘湿,画阑桂柱酸风急。
鸠居鹊构苍隼入,蛇出燕巢白狐立。东南地陷妖氛黑,双凤高飞海南陌。
吴山日落天沈沈,母子同行向天北。关河万里雨露深,小儒何必悲苦辛。
归来耳热忘头白,买笑挥金莫相失。
呼奚奴,吹觱篥,美人纵复横,今夕复何夕。
楚狂醉歌歌欲辍,老猿为我啼竹裂。

官廷乐人与乐官

晁补之(1053—1110)

芳 仪 怨

金陵宫殿春霏微,江南花发鹧鸪飞。风流国主家千口,十五吹箫粉黛稀。
满堂侍酒皆词客,拭汗争看平叔白。后庭一曲时事新,挥泪临江悲去国。
令公献籍朝未央,敕书筑第优降王。魏俘曾不输织室,供奉一官奔武强。
秦淮潮水钟山树,塞北江南易怀土。双燕清秋梦柏梁,吹落天涯犹并羽。
相随未是断肠悲,黄河应有却还时。宁知翻手明朝事,咫尺人生不可期。
苍黄三鼓滹沱岸,良人白马今谁见。国亡家破一身存,薄命如云信流转。
芳仪加我名字新,教歌遣舞不由人。采珠拾翠衣裳好,深红退尽惊胡尘。
阴山射虎边风急,嘈杂琵琶酒阑泣。无言遍数天河星,只有南箕近乡邑。
当时千指渡江来,同苦不知身独哀。中原骨肉又零落,寄诗黄鹄何当回。
生男自有四方志,女子那知出门事。
君不见李君椎髻泣穷年,丈夫飘泊犹堪怜。

陈 棣（？—？）

送李明甫召除奉常簿

睿主临轩达四聪，皎如丽日明高穹。倾葵发蔀烛幽隐，熙然万物还春风。
鼎新百度跻时雍，西垣东省罗鹓鸿。锋车趣召无虚日，高阳才子咸登庸。
古桃小垒江之东，迩来庆事何其丰。使君已秉螭坳笔，尺一于今召我公。
我公智略真夔龙，剑佩合侍明光宫。升平雅乐欲大备，暂借笔管调笙钟。
奉常地峻位望隆，不与列棘监寺同。文传章句群经外，器识镈于众乐中。
不愿封侯食万钟，不羡乘云游樊桐。羡公此行登仙去，蜚声直上彻九重。
上方更化归醇酨，论思献纳宜春容。凝疏若访草茅士，余论无忘采菲葑。

王安中（1076—1134）

宣和七年九月二十三日睿谟殿赏橘曲燕诗

赤伏符兴运，长生帝应期。骏功光祖考，大道仰君师。
皇极三才建，春台四海熙。高高天辅德，荡荡物由仪。
政叶阴阳叙，恩均雨露施。机缄神不测，橐籥化无私。
黄道星循轨，璇玑日转规。农祥朝自正，膏泽夜还滋。
耕首天田稼，蚕先茧馆丝。云谁知帝力，初弗夺民时。
嘉种今仍降，来牟此独贻。上方轻赋敛，人益劝耘耔。
陆播颜宁汗，溪秧手任龟。雨旸常不过，高下两俱宜。
垄静无稂莠，场登足秬秠。地腴从再易，仓富必千斯。
已觉饶储偫，何妨饱滞遗。滴珠香社酿，春玉滑晨炊。
廪廥连淮上，帆樯塞汴湄。人和通觖觰，家积等京坻。
岁事丰如此，天心喜可知。肃霜时既届，夷则律初吹。
坐弛输边粟，先共飨帝粢。遂蠲阳馆荐，将迓泰坛禧。
要与民同乐，还开宴示慈。紫清三境邃，玉府九重披。
仙掌擎霄露，宫楼上晓曦。明河临睥睨，魁斗下罘罳。
鳌负蓬莱殿，鲸喷太液池。隔城花隐隐，夹路竹猗猗。
帝所迷从向，壶中入并随。睿谟深宝构，延福表云楣。
象纬层霄逼，堪舆一气移。风帘珠的皪，霜瓦碧参差。

流步来清跸,飘香度赤墀。袍光明霁色,扇影弄凉飔。
御坐花巾拥,云韶紫袖垂。仙音锵杳眇,颢气变融怡。
师保周兼召,钧衡稷与夔。万几当暇豫,一笑奉畴咨。
介弟荣华鄂,多男茂本支。维城扶庆运,联璧秀英姿。
嘉橘争先睹,瑰橙复共持。琼浆封盎盎,金弹间累累。
禹服分三壤,湘江接九嶷。移根来上苑,荐瑞自柔祇。
托质依天眷,怀馨脱海涯。生成因道荫,造化岂人为。
严靓侔衣鞠,鲜浓类染栀。阳乌飞啄卵,崖蜜熟凝脾。
不数千头富,应容四老嬉。桃嗤西母献,萍辨楚人疑。
沆瀣泞凉叶,琅玕折晓枝。雾霏先噗鼻,香润已熏肌。
君赐来相续,皇恩厚不赀。觞行筵秩秩,乐阕漏迟迟。
户响铿铜兽,庭阴过玉螭。画廊寻宛转,杂佩步逶迤。
预许留关钥,重升促履綦。再中占汉日,八彩望尧眉。
器宝森罗列,虹辉粲陆离。截肪传盏斝,盈尺捧舟彝。
碧落天之秘,蓝田地所奇。连城宁复贵,旷代未尝窥。
冰莹玻璃瓮,云承翡翠卮。万丝萦玛瑙,五色碾琉璃。
起立纷行缀,环观略等衰。欢惊溟渤隘,饮兴岱嵩卑。
御手飧频辍,宫瓶酒屡酾。翠钿来婉娈,珠袂列葳蕤。
阆苑花常烂,姑山物不疵。流莺歌缓缓,么凤舞僛僛。
别按新传曲,仍听绝妙词。共看宾醉止,那问夜何其。
莲炬光相属,星联弁欲欹。酡颜回紫闼,归路跃金羁。
讴咏声盈耳,铺张说解颐。肇从书契数,卓冠简编推。
天纪承轩后,河图受宓羲。文心仍翼翼,舜善益孳孳。
圣治宁人继,淳风邈古追。飞轮诸福至,投札九州驰。
震叠汤声赫,威怀武烈丕。款金符誓牧,篆鼓兆蒐岐。
神力天山箭,祥飙太一旗。燕云恢北落,灵夏慑西陲。
曩岁蒙推择,新邦往抚绥。宸篇丽云汉,儒服拥旌麾。
乘鄣逾千里,留屯阅再期。丹衷忘险阻,白首分捐糜。
井邑今安业,衣冠颇变夷。买牛从汉吏,牧马绝胡儿。

田熟营平老,兵休定远疲。钧天犹梦到,魏阙倏来思。
紫诏遄三节,红尘踏九逵。载前宣室席,复侍迩英帷。
饮御陪胥乐,勤归独念兹。喜沾鱼藻惠,许赋柏梁诗。
愧乏凌云笔,徒倾向日葵。扬休称万寿,永御太平基。

王　珪(1019—1085)

宫词(其五二)

御案横金殿幄红,扇开云表露天容。太常奏备三千曲,乐府新调十二钟。

唐　明　皇

陈允平(?—?)

明皇按乐图

日日霓裳宴彩楼,三千歌粉侍宸旒。月明宫殿双龙伏,云拥箫韶九凤游。
翠袖半笼金约臂,宝钗斜坠玉搔头。不知舞到弓弯处,一拍春风一拍愁。

方　回(1227—1307)

唐　明　皇

突虎冲蛇献荔枝,冰皴雾瘴覆全师。艳妃有弟堪为相,叛将无君憯不知。
嗣后已成灵武篡,旧臣空复曲江思。太平可似花开易,羯鼓三声唤得来。

方一夔(?—?)

李伯时明皇按乐图

开元天子方承平,年年十月游华清。游龙烂簇五家锦,玉奴姊妹俱倾城。
太常旧谱看不足,斗鸡舞马浑粗俗。霓裳一阕天上来,三郎自按新翻曲。
贺老琵琶先定场,都昙击鼓齐高张。绣帽金童小垂手,堂上合奏甘伊凉。
胡儿大眼何曾见,来箙膝前双舞旋。天颜有喜分塞酥,宫花衔出昭阳殿。
龙眠老手落贵家,忽入老眼凭叹嗟。尚嫌却后欠二笔,不写渔阳鸣鼓挝。
人生欢乐如风影,自古极衰根极盛。后来倘有曲江公,此图合作千秋镜。

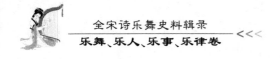

葛秋崖(?—?)

唐明皇游月宫

秦汉求仙事已非,等闲却遇月中妃。如何不觅长生药,只记霓裳一曲归。

郭祥正(1035—1113)

明皇十眉图

明皇逸事传十眉,正是唐家零落时。霓裳曲调虽依旧,阿蛮终不似杨妃。
画工貌得非无意,欲使流传警来世。翠翘红粉尚争春,隐约香风起仙袂。
六龙真驭竟何之,泰陵荒草长孤狸。空将妙笔劝樽酒,醉觉人间万事非。

黄　庚(?—?)

明皇杨妃图

君王拥袖倚娇容,指法相同曲亦同。料想马嵬千古恨,当年已寓笛声中。

明皇按乐图

一曲霓裳舞太真,谁知鼙鼓动胡尘。当时若按周姬乐,治世音中无乱人。

题明皇按乐图

五凤楼前沸管弦,春宵花暖月娟娟。纤腰舞到霓裳曲,惊起猪龙地上眠。

李　彭(?—?)

唐明皇夜游图

开元御极垂衣裳,登三咸五凌羲皇。白环重译银瓮出,卜夜遨游离未央。
香车斗风秦与虢,罗帕覆鞍真乘黄。赭袍错落缀北斗,步辇优游含缕觞。
宁王玉笛上霄汉,御路花光争月光。汝阳羯鼓绢帽稳,打彻参旌低建章。
太真沾醉玉欹侧,力士传呼声渺茫。翠钗挂冠红粉妆,金貂贳酒白面郎。
君臣玩狎乐莫比,清禁喜闻宫漏长。若令姚宋坐庙堂,袖中谏疏神扬扬。
万里桥边行幸处,后世龟鉴怀苞桑。

林希逸(1193—1271)

和后村明皇按乐图歌

芙蓉帐暖春觉迟,玉笛真人恣荒嬉。弄权宰相杨与李,老奴将军专北司。

延秋门外目未睹,宫中但教霓裳舞。薛王沉醉寿王醒,天公自击催花鼓。
锦鸡索斗金笼疏,宝马登床伶走趋。只愁海棠睡不足,肯信渔阳有反书。
青娥阿嬷发种种,海上依然髻斜拥。游魂血污纵得归,不伴君王行蜀陇。
周郎此笔妙殊常,琛台初见惜匆忙。重来把玩转烛许,十年去我春堂堂。
按图雅欲谈遗事,西墅无人谁考异。少公锦卷长公题,共说少公各挥泪。

明皇听笛图

寿王妃弄宁王笛,对面三郎背老伶。却恨马嵬西去路,无人吹出雨霖铃。

刘克庄(1187—1269)

明皇按乐图

莺啼花开春昼迟,掖庭无事方邀嬉。广平策免曲江去,十郎谈笑居台司。
屏间无逸不复睹,教鸡能斗马能舞。戏呼宁哥吹玉笛,催唤花奴打羯鼓。
南衙群臣朝见疏,老伶巨珰前后趋。阿瞒半醉倚玉座,袖有曲谱无谏书。
金盆皇孙真龙种,浴罢六宫竞围拥。惜哉傍有锦绷儿,蹴破咸秦跳河陇。
古来治乱本无常,东封未了西幸忙。辇边贵人亦何罪,祸胎似在偎月堂。
今人不识前朝事,但见断縑妆束异。岂知当日乱离人,说著开元总垂泪。

陆文圭(1250—1334)

跋明皇贵妃并马图

声残玉笛梨花月,笑指骊泉浴香雪。宣来天驷玉花骢,醉傲金勒摇东风。
阿环并辔微相顾,一点芳心倩莺诉。五溪老奴侍鞍侧,招摇先入华清路。
行幸东西春复秋,那知忧乐两相酬。朝元警跸犹清道,胡马长嘶出蓟幽。
猿声霜冷巴山晓,锦袜遗香清渺渺。南内凄凉稀进御,海云空阔蓬莱小。
泪湿花容春雨余,纵有丹青画不如。

钱惟演(962—1034)

明　　皇

山上汤泉架玉梁,云中复道拂瑶光。丝囊暗结三危露,翠幰时遗百和香。
枉是金鸡亲便坐,更抛珠被掩方床。匆匆一曲凉州罢,万里桥边见夕阳。

宋　无(1260—?)

明皇卧吹箫图

珊瑚枕上玉箫横,一曲霓裳万里行。漫道九重宫殿远,几曾掩得外边声。

汪元量(1241—1317)

明　皇　庙

三郎幸蜀大琅珰,夜雨闻铃欲断肠。遗庙至今香火闹,女巫调笑舞霓裳。

徐秋云(?—?)

题　明　皇

太平风月属三郎,羯鼓声高思转长。天子锦缠娱虢国,贵妃音律教宁王。人归巫峡山容在,花落温泉水更香。谁信蓬莱青鸟使,回来无语怨渔阳。

俞德邻(1232—1293)

题明皇卧吹箫图二首(其一)

羯鼓催花事已奇,一枝媚玉卧犹吹。何如端拱岩廊上,九奏箫韶付一夔。

题明皇卧吹箫图二首(其二)

吹断箫声禁漏迟,华胥一枕梦醒时。梨花院落沉沉静,更有人偷玉笛吹。

赵汝镶(1172—1246)

明　皇

初年不是不聪明,勤政开元致太平。一曲羽衣妃子进,三朝锦褓禄儿生。眼干蜀道山川泪,胆碎渔阳鼙鼓声。祸福兴亡皆自取,信知女色解倾城。

赵　文(1239—1315)

太真入宫图二首(其一)

未舞霓裳宝髻斜,流苏帐里再盘鸦。君王细看春风面,终是香云减一些。

明皇游月宫歌

铁龙一掷九万里,银桥冉冉行秋水。霓裳不是世间音,只有嫦娥似妃子。恍然一梦酒初醒,依然玉座云母屏。明朝写出天上曲,却笑羯鼓羊皮腥。人间万事如秋草,离别苦多欢乐少。崎岖万里锦官城,此身曾作银桥行。

周紫芝(1082—?)

明皇羯鼓图

禁籞莺声外,天袍拥御黄。曲名翻荔子,春苑绕沉香。
白雨花奴手,风鬟舞马床。向来歌吹地,何处是渔阳。

乐　事

宫廷音乐活动

曹　勋(1098—1174)

端午帖子九首(其一)

非烟苒苒上宫云,嘉木团团午影分。玉案琴书供燕适,五弦清韵助南薰。

端午帖子九首(其四)

日华露重疏疏竹,宝砌风回楚楚松。酪粉冰壶驱薄暑,瑶琴永日得从容。

德寿春帖子八首(其三)

卷帘康寿丽朝曦,经卷龙香昼漏迟。闲暇瑶琴成雅奏,和风吹入万年枝。

崔敦诗(1139—1182)

淳熙六年端午帖子词·皇帝阁六首(其二)

兰气浮丹殿,槐阴被紫宸。薰琴多在御,挥拂寄深仁。

淳熙七年春帖子·光尧寿圣宪天体道性仁诚德经武纬文太上皇帝阁六首(其六)

一气暗随鸾辂动,万祥给会衮衣朝。康衢歌吹东风里,满听儿童善祝尧。

淳熙八年端午帖子词·太上皇帝阁六首(其二)

濯濯风涵柳,英英露泻荷。微凉无限意,分付舜弦歌。

淳熙八年端午帖子词·太上皇后阁六首(其六)

万年枝下绿阴长,拂石时来坐晚凉。别殿笙歌催宴早,千门铺月静焚香。

淳熙八年春帖子词·太上皇后阁六首(其三)

春夕慈闱永,瑶池乐未央。管弦声合奏,灯月影交光。

淳熙八年春帖子词·太上皇后阁六首(其六)

有象升平属好春,九衢歌舞乐芳辰。濯龙门外车如水,应笑豪华汉外亲。

邓润甫(1027—1094)

春 帖 子

晨曦潋滟上帘栊,金屋熙熙歌吹中。桃脸似知宫宴早,百花头上放轻红。

韩 维(1017—1098)

春帖子皇帝阁六首(其五)①

晴日渐消宫瓦雪,和风微散御炉烟。千官拜舞皇恩罢,彩胜金幡下九天。

春帖子皇帝阁六首(其六)②

早莺啼滑知寒薄,午马休迟觉昼长。四海欢康几务暇,箫韶时奉万年觞。

太皇太后阁六首(其二)③

镂成宝字题宫户,剪出名花趁御筵。人世不知春色早,忽惊歌吹下中天。

太后阁六首(其五)④

彩仗朝来散玉京,绮窗新网结初晴。静呼宫女教调曲,闲引皇孙看学行。

太后阁六首(其六)⑤

九奏清新称玉琤,八珍和旨奉兰羞。须知天子娱亲意,不为乘春事燕游。

太后阁四首(其一)⑥

腊雪余香径,朝晖上绮甍。翠生兰蕙色,和入管弦声。

---

① 赵湘《皇帝阁春帖子(其一)》内容与此诗相同,不再重复收录。
② 赵湘《皇帝阁春帖子(其二)》内容与此诗相同,不再重复收录。
③ 赵湘《太皇太后阁春帖子(其一)》内容与此诗相同,不再重复收录。
④ 赵湘《太皇太后阁春帖子(其五)》内容与此诗相同,不再重复收录。
⑤ 赵湘《太皇太后阁春帖子(其六)》内容与此诗相同,不再重复收录。
⑥ 赵湘《夫人阁春帖子(其一)》内容与此诗相同,不再重复收录。

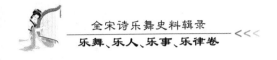

洪咨夔(1176—1236)

端平三年春帖子词·皇帝阁(其一)

和凤东风转,携龙北斗回。人间遒铎振,天上兽樽开。

胡　宿(995—1067)

妃阁春帖子(其三)

音官始奏融风至,御水初传晓冻开。寒漏催将仙腊尽,春旗飞入贵宫来。

皇帝阁端午帖子(其一一)

九霄嘉节重端辰,命缕灵符粲宝文。虞舜无为心自正,五弦琴上奏南薰。

夫人阁端午帖子(其二)

天家饶物采,华节有光辉。明月裁歌扇,轻霞翦舞衣。

夫人阁端午帖子(其六)

鱼龙曼衍夸宫戏,湘庐浮沈炫水嬉。齐上圣皇千万寿,飘然仙乐在瑶池。

夫人阁端午帖子(其八)

续命由来宜彩缕,辟邪相向佩灵符。夏钧调乐长生酒,岁岁宫中祝圣图。

夫人阁端午帖子(其九)

宫中应节垂金缕,天上迎祥捧玉卮。更奏开元羽衣曲,年年长愿侍瑶池。

姜　夔(1155?—1208)

戊午春帖子

晴窗日日拟雕虫,惆怅明时不易逢。二十五弦人不识,淡黄杨柳舞春风。

李清照(1084—?)

端午帖子·夫人阁

三宫催解粽,妆罢未天明。便面天题字,歌头御赐名。

刘才邵(1086—1157)

立春内中帖子(其四)

瑞气笼春宫殿高,天官仙乐奏云璈。欲知圣寿无疆处,王母千回献碧桃。

卢 秉(？—1092)

宫词十首(其一〇)①

落絮蒙蒙立夏天,楼前槐影叶初圆。传闻紫殿深深处,便有薰风入舜弦。

梅尧臣(1002—1060)

答韩三子华韩五持国韩六玉汝见赠述诗

圣人于诗言,曾不专其中。因事有所激,因物兴以通。
自下而磨上,是之谓国风。雅章及颂篇,刺美亦道同。
不独识鸟兽,而为文字工。屈原作离骚,自哀其志穷。
愤世嫉邪意,寄在草木虫。迩来道颇丧,有作皆言空。
烟云写形象,葩卉咏青红。人事极谀诡,引古称辨雄。
经营唯切偶,荣利因被蒙。遂使世上人,只曰一艺充。
以巧比戏弈,以声喻鸣桐。嗟嗟一何陋,甘用无言终。
然古有登歌,缘辞合徵宫。辞由士大夫,不出于瞽蒙。
予言与时辈,难用犹笃癃。虽唱谁能听,所遇辄喑聋。
诸君前有赠,爱我言过丰。君家好兄弟,响合如笙丛。
虽欲一一报,强说恐非衷。聊书类顽石,不敢事磨砻。

欧阳修(1007—1072)

春帖子词·皇帝阁六首(其四)

玉琯气来灰已动,东郊风至晓先迎。乾坤有信如符契,草木借知但发生。

春帖子词·夫人阁五首(其四)

微风池沼轻渐漾,旭日楼台瑞蔼浮。四海欢声歌帝泽,万家春色满皇州。

端午帖子词·皇帝阁六首(其三)

舜舞来遐俗,尧仁浃九区。五兵消以德,何用赤灵符。

---

① 杨皇后《宫词(其二一)》内容与此诗大致相同,不再重复收录。

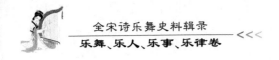

彭汝砺（1042—1095）

次韵履中学士宴集英殿

衮衣玉色殿中央,簪佩参差万翼张。和气每窥天一笑,晬容时见日重光。
九成乐奏蓬山近,百和香焚黼座傍。鱼跃鸟飞应自喜,君仁三倍胜岐昌。

宋 白（936—1012）

宫词（其二）

万国车书一太平,宫花无数管弦声。近臣入奏新祥瑞,昨夜黄河彻底清。

宫词（其五）

彤廷立仗雪初销,仙乐空悬宴百寮。齐指终南称万寿,远平香案碧岧峣。

宫词（其二八）

微雨点月汉宫秋,水殿疏萤黑处流。凤管不调慵进曲,却排银烛夜藏钩。

宫词（其三五）

去年因戏赐霓裳,权戴金冠奉玉皇。久著淡黄心觉厌,春来不敢便红妆。

宫词（其三六）

骠国朝天进乐时,宫商依约似龟兹。教坊风便伶官俊,全曲偷将并不知。

宫词（其三八）

天子今朝就食迟,延英征得逸人归。灵台监里知嘉瑞,隔月先曾奏少微。

宫词（其五三）

金堂曲宴夜厌厌,仙乐声清御酒黏。不用司宫排蜡烛,海人新贡夜明帘。

宫词（其五五）

甘州唱罢晓光新,簇簇才人与美人。不分昭阳赵飞燕,汉皇夸是掌中身。

宫词（其六四）

春赐千官宴喜钱,任从行乐太平年。三十六所春宫馆,一一香风送管弦。

宫词（其六七）

万方琛贽泛云涛,来庆星枢电彩高。宴罢乐声移别殿,对花重换赭红袍。

宫词(其九三)

今夜金吾不禁街,灯山火树准宣牌。长安一片星河里,丹凤楼高众乐谐。

牡丹诗十首(其九)

春风平地谪花仙,红袅生香下九天。艳欲背身垂玉箸,动如移步索金莲。含情待去为云雨,忍笑佯来听管弦。胧月轻寒应不惯,夜深浑拟傍蕖眠。

宋　祁(998—1061)

春帖子词·皇帝阁十二首(其三)

穀管灰飞尽,金胥刻漏长。欢情与和气,并入万年觞。

春帖子词·皇帝阁十二首(其一〇)

水暖蛟冰解,灰飞凤管和。阳春与皇泽,并付女夷歌。

春帖子词·皇帝阁十二首(其一一)

夭矫苍龙引翠旄,君王暂报出郊迎。勾芒一夜催春到,万户千门歌吹声。

春帖子词·夫人阁十首(其三)

春天丽春旭,春酒献春杯。树待珊瑚斗,花须羯鼓催。

春帖子词·夫人阁十首(其六)

春阙风光丽,春城歌吹喧。琼苏献春酒,金薄镂春幡。

春帖子词·夫人阁十首(其一〇)

玉管轻罗和气动,土牛青幩报祠归。仙盘取露朝和药,舞殿裁云暝作衣。

宋　庠(996—1066)

皇帝阁端午帖子词(其一)

吹律蕤宾动,乘离玉烛明。荐盘荆俗黍,颁饵汉祠羹。

皇帝阁端午帖子词(其二)

宝畛流薰唱,仙壶永瑞曦。欲知人厉息,天报艾生迟。

皇帝阁端午帖子词(其六)

蕊宫琼构切昭回,五月嘉辰万寿杯。舞殿薰风琴里散,汉闱明月扇中来。

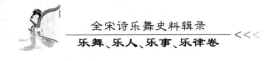

苏 轼(1037—1101)

春帖子词·皇帝阁六首(其一)

霭霭龙旂色,琅琅木铎音。数行宽大诏,四海发生心。

春帖子词·皇帝阁六首(其六)

翰林职在明光里,行乐诗成拜舞中。不待惊开小桃杏,始知天子是天公。

春帖子词·皇太后阁六首(其六)

边庭无事羽书稀,闲遣词臣进小诗。共助至尊歌喜事,今年春日得春衣。

春帖子词·夫人阁四首(其四)

雪消鸳瓦已流澌,风暖犀盘尚镇帷。缥缈紫箫明月下,璧门桂影夜参差。

苏 颂(1020—1101)

皇帝阁春帖子六首(其四)

律管已当人统月,斗杓初建孟陬辰。新修元祐万年历,今日才开第五春。

皇太后阁春帖子六首(其五)

蓬莱殿里春开宴,长乐宫中帝奉亲。妇顺母慈流美化,万方歌颂赞娥莘。

苏 辙(1039—1112)

学士院端午帖子二十七首·皇帝阁六首(其二)

南讹初应历,五日未生阴。灵药收农录,薰风拂舜琴。

学士院端午帖子二十七首·夫人阁四首(其二)

寻芳空茂木,斗草得幽兰。歌舞纤绨健,嬉游玉佩珊。

孙 觌(1081—1169)

端午日帖子词·皇帝阁六首(其一)

薰琴应律南风暖,漏箭添筹昼刻长。谁识广寒天上景,铜乌未午送微凉。

端午日帖子词·皇帝阁六首(其三)

方更仲律清和节,正是南讹化育时。无限元元齐歌舞,恤刑新诏下天墀。

田　锡(940—1004)
夜宴词
天如瑟瑟盘,恢廓忆万里。古称天倾西北半在地,夜转繁星磨海水。
逡巡转上星彩高,北半未定光飘飘。楚王夜入章华宴,红绡烛笼满宫殿。
美人歌舞云雨迷,不知寒漏催银箭。

汪应辰(1118—1176)
太上皇帝阁端午帖子词(其五)
弦歌密意寄南风,岂易形容长养功。地厚天高何以报,祝尧惟有寿无穷。

王　珪(1019—1085)
宫词(其九)
临明一阵梨花雨,梦隔珊瑚斗帐明。后苑乐声催引驾,春衫初试觉身轻。
宫词(其二〇)
晚来东殿放笙歌,外院池亭得暂过。深炷炉香登月榭,栏干西角拜姮娥。
宫词(其六四)
春殿千官宴喜归,上林莺舌报花时。宣徽旋进新裁曲,学士争吟应诏诗。
立春内中帖子词·温成皇后阁(其二)
平昔歌声断,凝尘满画梁。昭阳新奏曲,谁得奉君觞。
立春内中帖子词·夫人阁(其二)
玉殿闻春到,罗衣照地红。君恩深汉帝,不惜舞东风。
端午内中帖子词·皇帝阁(其九)
御柳重重午影圆,薰风时泛舜琴弦。六宫竞进长生缕,天子垂衣一万年。
端午内中帖子词·皇后阁(其五)
侍儿清晓进仙裳,玉管齐调奉帝觞。应有瑶箱旧时燕,直随歌舞到昭阳。
端午内中帖子词·皇后阁(其九)
夕然辟恶仙香度,朝结延年帝缕成。愿上玉宸千万寿,薰风常泛舜弦声。

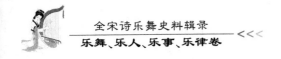

端午内中帖子词·夫人阁(其二)

绕臂双条达,红纱昼梦惊。连吹紫云曲,不及晚妆成。

端午内中帖子词·夫人阁(其四)

画栱无尘乳燕飞,薰风时复度罗衣。君王避暑蓬莱殿,向晚笙歌簇辇归。

端午内中帖子词·夫人阁(其八)

偶从选入侍仙都,歌舞常承玉殿呼。欲谢君恩却无语,心前笑指赤灵符。

端午内中帖子词·夫人阁(其九)

一样红裙试舞斜,阶前妒尽石榴花。明朝知是天中节,旋刻菖蒲好辟邪。

王仲修(?—?)

宫词(其五六)

璧月珠星应律灰,两班称庆一阳回。九韶声里千秋曲,五色云中万寿杯。

宫词(其七一)

地雷设象圣言昭,上应星辰转玉杓。阳管气升君道正,忠贤类进小人消。

宫词(其七九)

天子观渔陋鲁棠,涵曦亭下似沧浪。金鳞钓得龙颜喜,韶乐声中进玉觞。

宫词(其九〇)

花药栏干小雨晴,差差燕子拂帘旌。今朝下直全无事,写得新翻曲谱成。

宫词(其九九)

月沉天角晓星明,上直妆成趁五更。昨夜宣徽进新曲,仙韶院里未知名。

吴龙翰(1233—1293)

宫　　词

舞罢霓裳宝髻垂,桃花扇底暖风吹。夜深内殿重开宴,手撚灯花画翠眉。

夏　竦(985—1051)

宫词(其一)

鬓拢春烟湿翠翘,石榴裙幔袅纤腰。绛唇不敢深深注,却怕香脂污玉箫。

308

宫词（其二）

新染罗衣窣地红,喜迎天仗宴春风。歌词若入君王听,不惜新声教六宫。

内阁春帖子（其二）

椒花献岁良时启,彩燕迎春淑气来。仰奉帝慈方秀出,吹箫看筑凤凰台。

御阁春帖子（其四）

九门和气冲鱼钥,层宙祥飙起鹤云。王泽下流慈煦远,万方歌舞戴明君。

许及之(1141—1209)

太上阁端午帖子（其一）

久瞻黄屋见尧心,尽把薰风入舜琴。至乐殿中香一炷,静看周易对槐阴。

圣寿阁端午帖子（其二）

阴阴密叶韵黄鹂,乐事宫中圣得知。永日留连惟史帙,薰风拂掠到琴丝。

许应龙(1169—1249)

皇帝阁端午帖子（其三）

清净无他好,歌风舞舜琴。阜财并解愠,总是爱民心。

皇后阁端午帖子（其二）

宝篆烟轻绕,瑶台日正中。等闲调玉瑟,聊助舜琴风。

杨 杰(？—？)

元 会

岁令春为首,人君德体元。宸居太极殿,星拱紫微垣。
历运千龄协,梯航万里奔。同时禀正朔,大号一乾坤。
谋野曾绵蕞,沿波未涤源。典章归独断,期会肃常尊。
礼乐谐虞舜,师儒陋叔孙。曲台司肄习,执法纠哗喧。
旧史精穷讨,非经不引援。殊疆今辐辏,古辙此还辕。
陛峻黄麾建,旗张直盖屯。地图包海画,庭燎彻宵燔。
班位分贤戚,铜玑定晓昏。仙盘凝沆瀣,禁漏泻潺湲。

呼旦传鸡唱,填街列虎贲。六军衣锦绣,八骏辔玙璠。
绶采由官别,冠梁以秩论。国容修卤簿,武事设櫜鞬。
鼓吹依宫架,关肩辟路门。虡文雕猛鸷,路饰缋蟠蜿。
牙璲中严版,珠联告止幡。金床置符宝,土贡杂瑶琨。
百辟稽名实,诸王固屏藩。立墀隆辅弼,述职简要番。
省寺兴颓敝,材能慎选抡。班齐序鸾鹭,仗转骇鲸鲲。
圭镇唐仪易,袍纱汉制存。鞘鸣龙扇合,帘卷兽烟喷。
陟降天威重,颙昂玉色温。泰平安可象,造化本何言。
悦豫阴阳盛,渊深宇宙吞。江河宗渤海,山岳望昆仑。
牍奏龟麟应,书先稼穑繁。历阶臣委佩,宣诏使临轩。
进有称觞庆,初无解剑烦。南山赋周雅,北斗揖尧樽。
济济华夷抃,雍雍信义惇。登歌形瑞物,旅舞异梨园。
翠凤闻箫集,朱熊负案蹲。四清备钟磬,二律下匏埙。
宠锡需云泽,均沾湛露恩。拜吟三夏亨,饔盛九牢飧。
受觯充醇醴,加肴饫熟膰。挚勤供雁雉,羞洁具蘋蘩。
布治从丹阙,怀仁感陆浑。祥光腾广坐,和气冒陈根。
蓬岛风长习,扶桑日向暄。前楹秀芝草,阿阁长雏鹓。
社稷生灵福,邦家政教敦。年年朝溥率,基业壮中原。

杨万里(1127—1206)

正月五日以送伴借官侍宴集英殿十口号(其四)

千官拜舞仰虚皇,奉上瑶池万寿觞。殿上双传送御酒,槛前一曲绕虹梁。

正月五日以送伴借官侍宴集英殿十口号(其七)

猛士缘竿亦壮哉,踏空舞阔四裴回。一声白雨催花鼓,十二竿头总下来。

张公庠(?—?)

宫词(其七〇)

诞圣嘉辰卜万年,寿觞初进起炉烟。仙韶才奏齐天曲,三十六宫人尽传。

张　嵲(1096—1148)

吴　宫　词
新妆间花光,口脂杂蕊气。相对两生春,停杯自成醉。
高歌白纻舞西施,半夜雨来宫锦移。明日重来歌舞地,宫水浮花绕宫树。

赵　佶(1082—1135)

宫词(其一三)
元宵三五竞芳年,十二都门沸管弦。鳌负缯山辉绛阙,龙衔宝炬撒金莲。

宫词(其三三)
腊中仙赏起华英,高耸云鳌彻太清。预占春楼无限景,更听风度管弦声。

宫词(其四二)
垂杨堤畔彩舟横,凤沼瑶津一望平。内苑有时旬按乐,管弦清响到宣明。

宫词(其八〇)
藻幄春深夜不寒,兰缸耿耿照幰弯。太平丝管通宵按,祥瑞封章隐几看。

宫词(其八一)
十里香街沸管弦,金明回驭夕阳天。风轻芝盖摇霞浪,袅袅龙盘七宝鞭。

宫词(其九八)
酒阑人寂暗银缸,淡月轻风透碧窗。宫女欲歌初制曲,旋将弦管按新腔。

题梨花图
楼台影里和风暖,弦管声中瑞日长。从听娇鹦说来路,莫教蜂蝶损浓芳。

赵　湘(959—993)

夫人阁春帖子(其一)
渐暖正当挑菜日,轻阴新变养花天。君王勤政稀游幸,院院相过理管弦。

周必大(1126—1204)

立春帖子·太上皇帝阁(其三)
俗阜登台乐,农祥击壤谣。何人知帝力,尔极听垂髫。

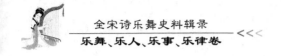

立春帖子·太上皇帝阁(其五)

东郊何必舞云翘,太史休劳望斗杓。欲识皇都春色动,两宫和气舜承尧。

立春帖子·太上皇后阁(其一)

彩胜宜春字,流霞曼寿觞。涂歌并里咏,地久对天长。

端午帖子·皇帝阁(其一)

令月初登黍,嘉辰旧沐兰。宸心思解愠,时取舜琴弹。

端午帖子·皇后阁(其一)

宝典推重五,欢声沸六宫。等闲调玉瑟,聊助舜琴风。

立春帖子·太上皇帝阁(其三)

手把蟠桃植,何劳羯鼓催。从今三万岁,十度看花开。

立春帖子·太上皇后阁(其四)

徽音有永坤宁殿,内助无劳德寿宫。未问夭桃与秾李,先须歌咏二南功。

周彦质(?—?)

宫词(其三九)

春昼宫娥睡足时,凭栏无语听黄鹂。谁家按曲敲檀板,惊破林间自在啼。

宫词(其六六)

深院相过笑语同,选仙清乐得从容。由来本是桃源侣,常占三清最上宫。

宫词(其七九)

按乐清宵女伴同,和谐仙韵出深宫。寻腔理得新翻曲,月上龙楼第一重。

宫词(其八〇)

太平天子绝畋游,结束宫娥马打球。韶乐引来花锦队,男儿跪拜谢头筹。

宫词(其九一)

冬候寒威凛未央,初欣至日乍迎长。退朝一曲升平乐,共进新阳万寿觞。

郊庙朝会歌辞

先蚕六首·亚终献用惠安①

神之徕,驾跄跄。紫坛熙,烛夜光。
会竽瑟,鸣球琅。荐旨酒,杂兰芳。佑明德,锡百祥。

淳化乡饮酒三十三章(其四)

鹿鸣相呼,聚泽之蒲。我乐嘉宾,鼓瑟吹竽。
我命旨酒,以燕以娱。何以赠之,玄缥粲如。

出火祀大辰十二首·降神用高安(其二)

〔黄钟为角〕乐音上达,粤惟出虚。火性炎上,亦生于无。
我镛我磬,我笙我竽。气同声应,昭哉合符。

咸平亲郊八首·亚献终献用正安

羽籥云罢,干戚载扬。接神有恪,锡羡无疆。

元符亲郊五首·退文舞迎武舞用正安②

左手执籥,右手秉翟。进旅退旅,万舞有奕。

章献明肃皇太后恭谢太庙(其一三)

籥翟既备,干戚是陈。德业昭著,用和神人。

高宗建炎初祀昊天上帝·文舞退武舞进用正安

大德曰生,阴阳寒暑。乐舞形容,干戚籥羽。
一弛一张,退旅进旅。神安乐之,祉锡绵宇。

宁宗郊祀二十九首·文舞退武舞进用正安

羽籥陈容,干戚按节。德闲而泰,功劳而决。
虞我神祇,扬我谟烈。尽美尽善,福流有截。

---

① 从该首诗起,收录对象为"宫廷祭祀活动",为以示与前文"宫廷音乐活动"之区别,重起排序。——编者

② 《太常乐章三十首·退文舞出奏正安之曲》内容与此诗大致相同,不再重复收录。

上册宝十三首·退文舞进武舞用昭安

籥翟既陈,干戚斯扬。进旅退旅,一弛一张。
其仪不忒,容服有光。以宴以娭,德音不忘。

景德中朝会十四首·初举酒毕用盛德升闻(其一)

八佾具呈,万舞有奕。既以象功,又以观德。
进旅退旅,执籥秉翟。至化怀柔,远人来格。

明道元年章献明肃皇太后朝会十五首·酒一行毕作厚德无疆之舞(其二)

至矣坤元,道符惟圣。就养宸极,助隆善政。
翟籥纷举,笙镛协应。翱翔有容,表德之盛。

明道元年章献明肃皇太后朝会十五首·再举酒用寿星

现彼南极,昭然瑞文。腾光丙位,荐寿中宸。
太史骈奏,升歌有闻。轩宫就养,亿万斯春。

明道元年章献明肃皇太后朝会十五首·公卿入门用礼安

帝率四海,承颜尽恭。端闱肃设,群后来同。
玉佩锵鸣,衣冠有容。英韶节步,磬管雍雍。

绍兴以后祀五方帝六十首·有熊氏酌献用祐安

昔在绵邈,有人公孙。登政抚辰,节用良勤。
所蓄既大,所行宜远。载其华樽,从以箫管。

绍兴亲享明堂二十六首·尚书捧俎用禧安

展牲登俎,箫韶在庭。羞陈五室,意彻三灵。
匪物斯享,惟诚则馨。永作祭主,神其亿宁。

熙宁祀皇地祇十二首·退文舞迎武舞用威安

雍雍肃肃,建我采旄。舞以玉戚,不吴不敖。
其将其肆,脾臄嘉肴。何以侑乐,钟鼓管箫。

崇恩太后升祔十四首·升降殿用熙安

笙箫纷如,陟彼庙庭。锵锵佩玉,怀兹先灵。
神保聿止,音容杳冥。繁禧是介,万年惟宁。

孝宗明堂前朝献景灵宫八首·文舞退武舞进用正安

象德之成,有奕其舞。一弛一张,进旅退旅。
嘒以管箫,和以镛鼓。神其乐康,永锡多祜。

先蚕六首·升降用翊安

掩抑笙箫,铿鈜金石。神来宴娱,嘉我休德。
奉祀之臣,洗心翊翊。锡兹福禧,以惠四国。

大观祀武成王一首·酌献用成安

凉彼周王,君臣相遇。终谋其成,诸侯来许。
洋洋神灵,尊载酒醑。新声为侑,笙箫备举。

祫飨太庙(其一三)

乐统大安,舞昭盛德。合奏允谐,孔容有翼。
秉翟言竣,总干是力。箫勺之仁,参和万国。

绍兴以后祀感生帝十六首·降神用大安(其一)

〔圜钟为宫〕炎精之神,飞軿碧落。驾以浮云,丹书赤雀。
礼备豆笾,乐谐箫勺。神具醉止,佑我景铄。

高宗建炎初其祀昊天上帝·降神用景安(其二)

〔黄钟为角一奏〕我将我享,涓选休成。执事有恪,惟寅惟清。
乐既六变,肃雍和鸣。高高在上,庶几是听。

宁宗郊祀二十九首·降神用景安(其二)

〔黄钟为角〕华盖既动,紫微洞开。星枢周旋,日车徘徊。
灵兮顾佑,灵兮沛来。载燕载娱,式时坛垓。

宁宗郊祀二十九首·饮福用禧安

攒罞觙觳,觥罍氤氲。有醴惟香,有酒惟欣。

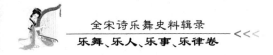

　　　　　　胙蜜丰融,懿懿芬芬。我龙受之,如川如云。

绍兴以后祀五方帝六十首·青帝降神用高安(其二)

〔黄钟为角一奏〕神兮焉居,神在震方。仁以为宅,秉天之阳。
　　　　　　神之来矣,道修以阻。望神未来,使我心苦。

绍兴以后祀五方帝六十首·赤帝降神用高安(其二)

〔黄钟为角〕赤精之君,位于朱明。茂育万物,假然长赢。
　　　　　我洁我盛,我蠲我诚。神其下来,云车是承。

绍兴以后祀五方帝六十首·黄帝降神用高安(其二)

〔黄钟角〕苏无不在,日与我居。孰不可来,胙蜜斯须。
　　　　象服龙驾,渊渊鼓桴。苏不汝多,多汝意孚。

绍兴以后祀五方帝六十首·白帝降福用高安(其二)

〔黄钟角〕素精肇节,金行固藏。气冲炎伏,明河翻霜。
　　　　功收有年,礼荐有章。祇越眇冥,鸿基永昌。

绍兴以后祀五方帝六十首·黑帝降神用高安(其二)

〔黄钟为角〕良月盈数,四气推迁。帝于是时,典司其权。
　　　　　高灵下堕,降祉幅员。神之听之,祀事罔愆。

绍兴以后祀感生帝十六首·降神用大安(其二)

〔黄钟为角〕宋德惟火,神实司之。上仪申虔,迎方重离。
　　　　　瑶币告洁,秀华金支。啾啾神龙,来介繁禧。

绍兴淳熙分命馆职定撰十七首(其二)

〔黄钟为角〕合宫盛礼,金商令时。备成熙事,蒐扬上仪。
　　　　　骏奔在庭,精意肃祇。来享嘉荐,神灵燕娭。

绍兴祀皇地祇十五首·迎神用宁安(其二)

〔太簇为角〕蒇事方丘,旧典时式。至诚感神,馨非黍稷。
　　　　　胙蜜来临,鉴兹明德。永锡坤珍,时万时亿。

绍兴祀神州地祇十六首·迎神用宁安(其二)

〔太簇为角〕洪惟坤元,道著品物。上配紫旻,厚载其德。

良月肇蕆,祭器布列。必先皇祇,以迓景福。

绍兴朝日十首·降神用高安（其二）

〔黄钟为角〕升晖丽天,阳德之母。率无颇偏,兼烛下土。恭事崇坛,礼乐具举。顿御六龙,裴回容与。

夕月十首·降神用高安（其二）

〔黄钟为角〕时维秋仲,夜寂天清。实严姊事,用答阴灵。坛壝斯设,黍稷惟馨。云车来下,庶歆厥诚。

绍兴祀高禖十首·降神用高安（其二）

〔黄钟为角〕眷此尊祀,实惟仲春。青圭束帛,克祀克禋。庶蒙嘉惠,嗣续诜诜。神之降鉴,云车来臻。

绍兴祀九宫贵神十首·降神用景安（其二）

〔黄钟为角〕载阳衍德,农祥孔昭。赍兹元辰,穰穰黍苗。象舆眇冥,金奏远姚。无阕厥灵,丹衷匪佻。

绍兴以后时享二十五首·迎神用兴安（其二）

〔大吕为角〕圣灵在天,九关崇深。风马云车,纷其顾临。拥祥储休,昭答孝心。孝孙受祉,万福是膺。

祫享八首·迎神用兴安（其二）

〔大吕角〕於穆孝思,嘉荐维时。诚通兹格,咸来燕娭。神之听之,申锡蕃禧。于万斯年,永保丕基。

宁宗朝享三十五首·迎神用兴安九变（其二）

〔大吕为角〕勾陈旦辟,阊阖夜分。轸风挟月,车驷凌云。瑞景晻霭,神光耀煴。神其来兮,以留以忻。

上册宝十三首·迎神用歆安（其二）

〔大吕角二奏〕吉蠲惟时,礼仪既备。奉璋峨峨,群公在位。神之格思,永锡尔类。展彼令德,于焉来暨。

宁宗郊前朝献景灵宫二十四首·降神用太安六变（其二）

〔黄钟为角〕芬枝扬烈,煴珠叶陶。闾珍阐符,展诗舞箾。

神哉来下,神哉来翱。肃若有承,灵心招摇。

淳祐祭海神十六首·迎神用延安(其二)

〔角一曲〕四溟广矣,八纮是纪。我宅东南,回复万里。
洪涛飘风,安危所倚。祀事特隆,神其戾止。

绍兴祀大火十二首·降神用高安(其二)

〔黄钟为角〕有出有藏,伏见靡常。相我国家,鉴观四方。
视罔不正,终然允臧。神其来格,明德馨香。

纳火祀大辰十二首·降神用高安(其二)

〔黄钟为角〕火星之躔,有烨其光。表于辰位,伏于戌方。
时和岁稔,仁显用藏。告尔万民,出纳有常。

大观祀社稷九首·迎神用宁安(其二)

〔太簇角二奏〕惟谷之神,函育无穷。百嘉蕃殖,民依厥功。
严饬坛墠,威仪肃雍。神之来享,祈于登丰。

绍兴祀太社太稷十七首·迎神用宁安(其三)

〔太簇为角〕是尊是奉,兹率旧章。乐音纯绎,荐溢圆方。
情文备矣,神其迪尝。永观锡羡,多稼穰穰。

绍兴以后蜡祭四十二首·东方百神降神用熙安(其二)

〔黄钟为角〕惟大明尊,实首三辰。功赫庶物,光被广轮。
岁方索飨,咸秩群神。灵斿来下,尸此明禋。

绍兴以后蜡祭四十二首·西方百神降神用熙安(其二)

〔黄钟为角〕魄生自西,照望太阳。下暨诸神,贶施万方。
节适风雨,富我囷箱。共承嘉祀,惟以迪尝。

绍兴以后蜡祭四十二首·夜明位酌献用择安

除坛西郊,坎其击鼓。百灵至止,结璘作主。
秬鬯湛淡,玉瓒觩觩。是谓嘉德,神其安留。

大晟府拟撰释奠十四首·迎神用凝安(其二)

〔大吕为角〕生而知之,有教无私。成均之祀,威仪孔时。

维兹初丁,洁我盛粢。永适其道,万世之师。

景德以后祀五方帝十六首·酌献用祐安

条风斯应,候历维新。阳和启蛰,品物皆春。
篪簧协奏,簠簋毕陈。精羞丰荐,景福攸臻。

建隆郊祀八首·奉俎用丰安

笙镛备乐,茧栗陈牲。乃迎芳俎,以荐高明。

景德以后祀五方帝十六首·奠玉币酌献用嘉安

中央定位,厚德惟新。五行攸正,四气爰均。
笙镛以间,簠簋斯陈。为民祈福,肃奉明禋。

绍兴以后祀感生帝十六首·文舞退武舞进用正安

苾苾芬芬,神具醉止。笙磬铿锵,干旄旖旎。
馥假无言,神灵惟喜。申锡蕃釐,暨我孙子。

绍兴亲享明堂二十六首·彻豆用歆安

工祝告休,笙镛云阕。酒茅既除,牲俎斯彻。
幽明罔恫,中外咸悦。礼成伊何,天地同节。

建隆以来祀享太庙十六首·太宗室用大盛

赫赫皇运,明明太宗。四隩咸暨,一变时雍。
睿文炳焕,圣德温恭。千龄万祀,永播笙镛。

绍兴以后时享二十五首·太祖室酌献用皇武

赫赫艺祖,受天明命。威加八纮,德垂累圣。
祀事孔明,有严笙磬。对越在天,延休锡庆。

宁宗朝享三十五首·终献用正安

秉德翼翼,显相肃雍。疏幂三举,诚意益恭。
光烛黼绣,和流笙镛。子孙众多,福禄来从。

玉清昭应宫上尊号三首·奉告用隆安

登隆妙号,钦翼渊宗。茂宣德礼,有恪其容。
奉璋升荐,垂佩弥恭。扬休咏美,以间笙镛。

高宗郊前朝献景灵宫二十一首·文舞退武舞进用正安

於皇乐舞，进旅退旅。一弛一张，笙磬具举。
岂惟玩声，象德是似。神鉴孔昭，福禄来予。

纳火祀大辰十二首·亚终献用文安

币玉肃陈，笙簧具举。桂酯浮觞，琼羞溢俎。
礼有三献，式和且序。神具醉止，庆流寰宇。

先蚕六首·升降用翊安

掩抑笙箫，铿铋金石。神来宴娭，嘉我休德。
奉祀之臣，洗心翊翊。锡兹福禧，以惠四国。

大晟府拟撰释奠十四首·升殿用同安

诞兴斯文，经天纬地。功加于民，实千万世。
笙镛和鸣，粢盛丰备。肃肃降登，歆兹秩祀。

绍兴十年发皇太后册宝八首·侍中奉宝诣皇帝褥位用礼安

祖启瑶光，诞生明圣。尊极母仪，帝庸作命。
宝章煌煌，导以笙磬。还燕慈宁，邦家徯庆。

淳化乡饮酒三十三章（其三）

鹿鸣呦呦，在彼高冈。宴乐嘉宾，吹笙鼓簧。
币帛戋戋，礼仪蹲蹲。乐只君子，利用宾王。

淳化乡饮酒三十三章（其六）

鹿鸣相应，聚山之荆。我燕嘉宾，鼓簧吹笙。
我命旨酒，以逢以迎。何以荐之，扬于王庭。

政和鹿鸣宴五首（其四）

首善京师，灼于四方。悉我髦士，金玉其相。
饮酒乐曲，吹笙鼓簧。勉戒徒御，观国之光。

绍兴以后祀五方帝六十首·黄帝降神用高安（其四）

〔姑洗羽〕澹兮抚琴，啾兮吹笙。神之未来，肃穆以听。

缤纷羽旄,姣服在中。神既来止,亦无惰容。

上册宝十三首·迎神用歆安(其一)

〔黄钟宫〕笾豆大房,牺尊将将。馨香既登,明灵迪尝。
其乐伊何,吹笙鼓簧。灵来燕娭,降福无疆。

乾道七年恭上太上皇帝太上皇后尊号十一首·皇帝从太上皇后册宝诣宫中用正安

维册伊何,镂玉垂鸿。维宝伊何,范金钮龙。
翊以瞽御,间以笙镛。谁敢不恭,天子实从。

建隆郊祀八首·降神用高安

在国南方,时维就阳。以祈帝祉,式致民康。
豆笾鼎俎,金石丝簧。礼行乐奏,皇祚无疆。

绍兴以后祀五方帝六十首·青帝酌献用祐安

百末布兰,我酒伊旨。酌以匏爵,洽我百礼。
帝居青阳,顾予嘉觞。右我天子,宜君宜王。

绍兴亲享明堂二十六首·皇帝还小次用仪安①

匏尊既举,鞃席未移。有德斯顾,靡神不娭。
物情肃穆,天宇清夷。宅中受命,永复邦基。

绍兴亲享明堂二十六首·亚献用穆安②

四阿有严,神既戾止。备物虽仪,洁诚惟己。
有来振振,相我熙事。载酌陶匏,以成毖祀。

绍兴朝日十首·酌献用嘉安

匏爵斯陈,百味旨酒。勺以献之,再拜稽首。
钟鼓在列,灵方安留。眷然加荐,惟时之休。

---

① 崔敦诗《郊祀乐章·皇帝入小次宫架奏黄钟宫仪安之曲》内容与此诗相同,不再重复收录。

② 崔敦诗《郊祀乐章·亚献宫架奏黄钟宫穆安之乐威功睿德之舞》内容与此诗相同,不再重复收录。

祭九鼎十二首·冬至宝鼎奠币用明安

秉心齐明,奉牲博硕。鲍丝铿陈,冠佩俨饰。
其肆其将,明神来格。执奠维何,猗欤币帛。

皇祐亲享明堂六首·降神用诚安

维圣享帝,维孝严亲。肇图世室,躬展精禋。
镛鼓既设,笾豆既陈。至诚攸感,保格上神。

常祀皇地祇五首·退文舞迎武舞用威安

进旅退旅,载扬干扬。不愆于仪,容服有章。
式绥式侑,神保是听。鼓之舞之,神永安宁。

建隆以来祀享太庙十六首·奉俎用丰安

维牺维牲,以煑以烹。植其鼗鼓,洁彼铏羹。
孔硕兹俎,於穆厥声。肃雍显相,福禄来成。

上明达皇后册宝五首·退文舞进武舞用昭安

秉翟竣事,万舞扢金。总干挥戚,节以鼓音。
礼容有炜,胙醽来歆。淑灵是听,雅奏愔愔。

绍兴别庙乐歌五首·彻豆用宁安

仙驭弗返,眇邈清都。荐此嘉殽,既丰既腴。
奠享有成,鼓乐愉愉。彻我豆笾,率礼无逾。

熙宁祭风师五首·奠币用容安

育我嘉生,神惠是仰。载致斯币,庶几用享。
鼓之舞之,式絷尔神。锡福无疆,佑此下民。

雨师雷神七首·送神曲同迎神

阴旐载旋,鼓车其鞭。问神安归,冥然而天。
皇有正命,祀事孔蠲。其临其归,亿万斯年。

绍兴以后蜡祭四十二首·南方百神迎神用简安

维物之精,散乎太空。维索之飨,合聚而同。
乃击土鼓,于岁之终。格彼幽矣,胙醽其通。

熙宁皇太后册宝三首·出入用正安

煌煌凤字,玉气宛延。天门崛岉,飞骖后先。
龙簨四合,奏鼓渊渊。母仪天下,何千万年。

淳熙二年发太上皇帝太上皇后册宝十一首·皇帝奉太上皇帝册宝授太傅用礼安

翠华之旗,灵鼍之鼓。陈于广宇,相我盛举。
来汝公傅,肃乃仪矩。毋愆于素,以笃多祜。

哲宗发皇后册宝三首·降坐乾安

我礼嘉成,我驾言旋。降坐而跸,奏鼓渊渊。
景命有仆,保佑自天。永锡祚嗣,何千万年。

乾道元年册皇太子四首·皇帝降坐乾安

我礼备成,我驾言旋。降坐而跸,奏鼓渊渊。
国本既定,保佑自天。克昌厥后,何千万年。

绍兴以后蜡祭四十二首·东方百神降神用熙安(其三)

〔太簇为徵〕三时不害,四方顺成。酬功报始,以我齐明。
豳颂土鼓,乐此嘉平。降祥幅员,惠于函生。

淳化中朝会二十三首·又六变(其一)

宣榭始观兵,桓桓称鼓行。一戎期大定,载缵议徂征。
善政从师律,神功冀武成。勖哉勤誓众,王业自经营。

绍兴以后祀五方帝六十首·黑帝降神用高安(其一)

〔圜钟为宫〕吉日壬癸,律中应钟。国有故常,北郊迎冬。
乃藏祀事,必祗必恭。明默虽异,感而遂通。

高宗建炎初祀昊天上帝·皇帝还位用正安

典祀有常,昭事上帝。奉以告虔,逮兹奠币。
钟鼓既设,礼仪既备。神之格思,恭承贶赐。

绍兴以后祀五方帝六十首·亚终献用文安

盥爵奠斝,载虔载恭。笾豆静嘉,於乐鼓钟。
礼备三献,神具醉止。孰显神德,扬光纷委。

乾德以后祀感生帝十首·彻豆用肃安

奉承明祀,惟羊惟牛。卬盛于豆,备陈庶羞。
钟鼓喤喤,神具醉止。其彻嘉笾,永绥福祉。

元符祭神州地祇二首·送神用宁安

都邑浩穰,民物富盛。主以灵祇,昭乃丕应。
玉帛牲牷,鼓钟管磬。祇荐攸歆,归于至静。

建隆以来祀享太庙十六首·顺祖室用大宁

元钟九千,生于仲吕。崇台九层,起于累土。
赫日之升,明夷为主。孝孙作帝,式由祖武。

建隆以来祀享太庙十六首·宣祖室用大庆

艰难积行,绵长钟庆。同人之时,得主乃定。
既叙宗祧,乃修舞咏。经武开先,永昭丕命。

熙宁以后享庙五首·送神用兴安

钟鼓惟旅,笾豆孔时。衎我祖宗,既右享之。
神亟来止,孝孙之喜。神保聿归,孝孙之思。

高宗郊祀前朝享太庙三十首·迎神用兴安

柜鬯既将,黄钟具奏。肃我祖考,祇栗以俟。
於皇列圣,在帝左右。监观于兹,云车来下。

理宗朝享三首·迎神用兴安九奏

柜鬯既将,黄钟具奏。瞻望真游,僾若有慕。
於皇列圣,在帝左右。云车具来,以妥以侑。

崇恩太后升祔十四首·终献用仪安

珩璜之贵,祎褕之尊。天作之合,内治慈温。
元良钟庆,祉福乾坤。以享以祀,事亡如存。

崇恩太后升祔十四首·彻豆用成安

锵洋纯绎，於论鼓钟。周旋陟降，齐庄肃容。
维罍既旨，维迤伊丰。歌彻以雍，介福来崇。

上钦成皇后册宝六首·迎神用歆安

於显惟德，徽柔懿明。嫔于初载，有闻惟馨。
肆我鼓钟，万舞在庭。神保是格，来止来宁。

上明达皇后册宝五首·酌献用明安

清宫有严，广乐在庭。钟鼓管磬，九变既成。
缩茅以献，洁秬惟馨。灵游可想，来燕来宁。

绍兴二十九年显仁皇后祔庙一首·酌献用歆安

恭惟圣母，跻祔孔时。陈羞宗祐，徽福坤仪。
钟鼓惟序，牲玉载祗。於皇来格，永介丕基。

高宗郊前朝献景灵宫二十一首·皇帝入门用乾安

维皇齐居，承神其初。颙颙昂昂，龙步云趋。
景钟铿如，肃觐清都。肸蠁之交，神人用孚。

大中祥符五岳加帝号祭告八首·迎神用静安

钟石既作，俎豆在前。云旗飞扬，神光肃然。
当驾飙欻，来乎青圆。言备缛礼，享兹吉蠲。

熙宁望祭岳镇海渎十七首·送神用凝安

鼓钟云云，吹管伊伊。神既醉饱，曰送言归。
山有厚藏，水有灵德。物其永依，往奠炎宅。

绍兴祀岳镇海渎四十三首·奠玉币用明安

司历告时，惟孟之春。爰举时祀，旅于有神。
鼓钟既设，珪帛具陈。阜蕃庶物，以福我民。

大观祀社稷九首·奠币用嘉安

於嘻阴祀，封土惟崇。于时之吉，歆予鼓钟。
柔静化光，人赖其功。陈兹量币，百货是隆。

大观蜡祭二首·南郊升降用穆安

穆如薰风,敷舒文藻。气蒸消除,丰予黍稻。
神之听之,钟鼓咸考。於万斯年,惟皇之报。

大观三年释奠六首·奠币用明安

於论鼓钟,于兹西雍。粢盛肥硕,有显其容。
其容洋洋,咸瞻像设。币以达诚,歆我明洁。

司中司命五首·奠币用容安

我诚既洁,我豆既丰。神来降斯,有俨其容。
荐此嘉币,肃肃雍雍。何以侑之,於乐鼓钟。

高宗明堂前朝献景灵宫十首·奉馔用吉安

琼琚锵锵,玄衣绣裳。荐嘉升香,粢盛芬芳。
礼仪莫愆,鼓钟喤喤。曾孙之常,绥福无疆。

孝宗明堂前朝献景灵宫八首·圣祖位用乾安

骏命有开,庆基无穷。祗率百辟,仰瞻晬容。
鼓钟斯和,黍稷斯丰。灵其居歆,福禄来崇。

大中祥符封禅十首·太宗配坐酌献用禅安

愍祀柔祇,报功厚载。思文太宗,侑神严配。
钟石斯和,笾豆咸在。永锡坤珍,资生为大。

祭九鼎十二首·夏至肜鼎酌献用成安

牺尊将将,徂基自堂。牲牷肥腯,鼓钟喤喤。
肆予醴齐,椒馨苾香。聿来歆顾,天祚永昌。

乾兴御楼二首·升坐用隆安

夹钟纪月,初吉在辰。眚灾流庆,布德推仁。
采章震耀,典礼具陈。茂昭丕贶,永庇斯民。

哲宗上太皇太后册宝五首·降坐用乾安

涂山之德,渭涘之祥。图徽宝册,玉色金相。
管弦烨煜,钟鼓喤喤。天之所启,既寿而昌。

乾道七年恭上太上皇帝太上皇后尊号十一首·太傅奉太上皇帝册宝升殿用圣安

大哉尧乎,南向垂裳。君哉舜也,拜而奉觞。
缫藉光华,鼓钟铿锵。三事稽首,宋德无疆。

绍熙元年恭上寿圣皇太后至尊寿皇圣帝寿成皇后尊号册宝十四首·中书令侍中奉三宫册宝诣东阶下用礼安

钟鼓交作,文物咸备。彤庭玉阶,天子是莅。
咨尔辅臣,展采错事。辅臣稽首,敢不率礼。

绍熙元年恭上寿圣皇太后至尊寿皇圣帝寿成皇后尊号册宝十四首·太傅侍中奉至尊寿圣皇帝宝升殿用圣安

瑟彼华玉,篆鱼钮龙。与册并登,咨尔上公。
咏以歌诗,协之鼓钟。是陟是降,靡有弗恭。

嘉泰二年恭上太皇太后尊号八首·册宝诣东阶

鼓钟喤喤,仪物载陈。仪物陈矣,烂其瑶琨。
咨尔上公,相予文孙。勿亟勿徐,奉我重亲。

绍定三年寿明仁福慈睿皇太后册宝九首·册宝诣东阶

煌煌仪物,绎绎鼓钟。奉兹宝册,至于阶东。
上公相仪,列辟尽恭。拜手慈宸,福如华嵩。

哲宗发皇后册宝三首·太尉等奉册宝出入正安

宣哲维公,就位肃庄。册宝具举,丕显其光。
出于宸闱,鼓钟喤喤。母仪天下,万寿无疆。

绍兴十三年发皇后册宝十三首·使副入门正安

天子当阳,群工就列。册宝既陈,钟鼓备设。
上公奉事,容庄心协。克相盛礼,光昭玉牒。

淳熙三年发皇后册宝十三首·皇后受册宝成安

备物典册,乐之鼓钟。拜而受之,极其肃雍。
司言司宝,各以职从。行地有庆,与天无穷。

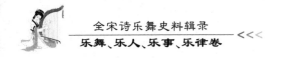

淳熙十六年皇后册宝十三首·皇帝降坐乾安

鼓钟喤喤,磬管锵锵。剑佩充庭,济济洋洋。
礼典告备,皇心乐康。於万斯年,受福无疆。

乾道七年册皇太子四首·皇帝升坐乾安

建储以贤,辟宫于东。典册既备,筮占既从。
济济卿士,锵锵鼓钟。天子戾止,盛哉礼容。

宝祐二年皇子冠二十首·初加

帝子惟贤,懋昭厥德。跪冠于房,玄冠有特。
鼓钟喤喤,威仪抑抑。百礼既洽,祚我王国。

大观闻喜宴六首·再酌於乐辟雍

乐只君子,式燕又思。服其命服,摄以威仪。
钟鼓既设,一朝酬之。德音是茂,邦家之基。

大观闻喜宴六首·五酌正安

思皇多士,扬于王庭。钟鼓乐之,肃雍和鸣。
威仪抑抑,既安且宁。天子万寿,永观厥成。

政和鹿鸣宴五首·再酌乐育人才

钟鼓皇皇,磬管锵锵。登降维时,利用宾王。
髦士攸宜,邦家之光。媚于天子,事举言扬。

高宗建炎初祀昊天上帝·降神用景安(其一)

〔圜钟为宫三奏〕蒐讲上仪,式修禋祀。日吉辰良,礼成乐备。
风驭云旗,聿来歆止。嘉我馨德,介兹繁祉。

宁宗郊祀二十九首·降神用景安(其一)

〔圜钟为宫〕天门荡荡,云车阴阴。百神咸秩,三灵顾歆。
神哉来娭,神哉溥临。飨时宋德,翼翼小心。

绍兴以后祀五方帝六十首·青帝降神用高安(其一)

〔圜钟宫三奏〕於神何司,而德于木。肃然顾歆,则我斯福。

我祀孔时,我心载祗。匪我之私,神来不来。

绍兴以后祀五方帝六十首·赤帝降神用高安(其一)

〔圜钟为宫〕离明御正,德协于火。有感其生,维帝是何。
帝图炎炎,贻福锡我。鉴于妥虡,高灵下堕。

绍兴以后祀五方帝六十首·黄帝降神用高安(其一)

〔圜钟为宫〕维帝奠位,乃咸于时。孰主张是,而枢纽之。
縠我腹我,比予于儿。告我冠服,迨其委蛇。

绍兴以后祀五方帝六十首·白帝降神用高安(其一)

〔圜钟为宫〕白藏启序,庶汇向成。有严禋祀,用答幽灵。
风马云车,来燕来宁。洋洋在上,休福是承。

绍兴淳熙分命馆职定撰十七首·降神景安

〔圜钟为宫〕上直房心,时惟明堂。配天享亲,宗祀有常。
盛德在金,日吉辰良。享我克诚,来格来康。

绍兴祀皇地祇十五首·迎神用宁安(其一)

〔函钟为宫〕至哉厚德,物生是资。直方维则,翕辟攸宜。
於昭祀典,致享坤仪。礼罔不答,神之格思。

绍兴祀神州地祇十六首·迎神用宁安(其一)

〔函钟为宫〕芒芒下土,恢恢方仪。富媪统摄,潜运八维。
爰称元祀,告备吉时。揭兹虔恭,偃其格思。

绍兴朝日十首·降神用高安(其一)

〔圜钟为宫〕玄鸟既至,序属春分。朝于太阳,厥典备存。
载严大采,示民有尊。扬光下烛,煜爚东门。

夕月十首·降神用高安(其一)

〔圜钟为宫〕金行告遒,玉律分秋。礼藏西郊,禋祀聿修。
精意潜达,永孚于休。神之听之,爰格飙斿。

绍兴祀高禖十首·降神用高安(其一)

〔圜钟为宫〕聿分春气,施生在时。禖宫肇启,精意以祠。

礼仪告备,神其格思。厥灵有赫,锡我繁釐。

绍兴祀九宫贵神十首·降神用景安(其一)

〔圜钟为宫〕紫阙幽宏,惟神灵尊。辅成泰元,赞役乃坤。曰雨曰旸,缊豫调纷。享荐陨光,蒙祉如屯。

绍兴以后时享二十五首·迎神用兴安(其一)

〔黄钟为宫〕奉先严祀,率礼大经。时思致享,肃荐芳馨。竭诚备物,乐奏和声。真驭来止,熙事克成。

绍兴以后时享二十五首·迎神用兴安(其四)

〔应钟为羽〕道信于神,神灵燕娭。酒有嘉德,物惟其时。缓节安歌,乐奏具宜。欣欣乐康,福禄绥之。

祫享八首·迎神用兴安(其一)

〔黄钟宫〕时维孟冬,霜露既零。合食盛礼,以时以行。孝心翼翼,惟神来宁。肃倡斯举,神具是听。

祫享八首·迎神用兴安(其四)

〔应钟羽〕苾芬孝祀,荐灌肃雍。致力于神,明信咸通。灵之妥留,惠我庞鸿。广被万宇,福禄攸同。

宁宗朝享三十五首·迎神用兴安九变(其一)

〔黄钟为宫〕咸英备乐,簠席列罇。诗歌安世,声叶皇雅。翠旗羽盖,云车风马。神其来兮,以燕以下。

宁宗朝享三十五首·迎神用兴安九变(其四)

〔应钟为羽〕文以谟显,武以烈承。圣训之保,祖武之绳。有肃孝假,式严衎烝。神其来兮,以宜以宁。

崇恩太后升祔十四首·迎神用兴安四章(其一)

〔黄钟宫二奏〕閟宫有侐,堂筵屹崇。灵徽匪遐,精诚感通。苾芬维时,登兹明祀。泠然云车,有来其驭。

崇恩太后升祔十四首·迎神用兴安四章(其三)

〔太簇徵二奏〕枚枚閟宫,鼎俎肆陈。烝畀明灵,登其嘉新。

鼓钟既戒,旨酒既醇。攸介攸止,纯禧荐臻。

崇恩太后升祔十四首·迎神用兴安四章(其四)

〔应钟羽二奏〕旨酒嘉肴,于登于豆。是享是宜,乐既合奏。衎我懿德,执事温恭。灵兮允格,有翼其从。

上册宝十三首·迎神用歆安(其四)

〔应钟羽二奏〕牺牲既成,笾豆有楚。扷金击石,式歌且舞。追怀懿德,令闻令仪。灵兮来格,是享是宜。

朝谒太清宫九首·降神用真安

犹龙之圣,降生厉乡。教流清净,道符混茫。大君肃谒,盛仪允臧。森罗羽卫,躬荐萧芗。簪绂济济,钟石洋洋。高真至止,介福诞祥。

绍兴祀大火十二首·降神用高安(其一)

〔圜钟为宫〕五纬相天,各率其职。司礼与视,则维荧惑。至阳之精,届我长嬴。于以求之,祀事孔明。

出火祀大辰十二首·降神用高安(其一)

〔圜钟为宫〕烨烨我宋,火德所畀。用火纪时,允惟象类。神以类歆,诚籞类至。有感斯通,孚我阳燧。

纳火祀大辰十二首·降神用高安(其一)

〔圜钟为宫〕赫赫皇图,炎炎火德。佇神之赐,奄有方国。粢盛既丰,俎豆有恤。於万斯年,报祀无致。

绍兴祀太社太稷十七首·迎神用宁安(其一)

〔函钟为宫〕五祀之本,社稷有严。芟柞伊始,夫敢不虔。吉日惟戊,式荐豆笾。神其来格,用介有年。

绍兴祀太社太稷十七首·迎神用宁安(其二)

〔函钟为宫〕功烈在民,诞受露雨。良耜既歌,乃扬峨舞。是奉是尊,厚礼斯举。相其丰年,多稌多黍。

绍兴以后蜡祭四十二首·东方百神降神用熙安（其一）

〔圜钟为宫〕玄冥凌厉，岁聿其周。天地闭藏，农且息休。
　　　　　古大蜡礼，伊耆肇修。爰荐飶馨，以迓飙游。

绍兴以后蜡祭四十二首·东方百神降神用熙安（其二）

〔黄钟为角〕惟大明尊，实首三辰。功赫庶物，光被广轮。
　　　　　岁方索飨，咸秩群神。灵斿来下，尸此明禋。

绍兴以后蜡祭四十二首·西方百神降神用熙安（其一）

〔圜钟为宫〕玄冬肇祀，始于伊耆。岁事聿成，庸答蕃釐。
　　　　　眷言西顾，匪神司之。归功尔神，翩其下来。

大晟府拟撰释奠十四首·迎神用凝安（其一）

〔黄钟为宫〕大哉宣圣，道德尊崇。维持王化，斯民是宗。
　　　　　典祀有常，精纯并隆。神其来格，於昭盛容。

大晟府拟撰释奠十四首·迎神用凝安（其四）

〔应钟为羽〕圣王生知，阐乃儒规。诗书文教，万世昭垂。
　　　　　良日惟丁，灵承不爽。揭此精虔，神其来飨。

宁宗郊前朝献景灵宫二十四首·降神用太安六变（其一）

〔圜钟为宫〕四灵晨耀，五纬夕明。风云晏和，天地粹清。
　　　　　灵兮来迎，灵兮来宁。启我子孙，飨于纯精。

大观祀社稷九首·迎神用宁安（其一）

〔黄钟二奏〕惟土之尊，民食资焉。阴祀昭格，牲牢腥膻。
　　　　　有功于民，告其吉蠲。神之来享，云车翩翩。

淳化中朝会二十三首·又六变（其六）

冠古耀鸿徽，深仁及隐微。二南江汉咏，九奏凤凰飞。
设虡罗钟律，盈庭列舞衣。文明资厚德，怡怿兆民归。

冬至孟春孟夏季秋四祀上公摄事七首·降神用景安二章（其一）

天何言哉，至清而健。默定幽赞，降祥福善。

夙设圜坛，恭陈嘉荐。贞驭下临，储休锡羡。
生物之祖，兴益之宗。于国之阳，以禋昊穹。
六变降神，於论鼓钟。亲德享道，锡羡无穷。

高宗郊祀前朝享太庙三十首·仁宗室用美成徽宗御制

仁德如天，遍覆无偏。功济九有，恩涵八埏。
齐民受康，朝野晏然。击壤歌谣，四十二年。

熙宁中朝会三首·再举酒用嘉禾

彼美嘉禾，一茎九穗。农畴告祥，史牒书瑞。
击壤欢歌，如京委积。留献春种，昭锡善类。

建隆乾德朝会乐章二十八首·群臣第一盏毕作玄德升闻（其二）

约法皇纲正，崇文宝历昌。道人振木铎，农器铸干将。
瑞日含王宇，卿云蔼帝乡。万邦成一统，鸿祚与天长。

景德以后祀五方帝十六首·送神用高安

管磬咸和，礼献斯毕。灵驭言旋，神降之吉。

祭九鼎十二首·立秋阜鼎酌献用成安

明德崇享，磬管锵锵。铿兮佩举，峩冠齐庄。
肆陈有序，承箱是将。其牲伊何，笾豆大房。

绍兴祭风师六首·酌献用雍安

我求于神，无臭无声。神之燕飨，惟时专精。
大磬在列，楢燎在庭。侑我桂酒，娱其以听。

绍兴享先农十一首·送神用静安

神之来止，风驶云翔。神之旋归，有迎有将。
歌以送之，磬管锵锵。何以惠民，丰年穰穰。

绍兴以后蜡祭四十二首·亚终献用庆安

歌磬胪欢，菁萧激香。飙御奄留，申以贰觥。
相与震澹，告灵其醉。庶几听之，成我熙事。

景祐释奠武成王六首·奠币用明安

　　四岳之裔,凉彼武王。发扬蹈厉,周室用昌。
　　追封庙食,简册增芳。升币以奠,磬管锵锵。

治平皇太后皇后册宝三首·皇帝升坐用乾安

　　王化之始,治繇内孚。时庸作命,玉简金书。
　　磬管在庭,其纵绎如。天临法扆,礼与诚俱。

哲宗上太皇太后册宝五首·太皇太后升坐用乾安

　　总裁庶政,拥佑嗣皇。金书玉简,烂其文章。
　　众歌警作,管磬将将。保安四极,降福无疆。

宝祐二年皇子冠二十首·初醮

　　有宾在筵,有尊在户。磬管将将,醮礼时举。
　　跪觞祝辞,以永燕誉。宝祚万年,磐石巩固。

建隆乾德朝会乐章二十八首·又六变(其四)

　　上游荆楚要,泽国洞庭深。自识同文世,皆回拱极心。
　　一戎聊杖钺,九土尽输金。大定功成后,薰风入舜琴。

绍兴祀神州地祇十六首·神州地祇位酌献用嘉安

　　恭承明祀,嘉荐令芳。亦有桂酒,诚悫是将。
　　瑟瓒以酌,效欢厥觞。庶乎燕享,永怀不忘。

至和祫享三首·奠瓒用嘉安

　　昭穆亲祖,自室徂堂。礼备乐成,肃然祼将。
　　瑟瓒黄流,条鬯芬芳。气达渊泉,神孚来享。

乾道别庙乐歌三首·懿节皇后室酌献用歆安

　　丕显文母,厚德维坤。仙驭虽邈,徽音固存。
　　瑟彼玉瓒,酌此郁尊。简简穰穰,裕我后昆。

祫飨太庙(其九)

　　瑟彼良玉,荐于明灵。宸襟蠲洁,郁鬯芬馨。
　　牲牢在俎,金石在庭。莫重者祼,慈嘏来宁。

乐事

景祐上辛祈谷二首·酌献用绍安

於穆神宗,惟皇永命。荐醴六尊,声歌千咏。

绍兴二十八年祀圜丘·太宗皇帝位酌献用韶安御制

丕铄帝宗,复受天命。群阴犹黩,一戎大定。
奠鬯斯馨,功歌在咏。佑启后人,文轨蚕正。

宁宗郊祀二十九首·降坛用乾安

天容澄谧,景气晏和。瓒斝荐醇,锵璆叶歌。
帝降庭止,夜其如何。神助之休,宜尔众多。

景德以后祀五方帝十六首·赤帝降神用高安

长嬴戒序,候正南讹。功资蕃育,气应清和。
鼎实嘉俎,乐备登歌。神其来享,降福孔多。

绍兴以后祀五方帝六十首·奉俎用丰安

灵兮安留,烟燎既升。有硕其牲,有俎斯承。
匪牲则硕,我德惟馨。缓节安歌,庶几是听。

绍兴以后祀感生帝十六首·彻豆用肃安

洁陈斯备,昭格惟禋。神歆以饫,宰彻其馂。
清歌振晓,叶气流春。永锡祚嗣,以渥烝民。

绍兴亲享明堂二十六首·皇地祇位酌献用彰安

地祇泰折,歌同我将。黝牲纯洁,丝竹发扬。
博厚而久,含洪以光。扶持宗社,曰笃不忘。

绍兴亲享明堂二十六首·望燎用仪安

载酌载献,以纯以精。歌传夜诵,物备秋成。
报本斯极,听卑则明。愿储景贶,福我群生。

绍兴祀神州地祇十六首·神州地祇位奠玉币用嘉安

璇玑谐序,籍敛荐嘉。昭答柔祇,迭奏雅歌。
币琮以侑,仪牒气和。灵其溥临,容与燕嘉。

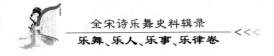

大观秋分夕月四首·酌献

名稽汉仪,歌参唐宗。往于卿少,乘秋气中。
周天而行,如姊之崇。可飞霞佩,下琉璃宫。

夕月十首·送神用理安

歌奏云阕,式礼莫愆。以我齐明,馨其吉蠲。
神保聿归,降康自天。萝图永固,亿万斯年。

景德祀九宫贵神三首·奠玉币酌献用嘉安

灵禋既肃,明神既秩。在国之东,协日之吉。
升歌有仪,六变中律。怀和万灵,降兹阴骘。

元祐祀九宫贵神二首·送神用景安

天之贵神,推移九宫。厥位靡常,降康则同。
来集于坛,顾歆恪恭。歌以送之,飙静旋穹。

建隆以来祀享太庙十六首·奠瓒用瑞木

木符启瑞,著象成文。於昭大号,协应明君。
灵命有属,鸿禧洞分。歌以升荐,休嘉洽闻。

摄事十三首·奠瓒用瑞安

淳清育物,瑞木成文。元气陶冶,非烟郁氛。
玄貺昭格,至和所熏。登歌祼献,肸蠁如闻。

至和祫享三首·迎神用兴安

濡露降霜,永怀孝思。祫食谛叙,再闰之期。
歌德咏功,八音播之。歆神惟始,灵其格兹。

绍兴以后时享二十五首·彻豆用兴安

礼备乐成,物称诚竭。相维辟公,神人以说。
歌雍一章,诸宰斯彻。天子万年,无竞维烈。

高宗郊祀前朝享太庙三十首·皇帝再盥洗用乾安①

盥至于再,洁诚愈孚。帝用祗荐,灵咸嘉虞。
腾歌胪欢,会于轩朱。观厥颙若,受福之符。

高宗郊祀前朝享太庙三十首·还位用乾安

帝既临享,步武鸣鸾。陟降规矩,颙昂周旋。
登歌一再,典礼莫愆。神之听之,祉福绵绵。

高宗郊前朝献景灵宫二十一首·送真用太安

雍歌既彻,熙事备成。神夕奄虞,忽乘青冥。
灵心回眷,监我精禋。诞降嘉祉,休德昭清。

宁宗郊前朝献景灵宫二十四首·文舞退武舞进用正安

持翟成象,秉朱就列。旄乘整溢,凤仪谐节。
挥舒皇文,歌蹈先烈。合好效欢,福流有截。

祭九鼎十二首·亚终献用文安

工祝致辞,黄流协鬯。爰登清歌,载期神享。
噫予诚心,精禋是虔。嘉予陈祀,丰盈豆笾。

熙宁望祭岳镇海渎十七首·西望迎神用凝安

品物顺说,时司金行。于郊迎气,以望庶灵。
雅歌维乐,圭荐惟牲。作民之祉,永相厥成。

绍兴祀太社太稷十七首·太社位酌献用嘉安

叶气嘉生,年谷顺成。万亿及秭,如坻如京。
奉时犉牡,告于神明。歌此良耜,於昭德馨。

雨师五首·迎神用欣安

神之无象,亦可思索。维云阴阴,维风莫莫。
降止坛宇,来顾芳馨。侑以鼓歌,荐此明诚。

---

① 周麟之《太庙乐章·皇帝再盥洗乾安之曲》内容与此诗大致相同,不再重复收录。

雍熙享先农六首余同祈谷·送神用静安

明禋绀坛，灵风肃然。登歌已阕，神驭将旋。
道光帝籍，礼备公田。鉴兹躬稼，永赐丰年。

祀先蚕六首·亚终献用惠安

日吉辰良，礼备乐作。精诚内孚，俎豆交错。
升歌清越，侑此三爵。黎民不寒，幽显同乐。

绍兴以后蜡祭四十二首·初献升降用肃安

礼仪告具，心俨容庄。工歌屡奏，声和义章。
崇坛陟降，济济跄跄。灵光共仰，嘉荐芬芳。

建隆乾德朝会乐章二十八首·皇帝举酒第一盏用白龟

圣德昭宣，神龟出焉。载白其色，或游于川。
名符在沼，瑞应巢莲。登歌丹陛，纪异灵篇。

淳化中朝会二十三首·皇帝初举酒用祥麟

圣皇御宇，仁兽诞彰。在郊旅贡，游畤呈祥。
星辰是禀，草木无伤。纪异信史，登歌太常。

大中祥符朝会五首·三举酒用庆云

惟帝佑德，卿云发祥。纷纷郁郁，五色成章。
奉日逾丽，回风载翔。歌荐郊庙，播厥无疆。

元符大朝会三首·皇帝初举酒用灵芝

嘉瑞降临，应我皇德。烨烨神芝，不根而植。
春秋三秀，昼夜一色。物播诗歌，声被金石。

绍兴朝会十三首·皇帝初举酒用瑞木成文

厚地效珍，嘉木纪瑞。匪刻匪雕，具文见意。
三登太平，允协圣治。诗雅咏歌，有光既醉。

宁宗登门肆赦二首·升坐用乾安

帝飨于郊，荷天之休。五福敷锡，皇明烛幽。
云行雨施，仁翔德游。圣人多男，歌颂九州。

淳熙十二年加上太上皇帝太上皇后尊号十一首·册宝出门用正安

羽卫有严,宝书有辉。昭衍尊名,铺张上仪。
出其端闱,由于康逵。比屋延瞻,歌之舞之。

绍熙元年恭上寿圣皇太后至尊寿皇圣帝寿成皇后尊号册宝十四首·大庆殿发册宝降殿正安

帝受内禅,纪元绍熙。钦崇慈亲,孝心肃祗。
乃建显号,乃葳丕仪。发册广庭,声歌侑之。

淳熙十六年皇后册宝十三首·册宝入门正安

乃协良辰,维春之宜。乃诏近弼,来汝相仪。
九门洞开,文物华辉。声诗载歌,于以侑之。

淳化乡饮酒三十三章(其五)

鹿鸣相邀,聚场之苗。我美嘉宾,令名孔昭。
我命旨酒,以歌以谣。何以置之,大君之朝。

祫飨太庙(其一)

猗我僖祖,德潜而充。庆之所基,日茂以崇。
施及后嗣,天命有融。庙歌载之,播于无穷。

朝会(其三)

地效珍物,时维兹禾。秀标四颖,祥掩并柯。
嘉生绝拟,善应为多。光溢图谍,宣用登歌。

绍兴祀太社太稷十七首·迎神用宁安(其五)

〔南吕为羽〕国主社稷,时祀有常。肃若旧典,报本不忘。
粢盛丰洁,歌吟青黄。尊神倏来,百物宾将。

淳化中朝会二十三首·又六变(其五)

亭障戢干戈,人心浃太和。务农登宝谷,猎俊设云罗。
仪凤书良史,祥麟载雅歌。嘉辰资宴喜,星拱弁峨峨。

真宗御制二首·亚献终献用平晋乐

五代衰替,六合携离。封疆窃据,兵甲竞驰。
天顾黎献,涂炭可悲。帝启灵命,浚哲应期。
皇祖丕变,金钺俄麾。率土执贽,旷俗来仪。
瞻彼大卤,窃此余基。独迷文告,莫畏天威。
神宗继统,璇图有辉。尚安蠢尔,罔怀格思。
六飞凤驾,万旅奉辞。徯来发咏,不阵行师。
云旗先路,壶浆塞岐。天临日照,宸虑通微。
前歌后舞,人心悦随。要领自得,智力何施。
风移僭冒,政治淳熙。书文混一,盛德咸宜。
干戈倒载,振振言归。诞昭七德,永定九围。

雍熙享先农六首余同祈谷·奉俎用丰安

肃陈韶舞,祇荐牺牲。乃逆黄俎,以率躬耕。

淳化乡饮酒三十三章(其一〇)

洋洋嘉鱼,伫以芳罍。君子有德,嘉宾式歌且舞。

绍兴二十八年祀圜丘·文舞退武舞进用正安

泰元尊临,富媪繁祉。於皇祖宗,既昭格止。
奏舞象功,灵其有喜。永言孝思,尽善尽美。

绍兴二十八年祀圜丘·还大次用乾安

舞具八佾,乐备六成。大矣孝熙,厉意专精。
已事而竣,回辂还衡。我应受之,以莫不增。

元符亲享明堂十一首·退文舞迎武舞用穆安

舞以象功,乐惟崇德。文经万邦,武靖四国。
一张一弛,其仪不忒。神鉴孔昭,孝思维则。

绍兴淳熙分命馆职定撰十七首·文舞退武舞进用正安

温厚严凝,於皇上帝。文德武功,列圣并配。
舞缀象成,肃雍进退。秉翟踆踆,总干蹈厉。

景祐亲享太庙二首·迎神用兴安

追养奉先,纳孝练主。金奏凤鸣,关雎乐舞。
奠鬯恭神,肥腯展俎。积庆聪明,降景寰宇。

高宗郊祀前朝享太庙三十首·亚献用正安

威神在天,享于克诚。申以贰觞,式昭德馨。
笾豆孔嘉,乐舞具陈。庶几是听,福禄来成。

高宗祀明堂前朝享太庙二十一首·终献用正安

疏幂三举,诚意一纯。孰陪予祀,公族振振。
明灵来娭,乐舞具陈。奉神所佑,昭孝息民。

汾阴十首·亚终献用正安

至哉柔祇,滋生蕃锡。涤濯静嘉,寅恭夕惕。
金奏纯如,万舞有奕。立我烝民,莫匪尔极。

淳祐祭海神十六首·亚终献用飨安

笾豆有楚,贰觞斯旅。神其醉饱,式燕以序。
百灵秘怪,蜿蜒飞舞。锡我祺祥,有永终古。

景德中朝会十四首·初举酒毕用盛德升闻(其二)①

闾阖天开,群后在位。设业设虡,庭燎晰晰。
斧扆当阳,虎贲夹陛。舞之蹈之,四隩来暨。

绍兴朝会十三首·上公上寿用和安

八音克谐,万舞有奕。上公奉觞,率兹百辟。
声效呼嵩,祝圣人寿。亿载万年,天长地久。

章献明肃皇太后恭谢太庙(其一四)

牲牷腯肥,粢盛丰洁。三献用行,万舞复列。
礼仪克成,乐奏将阕。神保聿归,玉豆斯彻。

---

① 杨亿《太常乐章三十首(第二)》内容与此诗相同,不再重复收录。

建隆乾德朝会乐章二十八首·又六变(其二)

朝会俨威仪,司常建九旗。舞容分缀兆,文物辨威蕤。
运格桃林牧,祥开洛水龟。帝功潜日用,化俗自登熙。

建隆乾德朝会乐章二十八首·第二盏毕用天下大定(其一)

皇猷敷八表,武谊肃三边。兰锜韬兵日,灵台偃伯年。
奉珍皆述职,削衽尽朝天。功德超前古,音徽播管弦。

建隆乾德朝会乐章二十八首·第二盏毕用天下大定(其二)

伐叛天威震,恢疆帝业多。削平俘肃杀,涵煦极阳和。
蹈厉观周舞,风云入汉歌。功成推大定,归马偃雕戈。

淳化中朝会二十三首·又六变(其三)

大君隆至化,兴运契千龄。觐礼俄班瑞,夷宾尽实庭。
成文调露乐,奉圣拱辰星。舞佾方更进,朝阳上楚萍。

淳化中朝会二十三首·又六变(其三)

南暨宣皇化,东吴奉乃神。舞干方耀德,执玉自来宾。
巢伯朝丹陛,韩侯觐紫宸。古今归一揆,怀远道弥新。

皇后庙十五首·酌献孝明皇后室用惠安

祀事孔明,庙室惟肃。铏登笾豆,金石丝竹。
既灌既荐,允恭允穆。奉神如在,以介景福。

方丘乐歌(其一)

至哉坤仪,万汇资生。称物平施,流谦变盈。
礼修泰折,祭极精诚。皇皇灵眷,永奠寰瀛。

方丘乐歌(其二)

礼有五经,无先祭礼。即时伸虔,惟时盥洗。
品物吉蠲,威仪济济。锡之纯嘏,来歆恺悌。

方丘乐歌(其三)

无疆之德,至哉坤元。沉潜刚克,资生实蕃。
方丘之仪,惟敬无文。神其来思,时歆荐殷。

方丘乐歌(其四)

礼行方泽,文物备举。惟皇地祇,昭格来下。
奠瘗玉帛,纯诚内著。神保是享,陟降斯祐。

方丘乐歌(其五)

四阶秩仪,坛于方泽。昭事皇祇,即阴以墠。
洁肆于祊,孔嘉且硕。神其福之,如几如式。

方丘乐歌(其六)

荡荡坤德,物无不载。柔顺利贞,含弘光大。
笾豆既陈,金石斯在。四海永宁,福禄攸介。

方丘乐歌(其七)

卓彼嘉坛,奠玉方泽。百辟祇肃,八音纯绎。
祀事承明,柔祇感格。

方丘乐歌(其八)

修理方丘,吉蠲是宜。笾豆静嘉,登于有司。
芬芬馨香,来享来仪。郊仪将终,声歌彻之。

方丘乐歌(其九)

因地方丘,济济多仪。乐成八变,灵祇格思。
荐余彻豆,神贶昭垂。亿万斯年,永祐丕基。

绍兴别庙乐歌五首·升殿用崇安

新庙肃肃,蒇事以时。陟降阶墄,雍容有仪。
鞠躬周旋,罔敢不祇。祝史正辞,灵其格思。

绍兴别庙乐歌五首·奉俎用肃安

肇严庙祀,爰图遗芳。物必称德,或陈或将。
有缛其仪,有苾其香。灵兮来下,割烹是尝。

绍兴别庙乐歌五首·懿节皇后室酌献用明安

曾沙表庆,正位椒庭。徽音杳邈,宫壸仪刑。
虔修祀事,清酌惟馨。缩以包茅,昭格明灵。

绍兴别庙乐歌五首·亚终献用嘉安

霄汉月堕,郊原露晞。徽音如在,延伫来归。
有酒既清,累觞载祗。神具醉止,燕衎怡怡。

绍兴别庙乐歌五首·彻豆用宁安

仙驭弗返,眇邈清都。荐此嘉殽,既丰既腴。
奠享有成,鼓乐愉愉。彻我豆笾,率礼无逾。

乾道别庙乐歌三首·诣庙用乾安

涓选休辰,于秋之杪。既齐既戒,爰假祖庙。
有䎛仪坤,旧章是效。享祀奚为,天子纯孝。

乾道别庙乐歌三首·升殿用乾安

宗祀九筵,先荐闷宫。陟自东阶,煌煌衮龙。
於穆圣善,监兹礼容。是享是宜,介福无穷。

乾道别庙乐歌三首·懿节皇后室酌献用歆安

丕显文母,厚德维坤。仙驭虽邈,徽音固存。
瑟彼玉瓒,酌此郁尊。简简穰穰,裕我后昆。

汾阴十首·奠玉币登歌嘉安

至诚旁达,柔祇格思。奉以琮币,致诚在兹。

理宗明堂前朝献景灵宫二首·升殿登歌乾安

我享我将,罄兹精意。陟降左右,维天与契。
斋明乃心,祗肃在位。於万斯年,百福来备。

常　挺(？—1268)

视师颂

岷山穹隆,岷水沖瀜。气郁葱葱,至和所钟。
秀毓临邛,笃生英雄。绰有祖风,唐之郑公。
进思尽忠,王臣靡躬。万壑奔泷,砥植在中。
退思固穷,为时儒宗。启迪颛蒙,如金在镕。

王明泰通,虎啸风从。入觐九重,天子改容。
时谨边烽,命公抚戎。大江西东,隐若长墉。
甲兵藏胸,樽俎折冲。万年之功,寿与天同。
聊述鄙惊,以侑乐工。

乡村民俗音乐活动

白　珽(1248—1328)

春日田园杂兴

雨后散幽步,村村社鼓鸣。阴晴虽不定,天地自分明。
柳处风无力,蛙时水有声。几朝寒食近,吾事及躬耕。

白玉蟾(1194—?)

农　歌

上田稻似下田青,乳鸭儿鹅阵阵行。稻熟酒新鹅鸭大,村歌社舞贺秋成。

毕仲游(1047—1121)

社　鼓

社鼓冬冬南北村,老人相倚话柴门。自从嘉祐初年后,直至元丰有稻孙。

蔡如松(?—?)

九侯山神诗

谁言少康真禹子,子孙九人流到此。谁言鬼侯遭纣虐,冤魄至今灵故垒。
诞哉二说太荒唐,未识根原有初始。我曾南自五羊回,杖屦空山问遗址。
数间古屋傍林峦,一簇偶人皆剑履。断碑仆地苍藓没,满庭落叶秋风起。
岁时伏腊走村翁,醵钱买酒烹羊豕。粤巫击鼓细吹角,整日歌呼乞新祉。
饥乌攫肉舞盘间,野蝶寻馨投盏里。愚民惊怪相骇诞,巧唝笙簧萦俗耳。
那知三代去已远,鬼神岂肯歆非祀。漳川遐僻在穷闽,北去中州几万里。
从来不及风马牛,庙食胡为而至是。滥觞曲士妄穿凿,湍激妖狐因倚恃。
嘘烟吹雾作精变,历古冥冥无辨理。何当济会狄梁公,为我乘时皆斥毁。

晁公遡（？—？）

范仲芑惠诗次韵为报

吾皇之居玄都秘，龙为徼巡虎守卫。太颠闳夭尽奔走，窦婴灌夫敢睥睨。
今年已征虞公入，圣代岂有舜门闭。黄君近在承明庭，著作磊落垂一世。
关子真宜校天禄，文采不减特进丽。刘郎闻亦对宣室，上陈三宗下七制。
子当继往螭头立，我但愿若龟尾曳。坐看指日清中原，同与老农歌乐岁。

陈　淳（1159—1219）

送赵守备解南漳赴湖北仓

前年邦人迎公来，人人喜公来何暮。今年邦人送公去，人人恨公去何遽。
公在南漳甫三年，仁政率起百年慕。在民条目皆可书，及人惠爱何胜数。
农歌田野士歌学，工歌市廛商歌路。攀辕无愿以公归，断鞅必欲留公住。
天子爱民南北均，岂暇私漳一隅故。命公乘轺使荆湖，历访民瘼清民蠹。
况曰古来用武地，直瞰中原正门户。英才分布岂偶然，筹画端为恢拓具。
北视敌众纷蠢蠢，义概宁无激衷素。挽河洗兵特余功，不日入为圣明辅。
沃心迪德文太平，上窥周召参伊傅。鲰生忝出陶镕下，日望清光日以阻。
阎门惟知自好修，何敢越分求攀附。窃幸斯道有主盟，用舍行藏无所与。

陈　泊（？—？）

蓝溪闲居

白鹿原东虎候西，结庐岑寂映蓝溪。露侵僧履兰三径，春入农歌雨一犁。
聒枕溜声疑水宿，拂檐山色类岩栖。闭门养拙无人问，揭尽陈编日又低。

陈　宓（1171—1230）

泉南道中

乍寒忽暖初冬候，已熟慵收大有年。社鼓呼人鸣坎坎，山童待月舞跹跹。
旅行可饱鱼虾味，疾步不惊鸡犬眠。外户夜开今已见，何时斗米直三钱。

陈　某(？—？)
偶成(其二)
南山作雨北山云,野哭村歌处处闻。淮岱十年多盗贼,谁知一半是官军。

陈　造(1133—1203)
再次韵答节推司理路监岳
世传秀句我既不能如唐王维,民依慈母亦复不能如汉杜诗。
一官强颜窃温饱,粗免庚癸形廋辞。分从村歌趁社鼓,厌见翻云覆手雨。
橐中仅办买山钱,径当拂衣践此语。三子表表吾眼中,趣操肯复衰朽同。
辞坛嶷然推大手,官业行矣收隽功。老夫老矣暇他恤,灌园之隙要治疾。
折腰曳裾今痛定,端知缩鳖取卒律。谁能违性誉所天,俯眉屏息前乞怜。
回思一挽间千托,带索弹琴有余乐。

成大亨(？—？)
次韵仲举知府徽猷劝农出郊
鹤盖群山晓,熊旗爱日明。万夫观拥路,千耦劝深耕。
江熟渔歌闹,山丰社鼓声。老农醉醑饮,鼓舞暮归情。

戴复古(1167—？)
侄孙亦龙作亭于小山之上□余以野亭名之得诗五首(其二)
蔡外有余地,登临作此亭。心如乔木古,眼共远山清。
社酒谁同醉,村歌自可听。有时来夜坐,收拾读书萤。

题亡室真像
求名求利两茫茫,千里归来赋悼亡。梦井诗成增怅恨,鼓盆歌罢转凄凉。
情钟我辈那容忍,乳臭诸儿最可伤。拂拭丹青呼不醒,世间谁有返魂香。

题申季山所藏李伯时画村田乐图
春秧夏苗秋遂获,官赋私逋都了却。鸡豚社酒赛丰年,醉唱村歌舞村乐。
鼓笛有声无曲谱,布衫颠倒傞傞舞。欲识太平真气象,试看此画有佳趣。
管弦声按宫商发,细转柳腰花十八。罗帏绣幕拂香风,九酝葡萄金盏滑。

王孙公子巧欢娱，勿将富贵笑田夫。非渠耕稼饱君腹，问有黄金可乐无。

邓　深(？—？)

同友人新陂庄少憩

家家辘轳络丝声，竹杖芒鞋取次行。村笛牧羊烟欲暝，农歌秧稻雨初晴。
随瓶沽得酒堪醉，就野挑来菜可羹。此是田家真况味，吾曹借取片时清。

董嗣杲(？—？)

舟归富池纪怀

风月幽情借绿樽，奔驰水陆最无根。官舟独载年穷雪，社鼓相迎晚泊村。
到岸茶商期又失，怀家莼客眼添昏。烟芜不断休回首，心迹从谁逐节论。

江州重午二首(其二)

蒲节殊乡借楚夸，绕城社鼓不停挝。争歌神曲羞溪藻，遥送瘟船滚浪花。
世上莫非儿戏事，江头无奈客思家。西湖今夜笙歌月，凉拥红莲灿落霞。

舟次示朱友龙

雪花侵鬓转栖栖，身寄篷窗醉似泥。荻港水寒鸥聚远，芜湖山近雁飞低。
客舟泊夜秋无奈，社鼓催春梦欲迷。津岸喜登无可语，不堪明日各东西。

范成大(1126—1193)

次韵子永见赠建除体

建子玉杓直，黄昏月如霜。除道启柴扃，客来巾履忙。
满炷寒缸油，共此书繁光。平生卜邻愿，何意登我堂。
定交吾岂敢，南荣惭伯阳。执手道古作，遗篇记河梁。
破窗风鸣悲，孤客多慨伤。危肠不救饥，我诗安得昌。
成章类村歌，但可侣牛羊。收功翰墨薮，微子谁能良。
开卷得雅音，玉銮导旂常。闭户坐相念，雪深梅暗香。

上元纪吴中节物俳谐体三十二韵

斗野丰年屡，吴台乐事并。酒垆先叠鼓，灯市蚤投琼。
价喜膏油贱，祥占雨雪晴。筸笘仙子洞，菡萏化人城。

樯炬疑龙见，桥星讶鹊成。小家庑独踞，高闬鹿双撑。
屏展辉云母，帘垂晃水精。万窗花眼密，千隙玉虹明。
苍卜丹房挂，葡萄绿蔓萦。方缣翻史册，圆魄缀门衡。
掷烛腾空稳，推球滚地轻。映光鱼隐见，转影骑纵横。
轻薄行歌过，颠狂社舞呈。村田蓑笠野，街市管弦清。
里巷分题句，官曹别扁门。旱船遥似泛，水偶近如生。
钳赭装牢户，嘲嗤绘乐棚。堵观瑶席隘，喝道绮丛争。
禁钥通三鼓，归鞭任五更。桑蚕春茧劝，花蝶夜蛾迎。
兔子描丹笔，鹅毛剪雪英。宝糖珍粔籹，乌腻美饴饧。
撚粉团栾意，熬秠膈膊声。筵箪巫志怪，香火婢输诚。
寻卜拖裙验，箕诗落笔惊。微如针属尾，贱及苇分茎。
末俗难诃止，佳辰且放行。此时纷仆马，有客静柴荆。
幸甚归长铗，居然照短檠。生涯惟病骨，节物尚乡情。
掎摭成俳体，咨询逮里氓。谁修吴地志，聊以助讥评。

范纯仁（1027—1101）

和持国听琵琶二首（其一）

美人成列抹朱弦，劝得嘉宾醉满筵。却笑西湖游赏处，村歌社舞谩盈船。

和放翁社日四首·社鼓

冬冬枌榆社，坎坎桑竹野。初非有均度，意欲薄幽雅。
侯家按新声，视此宁勿赧。且从群儿嬉，吾耒已可把。

葛绍体（？—？）

太师汪焕章社日劝农余出湖曲（其二）

春劝老农夸岁岁，晚飞新燕贺年年。鉴湖一棹烟波客，燕舞农歌伴醉眠。

郭祥正（1035—1113）

香　社　院

重阴消散日车明，社鼓村歌乐太平。行过柘塘萧寺宿，隔墙犹听卖花声。

次韵陈文思见寄

星湾高会岂能忘,万丈离愁寸寸量。东阁赋梅摅锦绣,南山射虎凛冰霜。
功名未得封千户,耕凿何由共一乡。春蕨秋鲈味偏美,时听社鼓醉淋浪。

夏公酉家藏老高村田乐教学图

高生妙画世所知,君藏两幅尤瑰奇。春回老柳未全绿,和气盎盎微风吹。
负暄当案谁氏子,坐以训诂传童儿。麻鞋破穿十指露,纻衫短袖乌巾欹。
眼吻开张手捉笔,叱怒底事扬其威。两童分争迭相挽,彼二稚子傍观窥。
一童独卧守书卷,性习已见分醇醨。皤然老叟醉兀兀,二孙侧立犹扶持。
余皆伶官杂村妓,插笛放鼓陈威仪。三犬奔来吠欲啮,二人惊顾方攒眉。
伶家有子少亦黠,两手据鞍驴载之。尊卑向背极精妙,精妙得以意思惟。
田翁丰年固取乐,又能教子勤书诗。德泽涵濡赋敛绝,致我鼓腹咸熙熙。
画工亦画太平事,谁欲扰之生乱离。
高生高生,不独爱尔之妙笔,对此颇思三代时。

郭　印(？—？)

夔州元宵和曾端伯韵四首(其一)

绮陌家家不下帘,花光世界总成莲。村歌社舞欢呼处,都道今年胜去年。

韩　淲(1159—1224)

二十六夜大雨达旦

熟睡俄惊簟未收,披衣侧坐且搔头。飕飗隔屋听吹瓦,滂沛连床定满沟。
晓起见山全带雾,午晴沿涧尚周流。新凉粳稻农歌处,共喜开禧第一秋。

十　九　日

吹鼓打笛农祷雨,都道小禾迟者干。高邱之田已如此,低洼晚稻难更看。
官司只怕放苗头,田里岂但糊口忧。政在养民舜之政,损下益上非所求。

韩　琦(1008—1075)

辛亥八月十六日夜复值阴晦

舒轮方满正中秋,报社神歆已降休。且共良农歌稔岁,何须明月照高楼。
金丝自壮欢吟气,风雨终为乐事仇。酣饫野翁犹带断,不争豪饮亦堪羞。

褫高道中农居

山脚林成簇舍窠,门前流水养嘉禾。森森松柏围先陇,溅溅牛羊满近坡。
官赋已供余岁备,村歌无节得天和。安全尽责廉平吏,三岁齐民更孰过。

贺　铸(1052—1125)

谢米雍丘元章见过

　　今古两妙令,雍丘与太丘。当时号清白,后日想风流。
　　吏鼾庭阴午,农歌野色秋。吾非荀氏老,愧尔德星留。

胡　寅(1098—1156)

和次山游朝阳岩

画船浮客到岩阿,小阁经年又一过。天远恍如开翠幕,江春浑似绕青罗。
雨晴风日山山丽,花发园林处处多。早喜四郊膏泽遍,试从尧壤嗣农歌。

胡仲弓(?—?)

山 村 即 事

　　春风无厚薄,随分到山村。歌吹行南陌,秋千出短垣。
　　稻田喧鸟雀,社鼓赛鸡豚。何事条桑月,人家紧闭门。

黄庭坚(1045—1105)

次韵寅庵四首(其一)

四时说尽庵前事,寄远如开水墨图。略有生涯如谷口,非无卜肆在成都。
旁篱榛栗供宾客,满眼云山奉燕居。闲与老农歌帝力,年丰村落罢追胥。

姜　霖(?—?)

春日田园杂兴

老盆倾酒试新尝,社鼓村村闹夕阳。麦陇风微牛睡稳,芹塘泥滑燕归忙。
半村飞雨断烟湿,一径落花流水香。鼎贵安知此中意,徒能学犬吠村庄。

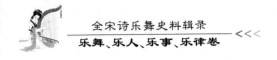

九山人（？—？）

春日田园杂兴

轩裳一梦断尘寰,桑柘阴阴静掩关。种秫已非彭泽县,采薇何必首阳山。
因怜社鼓刚催老,转觉儒冠不负闲。君看浣花堂上燕,芹泥虽好亦知还。

孔平仲（1044—1102）

村　　鼓

潭潭村鼓鸣,羡尔田家乐。闪闪绿榆丛,风清如苇籥。
我怀物外趣,世味久零落。焉得太古民,相携去耕凿。

黎廷瑞（1250—1308）

丙申上元喜晴孤坐怀旧二十韵

少年意气凌嵩华,尚记京城逢午夜。璧月琼枝彩凤飞,银花铁锁金鳌跨。
楼台上下沸笙韶,巷陌东西暗兰麝。樗蒲百万不供捎,美酒十千宁论价。
狂游但恐星河曙,醉卧不知风露下。悠悠人世半悲欢,忽忽天时更代谢。
蚁国惊心城郭非,蜃楼转眼烟云化。微生幸尔脱干戈,暮年聊此依桑柘。
每当佳节强逢迎,忽思往事还惊咤。新年半月雨不止,此夕一晴天所借。
草市冬冬村鼓闹,竹檐烂烂华灯挂。颠狂社舞喧戏剧,落魄儒冠寄嘲骂。
亦知陋俗多浮薄,尚喜疲氓少闲暇。先生清坐懒出门,诸少并游惟守舍。
虽无画烛千炬围,犹有残梅一枝亚。孤灯隐隐耿相照,疏影离离淡如画。
划尔喧风扑短檠,炯然霁月明虚榭。百念无营冷似灰,一闲有味甘如蔗。
已拚暮境渔樵侣,独忆平生诗酒社。白云霭霭隔江山,可惜无人谈旧话。

李　堪（965—？）

仙楼道院

寻源探云霞,中有金仙家。绮疏晃飞翚,雕栏灿朱华。
珍禽栖不去,灵液流无涯。晴旭起风篁,空香送天花。
春雷会社鼓,寒烟聚海茶。奇峰媚如削,芳树一何嘉。
且将翠阁齐,绝与红尘赊。终然谢朝绂,此地营丹砂。

李弥逊(1089—1153)

次韵舍弟野望

苍崖望不极,林际起孤烟。渔笛兼葭岸,农歌穮稑田。
青涵濠上水,碧锁峡中天。客鬓愁边改,秋风又一年。

李 彭(?—?)

蔡州颜鲁公祠

孤云亦群游,劲柏受远托。烈士怀贞心,肯劳常情度。
堂堂颜太师,立朝独庄谔。太宗柱石衰,中夜悬六博。
朝廷冠剑人,孤君资元恶。公当蔡州锋,活国立然诺。
头颅危一叶,舌本未渠弱。耻为苏属国,华颠图麟阁。
想当凶焰时,直气森喷薄。庙貌存典刑,社鼓追冥漠。
我生当昭代,何憾涕横落。浩歌招游魂,白眼瞪寥廓。

李若川(?—?)

村社歌

清晓冬冬鸣社鼓,前村后村走儿女。田家酾钱共赛神,谢神时晴复时雨。
案有肴酒炉有香,老巫祷祝躬案傍。愿得年年被神福,秋宜稻谷春宜桑。
人淳礼简酒无数,歌笑喧阗日将暮。田翁欹侧醉归来,山头明月山前路。

李 石(1108—1181)

杨德彝立春日携诗远访次韵

鞭笞土牛子,鼓舞勾芒神。初开一岁籥,已有五日陈。
胡为松桂老,强逐桃李新。自言草玄客,颇爱郑子真。
虽云公卿贵,虚名竟成尘。况我已三黜,素志无一伸。
遂去田舍畔,得与渔樵亲。奉母缺禄食,菜饱不敢嗔。
夫君亦人子,等是我辈人。青鞋裹白足,乌帽遮长身。
襟期访郑老,酒伴寻南邻。吾文天未拯,古道日以堙。
登坛要先歃,更约明年春。

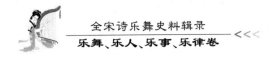

李　新(1062—?)

铁山祠成二首(其二)

缥缈团空翠一围,丛神社鼓日相依。阴天几处看云阵,夜雪何时化铁衣。
鸟鼠莫栖新蕊殿,风尘从染旧龙旗。门前汗马蹄翻玉,犹似当年力战归。

即席次必强六绝句(其四)

市酒郫筒去未还,宗人厚德敌刘宽。田歌社舞生惆怅,聊向樽前佐客欢。

刘克庄(1187—1269)

夏旱四首(其一)

沟堪揭厉难车水,雨怕讥征不入城。沃野燥刚妨种艺,老农歌哭不成声。

乙卯端午十绝(其一〇)

朝朝责太平,日日御延英。欲识太平处,冬冬社鼓声。

六言三首(其三)

溪北酒旗袅袅,溪南社鼓冬冬。宁问铺糟渔父,懒求赋芋狙公。

白湖庙二十韵

灵妃一女子,瓣香起湄洲。巨浸虽稽天,旗盖俨中流。
驾风樯浪舶,翻筋斗千秋。既而大神通,血食羊万头。
封爵遂綦贵,青圭蔽珠旒。轮奂拟宫省,盥荐皆公侯。
始盛自全闽,俄遍于齐州。静如海不波,幽与神为谋。
营卒尝密祷,山越立献囚。岂必如麻姑,撒米人间游。
亦窃笑阿环,种桃儿童偷。独于民锡福,能使岁有秋。
每至割获时,稚耄争劝酬。坎坎击社鼓,呜呜缠蛮讴。
常恨孔子没,豳风不见收。君谟与渔仲,亦未尝旁搜。
束晳何人哉,愚欲补前修。缅怀荔台叟,纪述惜未周。
他山岂无石,可以砻且锼。吾老毛颖秃,安能斡万年。

题福清薛明府太平禾图

闻说琴堂似水清,天公产瑞告西成。宛如唐叔称同颖,未羡相如诧一茎。
岳牧定应图画进,朝家曷有玺书旌。依诗社舞村歌尔,让紫薇郎作颂声。

刘一止(1080—1161)

次韵江子我郎中社饮一首

社醵遗风在,田家礼数饶。玉人疑解意,孺子故来邀。
御寇惊先馈,庚桑惧见杓。习乡俱尚齿,惇族悟疏苗。
未见雕戈静,方欣玉烛调。山寒时作瞑,火老不成歊。
酾酒无留榼,蒸豚发堕樵。蛮讴声带苦,村舞拍频招。
野性疏钟鼎,官身脱市朝。形随石骨瘦,心与涧花凋。
朔漠音尘断,膻胡意气骄。谁为今定远,空作老边韶。
枉矢知天变,双桃验服妖。献书惭痛哭,避地独无聊。
复古周宣治,中兴太白谣。明年及春社,愁鬓雪应消。

刘 宰(1166—1239)

用韵索青娥丸

病余不赋悯侬歌,活计江湖一钓蓑。傥许膏肓驱二竖,肯令红粉污青娥。

陆文圭(1250—1334)

立 冬

早久何当雨,秋深渐入冬。黄花犹带露,红叶已随风。
边思吹寒角,村歌相晚春。篱门日高卧,衰懒愧无功。

陆 游(1125—1210)

春社四首(其二)

社肉如林社酒浓,乡邻罗拜祝年丰。太平气象吾能说,尽在冬冬社鼓中。

野 兴

荷锄通北涧,腰斧上东峰。秋水清见底,晓云深几重。
冬冬传社鼓,渺渺度楼钟。归觅村桥路,诗情抵酒浓。

春社日效宛陵先生体四首·社鼓

酒旗三家市,烟草十里陂。林间鼓冬冬,迨此春社时。
饮福父老醉,嵬峨相扶持。君勿轻此声,可配丰年诗。

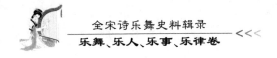

秋　社
雨余残日照庭槐,社鼓冬冬赛庙回。又见神盘分肉至,不堪沙雁带寒来。
书因忌作闲终日,酒为治聋醉一杯。记取镜湖无限景,蘋花零落蓼花开。

初春杂兴五首（其二）
水长鸥初泛,山寒茗未芽。深林闻社鼓,落日照渔家。
渡远呼船久,桥倾取路斜。客愁慵远眺,不是怯风沙。

游近村二首（其二）
被发行歌雪满膺,夕阳顾影乱髯鬛。乞浆得酒人情好,卖剑买牛农事兴。
社鼓赛秋闻坎坎,塔灯照夜望层层。归来闲指乌藤说,个是人间耐久朋。

秋稼渐登识喜
门外新场滑似油,早禾已庆十分收。虹霓不隔郊原雨,蜩螀争催巷陌秋。
人乐风传迎社鼓,路长水溅采莲舟。老翁自笑无它事,欲隐墙东学侩牛。

散策至湖上民家
曳杖翩然入莽苍,人间有此白云乡。风传高树珍禽语,露湿幽丛药草香。
农事正看春水白,客途渐爱午阴凉。余年且就无羁束,社鼓冬冬乐未央。

饭饱昼卧戏作短歌
为农得饭常半菽,出仕固应甘脱粟。藜羹自美何待糁,况复畏人嘲苜蓿。
今年还东已八十,视听虽存鬒先秃。安能卖药谋助道,但有知分堪养福。
水车辘辘邻馈鱼,社鼓冬冬众分肉。可怜老子暂膨脝,午睡窗边自扪腹。

赛神曲
击鼓坎坎,吹笙呜呜。绿袍槐简立老巫,红衫绣裙舞小姑。
乌桕烛明蜡不如,鲤鱼糁美出神厨。老巫前致词,小姑抱酒壶。
愿神来享常欢娱,使我嘉谷收连车。牛羊暮归塞门闾,鸡鹜一母生百雏。
岁岁赐粟,年年蠲租。蒲鞭不施,圄土空虚。
束草作官但形模,刻木为吏无文书。
淳风复还羲皇初,绳亦不结况其余。神归人散醉相扶,夜深歌舞官道隅。

村 饮

旧隐青山在,衰颜白发新。推移忝前辈,疏懒似高人。
击鼓驱殇鬼,吹箫乐社神。家家皆有酒,莫吐相君茵。

马 云(?—?)

重建羊侯祠和王原叔句

汉水舒舒山崇崇,岿然岘首称清雄。南方强吴恃割据,选命儒将登元戎。
太康以来千余载,荆州遗爱思羊公。江山襟带号形胜,借此因成辅晋功。
公谓高贤事迹异,视之闲暇无匆匆。测知当日登临意,景物亦与今朝同。
新就峰巅作亭舍,面势豁若凌烟虹。苍苍云木望不尽,浩荡古意深何穷。
盘回小径至钓石,俯视凝碧相连通。丛篁森束林蓊郁,又从其下兴祠宫。
迅湍急濑鸣渚渚,浓岚翠霭霏蒙蒙。晦晴气象随变易,朝昏万状殊初终。
阁老分符二千石,旄竿刻隼车画熊。管内民租绝逋负,里社歌鼓欢年丰。
府门昼扃官事退,时引宾佐嬉其中。崖条岭蔓杂丹白,涧花满眼罗青红。
磴道迤逦陟萦屈,飘若巾屦腾秋空。岂独游观乐闲燕,图树佳政希前风。
经由粗得究本末,强颜模写惭非工。音辞鄙俚虽一唱,下词寒苦无怡融。

仇 远(1247—?)

三月二十六日书所闻

从来赛社说金渊,鼓笛钲旗隘市廛。地上鬼神行白昼,夜中风雨洗青天。
妖氛旱魃驱无迹,和气欢声兆有年。车马纵观儿女事,老夫闭户读韦编。

元 夜 叹

虎林城中正月半,十万人家灯灿烂。溧阳风景方放灯,通宵不禁人游玩。
大雪深寒万木僵,家家冷坐无薪炭。典钱买竹又买灯,糠油结冻点灯暗。
豪民张灯唤歌舞,鼓笛喧轰夜忘旦。忽闻买丝造海船,府檄专令豪户办。
仓皇且救火燃眉,纵有华灯何暇看。老夫掩关拥炉坐,一盏青灯置书案。
良辰乐事怅难并,顷刻欢声作愁叹。苏公买灯状,陈子题灯诗。
痴儿骏女知不知,月明月暗反覆手,且愿麦熟休王师。

施宜生（？—1160）

社日（其一）

浊涧回湍激，青烟弄晚晖。缘随春酒熟，分与故山违。
社鼓喧林莽，孤城隐翠微。山花羞未发，燕子喜先归。

释怀深（1077—1132）

资福遣土地出院（其二）

村歌社舞拜祠堂，臭秽腥膻污道场。要答神明冥护力，晨昏烧取一炉香。

释慧初（？—？）

偈二首（其二）

九月二十五，聚头相共举。瞎却正法眼，拈却云门普。
德山不会说禅，赢得村歌社舞。阿呵呵，逻逻哩。

释明辩（1085—1157）

颂古十六首（其二）

社舞村歌笑杀人，骑牛挑鸭走成群。三杯酒罢归家去，留得猪头碍塞人。

释师体（1108—1179）

偈颂十八首（其三）

涂灰抹土添光彩，社舞村歌笑已躬。堪笑当年呆得好，百无一解诉心空。
星拱北，水朝东，月落千江体一同。能向海门深处辊，行船谁怕打头风。

释文礼（1167—1250）

偈二首（其一）

黄钟才起时，九数从头数。相将幽谷莺啼，次第雕梁燕语。
田父祭勾芒，丛祠敲社鼓。农父狎牛郎，村姑教蚕妇。
光阴老尽世间人，冬至寒食一百五。

释咸杰(1118—1186)

偈颂六十五首(其五四)

一手不独拍,两手鸣掴掴。豁开三要三玄,捏碎佛祖标格。
村歌社舞得人憎,胜似当年白拈贼。

释正觉(1091—1157)

颂古一百则(其五)

太平治业无像,野老家风至淳。只管村歌社饮,那知舜德尧仁。

禅人并化主写真求赞(其三四八)

绝待而灵,无得而名。就位难辨,借功证成。
合伴应时节,随事放光明。神歌社舞闲心适,块雨条风乐太平。

小师智临禅客写真求赞

云石雪松,岁寒之友从。晓月霜钟,清白之音容。
自乐也村歌社舞,平怀也牧笛归农。暴雨卒风,潜神堂而避阵。
吼雷掣电,战禅席而交锋。十分闲暇,一等疏慵。
青山白云之去就,浮萍流水之行踪。披雾变文豹,吟云蜕骨龙。
身老艺孤兮难其授子,智齐德半兮未可传宗。

颂古一百则(其八)

一尺水,一丈波,五百生前不奈何。不落不昧商量也,依前撞入葛藤窠。
阿呵呵,会也么。若是你洒洒落落,不妨我哆哆和和。
神歌社舞自成曲,拍手其间唱哩啰。

释宗杲(1089—1163)

偈颂一百六十首(其三一)

正月十四十五,双径椎锣打鼓。要识祖意西来,看取村歌社舞。

五祖演和尚赞二首(其二)

说大脱空,荷担佛祖。七八圆全,不成三五。
村歌社舞可怜生,引得儿孙弄泥土。

舒岳祥(1219—1298)

田公姥词

田公布衣五尺长,田姥角冠八寸强。平生布施不造殃,教养儿孙耕与桑。
田公姥,生为农家夫与妇。寿考百年作田祖,岁岁田头管风雨。
春三秋九享鸡豚,环珓神灵如对语。田公姥,听侬歌,看侬舞。
使我仓有粳,使我庾有稌,使我困有黍。使我富牛羊,千斯牸兮百斯牯。
田公姥,侬肴芬芬兮侬酒湑湑,官税既输兮公役不烦。
男不为人驱,女不为佁妇,读书识字应门户。

宋 祁(998—1061)

农 歌

农歌非度曲,新乐信蚩蚩。乃父知田事,吾王采谚辞。
折杨时动笑,鼓腹自成嬉。日暮牛童笛,连声下远陂。

苏 辙(1039—1112)

同王适赋雪

北风吹雨雨不断,遍满虚空作飞霰。纸窗独卧不成眠,茅屋无声时一泫。
鸟乌错莫寒未起,庭户空明夜惊旦。重楼复阁烂生光,绝涧连山漫不见。
夹砌双杉洗更碧,满田碧草埋应烂。城中闭户无履迹,市上孤烟数晨爨。
细排玉箸短垂檐,暗结轻冰时入研。拨灰有客顾尊俎,迹兔何人试鹰犬。
未容行役扫车毂,应有老农歌麦饭。一来江城若俄顷,四见白花飞面旋。
坐看酒瓮谁敢尝,归踏冰泥屡成溅。年来桥板断不属,莫出肩舆足忧患。
到家昏黑空自笑,诉妇勤劳每长叹。床头有酒未用沽,囊里无钱不劳算。
更令雪片大如手,终胜溪瘴长熏眼。谒告犹能不出门,典衣共子成高宴。

孙 觌(1081—1169)

次韵王子钦上元感事三首(其三)

冰雪依春尽,云山发兴多。微吟愁独夜,小立伫斜河。
社鼓村村急,樵音处处歌。呼僮扫月榭,不饮奈明何。

王　令（1032—1059）

答黄薮富道

角角适时足,力走犹或迟。从而不逮人,不若坐视之。
而予始用此,已无先人思。间自念斯世,固亦未易为。
以其得而惭,曷若退自宜。老身可孔颜,饿死犹夷齐。
予心最乐此,尤喜用自持。岂将六尺躯,贱易五羖皮。
但无百亩田,得抱刚气归。年来事穷蹙,露暴无自依。
姊寡不能嫁,儿孤牵我啼。平生事文字,无路活寒饥。
勉从进士科,束若缚褓儿。时时忽自笑,往往穷加悲。
有如高飞鸟,中路饥自低。锐知从食来,不意身投黐。
神龙拏白日,挟雨万里飞。使其口有衔,安得无驯随。
虽然平生志,固未忍相遗。闲时自散开,纵吟助嘘欷。
财将舒己私,岂敢偷人知。黄君道德者,术业何顾顾。
手提九黄钟,旁取折籥吹。悬知失气类,误以唱和期。
不知里社歌,不可郊庙施。况余衰病余,有气亦已卑。
加之困俗学,羝角方牵羸。诗陈尽自道,幸子怜无疵。

王　洋（1089—1154）

和铉父连雨快晴（其二）

官无三不遇,身负四宜休。无意花迷眼,唯因月上楼。
役车悬白地,社鼓祭黄收。何事关心切,逢人说有秋。

韦　骧（1033—1105）

过鳞原驿

晨餐才了又遄征,驿榜鳞原以地名。山顶寒多雪花重,溪湾流浅玉沙明。
田畴有获良农喜,社鼓无声暴客平。奉诏非材幸无事,行中时得肆吟情。

卫宗武（？—1289）

野　步

清景浩无际,天光接水光。晴云侵别屿,远漵落残阳。

岩菊幽含馥,岸花娇炫妆。田家竞秋报,社鼓乐村坊。

喜晴(其二)

雨收宇宙喜清明,社舞村歌沸鼓钲。竹下蛛丝粘叶稳,柳间蝶粉缀绵轻。
班班远岫髻鬟列,滟滟平川衣带横。候转清和景尤胜,翠林幽哢听仓庚。

魏了翁(1178—1237)

观 南 堤

吏报南郊役事休,好风吹袂到江头。长堤饮水马非马,叠石护田牛戴牛。
处处女筐蚕望岁,村村社鼓麦祈秋。守臣不办康时策,只把农夫作己忧。

吴龙翰(1233—1293)

春日书所见

寒云漠漠暮天低,社鼓声中日欲西。隔岸垂杨遮酒店,风帘移影照寒溪。

吴 潜(1195—1262)

再用前韵各赋三解(其四)

赤米炊香两鼻喷,白盐不用置牢盆。家家已了收藏计,物物何知造化恩。
衣褐宽来姑唤妇,垣塯补处祖将孙。江乡此际鸡豚社,俚舞村歌入梦魂。

鲜于侁(1019—1087)

九诵·尧祠

车辚辚兮庙塓,鼓坎坎兮祠下。竽琴兮并奏,洁时修兮虔祠事。
瑶华为馔兮沆瀣为浆,象箧玉豆兮金鼎辉煌。海珍野蔌兮杂错而致诚。
神之来兮风雨萧萧,前驱于毕兮上有招摇。
羽林为卫兮虹霓为旗,凤凰左右兮扰伏蛟螭。
神之降兮金舆,灵欣欣兮胙釐。德难名兮覆焘,千万年兮不忘。

项安世(1129—1208)

次韵张以道对雨

西湖水足镜新磨,竺寺云深著色多。双桨满城舟子唱,一犁无数老农歌。
冬温无计邀滕六,春旱愁人似石嶓。但得新年堪浸种,不嗔花事雨中过。

次韵高秀才借观襄郢诗卷

先生炼句本无奇,信笔闲题总是诗。或似村歌闻野店,又如神笔降丛祠。
大篇写处谁能改,好句忘来亦不追。唤作吟哦君自误,是侬襄郢纵谈时。

许及之(1141—1209)

再 次 韵

急雨撒珠泣渊客,疾风卷荷波涛坏。须臾雨过即风休,但有水香浮月夕。
水到飞霞几断港,安得红云藏薮泽。儿曹问津本何有,荧荇蒙茸填淤碧。
划开天宇镜面平,荡漾渔舟自双只。老惭数涸烦击鲜,筠外栽莲供醉白。
客来意坐夜沈沈,境以客重声籍籍。清缨浊足随去取,水宽地窄易区画。
转庵夙昔董诗盟,同社歌呼剧欢伯。婆娑得句俄朗吟,欸乃答声非复隔。
乃知神语天亦相,仍使菱歌夜犹摘。著身胜处即冰壶,混俗静中无火宅。
我虽爱吟无好句,其奈处闲聊自适。未能汗漫据龟蛤,何补官私响蛙蝈。
天籁自鸣忽闻蝉,众作俱暗推巨擘。恍思南塘香百里,拟泛具区帆一席。
更吟赏实起馋涎,细剥莲蓬珠贝获。不如藏六守筠斋,水落霜枯且投迹。

薛季宣(1134—1173)

寒溪寺拈香时国丧罢宴锡已三岁二首(其一)

社舞莫娓娟,当修晋白莲。林梢开远嶂,花片落寒泉。
钟鼓铿锵甚,松篁影带妍。如来本无象,长老亦逃禅。
昔者溪为虎,如今突暂烟。万松晨径滑,九曲夏云连。
畦町苗初实,池塘滴尚涓。洁斋朝五日,清净乐三年。
要祝南山寿,南山寿十千。

杨公远(1227—?)

饯王书史

揽辔来时柳未烟,榴花又见火初然。一春人坐冰霜国,四野农歌蚕麦天。
教雨仁风弥歉境,屏山练水入吟编。明朝马首东归去,伫看清名到日边。

杨万里(1127—1206)

送庐陵丞刘约之

忠显闻孙定不虚,西枢犹子故应殊。鸾停梧上遗风在,雁进松间得句无。剩有老农歌赞府,未多荐墨送清都。晦翁若问诚斋叟,上下千峰不要扶。

上元前一日游东园看红梅三首(其三)

儿牵黄犊父担犁,社鼓迎神簇纸旗。不是丰年那得此,今春大胜去春时。

宿新市徐公店二首(其二)

春光都在柳梢头,拣折长条插酒楼。便作在家寒食看,村歌社舞更风流。

姚 勉(1216—1262)

春 日 即 事

梁燕无声半掩关,昼长人静觉春闲。闲中却有农歌起,声在晴烟绿处山。

叶梦鼎(?—1278)

梅林八景总咏

黄墩巨海通昌国,花园大路连西域。九顷农歌乐丰年,赤山牧唱喧朝夕。罗溪流水出通潮,仕岈高山古贤迹。方寺钟声诵善音,桃源击鼓评民籍。

叶 茵(1199?—?)

田父吟五首(其五)

逢逢社鼓佐丰年,酒熟那逢酿雪天。擘橘煮鸡偿一醉,布衾烘暖抱孙眠。

易士达(?—?)

竹林伤田家

阴阴沈沈雨霏霏,农夫把秧妻抱儿。前村后村歌相答,上亩下亩泥正肥。新谷登场腹不饱,新丝出盆身不丝。膏粱纨袴一笑乐,粉白黛绿千金挥。农家升苗一寸税,里正打门星火追。

于 石(1247—?)

小石塘源

万山郁回合,群木尤老苍。细路百盘折,崎岖陟羊肠。
凉阴覆峭壁,萦回涧流长。绿萝下百尺,笑挹清泉香。
甘寒试一漱,齿颊凝冰霜。拂石坐未去,樵叟来我傍。
云此涧中水,其源来浦阳。浦阳婺属邑,亦我父母邦。
欲我饮此水,而不忘故乡。叟言起予意,振衣欲飞扬。
便将随水源,径度千仞冈。叟前挽我衣,迟留且勿忙。
吾家隔前坡,林居愧荒凉。寒醅旋可压,为子炊黄粱。
微径行荦确,柴门隐松篁。推户拂尘席,延我入中堂。
呼儿出长揖,阔步何踉跄。问我从何来,惊顾走欲僵。
屡呼不复出,自起致茶汤。坐不分宾主,高谈到羲皇。
炊烟淡茅屋,劝我饮尽觞。葫芦烂鹅鸭,盘饤罗芥姜。
一饱共酣寝,此乐殊未央。摄衣起谢叟,听我歌慨慷。
风埃暗宇县,干戈几抢攘。朽骨缠蔓草,呻吟卧残创。
荒丘奔狐兔,断础悲蛮螀。奔逃不相顾,流离各凄伤。
十年未返业,几人失耕桑。而此源中民,熙然独徜徉。
数家联聚落,茅茨带林塘。笑语声相闻,隔篱灯火光。
翁姬各垂白,童稚纷成行。嫁女必近邻,生男不行商。
死徙无出境,耕织各有常。地炉老瓦盆,竹几素木床。
俗淳器亦古,岂识时世妆。瓜瓠满篱落,麻苎翳门墙。
缺窦出鸡犬,平坡散牛羊。豚蹄一盂酒,神休答丰穰。
村讴杂社鼓,醉舞衣淋浪。昼无悍吏恐,夜无群盗狂。
生者遂所养,死者得所藏。其乐有如此,宜与世相忘。
叟前重致词,为子言其详。使我居华屋,绮疏交洞房。
使我服鲜丽,翠襦绣罗裳。食必具水陆,饮必酣琼浆。
出则盛车骑,锦鞯紫游缰。归则拥歌吹,粉黛环姬姜。
贵封侯万户,富储粟千仓。如此岂不乐,患至难豫防。

利者祸之的,何地非战场。况有吏椎剥,宁免盗陆梁。
安贫即乐土,多财必遗殃。人生守常分,世事胡可量。
我闻重叹息,临风几彷徨。林霏掩苍翠,回首路杳茫。
远山衔落日,惨惨尘沙黄。因思桃源中,人多寿而康。
山深事简寡,居安俗淳良。不与外人接,别在天一方。
儿孙自生长,古今任兴亡。世以为神仙,此说诚荒唐。
平生志远游,恨不穷八荒。去家百里近,绝境见未尝。
邈与桃源居,异世遥相望。安知千载下,以我非渔郎。
独恨无桃花,夹岸摇红芳。花落春水涨,一苇或可航。

次韵徐月卿秋兴

西风渺何许,安处即家乡。社舞邻呼饮,时思礼荐尝。
孤灯茅屋雨,落叶石桥霜。鸡黍当年约,谁能继范张。

喻良能(1120—?)

观田家宴集

村落秋气高,凉飙泛林莽。田家刈获闲,斗酒劳良苦。
瓷瓯间竹箸,杀鸡仍具黍。昏昏灯火照,草草杯盘举。
初喧鹅雁声,中静儿女语。醉来或田歌,散去亦社舞。
不信五侯家,软盘荐肥羜。

张　纲(1083—1166)

岁暮二首(其二)

寒逐云阴散,年催节物新。桃符趋腊市,社鼓赛田神。
任性琴书懒,呼儿杖履频。君恩难报处,家食奉双亲。

张　栻(1133—1180)

某敬采民言成六韵为安抚阁老尚书寿伏幸过目(其六)

湘民清晓寿邦君,下客惭无句语新。敢述老农歌诵意,一觞持上太夫人。

张　守（1084—1145）

族叔祖示四绝句次韵（其三）

衰怀底物能陶写，社舞村歌眼暂明。谁似玉人供巧笑，不劳长笛与哀筝。

赵　抃（1008—1084）

次韵程给事寄赵少师三首（其二）

来属元丰第一年，农歌凿井自耕田。惟公好事康宁福，更许杭民识寿仙。

赵　蕃（1143—1229）

田家即事八首（其三）

社鼓村村急，春流岸岸高。双分待鱼鹭，红认隔溪桃。

赵汝鐩（1172—1246）

社　日

四郊社鼓响枫林，朝雨方晴晚复阴。稚子求聪多啖藕，佳人怕拙例停针。
饭争簌巧毋嫌杂，酒正逢时莫厌斟。为问年年鸿与燕，去来相避果何心。

郑伯玉（？—？）

绿野亭（其三）

吾爱高秋亭上望，水风凉澹惬幽情。山形左右互拱揖，海气旦暮多阴晴。
西畴农歌罢亚熟，北埭渔唱沧浪清。人生得酒且自适，何必身后立空名。

郑清之（1176—1251）

客有诵袁蒙斋得雨酬倡之什辄赓元韵志喜也呈虚斋使君（其一）

雷伯四月暗无声，鸣鸠呼妇凫浴晴。星如椒沙灯吐红，羲和驾鞭乘赤明。
稚秧针水未入种，秀麦浪畦犹督耕。香车不动百龙蛰，转辘如织千蛇横。
爱民太守心语口，瘼我以旱宁无生。川灵有知龟亦许，异物蜿蜒归掌抚。
一雨果从方寸来，此念端诚本天与。弭灾肯效栾巴噀，哺民无异紫芝乳。
一年事在阿堵中，四封笑溢迎门语。我州潴野同淮徐，公方有意六辅渠。
上天下泽钟惠施，千里波及皆君余。

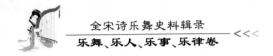

蒙斋诗成虚斋和,我乐赋之如遂初。坐对联珠饱官粟,但有欢喜无欷歔。
只今快续二贤咏,不须乞米移颜书。

郑永中(？—？)

观 稼 阁

公余乘兴步危楼,十里如云翠欲流。多稼芃芃天外阔,平湖渺渺望中浮。
方忻民乐庭无讼,更听农歌岁有秋。吏责已宽聊自得,待凭诗酒寓优游。

周 密(1232—1298)

拟长吉十二月乐辞·三月

大堤韦曲芳菲菲,曲尘粉絮迷东西。榆烟梨月烘夜白,春国染花成五色。
饧箫社鼓欢拍拍,五侯七贵争芳夕。乌丝细织留春语,怨血千枝吟杜主。
翠楼歌冷粉魂愁,一夜东风落芍雨。

北山四时招隐辞（其一）

绿意动兮崇兰,暖回薄兮千岩。蘼芜齐兮绣谷,芳菲菲兮鸟关关。
步桃坞兮曲折,叩兰若兮檀栾。佩九茎兮窈窕,采三秀兮巉屼。
石田肥兮可莳,溪毛秀兮堪餐。赋荣木兮胥悦,浩生意兮修蕃。
田歌起兮啁哳,殷社鼓兮纮纮。
山中春兮可乐,王孙不来兮,謇谁留兮他山。

散乐百戏

蔡　襄(1012—1067)

十日西湖晚归

清晨出郭又晴曛,已见空枝嫩叶新。争得山头能阁日,且容湖上不归春。人随百戏波翻海,酒到三桥月满身。只有牡丹才半拆,未知何处可娱宾。

晁公遡(？—？)

师伯浑用韵复次(其一)

束书归隐不辞遥,庠序懒陪耆老朝。野外卜居无鬼瞰,山中誓墓以神要。暂来同作荔枝社,安可轻违桂树招。已遣官奴理琴瑟,岂惟百戏但歌樵。

陈世崇(1245—1309)

元夕八首(其六)

女童清乐玉琮琤,一道群丝缓合笙。更看苏家坊傀儡,软风娇送杵歌声。

陈　著(1214—1297)

次韵张子华九日长诗

君家脉寿张,文气雄一乡。顾我不自武,穷于冻履常。
异盼独见嗜,古道无炎凉。忆昨夏季望,南风溪山香。
渠渠飞帖盟,伫我高峰行。漓俗非所捉,此味如和羹。
寿我醴醺甲,饫我熬屑姜。别来坐成久,感激时拊床。
我耄君亦老,无预世短长。向来尘埃迹,如云风扫将。
箪瓢足不足,听天自斟量。秋无宋玉悲,春无少陵伤。

逢迎但歌笑,傲睨剧戏场。不然徒自苦,平地皆羊肠。
加于人数等,衰劣如何当。

戴复古(1167—?)

夏日雨后登楼

夏日不苦热,病躯能少康。数峰楼上景,六月雨余凉。
今古两虚器,乾坤百戏场。人生如寄尔,聊以醉为乡。

范成大(1126—1193)

请息斋书事三首(其二)

刻木牵丝罢戏场,祭余雨后两相忘。门虽有雀尚廷尉,食已无鱼休孟尝。
虱里趋时真是贼,虎中宣力任为伥。篱东舍北谁情话,鸡语鸥盟意却长。

方一夔(?—?)

游碧沼寺

古寺萧萧昼闭房,我来无处觅春阳。门前绿静江湖汛,松下清阴暑月凉。
空寄郭公留旧隐,愁听望帝断离肠。借君拍板都无用,看尽伶优老戏场。

洪　适(1117—1184)

对厅致语口号

填然歌颂沸康庄,郁郁梢云昼漏长。礼浃三行盈绿醑,乐催百戏拥黄堂。
挹泉清节推吴隐,揽辔威声小范滂。来岁同称千万寿,天颜有喜举瑶觞。

洪咨夔(1176—1236)

谨和老人初冬寓笔十绝(其四)

当场弄出百般奇,傀儡棚中老偃师。满眼机关无着处,到头线索有收时。

黄庭坚(1045—1105)

题前定录赠李伯牖二首(其二)

万般尽被鬼神戏,看取人间傀儡棚。烦恼自无安脚处,从他鼓笛弄浮生。

李宗谔（965—1013）

汉 武

建章宫阙郁岧峣，露掌修茎倚沈寥。平乐馆中观角抵，单于台上慑天骄。
蓬莱望气沧波阔，太一祈年紫府遥。西母不来东朔去，茂陵松柏冷萧萧。

林希逸（1193—1271）

人 世

浮世堪嗤似戏场，尘编无限记兴亡。百年不了窗明暗，一觉宁论夜短长。
空谷老天休浩叹，今人古月谩相望。眼前翻覆只如许，隐几何妨静炷香。

刘克庄（1187—1269）

观 社 行

吾家世南折简呼，有日曷不见子都。牵衣况复幼吾幼，闭户大似愚公愚。
鲜妆祆服出空巷，钿车绣毂来塞涂。展乌丝栏拥小玉，设锦步障盛绿珠。
尔时病叟亦随喜，携添丁郎便了奴。非惟儿童竞嗤笑，更被傀儡傍揶揄。
平生不识琥珀枕，况敢击碎珊瑚株。□言香火坏蒋霍，渐觉风俗侔徽衢。
一国若狂孰醉醒，宋玉奚必讥登徒。杀牛欲赛西邻祭，苦狗翻哂东门儒。
恍然堕在化人境，又似跳入仙翁壶。麟台学士固穷者，岁晚与妇争裈襦。
独矣太乙旧藜杖，夜窗炯炯供清眸。平明践淖行百里，轻快勿假灵寿扶。
安石出山不免耳，德公入州破戒无。矧君口素衔清议，纷纷诣子愁斧诛。
如齐而观窃未喻，或曰有心击磬乎。君如精金岂易铄，十年风雪惯饕虐。
粤人自昔尚巫鬼，鲁俗何曾废傩较。渠能七步追险韵，聊复一吸空罚爵。
北风清尘宿泥干，西日漏光阴云驳。边头刁斗幸小休，棚上鼓笛姑同乐。
苦吟久无王官采，尽言深恐朋友数。君豪盛气欲回澜，吾衰袖手观返壑。
荔蕉堪荐神送迎，葵枣勿妨农烹剥。刚肠愤发论尤健，枵腹冥搜诗转恶。
先持一事试灵君，敢问何年相王朴。

古宫词十首（其六）

玉辇临前殿，方陈角抵嬉。如何熊犯跸，仅有一昭仪。

闻祥应庙优戏甚盛二首(其二)

巫祝讙言岁事详,丛祠十里鼓箫忙。衣冠优孟名孙□,□□□□□□□。
□□阕氏成妒妇,幻教穆满作□□。□□□□□□,何必区区笑郭郎。

即事三首(其一)

抽簪脱裤满城忙,大半人多在戏场。膈膊鸡犹金爪距,勃跳狙亦衮衣裳。
湘累无奈众人醉,鲁蜡曾令一国狂。空巷冶游惟病叟,半窗淡月伴昏黄。

纵笔二首(其一)

忽忽韶颜变老苍,叵堪屋角两轮忙。群花独菊香尤晚,大木惟樗寿最长。
眉有白毫垂过眼,腹无墨汁苦搜肠。荒村偶有优俳至,且伴儿童看戏场。

乙丑元日口号十首(其四)

方坐皋比开讲肆,忽看傀儡至优场。此翁奇奇又怪怪,若非伪学即阳狂。

灯夕二首(其二)

本子流传自柳荣,著行线彩斗鲜明。似从傀儡家传出,又说熙河帅教成。
边地烽烟差向里,中州灯火尚承平。何尝夜夺昆仑隘,真为君王奏凯声。

刘 镗(?—?)

观 傩

寒云岑岑天四阴,画堂烛影红帘深。鼓声渊渊管声脆,鬼神变化供剧戏。
金洼玉注始滂瀩,眼前倏已非人间。夜叉蓬头铁骨朵,赭衣蓝面眼迸火。
魌魖罔象初俩伶,跪羊立豕相嘤嘤。红裳姹女掩蕉扇,绿绶髯翁握蒲剑。
翻筋踢斗臂膊宽,张颐吐舌唇吻干。摇头四顾百距跃,敛身千态万礐索。
青衫舞蹈忽屏营,采云揭帐森麾旌。紫衣金章独据案,马鬐牛权两披判。
能言祸福不由天,躬履率越分愚贤。蒺藜奋威小由服,髽髻扬声大壆哭。
白面使者竹筴枪,自夸搜捕无遗藏。牛冠钳卷试阅检,虎冒肩戟光映闪。
五方点队乱纷纭,何物老妪绷㩻熏。终南进士破鞾袴,嗜酒不悟鬼看觑。
奋髯瞠目起婆娑,众邪一正将那何。披发将毕飞一映,风卷云收鼓箫歇。
夜阑四坐惨不怡,主人送客客尽悲。归来桃茢坐深簷,翠鸦黄狐犹在眼。
自歌楚些大小招,坐久魂魄游逍遥。会稽山中禹非死,铸鼎息壤乃若此。

又闻鬼奸多冯人,人奸冯鬼奸入神。明日冠裳好妆束,白昼通都人面目。

刘 弇(1048—1102)

次韵和彭道原元夕

搀云幄幕张流苏,华辀夹道青氍毹。黄昏天公下种榆,百万星点成须臾。
赤帝鞭车堕云衢,烛龙骈头浦还珠。竞随丹豹膏凤雏,麟须拂蛾间数疏。
弦嘈管哎声郁纡,栉比百戏罗侏儒。轻纨绣履踏艳姝,灼灼巧笑联芙蕖。
有客年来倦著书,囊钱困粟索无余。短钗列按拥弊襦,未看行乐夸睢盱。
大奴听响仆屋隅,小女行卜迎紫姑。子云门巷正萧疏,谁者载酒论区区。

陆 游(1125—1210)

初夏十首(其二)

翦韭腌菹粟作浆,新炊麦饭满村香。先生醉后骑黄犊,北陌东阡看戏场。

村居遣兴三首(其一)

追数交朋略散亡,臂屦足寒固其常。一年又见秋风至,孤梦潜随夜漏长。
不办诵书如倚相,颇能唉饭胜张苍。回看薄宦成何味,只借朝衫作戏场。

出游五首(其四)

霜气萧条木叶黄,佳时病起意差强。云烟古寺闻僧梵,灯火长桥见戏场。
一枕清风幽梦断,数匙旅饭野蔬香。道边莫笑衰残甚,独往山林兴未央。

行饭至湖上

行饭消摇日有常,青鞋又到古祠傍。残芜满路无多绿,落叶投空不待黄。
只道诗书能发冢,岂知博簺亦亡羊。此身只合都无事,时向湖桥看戏场。

幽居岁暮五首(其三)

老去转无事,室空惟一床。卧时幽鸟语,行处野花香。
巷北观神社,村东看戏场。谁知屏居意,不独为耕桑。

毛 珝(?—?)

和张梅深四首(其一)

几踏槐花角寸长,担簦羞作老来忙。立身早慕千层塔,阅世今知百戏场。

从辟谷来惟嗜酒,自栽梅后不烧香。人生底为青衫急,亦有秋荷可制裳。

强　至(1022—1076)

依韵和道济秘丞集英殿秋宴作

都场百戏已先呈,舞字逶巡列太平。酒缓天颜应有喜,乐高禁漏不闻声。晴晖忽傍金茎动,协气偏从玉座横。何事君臣皆共乐,银台连日奏秋成。

任希夷(1156—?)

上寿大宴二首(其二)

霜晴宝殿转春风,潋滟金卮酒色浓。百戏丛中呈雾豹,万花深处仰云龙。笙簧对御呈三弄,鼓吹成行叠几重。衰落谬令陪翰苑,小臣何以寓形容。

僧义翔(?—?)

偈

时人号我作郭郎,盖缘为事没著量。傀儡弄罢收归笼,自有傍人说短长。

邵　雍(1011—1077)

缘饰吟

缘饰了时称好手,作为成处是真家。须防冷眼人观觑,傀儡都无帐幕遮。

释　本(?—?)

偈二首(其二)

鲍老当年笑郭郎,郭郎舞袖太郎当。及乎鲍老当场舞,鲍老郎当胜郭郎。

释从瑾(1117—1200)

颂古三十八首(其二六)

棚前夜半弄傀儡,行动威仪去就全。子细思量无道理,里头毕竟有人牵。

释慧空(1096—1158)

入风赞

入风无根当处彰,一为热恼一清凉。乾城影里金刚眼,傀儡棚头古佛场。与世推移元不动,随人忧喜竟无妨。可中若有纤豪许,物我相持意未忘。

释如净(?—?)

偈颂十首(其三)

舞衫歌扇,花鼓拍板。总是者个戏棚,卖弄许多伎俩。
咦,任他千圣出头来,立在下风高著眼。建法幢,立宗旨,明明佛敕曹溪是。

偈颂十首(其七)

十二峰前上戏棚,那吒赤脱点天强。屈烦鼓笛低头舞,弄丑真堪笑一场。

偈颂二十五首(其一〇)

开无间地狱,现阎罗大王。聚夜叉一部,列牛头两行。
与其进者剑树上猛火进用,与其退者刀山里寒冰退藏。
叵耐饭饱弄箸,判断屎急尿床。花柳春风入戏场。

释善珍(1194—1277)

已　往

前三十万岁已往,后千亿年来无穷。化工团土为愚汉,傀儡牵丝弄老翁。
尧桀是非俱蔓草,嬴刘成败等飞鸿。午窗睡起摩双眼,落尽瓶花糁桉红。

释绍昙(?—1297)

跋禅会图

禅既强名,会亦妄立。一火无知,打棚杂剧。
百样乔妆诳世人,千般怪语瞒天日。若是本色行家,不打这般鼓笛。
画影图形转弗堪,丛林千古成狼籍。不狼籍,留与仁禅遮破壁。

偈颂一百零二首(其九九)

墅里山前,一棚傀儡。个东个西,或进或退。
打东山鼓乐,断送及时。著杨岐戏衫,编排合制。
虽由行主线牵抽,妙舞三台谁不会。谁不会,喝彩一声,鸦飞鹊噪。

偈颂一百一十七首(其七八)

十二峰前傀儡棚,尽由行主线抽牵。编排科段无新旧,歌舞秋风乐管筵。

偈颂一百零四首(其一○四)

百戏场中赛锦标,蜜脾古马舞儿多。头筹暗被夺将去,行主喃喃强说呵。

释师观(1143—1217)

颂古十七首(其七)

傀儡棚头,全火祇候。明眼人前,一场漏逗。

释师体(1108—1179)

颂古二十九首(其四)

陪钱弄傀儡,拚命打秋千。浑家无眼见,掩面哭苍天。

释正觉(1091—1157)

偈颂二百零五首(其一九)

贪缘心,和合相,傀儡棚头呈伎俩。打破画屏归去来,家山田地还清旷。扫断情尘,沥干识浪。虚明游践兮风月一壶,梦泠转身兮雪云万丈。

释智愚(1185—1269)

颂古一百首(其八八)

一棚傀儡木雕成,半是神形半鬼形。歌鼓歇时天未晓,尚余寒月挂疏棂。

宋　白(936—1012)

宫词(其七一)

鱼龙百戏闹嘈嘈,戏罢珠楼日色高。移入芳林排小宴,赤瑛盘里进樱桃。

宋　祁(998—1061)

乾元节锡庆院燕

盛节推慈洽宴觞,千官不拜俨分行。□弹并给黎园部,曼衍争趋角抵场。传炙濯罍纷络绎,神仙彩树互低昂。名酋面内千胥乐,欢译遥通戴斗香。

宋　庠(996—1066)

冬至观两宫盛礼奏御

帝运姚华协,天元汉历长。三正来复旦,万寿此称觞。

洛宅均中景,涂山采旧章。礼文穷竹素,欢意动梯航。
稷野茅联位,轩筼穀向阳。中天倚华阙,大火敞明堂。
交铩髶髼队,填街隐辚装。九关凝协气,复道仵清光。
子事蒸蒸极,宸仪穆穆扬。母慈尊莫二,君拜祉无疆。
饰喜仙园奏,薰空佛土香。含饴先侑宴,袭衮始宾王。
笝簬宫门狭,谁何陛楯郎。长绅纷拱著,珍佩蔼森璋。
树次天开帘,储恩斗具浆。风乌迎细转,霞燎俨相望。
辨御辰承盖,呼鞭辇出房。云咸薄金石,星日上旂常。
逸缀朱干动,多仪的马骧。麟题公有姓,鹭羽客分行。
上宰陈瑶爵,黎贤抃绣裳。祈龄后天老,介福委山穰。
翼翼心同竭,渠渠泽载雱。诗弦满坑谷,庖味益圆方。
盛掩钧台旧,仪高鲁观祥。深仁跂喙逮,嘉唱股肱良。
茨夏随天步,鱼龙屏戏场。晏温澄象纬,渗漉暨要荒。
瑞典精销裖,涂歌圣择狂。樵苏无发哂,崖略蹈皇纲。

汪元量(1241—1317)

越州歌二十首(其八)

鲁港当年傀儡场,六军尽笑贾平章。三声锣响三更后,不见人呼大魏王。

湖州歌九十八首(其七七)

第八筵开在北亭,三宫丰燕已恩荣。诸行百戏都呈艺,乐局伶官叫点名。

王安石(1021—1086)

相国寺启同天节道场行香院观戏者

侏优戏场中,一贵复一贱。心知本自同,所以无欣怨。

拟寒山拾得二十首(其一〇)

傀儡只一机,种种没根栽。被我入棚中,昨日亲看来。
方知棚外人,扰扰一场呆。终日受伊谩,更被索钱财。

和圣俞农具诗十五首·耘鼓

逢逢戏场声,壤壤战时伍。日落未云休,田家亦良苦。

问儿今垄上,听此何莽卤。昨日应官繇,州前看歌舞。

王 珪(1019—1085)

宫词(其五四)

三月金明柳絮飞,岸花堤草弄春时。楼船百戏催宣赐,御辇今年不上池。

王 迈(1184—1248)

枕上复用道间乡字韵呈同人

爆竹声中度岁忙,椒花杯上换春阳。欠书元日神荼帖,又看新年傀儡场。
客枕方酣千里梦,朝靴正踏五更霜。主翁须要惺惺在,富贵何如归故乡。

魏了翁(1178—1237)

十八日上寿退赐坐十九日贡院锡宴二十一日紫宸殿御筵即事(其五)

再坐犹余四屈卮,筋弩肉痹股生胝。侍臣醉饱皇欢洽,更看终场角抵嬉。

次韵李参政湖上杂咏录寄龙鹤坟庐(其一三)

世有傀儡棚,帐幕深遮围。衣冠巧装饰,观者迷是非。
自谓真好手,不知若为归。

项安世(1129—1208)

次韵曾宣干

无钵无筇晓自斋,一盌一衲晚逾乖。战场实事膏兼血,广坐虚谈冢共骸。
房事方然人尚尔,世途何者我犹谐。道林自有山花鸟,收起棚前傀儡牌。

徐 积(1028—1103)

舞 马 诗

开元天子太平时,夜舞朝歌意转迷。绣榻尽容骐骥足,锦衣浑盖渥洼泥。
才敲画鼓头先奋,不假金鞭势自齐。明日梨园翻旧曲,范阳戈甲满西来。

许景衡(1072—1128)

天宁节上寿紫宸退诣相国寺祝寿宴尚书省

霜天宫阙九门开,共献君王万寿杯。善祝欻来倾宝刹,赐筵还许燕中台。
乐连百戏鸳鸯集,花覆千官锦绣堆。说与伶伦逢此日,年年长赋醉蓬莱。

阳 枋(1187—1267)

别王叔俨

会得个中无两重,笑棚傀儡虚拈弄。水云佳处看回来,少听痴人多说梦。

杨 亿(974—1020?)

傀 儡

鲍老当筵笑郭郎,笑他舞袖太郎当。若教鲍老当筵舞,转更郎当舞袖长。

易士达(?—?)

观 傀 儡

刻出形骸假像真,一丝牵动便精神。堪嗤鼓笛收声后,依旧当时木偶人。

张舜民(?—?)

元夕端居感事四绝句(其一)

凤楼南畔彩为山,百戏年年奉帝筵。不独侍臣偏赐酒,当时一国梦钧天。

赵 抃(1008—1084)

杭州上元观灯(其二)

初逢稔岁改初元,元夜从游驾两輧。寺曲水灯多巧怪,河塘歌吹竞喧繁。
安排百戏无虚巷,开辟重关不锁门。愿以民心祝尧寿,众星高拱北辰尊。

赵 炅(939—997)

缘识(其三二)

结束分朋相间错,立在殿庭还不弱。锦绣为袍供奉仪,流星电转争挥霍。
文裹乌巾皆一样,三春景色花荡扬。承平此事比应难,盛世欢娱情好尚。
添肖况,堪可爱,香尘坠里无妨碍。月杖怀挟击云门,引聚风光何意态。
令人骇目潜窥睹,杂剧教坊罗袂举。銮铃珂佩白玉鞍,恣纵奔驰汗如雨。
笑中语,审听旨,速排丝竹调宫徵。高高树影柳疏阴,头筹先得称心喜。
画鼓红旗双对凤,笛发龙吟能送断。年少来来善乘骑,因依所习且随众。

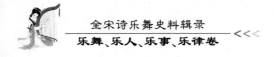

真德秀(1178—1235)

皇后阁端午贴子词五首(其五)

玄武门前罗百戏,昆明池上斗千艘。圣人不事游观乐,翻笑前朝侈燕敖。

乐 律

白玉蟾(1194—?)

郊庙朝会歌辞

高宗建炎初祀昊天上帝·上帝酌献用嘉安

气萌黄钟,万物资始。钦若高穹,吉蠲时祀。
神策泰元,增授无已。群生熙熙,函蒙繁祉。

绍兴十年发皇太后册宝八首·册宝升慈宁殿幄用圣安

礼行东朝,乐奏大吕。羽卫森陈,簪绅式序。
云幄遂严,宏典是举。天子万年,母仪寰宇。

绍兴二十八年祀圜丘·皇帝入中壝用乾安

帝出于震,巽惟齐明。律曰姑洗,以示洁清。
我交于神,蠲意必精。既盥而往,祈鉴斯诚。

熙宁望祭岳镇海渎十七首·酌献用成安

景风应律,朱鸟开辰。肃肃明祀,嘉笾列陈。
牲用牷物,乐奏蕤宾。克绥永福,祐此下民。

孝宗明堂前朝献景灵宫八首·再诣圣祖位用乾安

岁逢有年,月旅无射。我将我飨,如几如式。
肃尔臣工,谐尔金石。本原休功,垂裕罔极。

纳火祀大辰十二首·降神用高安(其三)

〔太簇为徵〕季秋之月,律中无射。农事备收,火功告毕。

克禋克祀,有严有翼。风马云车,尚其来格。

景德以后祀五方帝十六首·黄帝降神用高安

坤舆厚载,黄裳元吉。宅中居正,含章抱质。
分王四季,其功靡秩。育此群生,首兹六律。

高宗郊前朝献景灵宫二十一首·亚终献用冲安

五音饬奏,神既亿康。澹其容与,荐此嘉觞。
有来显相,□玉锵锵。奉承若宥,罔不斋庄。

淳祐祭海神十六首·升降用钦安

灵之来至,垂庆阴阴。灵之已坐,饬兹五音。
坛殿聿严,陟降孔钦。灵宜安留,鉴我德心。

曹 勋(1098—1174)

张右相生日二首(其一)

玉律歌无射,金风下四溟。三台丞相位,一德将臣星。
弼亮时师表,文章世典刑。百神扶大手,远业庆千龄。

长 倩(?—?)

题清芬阁

先生有古风,杳出尘外格。犹如陵空鸿,矫矫奋六翮。
锵金中律吕,咏性甘糠核。苦调非孟酸,□适鄙韩窄。
逸韵肩曹刘,雄词卑甫白。空遗茂陵稿,未前宣室席。
瑰宝岂终埋,简编缀陈迹。予生诵风雅,嗜好真成癖。
盥手读终篇,喜同藏拱璧。裔孙文昌郎,授受良珍惜。
小巫畏大匠,累句屡承索。续貂愧非尾,成裘由聚腋。
皇华间白雪,杂唱纷缴绎。意欲扬祖美,不问玉与石。
长言拙称赞,徒慕郢中客。

晁补之(1053—1110)

次韵信守李秬二首(其一)

谁榜铃斋作面山,晦明终日卷帘看。赋成夜烛才销寸,衙退朝曦未半竿。

枉渚孤吟愁旅雁,苏门双啸骇朱鸾。平生五裤何须咏,一借黄钟变谷寒。

试院次韵文潜欲知归期近呈天启慎思

眉山得张侯,心许出一手。临川见蔡子,千载慰邂逅。
邓君起南国,磊磊看三秀。譬如黄钟陈,我尚瓦釜吼。
欲知归期近,唤马牵出厩。官壶持饷妇,倾写不溃口。
千章输明堂,勿问草泽有。群公自凛凛,水镜照妍丑。

乐哉侯之邦兮乐哉侯之堂兮(其二)

乐哉侯之堂兮,高门桀兮兰锜。切云冠之峨峨兮,四牡矫兮戾止。
夜悠悠其未晨兮,纷侯庭之徒履。云容容而承楣兮,日澹澹兮阶陛。
雨雪□其将流兮,黄宫动乎子美。爰俶生之煌煌兮,又尚兹夫介祉。
严若植其姣服兮,侯何须兮堂际。进蕙帱予称觥兮,芬予席之兰芷。
朱颜忽其满堂兮,五音昌兮来会。貌姑射之绰约兮,愿愿保而为使。
洵侯堂之可乐兮,与日月其无玘。

晁公遡(1116—?)

官 舍

雨径苍苔滑,风帘翠筱斜。邑居藏万室,驿道接三巴。
晓堞调清角,春庭放早衙。归休幸无事,随意酌流霞。

王伯厚和予墙字韵因用其韵记五月八日同饮池上之作

蜀人工词赋,作者司马扬。其声中律吕,今有房中章。
顾尝评笔力,盖可补诗亡。追思每叹息,浩歌徒慨慷。
虽无铜水池,想见金芝芳。属此乐大予,遍之署清商。
是邦故俎豆,夫岂数乐浪。能唱襄阳曲,不减大堤倡。
助我饮在泮,惭君并游梁。临波揽芙蓉,翠叶以为觞。
酌酒满贮之,如挹白露光。放杯且勿遽,更当谋乐方。
左右嗟未省,旁观犹堵墙。

晁说之（1059—1129）

柳集亡食虾蟆诗因有作

我读柳侯诗，不见虾蟆篇。所亡谅非一，抚卷为慨然。
不应流落人，吟咏亦不前。问尔胸中奇，何以能弃捐。
汤汤柳之水，渔无鲂与鳣。背脊得虾蟆，樽俎荐春鲜。
莫言形貌恶，素蛾与婵娟。柳侯比豢豹，赖以韩诗传。
如闻大吕方，乃无黄钟圆。问之州鸠氏，政令恐不宣。
我尝求元唱，其深在九渊。侯诗虾蟆美，人人垂馋涎。
虾蟆窃自惧，子孙将不延。奈此文字何，偷攘付蜿蜒。
蜿蜒与虾蟆，腥介每相怜。遂令连璧孤，不知今几年。
念我少年日，未识侯诗妍。晚见海上老，口诵尽残编。
因之得扬榷，今古共周旋。此老可补亡，已矣泪潺湲。

趋府马上悠然思陈无己三兄成诗寄之

瓦釜毁未弃，黄钟幸且存。于焉正律吕，谁为到昆仑。
相思出苦泪，东汉太丘孙。闻之在徐州，无衣出柴门。
亦赋乞食诗，饥疮故拙言。靖节非此夫，如似校静喧。
顾颔不悲伤，自知美兰荪。龙伸能蛇屈，土不蚀玙璠。
鲂鲔书懒寄，天公笺可论。名不入苇筲，欲报天地恩。
明光出须臾，一破万古昏。苍生讫康济，坐觉君子尊。
净尽城上乌，变化北溟鲲。岂但喜囚冠，故亦慰累魂。
我既美子志，为子尽婵媛。吾曹宁饿死，终肯傍祭墦。
孔明与荀贾，岂不共中原。崎岖入巴蜀，雅志正本根。
柳子一失此，罗池为鬼冤。问讯寄此辞，饱腹何时扪。

十二弟寄所和邵子文病中感怀之作复次韵寄子文

先生穷著书，宁比近术赦。天故使之贫，赤手唯书籍。
或者窥残篇，律吕起韶夏。微意有子传，光烛不邻借。
大臣荐曰才，留守劝征驾。讲席出正涂，肯以眇跛讶。
生平畎亩心，愿被草木化。卧龙终佐汉，扪虱聊倚华。

二君独何居,耿耿心中夜。不悟伊吕间,安容管葛亚。
璞玉讵连城,只堪双刖价。何事揶揄鬼,疾病寻罍罅。
井臼每苦烦,药食则不暇。不药得中医,默符覆器□。
哦诗便无恙,乞酒宴茅舍。弥荷天地恩,性命永其贯。
饥鹰侍中辈,死矣一饱乍。顾我与君侯,更愧东山谢。

陈　淳(1155—1219)

叙赵守备学释菜会馔

嘉定四年日在房,赵侯来守南清漳。下车百事所未遑,先务化原修泮宫。
发帑市材鸠众工,改偏易陋规模洪。大门复旧正当阳,直挹名第真仙峰。
泮渠下疏清波溶,时与潮汐相流通。两廊轩轩如翚飞,朱栏翼之森卫防。
讲堂岩岩峙中央,高明洞豁无暧曚。东西两舍夹其旁,扉楹新厂标祠堂。
诸祠畤昔乱无章,从今一正峣相望。东祀无极濂溪翁,浑沦再辟如羲皇。
二程从而大发扬,千载绝学始有光。文公继之撷精刚,发挥大学明中庸。
善集诸儒綮朝纲,金声玉振真玲珑。此邦况又旧游乡,流风遗泽尤洋洋。
合为四座俨颙颙,卓示师表开群蒙。女令圣门知所从,无徒自弃甘面墙。
西祀唐人相国常,首变蛮俗趋文风。配以周欧二俊良,破荒桂籍先传芳。
端明蔡公著清忠,始自莲幕起腾骧。东溪高公拔上庠,劲节凛凛凌秋霜。
力摧秦桧锐锋铓,濒死奋不顾厥躬。列为五像竦昂昂,论世尚友激懦慵。
要令片善有磨砻,无往不切进修功。越惟明年神祝融,群工告备襮器藏。
侯曰轮奂美而彰,落成合与诸宾同。释菜之礼久已亡,在泮饮酒仪亦荒。
今其举之始自邛,不宜草略宜周详。时惟月躔中林钟,旬有三日方曈昽。
阖郡文武诸曹郎,下及生员隶学供。庙廷叙立严班行,银青错间绯紫裳。
主人升自阼阶东,束茅灌献文宣王。韭芹蔬笋罗芬芗,配食兖邹二国封。
跪伏拜起仪从容,精神昭格孚冥茫。恭惟道德万世隆,参天配地相始终。
再诣东祠诸儒宗,荐以时器陈时饔。粢盛醴齐烹羔羊,尊师一意照无穷。
三诣西祠诸贤踪,馈荐一视东祠丰。岂应故事诚有将,示人友善何日忘。
祀事既毕登堂堭,峨冠列坐咸肃恭。广文魏榻歌鲁颂,讲扬经义发童蒙。
卷经群趋跻而跄,旧堂序列环而重。老少团拜敬而雍,申明孝弟消强梁。

更衣紫袖巾缩缝，旋复故坐举馂馂。
五行大白益静庄，威仪秩秩无禳祥。
主人载笑色而康，方今太平无征攘。
众宾欣谢且惭惶，此会旷典昔未尝。
文班进请输肺肠，泮仪民则诗言扬。
观听感德还降衷，自达闾巷无奸凶。
移风易俗归醇酿，均令天下跻虞唐。
可屈群丑服淮羌，献囚献馘不告诏。
异时锡命侯弓彤，又相君德成安强。
诸生继进吐卑惊，惟申文武无异方。
降尔遐福如陵冈，嗣续与国同无疆。
直述诗史为铺张，昭示来世惊盲聋。

羞桃华瓜仍蕉黄，左殽右胾羹及粱。
三劝和乐恩意浓，酬酢指逊交更相。
幸与诸宾相庆逢，愿均饮醉文字中。
今幸亲与沾需雩，报之愧无圭与璋。
风教基本今既崇，礼逊兴行道义充。
异时刺史入三公，又推此道柔万邦。
武班进请披心胸，侯饮于泮为道长。
坐格飞鸮食我桑，赂金贡齿皆来降。
樽俎自折万里冲，会同四海来氐羌。
加之俾尔炽而昌，加之俾尔寿而臧。
北溪野人猾且狂，躬陪盛仪喜莫量。

陈 宓（1171—1230）

寿傅忠简

一阳初起黄钟宫，红日出海光曈昽。
造化环复极则通，天于此时生我公。
聚为文章发鸿蒙，一门二季继乃翁。
出殿大邦眷弥隆，富沙千里无疲癃。
公为不食摩其躬，沟壑百万俱恩蒙。
民方慕公如阜螽，上章力去横飞鸿。
晚作一第方帘栊，头白丹心尚宸枫。
嗟予小子最倥侗，公安取此不言醲。
吟诗劝侑酒一中，愧我才浅难为工。

天高地下气久雺，万物闭塞如悎憎。
公之累世载孝忠，受天冏气和冲融。
平生济民愿力洪，要令飞走毋冒笼。
京口移镇事益丛，流离满目罗羁穷。
刻身节用财自丰，所至露积民力充。
公以止足厉颓风，其如夏夷望肤功。
愿公之寿等华嵩，我宋社稷长尊雄。
知己之恩大穹窿，当期报效如纤縫。

忆 饮 井

一泓渴济万夫焦，去作沧溟蚤暮潮。
疏泉凿石作洼池，乱石堆中竹最宜。

我欲结亭观远景，距城七里不为遥。
风动琅玕和玉佩，个中律吕少人知。

陈　普（1244—1315）

拟古（其二）

瑶池出甘泉，玉台荫梧桐。凤巢梧桐上，下浴甘泉中。
美人室其左，荷衣裳芙蓉。素手把青枝，嘻嘻笑春风。
性情如赤子，声气似黄钟。明珠媚深渊，鱼鳖游冲融。
世事多参商，忧乐苦不同。荣枯与丑好，相待如駏蛩。
深怀惕霜露，夙心常省躬。

陈师道（1053—1102）

虞美人草

幽草默通神，旧题虞美人。长言方度曲，应节若翻身。
律吕声相召，云龙气自亲。无情犹感会，不独在君臣。

陈文蔚（1154—1247）

许世卿孝亭邂逅为予修琴临别求诗为赋长句

邂逅相逢不记春，未知此际得情亲。一溪云月闲中计，三尺丝桐物外身。
未有清尊酬痛饮，已惊明日是行人。抱琴归去无余恨，大吕黄钟一味醇。

别仓使二首（其二）

服膺师训毅名斋，观省无妨动与偕。只向此中窥所守，已知平日谨诸怀。
器充宏博乾坤大，理析精微律吕谐。吾道古今穷不尽，一尊深夜讲朋侪。

陈　岩（?—1299）

漱玉滩

水石相逢骤作声，铿然律吕自天成。山中纵乏知音听，亦有流鱼傍岸行。

陈与义（1090—1138）

次韵王尧明郊祀显相之作

奏书初不待衡谭，奠璧都南万玉参。黄屋倚霄明半夜，紫坛承月眩诸龛。
声喧大吕初终六，影动玄圭陟降三。可是天公须羯鼓，已回寒驭作春酣。

陈元晋(1186—?)

上姚赣州镛寿

东南之镇曰会稽,扶舆清淑拱帝畿。
托根后土阅千古,黛色苍皮天一柱。
君侯胸中百万兵,年未四十俄专城。
崎岖赣右三百里,蛟鳄垂涎波浪起。
脱略边幅柔凶顽,解除苛娆绥创残。
人口如碑沸传诵,帝曰吾徒得君重。
大夫何以假守为,真除属厌民所期。
璇杓插子日南至,黄钟飞灰雷出地。
醉来含笑看吴钩,龙光夜半干斗牛。
潢池正尔兵不弄,又说边尘时颎洞。
貂蝉冠高剑拄颐,丹青正与绿鬓宜。
雍容传檄定三辅,颈缚单于归衅鼓。
摩挲与问金城柳,颇尝见有此举否。
万年觞捧月氏头,虎拜稽首扬王休。
千岩万壑气盘礴,更有寿椿天与齐。
钟为人杰堪栋国,恰似嵩高降申甫。
精神满腹秋水莹,谈笑两颊春风生。
溯流张胆作风帆,信如王尊乃勇耳。
唤回和气豁氛祲,事有至难谈笑间。
天风吹下紫泥封,趣入班行作仪凤。
虎头岌嶪要弹压,凝香森戟聊娱嬉。
崆峒春早梅已香,酿入黄堂寿觞里。
关河北望令人老,忠臣心与天为谋。
筹边管钥宁无人,知待人豪为国用。
碧油幢下白羽扇,貔虎百万惟指麾。
手扶銮驾还东都,宫殿千门总如故。
策勋饮至未央宫,腰下悬金印如斗。
功高福与宋无极,紫枢黄阁三千秋。

陈 造(1133—1203)

暗用古人名诗寄程帅

羡公椽笔衔阳秋,黄钟大吕豪端收。省闱高掇未足道,文章老手第一流。
缪辖玄谭已惊众,倒河翻澜骇飞动。递中筒诗陆续来,旧债未偿新债重。
即今搦管重犯严,强颜回顾口如钳。更驱行李伸此情,句法政用公镌劖。

再次韵答梁教授

阴晴如期喜可知,况复捃束收新诗。相如未至客之右,开编自愧多芜辞。
倅贰付我千家聚,佩襟戴君沾化雨。相从可独臭味同,接耳仅听淮乡语。
诗来惊倒嗫嚅翁,结字著语古与同。少须官廨住家稳,往问句法几即功。
似闻知津问沮溺,山间晴干度山疾。一笑行举通家杯,计日尚前蕤宾律。
过君定发醯瓮天,倾囷倒廪当吾怜。家居除领齐眉托,意与诸雏诵思乐。

交割州事致语口号

一时律吕韵金丝,用播中和乐职诗。所喜玳筵重启日,还当璧月再圆时。
伊凉聒夜铿千杖,兰蕙回春艳十眉。明日酒醒还得句,东游夸与大堤儿。

陈　著(1214—1297)

次单君范袖来汪西皋所撰咏秋十章以示因和之十绝(其一〇)

昏眸望杳水云村,好句从来风月人。瓦缶不量追大吕,冰壶何惜受纤尘。

程　珌(1164—1242)

寿皇子(其三)

皇穹发灵,炎图中兴。南吕调仪,运叶千龄。
金相玉质,虎步龙行。亲师问道,日进月新。
以是事亲,忠孝一忱。以是格天,昭彻一心。
人之忠佞,事之几萌。至则能断,举无遁情。
夫是以清明在躬,志气如神。
绵绵若存,为天地根。非道之外,他有长生。
又况秋饮沆瀣,宵见南极。风云叶和,海邦宁谧。
枫宸椒禁,两宫怡愉。忠厚所根,仁浃阎闾。
愿寿多男,洋洋康衢。天赐玉卮,人歌紫芝。
磐石萝图,维熊梦奇。孔蔓且硕,时万时亿。

程公许(1182—?)

述九颂(其八)

一之日兮周正,建子兮良辰。黄钟兮起律,鲁台兮望云。
气机兮翕辟,往来兮不停。皇揆予兮初度,秉幼志兮洁贞。
延日月兮察幽,睎雨露兮瀹氛。孙拳拳兮余爱,何险艰兮弛勤。
与荪违兮星纪,思专专兮曷已。九折臂兮成医,信情质兮可恃。
端策兮以占,有孚兮韦编。阴极兮阳复,岂贤运兮不然。
矧甲子兮一周,测天度兮循环。丹台兮定录,寿纪兮日延。
理无窒兮不亨,物去故兮就新。蠖屈兮求信,根之归兮再荣。

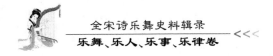

彼涸阴兮毓质,亦忍俟兮阳春。洪钧兮密庸,播物兮无垠。
开八荒兮寿域,如华胥兮大庭。

寿茶使三十韵

湖海裒英气,星凤瑞圣朝。黄钟回暖律,紫氖下层霄。
平武登巍选,高才局下僚。一朝翻渤海,万里狃扶摇。
迁次更州牧,澄清奉汉条。帑藏参会计,阃寄竦嫖姚。
帝想重关阻,云连八水辽。近知敌运尽,不复旧时骄。
遣送纡天宠,将输伏使轺。艰难须力济,氛祲觉潜销。
还把天隅绣,来题驷马桥。留良无复恨,撷秀自应饶。
倚重藩条布,尤先政理调。根株探吏蠹,襦袴蔼民谣。
流地金钱溢,塞风锦幄飘。异时司榷牧,永日但逍遥。
谁似躬行美,能知燕处超。兵厨疏蚁味,讼牍列牛腰。
苦节同儒素,清风起俗嚣。世途犹梗塞,士气况阴消。
竭泽无余算,何时罢击刁。定知虚宁久,可卜赐环招。
经世须材略,犹农力蓑穰。牧时宜解瑟,渴治急闻韶。
豹尾催持橐,蝉冠冷珥貂。致身期丙魏,耐老并松乔。
笑我同沟断,惟公赏爨焦。穷栖官署冷,阻侍燕居夭。
春信梅先觉,霜天柏后凋。殷勤眉寿祝,持用报琼瑶。

述九颂(其三)

天不椓兮斯文,寄命脉兮哲人。烂咸阳兮焰虐,不可毁兮六经。
苟日月兮可晦,何天地兮长存。言不文兮行不远,义欲正兮词欲赡。
学之荒兮气之浮,匪艰深兮必塞浅。公昔来兮帝旁,佩琼蕤兮云锦裳。
六龙兮伏辀,从之兮彩凰。愍世兮溷浊,下扫兮不祥。
屈宋兮导前,卿云兮翼后。韩柳兮并驰,杜李兮齐骤。
建安七子兮随行,江左诸谢兮罗左右。抗吾旆兮典籍场,轶吾毂兮风雅闾。
探金匮兮秘图,掞国华兮册书。范金石兮扬律吕,散人世兮犹绪余。
民之生兮有司命,彼指南兮亦有车。秉斯印兮千万寿,后有觉兮余楷模。

上曹宪使五十韵

骥不称其力,文当与德兼。褊能多悻悻,小器或恋恋。
行世吾谁与,窥公意自厌。秉心温以恪,植操静而廉。
信矣天资媺,加之学力渐。岩岩疑壁立,滟滟乃渊潜。
李杜波澜阔,黄陈律令严。铿铉谐律吕,璀璨溢缃缣。
振采贤关辟,疏荣物议佥。董帷终日下,戴席几重添。
江汉荆之望,龟蒙鲁所瞻。鹓飞俄引却,蝶梦一何恬。
万里纤朱绂,孤峰对白盐。清吟凭月槛,长啸倚风檐。
偶过伊川洞,高褰刺史襜。简宽疏讼鈲,恻怛到穷阎。
治行流江海,除书降陛廉。六条颁属部,五听察苍黔。
紫塞尘方暗,红巾党未歼。人情弥震汹,邻境倍危阽。
所恃福星照,能令妖焰㷔。民皆欣抃手,公亦笑掀髯。
凤綍搜才切,骊珠信手拈。春雷掀旧蛰,秋月吐新蟾。
平似衡加石,明如镜出奁。荐贤应受赏,端策不须占。
世路吁犹梗,宸衷只自忺。飞书星较速,多垒日相觇。
瞳雾中原惨,何时圣化沾。庙谋须谨密,人意恶猜嫌。
裘葛如无定,膏肓岂易砭。内须和鼎铉,外亦倚珠钤。
顷者益谋帅,胡然心执谦。有才空置散,蓄愤可能饮。
人物何其眇,公朝忌者憸。几曾明察察,竞作息奄奄。
我自刍荛侣,情酣笋蕨甜。辍耕怜穀觫,贪饵强喁唵。
昔恋龟头缩,今愁马口钳。何阶群玉府,入手万牙签。
憔悴投林翼,蹒跚上竹鲇。自窥谈屑璨,屡诧笔锋銛。
愧甚享金帛,惭如倚玉兼。素怀长北阙,流景恐西崦。
天久思平治,公当赞景炎。入应扶紫极,出则拥朱綅。
谋必先康济,才宜拔滞淹。岂闻春发育,而间物洪纤。
执御心无致,题诗笔欠尖。清波一引手,浊水脱胶粘。

程 俱(1078—1144)

次韵和颍昌叶翰林同许学士亢宗干誉泛舟溴水(其二)

嗟我一寸筳,登公五言城。时窥锦囊句,似发黄钟声。
闭门得长哦,有酒或细倾。谁云千里隔,回薄万古情。
驾言从公游,上马短策横。尘缨缚我急,有足安得行。
何当来上都,既见心始平。为公赋三秋,瘖叹空营营。

数诗述怀

一生共悠悠,今者曷不乐。二十起东山,误为微官缚。
三年瞬眸耳,邮传那久托。四壁自萧然,青编束高阁。
五更霜钟动,起视星错落。六律聿其周,忽忽更岁籥。
七哀哦幽韵,感念惊独鹤。八极岂不广,衷怀了无托。
九原叹多贤,死者那可作。十里望烟村,天随去寥廓。

程 垣(?—?)

杂兴(其一)

抛抛机中梭,婉婉机中淑。兰膏媚鬓蝉,笋纤润红玉。
织成锦绣段,光耀绮霞幅。世无黄钟尺,何以制华服。

戴 昺(?—?)

有妄论宋唐诗体者答之

不用雕锼呕肺肠,辞能达意即文章。性情元自无今古,格律何须辨宋唐。
人道凤箫谐律吕,谁知牛铎有宫商。少陵甘作村夫子,不害光芒万丈长。

戴复古(1167—?)

祝 二 严

仆本山野人,渔樵共居处。小年学父诗,用心亦良苦。
搜索空虚腹,缀缉艰辛语。糊口走四方,白头无伴侣。
前年得严粲,今年得严羽。我自得二严,牛铎谐钟吕。
粲也苦吟身,束之以簪组。遍参百家体,终乃师杜甫。

羽也天姿高,不肯事科举。风雅与骚些,历历在肺腑。
持论伤太高,与世或龃龉。长歌激古风,自立一门户。
二严我所敬,二严亦我与。我老归故山,残年能几许。
平生五百篇,无人为之主。零落天地间,未必是尘土。
再拜祝二严,为我收拾取。

戴　埴(?—?)

和陈府教授见赠

遗风洙泗滨,汲古酌牺樽。鱼跃池藻翻,莺呼庭树喧。
乐山不乐水,居城犹居村。一朝黄钟鸣,九畹滋兰根。

雹

玄默执徐岁,月律终无射。京师连雨雹,小者如弹,大者如拳。
林柯叶乱下,乌鸢折飞翮。屋瓦耆划遭击扑,居人颠沛,行道错愕。
初疑巨飓掀卷冯夷宫,渊珍散堕光闪烁。
复疑清霄万里驱长蛟,泣泪盈盈骤飘薄。
棱层水精碎,喷嚄珠琲滑。有识觑天巧,一何景象恶。
尝闻圣人在上冬夏无愆伏,亭毒二气不相剥。
破块封条已无异,祉羽无劳验风角。
今天子握极衡,运斗枢,景化豫顺,群慝萧灼。
精祲胡未孚,冰雨堕霄幕。其欲濡广泽,胡不为甘霖,沾丐枯焦重甲坼。
其欲膏土脉,胡不为晞薤,厌浥瀼瀼普渐洽。
其欲表诛伐,胡不为皓霰,驷见而霰,草木黄落。
其欲弭蛰虫、滋生植,胡不为嘉平之三白,驱蝗入地千百尺。
或云水气专一不解散,胡不为长河玉岸之寒冰,可纳凌室助颁刷。
或云阴气胁阳不相入,胡不为氤氲五色之卿霱,叶应丰穰昭帝德。
此雹舒不如雨露,惨不如霜雪,结不如冰澌之严冱,散不如云雾之葱郁。
天非欲示惩,讵用作戏剧。汉儒说证应,纷纷太不一。
或贤邪易位,或赋敛苛刻,或妻妾失伦,或大臣擅法。
玄道幽且渺,牵附多穿凿。仲尼百世师,麟经戒侵逼。

此变凡在书,公室浸衰削。自下凌上曰僭,以柔变刚曰剥。
沸汤湛冷泉,凝寒胜燠热。温雨受阴氛,凌冱自然结。
时当秋气杪,是理尤彰灼。风起庚,庚作令。日行西,西主杀。
数至九变,金乃从革。大则为兵小刑罚,内外靡不以时决。
天地方会藏,沴候生京洛。
得非少皞执矩未洁齐,得非蓐收为正有颠错,
得非箕伯吞声不扫除,青女护奸不除灭。
穹旻赫然奋严威,重阴胶固纷零落。
我愿圣王睹此揽乾纲,用夬决,登俊良,屏邪慝。
阴尘静扫单于庭,阳和遍吹邹子律。大明威威照九州,寒燠时序百谷熟。
天若雨珠真可噱,请以缀衮冕之十二旒,龙旂和鸾之缨络。

范成大(1126—1193)

戏题方响洞

隔凡冰涧不可越,众真微步壶中月。徙倚含风玉佩声,何须听作蕤宾铁。

方　回(1227—1307)

赠笔工杨日新

黄钟九寸裁为律,六吕六律相配匹。嶰谷参差十二筒,猗管城子从此出。
上古苍颉初制字,后人蒙恬始造笔。吴云不律燕云弗,韵书又以律为聿。
曰方曰册刀削之,削之笔之作以述。析竹蘸墨丝其端,龙图龟书就篇帙。
秋兔拔毛号毛颖,愈奇愈巧愈精密。修管执之以为柄,短管窍之以为室。
其实不过一毫端,良工于此有神术。锋但欲齐忌太尖,翠羽鼠须俱不必。
老夫平生学欧颜,晚脱场屋涂注乙。著书弃笔如丘山,使年将及三万日。
眼花尚能写蝇头,笔不如意辄怒叱。江淮笔工千百家,孰甲孰乙我所悉。
鸡距散卓杨日新,不落第二亦第一。

十一月二十日南至二首(其二)

至节今年始得归,祀先牲酒亦无几。儿孙长大衣装少,婢仆顽慵廪饩微。
交阯虞翻犹不死,荆州王粲竟何依。玉筒已想黄钟动,只有心灰自懒飞。

以采菊东篱下悠然见南山为韵赋十首（其五）

平生天外心，异乎诸子者。著鞭无前途，焉用取竹马。
乍争祖逖先，肯出桓温下。黄钟晚遭毁，轰雷釜鸣瓦。
细玩郊沙爻，可不举需匹。

送刘都事五十韵

近人于仕宦，如以韩卢猎。泰山有不见，得兽夸足捷。
学问夫何如，有书钥诸箧。府史以为师，仅能署吏牒。
雕鞍骤肥马，画阁贮美妾。万一至公相，岂堪任调爕。
老友刘密翁，早隶周孔业。大辂鸾和鸣，大乐律吕协。
南省据都曹，不以贵自挟。朋来多下交，宾至必谦接。
解官寓城东，座寒乏毡氍。高卧懒问选，两落秋蕡荚。
积薪后居上，彼勇哂吾怯。为言耻孟晋，如病夏睡胁。
有时酣我饮，荒墅纵步屧。果核钉俎豆，羹糁供匕筴。
居然道怀孚，宜尔情话接。公才岂不知，大川宜作楫。
顾于名利波，未肯卜利涉。人生惑外物，种种意欲惬。
高睨官爵梯，等级恨不蹑。愚窃窥此翁，嗜欲骈已歛。
宁为三省鲁，不慕一诺侠。经史入胸中，邱陵堆重叠。
文词落笔下，布泉极熨帖。庄重异新锐，详缓蔑虚謺。
谁欤心怏怏，或者言喋喋。气帅直其内，义理为管摄。
归欤扫松楸，试负都门笈。中书多缺员，闻早下堂帖。
不然肃政台，冠豸群小慑。分司江之南，亦足煦疲劣。
去当柳嘶蛰，还及杏飞蝶。鳅生岭海梦，尚忆鸢跕跕。
短随李广衣，长弹冯□铗。万死脱一生，粗免羁桑辄。
今年七十老，鬓秃无可镊。与人素寡合，况又畏讼谍。
往往交游间，平地生巇嶪。万里风枝殊，一旦合鹣鲽。
挥麈许谙听，曳履容追蹑。公将北阙觐，我终南亩馌。
甚欲饯远郊，扶杖尾蹀躞。愧无一杯酒，阳关唱红颊。
他人侈别筵，椎牛宰刚鬣。而此何枵然，穷极棋无劫。

顾视童子佩,帨砺若觿鞢。持干富人肆,讵肯出质贴。
吟兹送行篇,终夜不交睫。浩浩号西风,索索雨木叶。

方一夔(？—？)

感兴二十七首(其一四)

南国有美人,纨素闷清艳。房栊凄冷风,孤缸飐寒焰。
抱琴鼓黄钟,盎盎牛鸣堑。一弹春岫妍,再鼓秋波滟。
却立步苍茫,嘿嘿有何念。秋夜不肯明,霜露畏点染。
独宿守空帷,寸抱耿霜剑。

方　岳(1199—1262)

次韵刘簿寄示

尘世崎岖天一握,俗子追奔蜗两角。先生宴坐心平夷,矮屋打头甘寂寞。
手提老笔挟霜气,合上蓬山直延阁。高人乃亦主簿耳,往往胸中自丘壑。
银钩宝唾俱入妙,令我见之生踊跃。日酣昨暮春睡浓,柳外叩门谁剥啄。
一书自直十从事,况有骊珠光错落。风檐急转百回读,花草愁深颜色薄。
放余许出半头地,未敢以信而以怍。譬如驽骀受刷饰,金环压辔青丝络。
猗那清庙吁已远,下里巴词可无作。候虫鸣秋鸟鸣春,美恶则殊俱自乐。
焚香危坐试品藻,颇亦敢言余论确。公诗虽淡朱弦清,我诗虽雅黄钟浊。

效　演　雅

山溪斗折更蛇行,逗密穿幽见物情。蜜为无花粮道绝,蚁知有雨阵图成。
饮风吸露蝉尸解,耸壑凌霄鹤骨轻。□鸰能为祖仁舞,狎鸥欲与海翁盟。
未忘王谢寻常燕,不肯郦生吾友莺。鹭以先后争食邑,鹊占南北启门闳。
春池泼泼鱼当乳,霜渚喑喑雁不鸣。啄木画符工出蠹,提壶沽酒为催耕。
蚌何知识三缄口,蟹坐风骚五鼎烹。巴鄡画眉翻律吕,仪秦反舌定纵横。
鹅嗔晋帖得奇字,鸡唤祖鞭非恶声。饱卧夕阳牛反嚼,误投干叶鹿虚惊。
一枝栖息鹪鹩足,三窟经营狡兔坑。蝌蚪草泥文字古,蜗涎苏壁篆书精。
首昂蜦蝛贪宁死,壁奋螳螂祸自婴。山麚见人头卓朔,野鸱得鼠腹彭亨。
雉倾族类甘为翳,鸭解人言略自名。羊狠滥称髯主簿,蝉肥荐食楮先生。

色虽甚美猿深逝,骨不须多狗必争。蛙为公乎缘底怒,鸠宁拙耳了无营。
劳形大块皆同梦,蝶化庄周月正明。

费士戣(？—？)

次踏碛韵

宝钏金钗盛峡风,遨头争逐去匆匆。旗标阵碛规模古,筵挹晴岚气色葱。
宜有明珠酬白璧,空惭瓦缶间黄钟。纷纷雪片呈佳瑞,一饱端知万姓同。

高似孙(1158—1231)

桐柏观阅藏经

天人皆奇人,一以文为主。至今昆仑山,犹有群玉府。
虚无天之根,清净道所祖。也知自羲翁,此妙泄盘古。
老氏启藏室,八神负猛虏。玉垂太上篇,金写神仙语。
舜璇奔一机,汉宫凿万户。璆谐玉女下,雷吼苍龙舞。
侍晨校琅简,玉卿撰瑶谱。两垣协躔度,四溟节风雨。
恭惟上帝鹭,哀此下民苦。昭昭悬朗监,历历开蒙瞽。
粤从擘混沌,孰不趋子午。六爻本乎健,五行依乎土。
神机迭经纬,和应相律吕。子能发此钥,太微开帝宇。

葛胜仲(1072—1144)

九月二十四日陪少蕴左辖饮朱氏林亭以朱行中寄其弟诗为韵席上同赋

萧晨天宇澄,云物扫氛雺。寒飙振飞藿,策策商声中。
官散无町畦,出若孤云纵。仰怀山中相,隐居邻二仲。
驾言访精舍,连日食指动。午坐烹茶龙,夜饮烧烛凤。
殷勤数唉我,省烦惭闵贡。美哉澄空堤,松竹锁岩洞。
怪石初平留,嘉树橐驼种。山水有清音,招隐诗可诵。
初如叩清角,乍若听幽美。窥临已不恶,况乃陪营从。
清谈木霏屑,圆机盘走汞。清寒逼吟魄,不起梨云梦。
半生了官事,今假幸少空。坐有第一流,不饮宜自讼。

人生行乐耳,急若奉漏瓮。东山恐不免,衮职行登用。
槎通天衢升,茅茹诸贤共。惟有数奇人,辛苦仍耘耪。

十二月二十三日立春中散兄棣华第六会特盛是日天大雪小孙女出彩幡胜及花柳精巧夜漏且五鼓方罢既归不得寐偶成律诗纪事拜呈中散兄兼简公任阜民详定侍郎道祖签幕判院朝提辖奉议卿任宝录待制

异县逢春启,羁怀百不堪。频倾次道酿,聊喜阿云谈。
棣萼仍清集,辛盘助半酣。彩幡惊节物,玉屑瑞田蚕。
太簇律初应,德星堂不惭。共夸筵秩秩,那羡府潭潭。
济美三公后,逃禅二老参。清欢时择胜,冲操自廉贪。
丹荔来闽部,黄鱼出峤南。云泉烹赐茗,罗帕荐珍柑。
经醉香浮座,言归钟动庵。萧然文字饮,共赋鹿鸣三。

郭祥正(1035—1113)

东林行

龙蟠大地藏山腹,瑞气蒙笼紫金屋。香炉万丈擎碧霄,二涧斜飞落寒玉。
晋朝遗事唐人辞,皴斫龟螭尚堪读。楼烦真人应梦来,夜斧丁丁神伐木。
安帝亲留步辇迎,灵运开池素华馥。会随流转不成尘,灯焰明明自相续。
游人未达此理元,安得清凉灭贪欲。我今弃官脱尘网,僧宝瞻依无不足。
跨黄牛,骑白鹿,时时自唱无生曲。
无生曲,君试听,五音六律和不得,为君写作东林行。

嵩山归送刘伯寿秘监

松荒菊老嵩山秋,翁将归兮邈难留。幅巾短袖骑黄牛,翛然自作山中游。
山中游,谁与伴,两姬窈窕吹牙管。千岩万壑鸾凤吟,嫦娥侧耳冰轮款。
五音和畅王道成,不是嵇康广陵散。问公此曲谁为之,曲曲新翻公自为。
古人今人不到处,能与阴阳四序相推移。
我知公心通造物,岂止人间妙音律。天子呼来换旧章,乐成四十有五日。
奏之明堂奉祖宗,天地清明和气溢。至尊宠赐腰横金,自谓荣华非本心。

再拜辞魏阙,扬鞭归故林。故林在嵩山,白云幽径深。
濯我衣上尘,重泻山水音。只应王子晋,跨鹤每相寻。

郭 印(?—?)

正纪诞辰辄成三绝句为寿所谓寿者非世俗之寿也盖期君道学坚固将与造物者游无终始者为友而已(其一)

复卦初爻寓意深,只缘虚静见天心。君生正遇黄钟律,宜把真阳却众阴。

仁寿县治新开小轩以琴中趣名之用趣字韵赋之

渊明识琴心,徽弦总不具。兴发时抚弄,悠然得真趣。
杳然太古音,充满一切处。吾今琴亦亡,至乐随所寓。
调此方寸微,物物尽和豫。一奏万化熙,再奏九功叙。
大声越宫商,俗耳恐难喻。单父不下堂,阳春被黎庶。

再和前韵答隐父二首(其二)

植物禀清气,天与寒筠独。陆离草树间,贵贱分珉玉。
王孙爱夭红,采蕊动盈掬。如何檀栾姿,睥睨少青目。
物色变炎凉,永守霜中绿。岂无哕哕音,律吕谐金木。
世无伶伦耳,风云驻幽谷。七贤何苦来,契约元有宿。

韩 淲(1159—1224)

宋倅告老得请而归

挂冠归海峤,樟坡可高亭。无愧邴曼容,如疏傅汉廷。
广平心铁石,大雅非蝇营。灵山玉溪波,二年惊屏星。
澹然每无竞,举足皆典刑。宦情随牒移,蜀庄以沉冥。
从他俗态度,众醉惟独醒。黄钟鸣瓦釜,螭龙为蝘蜓。
衰容固儿戏,白眼孰肯青。吾侪安处顺,抵掌即忘形。
幽绝有烟霞,荒野多林坰。春泽可巾车,秋水可扬舲。
耳畔震风雨,颅洞飞雷霆。黜陟既不闻,奚暇分渭泾。
咄哉市朝子,车马弗肯停。翻覆五鼎亨,菹醢而膻腥。
敛收四方志,保息存黄庭。鹪鹩栖枝足,鹏运空南溟。

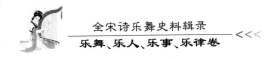

我家涧谷底,公常念伶俜。祖帐为长歌,乾坤本清宁。

韩　驹(1080—1135)①

上何太宰生辰诗二首(其一)

斗杓西揭柄,南吕已飞灰。芝室占熊梦,蓬山挺梓材。
世欣金鹥见,人庆玉麟来。天意非难料,行看位上台。

韩　琦(1008—1075)

谢资政富公再以近诗见寄

惟公之所存,致后协二典。当入相天子,贤业遂大展。
万类随坯陶,四时无鳌舛。如保守一藩,疚甚斥和扁。
遂令康济功,郁抑未恢显。寄怀吟咏间,唯以道自遣。
公才如河源,浑浑日东演。洪涛奔巨海,万里纵倾卷。
小哉西北流,孰可议深浅。公思如天匠,春物归裁剸。
珍丛与奇葩,万态极婉娈。一一得天真,仿象困雕剪。
河源无时穷,天匠非世辨。胡为每成编,遂以贶罢软。
裸壤本无知,安足道文冕。俚耳固不通,乌用奏姑洗。
我实知公心,爱我久益腆。诱我进学勤,要在纳诸善。
我素荷公德,公教不敢践。讽诵复宗师,夙夜以自勉。

韩　维(1017—1098)

奉同冲卿元日雪霁朝会称觞

汉家万国朝元正,帝呵风师洒其廷。雨寒成花皆六出,一洗天地尘埃清。
高风半天卷云去,空色绀碧惟华星。金乌东来照宫殿,瑞气著物皆光荣。
绣衣虎士扶修旗,皂旄绛幅纷葳蕤。洞开重门纳冠剑,肃肃环佩来东西。
乐悬未作舞在缀,雉扇稍映宫帘垂。黄钟独奏君德盛,赫然天日当彤墀。
群臣拜舞千万寿,四方来王敢不祇。愚闻圣人制礼意,上崇一尊临众卑。
等威殊绝防僭慢,非止矜丽夸雄为。仰瞻仪物固自肃,又况烜赫铺德威。

---

① 强至《上何太宰生日二首(其一)》内容与此诗相同,不再重复收录。

小臣不及观放仗,趋出恍惚犹惊疑。朝廷大体安敢识,赞咏盛节形诸诗。

韩元吉(1118—?)

羁凤辞

我家既远兮苕水为乡,中有羁凤兮飞颉颃。朱为冠兮黼为裳,五色炳兮耀文章。
音律吕兮韵宫商,竹不实兮梧则僵。翳蒹葭兮饫稻粱,虞舜作乐夔在堂。
集阿阁兮丽朝阳,胡为去我兮天一方。友凫雁兮侣鸳鸯,吁嗟凤兮其来翔。

洪咨夔(1176—1236)

罗浮高寿崔制置

罗浮高哉四百四十有二峰,三峰最高拔起金芙蓉。
耀真洞天锁溟濛,鳌背咫尺蓬莱通。
璇房瑶室深玲珑,霞袿霓袽纷丰茸。中有老仙扰白龙,藕花冠巾九节筇。
招邀茅盈挟赤松,麾诃列缺鞭丰隆。天鸡未叫万籁空,夜半唤出扶桑红。
下照万象方屯蒙,起踏斗柄呼东风。扶胥云气低葱茏,海若吐蜃天投虹。
前旌招摇道祝融,从以五色骑羊翁。苍舒梼戭伯虎熊,风后力牧常先鸿。
日用大学心中庸,暗室屋漏十目同。夏璜荐繂旅大弓,太蔟为角谐函钟。
日星宗彝映华虫,江河健帆转蒙冲。庆历元祐诸儒宗,立朝直声摩穹窿。
真卿长孺谁为容,白头万里行蚕丛。清献清节乖崖忠,太平盛时适其逢。
事有至难莫如公,表里坏证阻且讧。参苓温平匪砭攻,潜瘳膏肓夷疽痈。
三边按堵九扈丰,祥飙甘雨天为功。趯趯和乐跃阜螽,沾沾啁哳暗寒蛩。
雪山不隔鼪犷聪,袲衣绣裳遄归东。天津匹马两玉童,袖疏入奏明光宫。
中兴规模旧提封,直北燕蓟西崆峒。功成跨鹤追葛洪,神光炯炯方双瞳。
金丹宝诀传枕中,负薪汲水长相从。

程广文季允得崔西清荐诗来用韵

古人轻国重一士,士皆大吕黄钟器。道于天运主消长,身为民生管荣悴。
五羊老仙用心古,清不受尘如止水。一肩直欲荷斯文,两眼从前识英伟。
欣然得士如得金,甚矣爱贤犹爱己。高山流水甫点头,急电惊雷即烧尾。
天南天西各一握,未见名流早倾意。声光蔚起摩日月,气类相求如鉴燧。

春风娅姹吹笔端,毛嫱西施无粉腻。咄哉婢子磨青铜,双颊睎红欠才思。
珊瑚琢钩珠结网,锦署玉堂相望咫。崔群美庄居第一,推毂好言良有味。
乐莫乐乎遇合新,忧莫忧乎缪辕始。拄撑大厦必众木,扶植太平须善类。
君不见黄河以北函关东,无数赤子号悲风。

胡　宿(995—1067)

皇后阁端午帖子(其九)

蕤宾干气盛炎方,坤德资生茂百昌。西域葡萄初蔓衍,成周瓜瓞更绵长。

翰林南阳叶公挽词三首(其一)

方丈仙山地,承明帝所人。辞源长万里,笔力重千钧。
草诏风雷暮,赓歌律吕春。如何岩雨望,奄忽弃生民。

胡一桂(1247—?)

至日建中次季真韵

尽日劳劳烟雨里,此行谁识是欤非。翩然芒屩相随处,正见梅花欲放时。
太极便堪窥易蕴,黄钟初可验葭飞。天心子半无移改,细玩尧夫至日诗。

胡　寅(1098—1156)

送余泽还义兴

挟策漳滨两韶稚,君后南随州计吏。相逢冠岁璧池头,顿觉词华使人惴。
谓宜云路恣腾踏,岂料霜蹄多蹶踬。君才视我十倍加,蓄积那堪五经笥。
已穷孟轲不动处,得丧穷通归一致。每怀会合未曾款,辄复鸿燕春秋异。
寸莛才欲撞春容,不尽之音耳空记。去年邂逅得所愿,千里过我少停辔。
围炉烧栗忘夜分,蹙雪访梅喜春至。窥园细看百卉动,陟巘满抱千峰翠。
读君旧诗黄钟律,观君新德清庙器。默求至善不近名,下视群愚非饰智。
常虞涉世伤坦率,见语躬行合谨细。值君隐忧方食蓼,而我美疢如纷臂。
飞觞引满不复能,战饮吴门梦中事。采菊聊同茗碗清,丸艾时归药婆利。
忠言赠公岂肉骨,益友觊予真补剐。浮云聚散古则尔,人生出处孰无累。
闻道双珠已候门,便乘一叶同插翅。朱楼婉娩托旅梦,江树霏微搅离思。
一区衡山勿负约,三绝麟经更涵粹。得时而驾谅不免,有使且寄相思字。

和黄执礼六首(其四)

律吕旋相六十宫,声如佳句比南风。自非诗印全提得,难使言瑕一洗空。
已向襟灵窥致远,更从彪炳见骃中。读书有益非虚语,请看孙权与阿蒙。

胡志道(？—？)

夜宿仙都山闻松声作

仙都古洞天,云阙高嵽嵲。新宫欣然成,碧瓦灿鳞列。
我时宿璘房,六月失烦热。松声起中夜,梦枕忽惊辍。
天籁鸣虚徐,玉箫递泠彻。凤歌谐律吕,鹤舞想应节。
安知非群仙,宴罢摇佩玦。从来筝笛耳,一洗万想灭。

胡仲弓(？—？)

皆　春

黄钟一萌动,物物皆阳春。天地妙橐籥,满腔都是仁。

枯崖韵速藏叟和篇

暗尘侵古镜,抱膝月台吟。大吕呼不出,小诗留至今。
五言诗未下,什袭意何深。莫是推敲了,禅余自赏音。

华　镇(1051—？)

寿顾侍郎

应钟司序两旬时,台座光凝照水湄。善庆远归三俊后,哲人来副半千期。
澄波渺渺韬洪量,乔岳棱棱挺异姿。早晚钧衡调燮去,凤池当见老莲龟。

黄　庶(1019—1058)

和百塔寺四首·听泉近诏天下收古乐器

五音入耳大声散,情性破碎不可完。而今虞舜欲仪凤,愿献泉谱为韶源。

黄庭坚(1045—1105)

李冲元真赞

冶百炼之金,而中黄钟之宫。琢无瑕之玉,而成夜光之璧。

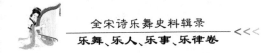

可用飨帝,可用活国。师旷不世而无闻,韫椟藏之而无闷。
士亦何得于山林,元勋而莨谷也故肥遁。

再 答 元 舆

君不能入身帝城结子公,又不能击强有如诸葛丰。
法当憔悴百僚底,五十天涯一秃翁。
问君何自今为郎,便殿作赋声摩空。偶然樽酒相劳苦,牛铎调与黄钟同。
安得朱轓各凭熊,江南楼阁白蘋风,劝归啼鸟晓窗笼。
男儿邂逅功补衮,鸟倦归巢叶归本。

谢仲谋示新诗

赠我新诗许指瑕,令人失喜更惊嗟。清于夷则初秋律,美似芙蓉八月花。
采菲直须论下体,炼金犹欲去寒沙。唐朝韩老夸张籍,定有云孙作世家。

溪 上 吟

短生无长期,聊暇日婆娑。出门望高丘,拱木漫春萝。
试为省鬼录,不饮死者多。安能如南山,千岁保不磨。
在世崇名节,飘如赴烛蛾。及汝知悔时,万事蓬一窠。
青青陵陂麦,妍暖亦已花。长烟淡平川,轻风不为波。
无人按律吕,好鸟自和歌。杖藜山中归,牛羊在坡陀。
本自无廊庙,正尔乐涧阿。念昔扬子云,刻意师孟轲。
狂夫移九鼎,深巷考四科。亦有好事人,时能载酒过。
无疑举尔酒,定知我为何。

姜　夔(1155?—1208)

以长歌意无极好为老夫听为韵奉别沔鄂亲友(其六)

异时之罘君,在涅守曰颢。黄钟欠牛铎,淋漓吊遗稿。
有子殊可人,特未见此老。客来请论文,但道曲肱好。

李　乘(?—?)

慧聚杂题·素琴堂

长官发已星,强持牧羊棰。故山荒草堂,为贫不知耻。

袞袞敲朴庭，缨裾渍尘滓。　　子贱敬可高，七弦不离指。
今日到僧房，阴森翠堆几。　　数拳解巉屼，一泓粗清沚。
瑞草不知名，芬我胜兰芷。　　天籁更自然，世音亦何俚。
长官趣如何，依稀琴在此。　　返思子贱琴，未免尚宫徵。
弹与不弹间，一切聊尔耳。　　兀坐纵无言，汤汤寓流水。

李　复（1052—？）

和朱公掞祷雨五龙庙

太师占岁验律管，气来姑洗声犹短。　　野人告病三月余，公堂严斋五日满。
相招祷雨陟南山，出城鞭马追飞伞。　　林鸠怒鸣竞逐妇，穴蚁移居自衔卵。
迎路商羊舞若飞，随车少女风不断。　　阴升阳交兆已见，神意感通知悯旱。
焚香沥酒洒枯地，草根清流忽盈碗。　　兹事旧传或未信，诚祷灵答知非诞。
祠亭丰碑高突兀，岁纪神？魏所纂。　　道武开国始南征，矫首据鞍思胜算。
云间仰见黑龙来，翔戏下山五为伴。　　考卜推为受命符，将拜帝休先沐浣。
前瞻雷电塞空山，筑宫岧峣敢辞懒。　　鬼神填委焕丹青，草木森严无冗散。
登山层级绕岩峦，趣门一径极平坦。　　箫鼓于今几百年，旸雨无愆零禜罕。
今朝霢霂千里苏，太守忧民馨诚款。　　四郊宿麦远青青，土膏脉润天已暖。
明朝牲币躬修报，岂惮陟降步□窾。　　鲁无禾麦书春秋，须知民事不可缓。

李　纲（1083—1140）

长　至

黄钟之宫萌一阳，万汇滋发犹潜藏。　　书云讵复别祥异，揆景渐可知舒长。
闭关不行著易象，客子倦游悲故乡。　　周南太史长太息，禋祀无因陪祼将。

次韵顾子美见示题曲江画像

天眷李唐能肖德，异人间出生其国。　　于中贞观开元间，譬若丰年多黍稷。
曲江擢秀自妙龄，国器早被燕公识。　　文词赡蔚冠后来，大册高文振鸿笔。
孤生徒步起荒陬，职秉钧衡爵侯伯。　　一时推挽尽正人，谠议嘉谟咸可绩。
能于偏校识胡情，此理未可常情亿。　　哥奴岂是郎官材，谁使岩廊久践历。
眉宇津津挟兔雕，醖藉居然困摧抑。　　正宿造膝访相臣，岂止伶官论安呢。

天意方将启禄山,帝心那解疑仙客。房帷阴谋独上陈,三子未冤繄巨力。
伟哉相业继姚宋,允矣威声落夷貊。千秋金鉴奉君王,仁者之言古遗直。
咏燕论心讵免猜,赋扇陈情竟何意。黄钟毁弃瓦釜鸣,凤去鸦鸥集槐棘。
固知骨骾易婴鳞,坐使奸谀得乘隙。一麾出守来荆蛮,直道忘怀谢欣戚。
诗篇冥助得江山,文史终年自怡怿。渔阳鼙鼓震长安,祸乱宁从一朝积。
翠华西幸蒙尘飞,蜀道艰难会相忆。至言逆耳弃不收,遣祭徒劳长叹息。
古来忠谠尽如此,端欲济时如谷帛。空令万世沧海南,崒兀高名配韶石。
於粲荔丹蕉叶黄,庙貌屹然兹血食。身亡道立复何求,失策自与当时惜。
丹青谁为写清姿,风度严凝见颜色。顾侯好古如古人,此本云自韶阳得。
笏囊无复使人持,奕奕蝉冠照虚壁。象设曾闻铁作胎,英灵尚想心犹赤。
拜公遗像激懦衷,怅望天南瘴江碧。高辞险语极揄扬,勉强追酬愧非敌。

李公麟(1049？—1106)

和邓慎思重九考罢试卷书呈同院诸公二首(其一)

吁俊天畿合辟雍,愧将瓦釜缀黄钟。听穷一一竽无滥,拨遍磷磷玉似逢。
龟列春庭先壤奠,龙飞天路得云从。吾曹莫念拘萦久,求称公朝庆赏浓。

李 篝(1194—？)

咏 老 桐

枯心不作花,仪凤那采取。何当被朱弦,赍身大晟府。

李 刘(？—？)

寿 牛 都 大

律中黄钟九日前,长淮巨海降真贤。鹏程九万快抟击,骒牝三千表塞渊。
夜看牛星贯南极,早携鹤驭出西川。梅花岁岁横参影,长伴罗浮不老仙。

李流谦(1123—1176)

钱元质饮客月岩前小亭酒半月上移席坐岩下四顾林塘景气清绝眉山程进儒谓予不可无诗因作此

两山齐起屹双阙,一岩突出剜寒月。成行松桂自昭穆,入耳流泉间宫角。

向来妙思发天蕴,突兀小亭著能稳。渔郎撑舟更何之,不信武陵眉睫近。
殷勤置酒临清夜,主人不凡客殊野。酒酣烛暗月初上,却徙胡床坐岩下。
疏疏林隙半轮悬,破碎寒塘万珪璧。恐有仙人海上来,仿佛天风响环玦。
螟颐先生有矜色,索我题诗纪清绝。才薄将奈此景何,唤起吾家跨鲸白。

李弥逊(1089—1153)

赠浮光王教授

剥啄谁氏子,清晨过寒院。了然双瞳光,偶坐肆雄辨。
自言同川裔,世列金闺彦。声名重青钱,文字妙黄绢。
插架三万轴,撑肠五千卷。八十朝明光,好语动天眷。
遗芳落诸孙,往往嗜经传。我独甘悲辛,敢负籝金彦。
藏刀十九年,收霸在一战。犹纡从事衫,局促类秋燕。
翻思访梅福,不待买阳羡。铿锵七言赠,字字经锻炼。
爱之忍去手,喁喁日千转。黄钟未雷鸣,羞比釜与甒。
璠玙入磨琢,会作清庙献。待价古或然,毁椟圣所唁。
明良罗隽英,不命速邦传。胡为有遰心,剩起林壑恋。
青冥闾阖开,□足谢媒援。愿持北阙书,自效唐衢荐。

李 彭(?—?)

观法华牛斗戏呈戒上座

鸡栖于埘晚山碧,两牛偃蹇万钧力。黄钟满腔鸣相欢,欻起缘何作勍敌。
水牿败绩秋风前,穿林觳觫蹊人田。几无将军破燕虏,适堪卫尉驾车辕。
碧眼山僧可人意,大牛小牛与穿鼻。更须宴坐三十年,直待无鞭更无辔。

宿归宗赠轼老

平生丘壑心,祇园多幽趣。杖藜过悬崖,投足澄百虑。
涓涓一滴泉,湛湛三危露。渊源自曹溪,甘腴胜牛乳。
诸峰罗孙曾,一一尊鼻祖。法筵碧眼人,家世本鄠杜。
紫枢与黄阁,去天才尺五。不为世网婴,粲可叶心素。
绳床作禅定,大音响韶濩。应梦先补陀,祝发得玉斧。

我来心眼明,意气谐律吕。金地雨曼殊,天香绕巾屦。
明当整归鞍,天末蜇鸿度。

赠 子 充

阿充克家才,昭代真孝秀。白发在板舆,色养侍昏昼。
来营甘脆具,底事成宿留。到骨似我穷,黄钟满君脰。
落帆哉生魄,步屟月成彀。幽园语更仆,莫遣双眉皱。
觅句洗愁兵,河倾转箕斗。

李 石(1108—1181)

石 经 堂

我来一登石经堂,从以诸生行两庑。诸生读经半白头,问以始终钳不语。
我闻此经昔中都,郎中所隶乃其祖。迩来离乱已亡失,楷本仅能传蜀土。
蜀王闰位供扫除,独此仍为盛时取。为将严镝守重扃,护以缭垣崇邃宇。
列之学官岂无意,不但阙文存夏五。大开明镜别妍媸,时扣洪钟谐律吕。
后生不复事丹铅,抵死唯知守藤楮。字音随口妄蜺霓,点画分毫谬鱼鲁。
日月当天空委照,盲俗相欺纷莫睹。石经虽古奈尔何,人竞传今不传古。
行行矧肯捩眼觑,藓剥苔封费撑拄。坚镜仅免饱蟫鱼,隧道争来宅狐鼠。
此间邹人傥借问,为问石经谁是主。忆昨敲门肆诃斥,几度循墙夸伛偻。
登登阁阁隐金槌,耳聒散空垂雹雨。蜡薰煤染连作卷,玉轴锦装如束杵。
岂无一物媚权豪,几纸才堪博圭组。尔之所得固么麽,我则何由宽击拊。
一槌只作一字讹,讹至万千那复数。石经之害此其大,纵有鬼神谁可御。
忆昔尝为博士官,首善堂中容接武。心知不是世间书,云汉森然城百堵。
恢恢帝所有余地,忍使石经留外府。便当连舸下瞿塘,飞上三山如插羽。
縿绁舛谬钟鼎暗,天罅岂容无一补。巍巍玉帝殿中央,河洛东西翼龙虎。
虽然斯文属兴废,帝既有心天亦许。作诗未用拟韩公,考篆庶几追石鼓。

李之仪(1048—1127)

失题九首(其九)

华榛曾记孔鸾栖,断梦还来拂旧题。妙悟从谁识无射,赏心空自感雌霓。
干云宝气层霄外,埋玉孤坟落照西。千载相逢定何许,嘐嘐风雨独鸣鸡。

乐 律

廖行之(1137—1189)

次韵酬郭承禧

黄钟大吕非常器,清庙陈之乃其地。胡小用喧寸莛,犹遣咸韶有遗事。
君才栖枳今何时,天意似欲昌吾诗。西山正尔朝气爽,左手好在霜螯持。
连墙顾我劳相过,徙舍羡君安宴坐。春兰秋菊借芬馨,蚯蚓苍蝇许赓和。
弥明出语如笑嬉,喜悲思苦那能奇。便须起敬拜床下,敢问所学真谁师。

寿邵阳唐倅二首(其二)

瑞荚八叶开蕤宾,湘川当年生俊人。天孙织裳云锦新,下与圣世为卿云。
妙龄材策趣金銮,从横礼乐波澜翻。结知九重生羽翰,扬庭径许升朝班。
姓名将启金瓯黄,海沂暂此留王祥。朝来椒颂传新章,青衫属吏欣观光。
方瞳玉颊歌云谣,醴泉为酒麴斗杓。东方蟠桃三度实,安期瓜枣甘于蜜。

林光朝(1114—1178)

徐广文生朝

盘古一笑鸿蒙开,神马负图从天来。八卦旋转六十四,黄钟是为元气胎。
雷斧未动百泉缩,江上早见春风回。况当九日得阳数,太白之精随斗魁。
徐卿有子何绝奇,熊罴惊梦初得之。珠庭犀角照宇宙,清飙忽忽生桂枝。
笔落犹如千钧弩,异科暂失韩吏部。绛帐初随吾道东,遂令小邦变齐鲁。
孔席岂是三年淹,蓬莱画阁铺牙签。他年欲数中书考,再拜祝公长不老。

刘 攽(1023—1089)

次韵孔常父

老翁衰迟为日久,自知不是文章手。紫微荧煌十二星,青阁彤庭掖垣右。
谁令孤翼此飞栖,正似枯槎犯牛斗。诸公可亲复可望,黄钟浑宏秋水光。
但论四海矧故乡,清诗翻翻鸿鹄翔。愿言与子同升堂。

次韵和杨叔恬赠郑秘丞

纬萧弃明珠,龟手安絣漂。浮生每殊涂,吹万亦异窍。
传剑不成显,谈舌无与掉。圜冠岂误身,儒术真寡要。

岁时不我与,壮年更稚少。白发绿鬓多,班班已盈照。
安排慕无闷,推命独孤笑。趋愚甘就迂,遣累稍夷峭。
嵯峨天门开,事业寄周召。登贤如弗及,得士故颇料。
乃知古犹今,孰有贺随吊。寸善曾不遗,有功辄先调。
骅骝自西极,翠羽出丹徼。黄钟陋巴歈,文鼎嗤畚筊。
况闻邱园秀,得以虚名钓。唯忧有道卷,莫敢后时诮。
食苹鹿相呼,在鹤鸡群叫。饭牛歌何哀,筑岩貌惟肖。
顾予乃迷方,黥劓谁与疗。章甫期适越,风帆欲逾峤。
敦敦乐瓢箪,耿耿甚荧耀。聊欢龟曳涂,犹畏牺入庙。
同声邈难期,僻陋常耳剽。逢君独欣然,夙昔共明诏。
屡闻诸侯辟,复见尚书召。奈何竟栖栖,尘土翳光曜。
西山悲采薇,鼎食归洒削。飞将不得封,重侯付嫖姚。
新篇一何工,大巧全众妙。上言道路勤,山海穷听眺。
次述畴昔游,弁髦迨冠醮。下云厌屡空,藜藿甘咀嚼。
英贤困奇蹇,为善谁复劭。譬如饮洪钟,伟量乃能釂。
郑公亦全材,大厦方夯篠。珉瑶谢尺璧,丝管让清啸。
同当鹄翻云,肯为鱼在罶。千里由咫尺,西城始春烧。
吾闻天祐贤,柞械民所燎。胡为沮溺侪,躬耕老蓬藋。

刘 敞(1019—1068)

贺王介甫初就职秘阁

凤凰信高远,矰缴安得羁。非君九韶奏,讵肯一来仪。
王子美无度,孤飞绝云霓。常恐浊一世,斯人莫见之。
天子蹈轩虞,公卿聚皋夔。孰言阿阁下,定有朝阳诗。
愿得调律吕,聆音辨雄雌。毋空著图象,但取夸童儿。

渴雨示府僚

东风破穷阴,农者亦望岁。宿雪滋已消,骄阳更为沴。
玑衡运元化,律吕导和气。四序宜平分,斯人尚憔悴。
关中大兵后,所向半凋敝。荆棘独至今,眷言可涕泣。

乐　律

忆昨辞紫宸,从容画民事。焦劳见颜色,旷荡洒恩惠。
开仓出其陈,履亩夺浮议。乃知圣神心,独在舜禹际。
所忧吏不称,未足效兼济。安得三日雨,滂沱泽厚地。
百昌奋皆作,吾亦免于庡。吁嗟望云汉,冥漠想萍翳。
交泰及此时,群生岂终否。

刘辰翁(1232—1297)

寿王太守(其二)

韵华瑞籥应黄钟,六叶阶蓂舞舜风。袖有西山童子药,清霜夜映玉颜红。

冬景·至后日初长

至后晴堪定,阳来蔼未央。是虽年已晚,最喜日初长。
自报黄钟动,谁将弱线量。荒寒无刻漏,宿昔已昏黄。
天上开南陆,人间入寿乡。鲁阳惊昨梦,辛苦系扶桑。

刘克庄(1187—1269)

赋得牛驼各一首(其一)

以羊相易惭羊小,与象同称笑象轻。碧草充肠随意饱,黄钟满胠有时鸣。
力粗曾索寅人斗,骨朽难湔丑座名。空费景升刍与藁,不如羸？尚堪耕。

次韵别方时父

我于中垒谱相通,君唤玄英作祖翁。每恨暮云一樽隔,暂欣夜雨对床同。
为晨门黍谈清宿,留剡溪舟避逆风。众作纷纷鸣瓦釜,黄钟聊复鼓于宫。

狂　　吟

两轮屋角走如梭,争奈樗翁老病何。富贵时来年少去,神仙者少死人多。
形羸全赖儿扶掖,诗退犹须友切磋。莫嗟狂吟无律吕,古人不废饭牛歌。

刘　弇(1048—1102)

冬至上王丞相生日黄钟歌

乾坤变化造万物,十有一月生黄钟。黄钟资养太和气,上贤禀受为三公。
至音铿锵仪凤凰,播在简册成文章。权衡度量立大法,朝廷四海声洋洋。

411

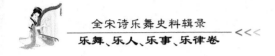

往时霜木立如束,原野焦枯无紫绿。自从缇室一阳生,半夜萌芽动寒谷。
登堂请献眉寿杯,愿同律管容葭灰。玉铉金鼎调盐梅,年年阳德先春来。

贺提刑生辰二十韵

律中蕤宾候,时生翰苑才。昴星天上降,玉树署中开。
地望无双也,公侯有种哉。仪刑推虎子,头角号龙媒。
雅负凌云操,阴怀构厦材。家声说王谢,儒学美邹枚。
德宇浑深厚,书林早贡该。发谈生雾露,走笔落琼瑰。
仕誉彰宸听,纶恩擢宪台。泥封云外捧,使斾日边来。
未夏薰风至,先春暖气回。驱驰车翼翼,制割刃恢恢。
钦恤恩涵海,澄清令走雷。露帏衣照日,行部驾扬埃。
上表除蛇豕,飞章荐草莱。闹中金韵揶,醉里玉山颓。
龙印当时伏,鵷班异日陪。暂来为八使,终去面三槐。
身况推华胄,门曾位上台。定重调鼎鼐,应再作盐梅。
适遇悬弧旦,宜倾上寿杯。下僚何所祝,愿早见天魁。

刘一止(1080—1161)

张倅生辰作质龟相鹤二诗为寿(其二)

黄鹤初出胎,骨格已惊众。翩翩谢嚣尘,飒爽自神纵。
朝飞出芝田,夕饮下云梦。宁知风露质,乃系世轻重。
有如贤达人,胸腹抱空洞。观时自隐显,岂待吹嘘送。
会看九皋鸣,一一律吕中。阅岁千六百,群飞接鸾凤。

楼　钥(1137—1213)

送王粹中教授入蜀

万山四塞围平陆,大为关中次为蜀。我生东南未曾到,蜀士游从闻颇熟。
自从襄阳上峻途,高欲登天下临谷。女娲大山塞空虚,麻线名堆千万曲。
行人一升鹿头关,下瞰平川如画幅。幅员二百四十里,里出万缗民日蹙。
向来陕西五路兵,退守诸关疆地促。计臣权宜重增赋,民力尚宽随所欲。
尔来因仍七十年,鬼不输钱无雨粟。民生哀哉不堪命,外若富饶中不足。

乐 律

益梓尚有繁盛风,夔峡穷民几比屋。侧耕危获供税租,饭多稊稗无嘉谷。
朝廷谋帅弄印久,宣谕尚书剖符竹。尚书当今第一流,翁婿相望冰映玉。
贻书挽君为此行,古人义概非流俗。君亦慨然挈家去,掺袪未免再三祝。
君行岂为温饱计,一举高飞快鸿鹄。丈夫生有四方志,登览山川非碌碌。
顷为假吏到燕山,未行先取山经读。所至访寻多得力,中原至今在吾目。
北征西征昔有赋,何肯徒行空逐逐。子西尝因过岘首,遐想羊公欲相沃。
关右放贾眼拔镞,表留卒使痈溃肉。试推此意向前去,到处前人有遗躅。
五丁开山果何在,赞皇筹边言可覆。剑门石角皆北向,雪岭界天望身毒。
高皇将坛在汉中,武侯八阵留鱼复。栈阁绳桥世称崄,威茂渡笮来夷族。
李冰离堆如底柱,大宁盐泉若飞瀑。四路尤多未见书,买归何止三万轴。
黄松次功蜀梼杌,石湖居士吴船录。君宜预考经行地,却随所见书之牍。
幕中便可资筹策,远业因兹增蕴蓄。

又闻渡泸不在泸南在沉黎,邛崃九折是君家世尤当知。
艺祖按图挥玉斧,大度河外等弃之。本朝独无南诏患,一语决定无敢违。
成都郡庠千白袍,后来之秀日益奇。周公礼殿岿然在,画像盘古继宓牺。
春秋奠谒用旧乐,想见节奏并威仪。谈经约史各专门,学问可以相发挥。
康节遗书有传者,不惜师问穷精微。先天仅得十二三,声音律吕无由窥。
更有异闻多细事,试因余暇质所疑。青城大面访仙迹,普贤灵变穷峨眉。
街名棋盘路九逵,江号濯锦如污池。古柏参天二千尺,水浒鼎立三石犀。
药有珂贝说尤诡,字书不见桪与桅。金堂鹦鹉扫孤塔,苍溪橘柚五出稗。
嘉陵梵像为最巨,阆州城南天下稀。少陵入蜀往来久,须行万里方知诗。
我惭寡闻言又拙,君其更为加询咨。老我无复为世用,但当杜门待君归。
归期未知果何时,时寄尺楮宽吾思。

陆　游(1125—1210)

闲居七首(其二)

　　溪透桃源路,门连小华峰。虹霓横水槛,羽盖偃岩松。
　　日月诗魂迥,烟霞道气浓。欲寻钟吕去,世外说从容。

次韵师伯浑见寄

眉山汉嘉东西州,估船日日到津头。不得讲书一行字,倚遍临江百尺楼。
黄钟大吕忽复见,绣段英瑶何足酬。愿约青神王夫子,来醉万景作中秋。

与高安刘丞游大愚观壁间两苏先生诗

野性纵壑鱼,官身堕阱虎。适得建溪春,颇忆松下麈。
微霜初变寒,短景已过午。佳客能联翩,老宿相劳苦。
怀哉两苏公,去日不可数。泉扃一埋玉,世事几炊黍。
吾侪生苦晚,伫立久恻楚。尚想来游时,黄钟赓大吕。

谢徐志父帐干惠诗编

平生闻若人,笔墨极奇峭。相望二千里,安得接谈笑。
一朝获其诗,惊喜逾素料。夜窗取吟讽,寒灯耿相照。
春容清庙歌,缥缈苏门啸。蹴天浙江涛,照野楚山烧。
每篇十过读,玩味头屡掉。正如啜名酒,虽爱不忍釂。
看君亦华发,气压万年少。予昔从茶山,辱赏三语妙。
文章老不进,憔悴今可吊。谁知牛车铎,黄钟乃同调。
愿君时来过,勿恤俗子诮。

出　　游

僧院轩窗酒市楼,过门自入不须留。恰来竹下寻棋局,又向沙边上钓舟。
诗放不能谐律吕,书狂犹足走蛟虬。秦碑禹窆风烟外,一吊兴亡万古愁。

叹　　老

镜里萧萧白发新,默思旧事似前身。齿残对客豁可耻,臂弱学书肥失真。
渐觉文辞乖律吕,岂惟议论少精神。平生师友凋零尽,鼻垩挥斤未有人。

简傅十八官

朋旧凋零尽,新交得隽人。文章谐律吕,议论足精神。
甚欲邀联骑,无如困负薪。兰亭修禊近,为记永和春。

喜杨廷秀秘监再入馆

公去蓬山轻,公归蓬山重。锦囊三千篇,字字律吕中。

文章实公器,当与天下共。吾尝评其妙,如龙马受鞚。
燕许亦有名,此事恐未梦。呜呼大厦倾,孰可任梁栋。
愿公力起之,千载传正统。时时醉黄封,高咏追屈宋。
我如老苍鹘,寂寞愁独弄。杖屦勤来游,雪霁梅欲动。

秋　怀

策策桐叶风,蒙蒙菊花雨。空堂一灯青,幽壁百虫语。
嗟余岂愿仕,老病归无所。屈指计岁年,强半堕羁旅。
荷戈北戍秦,挂席西适楚。名惭垂竹帛,文不谐律吕。
所余惟一死,忍复类儿女。金丹或可成,青霄渺轻举。

玉局观拜东坡先生海外画像

商周去不还,盛哉汉唐宋。苏公本天人,谪堕为世用。
太平极嘉祐,珠玉始包贡。公车三千牍,字字尨飞动。
气力倒犀象,律吕谐鸾凤。天骥西极来,矫矫不受鞚。
飞腾上台阁,废放落云梦。至宝不侵蚀,终亦老侍从。
晚途迁海表,万里天宇空。岂惟骑鲸鱼,遂欲跨蟮□。
心空物莫挠,气老笔愈纵。秕糠郊祀歌,远友清庙颂。
我生虽后公,妙句得吟讽。整衣拜遗像,千古尊正统。

吕　陶(1028—1104)

和再游二首(其一)

仙居殊不类樊笼,潇洒清凉皆可封。寒溜恰如扬子水,修筠应有稚川龙。
云深况是门无客,人去惟闻鹤在松。向此却疑推律法,应钟何事代林钟。

吕祖俭(?—1196)

晁景迂大观庚寅冬为四明船场后七十有余年某适以仓氏之职至此闲而王兄季和亦来作景迂官相与访问旧迹故传尚有可考偶成数语简季和因呈叔晦

鄞川旧有船司空,小亭晚望江之东。父老犹能理前话,无钱无木人无功。
风流已往四十载,水仙木犀徒自红。吾尝夜看司空集,元符上书入邪中。

岁月蹉跎今几许，俯仰一身随转蓬。自尔怕道四明守，讵有律吕为始终。
易系后谱此时有，又得刚说来发蒙。鲁人猎较亦猎较，复使妙句追飞鸿。
谒来海头四阅月，尘埃满袖生氇氁。平生执鞭所欣慕，追寻故迹得数弓。
超然之名犹可想，海气微茫日未晙。越中岂是不好事，别乘皆贤心已？
场官缱绻真我友，欲来卜筑祠此翁。大书特书景迁号，庶几遗躅常清通。
簿书期会目前耳，此意当今齐洛嵩。丰公室外草芄芄，了斋却埽耳若聋。
当时二士相游从，夜阑太息非为躬。年运而往将溟蒙，后辈风□□□□。
薄材微宦犹未工，尸祝越俎自忡忡。谁图遗像置学宫，时与先儒相磨砻。
却归金华守吾宗，端坐不出固其穷。

梅尧臣（1002—1060）

同诸韩饮曼叔家

富贵丰盘餐，日可侑清角。不与贤者俱，饱食何所学。
吾友虽日贫，邀赏不辞数。质衣为酒肴，出论轻管乐。
其馔精且甘，刀几孰亲握。是时予苦眩，引去意颇确。
羸马雪中归，醉醒谁复较。

次韵答黄介夫七十韵

春风不择草，万卉皆发萌。盛夏一长养，秋实俱与成。
春粒以蒸炊，刘枯以煎烹。工师调五音，不问咸与齉。
自取众律和，黍谷动华英。可以荐祖庙，可以陈帝庭。
良将统万卒，所向若惊霆。战斗众益勇，号令夜益明。
破敌必拉朽，不见坚阵横。我观欲物际，亦在农力兴。
我观合奏时，亦在考击并。我观成功日，亦在间得情。
草木有美恶，造化无喜憎。五声有高下，一致不可评。
三军用貔虎，不较蚊睫螟。大君设时网，广海无漏鲸。
磊落黄夫子，为学不自轻。四十登贤科，良贾售百朋。
得志岂计晚，成名等众荧。旧交半存没，新知慕徒倾。
老鹤晴一唳，随风无近声。好论古今诗，品藻笑钟嵘。
欲扫李杜坛，未审谁主盟。我衰百事倦，白首聊穷经。

两目生昏花,犹胜张籍盲。读书爱日永,秉扇自驱蝇。
但恶乱我思,非与小物勍。清飙飒然来,喜得如弟兄。
散帙空堂上,垂冠发星星。载诵尧舜篇,幸今时太平。
不学遁世士,投竿泛东溟。不袭贪生人,炼气噏日精。
不羡富贵翁,歌吹满重城。独守萤火光,莫揽蟾蜍晶。
人生转头间,未免一铭旌。区区逐甘鲜,鼎鼎夸佩缨。
安知西山饿,熟识绵上耕。彼勿叹凤衰,此正歌鸿冥。
分合没穷巷,迹涩蹈高闳。妻子易为饱,粟帛不足营。
岂乏一器饭,岂乏一杯羹。肯为浊河浊,愿作清济清。
韩愈尝有言,百物皆能鸣。特称孟东野,贫箧文字盈。
到死只冻馁,何异埋秦坑。今我已过甚,日醉希步兵。
神仙多羽翼,一一飞蓬瀛。乃知无道气,难可强留形。
鄙性实朴钝,曾非傲公卿。昔随众一往,或值谤议腾。
曰我非亲旧,曰我非门生。又固非贤豪,安得知尔名。
是时闻此言,舌直目且瞠。俄然我有答,贤相持权衡。
喜士同周公,其德莫与京。我去岂不送,我往岂不迎。
自为筋力寡,路远艰于行。未若归教子,遗金徒满籯。
岁月苦易得,颜貌日可惊。身虽厌役役,心亦远硁硁。
归思吴洲橘,梦忆楚江萍。试看两围棋,白黑何所争。
朝脱泥涂困,暮失云衢亨。物理既难常,达生重飞觥。
曾以文豹章,远喻子怀能。曩者忤贵势,悔说乌鸟灵。
乌灵反见怒,终恨屈此诚。当时语颇错,盍呼为大鹏。
于兹傥遇之,应解颈颊赪。韵尽意未尽,且用此报琼。

送刘继邺秀才归当涂

鹓雏始出巢,欲矜五色羽。乃见郡鸱盘,壤中将有取。
梧桐与竹实,安得在平土。所趣固已殊,而何不远举。
幸失网罗目,宜还兰蕙圃。故乡有嘉林,其下可以处。
会侍朝阳鸣,贺夔成律吕。

和吴冲卿元会

千官车马闻阖来,昼漏始上闻阖开。峨峨左右升龙进,昨夜雪飞云作堆。
殿前冠剑鱼鳞立,东风入仗旗脚回。黄钟一奏宝扇掩,玳帘卷起香雾排。
鸣梢未尽霹雳响,翠辇已退黄金阶。圣人端冕御法座,大乐旅作声和谐。
群公抃蹈丹墀下,尚书奏瑞四夷怀。乘舆却入更衣阁,通天绛袍升玉榻。
百拜称觞万岁闻,两廊赐食簪裾匝。曲传大定舞缀疏,波旋烟敛饬宫车。
卫官解严多士退,日光停午气象舒。吴君才笔天下杰,归来作诗传石渠。
石渠秘邃无凡愚,石渠酬唱皆严徐。我惭短学复在后,收拾掇弃聊以书。

袷礼颂圣德诗

溥哉孝享,将事于宁。文武卿士,冠剑在庭。
爰俟帝斋,风霰其零。风霰不已,钩陈豹尾。
龙旂太常,立列比比。帝居路寝,百辟就次。
至于穀旦,漫漫翳翳。帝入灵宫,左撞黄钟。
升阶置玉,日气曈昽。鸿鸿杲杲,氛驳阴扫。
宿于太宫,月星皓皓。侍祠之臣,鹄举鹭振。
或捧其匜,或进其巾。辅相夹导,俯偻鳞鳞。
圭瓒以陈,登歌以均。东向虚位,发爵亲亲。
平明帝还,紫宸序班。望帝之颜,穆穆闲闲。
檐步廊廊,雪浮阳光。大楹烂烂,朱陛煌煌。
称祝万寿,万寿无疆。却登宝舆,以御端门。
揭鸡肆赦,雷动乾坤。于时都人,于时妇女。
于时蛮夷,异口同语。天子万年,仁圣之主。
臣时执册,与物咸睹。敢播于诗,庶闻九土。

欧阳修(1007—1072)

汝瘿答仲仪

君嗟汝瘿多,谁谓汝土恶。汝瘿虽云苦,汝民居自乐。
乡间同饮食,男女相媒妁。习俗不为嫌,讥嘲岂知怍。
汝山西南险,平地犹硗确。汝树生拥肿,根株浸溪壑。

山川固已然，风气宜其浊。接境化襄邓，余风被伊雒。
思予昔曾游，所见可惊愕。喔喔闻语笑，累累满城郭。
伛妇悬瓮盎，娇婴包卵㲉。无由辨肩颈，有类龟缩壳。
噫人禀最灵，反不如凫鹤。骈枝虽形累，小小固可略。
痈疡暂畜聚，决溃终当涸。赘疣附支体，幸或不为虐。
未若此巍然，所生非所托。咽喉系性命，针石难砭削。
农皇古神圣，为世名百药。岂不有方书，顽然莫销铄。
温汤汝灵泉，亦不能湔瀹。君官虽谪居，政可瘳民瘼。
奈何不哀怜，而反恣诃谑。文辞骋新工，丑怪极名貌。
汝士虽多奇，汝女少纤弱。翻愁太守宴，谁与唱清角。
乖离南北殊，魂梦山陂邈。握手未知期，寄诗聊一噱。

送孔秀才游河北

吾始未识子，但闻杨公贤。及子来叩门，手持赠子篇。
贤愚视所与，不待交子言。子文谐律吕，子行洁琅玕。
行矣慎所游，恶草能败兰。

答苏子美离京见寄

众奇子美貌，堂堂千人英。我独疑其胸，浩浩包沧溟。
沧溟产龙蜃，百怪不可名。是以子美辞，吐出人辄惊。
其于诗最豪，奔放何纵横。众弦排律吕，金石次第鸣。
间以险绝句，非时震雷霆。两耳不及掩，百痾为之醒。
语言既可骇，笔墨尤其精。少虽尝力学，老乃若天成。
濡毫弄点画，信手不自停。端庄杂丑怪，群星见欃枪。
烂然溢纸幅，视久无定形。使我终老学，得一已足矜。
而君兼众美，磊落犹自轻。高冠出人上，谁敢揖其膺。
群臣列丹陛，几位缺公卿。使之束带立，可以重朝廷。
况令参国议，高论吐峥嵘。惜哉三十五，白发今已生。
近者去江淮，作诗寄离情。口诵不及写，一日传都城。
退之序百物，其鸣由不平。天方苦君心，欲使发其声。

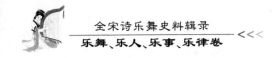

嗟我非鸳鸶,徒思和嘤嘤。因风幸数寄,警我聋与盲。

彭龟年(1142—1206)

送郑尚书守建安十首(其九)

革履如今远帝庐,眼前忧念总区区。黄钟一气元来在,安得先生起亚夫。

挽张南轩先生八首(其三)

邪正不两立,何异莸与薰。宁怀爱憎念,趣尚难同群。
向来闻阊疏,杯水沃烈焚。虽无扑灭期,固亦摧炎熏。
黄钟动孤管,众乐知有君。只今才数年,荟蔚朝陼云。
公身虽已殒,公言犹可闻。所期动九天,从此泾渭分。
宁愿如曲江,一尊酹孤坟。

钱 时(1175—1244)

用守之盟七友歌韵示诸子

学兵须学兵无敌,学医须学医无疾。学诗须学诗无邪,绝义世间非浪出。
长虹贯日天与力,枯肠正好耕六籍。舞雩千载咏而归,小技文章那可屈。
蜀阜家风日日奇,万竹深园暮天碧。朱丝好鸟共幽咮,迭奏黄钟与无射。
儿曹作计终自爱,莫把榆枋碍云翼。康节有言良足珍,衣到弊时多虮虱。

强 至(1022—1076)

文相生辰祝寿

盈数号良月,应钟飞律灰。当年凝间气,此际毓元台。
出契千龄运,居为百辟魁。智多全德水,位峻冠朝槐。
经世雄门盛,熙邦巨业开。赉商名掩傅,平蔡略轻裴。
肃物严秋去,充间庆旦来。最谁兴善颂,蒙顾实微才。
圭衮荣长享,松筠岁不摧。相阶常焕耀,岩石镇崔嵬。
适限縻官句,无缘荐寿杯。应天五福外,更愿事康哉。

饶 节(1065—1129)

韩升之主簿惠示襄阳杂咏诗淳深高古吟讽不置辄用最后书怀赠彦履韵以释其意

刮磨习气如洗爵,惟余好古情未薄。向来诗轴入松门,便对屠门先大嚼。
吾侪事业如石田,笔墨魔人妨夜眠。如公万卷暗不吐,使者旁午谁见怜。
方今神武拓疆土,超擢贤才固其所。莫叹簿书官禄微,黄钟大吕生一黍。

石鱼行赠灵壁张氏

磐石山中石无主,百里厚坤不承土。土人出石如出金,阙地及泉隧而取。
重重彻之如彻席,凡材顽狠邱山积。中藏一板金玉精,定是陶镕鬼神力。
黄钟之律生于黍,近代纵横不如古。天生此材岂苟然,伐而用之百兽舞。
师襄入海工不精,且制嘉鱼大小鸣。大为王鲔施僧饭,小为鲂鳜依石屏。
君家二尾傥遗我,要唤儿曹坐睡醒。

任希夷(1156—?)

宝 钟 院

九江渊轮彭蠡东,江口上下悬石钟。洪炉大冶见奇怪,千仞硨矶云涛冲。
旁罗簨虡万石从,侧立跂行势飞动。螭蟠蛇结增层崖,神剜鬼划森幽洞。
有如万钧陈未央,猛兽怒翅将腾骧。岂同九耳丰山上,欲鸣犹待天雨霜。
南音函胡北清越,未许人人尽幽绝。小声镗鞳大噌吰,留与坡仙泛明月。
长风巨浪相吐吞,金镛自奏天然声。非雷非霆中清浊,龙渊蛟窟惊铿鍧。
献子歌钟景无射,千载寥寥声寂寂。此石长留天地间,海若冯夷能拊击。

史 浩(1106—1194)

上普安郡王生辰(其四)

堂堂玉立冠宗藩,中有澄波挠不浑。彩笔英辞追电影,黄钟和气散春温。
不言自是行天运,独智何妨入圣门。忠孝一心唯戴主,是为天下德之尊。

释宝昙(1129—1197)

上叶丞相

天子五载登群公,今年执圭殊有容。帝前兴俯丞相同,金石一律鸣黄钟。

421

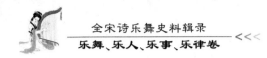

君臣合德通玄穹,四方和气来溶溶。仲山之衮归弥缝,只手可以扶六龙。
甲兵净洗天河空,狱市芳日移帘栊。
大州小县宽租庸,妇闲夜织农星舂,牲肥酒香歌岁丰。
官事生理无缺供,洁廉淳厚俱成风。无心造物真天工,民生西南如蛰虫。
闭户不见雷充充,愿公一震惊群聋。某也苏息还里中,载歌盛德昭无穷。

释居简(1164—1246)

风琴赠选上人

万籁甫消声,锵然忽自鸣。独宜风力小,双与月华清。
历历谐三叠,玲玲叶九成。宫商虽断续,何处不分明。

孤 山 行

盛时考槃古逸民,湖山草木咸知名。至今八篇烂古锦,岂特五字如长城。
长驱万骑到其下,束手按甲循墙行。大邦维翰蔽骚雅,退冲既折犹精神。
抗衡剧孟一敌国,弹压西子孤山春。死诸葛走生仲达,送修靖邀陶渊明。
聚蚊莫及怒雷迅,老瓦不乱黄钟鸣。清弹岂为赏音废,自芳更问林扉扃。
鸥盟未冷浪拍拍,弋者何慕鸿冥冥。水流山空鹤态度,冰枯雪寒梅弟兄。
梅当成实自调鼎,鹤既生子仍姓丁。乡来偶同赋招隐,老去亦各相忘形。
故庐夜夜月如昼,少微耿耿天无云。千金傥可市骏骨,万古适足空凡群。
百身可赎但虚语,九原唤起知无因。为公满酌井花水,酹一抔土公应闻。

怀归四首(其一)

姓名何必上传灯,破釜难谐大吕声。信脚半生惟舌在,策勋九转到丹成。
强知晴雨怜鸠拙,拟葺茆茨似燕营。见说千金曾卖赋,不堪容易赋闲情。

释明辩(1085—1157)

偈八首(其六)

吹尽风流大石调,唱出富贵黄钟宫。舞腰催拍月当晓,更进葡萄酒一钟。

释善果(1079—1152)

偈(其二)

韶阳一曲二十五,不属宫商角徵羽。寥寥千古共谁论,明眼衲僧未轻许。

释文礼(1167—1250)

偈二首(其一)

黄钟才起时,九数从头数。相将幽谷莺啼,次第雕梁燕语。
田父祭勾芒,丛祠敲社鼓。农父狎牛郎,村姑教蚕妇。
光阴老尽世间人,冬至寒食一百五。

释文珦(1210—?)

酬李筼房见寄

修筼古君子,溪上有清风。直节应难并,高标自不同。
婵娟消俗虑,培养见深功。爱此黄钟管,传声到谷中。

释有需(?—?)

石 门 歌

吾结草庵蔡溪侧,四顾峰峦皆峭壁。石门千仞锁天津,来者欲登那措足。
住此庵中是何缘,不诗不颂亦不禅。饥来苦菜和根煮,叠石为床困即眠。
日照诸峰阴暮暮,负暄孤坐情何适。驯伏珍禽趁不飞,猿猱扪我衣中虱。
闲揩瘦筇六七尺,山行野步扶危力。披云入草不辞劳,逢人打破修行窟。
或停松,或坐石,静听溪泉漱鸣玉。源深洞邃来不休,声声奏尽无生曲。
杂羽流商谁辨的,五音六律徒敲击。有时乘兴上高峰,大笑狂歌天地窄。

释择崇(?—?)

司 空 山 歌

司空山,在云外,时人到得方自在。我今随力幸登临,四顾巍巍无向背。
绝遮拦,难比况,千山万山齐恃仰。九夏炎炎雪正飞,三冬飒飒华初放。
春不荣,秋不落,隐隐昭昭倚寥廓。直下人间咫尺间,欲上之人难措脚。
人迹绝,野境宽,触事无能懒散便。有时向日岩前坐,有时乘困日高眠。
不学禅,不修道,只么腾腾恣颠倒。百种无求个野人,随分随缘能作造。
不从他,不觅己,一句灵灵万缘里。自从识得祖师关,历历明明此为始。
无妙名,无忌讳,来者向渠只么是。任你千般与万般,何曾出得个些子。

分明说,报知音,目炙风吹不用寻。须弥南畔相逢著,积翠台边旨更深。
旨更深,谁会得,东村王老眼前黑。李四张三不信伊,问尽邻家转疑惑。
转疑惑,不较多,为君吟作司空歌。宫商角徵任吹唱,角徵宫商争奈何。

司马光(1019—1086)

送冷金笺与兴宗

蜀山瘦碧玉,蜀土膏黄金。寒溪漱其间,演漾清且深。
工人剪稚麻,捣之白石砧。就溪沤为纸,莹若裁璆琳。
风日常清和,小无尘滓侵。时逐贾舟来,万里巴江浔。
王城压汴流,英俊萃如林。雄文溢箱箧,争买倾奇琛。
夫君乃冠冕,辞气高千寻。十载为举首,于今犹陆沉。
嗟我蓄此纸,才藻不足任。愿以写君诗,益为人所钦。
缟带岂多物,足明同好心。黄钟声如雷,岂病无知音。
请以此为质,佗年神所临。华轩策驷马,慎勿忘遗簪。

送韩太祝归许昌

王城名利窟,冠盖郁相交。夫君独凤举,翏然去喧呶。
颍水清可濯,箕山高可巢。反顾公相荣,一芥浮堂坳。
□□大吕重,岂知轻斗筲。苍苍气象严,万木拥寒郊。
□□点限曲,初旭染林梢。去去善自将,因声访衡茅。

和吴冲卿三哀诗

天生千万人,中有一隽杰。奈何丧三贤,前后才期月。
邻几任天资,浮饰耻澡刷。朝市等山林,衣冠同布褐。
外无泾渭分,内有淄渑别。逢时敢危言,慷慨谁能夺。
圣俞诗七千,历历尽精绝。初无追琢勤,气质禀清洁。
负兹惊世才,未尝自标揭。鞠躬随众后,侧足畏蹉跌。
钦圣渥洼驹,初生已汗血。虽有绝尘踪,不失和鸾节。
宜为清庙器,俨雅应钟律。众论仍共然,非从友朋出。
群才方大来,軮轧扶帝室。谁云指顾间,联翩化异物。
吊缞哭未已,病枕气已竭。同为地下游,携手不相失。

绅绂顿萧条,相逢但嗟咄。诵君三哀诗,终篇涕如雪。
眉目尚昭晳,笑言犹仿佛。肃然来悲风,四望气萧瑟。

双 竹 诗

上苑通丹禁,修林绕玉堂。周阿纡镂槛,并干擢新篁。
萧洒骈瑶珵,连翩拂璧珰。虬腾双角直,鲸喷两须长。
晓泊烟华重,晴留雨气凉。分音成律吕,齐秀待鸾凰。
碧借云霞润,清依日月光。物情知有谓,天造固无方。
比节群诚合,虚心至道彰。吾君愈勤德,不敢有嘉祥。

宋伯仁(1199—?)

寄海安林监镇

风摇红叶下林端,又见长淮九月寒。诗草未谐唐律吕,菊花如忆晋衣冠。
目穷醝灶烟初息,梦想亭沙雨未干。客宦有缘随处好,不须来作小场官。

宋 庠(996—1066)

诏 下 有 感

厘席思贤久,公车下诏新。金酬燕市骨,蒲裹汉家轮。
署行乡论秀,观光国有宾。台招能赋客,关识卖符人。
三府催偕计,诸儒待聘珍。掞天持笔距,联袂照袍银。
丹穴皆来凤,灵渊并跃鳞。请行多下客,答策有平津。
荣路争高足,孤生最滥巾。一鸣方且旦,六律肯遗春。
类鹄犹烦刻,成龙不惧真。纵无清夜诵,犹继壤歌民。

苏 泂(1170—?)

酬王木叔判院喜雨韵

雨在琴书潞更蒸,雨余衣袂润犹清。良苗日起有佳色,圣泽天同无靳情。
得句饷耘聊志喜,欲歌击缶不容声。居然引玉何从至,敢向黄钟作釜鸣。

苏 轼(1037—1101)

次韵景仁留别

公老我亦衰,相见恨不数。临行一杯酒,此意重山岳。

歌词白纻清,琴弄黄钟浊。诗新眇难和,饮少仅可学。
欲参兵部选,有力谁如莘。且作东诸侯,山城雄鼓角。
南游许过我,不惮千里邀。会当闻公来,倒屣发一握。

次韵刘景文赠傅羲秀才

幼眇文章宜和寡,峥嵘肝肺亦交难。未能飞瓦弹清角,肯便投泥戏泼寒。
忽见秋风吹洛水,遥知霜叶满长安。诗成送与刘夫子,莫遣孙郎帐下看。

次韵刘景文西湖席上

二老长身屹两峰,常撞大吕应黄钟。将辞邺下刘公干,却见云间陆士龙。
白发怜君略相似,青山许我定相从。我今官已六百石,惭愧当年邴曼容。

苏　颂(1020—1101)

和胡俛学士游西池书事

皇都有沧池,近在金商陌。渊源控河汴,襟带引京索。
众派泻寒光,一鉴涵空碧。晴明天垂幕,阴霭地滋脉。
烟岚隘五湖,气象吞七泽。漪涟十余里,缟练千万尺。
楼殿起参差,门闉开岸客。人间识方壶,古来惭太液。
美哉台沼名,壮我帝王宅。惟昔经始谋,兹见神武迹。
非同泗渊滥,盖用昆夷策。万乘纡警跸,群官扈銮辂。
津头驻翠华,唐中蒐赤籍。水犀陈百旅,画鹢棹千只。
时多吕梁人,士有中黄伯。旋渊齐出没,桅樯竞跳踯。
鼓枻变鱼丽,飞江生羽翮。一时军事严,四表皇威赫。
承平垂百年,声教重九译。朝惟讲文物,民亦厌金革。
楼戈无复用,池籞因不易。年年春风暮,处处禊筵辟。
曲堤柳交阴,上苑花遍拆。舟师校艨冲,乐佾锵金石。
翔禽鼓轻翰,潜鳞跃修额。鸣鼍促繁节,阴兽荡精魄。
浮吹时往来,彩标纵争获。鱼龙随变态,波浪相激射。
何妨试趫勇,岂徒观戏剧。吾皇兹豫顺,庶物遂阊怪。
灵囿无禁止,都人任游适。轮蹄去若狂,锦绣委如积。
临流错杯盘,列肆张幄帟。金罍乐挥散,采翠乱狼藉。

嘉会此难逢，良辰真可惜。前日瀛洲仙，顾谓同舍客。
言此好时节，岂当虚废掷。掩卷下直庐，连镳出东掖。
郊原朋盍簪，舲舸觞浮醳。指顾集珍羞，饾饤瞻肴核。
暂喜解朝缨，仍便岸纱帻。清波入平望，嘉果富新摘。
园奇插山丹，水美鲙霜鲫。喧呼少停樽，眺览闲信屐。
画桥蹑虹霓，宝殿觇楹碣。再见琼林芳，重思曲江席。
宠恩徒欲报，颛愚岂任责。翩翩众翘彦，一一富才画。
同时致荣阶，云谁量远跖。曰予孤陋姿，本惟一逢掖。
无能拾青紫，有志厉冰蘖。久事州县劳，已甘簿书役。
公卿广收扬，文字误掎摭。得怀儒馆铅，始识君门戟。
何乃英俊流，不以才地隔。同登石渠阁，共阅金匮册。
饱食任嬉游，县君奚补益。所赖友贤能，庶几逭嚽谪。
兹游诚可乐，何幸谬见择。逮赋醉言归，都忘日之夕。
风云一流散，俯仰成宿昔。集贤冰厅郎，雕章古风格。
感此意稠重，足成言四百。记彼集间事，有如丹在白。
初惟侈荣观，终乃发幽赜。分明指行藏，礧砢见肝鬲。
诸贤继佳篇，仲吕和无射。辞源可淼弥，笔锋俱耒辖。
彼美双南金，辉映连城璧。乐事子同赋，联编予有获。
钦慕风雅情，慰诲诗书癖。滞思豁以开，遥襟耸然释。
报投愧刍芜，叩虚漫紬绎。多谢久要言，赠君岁寒柏。

苏　辙（1039—1112）

次韵王适州学新修水阁

黄钟巨挺两春容，何幸幽居近学宫。坐对江山增浩气，力追齐鲁欲同风。
颂诗闻道求何武，家法行看试左雄。欲伴少年游夐相，奔军惭愧恐词穷。

次韵门下刘侍郎直宿寄苏左丞

雷雨连年起卧龙，穆然台阁有清风。一时画诺虽云旧，此日都俞本自公。
松竹经霜俱不改，盐梅共鼎固非同。一篇和遍东西府，六律更成十二宫。

苏籀(1091—?)

永嘉周道人求诗一首

气升期汗漫,世法一黔娄。启钥因师旨,咀芝从祖求。
肆言谐律吕,不梦本精修。王室金堂迩,飘飘竹杖游。

孙应时(1154—1206)

和陈亮功张次夔二同年唱酬廉字诚字之作(其二)

虚中答远响,不与律吕乖。惟诚贯万物,此岂欺我哉。
九仞忧弃井,累土期层台。汝州春风中,试坐一月来。

唐庚(1071—1121)

醉后怒笔

炭寒火冷灯微明,虚檐泻雨如倾瓶。酒酣耳热身体轻,抚膺大吼黄钟声。
怒目直视如流星,拔剑击柱傍人惊。丈夫宁可五鼎烹,安得容此吞舟鲸。

汪莘(1155—1212)

竹洲见寄次韵

朱宫瓦缶鸣,污泽黄钟屏。古来会通籍,作者能签整。
翁如食橄榄,但愿回味永。只今竹洲上,伏腊仰公廪。
玩彼易外象,付此卦中影。遥知疏桐下,缺月见深省。
我来如征鸿,爱此沙洲冷。他年直紫薇,梦断青丝绠。
旧游倘入念,折简肯相命。新诗蒙剪拂,为怜伍哙等。
驾言载双榼,卜日问三径。预约清樽月,云头开金饼。

春怀(其七)

夹钟应和气,和气到天中。半为枝间绿,半作水上红。
杖策南野际,鹳鹤摩苍穹。君子有本性,不受外物攻。
那能学攀桂,俯首嫦娥宫。竦身摄倒景,与子凌刚风。
参旗一以展,欃枪避其锋。举瓢酌云将,歌诗谢鸿蒙。

王安石(1021—1086)

和崔公度家风琴八首(其二)

帘幕无风起沈寥,谁悲精铁任飘飘。随商应角知无意,不待歌成韵已消。

信陵坊有笼山乐官

万里山林姿,羽毛何璀璀。鸣声应律吕,唯有知者爱。
都门市井儿,谁玩汝文采。应须锁樊笼,勿受丸矰害。

结屋山涧曲

结屋山涧曲,挂瓢秋树颠。鸣不中律吕,时时惊我眠。
吾儿亦恶聒,勠力事弃捐。止我为尔歌,不如恣其然。
狂风动地至,万窍各啾喧。一瓢虽易除,岂在有无间。
磔磔山下石,泠泠手中弦。临流写所爱,坐听以穷年。

哭梅圣俞

诗行于世先春秋,国风变衰始柏舟。文辞感激多所忧,律吕尚可谐鸣球。
先王泽竭士已偷,纷纷作者始可羞。其声与节急以浮,真人当天施再流。
笃生梅公应时求,颂歌文武功业优。经奇纬丽散九州,众皆少锐老则不。
翁独辛苦不能休,惜无采者人名遒。贵人怜公青两眸,吹嘘可使高岑楼。
坐令隐约不见收,空能乞钱助馈馏。疑此有物司诸幽,栖栖孔孟莽鲁邹。
后始卓荦称轲丘,圣贤与命相楯矛。势欲强达诚无由,诗人况又多穷愁。
李杜亦不为公侯,公窥穷厄以身投。坎轲坐老当谁尤,吁嗟岂即非善谋。
虎豹虽死皮终留,飘然载丧下阴沟。粉书轴幅悬无旒,高堂万里哀白头。
东望使我商声讴。

老 树

去年北风吹瓦裂,墙头老树冻欲折。苍叶蔽屈忽扶疏,野禽从此相与居。
禽鸣无时不可数,雌雄各自应律吕。我床拨书当午眠,能惊我眠聒我语。
古诗鸟鸣山更幽,我念不若鸣声收。但忧此物一朝去,狂风还来欺老树。

王 迈(1184—1248)

寿南宗东岩四首(其三)

新阳一信迸黄钟,春到分枝若木丛。天为万人生李晟,朋来三寿颂偘公。
松林古佛烧香报,粟洞群仙注福同。欲识东岩长寿相,只看台背更方瞳。

送朱典卿履常参学

文章久矣乏正气,作者付谁传位置。天庠晚乃得朱君,钟吕一鸣康瓠弃。
君看今岁大廷魁,一种风骨何厎赢。吾曹此名未立耳,立则万口须衔枚。
君今乘槎问星汉,名已籍仙政何患。蚕茧工夫何足筹,龙墀勋业须早办。
作诗赠君当马鞭,梅花送春入冷边。与君同舍我无缘,天其或者须同年。

王十朋(1112—1171)

为 麦 祈 实

阳律临姑洗,宸心念岁饥。时羞方庙献,麦实为民祈。
日暖轻花吐,风和翠浪微。敢言因鲔荐,愿勿作蛾飞。
会续来牟颂,宁闻告籴讥。崆峒今岁熟,登荐定无违。

王庭珪(1080—1172)

次韵曾育才翠樾堂雪诗

哦君翠樾堂中雪,词如剑戟相磨切。又如牛铎应黄钟,水中跃出蕤宾铁。
因诵东坡忆雪诗,城郭山川两奇绝。翠樾堂中雪复然,敢拟片词增窜窃。
长安道上醉骑驴,忍冻不知蹄屡蹶。争似淮西破贼时,蔡州城外沙如月。
将军一箭射欐枪,夜落城头晓方灭。捷书飞奏不动尘,露布驰来迷玉阙。
醉翁句律号令严,冻口何由更开说。银杯任逐马蹄翻,断藁残编且扃□。

寄胡邦衡兼简陈佥判黄书记

斯文久寂寞,谁应擅雕龙。万事问伯始,今复得此公。
涛澜翻笔舌,锦绣蟠心胸。平时吐佳句,逸气如长虹。
制策收俊异,行当推选锋。元龙湖海士,江夏无双童。
词彩俱秀出,春葩发青红。铿锵排律吕,纯音玉玲琮。

草木吾臭味,坐隔神螺峰。遥闻玉荆产,长松想清风。
安得奋余勇,提戈噪其中。且愿试音响,径须撞巨钟。

王 炎(1138—1218)

用元韵答徐尉

吟诗不耸肩两峰,陆沉雁鹜文书丛。银钩入眼光照牖,飞来白雪随云鸿。
平生取友半天下,短蓬邂逅依长松。尉仙鲸海驾高浪,郡博凤律锵和风。
诗翁巧手刻青玉,笑人击钵徒匆匆。怀归我正念篱菊,招魂谁为吟江枫。
鼎来徐稚笔如扫,瞬息奇怪浮青红。倾倒五色昆仑渠,洗涤万斛尘埃胸。
翩然舍去友三士,碧云莫合天冥蒙。世间英杰不易得,一朝聚会江城中。
才华俱合上金马,骨相元自居纱笼。县斋冰合只悬榻,举手咄咄时书空。
把杯相属傥相忆,更寄出水新芙蓉。天球固是清庙器,牛铎或中黄钟宫。
当怜蹇步困老骥,莫消豪气无雄虹。秋月照人光耿耿,秋风脱木声蓬蓬。
流年腕脱不须恨,外物乘除观塞翁。

用元韵寄周推萧法

隔岸好山罗数峰,绕檐修竹添深丛。云溪有此兔一窟,将雏德曜随梁鸿。
一饥难忍出谋食,志郁不伸成怪松。彼美溢城二君子,昔未识面先闻风。
一如龙媒气深稳,不骛捷径行匆匆。管城之外别用志,懒哦五字吴江枫。
动中养定自有道,须岂不白颜甚红。一如鸑雏出丹山,律吕节奏藏于胸。
即之肃肃又益盎,意在寥廓观鸿蒙。蹒跚勃窣我何者,亦许附在交游中。
少时浪迹鹿在薮,垂老能言鹦入笼。心官鄙吝如腻垢,见此水镜一洗空。
霏霏伏雨湿杨柳,滴滴寒露涓芙蓉。日月逝矣足可惜,梦魂不入槐安宫。
破觳暖浪侵浮蚁,小鼎生烟明宛虹。为公更作商声歌,朔风惨淡吹葭蓬。
精金美玉有定价,叹息巨眼无坡翁。

王 洋(1089—1154)

春苦风雨

东君始造家,积累亦不细。一从潜阳兴,黄钟本根蒂。
二十四信风,以有此红翠。如何纵飘败,不作苞桑计。

风雨不令子,豪猛但适意。万紫杂千红,用供一日费。
一日费尚可,矜侈不少置。岂惟困芳菲,桑麻亦憔悴。
沟塍浮新秋,荡摇失生意。无乃大伤和,行败乃翁事。
愿言期少安,百物思吐气。吾不若讼逸,唯图保终岁。

因与伯氏同一僧话武夷事作诗追寄之

直峰峭壁天半青,高檐张灯疑挂星。山川势力有如此,择地信可栖仙灵。
我前解官古樵戍,志愿本欲探珠庭。时当恢台积氛雾,一日三雨时三停。
载舟撑石逆喷浪,自谓力可登青冥。篙工榜岸遭急洒,回宿荒宇依祠厅。
二三道士谬告语,云此润泽来云軿。比闻舆人诵旧说,仙官下瞩如明荧。
游占晴爽恶昏滞,官去此法当伶俜。果还近甸阻天路,一官泛迹随飘萍。
退之昔日徙南服,祝融腾掷开仙扃。近时苏翁失定武,太行毛发无余形。
一晴一雨告休咎,晴者人乐阴天刑。我意神官与人异,宜以行事分膻腥。
人如厄弃神亦厌,世间利达真芳馨。穷通兼忘扶正直,人知戒劝思常经。
有如神意本不尔,人意忘卜欺愚听。黄钟大吕绝世韵,扣击距跃嗟短筳。
心知得路适远意,愿结茅庐当寒汀。真游适远未可必,摇寄此语通丁宁。

寄何宣仲

同年进士同坛僧,暂联戢戢如浮萍。一从仕版祗事役,往往牢落如明星。
假能作意笃恩好,言语不过时芳馨。死生贵贱两乖角,黄钟可扣非柔筳。
吾见何子取路别,秋霜皦日看鸿冥。一言意合即定分,咄嗟洞见无留停。
慈亲八十发黄素,稚子三岁眸青荧。此翁贫苦不敢叹,意欲欢笑娱亲庭。
往年我官南武郡,士有林子家伶俜。一儿得官走上国,投铨中品书安宁。
忽去病死不得返,我亦愤泣伤飘零。徐言中表有贤丈,已收旅骨依林坰。
是年我归再通讯,冬日已照尧阶蓂。书中报我方急扰,我意官下非常经。
鄱阳胡子遽客死,此翁立为营辒輤。我时方卧生叹息,不觉洒泪沾床屏。
恩宜先施士固有,德不期报人谁听。贫犹务德幸今见,死不背义闻前铭。
又思此翁乃常履,盛誉未足滋芳名。有如此翁空试用,慕附始见真膻腥。
一官未用念乡里,九鼎自合尊朝廷。行看謦欬立事业,下邦震动如雷霆。
淮田野人分屏置,双鬓不复当年青。干愁道路阻会面,恨洒不醉嗟长醒。

短书一纸说情状,安得模写无余形。何如未决待清暑,尚期一醉同壶瓶。

王之道(1093—1169)

和梁宏父二首(其一)

时来谈笑取侯封,清旷宁容雅志从。上圣急贤齐舜禹,群公引类迈夔龙。
非材似我十围栎,有用如君千丈松。邂逅相逢辱倾盖,能令瓦釜配黄钟。

次韵王山甫春日出郊探梅

倚竹有佳人,天寒玉肌温。永怀经年别,及此春日暄。
幽闲谁与娱,依依映丘樊。计台二三友,才高工拨繁。
幕府公事退,联镳出郊原。城南富卉木,胜处陈家园。
东风发萌芽,柳眼暗若昏。昨宵一阵雨,清爽到乾坤。
植杖芳草径,系马枯桑根。观梅不忍去,错俎罗金樽。
主人笑揖客,徘徊倚朱门。指麾群儿辈,薪水相抚存。
邻妇抹红妆,来觇攀篱援。酒酣诗思逸,笔力华旗搴。
姜盐苳芜菁,绝胜瓠叶燔。萧然出尘姿,飘飘欲腾掀。
桃李分当避,蜂蝶那敢喧。谁能移将归,栽培拥高垣。
要令百种花,俯伏争趋奔。不烦频出游,正恐嘲短辕。
太簇初应律,飞霙尚翩翩。何妨醉瑶舟,大嚼供炮燔。
手撚一枝春,吟笑穷曛曒。可怜廊庙具,沉滞三家村。
和羹似不晚,作诗与招魂。

王之望(?—1170)

再　和

珠玑百斛何人付,公有诗筒来不住。出尘秀句若霞摘,走笔豪篇逾响赴。
吟安一字不知老,朝作千篇犹未暮。秋天鸿鹄骞浮云,平地骅骝驱熟路。
分忧制节绵万里,余事文章兼七步。千军独扫人共惊,八面俱来我何惧。
力扛九鼎更妥帖,胸蟠万卷森差互。千言未困见纵横,一点不加无谬误。
音谐律吕凤凰鸣,势薄云天鹏鸟怒。流传应有贾客售,在处岂无神物护。
公诗光焰千丈锦,我诗粗窘一尺布。公诗雄富百雄都,我诗穷陋三家聚。

行经北海恍自失，出见西施羞反顾。残膏只欲借邻光，余润有如蒙晓雾。
君侯雅志和薰风，圣主恩光深湛露。事业终期白日悬，功名已见青云附。
愿公归侍玉皇案，天香复与金童炷。愿公西取王母环，云车直指瑶池骛。
要当都俞庙堂上，岂久淹留井参度。顾我尘埃不足论，屈曲世间随所寓。

王　质(1135—1189)

代虞枢密宴晁制置口号二首(其二)

陈雷胶漆自平生，申甫藩宣共此行。夷则黄钟相律吕，南箕北斗对高明。
蛟螭鳞甲摇千纛，虎豹牙须立万兵。千载难逢今日会，一杯且为故人倾。

张元亮见访留和坐客

杯盘仓卒但随家，所赖龙山得孟嘉。略以诗声知律吕，敢于学海望津涯。
精神霜后千头橘，风味新时一颗瓜。发白未应余子识，汗青当有后人夸。

王仲修(?—?)

宫词(其五七)

大晟修成六律新，铿锵雅韵格三灵。殿前九奏人心悦，定有来仪凤舞庭。

王祖道(?—1108)

此君亭歌次毛公韵

君不见太白之精下人间兮，昔人号尔谪仙翁。
君不见不为苍生起兮，谢安携妓山之东。
玉堂主人绣衣客，邀我载酒金莲宫。小亭环立千竿竹，参天百尺系阴重。
岸巾散发对此坐，一日无君谁我同。夜来霜压北枝重，剩见钟云数尺峰。
玉实幽香仪彩凤，日华转影筛金栊。孤干未甘春雪折，青阴不逐秋风红。
长随桧柏老刚劲，不羡桃李争鲜浓。我爱此君有直节，肯学蟠木求先容。
我爱此君岁寒志，长笑霜井落青桐。大夫老松邀我侣，三品顽石徒夸雄。
不作湘江儿女泣，苍梧云散愁盈胸。夜深明月满亭户，此君入我怀袖中。
故人来兮七贤至，开门满坐生清风。
此君此君听我语，藏器于身兮，终奏太庙歌黄钟。

韦 骧(1033—1105)

和观新历(其一)

玉琯初回太簇春,新颁中朔到淮滨。眼前节物南来雁,出处知时似智人。

卫宗武(?—1289)

答野渡垫宾并其子和篇

唐人尚五言,秀句推柳塘。复有善鸣者,鸡鸣传远商。
氏名几百载,郁若兰芷香。诗来破余暑,如挹风露凉。
芬敷富辞藻,鲜碧逾丛篁。铺张几案间,蔚为前修光。
读之律吕谐,击拊鸟声锵。可踵翰林白,未逊太史黄。
东屏斯文主,书传撑满肠。固宜苏门客,而有晁与张。
岂但如昔人,风雅能补亡。胸中千万篇,浩若五谷穰。
况复有小坡,气习遗膏粱。书林惟日涉,艺圃无时荒。
内有芳润融,外蒇声色戕。篇章虽后至,岩菊擅晚芳。
又类秋芙蕖,水镜临夕阳。顾惟糠秕扬,凛负荆棘芒。
叹予以诗隐,货药犹韩康。何时天朗清,共泛兰亭觞。

魏了翁(1178—1237)

李参政生日(其一)

湖浅霜雁寒,天高老龙蛰。悠悠瀛海间,时运递消息。
黄钟一龠回,槁瘁亦敷泽。茹茅趣连征,壸户同一辟。
向来屯阴地,有果终不食。存之乃天意,斯道古根极。
公论无消磨,物情自喧寂。喧寂安足计,秋云卷无迹。
请公护景光,春事勤种植。明朝揆初度,万象好颜色。

李参政生日(其二)

天马流行不见痕,黄钟吹籥煦乾坤。坎离互处灵根峙,剥复机中硕果存。

四川茶马牛宝章修扬子墨池以书索题咏

子云一去千余载,惟有成都墨池在。草玄此地是邪非,玄文今在人谁知。

虽逃刘歆酱瓿阨,鼠壤蛛窠蠹鱼宅。岂无学者工探求,不讥僭圣几赘疣。
自从马邵造玄域,晁氏谱之张氏翼。亦云察矣人犹疑,试为诸老申其辞。
易书广大包天地,辞变象占都一致。世儒造入各不同,有一于此均为功。
况于易玄互相发,不同之同真善学。历家中首先黄钟,虽以坤复为初终。
纪日天正始牛宿,又以日星分左右。起从冬至易玄均,玄意欲取臣承君。
易书八八而用七,玄文九九而存一。易分六位中二五,臣志上通君下取。
玄以一五而为中,君道君尊臣代终。玄文主日易主岁,易书为经玄为纬。
谓玄于易地承天,就中邵子尤知玄。或云玄准卦气图,是图疑亦非圣书。
岂知中复与咸遇,乃是阴阳自然数。或云玄仿太初历,黄钟之分八十一。
岂知虚三与虚九,其数虽同其法否。或云玄象宗浑天,浑天方象包于圆。
岂知兼用盖天说,盖以舆地承纯乾。易虽无玄不为阙,易更得玄滋有发。
且如河图与洛书,发挥道数无遗余。后来支干及声律,运气参同至太一。
与易并行人不讥,千岐万辙同一归。况玄于易同而异,何独于玄苦讥议。
子云之师曰林闾,鹤山之下谁其徒。自翻机杼作生活,律历图书无不合。
若非马邵晁张伦,后世几无扬子云。后世子云今继作,而此玄文终寂寞。
空余绘象与棠阴,聊与文士供嘲吟。

正月九日北山雍熙寺约同官

自从寒陆爽乾坤,律吕还宫岁换辰。历纪人正才九日,斗移天位已三春。
销磨壮士姑随俗,牵引闲心苦为人。终愧时艰才力短,只将民命倚洪钧。

文天祥(1236—1283)

题王声甫松坡樵苦唱后

倚柯睨苍髯,短蓑挟风雨。谈道谁我知,对弈者其侣。
狂吟发悲调,谷鸣相律吕。㾕瘳岂不怨,宁售大夫股。
长镵劚仙苓,获薪为吾煮。

吴则礼(?—1121)

登 北 楼

落景孤云共,清商戍角和。苍烟澹伊洛,白露湿关河。
牧马随鸿雁,行人掣骆驼。暮年余习在,犹欲听边歌。

夏　竦(985—1051)

淑妃阁端午帖子(其一)

蕤宾布序逢良月,条达延祥记令辰。仰奉椒涂宣内治,永昭芳誉冠虞嫔。

项安世(1129—1208)

方太君生朝四首(其一)

夹钟琯里听春声,天上箜篌次第鸣。数到一弦弦足处,孟家机畔庆长生。

妻兄任以道生朝

月律从渠大小旬,先生随意作生辰。以谦自养何嫌晦,与复俱来特地新。
千岁日将宫线数,五方云作寿香陈。葭灰寂寞今无赖,拟向黄钟托此身。

咏雪次铎字痛字韵二首(其一)

水官不能神,经岁无此作。春风一回首,风花散云箔。
飞来忽滔天,扫去不盈握。苍茫大千界,敛散一圭角。
似是絮无盐,人情只轻薄。怀哉我来玉,小棹山阴泊。
空江蓑笠中,此段有前约。扣舷歌商声,黄钟震牛铎。

用韵为席婿寿

仲吕欲转蕤宾宫,巽位未放离风通。世有大族传伊嵩,天与峻秀包邛熊。
生申降甫何穹崇,赤昴太白来虚空。星光岳气煜以充,圣樽贤罍醒复中。
援琴大叫苍梧风,呵斗插向南云东。向来两手超逢蒙,连取三鹗摧其衷。
南宫作赋差雷同,坐见瓦釜欺玲珑。老鹗迥立雌群雄,大花晚折王众丛。
不妨吾事日以隆,小待造物观其终。良金美玉无不公,阳春白雪无不聪。
琅函毡字书春功,绣鞲绒坐开晓幪。我时一醉衰颜红,但愿玉贵甘冰穷。

萧立之(1203—?)

黄景纯社仓求诗

黄君为善不近名,九鼎大吕荆溪评。贼奴金印弃如唾,未用富民侯汉廷。
只今作仓北原北,肯与贫人供年谷。乖崖梦中紫府客,君家世美如乔木。
题诗往往来达官,锦标玉轴乌丝栏。知君见诗应怒骂,百万捋蒲乞鹅炙。

谢　翱(1249—1295)

句章见月食

毂州见月如鱼口,沫聚痕消暗窗牖。鄞城见月如破臼,弃药含垢挂南斗。
龙蛇伏气诸脑空,水中睡失群阴母。其间海禽独夜啼,黑云赴海同奔犀。
市人识母不识父,击柝摧扉救月死。况值蕤宾月十五,干神附甲支在子。
孤子哀吟离楚尾,泪落荒江吊南纪。犹忆秦淮哭日年,不敢仰视看盆水。

谢　薖(1074—1116)

题吕隆礼诗后

岐山凤多雏,鸣必中律吕。乃知忠厚家,要作谦退语。
申公二世后,有子笔甚武。四公如日月,映照万万古。
此郎胆如斗,一笔要连拄。不知秦陈辈,渠欲置何许。
他年品斯人,战国一豪举。

汲古斋

人言曲误周郎顾,岂谓周郎真好古。长歌短调各风流,说尽心招及眉语。
颇闻汲古用修绠,乃知余事工律吕。君躯三尺胆如斗,欲窥唐虞探邹鲁。
顷来长安阔画眉,时人半额相媚妩。天姿洁白恶丹铅,独有溪头浣纱女。
要知学者用心处,不追时好乃如许。君家有井千尺深,容我时攀辘轳否。

谢　逸(1068—1112)

怀吕聘君

彼美邱园秀,风韵何洒落。考槃盱水湄,贫贱不陨获。
冰碗荐溪毛,缟衣佩兰若。和峤松森森,王恭柳濯濯。
文采南山豹,野逸青田鹤。独振大雅音,黄钟在牛铎。
绿萝结春阴,修篁解夏箨。登山挹飞溜,自得仁智乐。
赖有好事人,携酒慰寂寞。王路今坦夷,胡为束高阁。
堆盘烂生光,累累照巾幂。香雾欲噀人,未食先流液。
何当见四老,授我隐居术。

熊　禾(1247—1312)

题林氏药圃

采药来,神山在何许。忽闻瀛海头,居然一玄圃。
天风吹轻帆,至人展良晤。圃中药千本,历历皆手树。
我生抱奇疢,岁久不得愈。三年蓄艾心,有此一朝聚。
惠我方匕剂,儵然脱沈痼。吾观此圃中,来游亦无数。
夫岂独我私,一一随所取。同游二三友,牵连亦遭遇。
餐此霞屑余,腾身即飞騫。人生各有累,那得免患苦。
至人略形骸,一视等胞与。过之或忘情,我独刻肺腑。
世人持狭见,一膜便尔汝。比邻立藩墙,边幅生龃龉。
老矣多阅人,知君用心处。斯人匪斯今,意度一何溥。
我尝读西铭,一初混中处。茫茫大化运,上下四方宇。
当作一圃观,何物不储贮。岂但百草性,曾入农氏谱。
奇葩与异石,海陆细分部。金膏丹空青,亦不惮远阻。
是中富台沼,飞泳供盼顾。有时钓弋娱,遗坠拾鳞羽。
铺陈盛筵旦,咳唾好宾侣。歌阑车马散,溲渤遗败鼓。
我知太医生,适用随细巨。水火各燥湿,阴阳互寒暑。
刚汞或柔砂,炎硝或寒附。峻或蓬棱攻,平或参术补。
生材天岂靳,所恨辨者瞽。生人倘有济,我圃足供具。
玄枢掌握间,调齐有其所。悠悠动我思,无怀大庭古。
八荒登春台,一气调律吕。人人无鄙夭,物物不疵疠。
胡然降大厉,使我重凄楚。薰蒸始一气,俄顷遍九土。
缅怀有生初,恫瘝入心膂。恭惟生物心,孰不同父母。
我欲代一笺,飞上九天诉。冥冥天阍深,重关列蛟虎。
至人对我言,天高不堪吁。无宁苍苍求,我圃自有趣。
圃中别有圃,妙处子未睹。中藏六六天,玄玄岂无主。
我尝偕子游,相与诘其故。虽然只方寸,此妙谁赋予。
包括尽六合,剖析入毫缕。一粒蕊珠中,太极有玄姥。

但得斯心存，充拓何可御。至人岂易逢，再拜致我语。
授药不授方，药尽力已去。似闻海上秘，久藏龙宫府。
君今得妙诀，授我勿我拒。珍重千金传，为君广流布。
别君怀不忍，回首重凝伫。千山莽愁人，沧波正烟雨。

徐　铉(917—992)

和钱秘监旅居秋怀二首（其二）

闲静无凡客，开樽共醉醒。琴弹碧玉调，书展太玄经。
酒熟看黄菊，诗成写素屏。晚来萧洒甚，山鸟下中庭。

许及之(1141—1209)

沈丈察院次游凤山韵见示再次韵奉酬

短思如枯柄，不忘雨露滋。一朝得甘霖，牙蘖纷差差。
向来圯上编，敢孤老人期。至今巾箧中，常觉律吕随。
风骨自难蜕，寸心恐终违。苦语追应酬，如醉多倾欹。
拟求风斤斫，庶使胶柱移。遗以五色篇，服之欲生羣。
东隅纵已失，南车足占迷。堂堂豸冠老，伟论堪扶危。
不妨似妩媚，正尔烦迤逦。余事出长技，传玩争矜持。
高吟有催和，好雨诚知时。疲驽惧难驾，渴骥思脱羁。
行当遂远放，雁伴聊同栖。

薛季宣(1134—1173)

春阴会闻悬瓠不守

飘风吹百花，仰不见天幕。浮云何惨惨，去我止一握。
园树暗无色，红芳旋凋落。摘索晚来雨，如丝度城郭。
愁人故多情，对此乃非乐。羽书绛囊驰，伤春重沈著。
方镐若泾阳，龙吟怨清角。归飞内提提，纥真问生雀。

读东坡和靖节诗

我读渊明诗，颇识诗外意。坡公继逸响，个中有佳思。
取友百世上，古来独二士。陶固泉石人，苏则廊庙器。

出处了无同,声名都自异。往来不可作,矧复通姓字。
神交定忘形,饮食尚知味。蕤宾中声律,片铁犹应类。
兹文在尼父,为复昌且事。今时道古语,莫作今世视。
以我思惟心,充彼刚大气。芥子纳须弥,谁信略相似。

阳 枋(1187—1267)

寿寒从叔制干

黄钟大吕播年华,簪盍城南捧九霞。共说贤寮心似镜,何妨幕府事如麻。
纷纷吏垒空迷目,蹇蹇王臣岂计家。共约岁寒松竹友,好携周易傍梅花。

寿程彦彪签判乃翁

黄钟宫动夏秋分,夜来一雨如倾盆。炎云洗尽金天浑,老人星见程家门。
老人降生叙南村,昔日闻名今共论。耆英侍坐聆嘉言,八窗玲珑笑语温。
千载一朝逢漆园,夹挢小涧开窗轩。云鸡月犬闻朝昏,衰情晚态常相存。
翠竹紫凤高腾骞,梧枝袅娜栖雏鹓。琴弹碧玉筌簇蕃,炉养白砂贤弟昆。
胎仙三叠舞翩翻,玉液九转朝昆仑。沆瀣为饮霞为餐,菊酒酌客香盈樽。
欲随枕石漱潺湲,只恐鼎养归天阍。九老图中姓字尊,月倦指点诗轻扪。
莫学刘阮穷溪源,尽教亲见眼前七世森仍孙。

庚子叨第贽合州甘守(其二)

欲陈礼乐字三千,起趁东风万里船。戎马不禁文未丧,石鱼间出瑞开先。
人知制梃摧坚甲,政比黄钟缓急弦。愿借风云乘快便,一声雷爆九重天。

杨公远(1227—?)

寿 许 侯

星辉南极彩云边,律转黄钟一日前。河岳间生贤太守,椿松齐算老神仙。
心犹秋月烛千里,人在春风度两年。只恐练溪难久驻,行看飞诏下尧天。

杨万里(1127—1206)

和谢石湖先生寄二诗韵(其一)

一张五色石湖云,天上吹来堕小轩。化作虹桥倚钟阜,渡将老子到吴门。
黄钟路鼓鸣清庙,玉戚金支舞泰尊。乃是寄侬诗数纸,却拈瑰怪向谁论。

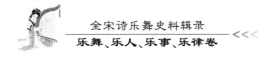

姚　勉(1216—1262)

丁巳春言事西归和朱子云赐诗韵

鲤鱼书来上谁字,斗牛光中湖海士。梅花腊雪曾会面,桃李春风一弹指。
剥书得诗意雄杰,钟吕惊闻筝笛耳。懦夫有闻气可作,奸谀未诛神已死。
奴唇争笑乃独否,我心有同固如此。君家请剑攀折槛,远胜衣绣夸归里。
立朝日少谏多稾,况有竹林老夫子。百年易了富与贵,万古不磨天此理。
笑骂从渠官欲好,妻妾羞人身不耻。获禽一朝固可十,天下良工安肯诡。
古人寥寥今不见,举世滔滔此皆是。蛾眉方遭众女嫉,足音忽动空谷喜。
我欲净洗后土泥,子为快挽天河水。

姚　勔(？—？)

奉陪蓬莱阁赏雪赋诗谨成二十四韵呈知府龙图侍郎

一气运转无时停,阴阳消长权相仍。不有栗烈谨闭固,安得生育万化兴。
东南之土苦妍暖,大冬往往水不冰。有时草木自发泄,百虫不蛰飞蚊蝇。
侍郎下车庶事饬,威行恩煦瞻风棱。宿奸窜伏善民裕,众强不敢暴与陵。
刚柔设施既得理,律吕感召还相应。先春未腊已见雪,平地一色迷沟塍。
寒华浩荡失舞鹤,逸势飘突回飞鹰。不惟尽扫氛祲息,便使岁善仓箱登。
蓬莱高阁倚岩壑,下见群峦千万层。其间赋象不可数,一一焜耀光彩凝。
会稽山水天下胜,于此更可穷夸矜。无风四面卷帘幕,坐上众客罗簪朋。
分题行酒各壮浪,浩然万虑何泓澄。抽毫沓简公已赋,欲敌妙句谁其能。
小生学力最卑弱,懦气郁郁唯填膺。往时徽之访安道,剡溪扁舟夜独乘。
隐沦闲事至微小,史笔犹为千载称。岂如公今为侍从,器业天子之股肱。
拥麾一方聊抚俗,瑞至应节如纠绳。处之庙堂燮天下,和气自足康黎蒸。
良辰乐事固可纪,欲写但愧才弗胜。他年收拾入房策,岂独佳话口所腾。

叶　茵(1199？—？)

次韵二首(其二)

古貌如君更古心,舣舟来伴故人吟。十分酒醉忧时切,一点灯昏语夜深。
半似画图经雨壁,不成宫徵乱风琴。个中好办栽梅计,胜友从教载月寻。

虞俦(?—?)

冬至日泊舟严陵滩下

书云瑞应协黄钟,人事天时讶许同。葭管阴阳消长际,朱幡新旧送迎中。
严陵滩昔怀高节,茂苑城今愧下风。醉里不知乡国异,团圞相映酒颜红。

和耘老弟庆太安人恩封

天上恩荣逮我亲,日边消息趁蕤宾。光生花诰宜多寿,喜动莱衣别有春。
须信庆源能衮衮,故教乐事愈频频。明年不但郊封止,八秩重看宠渥新。

喻良能(1120—?)

东宫生辰

宝历天重启,皇图日浸昌。九重资燕翼,万国仰元良。
玉律秋初杪,金飙岁正穰。前星辉采盛,少海庆源长。
甲观祥烟渰,春宫协气翔。千秋佳节胜,四荚瑞薆芳。
瓜枣欣初献,蟠桃庆乍尝。庭罗六佾舞,天荐九霞觞。
银榜弥生耀,铜扉粲有光。欢声连紫极,喜气溢穹苍。
册锡雕珉焕,旗颁青辂扬。衣惟珍黻冕,音不嗜宫商。
问寝同周发,隆师过汉庄。猷为规禹启,翰墨掩锺王。
化被宾詹属,恩沾左右坊。善三今独冠,明两古难方。
陆贽言犹采,宣尼训敢忘。本支绵百世,羽翼贰岩廊。
宿忝宫僚旧,曾沾兑泽滂。愿斟沧海酒,岁祝寿无疆。

洪右相生辰(其一)

凤将南吕入筒声,节近中秋协气横。玉燕呈祥生硕德,金瓯覆字佐升平。
望同北斗泰山重,操与秋霜烈日争。昨夜清台占越分,中台星带老人明。

石钟山

南北两石钟,上下一水侧。造物妙镕冶,蛮廉巧撞击。
铿鞳仍噌吰,歌钟与无射。丰山吾焉知,蒲牢尔何力。
咨余久愿游,偶此事行役。时秋风飕飕,日暮水激激。
初如钧天鸣,乍若金奏寂。入耳粹而清,洗心欣以怿。

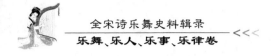

怪奇有如此,游览谁能测。发端示来今,注经人姓郦。

岳　珂(1183—?)

宫词一百首(其八四)

大晟新颁雅乐名,钧天九奏杂英荃。君王元是身为度,何待龙门听水声。

杜正献与欧公书简帖赞

厚德如祁公,黄钟大镛,和乐且雍。尊贤如六一,朱弦疏越,三叹庙瑟。
道比志叶,不胶而漆。顾中外之虽异,犹同堂而合席。
思遗迹而不可见,幸二贤之为时出。
所以前乎此则致太平之明效,后乎此则赞受遗之定册。
既以广元气之运,亦以寿斯文之脉。然则湍濑无纵鳞,风枝无宁翼。
涵养成就,见此辅弼,故后世尤得以归功庆历也。

曾　丰(1142—?)

敬简堂观莲

冰壶涌出水仙妆,镜里风生净土香。白表质成花受彩,黄钟理具蕊含章。
翩翩仰面枝分盖,巘巘斋头子共房。见说濂溪爱之酷,色尘于我自相忘。

答厉季平投诗有怀归乡之意

词场凡马洗之空,学海波中得老龙。尚韵许人赓白雪,正声惟我识黄钟。
素王不作无明主,贱子何之可附庸。乌鹊正兹徒绕树,鹪鹩还更乞相容。

今日何夕(其二)

今夕何夕,粲者如许。其月蕤宾,其日甲午。
午与火俱,火为午主。老臣在南,盖得其侣。

儒家子刘文叔诗见赠回赠一篇

我诗求我混沌初,君诗求我糟粕余。低头小参有顿渐,抚掌大笑无精粗。
谁收六律入三籁,更敛八风归一噫。四诗元自五声生,无声敢问诗安在。

曾　巩(1019—1083)

读　书

吾性虽嗜学，年少不自强。所至未及门，安能望其堂。
荏苒岁云几，家事已独当。经营食众口，四方走遑遑。
一身如飞云，遇风任飘扬。山川浩无涯，险怪靡不尝。
落日号虎豹，吾未停车箱。波涛动蛟龙，吾方进舟航。
所勤半天下，所济一毫芒。最自忆往岁，病躯久羸尪。
呻吟千里外，苍黄值亲丧。母弟各在远，讣归恐惊惶。
凶祸甘独任，危形载孤艎。崎岖护旅榇，缅邈投故乡。
至今惊未定，生还乃非常。忧虑心胆耗，驰驱筋力伤。
况已近衰境，而常犯风霜。驱之久如此，负疴固宜长。
朝晡暂一饱，百回步空廊。未免废坐卧，其能视缣缃。
新知固云少，旧学亦已忘。百家异旨趣，六经富文章。
其言既卓阔，其义固荒茫。古人至白首，搜穷败肝肠。
仅名通一艺，著书欲煌煌。瑕疵自掩覆，后世更昭彰。
世久无孔子，指画随其方。后生以中才，胸臆妄度量。
彼专犹未达，吾慵复何望。端忧类童稚，习书倒偏傍。
况令议文物，规摹讵能详。轮辕孰挠直，冠盖孰纁黄。
珪璋国之器，孰杀孰锋铓。问十九未谕，其一犹面墙。
几微言性命，萌兆审兴亡。兹尤觉浩浩，吾讵免伥伥。
因思幸尚壮，曷不自激昂。前谋信已拙，来效庶云臧。
渐有田数亩，春秋可耕桑。休问就医药，疾病可消禳。
性本反澄澈，情田去榛荒。长编倚修架，大轴解深囊。
收功畏奔景，窥星起幽房。虚窗达深暝，明膏续飞光。
搜穷力虽惫，磨砺志须偿。譬如勤种艺，无忧匮困仓。
又如导涓涓，宁难致汤汤。昔废渐开辟，新输日收藏。
经营但亹亹，积累自穰穰。既多又须择，储精弃其糠。
一正以孔孟，其挥乃韩庄。宾朋顾空馆，议论据方床。

试为出其有,始如宫应商。纷纭遇叩击,律吕乃交相。
须臾极万变,开阖争阴阳。南山对尘案,相摩露青苍。
百鸟听徘徊,忽如来凤凰。乃知千载后,坐可见虞唐。
施行虽未果,贮蓄岂非良。何殊厩中马,纵龀草满场。
形骸苟充实,气力易腾骧。此求苦未晚,此志在坚刚。

曾 几(1085—1166)

还守台州次陆务观赠行韵

蝉噪高柳岸,鹭飞远沙汀。萧然感予怀,清静游神庭。
老树失故绿,残芳谢微馨。胡为趣召节,日日晨昏星。
放缆西兴渡,落帆浙江亭。恭惟陛下圣,万国瞻仪刑。
黼座悬日月,孤灯耿荧荧。况复如许病,自知不能廷。
所以乞闲散,庶几守沈冥。方虞秋霜严,翻得春露零。
再闻芸草香,一洗海物腥。父老喜我来,无异化鹤丁。
儿童喜我来,小驷骑青青。谅有隔生契,不然定谁令。
四海习凿齿,几年读书萤。新诗中律吕,虽美无人听。
鸣声勿浪出,坐待轩皇伶。

曾季貍(?—?)

鸣 玉 泉

何人邀我来,白昼朝钧天。千官正杂沓,佩有苍玉悬。
冲牙互击触,远韵声泠然。律吕相应和,宫徵更相宣。
应笑居鄭人,玉斗空碎捐。

曾 纡(1073—1135)

戏 作 冷 语

万山云雪阴霾空,千林雾淞水摇风。冻河彻底连三冬,嘉平晓猎嵴函中。
十二律吕相与宫,安得此候疏烦胸。

张道洽（1205—1268）

对梅（其三）

数点枝头黏白玉，一年春意动黄钟。为渠拚受风流罪，只恐风流不到侬。

张方平（1007—1091）

酬范思远

阴阳万变始三画，天地大法都九畴。斯文滥觞日增广，淳源已溃分千流。
举而错之为事业，典诰始勖终乎周。尼父将圣生无位，一王遗法存春秋。
化成天下文之大，岂事章句矜雕镂。道经战国遂榛莽，赖汉诸儒勤耘耰。
然其文物比三代，高曾下视云来幽。唐时师匠多磊落，昌黎把钺为之酋。
姬公端冕明堂位，八门四面群小侯。嗟时迦老驾异说，吾儒路阻行无邮。
可怜韩子独强介，抗颜不为缁黄羞。惟余碌碌谬庸者，蓬头风转萍波浮。
出言疏阔触忌讳，倦游四国无人收。夫君家公世才杰，士林向景称英游。
是故落然来北海，登门如到神仙洲。贻诗旅人定交分，所期者大将安酬。
爽如高秋望霁景，壮如拔戟逐挟辀。两敦六瑚见古器，黄钟大吕闻鸣球。
伟哉志趣规取远，古人之善今人仇。直须摆脱忽回视，远趋董贾为朋俦。
此心可以厚风俗，此文可以扬天休。誓将它日同利涉，我为之楫君为舟。

再入禁林即事

重到金坡二十春，闲思出处一伤神。略行大地山川遍，再睹青天日月新。
疏籁岂知谐律吕，散材无意入辕轮。何时却出都门去，静掩岩扉老此身。

经远楼

中夏圣人调律吕，八荒异国入图书。从容德让唐虞远，驰骋战争秦汉余。
不道鼓旗无勇将，须知俎豆有真儒。功臣骑虎凶而国，常向冰渊审庙谟。

张九成（1092—1159）

杨干致仕

黄钟毁弃鸣瓦釜，古来才智贱如土。杨公浩歌声可怜，巢居知风穴知雨。
怜君面色莹有光，未似相君便饮乳。胡为决去不少留，别意殷勤辞更苦。

丁宁戒我宜退藏,静中得路何须语。酒酣意气尚尔豪,拔剑高歌为予舞。
君今去矣且加饭,我亦从兹不出户。莫嗟糟糠食牢策,终胜绣衣登鼎俎。

张　扩(？—？)

次韵秦秘监山中观梅二首(其一)

天上新骖宝辂回,看花仍趁雪英开。折归忍负金蕉叶,笑插谁临玉镜台。
女嬃未须翻角调,锦囊先喜助诗材。少蓬自是调羹手,叶底应寻旧雨来。

过南美轩读汪彦章倪巨济诗用壁间韵

筇杖芒鞋野性驯,偶寻幽步到祇园。琅玕千本日应长,美影摇风清荫繁。
未堪截管变律吕,且乞汗青传子孙。壁间旧有故人题,妙语洒落今仍存。
那忧积雪折老干,豫借暖律生枯根。我来二子更南北,惟有此君堪与言。

张　耒(1054—1114)

次韵答天启

黄钟无声登瓦釜,蔡子青衫在尘土。逼人爽气百步寒,知子胸中有风雨。
三年河东走胡马,绝口鱼虾便酪乳。归来万卷付一读,不学儿曹用心苦。
周瑜陆逊久寂寞,千年北客嘲吴语。莫徒彩笔云锦张,要是宝剑蛟龙舞。
天兵百万老西北,快马如飞不出户。眼看六纛出麒麟,走取单于置刀俎。

张舜民(？—？)

书节孝先生事实于先生诗编之后①

古人往矣名空存,尔来冠带谁其伦。语言渊謇行盗跖,俯仰不愧何缤缤。
先生道义完且洁,去彼取此非今人。事亲岂但彩衣戏,刻木省定长悲辛。
抛官却扫醉经史,胸中无复留纤尘。履穿袍敝突不墨,辞币与粟甘清贫。
自从秀发到白首,造次于是非一晨。当知有昊悯浇散,先生故出拔斯民。
嗟余禀赋虽不敏,管窥偶幸知所因。讲闻先生亦已久,云为辄以书诸绅。
谒来广陵两阅岁,所得比旧尤加亲。此编雅什盈数百,覃思成诵惊余神。
恍如听乐周太庙,黄钟大吕皦且纯。又如典瑞出圭璧,璀璨溢目非玟珉。

---

① 邹浩《书徐仲车先生诗集后》内容与此诗大致相同,仅个别词有异,不再重复收录。

伟哉固足信万一,仿佛想见容彬彬。吾皇图治急遗逸,空谷相望推蒲轮。
先生高卧焉得遂,细札匪日颁严□。重惭缧锁脱无计,洒扫犹阻致此身。
愿言师法不少懈,异日有立逃湮沦。

张　镃(1153—?)

次韵酬曾无逸宗教(其一)

自识闲中趣,常嫌闹处行。湖山真富贵,花鸟小声名。
有客金兰好,贻诗徵角鸣。相期耐霜露,斯事岂凡情。

正月八日喜霁

未春天气已佳晴,病起光风满意明。竹色舞帘金翠活,鸟声穿户角宫成。
黄麻天上登周召,浊酒林间慕绮荣。从此寻芳绕阡陌,野翁相遇诧时平。

淳熙己酉二月二日皇帝登宝位镃获厕廷绅辄成欢喜口号十首(其七)

和风淑气夹钟初,寿域重开际八区。不战自令边徼服,喜看风动媲唐虞。

次韵王耘之秋兴二首(其一)

妙墨真连草,清辞角应商。襟期容汗漫,兴致入苍茫。
派自王摩诘,才分马子长。宦途休叹滞,眉宇见新黄。

杂兴(其三四)

至艺得于天,音律谁同明。道上车铎逢,地底黄钟成。
伟哉创业主,用才极其精。太常识斯人,吾知不负丞。
忽疑贞观间,四海几措刑。遐想登后夔,巍巍治难名。

皇太子生辰二首(其一)

无射吹铜恰四蓂,紫微深处粲前星。木行袭庆联三合,火德流光共一丁。
玩鹤怡神资葆毓,闻鸡为善想仪刑。丰年在在歌华黍,鸿鹄高飞万宇宁。

赵　鼎(1085—1147)

闻郭瑾怀甫除郎

至治本无为,何曾帝力知。人惟求俊彦,天畀济艰危。

鼎席尊黄发，星郎用白眉。锋芒森武库，律吕奏咸池。
海内想风采，朝中增羽仪。余光被草木，盛事播声诗。
感会唯千载，飞腾各一时。著鞭今更懒，投劾去奚疑。
亦有乘轩恋，其如续胫悲。衔芦聊避弋，绕树未安枝。
念旧多生死，思乡久别离。自余复何道，湖海是归期。

次　　韵

平生隐遁资，白驹在空谷。傥令眼有山，宁问食无肉。
要当挹爽气，涤此勤书腹。得官大河滨，枕带首阳麓。
如闻五老胜，坐使山峰缩。扪萝上巉绝，作意快心目。
却视宇宙间，万化转一縠。道人真有道，直上驾危木。
神光秘岩隈，灵草蒙朴藗。空令莲社子，纷扰乱凫鹜。
先生志高古，真游穷六六。飘然清夜梦，时到山头屋。
念此感尘迹，一往如飞镞。哦诗示观览，律吕回春燠。
作字纪经行，典刑余食粥。使我蒙鄙心，蓬首加栉沐。
致我外尘垢，益叹生理蹙。夜潄落箭泉，明月冷盈掬。
朝饭过灵峰，何惮屐齿秃。兹焉毕余龄，更无疑可卜。

赵鼎臣（？—？）

余数与同舍唱和而何亨老独否耿伯顺以诗挑之因次其韵

巧匠未尝夸所能，解衣槃薄初不惊。纷纷众史争舐笔，我独以此全其名。
坎其击鼓瓦釜闹，黄钟大吕元希声。扬雄有口吃不语，长安小儿心欲轻。
一朝胸中吐白凤，至今千载犹仪刑。颇疑将军固多许，衔枚十万藏奇兵。
可怜吾党有壮士，疾斗不暇金鼓鸣。寄声大耿莫仓猝，火急防渠夜斫营。

赵　佶（1082—1135）

宫词（其五三）

大晟揄扬逸乐音，躬行律度革汪淫。长门羽鹤来翔舞，正雅方知上欲歆。

宫词（其六八）

大晟重均律吕全，乐章谐协尽成编。宫中嫔御皆能按，欲显仪刑内治先。

宫词(其八〇)

雅乐方兴大晟谐,均调律吕贯三才。广庭度曲笙镛间,羽翾翱翔赴节来。

赵　炅(939—997)

缘识(其二二)①

逍遥我命在玄穹,鹤宿霞栖景致中。自得安宁兼养道,更将利益屏群雄。
渊深引古知今用,劈斫区分尽可通。和畅五音从豁达,乾坤之内霭溟蒙。

缘识(其三六)

促轸调弦急,碎声用意弹。指头轻妙和,莺舌五音端。

缘识(其五一)

峄阳之山,传名曰桐,六律相没五音中。七轸弦调皆是意,审详误则亦如空。
清秋寂静华堂深,听之令我思沈吟。幽兰里韵冬夜永,且合大道古人心。
舜制南风治苍生,方知尧化广聪明。初弹将了移声去,悲风秋思翻更互。
鸟啼别鹤何凄凉,只闻断续手挥忙。慢引来催急风雨,寒泉妙滴散馨香。

缘识(其五九)

拊弄声相引,兼能辨五音。沈思调品切,句度更加吟。
紧慢弦中得,凝情指法深。精英闲雅澹,停歇世途心。

赵汝鐩(1172—1246)

水　琴

盎缶停涵水一泓,中存雅意超器形。欲滴未滴天地寂,须臾宫商若相赓。
妙趣不劳徽外索,泛声不自弦上生。小点恩怨作儿语,大点九皋闻鹤鸣。
疏数变化似有节,多是洋洋流水音。残沥断续楚天晓,余响勾引南风薰。
平生筝笛厌郑卫,羌借古韵洗古心。又不如齁北窗睡,两耳不听无亏成。

---

① 赵炅又有《逍遥咏(其八)》,内容与此诗相同,不再重复收录。

郑刚中(1088—1154)

类试院放榜众论以得士为庆作古诗一章呈详定钱宪元素及同院诸公绍兴甲子十月二十八日也

书生业辞艺,不为觅科举。胸中负器识,笔下有今古。
君看阿房赋,岂是布衣语。独其在糊名,贵贱惟所主。
得之类至宝,弃去只如土。有司开化炉,镕铸要精处。
时方为鼎镛,小冶不应鼓。诸公皆名流,学海浩吞吐。
丹灵骨先换,入榜尽龙虎。访以执文柄,我亦费罗取。
书生家风寒,仆马在何许。跗足赴重围,裹饭坐长庑。
视公帘幕间,若有霄汉阻。那知先达心,每事必念祖。
未把短檠弃,尚记灯烛苦。关防周罅隙,考校到毫缕。
杂置战场文,一字不轻与。如持古黄钟,端坐分律吕。
在处拔其尤,可但十得五。奉此贤能书,足以上天府。
蜀士多豪英,父老自能数。谓或有遗珠,勉使相接武。
我辈酒樽空,边城隔烟雨。

送宋叔海郎中总领湖北

余生得奇疾,傲世事矜倨。错落气少合,指摘心不恕。
人亦谓可憎,不作朋友数。自分与西山,终焉约良侣。
忆昨奉严召,孤迹踏朝路。枫落吴江冷,此是识君处。
东厨窃余饩,西府共官署。文书入同阅,茵冯出联驭。
从违一毫发,所适无异趣。重愧牛铎凡,不与黄钟汪。
霜蹄入天衢,先我呈远步。所幸时从容,一笑或相遇。
君今持使节,忽此戒徒御。分袂固良苦,余怀尚能布。
北方暗房马,君相勤远虑。正当收杞梓,留作庙堂助。
何为使吾子,千里治财赋。苍璧白鹿皮,似亦失所措。
君如玉壶冰,透里无滓污。清诗近道要,容易不肯吐。
人于寸管中,时见斑一露。其如济剧手,妙敏难悉疏。
刀硎未轻发,千牛已神怖。使图中兴业,吾知有余裕。

无乃上流势,貔虎夕屯聚。三军饿不饱,难以责坚成。
千金日致之,又惧民生蠹。聊烦笑谈顷,非君可谁付。
长江八月风,帆饱舟楫具。结束持行李,功名戒迟暮。
如闻豫章北,下接武昌渡。公余一樽酒,时可对亲故。
孰与红尘中,轮蹄日驰骛。嗟余蒲柳姿,领发已垂素。
双溪有小园,清流锁烟雾。年来枕边梦,合眼见鸥鹭。
焉堪久劳役,短豆成恋顾。不待相汰逐,襆被行亦去。
今兹怀别恨,密坐不能诉。酒阑可无言,君行已称遽。

郑清之(1176—1251)

山间录拙作求教葺芷俚语将命笑掷幸甚

老我愧不学,无以祛六蔽。短绠赴修汲,深浅忘厉揭。
每逢扑凸篇,如对葛答谜。敌垒或致师,何以御柴曳。
书林倦回旋,笔径宜睥睨。独自搔背痒,谁与解袜系。
误墨拙成蝇,饮醢痴聚蚋。器成多苦窳,草创类茅蕝。
未善文心雕,曷助葵足卫。乐只正始音,尽发文冢瘞。
古意窥九嶷,词源决三澨。英风韵风雅,噩噩规诰誓。
精刚拿健鹘,妥帖律狂狲。解注卑虫鱼,献纳笑虾蟹。
读檄头愈疾,听语麋著箪。风高补钓台,天朗摘兰禊。
合止按商角,刮磨出廉锐。妙指曲不传,夺胎骨可蜕。
神针如运斤,拆屋去眼翳。又如大医王,刲胃涤淫滞。
万象困蒐讨,瑶金拔昆丽。司文当执衡,却扫甘拥彗。
空山阔游从,思君愿言嚖。芜词荐藜藿,香芷待姜桂。
翳桑急壶飧,毋为答饭毳。

仲 并(？—？)

再用前韵答徐圣可(其二)

公方绿发我成翁,犹喜芝兰臭味同。雅奏黄钟仍大吕,旷怀明月与清风。
共高下璧连城价,肯使衡茅四壁空。所望苕溪分一曲,邮签日日溯归篷。

周必大(1126—1204)

胡季亨圃中有观生亭取观天地万物生意杨诚斋赋二诗次韵(其二)

只道春荣夏乃亨,谁知四序总生生。黄钟大吕还相处,上下方能著五声。

端午帖子·太上皇后阁(其二)

赫奕蕤宾月,宫庭乐事频。便从端午节,排当过天申。

周　孚(1135—1177)

赠龚良臣并柬双融赵居士

平生四海龚夫子,昔日穷愁今尚尔。车如鸡栖马如狗,笑指尘编作知己。
群儿不识老弥明,一语落纸惭且惊。森森老干苍桧筝,寥寥雅奏黄钟鸣。
万牛不来羞自献,正与古人同此叹。霜髯雪鬓可奈何,但愿穷年常饱饭。
北风凛凛冬欲残,日莫更复衣裳单。黄金如粟赵居士,傥有绨袍遮此寒。

周　密(1232—1298)

上平舟杨先生二首(其一)

渭川竹千亩,敷翠何森森。谁云冰雪姿,中有春风心。
取为昭华管,吹作黄钟音。相期在大雅,一洗哇俚淫。
持此阜民物,岂特薰风琴。

周　南(1159—1213)

十月十日立冬

立冬前一夕,聒地起寒风。律吕看交会,衣裳出褚中。
骭疡时作疰,怀抱岁将终。汗手污牙笔,晴檐共秃翁。

周　申(?—?)

寿　友　人

蕤宾纪月冀初开,斗杓直指午位回。家家妆点垂门艾,儿童报道端午来。
仙风偓佺温琼室,幔亭秀气重胚胎。夜来忽叶熊梦吉,凌晨果见生真才。
光风霁月和可掬,天上鸳鸾真奇哉。五枝丹桂推独秀,满堂却更金玉堆。

新帅问友尤笃意,庆动慈闱戏老莱。青毡旧物须还复,香罗细葛好事催。年年记取蒲切玉,瑶池醉泛蟠桃杯。

周彦质(？—？)

宫词(其六)

圣人制作合天规,大晟初成按乐时。果见晴空鸾鹤舞,未饶当日凤凰仪。

周紫芝(1082—？)

元日三首(其一)

八风占岁暖先催,喜色还从太簇回。庭下衣冠天咫尺,雪中宫殿玉崔嵬。

朱淑真(？—？)

冬 至

黄钟应律好风吹,阴伏阳升淑气回。葵影便移日长至,梅花先趁小寒开。八神表日占和岁,六琯飞葭动细灰。已有岸旁迎腊柳,参差又欲领春来。

朱 熹(1130—1200)

叔通老友探梅得句不鄙垂示且有领客携壶之约次韵为谢聊发一笑

迎霜破雪是寒梅,何事今年独晚开。应为花神无意管,故烦我辈著诗催。繁英未怕随清角,疏影谁怜蘸绿杯。珍重南邻诸酒伴,又寻江路觅香来。

邹 浩(1060—1111)

次德符韵六诗分韵见简

幽人寄岩谷,志士从簪缨。所尚初不同,出处皆有行。
夫子胡为哉,饮露餐秋英。和璧以为质,黄钟以为声。
皎皎文史中,久作星斗明。一见辄心降,端如屈人兵。
天意亦可料,祸患翄已经。岂其礼乐时,而不收珪珽。
故知阿衡任,便是西山清。我岂夫子徒,猥辱薮泽并。
驱车远过我,为我开天庭。凡今落松塵,皆昔所未聆。
念此坐相阻,三十六峰横。子言不子随,犹得座右铭。

次韵和成老谢何伯震

沧溟倒挽供瓶罍,少年取醉真豪哉。天旋地转胆如斗,何独谪仙方逸才。
尔来意气折忧患,霜雪仍从双鬓催。吾师吾友得浑沌,有口不复□□开。
宾筵竟日但趺坐,竦听摇犀谈玉杯。中分鲁国两夫子,道德未逢贤者哀。
黄钟大吕相应和,儒风赖以扶倾颓。伊予幸甚获亲炙,独愧不如匡鼎来。

滩　声

江流随落复随生,巧作滩声入户庭。六律五音无不有,人谁如我饱曾听。

后 记

甲辰年的盛夏,随着《全宋诗乐舞史料辑录与研究》之"研究卷"的定稿,六卷本的《全宋诗乐舞史料辑录与研究》编撰工作也接近尾声。掩卷回首,针对全宋诗的系列学术研究工作弹指已过八年,由衷感慨人生如白驹过隙,光阴似流水。

2016年在指导研究生王珂选择毕业论文题目时,不经意间关注到了全宋诗,但考虑到全宋诗的体量,就退而求其次,让其选择《宋诗钞》作为研究范畴,重点聚焦《宋诗钞》中的乐舞史料研究,这也由此拉开了我和学生们持续研究全宋诗中乐舞史料的序幕。

2019年我又决定让研究生韩莉薇继续扩大对宋诗乐舞史料的研究,将北京大学出版社出版的72册《全宋诗》作为研究对象,试图从宏观维度勾勒其所蕴含的乐舞史料特点。这对于一名硕士研究生来说是一个巨大的挑战。《全宋诗》是由北京大学古文献研究所牵头,傅璇琮、倪其心、孙钦善、陈新、许逸民任主编,集众多学者之力、历经八年之功系统整理出版的宋诗研究的里程碑式成果。其共辑录两宋9000余名诗人的24万余首诗作,涵盖了两宋300余年间有迹可循的几乎所有诗作,近4000万字,在数量上远超《全唐诗》,更是《全宋词》的数倍。之所以做这样冒险式的选择,是基于前期我带领学生做《宋诗钞》乐舞史料整理时形成的勇气和责任感。因为,这浩瀚的宋诗蕴含了极为丰富的乐舞史料,这是研究宋代及其前代音乐历史的重要材料。可以说,一首首宋诗,就是一个个生动的宋人乐舞生活场景片段、一段段宋人对乐舞认知的情感表达。这是极具学术魅力的领域,值得去系统研究和长期探索。

所以,从2019年起,我开始带领研究生有计划地对《全宋诗》中的乐舞诗进行系统整理、辑录,但当时并没有想到《全宋诗》中的乐舞诗会有如此巨大的体量。经过3年的努力,我们基本上把其中的乐舞诗辑录出来,初步发现《全宋诗》中有乐舞诗留存的诗人共2000余名,乐舞诗约2万首,内容包括乐器、乐舞、乐人、乐曲、乐律、乐事等多个方面,总字数300余万字。

2022年,苏州大学出版社编辑孙腊梅得知我在做此项工作,推荐我申报2023年度的国家出版基金。我根据现有的史料辑录情况,将我们的整理成果设定为六卷本,即《全宋诗乐舞史料辑录·弹拨乐器卷》《全宋诗乐舞史料辑录·吹管乐器卷》《全宋诗乐舞史料辑录·打击乐器卷》《全宋诗乐舞史料辑录·乐曲、乐器组合卷》《全宋诗乐舞史料辑录·乐舞、乐人、乐事、乐律卷》《全宋诗乐舞史料研究》。

国家出版基金的申报成功,肯定了我和我的团队近几年在这一领域的付出,给了我极大的信心和鼓励,同时也让我们压力倍增。因为这让我想起了同样在有限时间内撰写、出版《中国音乐经济史》的艰难历程。但一想到那些大量的、鲜为学术界所知和使用的全宋诗乐舞史料,一想到在整理过程中时刻如身临其境般走入宋代文人的乐舞生活世界,一切压力也就消失了。

编撰六卷本的《全宋诗乐舞史料辑录与研究》是一项相对庞大、复杂的学术工作,需要团队协作。因此,前五卷的编撰团队由我和韩莉薇、郑捷、钟文君、王梓均、王珂五位同学组成。研究卷的第一章、第二章、第四章、第六章、第七章、第九章、第十章由我和韩莉薇同学合作完成;第三章由我和郑捷同学合作完成;第五章由我和钟文君同学合作完

后　记

成;第八章由我和王梓均、韩莉薇同学合作完成。

因此,这一系列成果是我和我的研究生们一起学习全宋诗的阶段性成果,尽管我们在主观上做了最大的努力,但限于学识,在研究过程中,我和我的团队也存在诸多困惑,有很多不足。如太大的诗文体量,让我们常常感到心有余而力不足,甚至是眼花缭乱;在文献学、文学史、古代汉语和校勘学等方面的不足,导致我们在辑录和编撰过程中,可能会存在错收、漏收的现象,存在对个别诗文解读偏颇的现象。原计划要对乐律诗、诗人们的朋友圈、不同阶层群体的音乐生活进行更为细微的分析,但限于篇幅总量和时间就只能暂时忍痛割爱,适度压缩。以上诸种遗憾,只能寄希望于未来弥补! 所以,衷心希望学界同仁多多指正,我们将持续努力,不断完善。

当然,五卷本的全宋诗乐舞史料辑录和一卷本的理论研究并非全宋诗乐舞史料研究工作的终结,实际上这仅仅是一个开始,是借诗文史料回到历史场景中去探寻宋代音乐史的一个起点。

最后,非常感谢参与这套丛书编撰的研究生们,尤其是我的博士生韩莉薇同学,她为此套丛书的顺利出版付出了非常大的努力。还要感谢苏州大学出版社的编辑孙腊梅女士,也正因为她不懈的敦促和坚持,才有了今天的成果,才有了我们学术团队的进步。

韩启超

2024 年 9 月 10 日